ALICE BORCHARDT

Der Gesang der Wölfin

Buch

Karl der Große hat seine Armee in Genf zusammengezogen: Er will Italien der Liste seiner Eroberungen hinzufügen. Auf der anderen Seite der Alpen stehen die Söldnertruppen von König Desiderius und warten nur darauf, jeden anzugreifen, der über die Berge kommt. In einer von Dämonen und Untoten bevölkerten Welt soll Maeniel für Karl den Großen den Standort der feindlichen Truppen ausspähen. Als er von Desiderius' Männern gefangen genommen wird, bietet sich Regeane im Austausch als Geisel an. Sie versuchen zu entkommen. Gleichzeitig gerät Hugo, der Sohn des Schurken Gundabald, in die Gesellschaft eines mysteriösen Dämons, der sich von der Lebenskraft »fühlender Wesen« ernährt. Sie begegnen Chiara, der schönen, übersinnlich veranlagten Kaufmannstochter. Inzwischen wird auch Lucilla auf dem Weg nach Florenz von Desiderius' Sohn Adalgisus entführt. Als sie versucht, ihn sich hörig zu machen, nimmt sie der Erzbischof von Verona gefangen. Da marschiert Karl der Große mit seinen Truppen in Verona ein und richtet unter seinen Feinden ein Blutbad an ...

Autorin

Alice Borchardt, aufgewachsen in New Orleans, ist die Schwester von Anne Rice (»Interview mit einem Vampir«) und hat sich von Kindheit an gemeinsam mit ihr Geschichten ausgedacht. Sie lebt als freie Schriftstellerin in Houston, Texas.

Von Alice Borchardt erschienen:

Die Silberwölfin. Roman (35286)
Die Stunde der Wölfin. Roman (35360)
Der Gesang der Wölfin. Roman (35469)

Alice Borchardt

Der Gesang der Wölfin

Roman

Ins Deutsche übertragen
von Michaela Link

BLANVALET

Die amerikanische Originalausgabe erschien
unter dem Titel »The Wolf King«
bei Del Rey/The Ballantine Publishing Group, New York

Umwelthinweis:
Alle bedruckten Materialien dieses Taschenbuches
sind chlorfrei und umweltschonend.
Das Papier enthält Recycling-Anteile.

Blanvalet Taschenbücher erscheinen im Goldmann Verlag,
einem Unternehmen der Verlagsgruppe Bertelsmann GmbH.

Deutsche Erstveröffentlichung 6/2001

Umschlaggestaltung: Design Team München
unter Verwendung einer Illustration von F. Regös
Satz: deutsch-türkischer fotosatz, Berlin
Druck: GGP Media, Pößneck
Verlagsnummer: 35469
Redaktion: Alexander Groß
V. B. · Herstellung: Peter Papenbrok
Printed in Germany
ISBN 3-442-35469-2
www.blanvalet-verlag.de

1 3 5 7 9 10 8 6 4 2

1

Als er sie in der Schneeverwehung fand, war er davon überzeugt, sie müsse tot sein.

Diese Franken benahmen sich bei schlechtem Wetter wie die reinsten Narren. Nun gut, sie waren über den Rhein gekommen und hatten römisches Territorium erobert, aber das gute Leben, das sie seither geführt hatten, war ihr Ruin gewesen.

Er war überrascht und wütend. Aber sein Zorn galt nicht dem zarten Geschöpf, das diese Frau einst gewesen sein musste, sondern den Männern, die sie hätten behüten müssen. Denn eines stand für ihn fest: Die junge Frau war offensichtlich von edler Herkunft und hatte gewiss Menschen gehabt, denen sie teuer gewesen war. Es schien ein geradezu unmögliches Geschick für eine solche Frau zu sein, dass man sie mitten im Toben des letzten Schneesturms dieses Winters hier ausgesetzt hatte.

Im Namen Gottes! Nein, dieser Name hinterließ einen so bitteren Geschmack auf seiner Zunge. Diese Priester mit ihren Weiberröcken behaupteten, die Mächte, denen sein Volk huldigte, seien Dämonen, seien von Grund auf verderbt. Sie behaupteten, ihr Jesus sei der einzige Gott. Aber seine eigenen Götter – was auch immer man von ihrer Moral halten mochte – eigneten sich weit besser für die Art Leben, das sein Volk lebte, als Christus, dieser Narr.

Er strich der Frau hastig den Schnee vom Gesicht und fragte sich, ob sie wirklich tot war. Dann zog er seinen Handschuh aus; sein Zorn wärmte ihn genügend, um ihn vor dem Ansturm der Kälte zu schützen. Was waren das für Männer, in deren Obhut diese zierliche Schönheit gestanden hatte, dass sie sie zum Sterben hier liegen ließen? Er berührte erst ihre Wange, dann ihre Stirn. Kalt. Kalt und hart wie Marmor.

Sie trug ein mit Zobel besetztes Seidengewand und einen Umhang aus weißem Brokat. Der Wind heulte um ihn herum, und die Welt versank in ein kaltes Graublau, während irgendwo hinter den Wolken die Sonne unterging. Er hob ihre Hand auf. Eisig, aber noch immer beweglich, noch nicht steif. Sein Umhang bestand aus einem dicken Bärenfell und war ein wenig abgetragen und schmutzig. Nein, sehr abgetragen und sehr schmutzig, aber warm.

Er beugte sich über die junge Frau, hob ihren Kopf an und versuchte festzustellen, ob er ihren Atem auf seiner Wange spüren konnte. Die harten, windgepeitschten Hagelkörner, die sich nun mit den Schneeflocken vermischten, brannten auf seiner unbedeckten Nase und seinen Lippen.

Er konnte nichts spüren. Er hielt eine Sekunde lang inne und machte seiner Ohnmacht dann mit einem scharfen Fluch Luft. Natürlich hätte er eine Hand unter ihr Kleid schieben können, aber eine junge Frau an gewissen Stellen zu berühren, galt selbst mit ihrer Erlaubnis als eine besonders abscheuliche Sünde. Er zögerte, denn er wollte ihrer Familie keine Schande bereiten, nicht einmal wenn sie tot war.

Dann spie er ein weiteres Schimpfwort aus, diesmal gegen sich selbst gerichtet. Wenn sie nicht bereits tot war, könnte sie leicht sterben, während er hier stand und sich den Kopf über Sitte und Anstand zerbrach. Er schob eine Hand unter ihr Kleid und tastete nach dem Herzen, wo sich der Puls des Blutes am leichtesten ausmachen ließ, unter ihrer linken Brust. Jähe Wärme und ein langsames, aber stetiges Pulsieren waren sein Lohn. Danach verschwendete er keine Zeit mehr. Er zog seinen Bärenfellumhang aus und warf ihn auf die Schneeverwehung am Straßenrand; dann hob er die junge Frau vom Boden auf und hüllte sie fest in den schweren Pelz. Wahrscheinlich, so ging es ihm durch den Kopf, hatten sowohl er als auch der Umhang einige Flöhe, die er mit der Wärme seines massigen Leibs am Leben hielt. Die junge Frau war nicht annähernd so warm wie er; vielleicht würden die kleinen Bastarde bei ihr sterben. Wie dem auch sei, die Vernichtung seines Ungeziefers war der einzige Nutzen, den dieses Abenteuer ihm wahrscheinlich einbringen würde.

Ursprünglich hatte er das Kloster am Fuß des Passes meiden und sich ein geschütztes Plätzchen suchen wollen, wo er während des Schneesturms schlafen konnte, um seinen Weg dann unbeobachtet von den Franken fortzusetzen. Daran war jetzt nicht mehr zu denken. Wenn er die junge Frau nicht irgendwohin brachte, wo sie vor Wind und Kälte sicher war, würde sie bald sterben. Für ihn mochte es durchaus angehen, sich in seinem Umhang zusammenzurollen und sich mit seiner eigenen Körperwärme gegen die Kälte zu wappnen. Er konnte, in diesen Pelz gehüllt, Temperaturen überleben, bei denen das Wasser beinahe gefror. Das war schließlich der Grund, warum er den Bären überhaupt getötet hatte.

Er war dem Tier in den Bergen begegnet, als er gerade vierzehn Jahre alt gewesen war. Es war ein altes, buckliges Tier mit silbernen Strähnen um die Schnauze gewesen, aber wohlgenährt und mit einem dicken Winterpelz gesegnet.

»Wie es aussieht«, hatte er zu dem Bären gesagt, »bin ich dein Schicksal.«

Der Bär stellte sich auf die Hinterbeine und brüllte dem Jungen seine Herausforderung entgegen.

»Du kannst gehen, wenn du willst«, sagte der Junge zu dem Bären. »Ich werde dich nicht aufhalten.«

Aber der Bär ließ sich auf alle viere nieder und trottete auf den Jungen zu, um ihn in eine tödliche Umarmung zu ziehen. Der Junge wusste, dass er nur eine einzige Chance hatte, dann würde das Tier ihn töten. Er wich keinen Schritt zurück und rammte dem Bären seinen Speer in die Seite, als dieser sich abermals aufbäumte, um seinen menschlichen Gegner in Stücke zu reißen. Die spatenförmige Klinge versank bis zum Schaft im Fleisch des Bären, aber das Tier starb nicht.

Der Junge dachte: *Ich habe das Herz verfehlt*, und genau in diesem Augenblick riss der Bär ihm mit einer Klaue die Haut von den Rippen und unternahm mit der anderen einen ernsthaften Versuch, ihn zu entleiben. *So*, dachte er und erinnerte sich später noch daran, wie ruhig er diesen Gedanken gefasst hatte, *das ist also der Tod*.

Aber dann war es doch anders gekommen, denn der Bär starb und bescherte dem Jungen das größte und beste Fell, das er je gesehen hatte. Zumindest war es das Beste, nachdem er es gegerbt und das Loch gestopft hatte, wo die Speerspitze eingedrungen war. Seither hatte er auf den vielen Wegen und Pfaden seines Lebens an diesem Fell festgehalten und war dankbar dafür.

Jetzt mühte er sich mit der Frau über der Schulter den Hügel hinunter. Der eisige, grimmige Wind in seinem Gesicht versuchte mit beinahe bewusster Bosheit, ihn blind zu machen und ihn auszukühlen, aber er war zu stolz und zu wütend, um seinem Unbehagen nachzugeben. Sein eigener Zorn wärmte ihn. *Ich hätte den Schnee, wo sie lag, durchsuchen können*, ging es ihm durch den Kopf, als er daran dachte, dass sie vielleicht Gefährten oder eine Eskorte bei sich gehabt haben könnte. *Aber ich habe es nicht getan.* »Narren, ihr verdient es zu sterben«, flüsterte er in den Wind. Er sprach mit ihren Seelen, ihren Geistern, für den Fall, dass sie ihm folgten.

Franke bedeutet frei, so sagen sie. Wenn ihr mich fragt, bedeutet Franke verrückt, irrsinnig.

Hörst du mich, Frau? Er schüttelte den schlaffen Körper, der über seiner Schulter hing. *Ich halte dein Volk für dumm. Ich halte dein Volk für schmutzig. Ich halte dein Volk für faul. Ich halte dein Volk für …* Aber dann konnten die Nacht und der Sturm die nächste Schmähung nicht mehr hören, weil der Mann mit dem Gesicht gegen die Klostermauer rannte.

Er taumelte einige Schritte zurück und setzte sich in den Schnee. Dann zog er die Frau von seiner Schulter und wiegte sie in den Armen.

Sie atmete noch. Das Bärenfell hatte seinen Zweck erfüllt. Ihre Haut war jetzt wärmer als seine. Er trug nur sein Hemd, seinen Wollumhang, eine Hose und über Kreuz geschnürte Beinkleider. Und er war erschöpfter, als er selbst wusste oder zuzugeben bereit gewesen wäre.

Er hob sie hoch, stand auf und machte sich auf die Suche nach einem Tor.

Endlich fand er es, nachdem er sich an den Mauern entlanggetastet hatte, und seine schlimmste Angst war es gewesen, sich in der eisigen Dunkelheit zu verirren und zu erfrieren, bevor er das Gebäude wiederfand. Ja, er konnte sich in der Kälte niederlegen und den Umhang um sie beide wickeln, aber er glaubte, dass nicht einmal sein Bärenfell in einer Nacht wie dieser zwei Menschen würde warm halten können.

Frauen waren seiner Erfahrung nach zerbrechliche Geschöpfe, und es verlangte ihn nicht, im Dunkeln zu liegen und zu spüren, wie ihr Leben langsam erlosch, während ihr Körper immer kälter und kälter wurde. Als die fränkischen Sklavenhalter ihn über die Alpen getrieben hatten, um ihn an die Lombarden zu verkaufen, hatte er etwas ganz Ähnliches mit dem Mann erlebt, der in den Ketten neben ihm gegangen und hochbetagt gewesen war. Jenseits eines gewissen Alters verliert der Körper die Fähigkeit, sich selbst warm zu halten. An frostige Winter und heftige Schneestürme gewöhnt, hatte er die Sklavenhändler gewarnt, dass die älteren Männer in ihrer Schar den Aufstieg über den Pass vielleicht nicht überleben würden. Aber sein einziger Lohn für diese Mühe war ein Schlag ins Gesicht mit einem Peitschenstiel gewesen – ein Schlag, der ihm beinahe den Kiefer gebrochen hatte und dazu führte, dass es ihm in der folgenden Zeit schwer fiel, den Zwieback und das getrocknete Fleisch zu essen, die man ihnen alle paar Tage hinwarf. Als dann tatsächlich drei Sklaven auf dem Gipfel des Passes den Tod fanden, war er der Gegenstand wilder Flüche. Eines Morgens erwachte er und blickte in zwei von einer dünnen Eisschicht überzogene blaue Augen, in denen kein Leben mehr war. Er erinnerte sich, wie der ältere Mann in der Nacht zu wimmern und zu stöhnen begonnen hatte. Er sprach nicht ein einziges Wort von der Sprache des Alten; er war sich nicht einmal sicher gewesen, welche Sprache es war. Er konnte nur sein Bärenfell mit ihm teilen, mehr stand nicht in seiner Macht. Woran er sich weniger gern erinnerte, war der Umstand, dass er den Alten beschimpft und bedroht hatte, damit dieser endlich den Mund hielt; er hatte befürchtet, dass sein Gewimmer die Sklaventreiber verärgern würde und sie alle die Peitsche zu schmecken bekämen.

Endlich schwieg sein Nachbar. Er hatte geglaubt, der Alte sei eingeschlafen. Aber als das graue Licht hinter den wabernden Wolken langsam auf den hohen, felsigen Pfad gekrochen kam – weniger wie ein Sonnenaufgang, eher so wie Wasser eine Tasse füllt –, da hatte er begriffen, dass er an einen Toten gekettet war. Und nun war er es, der zu schreien und zu jammern anhob, und er war entsprechend bestraft worden. Und schlimmer noch, die Sklaventreiber hatten ihn ausgelacht, weil er sich vor einer Leiche fürchtete.

Er erinnerte sich noch gut, wie der steif gewordene Leib des Alten den Berg hinuntergerollt war, von einem Felsvorsprung zum Nächsten hüpfend, bis er schließlich in den dichten, bleichen Schneewolken verschwand, die die Täler unter ihnen füllten. Jetzt schlang er die Arme um die junge Frau und betete darum, dass er den Sklavenhändlern eines Tages wieder begegnen möge. Betete zu seinen eigenen Göttern, an denen er mit solcher Sturheit festhielt, dass er diesen Männern eines Tages wieder gegenüberstehen möge, wenn die Umstände ihn begünstigten. Er bat ja gar nicht um einen besonderen Vorteil, nur um Waffen und Bewegungsfreiheit ohne Ketten, die ihn lähmten. Er würde seinen Göttern danken und den Rest allein erledigen. Außerdem betete er, dass er die Tür in dieser Mauer finden möge. Mittlerweile war die Nacht so schwarz wie das Arschloch eines Schweins.

Er umrundete das Gebäude und klopfte mit der rechten Hand gegen den Stein. Endlich trafen seine Knöchel auf Holz – Eichenbretter, wie es sich anfühlte, beschlagen mit Eisen. Er ließ seine Faust dagegenkrachen, und die Tür schwang auf. Im nächsten Augenblick fand er sich in einem engen Innenhof wieder, der fast so dunkel war wie die Nacht, die er hinter sich ließ.

Es gab jedoch genug Licht, um etwa ein halbes Dutzend Männer zu erkennen, die in dem windgeschützten Säulengang saßen. Einer von ihnen schrie ihn an: »Mach die gottverdammte Tür zu, du vaterloser Knochenschädel. Es ist schon kalt genug hier, ohne dass auch noch ein Narr wie du den Sturm hereinlässt.«

Er war nicht in der Position, Einwände zu erheben. Er verpasste der Tür einen Tritt, so dass sie sich hinter ihm schloss.

In einem Eisenhalter, der aus der Wand ragte, hing eine Laterne mit einer sehr schwachen Flamme. In ihrem Licht konnte er die zusammengekauerten Gestalten sehen, die sich an die Mauern lehnten.

»Ist das die Art und Weise, wie man hier Gäste empfängt?«, fragte er verächtlich.

»Das ist die Art und Weise, wie die besonders Gewitzten empfangen werden«, kam die Antwort – es war der gleiche Mann, der ihn zuvor angeschrien hatte. »Du hast dir nicht den besten Ort ausgesucht, um Halt zu machen. Ebenso wenig wie der Herr Abt ein besonders freundlicher Mann ist. Zumindest werden wir hier überleben und können uns morgen früh auf die Suche nach bequemeren Unterkünften machen. Was hast du da?« Er zeigte auf das Bündel in dem Bärenfell.

»Eine ...« Er hielt inne. Die Männer hier schienen ihm nicht übermäßig vertrauenserweckend.

»Eine ... was?« Hinter ihm nahm jemand die Laterne von der Mauer, hielt sie in die Höhe und blickte in das Gesicht der reglosen Gestalt hinab.

»Eine Frau!«

Der Mann, der ihn angeschrien hatte, stand auf. »Eine was? Eine Frau! Du mutterloser Mistkerl. Wie kannst du es wagen, in einer Nacht wie dieser eine Frau ausgerechnet in dieses Haus zu bringen?«

»Ich habe sie gefunden.«

Irgendwo in der Finsternis wurde ein unangenehmes Lachen laut. »Mein Vetter hat acht Stücke Gold gefunden, zumindest hat er das behauptet. Aber der Richter des Königs hat ihm trotzdem die rechte Hand abgehackt.«

»Ist sie hübsch?«, fragte der Mann, der ihn einen mutterlosen Mistkerl genannt hatte. »Wenn ja, kannst du sie vielleicht für eine Hand voll Kupfermünzen, ein Nachtquartier und etwas zu essen verkaufen. Wenn sie sich entgegenkommend zeigt, erlauben die Männer dir vielleicht sogar, sie mitzunehmen, wenn du wieder gehst.«

Genau in diesem Augenblick traf ihn ein harter Schlag im Rücken. Er spürte, wie die Spitze einer Klinge seine Haut durchstach. Er ließ die Frau fallen und fuhr herum. Noch während er das tat, wurde ihm das Messer aus dem Rücken gerissen und entfiel den Fingern seines Angreifers. Die Talente, die ihn in den Sklavenpferchen der Lombarden am Leben erhalten hatten, taten ihm auch jetzt gute Dienste. Er versetzte dem Kinn seines Widersachers einen Schlag mit der Handkante, dass dem anderen der Kopf zur Seite krachte. Im nächsten Augenblick rammte er dem Burschen das Knie in die Lenden.

Sein Knie traf schmerzhaft auf einen mit Dornen bewehrten Sackschutz. *Ein Berufssoldat*, dachte er. Daher hatte er keine Skrupel, den Kopf des Messerstechers gegen eine der steinernen Säulen zu schlagen, die das Dach stützten. Der Schädel des Mannes brach wie ein Ei, das auf einen Pflasterstein fiel. Sein Gehirn spritzte in alle Richtungen.

Schreie. Er hörte Schreie. Sein Gegner hätte nicht mehr schreien dürfen. Er hätte schlicht und einfach mausetot sein müssen. Nein, die Schreie waren hinter ihm. Er wirbelte herum. Die Frau war aufgestanden. Sie hielt ein langes Messer in der Hand und bohrte es gerade in die Kehle des Mannes, der ihm befohlen hatte, die Tür zu schließen. Sie schien nicht besonders fest auf ihren Beinen zu stehen, aber die Hand, mit der sie das Messer führte, fand dennoch ihr Ziel. Die Stahlklinge war unterhalb des Adamsapfels eingetreten, und die Spitze kam auf der anderen Seite des Halses wieder heraus.

Die Schreie kamen jedoch nicht von der jungen Frau. Nein, es war einer der anderen »Gäste«, der schrie, der Mann mit der Laterne. Blut lief ihm übers Gesicht. Das Blut von vier langen Kratzern auf seiner linken Wange tropfte auf sein Hemd. Die Frau musste ihn mit ihren Nägeln erwischt haben. Er hob das Bärenfell vom Boden auf, warf es ihr um die Schultern, zog sie hinter sich her und rannte quer über den Hof auf die Tür zu, die in das Gebäude hineinführte.

Als sie direkt davor standen, öffnete sich die Tür. Ein Mann mit einem Wachslicht versperrte ihnen den Weg. Einer der Mönche, vermutete er. Der Mönch ließ sie beide eintreten, dann warf er die Tür ins Schloss und schob die Riegel vor. Der Mönch, wenn er denn wirklich einer war, gab ihnen Zeit, wieder zu Atem zu kommen.

»Wir bitten«, stieß er hervor, den Arm um die Frau gelegt; sie sackte an seiner Schulter zusammen.

Er konnte in der Dunkelheit einen schwachen Wohlgeruch ausmachen. Die Frau wurde langsam wärmer, und der Duft stieg aus ihren Kleidern und ihrer Haut auf. Es war ein Schock für ihn, ein zarter Duft wie der Weihrauch in den christlichen Kirchen, die zu besuchen seine lombardischen Herren ihn gezwungen hatten, aber dieser Duft erinnerte weniger an Moschus und mehr an Blumen.

»Wir bitten«, stieß er abermals hervor, »um Essen und ein Dach überm Kopf …«

»Seid still«, flüsterte der alte Mönch. »Was habt ihr zwei da draußen für ein Spielchen getrieben? Wolltet ihr den Abt und seinen ganzen Haushalt aufwecken?«

Irgendjemand oder irgendetwas kicherte in der Dunkelheit. Der Mönch, wenn er denn einer war, murmelte etwas Unverständliches. »Nun, jetzt kann ich euch nicht mehr helfen«, flüsterte er.

Die Frau holte tief Luft und zog das Bärenfell fester um sich. »Mein Gemahl und ich …« Sie deutete auf ihn. »… Wir haben uns verirrt … Wir sind über den Pass gegangen … und …«

»Gemahl? Meine Güte, was für eine Vorstellung!«

Die Gestalt, die sie bisher nur gehört hatten, wurde nun sichtbar. Die Gestalt trug eine Fackel. Er konnte genug sehen und genug riechen, um zu wissen, dass sein Gegenüber schmutzig, verkrüppelt und alt war; wie alt, vermochte er nicht zu sagen. Die Gestalt humpelte und hatte volles, weißes Haar. Sie war in der Tat verkrüppelt: Der Rücken war ein verzerrter Buckel, die Schultern ragten über den Kopf hinaus. Und schmutzig: Der Gestank von ungewaschenem Fleisch erfüllte den gemauerten Korridor. Ihm war noch nie ein Mensch begegnet, der so stark roch, nicht einmal in den Sklavenbaracken, wo die Menschen sich monatelang nicht wuschen.

Die Kreatur kicherte abermals und griff mit einer schmutzigen Pfote nach der Frau.

Er kämpfte noch mit dem Schock zu hören, dass er ein verheirateter Mann sei, aber jetzt schob er sich instinktiv zwischen das Ding und die Frau. Die Kreatur wandte sich dem Mönch mit dem Wachslicht zu und stieß ein Grauen erregendes Kichern aus.

»Er sagt, er sei ihr Ehemann?«

»Jawohl, Hochwürden«, antwortete der Torhüter unterwürfig. »Als Christen sollten wir die Heiligkeit des ehelichen Bundes respektieren ...« Der Mann sprach leise und sehr langsam, als hätte er es mit einem Kind zu tun.

»Hochwürden?«, flüsterte die Frau. Er stellte fest, dass er ihre Hand hielt; jetzt klammerte die Frau an seiner Seite sich fester an ihn.

Die Kreatur wandte sich von dem Torhüter ab und versuchte, der Frau das Bärenfell vom Leib zu reißen. Ein dünner Speichelfaden hing dem Geschöpf aus dem Mundwinkel bis zum Kinn herunter. Der Sabber glitzerte im Licht – einem Licht, das irgendwo hinter ihnen brannte.

Plötzlich traf ihn etwas mit großer Wucht im Gesicht. Ihre Hand entglitt ihm, als er die Kontrolle über seinen Körper verlor und zu Boden ging. Er schlug mit dem Hinterkopf auf den Steinen auf, und grelle Lichter schossen vor ihm auf. *Nein*, dachte er. *Nein*. Er versuchte, die betäubende Nachwirkung des Schlags abzuschütteln und die Herrschaft über seine Gliedmaßen zurückzugewinnen.

Jemand schrie. Eine Frau.

Einen Augenblick lang durchzuckte ihn das Bedauern, dass er ihr keinen besseren Schutz hatte bieten können. Er wehrte sich noch immer, konnte aber seine Arme und Beine nicht mehr spüren; und als er endlich wieder Gefühl in seinen Gliedmaßen hatte, schienen nur wenige Sekunden vergangen zu sein – an Händen und Füßen gefesselt wurde er durch den Korridor geschleift, so dass sein Kopf unangenehm über die Pflastersteine holperte.

»Hochwürden, ich bitte Euch ...«

Die Welt um ihn herum war so schwarz wie der Grund eines

Brunnens. Er fragte sich, ob der Schlag auf den Kopf ihm die Sehkraft geraubt hatte … Aber nein. Es war einfach dunkel, denn er vermochte noch ein wenig zu sehen.

»Hochwürden!« Der alte Mann, der das Tor geöffnet hatte, versuchte noch immer auf die Kreatur, die sich seiner bemächtigt hatte, mahnend einzureden.

»Jagt diesen Narren davon!« Der Befehl kam von dem Mann, der als Hochwürden angeredet wurde. »Jagt ihn zurück in seine Zelle. Ich möchte nicht, dass der da mir entkommt.« Die Kreatur klang wie ein verdrossenes Kind.

»Ihr wisst doch, wie gern ich sie schreien höre. Man kann sie noch lange nachher schreien hören. Selbst wenn wir den Stein schon vorgeschoben haben, machen einige von ihnen die ganze Nacht weiter, und sie schreien und schreien und schreien.«

Sie war nicht so erschrocken, wie sie hätte sein sollen. Das war ihr erster klarer Gedanke. Sie war aufgewacht, als er seine Hand unter ihr Kleid geschoben hatte. Einen glückseligen Augenblick lang glaubte sie, er sei ihr Gemahl, der sich gewisse Freiheiten herausnahm, während sie aus einem Schläfchen erwachte. Aber dieser wunderbare, sorglose Augenblick war schnell verstrichen.

Die anderen Erinnerungen ließen sich kaum entwirren. Er trug sie irgendwohin, und es war kalt, oh, so kalt. Er sagte kränkende Dinge. Sie schleiften ihn davon, den Korridor hinunter. Jetzt erschienen drei Frauen vor ihr, sie kamen aus der Dunkelheit. Eine hielt eine Kerze in der Hand, aber sie konnte sie alle drei deutlich erkennen. Sie schien gut sehen zu können im Dunkeln, ging es ihr durch den Kopf.

Sie befragten sie, zerrten an ihren Kleidern, versuchten, sie zum Mitgehen zu überreden.

»Ist er wirklich dein Mann?«

Sie fühlte sich seltsam entrückt. Die Fragestellerin war eine ältere Frau und wirkte in ihrem braunen Umhang und dem leinenen Schleier durchaus achtbar. Sie roch nach Seife, Schweiß und Wein. Die anderen beiden stanken nur nach Schnaps, sie trugen keinen

Schleier, und ihre Gewänder waren formlos und nicht allzu sauber. Insgesamt verströmten sie eine solche Wolke alkoholischer Ausdünstungen, dass sie sich fragte, wie um alles in der Welt sie sich aufrecht halten konnten. Wahrscheinlich hatten beide Frauen seit Monaten mehr oder weniger ohne Pause getrunken.

Eine von ihnen hatte glattes, fettiges dunkles Haar; die andere mochte eine Blondine gewesen sein, war aber so verdreckt, dass man über ihr ursprüngliches Aussehen kaum etwas sagen konnte.

»Ist er dein Mann? Wirklich dein Mann?«, fragte die ältere Frau noch einmal.

Nein. Der Gedanke allein war aus einer Vielzahl von Gründen lächerlich. Aber das würde sie diesen Frauen nicht erzählen. Sie hatte gelogen, weil sie hoffte, sie beide mit ihrer Lüge vor Angriffen an diesem Ort zu schützen, von dem sie inzwischen fest annahm, dass er eine Räuberhöhle war.

»Was denn nun?«, schrie die Frau mit schriller Stimme. »Bist du stumm, wie unsere arme Morgana?« Sie zeigte auf die armseligere ihrer beiden Gefährtinnen, die beinahe noch ein Kind war.

»Nein, ich bin nicht taub«, hörte sie sich antworten. »Ja, er ist mein Mann. Was machen diese Leute mit ihm? Wo bringen sie ihn hin? Wir erbitten nur ein Dach über dem Kopf für die Nacht, und morgen früh werden wir abreisen und euch nie wieder lästig fallen.«

Die blonde junge Frau, die Morgana genannt wurde, begann zu wimmern. Sie klang wie ein Hund, der allzu oft die Peitsche zu schmecken bekommen hatte.

Die Frau mit dem glatten Haar kam einen Schritt auf sie zu. »Sieh doch, sieh doch, Lavinia. Sie … hat … Schmuck.«

Die Frau streckte zögernd die Hand aus, um sich an ihrem Hals zu schaffen zu machen. Der Gedanke, dass eine dieser Frauen sie berühren könnte, war widerwärtig. Sie machte einen Schritt nach hinten.

»Du hast was gegen uns, was?«, höhnte die ältere Frau. »Keine Sorge. Wenn du erst mal so lange hier bist wie wir, wirst du nicht viel besser aussehen. Das heißt, wenn ich's recht bedenke, wirst du wahrscheinlich eher schlimmer dran sein. Die gute Sully hier ist wahrscheinlich nicht viel älter als du. Aber jetzt wird *er* erst mal für eine Weile mit dir beschäftigt sein. Vergiss deinen Mann und sei nett zu dem Abt. Er hat hier das Sagen.

Sully, Morgana, ihr beide begleitet sie. Und du, Mädchen, du kommst mit uns. Mach uns keine Schwierigkeiten, dann tun wir dir auch nichts. Wär doch eine Schande, wenn deinem hübschen Gesicht etwas passieren würde.«

Bei diesen Worten kamen die beiden verlotterten Frauen von zwei Seiten auf sie zu und begannen, sie durch den Korridor zu drängen.

Wieder dieses seltsame Gefühl des Entrücktseins. Ihre Erinnerung bestand aus einem Wirrwarr verschiedener Bilder, Bilder, denen sie keinen Sinn zu geben vermochte. Jedes Mal, wenn sie sich bewegte, wurde ihr schwindlig, und ihr Kopf schmerzte. Jeder Schritt ließ einen heißen Schmerz in die eine Hälfte ihres Gesichts fahren. Das Pferd bäumte sich auf. Sie sah den Kopf des Tieres vor einem mit roten, schwarzen und orangefarbenen Streifen durchzogenen Abendhimmel. Der Schnee schimmerte bläulich in dem schwindenden Licht. Sie war eine gute Reiterin. Irgendwie wusste sie, dass sie in der Lage hätte sein müssen, den Hengst zu beherrschen, aber das Tier war wahnsinnig vor Angst, und es stürzte. Stürzte. Und dann erinnerte sie sich noch an Schmerz. Schmerz, der zu jener Zeit genauso gewesen war wie jetzt, wie ein Dolch aus Eis, der sich in ihr Ohr und ihren Wangenknochen bohrte.

Dann machte der Mann sich an ihrem Kleid zu schaffen. Zuerst war sie überglücklich, weil sie glaubte, dies bedeute das Ende der Furcht, des Schmerzes, der Kälte. Es war keine passive Kälte, sondern ein scharfes Brennen in ihren Händen und Füßen. Eine Kälte, die erst durch ihre Finger und Zehen kroch, dann durch ihre Füße und ihre Hände. Sie hatte gewusst, dass sie erfrieren würde. Kein friedvoller Tod, aber ein Ehrfurcht gebietend qualvoller, während sich in ihrem Fleisch die ersten Eiskristalle bildeten und Lähmung mit sich brachten und Schmerz über Schmerz … Während die Kälte sich immer tiefer in ihre Knochen grub.

Dann war sie sich sicher gewesen, das alles müsse ein Teil eines Albtraums sein und sie würde warm und geborgen in ihrem Bett aufwachen ... mit ... und dann verlor sie die Spur, überwältigt von Verwirrung. Aber er würde dort sein, und sie hatte nur geträumt. Sie brauchte nur Sekunden, um zu begreifen, dass Wärme und Sicherheit der Traum gewesen waren und dass der Albtraum ... Wirklichkeit war. Aber der Mann hatte sie tatsächlich auf die Schulter genommen, und er beschimpfte auf Sächsisch die Franken, ihr Volk. Er hatte sie in dieses Bärenfell gehüllt und schien ihr nichts Böses zu wollen.

Dann befanden sie sich in einem Raum, und o Gott, o Gott, dieser Gestank. Aber die ältere Frau, Lavinia, entzündete nun mit ihrem Wachsstock eine vielarmige Öllampe, die einen Augenblick lang aufloderte und den Raum, der nur Sekunden zuvor in völliger Dunkelheit gelegen hatte, in ein grelles Licht tauchte. Als sie wieder sehen konnte, bemerkte sie, dass in den Augen der älteren Frau so etwas wie Entsetzen stand. Morgana hockte zitternd vor einem Kamin in einer Ecke des Raums. Sully zeigte abermals auf ihren Hals.

»Schmuck, Lavinia ... Schmuck. Kann ich etwas davon haben?«

Lavinia schüttelte den Kopf, wieder und immer wieder. Sie schenkte Sully keine Beachtung. »Ich wusste, dass es eines Tages passieren würde«, sagte sie. »Sie würden einen Brocken abbeißen, der zu groß ist, um ihn zu kauen, oder ihre Zähne in etwas schlagen, das stark genug ist, sie zu fressen. Und wenn ich mir dich so ansehe, Mädchen, denke ich, dass genau das jetzt passiert ist. Wie heißt du, Mädchen, und zu welcher Familie gehörst du?«

Sie blickte an sich hinab und versuchte zu sehen, was in den Augen der älteren Frau solches Entsetzen hatte aufflammen lassen. Sie trug eine mit Zobel besetzte Dalmatika aus grünem Seidenbrokat über einem geteilten Reitkleid aus weichem, goldbesticktem Wildleder. Ihr Umhang war aus weißem Brokat, ein schwerer, mit Hermelin gefütterter Stoff. Sie griff sich an die Kehle. Sully hatte Recht. Sie trug Schmuck, mindestens ein halbes Dutzend Ketten; ihr Haar wurde von einem weichen Metallnetz gehalten, und an ihren Fingern zählte sie sieben Ringe. Sie waren allesamt aus Silber oder Gold und mit Edelsteinen besetzt.

»Das ist aber eine Menge Schmuck«, machte Sully sich von neuem bemerkbar. »Meinst du, er wird mir ein bisschen was davon geben?«

»Nein«, fuhr Lavinia sie an. »Was bist du, eine Halbidiotin wie die da?« Sie zeigte auf Morgana. »Möglich, dass du vor dir unser aller Tod stehen siehst. Glaubst du, Frauen, die so gekleidet sind wie sie, wandern des Nachts im Gebirge umher und warten nur darauf, dass jemand sie aufgreift? Nein, ihre Familie wird schon nach ihr suchen, und diese Leute werden nicht eher Ruhe geben, als bis sie sie gefunden haben.

Mädchen, bist du närrisch genug, dass du mit irgendeinem milchgesichtigen Schurken auf und davon gegangen bist? Hast du dich von zu Hause wegschleppen lassen?«

»Nein, ich würde mit niemandem davonlaufen.«

»Ehemann. Wahrhaft, Ehemann! Dieser Sklave ist niemandes Ehemann. Nein, du gehörst einem großen Herrn, sei er nun dein Ehemann oder dein Vater, und er wird außer sich sein, bis er dich wiederhat. Und wenn er dich bei uns findet, wird er wahrscheinlich jeden Einzelnen von uns umbringen.« Sie schlug sich auf die Stirn. »Was tun? Was tun? Wie heißt du?«

»Regeane.« Das Wort kam über ihre Lippen, und sie hatte das Gefühl, als gehörten diese Lippen einer anderen. »Regeane«, wiederholte sie zögernd. »Mein Name ist Regeane.«

2

Als Maeniel in seine Feste zurückkehrte, fanden sich nur wenige seiner Leute zu seiner Begrüßung ein. Gordo, ein hünenhafter, bärtiger Mann, überbrachte ihm die Neuigkeiten.

»Wie meinst du das, sie ist weggegangen? Vor zwei Tagen? Und niemand hat sie begleitet? Was habt ihr euch dabei gedacht? Was habt ihr euch bloß dabei gedacht?« Er schrie beinahe.

Gordo brachte es fertig, gleichzeitig gequält und verwirrt dreinzuschauen; es war selten, dass sein Anführer sich so starke Gefühle anmerken ließ. Maeniels gegenwärtiges Verhalten grenzte fast an Hysterie. In Gordos Sorge mischte sich nun ein gewisses Maß an Missbilligung. So konnte Maeniel sich einfach nicht benehmen. »Du vergisst die Würde deiner Position«, tadelte er seinen Herrn.

Maeniel fuhr sich mit den Fingern durchs Haar. Er hob die Hand und ließ sie gleich wieder sinken. »Wo ist meine Frau?«

Er klang gefährlich. Gordo zeigte sich ungerührt. »Das versuche ich doch gerade, dir zu erklären. Bitte hör zu.«

Maeniel holte tief Luft und stieß sie langsam und mit zusammengebissenen Zähnen wieder aus.

»Sie war besorgt wegen des Wetters«, fuhr Gordo fort. »Sie hat sich auch um dich Sorgen gemacht. Dass du vielleicht nicht rechtzeitig zurück sein würdest, um zum König zu stoßen. Sie hat sich um die Streitmacht des großen Karl gesorgt und gesagt, ein einziger anständiger Schneesturm könne für die fränkischen Krieger das Ende bedeuten. Wir haben erwidert, dass das für uns kein großer Verlust sei, dass diese königlichen Streitereien für uns einfachere Leute nicht mehr sind als ein lästiges Ärgernis. Wenn sie alle sterben würden, wäre das für uns nur umso besser. Das hat Matrona gesagt, nicht ich.«

Maeniel nickte. »Ich kenne Matronas Gefühle in diesen Dingen. Sprich weiter.«

»Das Wetter wurde immer schlimmer. Wir konnten den Sturm alle in den Knochen spüren, aber Matrona sagte, wenn die Franken sich beeilen, könnten sie es noch bis zum Fuß des Passes schaffen. Also hat sie sich auf den Weg gemacht.«

»Aber doch nicht allein!«

»Nein, nicht allein«, erklärte Gordo geduldig. »Sie hat Matrona mitgenommen. Gavin hat furchtbar gestöhnt, wegen der Kälte, aber er, Antonius und einige andere Männer haben sie begleitet. Der Sturm ist dann noch in jener Nacht ausgebrochen, und seitdem tobt er ohne Unterlass durch das Gebirge. Und ohne Matrona haben wir niemanden, der kocht.« Gordo klang untröstlich. »Mit deiner Erlaubnis gehe ich jetzt auf die Jagd«, sagte er, während er breitbeinig und träge zur Tür schlenderte.

Maeniel stürzte in sein Schlafgemach. Seine Frau konnte schreiben. Vielleicht hatte sie ihm einen Brief dagelassen.

Sein Zimmer war leer, aber nicht kalt. Über dem Kamin, einer flachen Öffnung in der Mauer, erhob sich ein gewaltiger, marmorner Rauchabzug. Selbst bei größter Kälte gab der Stein, wenn man ihn einmal erhitzt hatte, genug Wärme ab, um den Raum behaglich zu machen. Das heißt, vorausgesetzt, jemand kümmerte sich um das Feuer. Jemand hatte es getan.

Die Römer, die Erbauer dieser Festung, hatten diesen Raum ursprünglich nicht als Schlafgemach vorgesehen. Er könnte einst das Tablinum gewesen sein, die Amtsstube, die dem Kommandanten der Festung gehört hatte.

Hoch oben in einer der Wände waren drei große, runde Fenster eingelassen, die den Raum mit Licht versorgten. Jedes der Fenster war mit einer dicken Glasscheibe verschlossen, die den Wind und die Kälte draußen hielt. Man konnte nicht viel durch die Fenster sehen, aber sie sorgten für Helligkeit. Weiter unten gab es eine Tür und zwei zusätzliche Fenster. Jetzt hatte man schwere Eichenbretter vor sämtliche Öffnungen geschoben, zum Schutz gegen das schlechte Wetter.

Als er zum ersten Mal in die Festung gekommen war, hatte dieser Raum ihm sofort gefallen. Nicht nur wegen des Lichts, sondern weil sich die Fenster und Türen zu einem privaten Balkon mit Blick auf ein wunderschönes Tal und die dahinter gelegenen Gipfel öffneten. Im Laufe der Jahre hatte er diesen Raum zu einem Ort des Behagens und des Überflusses gemacht. Seidenteppiche aus dem Osten bedeckten den Boden und hingen an den Wänden, als Schutz gegen die Kälte, die durch die Steine drang. Das Bett war ein riesiges, geschnitztes Himmelbett aus Zedernholz und behaglich ausgestattet mit drei verschiedenen Vorhängen: Seidengaze für warme Sommernächte, Brokat für die frischen Nächte im Frühling und Herbst und schließlich schwere Gewebe aus Wolle und Seide zum Schutz gegen das schlimmste Winterwetter.

In dem Bettkasten darunter lagen kostbare, dicke Federbetten, Laken aus Seide und eine schwere zusätzliche Decke aus Pelz.

Regeane hatte keine Nachricht hinterlassen, aber ihr Nachthemd hing achtlos über einem der Stühle an der Herdstelle. Maeniel barg sein Gesicht in dem feinen Stoff und atmete tief ein; das Nachtgewand war durchdrungen von Regeanes Duft. Sie folgte einer sehr alten römischen Sitte und richtete besondere Aufmerksamkeit auf diese Dinge, weil sie wusste, dass sie ihn entzückten. Sie rieb sich verschiedene Teile ihres Körpers mit Ölen unterschiedlichster Düfte ein: Rosen für ihre Arme, Zitrone für die Hände, Myrre für Hals und Brüste, Lavendel aus den fränkischen Königreichen für Bauch und Schenkel, Salbei und Lorbeer für Beine und Füße. Es war eine betörende Mischung von Gerüchen: Sie duftete nach Speisen, Früchten und Kräutern gleichzeitig.

Vor der Feuerstelle standen vier Stühle, und auf einem Tisch lagen wild verstreut vier Spielbretter. Jeder von Regeanes Gefolgschaft hatte seinen eigenen Stuhl. Matrona saß auf dem gegenüber dem Feuer, Barbara saß Matrona gegenüber, und Antonius, Regeanes Kammerherr und Haushofmeister, wandte dem Feuer den Rücken zu. Auch von Gavin waren hier an der Feuerstelle deutliche Spuren zu erkennen. Maeniel betrachtete Gavin mit einem Anflug von Eifersucht. Er war ein brünstiger Bulle und würde alles nehmen, was sich ihm anbot, aber Matrona hielt ihn stets an einer kurzen Leine.

Maeniel konnte sie beinahe vor sich sehen, wie sie am Abend miteinander lachten und tranken, wie sie Schach oder Backgammon spielten. Gavin liebte Glücksspiele und hohe Einsätze, aber Antonius, der im Allgemeinen sein Geld kassierte, hielt ihn davon ab, auch bei den Frauen die Einsätze in die Höhe zu treiben. Es hatte einen unangenehmen Augenblick gegeben, als Antonius das erste Mal mit Regeane von Rom in die Feste gekommen war. Gavin bezichtigte ihn des Betrugs beim Kartenspiel und bedrohte Antonius mit einem Schwert. Maeniel verschwendete keine Zeit. Er packte Gavin mit beiden Händen und warf ihn durch das nächstgelegene Fenster.

Antonius war entsetzt gewesen. Aber Maeniel führte ihn gelassen zum Fenster – dem Fenster, durch das kurz zuvor Gavin geflogen war – und zeigte auf den roten Wolf, der sich soeben aus einer Schneewehe zu befreien suchte. »Es gefällt ihm gar nicht«, sagte Maeniel. »Sein Fell ist sehr kurz. Und er wird Stunden brauchen, um zum Tor zurückzukommen. Er wird dich nicht noch einmal bedrohen.« Dann schlenderte er davon, aber bevor er außer Hörweite war, drehte er sich noch einmal zu Antonius um und fragte: »Und? Hast du betrogen?«

»Natürlich«, antwortete Antonius.

»Tu es nicht«, sagte Maeniel.

Und soweit er wusste, hatte Antonius beim Spiel nie wieder betrogen. Aber er gewann trotzdem, da er – selbst an seinen müdesten Tagen – mindestens doppelt so intelligent war wie Gavin – doppelt so intelligent wie jeder andere von ihnen.

Maeniel ging noch einmal zum Bett zurück. Regeane und Matrona hatten die Laken und die Bezüge parfümiert. In ihrer Welt schliefen nur wenige Menschen allein. Wenn Regeane sich für die Nacht zurückzog, nahm sie, wenn Maeniel nicht da war, normalerweise eine ihrer Frauen mit.

Draußen rüttelte der Wind an den Fensterläden. Maeniel konnte sein kreischendes Wispern durch die anderthalb Meter dicken

Mauern hören. »Nein«, flüsterte er. »Nein.« Es kümmerte ihn nicht, wer sie begleitet hatte. Er würde noch heute Abend aufbrechen und … Er drehte sich um und sah Barbara in ihrem Sessel am Feuer sitzen.

Sein Körper wollte sofort reagieren; nur mit einer bewussten Willensanstrengung gelang es Maeniel, die Verwandlung zu verhindern.

»Barbara! Bist du nicht mit Regeane gegangen?«

»Nein.« Sie schüttelte den Kopf. »Du weißt doch, ich bin nicht in der Verfassung, mich diesem Wetter auszusetzen.

Antonius ist viel jünger als ich«, fügte sie hinzu. »Ich habe sie nach Kräften zu bewegen versucht, hier zu bleiben, aber niemand wollte auf mich hören, am wenigsten Regeane.« Sie verdrehte die Augen. »Und die anderen haben mich nur sehr merkwürdig angesehen, als ich vorschlug, man möge Regeanes Begeisterung für das Reisen bei heulenden Schneestürmen ein wenig dämpfen.«

»Es übersteigt ihre Vorstellungskraft, dass man sich in die Angelegenheiten eines anderen einmischen könne«, erklärte er, während er durch den Raum ging und sich in Regeanes Sessel fallen ließ, sodass er Barbara gegenüber saß.

»Dieser Gordo«, sagte sie nun, »dieser Narr hätte um ein Haar vergessen, mir von deiner Ankunft zu berichten. Er hat es rein zufällig erwähnt, als er durch die Küche kam, auf dem Weg Gott weiß wohin.«

»Er will auf die Jagd gehen«, sagte Maeniel.

»Bei dem Wetter?« Barbara zeigte auf die verriegelten Fenster.

»In den Tälern ist der Sturm wahrscheinlich nicht halb so schlimm. Und wenn doch, kann Gordo sich immer noch irgendwo zusammenrollen und schlafen.«

»Wenigstens hat sie sich Audovald als Reittier ausgesucht«, bemerkte Barbara.

»Das ist immerhin ein kleiner Trost«, sagte Maeniel. »Audovald ist ein sehr verantwortungsbewusstes Geschöpf. Die Stute, die ich ihr geschenkt habe, ist ein launenhaftes Ding, zu jung und zu nervös …«

»Wenn sie kein Pferd wäre, würde ich sie Hure schimpfen«, sagte Barbara. »Sie hat überhaupt nur eins im Kopf …«

»Ich habe ihr gesagt«, erwiderte Maeniel, »nicht vor dem Frühjahr.«

»Ähm, ja«, erwiderte Barbara langsam. »Du hast Regeane gesagt …«

»Nein! Ich habe der Stute gesagt, dass sie es vergessen kann … und dass sie ja nicht auf die Idee kommen soll, sich ihren Hals zu verrenken, um den Riegel hochzuheben. Vor allem habe ich ihr verboten, über die Halbtür zu springen.«

»Ja«, sagte Barbara versonnen. »Du hast der Stute gesagt … erstaunlich. Ich wüsste zu gern, wie du das gemacht hast.«

»Ich werd's dir irgendwann mal zeigen«, antwortete er geistesabwesend. »Aber Audovald ist vernünftig. Er findet auch im Dunkeln durchs Gebirge. Ich bin froh, dass er bei ihr ist. Was ist eigentlich mit dem Fleisch passiert? Warum geht Gordo auf die Jagd? Und findest du es nicht beunruhigend, mit uns zu leben?«

»Ich weiß nicht, warum er auf die Jagd geht, und nein, im Allgemeinen finde ich dich und deine Freunde durchaus nicht beunruhigend. Verglichen mit dem Durchschnittsehemann bist du wie eine Brise frischer Luft. Jeder andere Mann würde seinen Zorn wahrscheinlich an uns Übrigen auslassen.«

»Nein«, sagte Maeniel. »Ich werde sie suchen. Sofort.«

»Bei diesem Wetter? Und wo sich bereits die Nacht herabsenkt?«, wandte Barbara ein.

»Egal«, erwiderte er.

Die Fensterläden ratterten und klapperten, als der Wind um das Gebäude peitschte.

»Ich hoffe, dass sich noch niemand über das Vieh hergemacht hat«, murmelte er, während er aufstand. »Sag ihnen, dass wir die Schafe wegen ihrer Wolle und ihrer Milch brauchen und dass dasselbe für die Bullen, die Kühe und die Ziegen gilt. Nicht, dass irgendjemand auf die Idee kommt, sich hier und da einen kleinen Imbiss zu genehmigen. Und wenn doch, werde ich sehr verärgert darüber sein. Hast du das verstanden?«

Barbara nickte. »Ich glaube, sie sind alle noch vollzählig vorhanden. Die Haustiere, meine ich. Was ich von deinen Gefolgsleuten nicht sagen kann.«

»Brauchst du Geld?«

»Nein«, antwortete Barbara. »Ich habe versprochen, hier zu bleiben, bis sie wieder da ist.«

»Gut. Sobald ich sie gefunden habe, bringe ich sie nach Hause.«

Barbara folgte ihm die Treppe hinunter, durch die große Halle und dann eine weitere Wendeltreppe hinab, bis sie ihm nur noch nachsehen konnte, wie er mit der Nacht verschmolz.

Es war schlimm, dachte er, während er sich den Pfad hinunterkämpfte, aber er hatte den Wind im Rücken, und er konnte ziemlich gut sehen. Als Wolf konnte er selbst inmitten eines heulenden Schneesturms – wie Barbara es ausgedrückt hatte – reisen. Aber dies war kein wirklich schlimmer Sturm. »Natürlich«, brummte er tief in seiner Kehle vor sich hin, »hätte es überhaupt keinen Sturm geben dürfen. Es ist Frühling. Der Himmel sollte klar sein und nicht ein Leichentuch aus brodelnden Wolken und Nebelschwaden. Tagsüber sollte die Sonne scheinen und die Luft wärmen und die gefrorenen Flüsse und Bäche schmelzen; sie sollte das Tal in ein grünes Meer wachsender Pflanzen verwandeln. Aber nein, dies ist das letzte Aufbäumen des Winters …« Mit einem Mal verstummte er. Er blieb stocksteif stehen und wartete darauf, dass der Sturm abflaute. Der Wind blies ihm die dicke Pelzrüsche um seinen Hals um die Ohren und quälte mit seinem scharfen, bebenden Heulen Maeniels empfindliche Trommelfelle.

Da war es wieder, dieses Geräusch. Ein Schrei, der Schrei eines Pferdes, ein Schrei des Schmerzes, des Entsetzens und der Angst.

Über dem Wolf ragte der Berg auf, dessen Gipfel sich in Wolken verlor. An seiner linken Seite fiel eine kaum sichtbare Schlucht steil zu einem noch immer unter Schnee begrabenen Fluss hin ab. Ein Wolf kann noch in fast pechschwarzer Finsternis etwas sehen, aber jetzt gab es selbst für Maeniels Augen zu wenig Licht. Um nicht von dem schmalen Pfad abzukommen, musste er sich auf seinen

Tastsinn verlassen: auf das Gefühl seiner Pfoten auf dem Schnee, auf seine Wahrnehmung der Windrichtung und auf die Neigung des Pfades unter seinen Füßen. Er konnte nicht schneller laufen, ohne sich in Gefahr zu bringen.

Er beschleunigte dennoch seinen Schritt. Er wusste, dass er ungefähr in die Richtung lief, aus der er das Geräusch gehört hatte. Das war alles, was er im Augenblick tun konnte.

Dies hier war sein Territorium. Sein Territorium im menschlichen Sinne, nach dem Gesetz der Menschen. Als der Mensch Maeniel hatte er es von Karl bekommen, dem König der Franken. Wer auch immer hier heraufkam und über den Pass ging, folgte seiner, Maeniels, Straße und seinen Regeln. Er hatte nicht gehört, dass Reisende in diese Richtung unterwegs waren, daher musste das Pferd seines sein und würde ihn zu seiner Frau, Regeane, und den anderen führen.

Audovald? Er glaubte nicht, dass es Audovald war. Nein, Audovald war nicht einfach ein Pferd, er war ein alter, bewährter Freund, und Regeane hatte auf seinem Rücken gesessen. Maeniel blieb stehen, während ein besonders heftiger Windstoß ihm das Fell an den Körper drückte und die Kälte sich bis auf seine Haut hinabbohrte. Er schüttelte sich kräftig, um den Schnee aus dem Pelz zu bekommen, und überlegte, dass er wahrscheinlich zu lange in Rom gelebt hatte. *Das milde Klima dort hat mich verweichlicht. Wenn es Audovald ist, wird er meine Stimme erkennen.* Maeniel hob den Kopf und heulte. Er legte alles, was er hatte, in diesen Ruf, beginnend mit dem dunklen Bariton des Jagdrufs, dann weiter mit den Zwischentönen der Einsamkeit, bis seine Stimme schließlich die höchsten Register von Trauer und unstillbarer Sehnsucht erreichte, immer höher und höher, bis sie für menschliche Ohren kaum mehr wahrnehmbar war.

Er bekam unverzüglich Antwort: ein Wiehern, das voller Angst und Furcht war.

Trotz Wind und Kälte und Dunkelheit begann Maeniel zu laufen. Der erste Sprung gelang gut, aber der Zweite trug ihn weit, zu weit, hinaus ins Nichts.

»Regeane«, flüsterte sie und wandte sich dem Bett zu.

»Dort würde ich an Eurer Stelle nicht hinsehen, edle Dame«, sagte Lavinia. »Sie war eine der Favoritinnen des Abts und hat Gift genommen. Ihm gefallen sie tot besser als lebendig. Deshalb liegt sie noch immer hier, aber sie riecht furchtbar, und jetzt fällt sie auch langsam auseinander.«

»Was?«, wisperte Regeane, obwohl sie sofort wusste, dass Lavinia die Wahrheit sagte. Ihre übernatürlich scharfen Sinne teilten ihr mit, dass sich eine Leiche in dem Zimmer befand und dass sie in dem Bett lag.

Regeane berührte mit einer Hand ihr Gesicht; ein Gefühl trunkener Verwirrung hielt sie umfangen, aber sie hatte nicht getrunken. Sie war einen Pfad entlang geritten, im Pass. Das Pferd scheute. Ihre letzte entsetzliche Erinnerung war die Erkenntnis, dass das Pferd Audovald sie unter sich begraben würde. Die Erde, die die schmale Straße bedeckte, musste … musste …

Regeane berührte ihre Wange. Ihre Hand war kalt, eisig. Der Schmerz ihrer eigenen kalten Finger auf ihrer Haut erschreckte sie und verscheuchte auch den letzten Rest Schläfrigkeit. Sie entfernte sich so weit von dem Bett, wie sie konnte.

»Gibt es hier keinen Raum, der sauberer und geeigneter ist als diese … diese Totenkammer.«

»Nein«, flüsterte Lavinia. »Wir Frauen kommen hierher, weil wir hier sicher sind. Selbst wenn sie …« Lavinia deutete auf das Bett. »Selbst wenn sie nicht die angenehmste Gesellschaft ist, die man sich vorstellen kann, so wird sie uns doch zumindest nicht schlagen und vergewaltigen. Etwas, womit ich bei den lebhafteren Gefährten des Abts immer rechnen muss.«

Ja, dachte Regeane. Das war ein Räubernest, wenn nicht gar Schlimmeres. *Schlimmeres* … Diese Vorstellung machte ihrem umwölkten Verstand zu schaffen. Was konnte diesseits des Todes noch schlimmer sein? Aber vielleicht war sie nicht mehr diesseits des Todes. Vielleicht war sie gestorben, als das Pferd … stürzte? Sie war sich nicht sicher, ob es gestürzt war, aber andererseits – nein. Doch, sie dachte nach und war sich am Ende sicher: Das Pferd war gestürzt. Wie weit ging es an dieser Stelle des Passes in die Tiefe? Irgendjemand, sie konnte sich nicht daran erinnern, wer, hatte gesagt, das Tal liege fast eine Meile weit unter ihnen. Nein, nichts konnte einen derartigen Sturz überleben. Also war sie tot. Aber wie war das möglich? Da sie doch immer noch fühlen, denken, sich bewegen konnte und, ja – sie atmete die eiskalte Luft in tiefen Zügen ein –, ja, sie konnte auch noch atmen.

Aber trotzdem war sie vielleicht tot, denn sie fror so furchtbar. Sie bewegte sich langsam auf die niedrige Feuerstelle zu, wo das Kind hockte, Morgana. Die Frau, Lavinia, nahm von einem Metallgerüst in der Nähe der Herdstelle einen Holzscheit und warf ihn auf die fast erstorbenen Kohlen. Das Holz zischte und knisterte. Die Borke musste noch feucht gewesen sein. Dann fing das Holz Feuer, loderte hoch auf und verbreitete eine jähe Hitze.

Regeane streckte dankbar die Hände aus, um die Wärme dieses neugeborenen Feuers zu genießen. Sie schloss die Augen und sah das rote Glühen hinter ihren Lidern. Der Holzrauch, der ihr in die Nase stieg und in ihre Kleider eindrang, verströmte einen saubereren Duft als irgendetwas sonst in dem verkommenen Raum um sie herum.

»Ahhh, das tut gut«, flüsterte Lavinia.

Regeane spürte, wie ihr Kopf langsam klar wurde. »Mein … Gemahl?«

»Seid keine Närrin«, fuhr Lavinia sie an. »Ich wette, Ihr kennt nicht mal seinen Namen.«

»Das nicht, aber er hat versucht, mir zu helfen. Vielleicht hat er mir sogar das Leben gerettet. Also, wo hat man ihn hingebracht? Und was werden diese Männer mit ihm machen?«

»Pst. Seid dankbar, dass sie ihn haben, er wird sie bis morgen früh beschäftigen. Sollen sie ihn heute Nacht in aller Ruhe umbringen, und morgen werde ich …« Sie drehte sich dorthin um, wo einen Augenblick zuvor noch Regeane gestanden hatte, und stieß einen scharfen Laut der Überraschung aus. Die junge Frau war verschwunden!

Der Sachse war von Natur aus kein Optimist, und in der Tat hatten sich seine schlimmsten Befürchtungen bestätigt. Er hatte –

selbst bei den Lombarden – düstere Geschichten über diesen Ort gehört, das so genannte Kloster am Fuße des Passes. Diese Geschichten hatten ihn nicht im Mindesten berührt, denn er wollte ohnehin den Würdenträgern des fränkischen Königs um jeden Preis aus dem Weg gehen. Er wusste nicht, ob sie ihn seinen lombardischen Besitzern zurückgeben würden, aber er hatte nicht die Absicht, ihre Barmherzigkeit auf die Probe zu stellen. Es war eine harte Welt, und nirgends durfte ein Mann ohne Freunde und Verwandte auf Zuflucht oder gar Mitleid hoffen. Das war seine unverbrüchliche Überzeugung, und nichts in seinem Leben hatte ihn auch nur im Mindesten vom Gegenteil überzeugen können. Erst recht nicht diese jüngste Erfahrung.

Es gelang ihm, seine Reflexe so weit zu beherrschen, dass sein Kopf nicht auf dem Fußboden zu Brei geschlagen wurde, aber er war nach wie vor gefesselt. Er wusste nicht, wohin sie ihn gebracht hatten, und auf dem Weg hierher hatte er sich ganz darauf konzentriert, seinen empfindlichen Schädel von den Pflastersteinen fern zu halten; ansonsten hatte er jede Gegenwehr aufgegeben und versucht, seine Glieder erschlaffen zu lassen. Gefesselt oder nicht, er war noch immer in das Bärenfell gehüllt, und der dicke Pelz sorgte dafür, dass er keine schweren Verletzungen von der rauen Behandlung seiner Peiniger davontrug. Das Ding brachte Glück – oder vielleicht auch nicht. Er war mit dem Pelz gefangen genommen worden, andererseits hatte der Pelz ihm wahrscheinlich das Leben gerettet, als man ihn an die Lombarden verkaufte. Aber in den Sklavenpferchen musste er mit drei Männern – oder waren es vier gewesen? – um das verdammte Ding kämpfen. Der Schlag auf den Kopf war sehr hart gewesen … aber an dieser Stelle endeten seine Spekulationen, weil er sich in der Klosterkapelle wiederfand. Er wurde mit gestreckten Gliedern auf den Boden gelegt.

Das *Ding* – so nannte er es in Gedanken –, das Ding, das ständig kicherte, untersuchte ihn. Ein Finger stach ihm an mehreren Stellen in den Körper. »Seid ihr sicher, dass ihr nicht zu fest zugeschlagen habt?«, fragte das Ding die Knechte, die ihn hierher geschleppt hatten. »Er sieht tot aus.«

»Tot, dass ich nicht lache!«, knurrte eine Stimme, die er erkannte; sie gehörte einem der Männer, die am Tor gestanden hatten. »Mach die Augen auf, du Schwein.«

Irgendjemand, wahrscheinlich der Sprecher, trat ihm mit dem Stiefel in die Rippen.

Der Sachse flüsterte den übelsten Fluch, den er kannte, und öffnete die Augen. Sie hatten sich im Kreis um ihn herum aufgestellt. Noch nie hatte er eine schlimmere Horde von Halsabschneidern gesehen. Sie waren allesamt voller Narben, dem einen fehlte ein Auge, dem anderen eine Hand, einer hatte keine Nase, ein anderer hatte nicht einmal Lippen. Aber was ihn dann wirklich vor Entsetzen erbeben ließ, war der Anblick des Mannes, der am Tor gestanden hatte, der Mann, dem seine Begleiterin einen Dolch in die Kehle gerammt hatte. Und er war nicht nur lebendig, er schien auch recht gesund zu sein.

Das Ding, der Kicherer, lachte auf eine besonders widerwärtige Weise. »Odd, er kann nicht fassen, dass du lebst.«

Odd lachte schallend und bespuckte den Sachsen mit einer widerwärtigen Mischung aus Schleim und Blut. »Was ich ganz sicher nicht ihm und seiner hübschen Katze zu verdanken habe.«

Der Sachse wandte gerade rechtzeitig den Kopf zur Seite, um nicht mitten im Gesicht getroffen zu werden.

»Sie kann jedenfalls geschickt mit einem Messer umgehen, dieses Frauenzimmer, das bei ihm war«, sagte Odd. »Vielleicht bleibt sie ja ein Weilchen und leistet uns Gesellschaft.«

Ja, dachte der Sachse, *er hat tatsächlich ein Loch im Hals, fast wie einen zweiten Mund, wo ihr Messer ihn durchbohrt hat*. Jemand hatte die Wunde zugenäht. Sie war jetzt eine rote Linie, die sich von seinem Adamsapfel bis unter sein Ohr spannte. Nein, er hätte tot sein müssen. Wie kam es, dass er es nicht war?

»Wirklich ein Jammer«, sagte Odd. Seine Stimme klang belegt und rau, als hätte der Schlitz in seiner Kehle nur seine Fähigkeit zu sprechen ein wenig beeinträchtigt. »Wirklich schade, dass wir Gui nicht zurückholen konnten. Das Schwein hat zu viel von ihm vergeudet, als es ihn gegen den Pfosten schlug.«

»War Gui derjenige, dem ich den Schädel gespalten habe?«, fragte der Sachse.

Odd lachte, ein seltsames, gurgelndes Geräusch. Dann hustete er rasselnd und spuckte abermals aus. »Ich bin noch nicht wieder in Ordnung. Ich blute immer noch«, jammerte er.

»Schneidet mich los«, sagte der Sachse. »Ich bringe dich in Ordnung, wie ich es bei Gui getan habe. Dann wirst du schon aufhören zu bluten, du Bastard.«

Ein anderer Mann trat ihn. Es war ein guter Tritt, wohl gezielt und bösartig, und er raubte dem Sachsen den Atem.

»Bettle um dein Leben, Schwein«, sagte der Kicherer. »Die haben es auch getan.« Er zeigte auf die Chorstühle, die sich an der Wand der Kapelle entlangzogen.

Ja, der Sachse erkannte den Raum. Es war eine Kirche, eine Kirche, wie sie die Christen hatten. Er und die anderen Sklaven waren einmal die Woche in eine getrieben worden, dort, wo man sie gefangen hielt. Diese Gebäude erinnerten ihn stark an Kuhställe, nur, dass sie höhere Dächer hatten. Sie waren länglich und ziemlich schmal. Die Wände waren von Stühlen mit hohen Rückenlehnen aus geschnitztem Holz gesäumt. Diese Stühle waren für die Priester gedacht, die Einzigen, die sich setzen durften. Die Sklaven und die wenigen Bauern, die den Dienst der niedrigsten Feldarbeiter der Villa taten, knieten auf dem nackten Steinfußboden, während die christlichen Priester in ihren langen Röcken an einem Altar am anderen Ende des Raums einen komplizierten Ritus vollzogen.

Er hatte die ganze Zeremonie als eine elende Erfahrung empfunden: die Kälte, der Schmerz seiner nackten Knie und der Gestank der ungewaschenen Leiber seiner Leidensgefährten, ganz zu schweigen von der Anwesenheit der Zuchtmeister, die dafür bezahlt wurden, Aufstände unter den Sklaven zu verhindern. An bestimmten Stellen der Messe – er war sich nie sicher, wann genau – schlugen die Aufseher mit ihren Peitschen auf jeden Sklaven ein, der das Unglück hatte, auch nur das leiseste Geräusch von sich zu geben. Einmal hatte ein Sklave, dessen Verstand umwölkt war, den Christengott mitten in der Zeremonie laut verflucht. Der Sachse hatte mit angesehen, wie die Zuchtmeister dem Mann die Augen ausstachen und die Zunge abschnitten, und er hatte daraus geschlossen, dass dieser Gott übellauniger sein müsse als die Geister seines Volks, die Geister von Wind, Kälte, Sturm, Feuer, Begehren und Fruchtbarkeit. Sie zumindest scherten sich nicht um menschliches Leiden. Der Christengott dagegen war geradezu bösartig. Tatsächlich schien ihm dieser geistesstumpfe Abt mit seinen Spießgesellen, von denen er jetzt mit Sicherheit wusste, dass sie Tote waren, ein passender Diener für diesen Gott zu sein. »Bettle um dein Leben.« Diesmal war es der Abt, der ihn trat.

»Ich pisse auf euch«, sagte der Sachse.

»Betteln sollst du«, kreischte der Abt. Schnodder rann ihm aus der Nase und Sabber von den Lippen. Er schien enttäuscht zu sein. »An dieser Stelle«, wimmerte er, »haben sie immer alle gebettelt.«

»Ich scheiße auf dich«, sagte der Sachse. »Pisse würde ich dir nicht geben, die wäre noch zu schade für dich.«

»Ich weiß, ich weiß«, rief einer der Männer neben Odd. »Kommt, zeigen wir ihm unsere Gäste.« Er deutete auf die Chorstühle.

»Ja«, sagte der Abt.

Der Abt begann strahlend vor Begeisterung auf und ab zu springen, aber beim zweiten Hüpfer begriff der Sachse, wohin dies führen würde, und schaffte es, sich auf die Seite zu drehen. Der Abt landete auf seinen Rippen. Der Sachse bäumte sich unter ihm auf wie ein wütendes Pferd – trotz seiner Fesseln konnte er sich immer noch bewegen –, aber dann wechselten die Männer sich ab, um zu sehen, ob sie auf ihm stehen bleiben konnten. Er knirschte mit den Zähnen, er drehte und wand sich und versuchte, am Leben zu bleiben, während die ganze Meute nur das eine Ziel kannte: ihn zu Tode zu trampeln. Glücklicherweise besaßen nur wenige der Männer Stiefel, die schwer genug waren, um großen Schaden anzurichten, aber er hörte dennoch, wie erst eine Rippe brach, dann eine weitere; schließlich rutschte er mit dem Gesicht nach unten gegen den hölzernen Lettner vor dem Altar, erbrach sich und rang nach Luft.

Die anderen Männer zogen sich zurück, aber der Abt versetzte ihm noch ein paar Tritte dorthin, wo er seine Nieren vermutete. »Meine Güte, der ist aber unterhaltsam«, plapperte der Abt wohlgelaunt. »Wir hatten schon lange keinen mehr mit so viel Energie. Ja, zeigen wir ihm unsere Gäste.«

Zwei der Männer packten ihn an den Armen und zogen ihn zurück in die Mitte des lang gestreckten Raums.

»Die Fackel«, rief der Abt.

Irgendwo in der Nähe des Altars flackerte eine Fackel auf und wanderte durch die Luft auf den Abt zu. Mit überraschender Geschicklichkeit pflückte der Abt sie mitten aus der Luft und hielt dem Sachsen dann die Flammen ins Gesicht. Die Gefährten des Abtes sahen im Licht noch schlimmer aus. Sie mussten alle irgendwann gestorben sein. Bei dem einen saß der Kopf seltsam lose auf den Schultern. Erhängt? Ein anderer hatte eine geschwärzte, leicht ölig schimmernde Haut, und am Ellbogen konnte man ein Stück von einem angekohlten Knochen sehen. Verbrannt?

Der Tod schien ihre Trinkgewohnheiten jedoch nicht geändert zu haben. Eine bauchige Weinflasche machte die Runde. Als Odd an die Reihe kam, nahm er einen kräftigen Schluck, dann sprang er würgend und schreiend auf und ab, während ihm etwas von dem Wein durch seine aufgeschlitzte Kehle und über seine Brust rann. Die Übrigen fanden dieses Spektakel zum Brüllen komisch.

»Das brennt«, kreischte er. »Es brennt.«

Der Sachse konnte sich gut vorstellen, dass es brannte. Die Wunde in seiner Kehle konnte noch nicht verheilt sein. Alle Männer waren, ob tot oder lebendig, viel größer als der Abt, der sie dennoch beherrschte, trotz seines Idiotenblicks und des ständigen Gesabbers.

»Sieh her«, sagte der Abt und ging auf die Chorstühle zu. Er streckte die Fackel aus, um zu beleuchten, was dort saß.

Der Sachse erhaschte nur einen einzigen, kurzen Blick, aber was er sah, genügte beinahe, um selbst ihn aus der Fassung zu bringen. Er war sich fast sicher, dass er sich in Bälde zu den Kreaturen gesellen würde, die auf den Chorstühlen saßen – wahrscheinlich noch vor Morgengrauen, falls die Sonne überhaupt je auf diesen verfluchten Ort hinabschien. Und falls es doch noch einmal Morgen werden sollte, dann gewiss nicht für ihn. Er wandte resolut das Gesicht zur Seite und schloss die Augen.

Der Abt stieß ein zorniges Kreischen aus und kam zu ihm zurückgelaufen. »Du wirst es dir ansehen. Du wirst es dir ansehen, oder ich steche dir als Erstes die Augen aus.« Er schlug mit der Fackel nach dem Gesicht des Sachsen.

Der Sachse hörte sich laut aufschreien, und dann roch er den Brandgeruch, der von seiner Haut und seinem Haar kam. Er konnte den Abt lachen hören.

»Ich wusste, das würde ihn zum Schreien bringen. Früher oder später bringe ich sie alle zum Schreien.«

»Das glaube ich dir aufs Wort«, sagte der Sachse, als er sich hinreichend erholt hatte, um überhaupt etwas sagen zu können.

»O ja, glaub es, glaub es.«

Die Fackel war jetzt zwischen ihm und dem Abt, und er konnte nur Flammen sehen, sonst nichts.

»Zieht ihn hoch«, befahl der Abt. »Bringt ihn auf die Beine. Und dann führt ihn her, damit er sich die anderen Gäste ansehen kann.«

Er wurde mit einem Ruck auf die Knie gezerrt. Mindestens fünf oder sechs Männer waren nötig, um ihn hochzuhieven. Der Sachse war ein großer, kräftiger Mann. Während die Männer sich abmühten, kam dem Sachsen ein Gedanke. Der Krittler in seinem Kopf sagte ihm, es sei ein erbärmlicher Plan, aber der optimistischere Teil seiner selbst redete ihm gut zu. Da ihm die großartigen Ideen gerade ausgegangen waren, konnte er es ebenso gut auf diese Weise versuchen.

Er schrie laut auf.

Die Männer ließen ihn los, und er stürzte, stürzte böse, und er schrie abermals. Kein Problem. Er hatte zwei gebrochene Rippen, die grausam schmerzten.

Normalerweise hätte er nicht geschrien, da er ein bisschen etwas von einem Eisenmann hatte. *Aber Schreie scheinen diese Ungeheuer zu amüsieren. Also sollen sie ein paar haben,* dachte er.

»Was ist los?«, fragte Odd, benommen vom Wein. »So sehr haben wir dir doch gar nicht wehgetan ... zumindest noch nicht.« Dann begann er zu lachen, und aus seiner aufgeschlitzten Kehle spritzten Wein und Blut.

»Ich habe Schmerzen«, stöhnte der Sachse. »Innerliche Schmerzen. Als ihr auf mich gesprungen seid, müsst ihr etwas gebrochen haben.«

Odd trat nach ihm, und der Schrei, den dieser Tritt hervorrief, überzeugte die übrigen Männer, dass der Sachse wirklich verletzt war und nicht nur so tat, denn Odd bohrte seine Stiefelspitze in eine der gebrochenen Rippen. Ein Reflex schierer Qual krümmte den Rücken des Sachsen, und er wäre beinahe ohnmächtig geworden.

Dies aber erregte die Sorge des Abtes. »Kommt schon, bringt ihn auf die Beine. Ich will ihn da drüben haben, bevor er mir wegstirbt. *Er*«, sagte der Abt und zeigte auf den verdunkelten Altar, »erlaubt mir nur, mit ihnen zu spielen, bis sie sterben. Er lässt es nicht zu, dass ich danach noch weitermache. Er gibt sie mir einfach nicht zurück. Wenn der da stirbt«, greinte er, »dann krieg ich ihn nicht wieder. Und ich möchte ihn noch ein Weilchen behalten. Also, bringt ihn auf die Beine«, kreischte er schrill.

Die Leichenbande, denn so bezeichnete der Sachse sie inzwischen bei sich, riss ihn abermals auf die Knie. Der Sachse zwang seinen Körper, schlaff zu werden. Er stürzte abermals hart zu Boden.

»Steh auf!«, schrie der Abt und schlug mit der Fackel auf ihn ein.

Der Sachse schrie und stöhnte, zwang sich aber, still liegen zu bleiben, und stieß ein absolutes Brüllen des Schmerzes aus, als der Abt ihm die Fackel in die Seite drückte.

Ich muss tot sein, dachte Regeane. Ja, das würde alles erklären. I*ch muss tot sein; wie wäre es sonst möglich, dass ich im Dunkeln so gut sehen kann?* Sie folgte der Biegung der Mauer, weg von dem Raum, in den die Frauen sie zuvor geführt hatten, aber sie konnte den langen Korridor mühelos erkennen. Tatsächlich schien irgendwo vor ihr sogar ein Licht zu brennen, und sie hörte das ferne Geräusch von Rufen und Schreien. Ja, da war ein Licht. Regeane lief schneller, aber als sie den silbernen Schein erreichte, stellte sich heraus, dass es nur der Mond war, der durch die zerbrochenen Dachsparren über ihr schien. Draußen musste der Sturm inzwischen weitergezogen sein. Jetzt schimmerte der Mond unruhig durch die schnell dahinfliegende Wolkenschicht.

Der Wind peitschte durch das ruinierte Dach, und Regeane bekam am ganzen Körper eine Gänsehaut. Es war bitterkalt, aber die Luft war sauber und tötete die Gerüche um sie herum ab. Der Schnee war durch das Loch im Dach in das Gebäude eingedrungen und auf dem Boden liegen geblieben. Regeane tastete sich mühsam weiter. Ihre Reitstiefel waren auf der gefrorenen Oberfläche eher hinderlich.

»Was? Frau? Bist du denn wahnsinnig? Ich habe versucht, dich von ihm fern zu halten.« Das Flüstern kam aus der Dunkelheit in der Nähe des kleinen Sees aus Mondlicht.

Regeane erkannte die Stimme; es war der alte Mönch, der sie ins Kloster gelassen hatte. »Ich muss meinen Gemahl finden«, antwortete sie.

»Komm mir nicht wieder mit dieser Lüge«, antwortete er mit einiger Strenge. »Ich habe dich mit den Frauen weggeschickt, um dich vor unserem so genannten Abt und seiner Dämonenbande zu schützen, und jetzt sehe ich, dass du zu ihm zurückläufst. Hast du es denn so eilig, deinem Verderben entgegenzugehen? Der Mann ist ein entlaufener Sklave. Ich habe seine Halsfessel gespürt, als er an der Tür mit mir zusammenstieß. Er ist gewiss nicht der Gemahl einer Frau wie dir.«

»Das spielt keine Rolle«, sagte Regeane. »Ich muss ihm helfen. Er hat versucht, mich zu retten.«

Der Mann, nur ein Schatten in der Finsternis, umklammerte ihren Arm, aber sie konnte sich mit überraschender Leichtigkeit befreien. Und genau in diesem Augenblick erklang ein schrecklicher Schrei.

»Nein-nein-nein«, stöhnte der alte Mann. Er versuchte abermals, Regeane mit sich zu ziehen, aber sie rannte bereits auf die Kapelle zu. Direkt vor ihr befand sich eine große Doppeltür aus Eichenholz. Die eine Tür war geschlossen, die andere stand gerade einen Spalt breit offen. Ein schwacher Lichtschein ergoss sich in den leeren Korridor.

Regeane streckte die Hand aus und zog die Tür auf.

Für Maeniel fühlte es sich eher wie Fliegen an, nicht wie Fallen. Ein Sturz ist eine Urangst, trotzdem fürchtete Maeniel sich nicht so sehr, wie es vielleicht hätte der Fall sein können, weil die schneeerfüllte Dunkelheit so dicht war. Ihm schien, als sei der Pfad einfach verschwunden, dann flog er, und dann landete er auch schon. Plötzlich konnte er nicht mehr atmen, und vielleicht verlor er auch das Bewusstsein, aber er war sich nicht sicher. Er wusste nur, dass er in einen Haufen Felsen gekracht war und sekundenlang nicht atmen konnte. Er tat, was ein Mensch in der gleichen Situation getan hätte: Er blieb ganz still liegen und versuchte verzweifelt, wieder Luft zu bekommen.

Während er das tat, kehrte auch seine Sehkraft langsam zurück. Keine große Hilfe, dachte er, da er ohnehin nur Schneeverwehungen sehen konnte, die der Sturmwind wie gewaltige Stoffstücke aufgebauscht hatte. Aber als er aufblickte, konnte er selbst in der nebligen Düsternis erkennen, dass der Pfad nicht mehr da war, ausgelöscht von einer gigantischen Lawine, die von dem gletscherbegrenzten Hang über ihm abgegangen war.

Regeane, dachte er und begann zu kämpfen. Aber es schien eine Ewigkeit zu vergehen, bis es ihm endlich gelang, Boden unter die Füße zu bekommen. Dann wurde das Licht besser, und Maeniel konnte sehen, was ihm das Leben gerettet hatte. Er befand sich auf der Lawine selbst. Die ganze Topographie der Landschaft hatte sich verändert. Es war nicht nur der Pfad, der durchs Gebirge führte, weggerissen worden, es war mit ihm auch ein Teil des Gipfels verschwunden, der sich nun wie ein Fächer über den einst so steilen Abhang ins Tal breitete. Jetzt war der Hang nicht mehr so steil, und der Fluss in der Schlucht tief unten versuchte, sich über die Trümmer des von den Bergen abgestürzten Gletschereises einen neuen Weg zu bahnen.

Der Wolf ging in die Hocke und heulte noch einmal.

Und wieder bekam er Antwort.

Das Licht wurde in der Tat besser, obwohl es nach wie vor schneite. Der Schnee selbst war jetzt weniger ein dichter Vorhang als ein Nebelschleier, und nicht weit entfernt entdeckte Maeniel einen dunklen Fleck in all dem Weiß. Es war Audovald. Das Pferd war halb begraben. Nur sein Hals und einer der Vorderhufe ragten aus dem Schnee heraus.

Das Pferd schnaubte, als der Wolf näher kam. *Bist du es?*

Ja. Sie rieben ihre Nasen aneinander.

Audovald entspannte sich ein wenig. *Bist du wütend?*

Der Wolf strich abermals mit seiner Nase über die des Pferdes. *Nein. Ich habe Angst.* Diese Bemerkung war eine Körperbewegung des Wolfs und ansonsten unübersetzbar.

Ich habe sie verloren. Dies war ein Schmerzensschrei des Pferdes.

Der Wolf berührte abermals beruhigend Audovalds Nase. *Wir sind alle sterblich. Ich bin davon überzeugt, du hast getan, was du konntest.*

Der ganze Berg ist eingestürzt. Das Pferd war zutiefst bekümmert. *Der Pfad ist unter meinen Füßen einfach verschwunden. Die anderen sind geflohen. Antonius versuchte, sie in Sicherheit zu bringen.* Audovald stöhnte, nur ein einziger, schrecklicher Laut bei einem Pferd. *Ich habe keine Ahnung, ob es ihm gelungen ist, aber sie hat die anderen vorausgeschickt, und wir lagen zu weit hinten. Ich habe versucht, davor wegzulaufen. Ich habe versagt.* Er reckte den Hals vor, legte das Kinn auf den festgedrückten Schnee und schloss die Augen.

Der Wolf begann zu graben.

Wahrscheinlich habe ich mir alle Beine gebrochen.

Pferde sind Pessimisten, dachte der Wolf. Er hielt in der Arbeit inne und fragte: *Hast du Schmerzen?*

Nein.

Dann werden wir es versuchen. Der Wolf grub weiter.

Sie hörte es kommen. Ich auch, fuhr das Pferd fort. *Aber der Eisfall war so groß, dass wir unseren eigenen Sinnen nicht trauten, und Regeane drehte sich um, schickte die anderen voraus und rief ihnen eine Warnung zu. Antonius reagierte blitzschnell. Aber als es uns einholte, waren sie und ich die Letzten in der Gruppe und wurden vom Schnee mitgerissen. Was aus den anderen geworden ist, weiß ich nicht.*

Der Wolf legte den anderen Vorderhuf des Pferdes frei. Audovald versuchte, einen Schritt nach vorn zu machen, schrie dann jedoch vor Schmerz laut auf und ließ sich zurücksinken.

Beweg dich nicht, bevor ich es dir sage, befahl der Wolf.

Ja, mein Herr und Gebieter, erwiderte das Pferd. Der Wolf bemerkte jedoch, dass Audovald Mut gefasst zu haben schien.

Der Sachse sah, wie sie die Tür öffnete. Irgendeinem Wunder war es zu verdanken, dass der Rest dieses mitternächtlichen Hofstaats sie nicht sah. Der Abt hatte gerade die Fackel zurückgezogen, und seine Peiniger warteten voller Neugier auf die Reaktion ihres Opfers. Der Sachse sank in sich zusammen und blieb auf der Seite liegen, die Augen halb geschlossen und um Luft ringend. Die Frau war ein Stück makelloser Schönheit in einem dunklen Universum. Einen kurzen Augenblick lang verfluchte er noch einmal ihre Wächter. Wie konnten sie es zulassen, dass sie – gewiss eine Edelfrau – in solch grauenvolle Gefahr geriet? Er hoffte, dass sie weglaufen würde, wenn sie sah, was die Männer ihm antaten. Diese schauerliche Horde hätte ihr eigentlich einen tödlichen Schrecken einjagen müssen, aber sie schien keine Angst zu haben. Stattdessen zückte sie ihr Messer.

Ein Tischmesser, vermutete er voller Verzweiflung, aber nein, es konnte wohl als Kurzschwert durchgehen, ein einschneidiger Sachs und tödlich.

»Lasst ihn in Ruhe«, befahl sie.

Und wunderbarerweise gehorchten sie.

Der Sachse erlebte einen Reigen verschiedenster Gefühle: Schuldbewusstsein, weil diese Ungeheuer sich jetzt auf die Frau konzentrieren würden, eine wilde Freude, dass sie sie für ein paar Sekunden abgelenkt hatte, und schließlich Hoffnung, dass sie mit dieser

Waffe geschickt genug war, um ihm die Zeit zu verschaffen, sich zu befreien. Er hatte die Seile schon während des früheren Handgemenges erprobt und war davon überzeugt, dass er sich befreien konnte, wenn er nur ein paar Augenblicke in Ruhe gelassen wurde.

Nun gut, er war verletzt, und wenn er sich einen Gedanken daran gestattete, so hatte er auch Schmerzen, aber er brodelte vor Zorn, und sein Durst nach Rache war schier unermesslich.

Die ganze Bande stürzte sich wie eine Welle auf die Frau.

Der Sachse rollte sich auf den Rücken, zog die Knie an die Brust und schlang seine gefesselten Hände über die Füße. In dieser Position zerrte er an den Seilen, die seine Knöchel fesselten. Ein kräftiger Ruck, und die Seile rissen. *Halb verfault wie alles an diesem entsetzlichen Ort,* dachte er und sprang auch schon auf die Füße.

Odd hatte ebenfalls eine Art Schwert. Es schien kein besonders gutes zu sein und war überdies vollkommen verrostet. Nachdem er sich von hinten angeschlichen hatte, riss der Sachse ihm die Waffe aus der Hand.

Odd wirbelte überrascht herum.

Der Sachse schwang das Schwert einhändig. *Ihr Götter meines Volkes, es tut gut, wieder ein Schwert in der Hand zu haben. Es ist so lange her,* dachte er, als sein Hieb Odds Schulter durchtrennte, mühelos durch die Rippen glitt und seine Brust fast bis zur Hüfte hinab spaltete.

Doch kein gar so schlechtes Schwert, dachte der Sachse. Es muss einstmals einem wahren Krieger gehört haben. Wo *immer du bist*, wandte er sich an den Geist des Kriegers, *ich werde dich rächen.* Mit diesem Gedanken hackte er den Abt in vier Stücke.

Zu seinem Entsetzen zappelten die Einzelteile auf dem Boden und versuchten, wieder zusammenzukommen, so wie eine entzweigehackte Schlange sich noch lange nach ihrem Tod krümmt und windet. Aus dem Hals des Toten schäumte rotes Blut, das sich auf den steinernen Fußboden ergoss. Blut, mehr Blut, als im Körper eines einzigen Menschen gewesen sein konnte, sprudelte aus dem zerhackten Leichnam und spritzte in alle Richtungen.

Regeane sah das Grauen im Gesicht des Sachsen. Sie hielt ihr

Schwert in der Hand und wickelte sich nun, ohne einen Gedanken an den Wert des Kleidungsstückes, den weißen Brokatumhang um ihren linken Arm. Der Mann, dessen Kopf in einem so seltsamen Winkel auf seinem Hals saß, ging mit einem Speer auf sie los. Sie parierte mit ihrem brokatumwickelten Arm und lenkte die Speerspitze nach oben ab, während sie dem Mann ihr Messer in den Unterleib rammte. Sie hatte unerwarteten Erfolg: Eine Sekunde später stolperte ihr Angreifer über seine eigenen Gedärme.

Der Sachse schien wie gelähmt vor Grauen.

»Die Fackel!«, schrie Regeane. »Mach dir das Feuer zunutze. Sie fürchten das Feuer.«

Sie erinnerte sich an Rom, schwarze Wespen auf dem Gesicht einer Frau und ein Grab, das da war und doch nicht da. Sie hatte schon einmal gegen diese Kreatur gekämpft.

Der Sachse stürzte los, riss die Fackel vom Boden und warf sie gegen den hölzernen Lettner vor dem Altar. Das Holz war alt und brüchig, und es musste obendrein zundertrocken gewesen sein. Außerdem kam ihnen die Tatsache zustatten, dass der untere Teil des Lettners mit Leinenvorhängen verhängt war. Sie fingen mit einem gewaltigen Zischen Feuer, und binnen weniger Sekunden brannte die Kapelle lichterloh. Was Regeane und der Sachse als Nächstes sahen, war grauenvoll.

Der Sachse ahnte, dass dies die Trophäen des Abtes sein mussten. Die Chorstühle waren gesäumt mit Leichen. Einige waren noch zu erkennen und wahrscheinlich erst wenige Monate tot; andere bestanden nur noch aus Kleidungsstücken und vertrockneter Haut, Zähnen, eingefallenen Augenhöhlen und braunen Knochen. Unübersehbar war jedoch, dass sie alle einen entsetzlichen Tod gestorben waren. Eine der jüngeren Leichen schien unversehrt zu sein, aber der Ausdruck wahnsinniger Furcht auf dem Gesicht des Mannes und die Position, in der seine Hände steif geworden waren, verrieten, dass man ihn lebendig begraben hatte.

Regeane sah sich weiter um. Neben dem Mann war eine Frau. Sie war nackt. Man hatte sie mit einem Dutzend Speere an den hölzernen Stuhl genagelt; keiner der Speere hatte ein lebenswichtiges Organ durchbohrt. Gut möglich, dachte Regeane, dass sie noch tagelang gelebt hatte.

Die übrigen Mitglieder der Leichenbande flohen zum Altar.

Was keine gute Idee war.

Es schnellte von dem besudelten Altar aus vor der Leichenbande in die Höhe, sichtbar nur deshalb, weil die über den Lettner züngelnden Flammen seine Umrisse nachzeichneten. Es war ein Bär, aber der größte Bär, den Regeane und der Sachse je gesehen hatten. Ein Bär mit einem Flammenpelz. Er brüllte, und die Wände schienen zu beben. Die Männer des Abtes warfen sich auf den Boden vor dem Bären und begannen zu jammern.

»Getötet«, brüllte der Bär. »Ihr habt meinen Jünger getötet, meinen Verehrer, meinen Priester. Ich habe ihn und seine Kreaturen hundert Winter lang am Leben erhalten, in denen ich hier weilte.«

»Ja«, rief Regeane. »Er stank in der Tat nach allem, was man sich nur denken kann.«

»Was schert es mich, womit meine Kreaturen sich die Zeit vertreiben?«

Das Flehen der Leichenbande schien das Bärengeschöpf nur zu verärgern. »Sterbt«, sagte er, und sie starben; einer nach dem anderen brachen sie auf dem Boden zusammen. »Ich habe euch am Galgen gefunden. Kehrt dorthin zurück.«

Sie verschwanden.

»Schade, dass ich mit dir nicht dasselbe tun kann«, rief das Geschöpf, »aber vielleicht können es meine Handlanger.«

Regeane und der Sachse sahen entsetzt zu, wie die Leichen in den Chorstühlen überall um sie herum sich zu bewegen begannen.

Der graue Wolf brauchte fast eine Stunde, um das Hinterteil des Pferdes freizulegen. Beide standen sie schlimme Ängste aus, dass eines der Beine gebrochen sein könnte. Dann hätte keiner von ihnen gewusst, wie es weitergehen sollte.

Der graue Wolf fragte sich, ob er es über sich bringen würde, einen Freund zu töten – und sei es, um ihm furchtbares Leiden zu ersparen. Und das Pferd wusste, dass ein gebrochenes Bein sein Ende sein würde. Nicht einmal ein Mensch hatte mit einer solchen Verletzung große Chancen, wieder gesund zu werden. Selbst eine geringfügige Verletzung forderte durch Blutverlust und Infektion einen hohen Tribut. Aber wie das Glück es wollte, konnte Audovald, als der Wolf alle vier Beine befreit hatte, ohne Mühe stehen.

Ich begreife nicht, sagte er zu dem Wolf, während er jedes einzelne Bein zur Probe krümmte und damit aufstampfte, *dass ich keine tödliche Verletzung davongetragen habe. Aber wie es aussieht, ist nichts Schlimmes passiert. Dann lass uns jetzt sehen, ob wir es nicht bis hinunter ins Tal schaffen. Ich muss nach den anderen suchen.*

Sie standen beide auf dem steilen, fächerförmigen Erdrutsch. Es hatte aufgehört zu schneien, und der Himmel klärte sich. Der Mond schien hell, und der Wolf und das Pferd konnten mühelos sehen, nicht schlechter als mitten am Tag.

Sie könnten meilenweit von hier entfernt sein oder unter Schneemassen begraben, sagte Audovald.

Pferde sind Pessimisten, dachte der graue Wolf abermals. Er wollte sich gerade daran machen, die Gegend systematisch abzusuchen, als er über sich ein scharfes Jaulen hörte.

Hier und da waren kleinere Abschnitte des Pfades übrig geblieben. Auf einem dieser Abschnitte stand eine schwarze Wölfin. Sie wedelte mit dem Schwanz, nicht hektisch oder übermäßig begeistert, sondern einfach nur sehr anmutig.

Ich lebe, komm zu mir.

Er folgte ihrem Ruf. Sie befanden sich in einer flachen Höhle, einer natürlichen Grotte. Antonius lag auf dem Boden, und ein Sattel diente als Kissen für seinen Kopf. Gavin schürte ein kleines Feuer. Die schwarze Wölfin – Matrona – und Maeniel verwandelten sich jetzt in Menschen. Maeniel borgte sich einige von Gavins Kleidungsstücken, eine Tunika aus schwerer Wolle und eine Hose. Gavin blickte gleichzeitig schuldbewusst und todunglücklich drein.

»Wir haben sie verloren«, sagte er und begann zu weinen.

Antonius öffnete nur ein einziges Mal kurz die Augen, schüttelte den Kopf und schloss sie dann wieder. Matrona trug eine Dalmatika aus weißer Seide und einen geteilten Reitrock aus braunem Wildleder.

»Wir können später trauern«, sagte Maeniel entschieden. »Wenn wir uns sicher sind. Sie ist eine von uns, und wir sind nicht so leicht umzubringen.«

Antonius öffnete abermals die Augen. »Du meinst, dass sie vielleicht noch lebt? Aber hast du nicht gesehen, was für eine Lawine …«

»Wie gesagt«, wiederholte Maeniel. »Wenn wir es wissen, so oder so. Es wird genug Zeit für Kummer und Anschuldigungen geben. Bis es so weit ist, werden wir suchen. Antonius, kannst du reiten?«

»Ja.« Antonius stand schon im nächsten Augenblick auf den Füßen.

»Gut«, sagte Maeniel. »Audovald ist auf dem Weg hierher.«

»Das Pferd hat überlebt?«

»Ja, ich habe ihn befreit. Wir …« Er zeigte auf Gavin und Matrona. »… Wir werden als Wölfe gehen.« Sie ließen ihre Kleidung fallen.

Antonius blickte ihnen in dem silbern schillernden Mondlicht nach; dann waren sie auch schon in der Nacht verschwunden.

Ein Albtraum. Dies muss ein Albtraum sein, dachte Regeane, während sie sich mit der Hand über die Augen fuhr. »Sind wir vielleicht tot?«, fragte sie den Sachsen.

Er nickte. »Ich habe die gleiche Idee gehabt. Tot in der Wildnis, ohne Opfergaben und unbeweint von Verwandten. Ohne die notwendigen Opfer und Lobgesänge, um den Göttern zu sagen, dass wir beide von hoher Geburt waren und im Leben Verdienste erworben haben, sind wir als Ausgestoßene der Wildnis überantwortet worden.«

»Ich war immer schon eine Ausgestoßene«, sagte Regeane. »Ich fürchte mich nicht.«

»Zufällig gilt das Gleiche für mich«, erwiderte der Sachse. »Ich wurde zu der niedrigsten nur denkbaren Sklaverei verdammt, verkauft nur um meiner körperlichen Kraft willen; ich habe in Ketten auf den Weizenfeldern der Lombarden gearbeitet und einmal sogar die Rolle eines Pferdes übernommen und einen Pflug gezogen.«

Das Gespräch verlief sehr ruhig.

Die Erste der Leichen, der Mann mit dem entsetzensstarren Gesicht, begann auf sie zuzukommen, mit leerem Blick und ruckartigen Bewegungen, wie eine Marionette. Die Flammen, die sich zuerst anscheinend auf den Lettner und die Kuppel darüber beschränkt hatten, krochen jetzt langsam ins Dachgewölbe hoch.

»Eigentlich sollte es uns schwer fallen zu atmen«, sagte Regeane. »Stattdessen wird der Rauch aus dem Raum abgezogen.«

Sie wichen beide rückwärts vor dem näher kommenden Toten zurück.

»Wahrscheinlich hat das Dach Löcher«, erwiderte der Sachse. Dann schrie er plötzlich vor Ekel und Entsetzen auf, als er von hinten gepackt wurde; sein Gegner war etwas, das nur noch aus geschwärzten Knochen bestand, an denen einige letzte Fetzen Fleisch und Stoff herabhingen.

Der Kopf war halb von einer Kapuze verborgen. Mit einem Mut, der sie selbst überraschte, schlug Regeane der Kreatur mit der Faust ins Gesicht. Das Ding fiel zu Boden, und der Sachse zertrat es mit seinen Stiefeln zu Brei. Dann schlug er die Leiche, die sie inzwischen erreicht hatte, mit seinem Schwert in drei Stücke.

Eine Sekunde später stieß Regeane einen gellenden Schrei aus.

An dem Kopf des Abtes hing noch immer eine Schulter mitsamt Arm. Mit einer bösartigen Grimasse schnappte er mit den Zähnen nach Regeanes Fuß und biss fest zu.

Die Kreatur zwischen den Flammen, die den Altar verzehrten, lachte laut auf. »Es ist noch immer etwas Leben in meinem Geschöpf und sehr viel Boshaftigkeit.«

»Bleib still stehen«, befahl der Sachse Regeane. Dann spaltete er den Kopf des Abtes in zwei Teile, so dass die Schädeldecke herunterfiel. »Jetzt nicht mehr«, sagte der Sachse, als die Überreste des Abtes über den Boden rollten.

»Wir müssen überlegen, wie wir mit diesen Kreaturen am besten fertig werden«, flüsterte Regeane mit steifen, bleichen Lippen. »Wir müssen uns eine Strategie zurechtlegen.«

»Ja«, antwortete der Sachse.

Und das taten sie.

Über ihnen fraß sich das Feuer langsam durch die mit Balken gestützte Decke. Brennende Holzscheite und Kohlenstücke flogen durch die Luft. Als Nächstes fingen die Chorstühle mit einem grellen Aufblitzen und einem gewaltigen Dröhnen Feuer und erfassten auch diejenigen unter den Toten, die bereits zu weit verwest waren, um der Ausgeburt des Bösen am Altar noch von Nutzen sein zu können.

Regeane und der Sachse mussten sich in die Halle zurückziehen. Mittlerweile war klar, dass das gesamte Kloster verbrennen würde.

»Ich schneide«, sagte der Sachse, »du arbeitest mit Feuer.«

»Ja«, sagte Regeane und trat zwei brennende Holzbretter aus dem zerfallenen Türrahmen, während sie sich durch das uralte, hohe Gebäude von dem Inferno entfernten.

Alles in der Ruine, was nicht den Elementen ausgesetzt war, war zundertrocken. Der Sachse mähte die Gräuel, die sich ihnen in den Weg stellten, mit seinem Schwert nieder. Regeane setzte mumifiziertes Fleisch, Lumpen und trockene Knochen in Brand.

Der Sachse war ein Eisenmann und sein »Mut, Frau, Mut« hielt Regeane in dieser langen Nacht voller Schmerz, Grauen, Ekel und Erschöpfung aufrecht.

Die schlimmsten Augenblicke erlebten sie mit dem Ding auf dem Bett in dem ersten Raum, in den man Regeane geführt hatte; das Ding erhob sich und griff sie an. Die faulige Leiche war zu feucht, als dass Regeane sie mit ihrer Fackel hätte in Brand stecken können, daher riss sie die Bettvorhänge herunter, warf sie über das widerwärtige Etwas und entzündete den Stoff. Dann warf sie noch die Federbetten und die Leinenbezüge darüber. Mittlerweile stand das ganze Gebäude in Flammen, und das Dach der Kapelle war eingestürzt.

Regeane und der Sachse rannten durch das Tor hinaus in den Schnee. Zu ihrer Überraschung war es im Osten bereits hell; es war

Morgen. Sie machten vor dem Tor Halt, um ihre Lungen mit der sauberen, kalten Luft zu füllen. Der Sachse ließ sich an einer Steinsäule vor der Abtei zu Boden sinken, fuhr aber gleich wieder in die Höhe, als er drei Wölfe in mörderischem Tempo herbeirennen sah.

Seine Angst war nicht übermäßig. Er hatte schon früher mit Wölfen gekämpft und wusste, dass diese drei, die gut genährt und gesund aussahen, wahrscheinlich vor zwei erwachsenen Menschen die Flucht ergreifen würden.

»Nein«, sagte Regeane. »Greif sie nicht an. Das ist mein Gemahl mit zweien seiner Freunde.

Ich habe es dir doch gesagt«, fügte sie hinzu, während sie sein Handgelenk umklammert hielt. »Ich habe dir gesagt, dass ich schon immer eine Ausgestoßene war.«

3

Ich nehme an ...«, sagte der Sachse später, als Antonius ihm die eiserne Halsfessel abnahm, »ich nehme an, ich bin doch nicht tot?«

Antonius zog die Augenbrauen hoch. »Wahrhaftig, hast du das denn geglaubt?«

»Ja«, antwortete der Sachse zögernd. »Während der vergangenen Nacht habe ich es eine Zeit lang tatsächlich geglaubt. Und du? Bist du ein Priester?«

Antonius' Augenbrauen zuckten noch ein Stück weiter in die Höhe. »Nein«, sagte er. »Obwohl mein Stiefvater Papst war.«

Der Sachse fragte: »Unla?«

Antonius empfand Mitleid für den Mann, den er für einen ziemlich verwirrten Barbaren hielt. »Ich bin der Haushofmeister der Dame, die bei dir war. Ihr Gemahl herrscht über ein Herzogtum hier in den Bergen. Er würde es zwar nicht als Herzogtum bezeichnen, aber was Größe, Ansehen, Wohlstand und Macht betrifft, wäre der Begriff durchaus angemessen.«

Dann stellte der Sachse die Frage, die in seinen Gedanken brannte, seit Regeane einen riesigen Bergwolf mit einem Kuss und einer Umarmung begrüßt hatte. »Bin ich wieder in Gefangenschaft?«

Antonius wusste sehr wohl, was die Halsfessel bedeutete – und was hinter der Frage des Mannes stand. »Nein«, antwortete er, und ungefähr im gleichen Augenblick löste sich die Halsfessel.

Einige Herzschläge lang sah es so aus, als würde der Sachse womöglich in Tränen ausbrechen. Antonius wandte sich hastig ab, denn er wollte nicht mit ansehen, wie ein so immens kraftvoller Mensch zusammenbrach.

»Aber die Halsfessel?«, fragte der Sachse.

»Welche Halsfessel?«, fragte Antonius.

»Komm her«, sagte Matrona. Sie trug ein langes Gewand aus schwarzer Seide und dazu eine Kette aus Gold und Granaten, ein raffiniertes Schmuckstück, das mit geflügelten Sphinxen verziert war. Wie viele Dinge, die Matrona besaß, schien auch dieser Schmuck unvorstellbar alt zu sein.

Der Sachse zeigte mit dem Finger auf die Kette. »Was …?«

»In einer heißen Nacht in Babylon«, sagte Matrona, »liebte ich einst einen König.«

Dann strich sie dem Sachsen über die Wange, wo der Abt ihm die Haut verbrannt hatte. Der Sachse zuckte zusammen, aber als die Frau ihn berührte, wich der Schmerz aus seinen Verletzungen – aus allen seinen Verletzungen. Während sie ihn versorgte, schlief er ein, aber er träumte, er wäre wieder in den Sklavenpferchen auf dem großen lombardischen Anwesen. Er erwachte mit einem wilden Schrecken und wollte auf Matrona losgehen, aber sie fing sein Handgelenk mit einer Kraft auf, dass er wusste, sie hätte ihm mühelos die Knochen brechen können, wäre dies ihr Wunsch gewesen.

»Wer ist Gott?«, fragte der Sachse.

»Die Mutter«, antwortete Matrona.

»Die Mutter ist allmächtig«, sagte er.

»Ich bin froh, dass du das weißt. Wir werden gut miteinander auskommen.«

Regeane kam mit einigen Kleidungsstücken und dem Bärenfell überm Arm auf ihn zu. »Ich habe frische Sachen zum Anziehen mitgebracht. Würdest du bitte seinen Umhang halten, Matrona, während er sich ankleidet?«

»Vielleicht werde ich das tun«, sagte Matrona. »Aber wer weiß, vielleicht auch nicht. Ich würde gern sehen, was er sonst noch hat.«

Regeane wurde rot, aber ihre Verlegenheit war nichts gegen die des Sachsen, der noch heftiger errötete. Seine Kleider waren nur Lumpen, und die Röte in seinen Wangen breitete sich langsam abwärts über den Rest seines Körpers aus.

»Matrona, du bist unverbesserlich.« Regeane lachte.

Die Sonne schien so strahlend vom Himmel herab, dass sie die Luft wärmte und den Schnee schmolz. Die Straße war frei, und viele von Maeniels Gefolgsleuten erkundeten im Augenblick das ausgebrannte Kloster.

»Was werden sie dort vorfinden?«, fragte er.

Regeane erschauderte und schlang sich beide Arme um den Leib, als fröre sie.

»Nichts, oder zumindest nichts Neues. Knochen, verwestes Fleisch. Sie haben wahrscheinlich auf Beute gehofft. Es gibt dort noch einiges an Gold und Silber, aber wir werden es nicht nehmen. Wir werden es mit den menschlichen Überresten auf dem Friedhof innerhalb des Klostergeländes vergraben.«

»Der alte Mönch? Die Frauen?«, fragte der Sachse.

Regeane erschauderte abermals. »Ich glaube, sie waren überhaupt nicht Wirklichkeit, sondern nur Schatten des Bärengeistes. Seine Diener. Sie alle haben versucht, mich daran zu hindern, dir zu helfen.«

Der Sachse nickte.

»Und nun zieh dich an«, befahl sie. »Wir wollen nach Genf reisen, um dem fränkischen König zu berichten, dass seine beste Straße über die Alpen zerstört ist. Du musst aussehen wie ein Krieger aus unserer Schar, ein vornehmer Mann, so dass niemand sich über deine Anwesenheit wundert. Wir werden dich schützen. Und wenn es dein Wunsch ist, kannst du deine Reise fortsetzen, sobald es möglich ist.«

Er nahm das Bärenfell und die Kleidung von ihr entgegen. Dann drehte sich Regeane um und ging davon.

»Zieh dich an«, sagte Matrona und hielt das Bärenfell in die Höhe. »Deine Schamhaftigkeit gereicht dir zur Ehre. Ein wenig Keuschheit – nicht zu viel, dass du mich recht verstehst, aber ein wenig – ist bei einem jungen Mann durchaus anziehend.«

»Jetzt verstehe ich.« Er zog sein Hemd und seine Hose aus. »Jetzt verstehe ich«, wiederholte er.

»Was verstehst du?«, fragte Matrona hinter dem Bärenfell.

»Alles«, antwortete der Sachse. »Alles. Ich habe mich gefragt, warum die Götter eine so schwere Last auf meine Schultern gelegt haben. Den Verlust all dessen, was ich war und besaß. Jetzt weiß ich es. Jemand musste dort sein, um Regeane aus dem Schnee zu retten. Um dafür zu sorgen, dass sie überlebte. Ich wurde auserwählt, und der Preis darf für mich keine Rolle spielen.«

Auf der anderen Seite des Bärenfells runzelte Matrona die Stirn.

Ein paar Tage später blickten sie auf Genf hinab. Die Stadt war nichts Besonderes, aber der See war hübsch. Er spiegelte die Berge und das ersterbende Licht wider. Als Maeniel Regeane und den Sachsen gefunden hatte, hatte er nach seinen Leuten geschickt. Einige waren mit Gordo auf der Jagd gewesen, aber sie schlossen sich auf Maeniels Gebot hin den anderen an. Daher hatte er nun dreißig Krieger in seinem Tross. Die meisten gehörten zu seinem Rudel.

Matrona ritt mit dem Sachsen. Sie war ihm während der letzten beiden Tage nicht von der Seite gewichen. Nun gut, er hatte keine Schmerzen mehr, aber die Brandwunde, die der Abt ihm zugefügt hatte, sah böse aus und musste beobachtet werden. Genauso wie der Mann selbst, dachte Matrona. Er ritt wie im Traum, wie ein Mensch, den großer Kummer oder ebenso großes Glück über sich selbst erhoben hatte. Zuerst vermochte sie nicht zu sagen, welches von beiden es war, aber am zweiten Tag wusste sie, dass es Glück war.

In der ersten Nacht im Lager waren der graue Wolf und die Silberwölfin zwischen den Fichten am Wegesrand verschwunden. »Sie ist der silberne Wolf, er der graue, du bist der schwarze Wolf, und der Hauptmann der Wache ist rot«, sagte der Sachse zu Matrona.

»Ja.«

Er nickte.

»Kennst du Irminsul?«

»Ein Baum von großer Bedeutung«, sagte Matrona.

»Der Baum des Lebens.«

»Nein«, widersprach Matrona. »Das glaubst du doch nicht etwa, oder?«

Er antwortete nicht. Stattdessen fragte er: »Ihr Vater?«

»Ein gewisser Wolfstan«, sagte Matrona.

Er stellte keine weiteren Fragen mehr, aber als sie wieder zu ihm hinüberblickte, sah sie Tränen in den Augen des Sachsen schimmern. »Sehr sentimental, diese wilden Männer aus den Ländern jenseits des Rheins«, erzählte sie wenige Tage später Maeniel.

»Ihr Vater war Sachse«, erwiderte Maeniel. »Er wurde von Gundabald ermordet.«

»Ihr verstorbener Onkel?«, fragte Matrona.

»Ihr sehr verstorbener Onkel«, antwortete Maeniel.

Sie waren allein und gingen zusammen durch den Schnee. Die anderen saßen an den Feuern und machten sich für die Nacht bereit. Regeane und Maeniel hatten einen kunstvollen Pavillon für sich. Maeniel blickte jetzt zu diesem Pavillon hinüber und sah, dass sich eine Gestalt darin bewegte. »Sie zieht sich wahrscheinlich gerade aus«, sagte er. »Ich will sie nicht warten lassen.«

Matrona lächelte. »Nein, das würde sich ganz und gar nicht geziemen.«

»Weshalb interessiert er sich für sie?«

»Weshalb tust du es?«, fragte Matrona.

»Spiel keine Spielchen mit mir.« Der Mond war voll und rund, und er zeichnete ein blaues Licht auf den Schnee; die Schatten waren graue Gestalten vor einem silbernen Hintergrund. Maeniels Gesicht war erhitzt, und seine Nasenlöcher waren geweitet wie die eines Hengstes. »Wenn das der Fall ist, solltest du ihn ermutigen, uns zu verlassen. Er hat meine Erlaubnis zu gehen. Gib ihm alles, was er verlangt. Geld, Waffen, Pferde – nur Audovald nicht –, ansonsten ist es mir egal.«

»Ich glaube nicht, dass das helfen wird«, sagte Matrona. »Ihr Vater war seinem Volk heilig.«

»Sie ist Fränkin«, erwiderte der graue Wolf.

»Halb Sächsin durch das Blut ihres Vaters. Ich denke, das ist möglicherweise die wichtigere Hälfte.«

»Nein«, widersprach Maeniel. »Ich habe mehr als einen Mann für Regeane getötet, und ich würde eher tausend weitere töten, als zuzusehen, wie sie ohne meine Zustimmung auch nur für eine Stunde von mir getrennt wird. Ich habe tausend Jahre auf sie gewartet.«

»Aber diesen Mann, den Sachsen, den tötest du besser nicht«, sagte Matrona. »Das würde sie dir nicht verzeihen.«

»Nein«, sagte er und das »Nein« war ein Knurren in seiner Kehle.

»Nein, ich warne dich.«

»So schlimm?« In seine Augen trat ein kaltes, bleiches Licht, so dass sie im fahlen Schein der Lagerfeuer wie die Augen eines Raubtiers blitzten.

Matrona legte einen Finger auf ihre Lippen. »Nicht ein Wort davon; sie weiß es nicht. Und nun geh zu Bett.«

»Ja.«

Im Zelt bewegte sich jetzt nichts mehr. Die Lampe war heruntergedreht worden.

Als Maeniel sich wieder zu Matrona umdrehte, sah er ihre Kleider von einem Ast herabhängen, aber die schwarze Wölfin war fort. Er wusste, dass sie den Sachsen im Auge behalten würde, aber andererseits behielt sie *alles* im Auge.

Maeniel trat hastig in sein Zelt. Die Lampe brannte nicht mehr, doch selbst durch die Leinwand des Zeltes drang der silberne Schimmer des Mondlichts. Regeane trug ein seidenes Nachtgewand, aber sie trug es nicht mehr lange.

Als sie auf Karls Lager in Genf hinabblickten, waren alle Erwartungen auf Antonius gerichtet. Allein er als Haushofmeister hatte bisher den mächtigen fränkischen König kennen gelernt, dessen Name jetzt durch ganz Europa hallte.

Antonius kratzte sich am Kopf.

Gavin, der rote Wolf und Hauptmann der Wache, begann zu lachen. »Er weiß auch nicht, wie wir uns ihm nähern sollen.«

»Halt den Mund, Gavin«, sagte Maeniel.

»Das sagst du ziemlich oft, wenn Gavin in der Nähe ist«, bemerkte Regeane.

»Ja«, warf Matrona ein. »Und es nützt überhaupt nichts. Er redet einfach weiter.«

»Nicht diesmal«, sagte Maeniel entschieden. Sein Blick ruhte auf einem herannahenden Trupp berittener Soldaten. Sie wurden von einem älteren Mann angeführt, aber die Soldaten waren jung, und die Qualität ihrer Waffen und ihrer Kleidung wies sie als Angehörige einer der großen Familien des Frankenreiches aus.

»Bis auf Antonius bleibt ihr alle hier zurück. Antonius begleitet mich.« Maeniel ritt Audovald. »Geh weiter«, sagte er zu dem Pferd, und Audovald gehorchte. Antonius folgte ihnen.

Als sie zu den Reitern kamen, zügelten beide Gruppen ihre Pferde.

»Die *Scarae*«, sagte Regeane, die von oben zusah. »Ich habe schon von ihnen gehört, sie sind die Leibwache des Königs.«

Jetzt umringten sie ihren Gemahl und Antonius. Regeane beobachtete sie voller Angst. »Matrona?«, fragte sie. »Barbara?«

»Stimmt etwas nicht?«, erwiderte Barbara.

»Ich habe keine Ahnung«, sagte Gavin. »Der Wind kommt aus der falschen Richtung. Ich kann sie nicht riechen.«

»Es ist möglich, dass der König ihm besondere Ehren zuteil werden lässt«, riet Barbara aufs Geratewohl.

Genau in dieser Sekunde drehte Maeniel sich um. Er sah zuerst seine Frau an, dann Matrona. Kurz darauf galoppierte er mit den anderen in das Lager der Franken hinunter.

»Da stimmt etwas nicht«, erklärte Matrona.

»Sollen wir fliehen?«, fragte Gavin.

»In gewisser Weise«, sagte Regeane. »Sucht einen Lagerplatz und errichtet die Zelte.« Sie blickte auf. Der Mond war eine fast durchscheinende Kugel vor einem blauen Himmel von solcher Klarheit, dass man hätte meinen können, das Ganze sei eine kostbare Emaillearbeit. Die letzten Sonnenstrahlen tauchten den westlichen Horizont in ein flammendes Gold, während im Osten Millionen Sterne an einem dunklen Himmel schimmerten.

»Und?«, fragte Matrona.

»Dann verwandeln wir uns«, sagte Regeane, aber als sie ihr Pferd wendete, sah sie, dass weitere Scarae aufgetaucht waren.

Gavin zog die Zügel an, und das Pferd bäumte sich halb auf. Er griff nach seinem Schwert.

Regeane manövrierte ihr Reittier vor Gavins Pferd und ritt auf den Soldaten zu, den sie für den Hauptmann der Scarae hielt, einen untersetzten Mann mit unzähligen Narben und Runzeln im Gesicht. Sie schenkte ihm ein strahlendes Lächeln und wurde prompt belohnt: Der schlachtenerprobte Krieger nahm die Farbe einer reifen Pflaume an.

Barbara stieß ein leises, kehliges Hüsteln aus, mit dem sie Regeane ihre Achtung zollte.

Matrona zischte Gavin mit zusammengebissenen Zähnen zu: »Du Narr, nicht hier. Du wirst noch unser aller Tod sein.«

»Mein Herr«, sagte Regeane. »Du hast den Hauptmann meines Gemahls erschreckt.«

»Ich habe den Befehl, euch zum Lager zu geleiten«, sagte der Krieger. Seine schöne, kultivierte Stimme strafte sein mitgenommenes Aussehen Lügen. »Ich bin Arnulf aus den Bretonischen Marken.«

Regeane lächelte abermals und hielt Arnulf die Hand hin. Der alte Krieger beugte sich nach höfischer Manier darüber. »Ich will mich bemühen«, versprach er, »euch an einen behaglichen Ort zu bringen.«

Es war kein behaglicher Ort, an dem sie Quartier nahmen. Arnulf führte sie mitten in das Lager. Auf der einen Seite befanden sich die Zelte der adligen Scarae, aber auf der anderen Seite standen die von Ochsen gezogenen Wagen der Dirnen und der Lieferanten von Speisen und Getränken – vor allem von Getränken. Früher war das Gelände wahrscheinlich eine weite Wiese gewesen, umringt von kleinen Wäldchen, die an den sumpfigen Ufern des Sees wuchsen. Aber jetzt war das von der Winterkälte verdorrte Gras zu Schlamm zertrampelt, und die Bäume waren für Feuerholz gefällt worden; es herrschte ein unerträglicher Lärm, und eine Mischung verschiedener Gerüche produzierte einen abscheulichen Gestank: Exkremente, verdorbenes Essen, Schnaps und die Rauchwolken von den nahen Feuern.

Maeniels Männer scharten sich wie eine Mauer um Regeane, Matrona und Barbara. Gordo nieste. Joseph, ein Furcht einflößender Krieger mit gewaltigem Bart, machte ein Gesicht, als habe er nicht schlecht Lust, Arnulf zum Kampf Mann gegen Mann herauszufordern.

»Ich kann mir nicht vorstellen«, sagte Regeane mit herablassender Miene zu Arnulf, »dass der fränkische König eine Verwandte an einem so unerfreulichen Ort untergebracht sehen möchte.«

»Herrin, in Abwesenheit deines Gemahls sind meine Männer und ich verantwortlich für deine Sicherheit«, antwortete Arnulf beschwichtigend. »Und mir fällt es schwer zu glauben, dass ein Mann von so hohem Rang wie dein Gemahl seine Gattin den Umtrieben in einem Heerlager aussetzt, statt sie wohl behütet mit ihren Weberinnen daheim zu lassen.«

Bei diesen Worten richtete er einen Blick auf Regeane, der sie erröten ließ, bis sie sich schließlich abwandte. Arnulf versuchte das Gleiche bei Matrona. Er hatte es sich zur Gewohnheit gemacht, Frauen mit einem unverschämten Blick einzuschüchtern.

Matrona musterte ihn kaltblütig von Kopf bis Fuß, dann antwortete sie so leise, dass er sie kaum verstehen konnte: »Ich wüsste gern, was kleiner ist, dein Schwanz oder dein Gehirn, dass du eine Verwandte dieses Königs zu beleidigen wagst? Ist Karl ein so schwacher Mann, dass er eine solche Beleidigung klaglos duldet?«

»Sie platzt ja fast vor Stolz, weil sie mit dem König verwandt ist.« Auch er sprach leise und mit zusammengebissenen Zähnen. »Dabei ist ihre Verwandtschaft ebenso entfernt wie unrühmlich.«

»Es ist nicht an dir, das zu beurteilen«, sagte Matrona. »Und jetzt geh. Es ziemt sich nicht für meine Herrin, die Dreistigkeit von Untergebenen dulden zu müssen.« Matrona kehrte ihm den Rücken zu und wandte sich mit ihren nächsten Worten an Regeane und die anderen.

»Wir sind hier, Herrin, und am besten richten wir uns für die Nacht ein.« Sie zeigte auf einige kleinere Bäume am Wasserrand, die bisher der Axt entgangen waren. »Ihr Männer hackt Feuerholz und stellt die Zelte auf. Wir Frauen müssen uns um das Abendessen kümmern.«

Arnulf saß noch immer auf seinem Pferd und starrte sie an.

»Geh«, sagte Matrona. »Wir brauchen nichts von dir, und wir

wollen auch nichts.« Als Matrona fertig war, zögerte Arnulf noch immer. Er wurde ignoriert und ritt schließlich davon, verscheucht von den Mitgliedern des Rudels.

Sie schlugen das Lager auf, und jeder verrichtete die ihm zugewiesene Aufgabe. Der Sachse fand seine neuen Gefährten verwirrend, aber erfrischend. Niemand gab Befehle. Wenn es gelegentlich doch einmal jemand versuchte, wurde er vollkommen ignoriert. Die Zelte wurden aufgestellt, die Feuer angezündet. Matrona und Gavin fanden frisches Schilfgras für den Boden der Zelte und als Unterlage für die Betten.

Die Pferde bekamen zu fressen; ihnen wurde der äußere Rand ihres kleinen Lagerplatzes zugewiesen, so dass nun eine Pufferzone zwischen ihnen und ihren unfreundlicheren Nachbarn lag. Audovald überwachte die Verteilung des Essens und die Unterbringung, eine ungewöhnliche, aber sinnvolle Maßnahme, da er von jedem Tier wusste, wo es gern schlief, und da keines von Maeniels Pferden Fußfesseln angelegt bekam oder festgebunden wurde. Und dennoch lief keines jemals fort.

Den Pferden bot die Arbeit bei den Menschen Sicherheit. Da alle Tiere in der Bergfeste, die sich nicht gerade einer Aufgabe widmeten, frei umherstreifen konnten, war das Futter eine Art Lohn, den die Pferde sich verdienten.

Entgegen Matronas Ankündigung wurde nicht gekocht. Regeane packte eine kalte Mahlzeit aus Früchten, in Scheiben geschnittenem Fleisch, Käse und Wein aus. Der Sachse, Regeane und die restlichen Frauen teilten sich das Mahl.

Gavin verschwand, sobald es dunkel wurde, und die anderen, einschließlich der mächtigen Silvia, folgten seinem Beispiel.

Matrona ärgerte sich darüber, dass sie nicht fortkonnte.

»Warum gehst du nicht mit ihnen?«, fragte Regeane.

»Nein, ich werde dich auf keinen Fall hier allein lassen.«

»Vielen Dank«, bemerkte Barbara.

»Barbara, sei nicht gekränkt«, sagte Matrona. »Und du auch nicht – wie immer du heißen magst«, sagte sie zu dem Sachsen. »Ihr wisst, was ich meine. Ich habe ihm gesagt, er soll sich aus diesen königlichen Streitereien heraushalten. Dahinter steckt fast immer Habgier, eine Habgier, die wir nicht teilen.«

»Er hatte das Gefühl, dass er sich in diesem Fall nicht raushalten konnte«, sagte Regeane. »Er hatte Angst um euch übrige, verstehst du das denn nicht?«

»Nein«, sagte Matrona und wandte den Blick von den Kerzen auf dem Tisch ab, um in die dunkle Nacht hinauszublicken. »So viele Kriege ich miterlebt habe – und ich habe eine Unzahl von Kriegen in meinem Leben mit angesehen –, begann mit Ausnahme von ein oder zwei Fällen, in denen die Menschen eindeutig zu ihrer eigenen Verteidigung handelten, fast jeder mit Torheit und endete mit Kummer für alle Beteiligten.«

»Und wie viele Kriege hast du mit angesehen?«, wollte der Sachse wissen.

»Der Erste war schon einer zu viel«, antwortete Matrona. Die Kerze, die ihr am nächsten stand, flackerte, nahm dann einen bläulichen Ton an, und es waren die Augen der nächtlichen Jägerin, die ihn von der anderen Seite des Feuers aus ansahen. »Der Krieg wird als der Sport der Könige bezeichnet, und ich kann mir nicht vorstellen, dass ihr Verlangen danach jemals abnehmen wird.«

»Hol noch mehr Kerzen herbei und zünde sie an«, bat Barbara den Sachsen. »Wenn jetzt jemand käme und eure Augen sähe, Matrona und Regeane, dann würden wir wahrscheinlich alle getötet werden.«

Plötzlich erklang von draußen ein Ruf und dann ein lauter Schrei.

Der Sachse lief zur Tür des Zeltes hinüber und zog die Lasche zur Seite. Vor ihm stand Arnulf mit vier seiner Soldaten; einer von ihnen lag auf dem Boden und krümmte sich.

»Ich verlange Entschädigung für diesen Vorfall. Euer Pferd hat meinen Gefolgsmann getreten.«

»Pferde treten nun mal«, sagte Regeane. »Was hatte er denn in der Nähe des Körperteils zu suchen, der tritt?«

»Sie sind nicht einmal angebunden«, rief Arnulf. »Der Mann ist überhaupt nicht in der Nähe des Pferdes gewesen. Es kam plötzlich herbei, fuhr herum und trat ihn.«

Eine der Stuten, Matronas Reittier, stand in der Nähe des am Boden liegenden Mannes, der noch immer stöhnte und ächzte. Ihre Hufe hatten ihn im Unterleib getroffen. Sie sah so aus, als könne sie kein Wässerchen trüben.

»Was hattest du hier zu suchen, wo du einen Tritt abbekommen konntest?«, fragte der Sachse.

»Wir wollten den Damen einen Besuch abstatten«, sagte Arnulf. »Um uns davon zu überzeugen, dass sie in Sicherheit sind. Keiner der Männer schien in der Nähe zu sein.« Er ließ den Blick über ihr fast leeres Lager schweifen.

»Sie liegen in den Zelten und schlafen«, erwiderte der Sachse. »Was alle Gerechten und Tugendhaften zu dieser Zeit der Nacht tun sollten.«

»Es ist schon spät, und die Damen empfangen keine Besucher«, sagte Regeane. »Und jetzt geht. Kümmere dich darum«, wies sie den Sachsen an und zog dann die Zeltlasche vor.

Der Sachse verschränkte gelassen die Arme vor der Brust.

Arnulf versuchte ihn mit Blicken einzuschüchtern. Es funktionierte nicht. Der Sachse war ohne Schuhe einen Meter fünfundachtzig groß, wog splitternackt zweihundertfünfunddreißig Pfund, hielt ein Langschwert lässig in einer Hand, für das die meisten Männer beide Hände benötigen würden, und der Ausdruck auf seinem Gesicht legte die Vermutung nahe, dass er förmlich auf einen Kampf brannte. Keiner der anderen Männer wollte ihn herausfordern. Arnulf und seine Gefolgsleute hoben den verletzten Mann auf und traten einen unrühmlichen Rückzug an.

Maeniel und Antonius wurden zu einem Zelt in der Nähe des Hauptpavillons gebracht und in Eisen gelegt. Antonius protestierte wortreich auf Lateinisch, auf Fränkisch, der germanischen Version des Lateinischen, auf Gälisch, einem gesprochenen Latein, das dem italienischen Latein ähnelte, und in anderen, weniger deutlich erkennbaren Dialekten. Als Maeniel den Mund öffnete, fiel Antonius ihm ins Wort.

»Du bist der große Edelmann und benimmst dich auch so. Ich

bin hier, um für dich Beschwerde zu führen. Dazu sind Haushofmeister, Seneschalle und solche Leute nämlich da.«

Maeniel zuckte mit den Achseln. »Ich kann mich jederzeit aus diesen Fesseln befreien«, sagte er.

»Das weiß ich«, erwiderte Antonius. »Aber bitte, bitte, tu es nicht.«

»Nein«, pflichtete Maeniel ihm bei. »Eins der Dinge, die ich schon ganz am Anfang meiner Bekanntschaft mit der Menschheit gelernt habe, ist eine Maxime, die mir allzeit gegenwärtig ist.«

»Und zwar?«

»Nichts ist je so einfach, wie es sein sollte oder wie ich gedacht hätte.«

»Ich wüsste zu gern, was da passiert ist«, murmelte Antonius.

»Ich habe nicht die leiseste Ahnung.« Aus Maeniels Stimme klang müde Resignation.

»Meine Herren.« Ein junger Mann betrat das Zelt. »Ich bin Arbeo von Sens. Ich möchte mich entschuldigen, aber ich habe auf Befehl meines Herrn, des Königs, gehandelt.« Einige Diener betraten jetzt mit einem Klapptisch und einer Bank den Raum. »Bitte, nehmt Platz, dann werde ich nach Brot, Käse und Wein schicken, damit ihr euch ein wenig erfrischen könnt.«

»Ich verstehe«, antwortete Maeniel höflich.

Antonius brauchte ungefähr drei Sekunden, um den jungen Mann einzuschätzen. Er trug einen schmucklosen Kürass aus gekochtem Leder, und sein Schwert war alt und hatte einen schlichten, mit Draht umwickelten Knauf. *Arm,* dachte Antonius, *und daher leicht zu beeinflussen, wenn man ihn höflich behandelt.*

Sie nahmen am Tisch Platz, und der junge Mann ging noch einmal fort, um die Erfrischungen zu holen.

»Wenn du das verstehst, ich nicht«, sagte Antonius. »Ich nicht«, wiederholte er. »Ich habe nicht die leiseste Ahnung, was hier vorgeht. Gib mir einen deiner Ringe.«

Auf Antonius' Anraten hatten sie sich alle mit dem größten Pomp ausstaffiert. Maeniel trug einen Ring an jedem Finger. Jetzt zog er mit einiger Mühe einen ab und reichte ihn Antonius, ein unbezahlbar kostbares Schmuckstück aus schwerem Gold, in das der Kopf eines römischen Kaisers – er wusste nicht, welcher es war – eingraviert war. Bei dem Stein handelte es sich um einen großen indischen Rubin.

»Meine Güte«, sagte Antonius. »Was du so alles zu Tage förderst. Wo hast du diesen Ring her?«

»Weiß ich nicht mehr«, erwiderte Maeniel. Er wusste es sehr wohl, aber er hatte nicht die Absicht, Antonius die Geschichte zu erzählen.

Arbeo kehrte zurück, gefolgt von einem Diener mit einem Tablett mit Brot, Wein und Käse. Der Diener stellte alles auf den Tisch und zog sich dann, auf ein Zeichen von Arbeo, sofort zurück. Nur um ganz sicherzugehen, warf Antonius einen Blick auf Arbeos Stiefel. Schlecht, ganz schlecht. Sie waren übermäßig groß und so abgenutzt und ausgetreten, dass sie beinahe jede Form verloren hatten. Er hatte seine Beine mit Leinenstreifen umwickelt, zum Schutz gegen die Kälte; das Leinen war durch die Löcher in den Stiefeln deutlich zu sehen.

»Herr«, wandte Antonius sich an Arbeo.

Offensichtlich überrascht über diese Anrede, trat ein leicht törichter Ausdruck in Arbeos Züge. »Ja?«

»Mein Herr«, sagte Antonius, »möchte sichergehen, dass deine Höflichkeit dir nicht zum Nachteil gerät. Er hat mich angewiesen, dir dies hier zu übergeben«, sagte er und hielt Arbeo den Ring hin.

Der junge Mann nahm ihn mit spitzen Fingern entgegen und betrachtete ihn mit maßlosem Staunen. »Das ist zu viel.«

Antonius öffnete den Mund, aber Maeniel kam ihm zuvor. »Nicht wenn du uns sagst, was eigentlich los ist. Warum werden wir so behandelt?«

Arbeo wog den Ring in seiner Hand, dann legte er ihn mit einem Ausdruck des Bedauerns auf den Tisch. »Herr, man hat mir ausdrücklich verboten, auch nur ein einziges Wort mit dir zu reden, was deine Verhaftung betrifft.«

Maeniel öffnete seinen Beutel und angelte nach einer Silbermünze. »Dann nimm dies hier. Ich möchte trotzdem nicht, dass du für unser Abendessen bezahlen musst. Und wenn du magst, nimm auch den Ring. Die Dame, die ihn mir geschenkt hat, hätte dich sicher gemocht.«

Arbeo zog sein Schwert halb aus der Scheide, drehte den oberen Teil des Knaufs auf und ließ den Ring in einem Hohlraum verschwinden.

»Wird man ihn nicht klappern hören?«, fragte Antonius.

»Kannst du mir sagen, ob meine Gemahlin in Sicherheit ist?«, fragte Maeniel.

»O ja, Herr, das kann ich dir sagen. Für sie wird bestens gesorgt. Die Dame ist immerhin eine Verwandte des Königs.«

»Ist Graf Otho hier?«

»Ja.« Der junge Mann wirkte erstaunt.

»Gut. Kannst du meiner Gemahlin eine Nachricht überbringen?«

»Der Fürstin Regeane? Ja, Herr! Es wäre mir eine Ehre.«

»Gut. Sag ihr, sie soll diesen fetten Kerl ...«

Antonius warf ihm einen harten Blick zu.

Maeniel holte tief Luft und begann von neuem. »Sag ihr, sie soll bei Graf Otho vorsprechen und ... und ... ihn um seinen Schutz bitten und ... um Unterstützung.«

Als der junge Mann fort war, wandte Antonius sich an Maeniel. »Du hast das sehr geschickt gemacht. Einen Augenblick lang hatte ich meine Zweifel, aber am Ende hast du alles im Griff gehabt. Übrigens, wer hat dir diesen Ring eigentlich geschenkt?«

»Vergiss es«, sagte Maeniel. »Ich habe Otho, diesem Schwanz einer Schlange, genug bezahlt, dass er bereit sein dürfte, mir den einen oder anderen Gefallen zu erweisen. Genau genommen dürfte er mir eine ganze Menge Gefälligkeiten schuldig sein.«

»Haben Schlangen Schwänze?«

»Vorausgesetzt, sie sind männlich, ja.«

»Ich habe noch nie jemanden kennen gelernt, der den Schwanz einer Schlange gesehen hat«, meinte Antonius.

»Sie sind einziehbar.«

»Meine Güte«, sagte Antonius. »Ich nehme an, das ist unerlässlich, wenn man bedenkt, auf welche Weise sie sich fortbewegen. Hast du mal zwei Schlangen bei der geschlechtlichen Vereinigung beobachtet?«

»Ja, an einem langen Nachmittag, als ich nichts Besseres zu tun hatte.«

»Wahrhaftig.« Antonius nickte und strich sich übers Kinn. »Wahrhaftig.«

Arbeo überbrachte Regeane die Nachricht.

»Otho! Das hätte ich mir doch denken können«, sagte sie und gab dem jungen Mann eine Goldmünze. Dann machte sie sich, mit Arbeo als Führer, auf die Suche nach Othos Zelt. Barbara, Matrona und der Sachse begleiteten sie.

Sie brauchte ihren Schutz tatsächlich.

Die Soldaten des großen Königs waren in Feststimmung. Vor den Tavernen und Bordellwagen standen lange Schlangen. Einige Huren bedienten ihre Kunden ganz öffentlich; sie lagen auf dem Gepäck in den Ochsenkarren, während die Männer vor den Wagen darauf warteten, dass die Reihe an sie käme. Regeane versuchte so viel wie möglich zu sehen, so viel wie ihr Schleier und der Umhang zuließen, den sie sich über den Mund gezogen hatte, aber Matrona und Barbara gingen mit vollkommen ungerührter Miene neben ihr her.

Die besser bezahlten Damen der professionellen *Friedelehe*, die längere Beziehungen bevorzugten – mit anderen Worten, Kurtisanen –, führten den Vorsitz über laute und bisweilen gewalttätige Feiern. Ein nackter Mann lief an ihnen vorbei. Er blutete und wurde von zwei anderen, bewaffneten Männern verfolgt. Aus einem benachbarten Zelt wurden Schreie laut, gefolgt von Geräuschen, die auf ein wüstes Handgemenge schließen ließen, und untermalt wurde das Ganze von dem schrillen Gezeter einer oder mehrerer Frauen. Als Matrona der Sache auf den Grund gehen wollte, drängten der Sachse und Arbeo sie hastig weiter. Sie ließ sich von den Männern zu größerer Geschwindigkeit antreiben, bedachte sie aber mit einem zutiefst angeekelten Blick.

»Es geziemt sich nicht für eine Dame, solchen Bildern der Unzucht ausgesetzt zu werden«, sagte Arbeo.

»Warum? Hast du Angst, eine von uns hätte vielleicht Lust, bei dem Spaß mitzumachen?«

Arbeo machte ein entsetztes Gesicht.

Regeane biss sich in die Innenseiten ihrer Wange, um nicht laut aufzulachen, und sah, dass der Sachse seinerseits Mühe hatte, seiner Erheiterung Herr zu werden.

»Hab keine Angst, ich bin zu alt«, sagte Barbara.

»Da sprichst du nur für dich«, erwiderte Matrona. »Ich bin keineswegs zu alt, aber ich habe im Augenblick zu viel zu tun. Komm mich doch irgendwann einmal besuchen«, gurrte sie und sah dabei den jungen Mann an, »wenn ich genug Muße habe, dann werde ich dich in die Kunst einfallsreicher und kultivierter Unzucht einführen.«

Arbeo war schockiert und erstarrte förmlich vor Entsetzen. Sein Mienenspiel hätte Regeane um ein Haar vollends aus der Fassung gebracht.

Genau in diesem Augenblick spuckte eins der Freudenmädchen am Rand des Weges einen Kunden an. Der Mann zog ein Messer. Der Zuhälter des Mädchens versuchte dazwischenzugehen und trug als Lohn für seine Mühe einen bösen Schnitt quer über der Brust davon.

Matrona packte mit einer beiläufigen Bewegung das Handgelenk des Soldaten, riss es ihm zwischen die Schulterblätter hoch und nahm ihm das Messer ab. Dann trat sie ihm in die Kniekehlen, dass er unsanft auf dem Boden landete, und als er schließlich mit dem Gesicht im Staub lag, versetzte sie ihm einen Schlag direkt hinter das Ohr, auf den empfindlichen Schläfenknochen. Der Soldat lag halb bewusstlos und gelähmt vor Schmerz auf dem Boden und zuckte nur noch unkontrolliert mit Armen und Beinen.

Das Mädchen auf dem Wagen richtete sich auf. Sie beschimpfte ihren Zuhälter, dass er sich von einem Kunden so mir nichts dir nichts verletzen ließ, dann fiel sie über den Soldaten her, einen stinkenden, verlausten Perversen ihren Worten zufolge.

Matrona fragte: »Warum?«

»Er wollte, dass ich ihm einen blase. Ich nuckle aber nicht. Ich arbeite grundsätzlich nur auf dem Rücken.«

»Wir suchen einen gewissen Otho«, sagte Matrona.

»Den suche ich auch«, antwortete das Mädchen. »Er hat mir diesen Stümper aufgehalst …« Sie zeigte mit dem Daumen auf den Zuhälter. »Ich habe ihn seit vier Tagen nicht zu Gesicht bekommen. Dieses Arschloch …« Wieder deutete sie mit einer ruckartigen Handbewegung auf den Zuhälter. »Er knöpft mir einen zu hohen Anteil ab. Und was den Schutz betrifft, den er mir gewährt …« Das Mädchen verdrehte die Augen. »Nun ja, ihr habt ja selbst gesehen …«

»Otho hat Frauen hier im Lager?«

»Einen ganzen Harem.« Das Mädchen schüttelte den Kopf, um seinen Worten Nachdruck zu verleihen. »Eine Unmenge von Frauen. Die Männer des Königs sind so heiß wie ein Fick im Heuhaufen. Der Fettsack verliert im ganzen Lager Geld.«

»Das klingt aber gar nicht nach Otho, dass er seine Geschäfte vernachlässigt«, sagte Regeane.

»Stimmt«, pflichtete Barbara ihr bei. »Ich bin mir nicht sicher, ob dieser Herr ein Herz hat, aber wenn doch, dann dürfte Geld seinem Herzen das Teuerste sein.«

Das Mädchen nickte. »Wir reden über denselben Kerl, so viel steht fest. Ich bin zu seinem Zelt gegangen, aber das hätte ich mir genauso gut sparen können. Die alte Frau dort wollte mich nicht einlassen.«

»Wo ist sein Zelt?«, fragte Matrona.

»In der Nähe des Königszelts«, antwortete das Mädchen.

Das Lager war in Ringen angelegt, mit dem Pavillon des Königs als Mittelpunkt. Um den Pavillon herum gruppierten sich die Zelte der großen Edelmänner; im nächsten Ring kamen dann die Scarae, und dahinter, in der Dunkelheit, lagerte der Pöbel, die Bauern, die Fußsoldaten, die Dirnen der Soldaten, die Huren und die Randexistenzen: Halsabschneider, Räuber, Bettler und berufsmäßige Diebe, die im Falle eines Sieges nach Beute suchen würden. Aber auch eine Niederlage war ihnen recht, da sie dann die Verwundeten und die Toten auf dem Schlachtfeld fleddern konnten.

Das war der Teil des Lagers, in dem sie sich jetzt befanden.

Der Sachse bot der jungen Frau ein paar Silberstücke an, für eine Prostituierte ihrer Klasse der Lohn für zwei oder drei Nächte Arbeit. »Führ uns zu seinem Zelt«, sagte er.

Sie riss das Geld an sich und sprang vom Wagen. »Sofort«, sagte sie. »Ihr müsst auf die Reiter achten. Sie patrouillieren bei Nacht im Lager und wollen nicht, dass eine von uns sich bei ihnen einschleicht.«

Es war schon spät, und als sie die ausgelassene Infanterie hinter sich hatten, wurde das Lager stiller. Die Unterkünfte der wohlhabenderen Soldaten waren größer und weiter voneinander entfernt. Hier hatten auch die Dienstboten ihre Quartiere, und die meisten Zelte verfügten über eine Latrine und einen Platz für Abfälle. Die junge Prostituierte zeigte auf ein großes Zelt. Es umfasste mindestens drei Räume und stand am Rand des Bereichs der Edlen, ein gutes Stück entfernt von den übrigen Zelten. Vor dem Zelt, das diesem am nächsten war, brannte eine Fackel, aber ansonsten herrschte vollkommene Dunkelheit.

»Vielleicht schläft er schon«, meinte Arbeo. »Vielleicht sollten wir morgen früh noch einmal herkommen.« Seine Stimme klang ängstlich.

»Nein«, sagte Regeane. »Wenn er schläft, werden wir ihn wecken.«

»Er schläft nicht«, sagte Matrona. »Irgendetwas stimmt hier nicht.«

»Ach ja?«, fragte der Sachse.

»Ja«, sagte Matrona. »Regeane, wir haben den Wind im Rücken. Wir müssen um das Zelt herumlaufen, aber ich möchte, dass du dabei nicht näher herangehst.«

Regeane nickte, und die beiden Frauen gingen leise um das Zelt neben Othos herum.

»Mach deine Fackel aus«, befahl Matrona dem Sachsen.

Er gehorchte, indem er die Fackel in einen Graben tunkte, in dem eine zweifelhafte Flüssigkeit schwamm. Die brennende Fackel ließ ein wenig davon verdampfen, und es konnte kein Zweifel mehr bestehen, worum es sich handelte.

»Igitt«, sagte das Mädchen.

Der Sachse drehte sich zu dem Mädchen und Arbeo um. »Geht jetzt.« Er zeigte in die Richtung, aus der sie gekommen waren.

Beide erhoben Einwände.

»Die Damen werden vielleicht meinen Schutz benötigen«, sagte Arbeo.

»Ich bin kein *Mädchen*, ich heiße Gilas«, sagte das Mädchen. »Und ich muss wissen, was mit Otho ist. Wenn ihm etwas passiert ist, muss ich mir einen anderen Beschützer suchen.«

»Hört auf zu nörgeln«, befahl Regeane. »Du, Gilas, darfst bleiben. Arbeo, du begleitest Barbara zurück in unser Lager.«

Barbara lächelte, hakte sich bei einem äußerst unglücklich dreinblickenden Arbeo unter und schleppte ihn hinter sich her.

»Gilas, du bleibst hier stehen«, befahl Regeane.

»Nein, ich will sehen, was los ist«, beharrte Gilas halsstarrig.

»Na schön«, sagte der Sachse mit einem gefährlichen Tonfall. »Aber sei still. Wenn du auch nur einen Laut von dir gibst, ramme ich dich wie einen Nagel in den Boden.«

»Ich verspreche es, ich verspreche es. Ich werde schweigen wie ein Grab.« Sie hüpfte nervös von einem Fuß auf den anderen.

»Na schön, dann halt jetzt den Mund.«

Matrona ging voran und schlängelte sich zwischen den Zelten hindurch, bis sie das Gefühl hatte, dass die fast reglose Luft sich ihr förmlich entgegenstemmte. »Hier«, sagte sie.

Die Luft war geschwängert von Holzrauch, menschlichen Ausdünstungen, Essensgerüchen und dem Gestank des stehenden Wassers im See. Der Sachse versuchte, nicht länger durch die Nase zu atmen. Wahrscheinlich, so dachte er, hätte er nicht einmal seine eigene Oberlippe riechen können, aber Regeane schnupperte dafür umso ausgiebiger.

»Oh, mein Gott«, flüsterte sie Matrona zu. »Ich habe seit Rom nichts Derartiges mehr erlebt.«

»Du hast ihn erkannt? Otho ist hier?«, fragte Matrona.

»Ja. Ob er lebt oder tot ist, kann ich nicht sagen, aber er ist hier.«

Gilas öffnete den Mund, um zu fragen, was sie da taten, aber als sie den Blick des Sachsen sah, presste sie sofort die Lippen zusammen. Der Sachse zog lautlos das Schwert aus seiner Scheide. Regeane zückte ihren Sachs, und Matrona förderte ein über zwanzig Zentimeter langes Messer aus ihrem weiten Ärmel zu Tage.

»Die Rückseite!«, flüsterte der Sachse.

Die anderen nickten und bewegten sich so lautlos wie möglich. Sie gingen um das Zelt herum nach hinten.

Otho lebte noch, obwohl er davon überzeugt war, dass das nicht mehr lange so sein würde. Inzwischen wünschte er sich fast, die Kreatur, die ihn gefangen genommen hatte, würde ihn töten. Sein ganzer Körper war ein Schmelzofen des Schmerzes. Sein Peiniger hatte ihn mit Messern, die er ihm durch Hand- und Fußgelenke trieb, an seinem einst geräumigen und bequemen Bett festgenagelt. Er hatte seit vier Tagen nichts mehr zu essen bekommen und in den letzten beiden Tagen auch kein Wasser, aber er klammerte sich noch immer an das Leben. Er war geknebelt, allerdings war der Knebel so durchtränkt mit Blut von seinen Lippen und Wangen und Erbrochenem, dass er nicht länger funktionierte. Allerdings spielte dieser Umstand keine Rolle, denn Othos Mund und Hals waren so geschwollen, dass er keinen Laut mehr hervorbringen konnte. Barmherzigerweise verlor er seit einigen Tagen regelmäßig das Bewusstsein.

Trotzdem klammerte er sich an das Leben. Otho war bis ins Mark seiner Knochen korrupt. Er hatte als junger Mann für sich beschlossen, dass Geld das Einzige im Leben sei, das zu besitzen sich lohne, und er hatte mit zielstrebiger Energie und größtem Eifer sein Ziel verfolgt. Seine Bemühungen gingen weit über die eher halbherzigen und sporadischen Anstrengungen jener hinaus, die es nach profaneren Dingen wie Frauen, Alkohol und gutes Essen verlangte oder deren Streben gar Vielschichtigerem – Liebe, Familie und beruflichen oder gar künstlerischen Unternehmungen – galt.

In überraschend kurzer Zeit war er sehr, sehr reich geworden. Es genügte ihm nicht. Zu viel ist nicht genug für einen Geist, dessen einziger Antrieb die Habsucht ist. Tatsächlich quälte ihn neben seiner körperlichen Pein das Wissen, dass seine eigene Habgier ihn in diese Situation gebracht hatte.

Als der Fremde vor einigen Tagen in sein Zelt gekommen war, hatte Otho ihn eigentlich nicht empfangen wollen, aber das Geschenk, ein schwerer Armreif aus fast reinem Gold, ließ ihn anderen Sinnes werden. Er hatte den Fremden empfangen und damit eine tödliche Entscheidung getroffen. Er nahm das Geld des Fremden, viel Geld, neben dem alles, was er Maeniel abgepresst hatte, vergleichsweise ein Hungerlohn war. Er hatte sich die Anschuldigungen des Fremden angehört. Dann war er zum König gegangen und hatte vor diesem die Anschuldigungen des Fremden wiederholt.

Als er später in sein Zelt im Lager des Königs zurückgekehrt war, wollte Otho den Mann seiner Wege schicken – falls es wirklich ein Mann war. Als die Kreatur nur lachte und sich weigerte zu gehen, befahl Otho seinen Dienern, ihn rauszuwerfen …

Sie hatten es nicht geschafft; diese hart gesottenen Söldner hatten kläglich versagt. Oh, wie kläglich! Tatsächlich waren es ihre letzten unversehrten Waffen, die Otho auf dem Bett festnagelten. Der einzige Grund, warum er überhaupt noch lebte, war der, dass die Kreatur ihn leiden sehen wollte. Davon abgesehen war das Wesen durchaus zufrieden. Während es bei Tag und Nacht in der einen oder anderen Grauen erregenden Gestalt durchs Zelt streifte, wartete es. Worauf es wartete, wusste Otho nicht.

Also versuchte Otho, ebenfalls zu warten, und er kämpfte gegen den Tod an, weil er auf seine alten Tage eine zweite Leidenschaft in sich entdeckt hatte – neben der Begierde nach Reichtum, die bisher sein Leben beherrscht hatte. Und diese zweite Leidenschaft war genauso überwältigend stark wie die Erste; es war die absolute Loyalität dem König gegenüber. Karl, den die Menschen bereits den Großen zu nennen begannen, war die zentrale Liebe seines Lebens. Und Otho war davon überzeugt, dass er den König irgendwie verraten hatte, indem er ihm die Geschichten dieser Kreatur zugetragen hatte.

Ungefähr zur gleichen Zeit wurden Antonius und Maeniel vor den König gebracht. Ein Dutzend weiterer Edelleute umringten ihn. Der graue Wolf hatte gehört, dass Karl keine kunstvollen oder irgendwie auffälligen Gewänder trug. Tatsächlich umgab er sich oft mit Männern, die ihren Reichtum viel demonstrativer zur Schau stellten, als er selbst es tat, aber Maeniel erkannte ihn, sobald er den Raum betrat; erkannte, wer und was dieser Karl war. Nur ein einziges Mal in seinem Leben hatte er einen Menschen mit diesem Ausdruck in den Augen gesehen, und ohne Antonius fragen zu müssen, welcher der Männer Karl war, ließ Maeniel sich auf ein Knie sinken.

Karl war weder der bestgekleidete noch der älteste oder auch nur der beeindruckendste der anwesenden Männer. Er war wie Maeniel, untersetzt, muskulös, mit dunklem Haar und kurzem Bart – wobei Letzteres wahrscheinlich auf den Wunsch seiner Gemahlin, Hildegarde, zurückzuführen war, auf dass er sich den Langobarden nicht glattrasiert präsentieren möge, da diese schließlich berühmt waren für ihre Gesichtsbehaarung. Nicht umsonst wurden sie Langobarden genannt – lange Bärte. Hildegarde wollte, dass Karl den Langobarden zeigte, dass auch er Manns genug war, um sein Kinn mit Haaren zu bedecken.

Jetzt streckte er seine kräftigen, schwieligen Hände aus und zog Maeniel und Antonius auf die Füße. »Bitte, nicht so förmlich. Wenn die Geschichten, die mir zugetragen wurden, sich als falsch erweisen sollten, dann werde ich euch beide als Brüder umarmen. Wenn nicht, dann … werden wir sehen, welche Maßnahmen ergriffen werden müssen.«

Mit diesen Worten nahm er auf einem Klappstuhl Platz. Die Adligen des fränkischen Hofes scharten sich um ihn. »Ich will mich kurz fassen. Mir ist zu Ohren gekommen, dass ihr, du und Antonius, die Verantwortung für den Mord an Gundabald, dem Onkel deiner Gemahlin, und seinem Sohn Hugo tragt. Und, dass ihr ferner das Kloster am Fuß des Passes ausgeraubt habt, das unter dem Schutz eurer Feste stand. Es heißt, ihr hättet die Bewohner des Klosters niedergemetzelt und dann sämtliche Gebäude, einschließlich der Kirche, niedergebrannt.«

Antonius öffnete den Mund.

»Nein«, sagte der König. »Er soll für sich selbst sprechen.«

Maeniel nickte.

»Zuerst zu Gundabald und Hugo.«

»Sie waren Männer von ausschweifendem, zügellosem Lebenswandel«, begann Antonius.

»Antonius«, sagte Karl. »Hast du Probleme mit deinem Gedächtnis? Ich habe dich gebeten, ihn für sich selbst sprechen zu lassen.«

Antonius hob die Arme, und die Ketten klirrten.

»Antonius, du kannst mit deinen Argumenten aus Schwarz Weiß machen und aus Tag Nacht, und in Kürze wirst du mit deiner Weitschweifigkeit ein ganzes Heer von Anwälten, Richtern und Schreibern gründlich verwirren und schwere Verbrechen in so viel juristisches Kauderwelsch verpacken, dass nicht einmal ein hart arbeitender König und seine ebenso hart arbeitenden Gelehrten sich einen Reim darauf machen können. Wie gesagt, Maeniel soll für sich selbst antworten.«

Antonius stieß einen tiefen Seufzer aus.

»Also schön«, sagte Maeniel. »Ich werde es kurz machen. Um es einmal unverblümt auszudrücken, Gundabald war ein Schurke und ein Dummkopf. Sein Sohn war ein angehender Schurke und Dummkopf. Die beiden waren ein so unerfreuliches Paar, dass seine Heiligkeit es für geraten hielt, meine Frau aus ihrer Gesellschaft zu entfernen und sie unter die Obhut frommer Nonnen zu stellen, bis wir heirateten.

Obwohl die beiden nicht gerade die angenehmste Gesellschaft unter der Sonne waren, habe ich sie als Verwandte meiner Gemahlin respektiert. Bei unserer Hochzeit habe ich ihnen eine große Summe Geldes überreicht.

Das Ergebnis meiner Großzügigkeit war vorhersehbar. Wenige Tage nach der Hochzeit verschwanden Gundabald und Hugo beide ohne eine Spur und wurden nie wieder gesehen. Seine Heiligkeit, Papst Hadrian, tat mir den Gefallen, der Angelegenheit persönlich nachzugehen, aber keiner der beiden Männer konnte gefunden werden. Mein Freund Antonius wird dies bestätigen, da er von all diesen Dingen wusste. Wahrscheinlich hat man Gundabald und Hugo erst die Kehle durchgeschnitten und dann ihre Börsen gestohlen oder umgekehrt. Wahrscheinlich sind ihre Leichen im Tiber gelandet, da dieser als römischer Friedhof fungiert, seit die Stadt auf dem Ackerland der sieben Hügel errichtet wurde.

Und nun zu dem Kloster am Fuß des Passes. Das Kloster verfügte über seinen eigenen, beträchtlichen Grundbesitz, und diese Länder grenzen an keiner Stelle an meine. Während meine Frau und ich auf dem Weg hierher waren, ging eine Lawine nieder. Diese Lawine hat ein großes Stück der Straße zerstört, die die Römer über den Pass gebaut haben. Wir mussten einen Umweg machen und haben Rauch gesehen. Wir sind der Sache nachgegangen und …«

Jemand schrie: »Feuer! Feuer!«

Der König rannte zur Tür und zog die Zeltlasche zur Seite. Das Feuer überhauchte bereits die tief hängenden Wolken des Nachthimmels mit einem rötlichen Schein. Antonius drehte sich zu Maeniel um. Auf dem Boden lag ein Häufchen Ketten. Der graue Wolf war nicht mehr da.

Der Sachse schlitzte die Leinwand auf. Glücklicherweise stand das Zelt leicht schief, und der Stoff war lose. Das Erste, was der Sachse sah, war eine gespannte und geladene Armbrust, die auf den Eingang des Zeltes zielte. Das Zweite, Dritte und Vierte, was er sah, waren Leichen.

Eine der Leichen sah aus, als sei sie geschlachtet worden. Der zweite Mann war sauber enthauptet worden. Der Dritte war der Grund, warum der Zeltpfosten sich gelockert hatte: Jemand hatte den Pfosten aus dem Boden gezogen und ihn durch den Körper des Mannes gerammt, zurück in den Boden.

Dann sah er die Gestalt auf dem Bett. Sie bewegte sich. Der Sachse trat durch den Schlitz in das Zelt und blickte auf Otho hinab.

Die offenen, ins Leere starrenden Augen sahen blinzelnd zu ihm auf. Der Sachse beugte sich vor und riss die beiden Messer aus Othos Armen und die Schwerter aus seinen Beinen.

Irgendwie brachte Otho es fertig, nicht zu schreien. In diesem Zustand extremer Qual hätte er durchaus schreien können, auch wenn seine Kehle und seine Zunge so angeschwollen waren, dass sie kaum noch Luft zum Atmen durchließen. So grauenvoll war der Schmerz, dass Otho tatsächlich hätte schreien können. Aber es gelang ihm, jeden Laut zu unterdrücken, während er stattdessen das Bewusstsein verlor.

Als er Othos Beine durch den Schlitz im Zelt hinausschob, spürte der Sachse das Ding hinter sich. Er drehte sich mit hoch erhobenem Schwert um. Das Ding hatte die Gestalt eines Bären angenommen, aber kein echter Bär war jemals so groß gewesen.

Die Kreatur ließ zwei mit scharfen Krallen bewehrte Tatzen vorschnellen, um dem Sachsen das Gesicht aufzureißen, aber dieser parierte mit seinem Schwert, und die Klinge bohrte sich tief in einen der Vorderläufe des Bären. Die Kreatur schrie in maßlosem Zorn auf, aber das Schwert konnte die Vorwärtsbewegung der Tatze nicht aufhalten. Die Tatze traf den Sachsen an der Schläfe und raubte ihm die Besinnung.

Aber Regeane hatte sich in die Wölfin verwandelt und sprang jetzt ins Zelt, ein Streif matten Silbers in dem fahlen Halblicht. Die Kreatur hatte sich von ihr abgewandt und musste sich noch von dem Schlag erholen, den sie dem Sachsen versetzt hatte. Regeane verbiss sich in den Schenkel der Bestie, um die tief gelegenen Arterien zu durchtrennen. Aber es gelang ihr nicht, obwohl sie den Muskeln des Oberschenkels beträchtlichen Schaden zufügte. Das Blut der Kreatur spritzte in alle Richtungen.

Wieder brüllte der Bär vor Zorn und stürzte auf allen vieren auf die Silberwölfin zu, bis er sie in eine Ecke des Zelts getrieben hatte, wo er sie mit seinen mächtigen, krallenbewehrten Vorderbeinen buchstäblich in Fetzen würde reißen können.

Genau in diesem Augenblick landete Matrona, eine schwarze Wölfin, auf dem Rücken des Bären. Der Hals war zu massig, als dass sie sich in ihn hätte verbeißen können, daher nahm sie sich eine der gewaltigen Schultern vor und grub ihre Zähne in das Fleisch, bis sie über Knochen kratzten.

Diesmal schrie die Kreatur vor Schmerz. Sie wirbelte herum und versuchte, an die schwarze Wölfin heranzukommen. Als das misslang, versuchte sie, die Wölfin abzuschütteln.

Ein scharfes Knacken war die Folge. Der Körper der schwarzen Wölfin bog und streckte sich fast wie eine Peitsche. Matrona fragte sich, ob ihr Rücken dabei brechen würde, aber sie ließ nicht locker, die Zähne bis zum Zahnfleisch in der Schulter des riesigen Bären vergraben.

Die Silberwölfin richtete sich auf und griff abermals an, diesmal zielte sie auf den Unterschenkel. Wenn sie der Bestie einen Knochen brechen konnte, würde der Kampf endgültig vorbei sein – oder zumindest dachte sie das.

Hinter dem Knie. Der Bär würde einige Sekunden brauchen, um an sie heranzukommen. Regeane sprang los und landete genau dort, wo sie hinwollte. Ein weiterer Schrei zerriss die Luft, als ihre Eckzähne Sehnen durchtrennten und sich in den Knorpel der Kniescheibe bohrten. Aber beide Wölfinnen hatten vergessen, was dieses Ding war, mit dem sie kämpften.

Von einer Sekunde zur anderen änderte es seine Taktik und griff nach der Armbrust. Die Silberwölfin konnte sich nicht schnell genug befreien. Sie hatte gerade erst das Maul geöffnet, als der Bolzen der Armbrust sich in ihren Körper bohrte.

Tod!, und alles fand ein Ende. Die Welt verwandelte sich in ein Leichentuch der Stille. Die Frau stand über der sterbenden Wölfin; sie war nackt wie bei ihrer Geburt. Schon einmal hatte sie sich in zwei Hälften geteilt, damals, als sie in die Anderwelt hinüberging, um Heilung für Antonius zu erbitten. Sie blickte in die Augen der Bärenkreatur und spürte mit einem Mal die Einsamkeit dieses Geschöpfs. Die langen, allein verbrachten, qualvollen Zeitalter, in denen es nur Stille und Verzweiflung gab. Regeane war an beiden Stellen gleichzeitig, rang gefesselt an ihren sterbenden Körper um Atem, als der Bolzen ihre Lungen zersplitterte und ihr Herz zerstörte. Sie klammerte sich an das Bewusstsein, das bereits durch die immer dunkler werdenden Korridore ihres Gehirns entfloh. Und sie war auch Frau und war sich des Bären in ihrer Nähe bewusst und seines endlosen, wimmernden, schluchzenden Grams um alles, was gewesen war und nie wieder sein würde. Noch einmal spürte sie ihre fleischliche Gestalt – Arme, Beine, Hände, Bauch, Brust, Beine und sogar die Sohlen ihrer Füße – auf dem staubigen Zeltboden, und sie sah den Grauen, dessen Maul sich um die Tatze des Bären schloss, in einem verzweifelten Versuch, ihn von seinem Ziel abzulenken. *Oh, mein Liebster*, dachte sie. *Dass ich dich auf solche Weise verlassen muss …*

Etwas wurde ihr in ihre ausgestreckte Hand gedrückt. Sie erkannte die Form und Beschaffenheit dieses Gegenstands und hätte niemals die Frau vergessen, die ihn bei sich trug. Es war ein Schlehenstock.

Sie schlug mit dem Stock um sich. Nicht um zu töten, denn trotz all seiner monströsen Dunkelheit tat der Bär ihr Leid. Bannen. Ich werde ihn bannen. Fort mit dir, rief sie, wenn auch nur in Gedanken.

Jetzt werde ich sterben, dachte sie. *Wie mein Vater unter den Händen Gundabalds und meiner Mutter gestorben ist.*

Dann fiel sie, verschmolz mit der Wolfsgestalt unter ihr, verwandelte sich wieder in eine Frau und nahm jetzt auch wahr, dass die Zeltwand eine Flammenmauer war. Als Nächstes blickte sie erschrocken auf ihren eigenen nackten, aber unversehrten Körper hinab. Dann wurde sie wieder Wölfin, während die Flammen über das trockene Leinwanddach des Zeltes jagten. Schließlich mühte sie sich verzweifelt auf die Füße und entfloh in das wilde Durcheinander der Nacht jenseits des Lagers.

Maeniel und Regeane saßen später in jener Nacht noch zusammen in ihrem Zelt und redeten. Regeane trug das seidene Nachtgewand, aber Maeniel wollte reden und fand, dass diese Aufmachung ihn zu sehr ablenkte, daher bat er sie, eins seiner langen Wollnachthemden überzuziehen.

Sie trug bisweilen auch Maeniels gewöhnliche Leinenhemden, aber in diesen Hemden erregte sie ihn noch mehr, da sie darunter nackt war. Sex ist etwas Schönes, wenn man jung und verliebt ist, und sie war beides. Er war zwar nicht mehr jung, aber auch für ihn war Sex etwas Wunderbares, war es immer gewesen.

»Warum hast du ihn nicht getötet?«

»Ich weiß nicht, ob ich dazu in der Lage gewesen wäre«, antwortete sie. »Wenn Hildegard nicht gekommen wäre, hätte er mich getötet. Aber irgendwie hat sie die Zeit innehalten lassen und mir ihren Schlehenstock gegeben. Ich wusste, dass dieser Stock sehr mächtig sein musste; alles im Zusammenhang mit Hildegard verfügt über eine unheimliche Macht. Ich habe den Stock benutzt, um den Bären zu bannen.«

»Das Ganze gefällt mir nicht«, sagte Maeniel. »Hildegard gehört zu Christus. Wir nicht. Ich ehre und respektiere Christus – genau wie du, habe ich festgestellt –, aber wir gehören nicht zu ihm.«

Regeane zuckte mit den Achseln. Sie saß auf einem Lagerstuhl Maeniel gegenüber und zog jetzt das Nachthemd hoch, so dass ihre Beine zu sehen waren.

»Lass das.« Maeniel wandte den Blick ab.

Sie lächelte und wurde dann rasch wieder ernst. »Ich weiß nicht, zu wem Menschen wie Hildegard gehören. Als wir einander das erste Mal begegneten, hat sie mich gegen einen Geist verteidigt …«

»Und das zweite Mal ließ sie dich aus dem Kloster werfen, in dem du lebtest.«

»Nein«, widersprach Regeane. »Ich bin aus eigenem Antrieb fortgegangen. Ich hatte eine Aufgabe zu erledigen. Hildegard kam, um mich und die Nonnen zu warnen; sie sagte uns, dass der Schweinebraten vergiftet sei. Ich wusste es bereits. Ich konnte es riechen, aber die Frauen waren ahnungslos, und einige von ihnen hätten den Braten vielleicht gegessen. Hildegard ist gut. Sie ist nahezu der Inbegriff dessen, was Güte ist. Ich wollte nicht einmal eine so böse Kreatur wie diesen Bären töten, nicht mit irgendetwas, das Hildegard gehört.«

»Ich begreife nicht, wie du dir in Bezug auf Hildegard so sicher sein kannst. Im Namen des Himmels, die Frau war tot, als du ihr das erste Mal begegnet bist.«

»Ja«, pflichtete Regeane ihm bei. »Das war sie.«

Eine Weile blieb es still in ihrem Zelt.

»Ich hätte dich heute Nacht beinahe verloren«, sagte Maeniel schließlich. »Das war nicht gerade einer der schönsten Augenblicke meines Lebens.«

»Glaubst du etwa, da wärst du der Einzige gewesen?«, fragte sie. »Das Schlimmste an der ganzen Angelegenheit war für mich das Wissen, dass ich dich durch den Tod würde verlassen müssen, vielleicht für immer. Ich bin davon überzeugt, dass die Toten nicht einfach aufhören zu existieren, aber sonst weiß ich nichts über die Welten jenseits des Todes. Ich glaube – und das mit Grund –, dass der Tod eine weitaus kompliziertere Reise ist, als irgendein lebendes Geschöpf begreifen kann, und wer weiß, ob wir die Orte erreichen, an denen unsere Lieben weilen. Vielleicht müssen wir auch einfach für alle Zeit durch die Ewigkeit wandern? Um in diesem Leben die Liebe zu finden, braucht man viel Glück. Im nächsten Leben mag das nicht anders sein. Eins aber weiß ich mit Gewissheit – nämlich dass ich jetzt nicht länger darüber reden möchte.« Sie stand auf und ging zu dem Vorhang, der ihr Zimmer von dem übrigen Zelt abtrennte.

Maeniel hatte sich einen Pavillon verschafft, der mindestens so groß war wie die der Edelleute. Im vorderen Teil des Zelts war Platz für ein Esszimmer und einen Empfangsraum. Der ganze Haushalt hatte sich an einem langen Tisch versammelt, und alle sprachen den Speisen und dem Wein reichlich zu. Da sie in ihrer Wolfsgestalt nichts Besseres zu tun gehabt hatten, waren sie auf die Jagd gegangen und hatten zwei Hirsche und etliches kleineres Wild erlegt. Jetzt hielten sie ein Festmahl ab, obwohl das Fest langsam seine Ausgelassenheit verlor.

»Hast du Hunger?«, fragte Maeniel seine Gemahlin.

»Nein, Sorgen«, antwortete sie. »Antonius sagte, du hättest das königliche Zelt in höchster Eile verlassen.«

»Antonius hat sich seiner eigenen Ketten entledigt und dafür gesorgt, dass meine so aussahen, als seien sie mit Gewalt aufgestemmt worden«, erklärte Maeniel. »Du kannst dich darauf verlassen, dass Antonius all unsere Schnitzer vertuschen wird.«

»Genau das würde ich lieber nicht tun«, sagte Regeane. »Wenn du vor Karl irgendwelche Wunder wirken willst, hoffe ich, dass du eine gute, solide Erklärung dafür hast. Glaubst du, irgendjemand hat etwas gemerkt?«

»Nein, das glaube ich nicht, und wenn doch jemand etwas bemerkt hat, dann hat der Betreffende einfach seinen Augen nicht getraut. Insgesamt siebzehn Zelte sind abgebrannt. Die Männer glaubten, Desiderius habe sich irgendwie über die Berge geschlichen, um das Heer bei Nacht anzugreifen. Karl hätte um ein Haar noch einen Aufstand in den eigenen Reihen niederschlagen müssen, bevor er überhaupt dazu kam loszuziehen. Er und seine Würdenträger brauchten Stunden, um alle Soldaten zu beruhigen. Es gab etliche geringfügige Verletzungen und Brandwunden; einige Männer haben es fertig gebracht, sich mit ihren eigenen Waffen zu verletzen, andere sind fast erstickt bei dem Versuch, ihre Habe aus den brennenden Zelten zu retten. Also lautet meine Antwort nein, ich glaube nicht, dass irgendjemand ein paar Hunden Aufmerksamkeit geschenkt hat, die in dem ganzen Durcheinander umhergelaufen sind.«

»Was ist mit Otho?«, fragte sie.

»Er ist schwer verletzt, aber Matrona glaubt, dass er überleben wird, und sie hat nicht nur gewöhnlich Recht, sie hat immer Recht. Zumindest in diesen Dingen. Otho hat große körperliche Schmerzen und leidet außerdem schlimme Seelenqualen, weil er glaubt, mich und den König verraten zu haben, als er auf diese namenlose Kreatur hörte, die mich all dieser Verbrechen beschuldigt hat.«

»Gundabald hast du aber wirklich getötet«, wandte sie leise ein.

»Bitte! Tut dir das etwa Leid?«

Sie ließ den Vorhang fallen, so dass sie wieder mit Maeniel allein war. »Nein, nein. Lucilla und Antonius hatten Recht. Es musste sein. Aber was ist mit Hugo?«

»Wir haben nie herausgefunden, wohin er gegangen ist. Das Geld, das Gundabald gehabt hatte, war bis auf die letzte Münze verschwunden. Hadrian war davon überzeugt, dass Hugo geflohen ist und nur mitgenommen hat, was er tragen konnte. Wir haben Nachforschungen angestellt, bevor wir beide, du und ich, Rom verlassen haben.«

»Das hast du mir nicht erzählt«, sagte sie.

»Du hattest ein furchtbares Martyrium hinter dir. Ich wollte dir keine Angst machen, aber so weit ich weiß, ist Hugo immer noch auf der Flucht.«

Regeane nickte, wirkte aber immer noch besorgt.

»Morgen wird Otho mit dem König reden«, fuhr Maeniel fort. »Karl hat ihn bereits gesehen, und es steht fest, dass er brutal misshandelt wurde. Otho hat Karl jedoch genug erklären können, um meinen Namen vollkommen reinzuwaschen.«

»Wo ist er jetzt?«, fragte sie.

»Im Nebenzimmer, bei Matrona und ... Gilas. Sie kümmern sich um ihn.«

»Gilas ist ein liebes Kind.«

»Sie ist eine Hure«, sagte Maeniel.

»Warum bist du so voreingenommen?«, fragte Regeane.

Maeniel nickte. »Ich verstehe genau, was du meinst, aber ich würde sie trotzdem nicht als liebes Kind bezeichnen. Und da wir schon mal beim Thema sind, ich habe oft über deine Zuneigung für Silvie gestaunt. Ihr ein eigenes Geschäft zu geben, eine Taverne in Rom, war schon ein wenig lächerlich. Schließlich hat sie ihr Bestes getan, um dich auf den Scheiterhaufen zu bringen. Warum hast du sie nicht einfach weiter das verkaufen lassen, was sie ihr Leben lang verkauft hatte?«

»Silvie verkauft ihren Körper«, sagte Regeane leise, »weil es das Einzige ist, was sie zu verkaufen hat. Ich habe ihr lediglich eine Zuflucht gegeben, wo sie ein wenig Geld verdienen und es sich behaglich machen kann, und wenn sie es wünscht, kann sie jetzt allein schlafen. Gundabald hat sie immer geschlagen. Er hat auch mich immer geschlagen.«

»Ja«, erwiderte Maeniel leise. »Ich weiß.«

»Nein«, sagte Regeane. »Es bekümmert mich nicht im Mindesten, dass du ihn getötet hast. Ich bin nur froh, dass ich es nicht selbst tun musste. Was mir Sorgen macht, ist … nun, du sagtest, er und Hugo seien verschwunden?«

»Ja, so ist es. Und daher …«

»Wer hat ihn gefressen?«, fragte sie.

Maeniel runzelte die Stirn. »Wahrscheinlich … wahrscheinlich … also, bestimmt war es nicht Matrona, sie ist viel zu wählerisch; nicht einmal Silvia würde sich zu so etwas herablassen. Wahrscheinlich war es Gavin. Gavin frisst alles.«

»Du meinst, Gavin sei Gundabalds Grab?«

»Ja, ich denke schon. Ich habe ihn nie auf diese Sache angesprochen, aber … ja, wahrscheinlich ist es so. Bekümmert dich das?«

»Nein. Es ist nur so ungeheuer passend, das ist alles. So absolut und atemberaubend passend, dass Gundabald als Gavins Abendessen geendet hat, das ist alles.«

Im Nebenzimmer wachte Otho auf und bat um Wasser. Matrona, die in einem Sessel neben dem Bett eingenickt war, holte ihm welches. Otho war bleich, und auch wenn er immer noch ein schwerer Mann war, hätte ihn jetzt niemand mehr als fett bezeichnet. Er trug eine saubere Dalmatika, eins von Maeniels Kleidungsstücken, da seine eigene Habe im Feuer vernichtet worden war.

»Hast du Schmerzen?«, fragte Matrona.

»Nein«, sagte er. »Ich frage mich nur, was ich morgen dem König sagen soll.«

Matrona machte ihm gar nicht erst den Vorschlag, es mit der Wahrheit zu versuchen. »Liebst du den König?«, fragte sie.

»Ja.«

»Dann musst du einen Weg finden, ihm dein Verhalten verständlich zu machen – du musst ihm etwas erzählen, das er glauben kann, und gleichzeitig musst du Maeniel und Regeane vollkommen reinwaschen. Mein Herr ist Karl treu ergeben und kann ihm bei seinem gegenwärtigen Unternehmen von großem Nutzen sein, aber nur, so lange er in Freiheit ist.«

»Ja«, antwortete Otho. »Werde ich wieder gesund werden?«

»Ja«, erwiderte Matrona. »Solange du tust, was ich dir sage. Wahrscheinlich überlebst du sogar, wenn du es nicht tust, aber es wäre für deine Gesundheit erheblich besser, wenn du mir gehorchen würdest, da ich eine erfahrene Heilerin bin und du sicher nicht verfrüht meiner Dienste verlustig gehen möchtest.«

»O nein. Auf keinen Fall. Ich verstehe deine Sorgen vollkommen und teile sie. O ja, liebe Dame, du wirst mich niemals undankbar für deine Dienste finden. Du und deine Herrin, ihr habt mir das Leben gerettet und selbst dafür einen hohen Preis gezahlt. Ich habe den Kampf mit angesehen, zumindest einen Teil davon. Natürlich war mein Verstand ein wenig getrübt, daher kann ich mir bei vielen Dingen, die ich gesehen habe, nicht ganz sicher sein. Aber glaube mir, ich bin nicht nur bereit, deinem Herrn und deiner Herrin zu Diensten zu sein, ich brenne geradezu darauf. Und ich bin mehr als bereit zu glauben, dass ihr alle dem König von großem Nutzen sein könnt.«

»Ganz recht«, sagte Matrona. »Also reiß dich zusammen und sieh zu, dass du deine Geschichte parat hast, wenn morgen früh der König kommt.«

Draußen im Gemeinschaftsraum spielten Antonius, Barbara und der Sachse Schach, das heißt, eigentlich spielten Antonius und Barbara, während der Sachse zusah.

»Matt in drei Zügen«, erklärte Barbara Antonius.

Er studierte zwei Minuten lang ihre Position, dann hob er das Brett hoch und ließ die Figuren auf den Tisch purzeln.

Barbara begann zu lachen.

»Das ist jetzt das dritte Spiel«, bemerkte der Sachse. »Warum versucht ihr es nicht mal mit etwas anderem? Knöchelchen, Würfel … irgendetwas, das sie nicht so gut kann. Hier, nimm einen Humpen Bier.«

Antonius trat vor einen Tisch, auf dem Wein, Früchte und Käse bereit standen. »Nein! Der Himmel bewahre mich vor dieser Schweinepisse. Und was Barbaras Kenntnisse des Spiels betrifft, ich … ich habe es ihr beigebracht.«

Barbara lachte jetzt noch lauter und stieß dem Sachsen einen Ellbogen in die Rippen. »Er ist ein schlechter Verlierer. Aber mir kannst du etwas Bier einschenken, ich werde mich nicht beklagen.«

Der Sachse füllte einen Becher und schob ihn Barbara hin. Antonius schenkte sich einen Becher Wein ein, dann kam er zurück und sammelte die elfenbeinernen Schachfiguren ein, um sie wieder in ihre Schachtel zurückzulegen.

Nachdem sie sich davon überzeugt hatten, dass sie Otho hören würde, falls er sie rief, gesellte sich Matrona zu den Spielern. »Wo sind sie?«, fragte sie.

»Alle da drin.« Der Sachse deutete mit dem Kopf auf Maeniels und Regeanes Zimmer.

Matrona nahm sich ebenfalls einen Becher Wein. Dann durchquerte sie den Raum, schob den Vorhang beiseite und spähte hinein.

»Oh, beim Himmel«, rief sie. »Ausgerechnet hier!«

»Was treiben die beiden denn?«, fragte Barbara. »Wir haben nicht nachgesehen. Wir hätten zwar gern, aber manchmal weiß man über manche Dinge besser nichts ...« Sie nahm noch einen Schluck von dem Bier des Sachsen, einem dunklen, malzigen Gebräu. »Mir schmeckt es«, sagte sie zu dem Sachsen.

Er nickte und brummte: »Man muss ziemlich oft pissen, wenn man Bier trinkt. Mehr als bei Wein. Bier ist gesünder.« Er blickte tugendhaft in die Runde. »Spült die Gedärme aus.«

»Ich glaube, das ist das erste Mal, dass jemand das so ausdrückt«, bemerkte Barbara.

»Was treiben sie denn?«, wollte nun auch Antonius wissen.

»Sie schlafen alle zusammen«, antwortete Matrona.

Antonius sah sie entsetzt an.

»Schlafen. Einfach nur schlafen«, wiederholte Matrona. »Wenn du willst, kannst du ja nachsehen.«

»Nein. Ich bin müde. Es muss schon fast Morgen sein. Ich denke, ich geh jetzt auch zu Bett. Es gibt viele Dinge, die ich nicht weiß, und noch mehr Dinge, die ich nicht wissen will, und dies hier ist eines davon.« Als hochrangiger höfischer Beamter hatte er sein eigenes Zelt auf einem Wagen.

Der Sachse erhob sich, wischte sich den Mund ab, ging durch den Raum und zog den Vorhang zur Seite. Das Zimmer dahinter war voller Wölfe. Sie lagen überall, auf dem Bett, auf dem Boden und auf den Perserteppichen, die den Boden bedeckten. Als Anführer hatte der graue Wolf den besten Platz, direkt vor einem mit Kohlen gefüllten Ofen. Die Silberwölfin schmiegte sich in die Wölbung seines Leibes, und ihre Schnauze ruhte auf seinem Hals. Gavin lag auf Maeniels anderer Seite, an seinen Rücken gedrückt. Während der Sachse sich das Spektakel ansah, stieß Gavin im Traum ein leises Heulen aus, und seine Pfoten zuckten.

Der Sachse konnte seine Gefährten selbst in dieser Gestalt fast ohne Ausnahme erkennen: Das war Joseph; Gordo, ein Herumtreiber aus dem spanischen Gebirge; und da drüben lag Silvia, fett in ihrer Frauengestalt und massig als Wölfin. Und alle schliefen sie tief und fest und als Rudel vereint. Der Sachse zog den Vorhang wieder zu.

»Als Rudel vereint«, wiederholte er seinen Gedanken.

»Ja«, sagte Matrona. »Von Zeit zu Zeit müssen sie sich einfach daran erinnern.«

Antonius und Barbara waren gegangen. Die Damen hatten alle ihre eigenen Wagen.

»Wir verehren die Wölfe«, sagte der Sachse. »Der Wolf ist ein vertrauenswürdiger Freund, ein schlimmer Feind und seinesgleichen immer treu. Er ist sanft zu seiner Frau, seinen Kindern ein hingebungsvoller Vater, er ist keusch und in seinen Pflichten seinem Rudel gegenüber verantwortungsbewusst. Welcher Mann könnte von sich selbst mehr verlangen?

Das ist es, was man sich von den Wölfen erzählt. Das ist es, was ich glaube. Die Götter haben den Wolf zu unserer Belehrung in die Welt geschickt, auf dass wir sehen, wie wir uns benehmen sollen. Dann haben sie uns einen Talisman gegeben, ein Zeichen unseres Bundes mit ihnen, dass sie Anteil an unserem Geschick nehmen, so wie wir Anteil an dem ihren nehmen.«

Matrona trat an den Tisch und blies die Lampe aus.

»Dann hast du keine Probleme mit unserer Art zu leben?«

»Nein«, antwortete er. »Ich habe das Gefühl, als sei ich nach einer langen Reise nach Hause gekommen.«

Mit diesen Worten hüllte er sich in sein Bärenfell, rollte sich darin zusammen und schlief auf dem Fußboden ein.

4

Silvie war erst vor wenigen Stunden aufgestanden. Jetzt spähte sie durch die Fensterläden, die ihre Weinschenke sicherten, und fragte sich, ob es sich überhaupt lohnte, so früh aufzumachen. Die meisten ihrer Kunden kamen nicht vor Einbruch der Dunkelheit und selbst dann nur heimlich; sie zogen Schatten und schwach beleuchtete Lokale zum Essen und Trinken vor.

Silvie bediente sie, und sie sorgte dafür, dass die Lampen nur spärlich brannten, dass die Weinmaße ehrlich waren und das Essen, das sie servierte, stets billig, reichlich und immer frisch war. Zum absoluten Schrecken aller war sie eine sehr erfolgreiche Geschäftsfrau. Auch wenn selbst in den heruntergekommensten Bezirken der Ewigen Stadt die Tavernenwirte Silvies Gäste nicht willkommen geheißen hätten, nahm Silvie sie als das, was sie waren.

Keiner ihrer Kunden war auch nur im Entferntesten ehrlich, daher ließ sie sich nur mit Bargeld bezahlen. Die meisten waren Diebe, und es gab hier und da auch Meuchelmörder, Männer, die heimlich und gegen Bezahlung töteten, und dann gab es eine weniger verstohlene Gruppe von Söldnern, die sich von den untereinander zerstrittenen Adligen anheuern ließen und von jeder anderen Splittergruppe im gespaltenen Italien. Diese Männer waren dankbar für ein stilles Lokal, wo sie essen, trinken und Geschäfte machen konnten, bevor sie zu ihren nächtlichen Runden aufbrachen. Silvie gab ihnen, was sie brauchten.

Als Gegenleistung sorgten ihre dankbaren, wenn auch in der Regel gewalttätigen Kunden für Frieden in ihrer Weinschenke. Obwohl es in der unmittelbaren Umgebung des Lokals eine Menge Morde gab, konnte man keins der Verbrechen bis zu seiner inzwischen sehr achtbaren Besitzerin zurückverfolgen.

Es war am späten Nachmittag, etwa zur siebten Stunde. Das einzige Lebewesen in der Nähe war die scheckige Katze ihrer Nachbarin, und die Katze wollte nichts anderes, als in der Sonne zu schlafen, den weißen Bauch nach oben gedreht, die Pfoten in die Luft gereckt, ein Bild tiefer und vollkommener Entspannung.

Silvie gähnte und überlegte, ob sie nicht wieder zu Bett gehen sollte. Vielleicht konnte sie noch ein Nickerchen machen, bevor es Abend wurde. Sie wandte sich gerade zum Gehen, als ein Mann auftauchte und leise, unendlich leise, an die Fensterläden klopfte. Die Katze auf der Türschwelle zur Straße hin rührte sich nicht einmal.

Silvie dachte daran, nach oben zu gehen und sich wieder ins Bett zu legen, statt auf den Mann draußen zu reagieren, andererseits war sie sich ziemlich sicher, dass er einer ihrer Stammgäste sein musste. Nur wenige andere Menschen hüllten sich an solch warmen Nachmittagen in Kapuzenmäntel. Also zog sie den Riegel zurück und klappte einen der Läden auf.

Der Mann schlüpfte herein.

Silvie trat hinter die Theke. »Ich habe noch kein Essen fertig, aber …«

Dann konnte sie zum ersten Mal sein Gesicht sehen.

Hugo! Der Schlag warf sie zu Boden. Hugo ließ sich auf ein Knie nieder und drückte Silvie ein Messer an die Kehle. »Wo ist dein Geld? Ich weiß, dass dieses Lokal dir gehört und dass es eine Menge abwirft. Also, wo ist das Geld?«

Silvie versuchte von ihm wegzukommen. Sie lag flach auf dem Rücken, und jetzt packte Hugo mit einer Hand ihr Haar, während er ihr das Messer noch dichter an die Halsschlagader drückte.

Sie hatte früher nie Angst vor Hugo gehabt; er war vollkommen von seinem Vater, Gundabald, beherrscht worden. Aber dieser Hugo, dieser neue Hugo, erfüllte sie mit Schrecken. Er war dünner, sah viel älter aus und verlor bereits seine Zähne, aber seine Gesichtszüge hatten etwas Wildes, Tierisches angenommen, das früher nicht da gewesen war. Er sah aus, als hätte er hart kämpfen müssen, um zu überleben, und dieses Leben hatte weder seine Urteilskraft noch seine Wesensart verbessert.

»Silvie.« Die Messerspitze bohrte sich in ihre Haut, und der erste Blutstropfen floss.

»Ja, ja, Hugo«, wisperte sie. »Geld. Es ist oben im Schlafzimmer. Lass mich aufstehen, lass mich einfach nur aufstehen. Ich hole dir das Geld.«

Ein zweiter Mann trat in die Schenke, gefolgt von einem Dritten. Sie sahen, wenn das überhaupt möglich war, noch älter und zerschundener aus als Hugo. Dem einen hatte man die Ohren abgeschnitten, dem Dritten fehlte eine Hand.

»Wedo, geh du rauf und hol das Geld«, befahl Hugo dem Mann ohne Ohren.

Wedo lief an ihnen vorbei und die Treppe im hinteren Teil des Ladens hinauf. Der dritte Mann behielt mit nervösem Blick die Straße im Auge.

Silvie nutzte die kurze Ablenkung, um aufzustehen und möglichst viel Abstand zwischen sich und Hugo zu bringen.

»Mach schon. Mach schon«, drängte der einhändige Mann Hugo. »Sie hat uns gesagt, wo das Geld ist. Mach ein Ende, du Narr. Mach ein Ende.«

Hugo entblößte die Zähne und stürzte sich auf Silvie. In seiner Hast trat er auf die Katze.

Das Tier war nicht verletzt – was sich bei einer späteren Untersuchung herausstellte –, aber das schauerliche Kreischen, das die Katze ausstieß, musste sämtliche Bewohner in ihrem Häuserblock aus dem Mittagsschlaf gerissen haben, und Silvie sprang über die Theke. Später hätte sie nicht mehr sagen können, ob sie wirklich gesprungen oder ob ihr einfach Flügel gewachsen waren und sie geflogen war, aber binnen einer einzigen Sekunde setzte sie über die Theke und rannte bereits die Straße hinunter. Ihre lang gezogenen, schrillen Schreie genügten, um jeden aus dem Bett zu werfen, dem es gelungen war, die Katze zu überhören.

Eine halbe Stunde später saß Silvie in Lucillas Säulengarten, und Lucillas Mägde brachten verschiedene Stärkungsgetränke herbei, während die Ehrfurcht gebietende Lucilla versuchte, der jüngeren Frau eine zusammenhängende Geschichte zu entlocken.

»Bist du dir wirklich sicher, dass er es war?«

Silvie hielt gerade lange genug in ihrem Schluchzen inne, um mit größtmöglicher Entrüstung zu sagen: »Natürlich bin ich mir sicher, dass er es war. Er wollte mich töööööten.«

»Wenn du so weitermachst, werde ich mir noch wünschen, er hätte Erfolg gehabt«, fuhr Lucilla sie an. »Beherrsch dich, Frau, und antworte mir vernünftig auf meine Fragen.«

Dulcinia, die Sängerin, war bei Lucilla, wie so häufig in letzter Zeit. Silvie war zuerst zu Dulcinia gelaufen, weil sie Todesängste ausstand, dass Lucilla sie vielleicht töten würde. Hugo war bestenfalls ein Geächteter. Lucilla, der Papst und vielleicht auch der Lombardenherzog Desiderius würden nur allzu gern ein Wörtchen mit ihm reden. Dabei schwebte ihnen die Art von Plauderei vor, die man in einem Raum voller Streckbänke, Brandeisen und Daumenschrauben führte. Lucilla würde vielleicht glauben – Gott bewahre! –, dass Silvie Hugo aus eigenem Antrieb Geld gegeben hatte oder dass sie tief in ihrem Herzen eine geheime Zuneigung für ihn empfand.

Als Dulcinia sah, wie aufgewühlt Silvie war, begriff sie sofort, dass das mit Sicherheit nicht der Fall war, und brachte sie zu Lucilla. Sie hatte Silvie versprochen einzuschreiten, falls Lucilla unangenehm würde.

»Bitte, Silvie«, sagte Dulcinia flehentlich. »Versuch doch, dich ein wenig zu fassen und unserer illustren Gastgeberin zu erzählen, was sich zugetragen hat.«

Dulcinia tauchte ein Stück Stoff in ein Becken mit Wasser, wrang es aus und drückte es mit ihren langgliedrigen Händen auf Silvies Stirn; dann reichte sie ihr ein sauberes Taschentuch.

»Jetzt putz dir die Nase, Mädchen, und versuche, dich ein wenig verständlicher auszudrücken.«

Silvie putzte sich die Nase, dann holte sie tief Luft. In der Dunkelheit, wo sie Lucillas missbilligendes Gesicht nicht zu sehen brauchte, fühlte sie sich besser.

»Nun komm schon«, gurrte Dulcinia. »Sei ein braves Mädchen.«

»Ich weiß wirklich nichts, nur, dass es Hugo war«, sagte Silvie. »Er hat bei mir geklopft. Er trug einen Umhang und hatte die Kapuze über den Kopf gezogen, so dass ich ihn nicht erkennen konnte, und ich habe gedacht … ich habe gedacht …«

»Es interessiert uns nicht, was du gedacht hast«, unterbrach Lucilla sie mit einer geradezu furchtbaren Stimme.

Silvie brach abermals in Tränen aus.

Dulcinia verlor nun endgültig die Geduld. »Hört auf, alle beide. Silvie, du hörst auf, wie eine läufige Gassenkatze zu heulen, und du, Lucilla, hörst auf, ihr Angst zu machen.

Sie dachte, es sei einer ihrer Stammgäste. Wir wissen ja alle, was für Leute Silvies Lokal besuchen.«

Silvie schluckte. »Ja, genau das habe ich gedacht. Aber es war kein Gast. Es war Hugo. Ich lag auf dem Boden, und Hugo hielt mir ein Messer an die Kehle, und er sagte, er wolle Geld haben. Ich habe ihm gesagt, wo er welches finden würde.«

»Er war nicht allein?«, fragte Lucillia.

»Nein, er hatte zwei Männer bei sich. Gesetzlose.«

»Gesetzlose?«, wiederholte Lucilla.

»Einem hatte man die Ohren abgeschnitten, der andere hatte nur noch eine Hand. Den mit den abgeschnittenen Ohren nannte Hugo Wedo. Wie der andere hieß, der Einhändige, weiß ich nicht. Wie auch immer …« Silvies Augen waren noch immer geweitet vor Entsetzen. »Der eine befahl Hugo, ein Ende zu machen! Er wollte sich auf mich stürzen, und er ist auf die Katze getreten …!«

»Wer wollte sich auf dich stürzen? Und was hat die Katze mit dem Ganzen zu tun?«, fragte Lucilla.

»Hugo hat sich auf mich gestürzt, und da ist er auf die Katze getreten. Die Katze ist gelb-schwarz, mit weißen Flecken. Sie gehört meiner Nachbarin von der anderen Straßenseite und kommt manchmal in meinen Laden. Um Essensabfälle zu erbetteln. Ich füttere sie, weil sie für die ganze Straße Mäuse fängt, nicht nur für ihre Besitzerin, und außerdem …«

»Ich habe das Gefühl, dass ich langsam viel zu viel über diese Katze weiß«, fiel Lucilla ihr ins Wort. »Also, Silvie, atme tief durch, und erzähl mir, was Hugo getan hat, nachdem er auf die Katze getreten war.«

»Ich weiß es nicht, denn als die Katze schrie, waren alle erschrocken, und ich rannte und rannte und rannte ... bis ich zu Dulcinias Villa kam. Und ...« Silvie begann abermals zu schluchzen.

»Ich glaube, es besteht wirklich kein Zweifel. Es war Hugo«, sagte Dulcinia.

Lucilla stand auf und rief nach ihren Wachen.

»Hab keine Angst«, sagte Dulcinia zu Silvie. »Du hast jetzt Freunde, mächtige Freunde. Wir werden dich beschützen. Einer meiner Männer wird dich heute Abend in die Schänke begleiten, und morgen früh sehen wir uns wieder und überlegen, was wir tun sollen. Und jetzt fasse dich und leg dich ein wenig hin. Lucillas Arzt wird nach dir sehen.«

»Ich brauche keinen Arzt. Mir fehlt nichts«, erwiderte Silvie.

»O doch, mein Kind, es mag dir bisher noch nicht aufgefallen sein, aber du hast ein sehr hässliches blaues Auge. Jetzt geh mit den Dienerinnen und tu, was man dir befiehlt«, sagte Dulcinia, während Lucillas Dienerinnen Silvie wegbrachten.

Dulcinia blieb für ein paar Minuten allein, bis Lucilla wiederkam. Sie fühlte sich jedoch nicht einsam, denn in ihrem Kopf konnte sie immer Musik hören. Sie war eine berühmte Sängerin und komponierte manchmal ihre eigene Musik für ein Gedicht. Jetzt versuchte sie, ein Thema zu finden, das die Schönheit von Lucillas Gärten in der Abenddämmerung wiedergab. Die Schönheit des endlosen Plätscherns der Springbrunnen, die zarten Düfte der Kräuter und Blumen, die längs der Pfade und Beete wuchsen. In der Nähe blühte eine Rose, deren Geruch sich mit dem Duft von weißem Thymian und blaublühendem Salbei mischte. Von Zeit zu Zeit konnte Dulcinia daneben noch einen anderen atemberaubenden Geruch wahrnehmen – den von Jasmin vielleicht.

Eine Wermutpflanze mit silbrigen Blättern und daunenzarten, gelben Blüten schimmerte bleich im ersten Mondlicht. Schließlich kam Lucilla zurück und setzte sich neben Dulcinia.

»Danke, dass du sie hierher gebracht hast. Diese Information ist ausgesprochen wichtig für mich. Es tut mir Leid, dass ich so ungeduldig mit Silvie war, aber ihre Weitschweifigkeit treibt mich schier in den Wahnsinn.«

»Du hast Recht, aber du bist heute auch besonders reizbar. Ich glaube, wenn ich die gleiche Erfahrung gemacht hätte wie Silvie, wäre ich auch hysterisch geworden.«

»Unfug«, widersprach Lucilla. »Du hast dich niemals in deinem ganzen Leben, nicht einmal als Kind, so schlecht benommen wie Silvie in ihren besten Zeiten. Als Regeane mich bat, das Geschäft dieser Frau zu überwachen, war ich fuchsteufelswild. Aber ich wollte Regeane meinen Unwillen nicht spüren lassen und habe die Verantwortung übernommen. Regeane hatte zu viel für mich, für Hadrian und überhaupt für die Menschen getan, als dass ich ihr diese doch recht bescheidene Bitte hätte abschlagen können. Mir gefriert das Blut, wenn ich daran denke, was das Mädchen in den Händen ihrer abscheulichen Verwandten gelitten hat, was sie bei den Langobarden durchgemacht hat und bei den zerstrittenen Splittergruppen hier in Rom. Man hat sie an einen Pfahl gebunden und zusehen lassen, wie ihr Champion um ihr Leben kämpfte. Wusstest du, dass man sogar …«

»Das Feuer angezündet hat«, beendete Dulcinia Lucillas Satz. »Ja, ich war dabei. So wie alle anderen in Rom, die älter als zwei und jünger als neunzig waren. Und jetzt ist einer dieser Verwandten also wieder da. Um dem Kind noch mehr Ärger zu machen.«

»Nicht, wenn ich ihn in die Hände bekomme«, sagte Lucilla. »Ich habe Hadrian und die päpstliche Garde verständigt, und ich habe meine eigenen Männer ausgeschickt, die Stadt zu durchkämmen, aber ich glaube nicht, dass wir Hugo finden werden. So dumm kann nicht einmal dieser abscheuliche kleine Hurensohn sein.

Vor allem aber ist jemand bei Silvie, und der Betreffende wird Tag und Nacht ihre Schänke im Auge behalten. Manchmal verachte ich Silvie, das stimmt. Ich habe ihr nicht verziehen, dass sie Regeane verraten hat, als das Mädchen doch nur Silvies verlauste Haut retten wollte. Regeane dagegen hat ihr vergeben und es dann sogar fertig gebracht, Silvie meinem Schutz zu unterstellen. Und wer immer unter meinem Schutz steht, muss um jeden Preis behütet werden. Mein Ruf lässt nichts anderes zu. Jetzt muss ich also darüber nachdenken, wie ich Hugo bei Desiderius in Misskredit bringen kann.

Denn verlass dich drauf, meine Liebe, der langobardische Herzog ist der Nächste, bei dem Hugo auftauchen wird. Niemand will diese kleine Ratte bei sich haben, genauso wenig wie man eine große Sammlung von Blutegeln, Bettwanzen oder anderem Ungeziefer im eigenen Haus haben möchte.«

»Bist du dir da sicher?«, fragte Dulcinia.

»Absolut. Hugo ist wahrscheinlich vollkommen mittellos. Er und sein Vater haben uns königlich an der Nase herumgeführt, als sie Regeane aufgaben und sich der langobardischen Partei hier in Rom zuwandten.

Maeniel ist ein gutmütiger Mann und hätte die beiden wahrscheinlich dafür bezahlt, dass sie einfach nicht in seine Nähe kamen, aber als sie versuchten, Regeane durch die Justiz umbringen zu lassen, war das selbst für ihn schwer verdaulich. Regeane wollte mich darin hindern, den beiden die Kehle aufschlitzen zu lassen, und wenn sie sich im Hintergrund gehalten hätten, hätte ich ihren Wünschen vielleicht entsprochen. Aber diese Bastarde dachten, sie könnten einen großen Treffer landen und sich an Regeane rächen, weil sie ihre Pläne vereitelt hatte. Aber es ist ihnen nicht gelungen. Und Gundabald ist tot.«

»Weißt du das genau?«

»Ja«, sagte Lucilla. »Ganz genau sogar. Aber keiner von uns – weder ich, noch Hadrian oder Maeniel – konnte auch nur die geringste Spur von Hugo finden, und glaub mir, Liebes, wir haben alle verschiedene, aber höchst wirksame Methoden zu suchen. Ich schätze, dass Gundabald Hugo erzählt hat, er wolle Maeniel ins Gesicht sagen, was für eine Frau er geheiratet hatte. Maeniel wusste das jedoch bereits, und die Information war ... hm, sagen wir, überflüssig.«

»Das Ganze gefällt mir nicht«, sagte Dulcinia. »Ich habe Regeane kennen gelernt. Ich mochte sie. Aber du und Silvie, ihr sprecht manchmal von ihr, als sei sie nicht ganz menschlich.«

»Ja, ja …«, antwortete Lucilla. »Aber manchmal ist Unwissenheit erheblich sicherer als Wissen. Also bitte, zerbrich dir deswegen nicht den Kopf, meine Liebste.

Wie auch immer, als Gundabald nicht zurückkehrte, machte sich Hugo prompt in die Hose. Nachdem er wieder vom Nachttopf runterkam, ist er wahrscheinlich gelaufen, so schnell er nur konnte. Auf die eine oder andere Weise hatte Gundabald eine beträchtliche Menge Geld zusammengetragen, daher hat Hugo so lange gebraucht, um es durchzubringen.

Ein Jammer, ich hatte gehofft, jemand würde dem kleinen Wiesel die Kehle aufschlitzen, um ihm seinen unrechtmäßig erworbenen Reichtum abzunehmen, aber diesen Gefallen scheint uns niemand getan zu haben. Jetzt, da Hugo wieder da ist, wird er das einzig Wertvolle verkaufen, was er noch hat – Informationen.«

Dulcinia war hoch erfreut. Sie hatte Lucilla seit Monaten nicht mehr so lebhaft gesehen. Sie befürchtete langsam, dass ihre Geliebte sich dem Alter unterwerfen würde, aber jetzt schien sie wieder lebendig zu werden. Ja, Dulcinia begriff, dass Lucilla sich schlicht und einfach gelangweilt hatte. In ihrer Jugend hatte Lucilla einen brutalen Kampf ausfechten müssen, um zu überleben. Dann war sie durch ihre Beziehung zu Hadrian in das politische Geschehen hineingezogen worden und hatte ihre mittleren Jahre damit zugebracht, der Langobardenpartei Knüppel zwischen die Beine zu werfen, jener Gruppierung, die entschlossen war, die Kontrolle über das Papsttum zu gewinnen.

Jetzt waren die Langobarden besiegt, zumindest was ihre Pläne für den Papstthron betraf. Hadrian war Papst, Lucillas Kinder waren erwachsen: Ihr Sohn Antonius war bei Regeane, ihre Tochter Augusta hatte in eine der reichsten und bekanntesten Familien Roms eingeheiratet. Lucilla selbst war reich, vor Gefahren weitgehend geschützt und bei den meisten Menschen hoch angesehen, aber sie langweilte sich auch und war einsam.

Regeane und Antonius waren fort. Hadrian und Lucilla waren noch immer ein Liebespaar, aber Hadrian musste sich mehr und mehr um Verwaltungsangelegenheiten weltlicher wie kirchlicher

Natur kümmern. Wenn Lucilla eine Viertelstunde von Augustas Konversation über sich ergehen ließ, verfiel sie entweder ins Koma oder in wilden Zorn, je nachdem, ob Augusta sie über politische oder gesellschaftliche Belange zu belehren versuchte. Augusta hatte von Politik keine Ahnung und wusste über ihre Mitmenschen zu viel. Das Ende vom Lied war, dass Lucilla oft allein war und nur wenig zu tun hatte.

Aber jetzt! Hugos Rückkehr versorgte Lucillas Leben mit einigen neuen und interessanten Problemen.

Dulcinia lächelte.

»Das ist nicht komisch«, bemerkte Lucilla.

»Da hast du vollkommen Recht, aber es ist schon spät, und wenn ich mich recht erinnere, hast du mich für heute Abend zum Essen eingeladen. Ich habe seit dem Frühstück keinen Bissen mehr zu mir genommen, weil ich das Mittagessen ausgelassen habe, und dann fiel Silvie über mich her …«

»Oh, gütiger Gott.« Lucilla schlug sich an die Stirn. »Das hatte ich vollkommen vergessen. Ich habe eine Ladung Artischocken und ein Fass Austern bekommen, und der Koch hat mir versprochen, die Artischocken auf sizilianische Art zuzubereiten, mit einer Wildschweinfüllung und Olivenöl, Käse und Brotresten. Und die Austern sollte es roh geben, mit einem Spritzer Zitronenbuttersoße. Aber das ist noch nicht alles, ich habe eine wundervolle Amphore mit sechs Jahre altem Falerner von meinen eigenen Gütern bereitstellen lassen.«

»Was für ein Festmahl«, rief Dulcinia. »Und nur wir zwei?«

»Ja, aber ich befürchte stark, dass ich dich zwingen werde, für dein Essen zu singen.«

»Es war mir stets ein Vergnügen, für dich zu singen, meine Liebste.«

Die beiden Frauen gingen Arm in Arm davon.

Hugo und seine Freunde hatten Zuflucht in einem Grab weit vor den Stadttoren gefunden, an der Straße in die Lombardei. Die Gruft gehörte keinem Römer und war nicht einmal ein Etruskergrab der früheren Periode, während der der Reichtum aus Eisenerzeugung und dem Handel mit den Griechen zu einer kulturellen Blüte in Etrurien geführt hatte. Die Gruft war noch älter, sie entstammte der Bronzezeit, als man die Toten nicht von ihrer Familie trennte, sondern sie in Form von Knochen ihren Verwandten zurückgab, damit sie unter dem Fußboden des Hauses begraben werden konnten; sie waren hoch geschätzte Ahnen, und die Lebenden brachten ihnen Opfer dar. Daher wirkte die Gruft seltsam unbenutzt, friedvoll, aber leer, erbaut aus poliertem, aber nicht gemörteltem Stein in Form eines Bienenkorbs mit einem Becken an der Tür für das reinigende Wasser und das heilige Feuer – beides wurde benötigt, um die Bestattungsriten zu heiligen.

Es würde bald Abend sein. Hugo und seine Spießgesellen schlangen einen Laib Brot und ein wenig Käse hinunter, den sie in Silvies Schänke gestohlen hatten. Hugo hatte seinen Freunden nur eine Hand voll Silbermünzen gegeben und den Rest für sich behalten. »Immerhin ist sie meine Frau. Die Schänke gehört mir, und ich könnte sie zwingen sie zu verkaufen, und ...«

»Wenn du das tätest, wärst du ein Narr«, sagte der Mann mit den abgeschnittenen Ohren, derjenige, den Hugo Wedo genannt hatte.

»Warum? Ich habe darüber nachgedacht, und sie ist meine Frau. Wir waren verheiratet, bevor ich von zu Hause fortging, und ...«

»Wenn Rom nicht anders ist als alle anderen Städte, die ich kenne«, flüsterte Wedo, »kann keine Frau allein irgendein Geschäft betreiben – nicht ohne den Schutz höher gestellter Persönlichkeiten.«

»Silvie ist eine Schlampe. Sie hat keine hochgeborenen Freunde.«

»Jetzt hat sie welche«, widersprach Wedo. »Verlass dich drauf. Nach allem, was du mir erzählt hast, hat Silvie sich in der Nacht bestenfalls ein paar Kupfermünzen verdient, indem sie sich in den Hinterzimmern von Tavernen an Trunkenbolde verkaufte. Ich habe dieses Lokal gesehen. Eine Theke mit Weinfässern, Tische, Stühle ... und das obere Stockwerk war noch hübscher. Ein Bett mit Vorhängen drum herum, Leinenlaken, Wolldecken und drei Kleider und sogar mehr als drei Schürzen, alle säuberlich an Nägeln an der

Wand aufgehängt. Diese Frau, von der du sagst, es sei deine, sie hat Freunde, verlass dich drauf.

Wenn Gimp und du nicht so erbärmlich dumm gewesen wärt, ihr Angst zu machen, hätten wir vielleicht noch mehr rausholen können.«

Gimp zog den Kopf ein und versuchte, sich unsichtbar zu machen.

»Nein, wenn du da noch mal hingehst, Junge«, sagte Wedo, »dann stehst du selbst dort auf der Speisekarte. Also, wie wär's, wenn wir das, was wir von deiner Frau bekommen haben, jetzt gerecht aufteilen? Danach können wir alle drei in Frieden getrennter Wege gehen.«

Hugo hörte auf zu essen, stand auf, wischte sich das Fett und die Krümel von den Händen und pinkelte dann in das Becken, das einst als Behältnis für das reinigende Wasser gedient hatte.

Nein, dachte er, als sein Strahl die Mäanderlinie traf, die einst den Weg vorgezeichnet hatte, über den die Toten ins Paradies gelangten. Nein, er wollte nicht mehr von Silvies Geld abgeben, er wollte weder mit dem Mann namens Gimp noch mit Wedo teilen. Er brauchte jede Kupfermünze, die er jetzt in der Tasche hatte, wenn er sich eine Audienz bei einem von Desiderius' Lakaien verschaffen wollte.

Bedauernd musste er sich eingestehen, dass Wedo Recht hatte. Es war unmöglich, dass ein Mädchen wie Silvie selbst bei einem noch so großzügigen Gönner so viel Geld hätte verdienen können, um sich ein solches Lokal zu kaufen. Er kannte nur einen einzigen Menschen, der barmherzig genug gewesen wäre, Silvie zu helfen: Regeane.

Hugo hatte Angst vor Regeane, aber der Gedanke an Lucilla oder Maeniel ließ ihm das Blut in den Adern gefrieren. Verglichen mit diesen beiden war Regeane die Sanftmut in Person. Maeniel würde ihn mit Gewissheit augenblicklich töten, und Lucilla würde ihm noch Schlimmeres antun: Sie würde ihn foltern lassen, bis sie ganz sicher war, dass er ihr nicht mehr erzählen konnte, und dann würde sie ihn auf die schmerzhafteste Weise sterben lassen, die man nur ersinnen konnte. Genau das hatte sie ihm nämlich versprochen. Er war dabei gewesen, als die Männer des Langobardenherzogs Lucilla gefoltert hatten.

Als er mit seinem Geschäft fertig war, drehte er sich zu seinen Kameraden um, die immer noch aßen. Zögern. Zögern hatte ihn seine Chance gekostet, Silvie zu töten. Also zögerte er diesmal nicht. Er packte Wedo an den Haaren, riss ihm den Kopf nach hinten und schlitzte ihm die Kehle auf.

Gimp hob den Kopf und blickte schockiert auf, aber eine Sekunde später traf ihn Hugos Stiefel am Kinn. Er spürte den Stich nicht mehr, als Hugos Messer seine Kehle von vorn durchdrang und auf der Rückseite sein Rückgrat durchtrennte.

Plötzlich herrschte Stille in der Gruft. Hugo hatte schon früher getötet – seinen ersten Mord hatte er nicht lange nach Gundabalds Tod bei einer Tavernenschlägerei begangen. Aber normalerweise war es schwieriger, einen Menschen zu ermorden, und es kam zu weitaus schlimmeren Komplikationen. Er spürte jedoch, dass es nicht klug wäre, an diesem Ort zu verweilen, daher säuberte er sein Messer an Wedos Hemd; dann durchsuchte er beide Leichen, wobei ihm auffiel, dass das Blut noch immer in einem dunklen Strom aus Gimps Kehle quoll.

Wie erwartet hatte Gimp rein gar nichts bei sich. Aber bei Wedo fanden sich zwei Goldmünzen, die er von dem Geld in Silvies Tresor beiseite genommen haben musste.

Hugo gratulierte sich zu dieser vernünftigen Lösung, was seine beiden Begleiter betraf. Er hatte sie dringend loswerden müssen, denn sie hätten ihn am Hof der Langobarden gewiss in Verlegenheit gestürzt. Und die beiden Goldmünzen würden ihm recht nützlich sein, wenn er versuchte, sich bei Desiderius Gehör zu verschaffen.

Dann stand er auf und verließ die Gruft.

Das Licht des späten Nachmittags brannte Hugo sekundenlang in den Augen. Er sah sich verstohlen um, aber er war absolut allein. Das einzige Geräusch kam von den Insekten, die in dem hohen, frischen Gras sangen, und das Einzige, was sich bewegte, war ein

Staubwedel, der über die Steine der uralten römischen Straße wirbelte, die in die Lombardei führte.

Hugo ging weiter; er wollte so viel Abstand wie nur möglich zwischen sich und die Leichen legen, die er zurückgelassen hatte.

In der Gruft begann Gimp sich zu bewegen; das dunkle Blut seiner Halsschlagader floss immer schneller, während er langsam wieder zu Bewusstsein kam.

Auf der Straße vor der Gruft flaute die abendliche Brise nun ab, und der Staubteufel verschwand, verschmolz wie ein Rauchfädchen mit der stillen Luft. Das Bewusstsein, das ihn getrieben hatte, verharrte reglos, unentschieden zwischen Bewegung und Ruhe. Es erinnerte sich an eine Art grimmiger Bosheit, aber an sonst nichts. Es verblasste; ohne menschliche Energien, die ihm Nahrung gaben, würde es sich bald auflösen, so wie selbst dichter Nebel sich im Sonnenlicht auflöst.

Die Hüter der Gruft waren nur mehr Schatten. Die letzten Prozessionen, an die sie sich erinnern konnten, lagen über zweitausend Jahre zurück. Sie träumten von einem untergegangenen Volk, das mit Opfergaben für die Toten herbeikam, mit Weizen, Früchten und Blumen, bevor die Verstorbenen auf einem Scheiterhaufen verbrannt wurden. Auf diese Weise konnten die Geister die Reise in das ferne Land der Toten antreten. Die Menschen, die sie gekannt hatten, existierten nicht mehr, die Welt veränderte sich auf eine Weise, dass ihre Fürsprache nicht länger als notwendig erachtet wurde. Der einzige Grund, warum sie noch verweilten, war bei einigen Bauern zu suchen, die immer noch herkamen und Öl und Wein opferten, in dem festen Glauben, dass solche Opfer Glück brachten.

So war es immer gewesen. Seit undenkbaren Zeiten.

Die Wächter schliefen, selbst wenn Schafhirten die uralte Gruft bei schlechtem Wetter für sich und ihre Schafe als Zuflucht benutzten. Denn auch die Schafhirten waren keine Narren und erbrachten Opfergaben, wann immer sie es konnten, und diese Geister verstanden die allewigen Bedürfnisse jener, die sich abmühen, um der staubigen, heißen Erde in der Nähe des Meeres ihren Lebensunterhalt abzuringen. Sie verstanden sie tatsächlich weit besser als ihre Nachfolger und waren duldsamer und gütiger.

Aber Hugo hatte sie geweckt, zuerst durch seine Entweihung des alten Beckens und dann durch seine Freveltat, bei der er das Blut seiner Kameraden vergossen hatte. Sie hätten nur wenig unternommen, um seinen Vandalismus zu bestrafen – sie hätten kaum etwas tun können, so schwach und schattengleich, wie sie jetzt waren –, aber sie spürten das stärkere Wesen, das auf der Straße lauerte, ebenso wie sie Gimps erlahmenden Kampf um sein Leben wahrnahmen. Und so baten sie die Kreatur herein.

•

Antonius stand als Erster auf. Er verließ seinen Wagen im Lager und nahm sich eines der Zelte vor, die von Maeniels Leuten benutzt wurden, und räumte alle Möbel heraus. Ungefähr zu dem Zeitpunkt erschien auch Joseph. Er hatte eigentlich den Wunsch gehabt, sich zu erleichtern, aber nachdem er die Nase aus Maeniels Zelt gesteckt hatte, wurde ihm klar, dass er sich womöglich in Schwierigkeiten brachte, wenn er einfach wie ein Wolf gegen einen Baum pinkelte. Eine beträchtliche Zahl von Menschen schlenderte umher – zu viele für seinen Geschmack. Also verwandelte er sich seinerseits in einen Menschen, kleidete sich an und machte schließlich einen Graben in der Nähe ausfindig. Dann schlenderte er – Joseph bewegte sich niemals so schnell, dass die Bezeichnung schlendern unzutreffend gewesen wäre – zurück zu dem Zelt, das er sich mit Gavin teilte.

»Was machst du da?«, fragte er Antonius, der auf dem Sandfußboden des Zeltes Linien und Kreise zeichnete.

»Ah, gut, einer von euch ist schon auf. Ich brauche Steine in allen Größen, kleine und große. Daneben brauche ich mindestens vier oder fünf Eimer Erde sowie einige grüne Zweige.«

Joseph, der sich nicht gerade um Arbeit riss, sah Antonius ungläubig an. »Warum?«

»Das Warum braucht dich nicht zu interessieren. Hol mir einfach, was ich benötige. Ich habe zu tun.«

Joseph dachte kurz daran, Maeniel zu fragen, ob er Antonius gehorchen sollte, aber er war klug genug, um zu wissen, dass sein Anführer ja sagen würde, und wenn er seine Wolfsgestalt trug, würde er diesem »Ja« wahrscheinlich einen kurzen Biss in seine Schulter folgen lassen. Also trabte er hinaus und hörte gerade noch Antonius' nächsten Befehl: »Und beeil dich ein bisschen.«

Eine Stunde später hatte Antonius auf dem Boden von Josephs Zelt ein ziemlich gutes Modell der Berge gebaut. Er benutzte die Erde für die niedrigeren Hügel, das Grün des Laubes für den Wald und die Steine für die höheren Gipfel. Nun gut, es war eher eine schematische Darstellung und nicht maßstabsgetreu, und Antonius' Gebilde schenkte einer Reihe landschaftlicher Besonderheiten keine Beachtung, aber für Maeniel war es deutlich genug, denn Maeniel hatte unzählige Jahre in der Weite der Alpen gelebt.

Nicht lange, nachdem Antonius und Regeane zu den anderen in der Bergfeste gestoßen waren, hatte er Gavin eines Abends reichlich mit Wein bewirtet und ihn in einen Zustand tiefer Betrunkenheit gebracht. Gavin plauderte in dieser Verfassung verschiedene Dinge aus; er erzählte von Caesar – dem ersten Caesar, demjenigen, der allen anderen seinen Namen gegeben hatte; von Britannien; von einer mächtigen Zauberin; von den Römern, sehr mächtigen Römern, die Gavin zufolge mit Maeniel gut bekannt gewesen waren; und von allen möglichen anderen Merkwürdigkeiten. Antonius glaubte nicht einmal die Hälfte von dem, was Gavin ihm erzählte, aber wenn auch nur ein Zehntel davon stimmte, war Maeniel ein weitaus seltsamerer und mächtigerer Mann, als er es sich jemals hätte vorstellen können.

Wie dem auch sei, jetzt zeigte er Maeniel sein Modell und beabsichtigte, sich seinem Urteil zu unterwerfen.

Er bekam sein Urteil. Maeniel nahm einige Veränderungen vor, keine sehr großen, und stellte dann fest, dass es den Gegebenheiten entspreche.

Ungefähr zu dieser Zeit kam Arbeo zu ihnen, um ihnen mitzuteilen, dass der König mit seinen Würdenträgern frühstückte und in Kürze erwartet werden dürfe. Regeane zog sich in ihr Zimmer zurück und überließ es den übrigen Frauen, den König zu begrüßen.

Sie lag auf dem Bett und schloss die Augen.

Barbara und Matrona kamen herein. »Was ist denn los?«, fragte Barbara.

»Ich habe Kopfschmerzen«, antwortete Regeane.

Barbara legte ihr beide Hände auf die Hüften. »Du hast nie Kopfschmerzen.«

Matrona sah Regeane nachdenklich an.

»Jetzt habe ich welche«, sagte Regeane barsch.

Barbara sah Matrona an. Sie war ratlos, aber Matrona musterte Regeane genau mit ihren dunklen, unergründlichen Augen. »Ich glaube, wir haben ein Mittel gegen diese Kopfschmerzen«, sagte sie, verließ den Raum und kehrte schließlich mit ihrem etruskischen Spiegel zurück, den sie Regeane in die Hand drückte.

»Oh, diese Art von Kopfschmerzen hat sie«, bemerkte Barbara.

»Ja«, erwiderte Matrona.

»Ich will es nicht sehen«, beharrte Regeane.

»Nein?«, fragte Matrona. »Warum nicht?«

»Ich habe Angst vor dem, was ich sehen werde. In Rom habe ich vor der Verhandlung hineingeblickt, und ich habe mich selbst auf dem Scheiterhaufen brennen sehen.«

»Ich weiß«, sagte Matrona, »und du konntest nicht wissen, dass sie eine Sekunde später das Feuer löschen würden. Aber du bist tapfer weitergegangen, und dasselbe wirst du jetzt tun.«

Barbara trat auf einen der Klappstühle zu und setzte sich hin. Diese Leute konnten in die Zukunft sehen, so viel wusste Barbara. Sie glaubte nicht, dass die Begabung eine glückliche war. Das Wissen um die Zukunft war eine beunruhigende Gabe, eine Gabe, die eher Schmerzen als Freude mit sich brachte.

Eine Sekunde lang hielt Regeane den Spiegel in der Hand und drückte ihn flach auf ihren Körper.

Matrona ging zu dem Kohleofen in der Ecke, der den Raum in kalten Winternächten wärmen sollte. Die Kohlen waren fast verbrannt. Nur einige kleine, mit weißer Asche überzogene Überreste in der Mitte glühten noch immer, die übrigen Kohlen waren schwarz und tot. Matrona warf etwas in den Ofen.

Regeane fand sich plötzlich in einem Wald inmitten zahlloser hoher, mächtiger Bäume wieder. Die Baumstämme ragten wie die Säulen einer großen Kirche gen Himmel und trugen erst in großer Höhe Zweige. Dort fing ihr Laub das Sonnenlicht auf, so dass die Erde unter ihnen in tiefem Schatten lag, bedeckt vom Laubfall aus tausend Wintern, der einen weichen, federnden Teppich bildete. Der Waldboden wurde nur hier und da von Sonnenlicht gezeichnet, wenn der Wind flüsternd mit den Ästen der riesigen Baumkronen spielte und sich das ewige Rauschen in gewisser Weise mit ewigem Schweigen vermählte.

Regeane, die immer noch in ihrem Bett lag, verspürte ein jähes Aufblitzen von Panik. Sie war hier und doch nicht hier, so wie sie in dem Zelt gewesen war, als sie dem Dunklen gegenüberstand. Sie konnte Matrona und Barbara sehen, den Raum und seine Möbel, aber irgendwie schien der unvorstellbar alte Wald realer für sie zu sein als die Schatten von Menschen und Dingen in ihrer Umgebung, daher richtete sie sich auf und blickte in den Spiegel.

Ein Windzug strich durch den Wald, die Sonne blitzte kurz auf und verschwand wieder, verblasste einfach, so wie Nebel sich vor dem Sonnenlicht in nichts auflöst.

»Nun?«, fragte Matrona.

»Das war ziemlich ernüchternd«, erklärte Regeane.

»Was hast du gesehen?«

Regeane spitzte angewidert die Lippen. »Hugo!«

Matrona kicherte. »Ist das alles?«

»Nun«, sagte Regeane. »Er schien Angst zu haben.«

Hugo hatte Angst.

Gimp hatte ihn eingeholt.

Hugo kaufte bei einem Bauernhof in der Nähe Brot und Käse. Männer hatte er keine dort gesehen, aber das Haus war wie eine Festung geschützt, und die Frauen waren argwöhnisch. Als er ihnen jedoch einige Silbermünzen anbot, legten sie ihre Hunde an die Kette und verkauften ihm ein Zwiebelbrot mit eingebackenen schwarzen Oliven und einen Tontopf mit einem weichen, weißen

Käse. Der Käse hatte den scharfen Beigeschmack von Ziegenmilch, er war zäh, kräftig gesalzen und mit einer dicken, bleichen Kruste überzogen, aber hinter der Rinde war der innere Teil wunderbar sahnig und hatte einen guten Geschmack.

Das flache Land hier lag verlassen da, und die römische Straße verwandelte sich in einen Trampelpfad, auf dessen Vorhandensein bisweilen nur die Zypressen hindeuteten, die die römischen Erbauer zu beiden Seiten gepflanzt hatten. Hier und da sah Hugo die Überreste eingestürzter, bereits vor langer Zeit verlassener Bauernhäuser, in deren Höfen mannshohes Unkraut wuchs.

Einmal kam er an einer großen Villa vorbei und hätte um ein Haar dort um Gastfreundschaft für die Nacht gebeten, aber er war erst wenige Schritte gegangen, als er bemerkte, dass die geschlossenen Läden vor den Fenstern vom Feuer geschwärzt waren und dass auf den Feldern und Weiden um das Haus herum das Unkraut wucherte. Das leere Gebäude, in dem noch vor nicht allzu langer Zeit menschliche Wesen gewohnt haben mussten, beunruhigte Hugo auf eine ganz besondere Weise. Er hatte das Gefühl, als werde er durch die Ritzen in den verkohlten Fensterläden beobachtet, als streife irgendetwas rastlos durch die leeren dachlosen Räume hinter ihnen.

Er lief weiter. Diese Ebenen, die stets in Gefahr standen, vom Meer her überfallen zu werden, und die heftige Streitigkeiten zwischen den langobardischen Staaten und dem Papst ausgelöst hatten, waren schon seit Jahrhunderten entvölkert. Nur noch wenige Vorposten hatten sich gehalten. Jetzt fielen auch diese einer nach dem anderen, während innere und äußere Unruhen sich ausbreiteten.

Er fürchtete schon, dass er keine sichere Unterkunft für die Nacht finden würde, als er direkt vor sich die Überreste einer Stadt sah. Wie so ziemlich jedes Gebäude mittlerweile, lag die Stadt auf der höchsten Stelle in einem Umkreis vieler Meilen.

An diesem Ort verschwand plötzlich die alte römische Straße, löste sich einfach auf, weggespült von winterlichen Überschwemmungen, die eine schmale Schlucht zum Meer hinunter gebildet hatten. Hugo sah, dass er sich nur umzudrehen und dem Verlauf der Schlucht zu folgen brauchte, dann würde er geradewegs zu der Stadt gelangen, die in der Ferne sichtbar war.

Als er dort ankam, stellte er fest, dass es keineswegs eine Stadt, sondern eher ein Dorf gewesen war, aber selbst davon war das meiste inzwischen verschwunden, eingerissen und weggespült von den Sturzfluten, die auch die Schlucht geschaffen hatten. Ob die Verwüstungen durch die Wassermassen die Menschen vertrieben hatten oder ob das Dorf schon vor langer Zeit verlassen und dann erst zerstört worden war, ließ sich unmöglich feststellen.

Also stieg Hugo den Hang der Schlucht hinauf und fand sich auf dem Forum wieder. Auf der einen Seite ragten über ihm die Ruinen eines Tempels auf und auf der anderen Seite ein Säulengang, der einst Läden und Tavernen beherbergt haben musste und der jetzt nur noch den Blick auf die leere Schlucht und den Strand dahinter freigab. Die Pflastersteine der uralten Stadt waren fast vergraben unter vom Wind verwehten Sand. Es gab allerdings jede Menge Spuren im Sand. Vögel, Mäuse, Kaninchen, und hier und da konnte man die Pfotenabdrücke von Wildkatzen sehen, aber keine menschlichen Fußspuren.

Hugo erschauderte. Dies war der trostloseste Ort, den er je gesehen hatte. Er stieg die steile Treppe zu dem Tempel hinauf, der auf einer erhöhten Plattform mit Blick aufs Meer gebaut worden war. Es war kalt auf der Plattform; der Wind von der See, der früher am Tage eine erfrischende Brise gewesen war, hatte jetzt eine unangenehme Schärfe, und die Sonne stand inzwischen schon tief.

Von seinem Ausguck hatte er einen guten Blick auf das umliegende Land. Nirgends waren menschliche Unterkünfte zu sehen, der Abend dämmerte herauf, und Hugo wollte nicht im Freien übernachten.

Schließlich fand er Zuflucht in einer Grube nahe dem Tempel. Es musste einmal ein Laden gewesen sein, mit Blick auf das Forum, aber der Fußboden war verfault oder abgebrannt, als die Menschen die Stadt verlassen hatten, und so war nur dieser flache Kellerraum übrig geblieben. In der Schlucht gab es reichlich totes Holz, genug, um ein Feuer zu machen, und die Wände des Kellers waren hoch genug, um den Rauch vor neugierigen Blicken zu verbergen.

Bei Einbruch der Dunkelheit saß Hugo an einem ordentlichen Feuer; er ließ es nicht zu hoch werden – er wollte nicht von anderen gesehen werden, die durch das vom Krieg zerstörte Land vagabundierten –, aber es genügte, um ihn warm zu halten. Er hatte noch ein wenig Wein übrig, den er trank, während er das Brot aß und sich besonders den köstlichen Käse munden ließ, bis plötzlich eine Stimme sagte: »Ich wünschte, du würdest mir davon ein klein wenig übrig lassen.«

Hugo blickte auf und sah Gimp auf der anderen Seite des Feuers sitzen. Er hatte noch immer eine klaffende Wunde in seiner Kehle, die jedoch nicht länger blutete.

Hugo begann zu schreien.

Ein Mitglied der päpstlichen Garde, ein Hauptmann, weckte Lucilla am nächsten Morgen. Der Mann schien sehr zufrieden mit sich zu sein.

»Ich glaube, wir haben einen der Männer gefunden, nach denen du suchst, Herrin.«

Er trug einen Sack bei sich. Jetzt stellte er den Sack auf den Boden, stülpte ihn um, und Wedos Kopf rollte heraus.

»Du hast ihn getötet?«, sagte Lucilla anklagend.

»Nein«, antwortete der Hauptmann. »So dumm sind wir nicht. Er war schon tot, als wir ihn fanden. Jemand hat ihm die Kehle aufgeschlitzt. Sein Kopf drohte immer wieder herunterzufallen, also haben wir ihn ganz abgesägt und den Kadaver für die Krähen und die wilden Hunde liegen gelassen. Das schien uns die einfachste Methode zu sein.«

Lucilla nickte. »Ich hatte gehofft, einen oder mehrere von ihnen lebendig zu bekommen.«

»Wir hätten deinen Wunsch gern erfüllt, Herrin, aber das ist alles, was wir haben. Ein paar Hirten haben den Toten an der Via Aurelia gefunden, in einer alten Höhle oder Gruft. Es ist immer noch ziemlich kalt draußen, deshalb hatten sie dort für die Nacht

Zuflucht gesucht. Aber es war dort sehr viel Blut auf dem Boden. Es sieht so aus, als wären mehrere Leute verletzt worden. Vielleicht eine kleine Meinungsverschiedenheit unter Dieben?«

Lucilla nickte. »Auf der Straße in die Lombardei.«

Silvie wurde herbeigeholt. Sie traute sich nicht recht näher zu kommen, bis die Soldaten ihr versicherten, der Mann sei tot. Sich eine Leiche anzusehen, machte ihr nichts aus.

»Das ist nicht Hugo«, sagte sie.

»Das weiß ich selbst«, erwiderte Lucilla mit zusammengebissenen Zähnen. »Aber ist es einer der Männer, die bei ihm waren?«

»Er sieht anders aus.« Sie rollte den Kopf mit dem Fuß herum, so dass das Gesicht nach oben zeigte. »Ja«, sagte sie. »Das ist der Mann, den Hugo Wedo nannte. Er hat mein Geld gestohlen.«

»Ja«, sagte Lucilla.

»Haben sie das Geld auch gefunden?«, fragte Silvie hoffnungslos.

»Natürlich nicht«, antwortete Lucilla. »Aber keine Sorge, ich werde dich dafür entschädigen. Nicht, dass ich einen Rattenarsch dafür gäbe, wie du zurechtkommst, aber Regeane würde es so wollen.«

»Ich werde das Geld brauchen«, sagte Silvie. »Ich bin schwanger.«

5

Regeane wollte lieber nicht dabei sein, wenn die Männer zusammenkamen, denn es würde letztlich auf eine Art Kriegsrat hinauslaufen.

Karl erschien in Begleitung seiner berittenen Gefährten, der Scarae. Heute war auch Arbeo unter ihnen, und er schien vor Stolz beinahe zu platzen.

Der König trat vor Maeniel, erlaubte ihm weder, sich zu verbeugen, noch niederzuknien und ergriff stattdessen seine Hand. Karl sagte zu Arbeo: »Er hat sich lobend über dich geäußert; das ist der Grund, warum du heute hier bist.«

»Vielen Dank, Herr«, stammelte Arbeo.

»Wie geht es Otho?«, fragte der König.

»Besser. Eine Dame aus meinem Haushalt, Matrona, versorgt ihn. Sie ist eine tüchtige Heilerin. Otho ist in den besten Händen.«

Als sie das Krankenzimmer erreichten, ließ Karl seine Eskorte draußen warten. Matrona saß entspannt auf demselben Lagerstuhl, auf dem sie am Tag zuvor gesessen hatte. Obwohl sie es niemals zugegeben hätte, hatte sie sich für den Besuch des Königs umgezogen; sie trug eine unvorstellbar schöne Dalmatika, so zugeschnitten, dass sie an zwei sich überlappende Vogelflügel erinnerte, mit weiten Ärmeln und einem schlichten langärmligen Hemd aus weißer Seide darunter. Ihr Schmuck bestand aus einem eng anliegenden Halsband mit hundert einzelnen Goldkettchen. Als Karl eintrat, erhob sich Matrona, ließ sich auf ein Knie nieder und senkte den Kopf.

Die Seide zeichnete jede einzelne üppige Wölbung ihres Körpers nach. Karl war beeindruckt und bedeutete ihr, sich zu erheben, was sie mit einer beinahe unmenschlichen Anmut tat.

Otho, der das Ganze vom Bett aus verfolgte, lächelte durchtrieben.

»Ich muss dir danken, dass du meinem Freund solche Fürsorge zukommen lässt. Wie ich sehe, erholt er sich bereits von seinen Verletzungen.«

»Es ist mir ein Vergnügen, meine Fähigkeiten in den Dienst einer so guten Sache zu stellen. Mit deiner Erlaubnis werde ich mich jetzt zurückziehen, damit du allein mit deinem Diener sprechen kannst.«

Karl nickte, nicht ohne sich einen ausgiebigen Blick auf die Seide zu gönnen, die sich um Matronas Körper schmiegte, während sie aus dem Zimmer glitt.

Sie trat in das Nebenzimmer, wo Regeane und der Sachse standen. Das leise Stimmengewirr drang durch die Zeltwand. Der Sachse sagte nichts; er konnte nur ein Raunen wahrnehmen, aber Matrona und Regeane lauschten unverhohlen. Ein- oder zweimal sahen sie einander an. Matrona nickte, dann tat Regeane es ihr gleich. Nach einer Weile konnte selbst der Sachse hören, dass Otho weinte und der König ihm Trost zusprach.

»Echte Tränen«, flüsterte Matrona. »Er liebt den König.«

Auch Regeanes Augen wurden feucht. »Matrona«, fragte Regeane, »was war das für eine Kreatur?« Sie legte ihre Hand auf die Schulter des Sachsen. »Wir haben im Kloster gegen diese Kreatur gekämpft, aber ich habe sie schon einmal getroffen, in der Nähe von Rom, in einer Gruft. Auch damals habe ich gegen sie gekämpft. Sie versuchte, mich oder Silvie in ihre Gewalt zu bekommen. Ich glaube, die Kreatur wollte vor allem mich, aber sie hätte wahrscheinlich auch Silvie genommen, wenn es ihr gelungen wäre. Aber Silvie ist weggelaufen. Ich habe ihr gesagt, dass sie fliehen solle. Dann habe ich mit dem Wesen gekämpft. Am Ende, nachdem dieses unfassliche Etwas mich vor Entsetzen beinahe gelähmt hatte, ergriff es die Flucht. Deshalb hielt Silvie mich auch für eine Hexe und sagte bei meiner Verhandlung entsprechend aus. Sie sagte die Wahrheit, aber niemand dankte ihr dafür, am wenigsten Gundabald und Hugo.«

»Silvie sagte die Wahrheit, wie sie sie sah«, meinte Matrona. »Vergiss das nicht. Silvies Verstand ist bestenfalls beschränkt, und sie war nie imstande zu erfassen, womit sie es zu tun hatte. Und das gilt sowohl für die Kreatur als auch …«, Matrona hielt inne und hob einen Finger, »… für dich.«

»Ja.« Regeane nickte nachdenklich.

In diesem Augenblick trat Maeniel ein. »Meine Gemahlin.« Er streckte die Hand nach Regeane aus. »Komm und lass dich deinem Verwandten, dem König, vorstellen.«

Auch Regeane war dem Anlass entsprechend gekleidet, aber ganz anders als Matrona. Sie bot einen prächtigen Anblick, aber ihr Gewand war von byzantinischer Steifheit und verbarg ebenso viel, wie es verklärte. Ein Hemd aus feinem ägyptischen Leinen; ein langärmliges Überkleid aus mit Goldfäden durchwirkter Seide; und darüber eine Dalmatika aus steifem Goldbrokat. Auf ihrem Kopf saß ein weißer Spitzenschleier, der eine Haube aus steifem Goldstoff überdeckte; das Ganze war frisch gestärkt und wurde von langen Goldnadeln gehalten.

Maeniel führte sie stolz vor den König.

Der Sachse drehte sich zu Matrona um. »Sie könnte ebenso gut eine Nonne sein.«

Er hatte einige dieser Frauen in der Lombardei gesehen. Sie trugen lange blaue oder schwarze Gewänder mit weißen Schleiern. Jemand hatte ihm erklärt, sie seien die Bräute des christlichen Gottes, aber wenn das stimmte, schien dieser Gott kein besonderes Interesse an ihnen zu haben, da sie keine Kinder hatten. Ein anderer Christ unter den Sklaven hatte ihm erklärt, dass das genau richtig sei. Er hatte ein wenig unverschämt gefragt, welchen Sinn eine Frau habe, wenn man sie nicht schwängern dürfe. Aber der andere Sklave war anscheinend kein besonders überzeugter Christ, da er geantwortet hatte: «Keine Ahnung. Ich finde das auch seltsam.«

Es war damals kein langes Gespräch gewesen. Sie waren beide erschöpft, da man sie dazu verurteilt hatte, in jenem Frühjahr den Pflug zu ziehen. Der Sachse hatte einem der Sklaventreiber den Kiefer gebrochen. Er wusste nicht, was sein Gefährte getan hatte, und er sollte es auch nie erfahren, denn nach drei Tagen brutaler Arbeit in der heißen Sonne starb der andere Mann.

Sein Besitzer hatte dies als Verlust angesehen, und so durfte der Sachse zu dem Arbeitertrupp zurückkehren. Nur, dass man ihm von da an nie mehr die Ketten abnahm.

»Genau deshalb hat sie sich so gekleidet. Sie wollte Schwierigkeiten vermeiden«, erwiderte Matrona. »Der Mann hat einen guten Blick für die Damen. Eine ganze Prozession von Frauen ist schon durch sein Bett gegangen. Regeane möchte nicht eine davon sein. Das wäre eine Komplikation, die wir nicht brauchen können.«

»Ihr Gemahl müsste nichts davon erfahren.«

»Rede keinen Unsinn«, erwiderte Matrona. »Maeniel weiß alles. Er würde genau wissen, was passiert ist, sobald er das nächste Mal in ihre Nähe käme. Wie lange, wie oft, wer der Mann war und ob sie es freiwillig oder unfreiwillig getan hat. Glaube nur ja nicht, du könntest irgendetwas vor ihm verbergen. Begehren, selbst abgewiesenes Begehren, ist für jeden von uns so deutlich zu erkennen wie Karls Drachenflagge.«

»Dann weiß er auch, dass ich sie liebe«, sagte der Sachse.

»Ja«, antwortete Matrona, »und ich weiß es ebenfalls. Aber so lange sie deine Gefühle nicht erwidert, wird es Maeniel nicht weiter kümmern. Soweit es den König betrifft, haben wir uns ein Ablenkungsmanöver zurechtgelegt. Otho hat dem König gesagt, ich sei verfügbar.«

Der Sachse hob die Augenbrauen.

»Es würde mir gefallen«, sagte Matrona mit einem boshaften kleinen Lächeln, »und dem König würde es ebenfalls gefallen.«

»Woher hast du …« Der Sachse zeigte auf den Halsschmuck.

»Von einem Mann namens Priamus in einer Stadt namens Troja.«

Der Sachse schüttelte den Kopf. »Noch nie davon gehört. Weder von der Stadt noch von dem Mann«, sagte er.

Regeane kehrte in die Abgeschiedenheit des Schlafgemachs zurück, und Maeniel und Karl gingen zu Antonius hinüber, um sich sein Modell anzusehen. Sämtliche jungen Männer scharten sich um sie und waren sehr interessiert, obwohl Maeniel und Antonius gewisse Zweifel hegten, wie weit sie die Bedeutung des Modells zu erfassen vermochten. Die Soldaten rempelten einander an, um vor dem jungen König mit ihrer Kraft zu prahlen. Schließlich versuchten sie, intelligente Bemerkungen zu machen.

»Das soll Genf sein, wo wir unser Lager haben.« Antonius zeigte auf ein Stück blauen Tuchs am Rand des Tisches. Von dort aus zeichnete er mit dem Finger eine der Routen nach, die Karl über die Berge führen würde.

»Seht euch das an«, sagte Karl zu den jungen Soldaten der Scarae. »Ich will nicht behaupten, dass es einfach sein wird, aber es ist auch nicht unmöglich. Nicht mit Freunden wie diesen hier.«

Er zeigte mit einer weit ausholenden Gebärde auf Maeniel und Antonius. Die jungen Männer applaudierten. Antonius lächelte liebenswürdig, als handle es sich um einen gemütlichen Spaziergang durch einen Garten.

In einer der fahrbaren Tavernen draußen schien ein Kampf ausgebrochen zu sein, denn plötzlich wurden Rufe und Schreie laut.

»Wie habt ihr es bloß fertig gebracht, ausgerechnet in diesem erbärmlichen Loch zu landen?«, fragte Karl.

»Man hat uns hierher geführt, das heißt, meine Gemahlin und meine Freunde wurden nach unserer Ankunft hierher gebracht.«

»Wahrhaftig«, sagte Karl. »Da hat zweifellos ein Irrtum vorgelegen.«

Karl wandte sich zu den Scarae um. »Freunde, ich bin davon überzeugt, dass es bessere Plätze im Lager geben muss. Bitte sorgt dafür, dass dieser Herr, Maeniel, einen solchen Platz zugewiesen bekommt. Aber dies hier ...«, er zeigte auf Antonius' Modell, »dies hier sollte nicht durcheinander gebracht werden.«

»Es ist tragbar«, erklärte Antonius.

Karl nickte. »Ich denke, ihr beide werdet mir bei meinen Unternehmungen noch von größtem Nutzen sein. Wir werden später weiterreden. Und nun, Jungs«, er sprach mit den Scarae, »helft unseren Freunden, ihre Zelte hier abzubrechen und an einen günstigeren Ort umzuziehen.«

Der neue Lagerplatz war sehr viel ruhiger. Am Rand eines Wäldchens gelegen, spendeten die Bäume tagsüber Schatten und Kühle. Bei Nacht hatte ihre neue Unterkunft noch größere Reize, zumindest für sie.

Barbara und Matrona bereiteten ein Festmahl vor: Wildschwein mit Salbei, Äpfeln und wilden Zwiebeln, Bohnen mit Wurst und etwas vom salzgeräucherten Schinken des vergangenen Herbstes. Dazu gab es wilde Kräuter, die Regeane und Silvie an einem Bachufer gesammelt hatten und die mit Öl und Wein serviert wurden. Ein Dutzend verschiedener Brotsorten rundete das Mahl ab. Matrona war eine erfahrene Bäckerin, und was sie nicht schaffte, übernahm Barbara.

Wie gewöhnlich standen die Leute vom Tisch auf, gingen in die Nacht hinaus und verschwanden. Als das Abendessen vorüber war, saßen Regeane, Maeniel, Antonius, Barbara und der Sachse noch ein Weilchen im Zelt um das Modell herum, um darüber zu sprechen.

Antonius hatte den Erdrutsch nachgebaut, um zu zeigen, auf welche Weise er die Straße zerstört hatte. »Glaubst du, er hat es verstanden?«, fragte Antonius Maeniel.

Maeniel schien nicht ganz bei der Sache zu sein. »Da kommt jemand«, sagte er. Er hatte von ihnen allen die schärfsten Sinne.

Der Sachse nahm den Kandelaber und zündete vier weitere Kerzen an. Das Leuchten ihrer Augen durfte nicht allzu deutlich sichtbar sein.

»Ich glaube«, sagte Maeniel, »es sind der König und wahrscheinlich drei weitere Männer.«

Regeane erhob sich. Sie hatte sich in einem Gewand aus Goldtuch sehen lassen, und das war die einzige Aufmachung, in der Karl sie zu Gesicht bekommen sollte. Aber er war bereits im Zelt, bevor Regeane sich zurückziehen konnte. Sein Blick wanderte über die kleine Gesellschaft.

»Ich sehe, ihr besteht nicht aus Förmlichkeiten im Umgang mit euren Vertrauten.« Er lächelte Regeane zu.

Sie trug nur ein langärmeliges Leinenhemd und darüber ein

braunes Gewand, das am Hals und am Saum mit Goldstickerei verziert war. Schleier und Umhang hatte sie abgelegt. »Mit deiner Erlaubnis.« Sie knickste und ging auf die Tür zu.

»Verrate mir eins«, bat Karl, »würdest du auch gehen, wenn ich nicht hier wäre?«

»Nein.«

»Ein ehrliches Mädchen«, sagte der König.

»Manchmal zu ehrlich«, erklärte Antonius mit einem Seufzer.

»In diesem Falle hat sie recht getan, denke ich. Ich habe mich schon gefragt, ob sie in dieser Ehe zurechtkommen würde. Ich kannte schließlich keinen von euch beiden, bevor ich meine Zustimmung gab. Genau genommen war es Othos Idee.«

»Ich bin reich, sie ist schön«, sagte Maeniel. »Warum sollten wir nicht miteinander auskommen?«

Regeane errötete.

»Jetzt bin ich glücklich«, sagte Maeniel, »und sie ist verwöhnt.«

Regeane lief noch dunkler an und begann zu lachen. »Das stimmt. Es gibt nichts, was er mir verwehrt.«

Maeniel nahm ihre Hand, hob sie an die Lippen und küsste sie. »Gewiss nicht meine Gesellschaft«, sagte er.

»Ich fürchte, das werde ich vielleicht tun müssen«, sagte Karl.

»Wie das?«, fragte Maeniel.

»Ich besitze mehrere Karten von dem Gebiet, das wir durchqueren werden«, sagte der König, der noch einmal das Modell untersuchte. »Aber ich kann mir nicht vorstellen, dass sie sehr genau sind.«

»Landkarten, ja«, sagte Antonius. »Landkarten sind immer ein Problem. Es gibt nur wenige wirklich gute. Aber Maeniel hat sein Leben lang in diesen Bergen gelebt und mich auf zwei gute Routen aufmerksam gemacht, die du nehmen könntest.«

»Was einen sicheren Durchzug betrifft«, sagte Maeniel, »rate ich dir, zu kaufen, was du an Vorräten benötigst, und dafür zu zahlen. Die Menschen in den Hochtälern sind nicht kriegerisch veranlagt; früher einmal, in den Zeiten der Römer, mögen sie es gewesen sein, aber das hat sich geändert. Heute wollen sie einfach nur in Ruhe gelassen werden. Das Leben ist nicht einfach dort oben, und sie müssen hart arbeiten. Die Römer hatten die Pässe mit Garnisonen belegt und die Leute schikaniert, aber ich glaube nicht, dass sie jemals wirklich erobert wurden. Sie haben jedoch gelernt, dass es besser ist, sich mit großen Heereszügen zu arrangieren; ich warne dich jedoch, versprich nichts, was du nicht zu halten bereit bist. Du hast ziemlich viel Pöbel in deinem Zug. Schick diese Leute fort, bevor du weiterziehst. Nimm nur die Soldaten mit.«

Karl nickte, während er Maeniel zuhörte. »Ein kluger Rat! Hadrian hat sich in dir nicht geirrt. In seinen Briefen empfiehlt er dich als einen tüchtigen Mann. Aber meine Ankunft wird dann, sowohl was Ort als auch was Zeit betrifft, berechenbar sein.«

»Ja«, erwiderte Maeniel.

»Dann wird Desiderius auf mich warten. Wenn er es nicht täte, wäre er ein größerer Narr, als ich es selbst ihm zutraue. Denn wenn ich wüsste, dass er auf dem Weg zu mir wäre, würde ich ihn erwarten.«

Antonius trat vor das Modell und wies auf zwei oder drei Stellen hin.

»Aber ich werde nicht wissen, an welcher dieser Stellen er mich erwarten wird, nicht wahr?«

»Es sei denn, jemand findet es für dich heraus«, sagte Maeniel.

»Ja«, sagte Karl.

»Oh«, sagte Regeane.

»Ich kenne die Leute dort, ich kenne die Route. Ich habe diese Berge viele Male durchquert«, sagte Maeniel. »Ich werde heute Nacht losreiten. Falls ich dein Wort darauf habe, dass meine Gattin und meine Freunde weiter unter deinem Schutz stehen werden.«

»Ja«, erwiderte Karl. »Du hast mein Wort.«

Hugo ergriff die Flucht, aber er kam nicht weit. Die Vorderseite des Kellers war niedrig, aber die hintere Wand war hoch, und es war genug von dem Dach übrig geblieben, um ihn daran zu hindern, über die Mauer zu klettern.

Gimp lachte. Oder vielmehr, das Ding, das von ihm Besitz ergriffen hatte, lachte. »Komm«, sagte es. »Schür das Feuer. Die Kreatur, die ich reite, friert. Oder möchtest du lieber im Dunkeln mit mir allein sein?«

Nein, dachte Hugo. Das wäre unvorstellbar entsetzlich. Beinahe schlotternd vor Angst, schlich er sich zur Feuerstelle zurück und legte Brennholz nach.

»Du bist nicht Gimp«, wimmerte Hugo. »Du hörst dich nicht einmal so an wie er.«

»Nein. Ich bin sehr viel klüger als unser braver kleiner Gimp. Also versuch keine deiner Tricks bei mir.«

»Wo bist du?«, fragte Hugo und blickte sich panisch um.

Das Ding, das Gimp gewesen war, bleckte die Zähne. »Hier. Genau hier. In deinem Freund Gimp. Du hast die Hüter der Gruft, in der du ihn liegen gelassen hast, aufs Schlimmste gekränkt, daher haben sie nach mir geschickt. Ich war zufällig in der Nähe.

Ich kann den Sterbenden Leben einhauchen. Das Zweite deiner Opfer war tot, zu tot für meine Bemühungen. Aber der arme kleine Gimp hier kämpfte noch – er war gelähmt und lag im Sterben, das steht fest, aber er hatte noch immer ein Fünkchen Leben in sich. Er ließ mich ohne Widerrede in seinen Geist ein, als ich ihm das Leben versprach. Du siehst, genau wie du hängt er am Leben. Genau wie ich es tue.«

Hugo war übel vor Angst, aber er war kein Dummkopf, wie Gimp es gewesen war. Hugo besaß erheblich mehr Verstand. Nun gut, Gundabald hatte ihn zu Lebzeiten unterdrückt, aber seit dem Tod seines Vaters hatte er sich selbst durchschlagen müssen, und das war ihm keineswegs leicht gefallen.

Jetzt erklärte dieses Ding, etwas, das den dunkelsten Albträumen entsprang, dass es ihn besitzen wolle. Und auf eine kranke, düstere Art fand Hugo die Vorstellung anziehend. Aber er würde sich nicht so billig verkaufen wie Gimp. Nein. Er würde sich von diesem Ding nur dann in Besitz nehmen lassen, wenn es ihm versprach, wonach es ihn am meisten verlangte.

Er zeigte dem Ding auf der anderen Seite des Feuers die Zähne, und seine Grimasse war alles andere als ein Lächeln. »Ich bin käuflich.«

Gimps Gefährte dachte über das Angebot nach. Er hatte den Abt verführt. Andere terrorisierte und schikanierte er, wie er es in Othos Fall getan hatte. Aber noch nie hatte er jemanden direkt gekauft. Jetzt bot ihm diese Kreatur, die nur geringfügig besser war als die, die er im Augenblick bewohnte, sich selbst zum Verkauf an.

Das Ding dachte über die Vor- und Nachteile nach. Gewalt und Terror waren bei den Besten von ihnen nur von begrenztem Nutzen. Aber in der Vergangenheit hatte es immer zuerst Gewalt angewendet, weil der Geist dann geschwächt wurde und schließlich brach. In Rom hatte er in Regeane ein Geschöpf von großer Kraft gesehen, daher hatte er versucht, sie zu übernehmen, aber sie hatte ihn mit einer Entschlossenheit abgewehrt, wie sie ihm bisher noch nie begegnet war, und sie hatte nicht nur sich selbst verteidigt, sondern auch Silvie.

Selbst Otho hatte sich gegen ihn zur Wehr gesetzt, als er versucht hatte, dessen Geist zu übernehmen. Er war davon überzeugt, dass er sein jetziges Gegenüber in eine Marionette verwandeln konnte, wenn er all seine Kraft spielen ließ, aber weshalb sollte er sich unnötig verausgaben? Genauso wie dieses kriecherische Geschöpf vor ihm hatte auch er Grenzen. Der Kampf mit den Wölfen hatte ihn so viel Kraft gekostet, dass er beinahe seine Existenz verloren hätte. Warum sollte er härter arbeiten als unbedingt notwendig?

Aber der Preis. Es würde alles vom Preis abhängen.

»Was würdest du denn verlangen?«

Als Regeane hereinkam, waren Matrona und der Sachse gerade damit beschäftigt, Gilas zu waschen, das Mädchen, das sie zu Othos Zelt geführt hatte. In regelmäßigen Abständen stieß Gilas einen leisen, aber hohen und schrillen Schrei aus, wie ein Vogel in höchster Not.

Gefühlsausbrüche waren dem Sachsen mehr als unwillkommen.

Matrona wusch Gilas' Körper, der Sachse ihr Haar. Das, so hatte er Matrona erklärt, fand er weniger beunruhigend.

»Warum machst du Geräusche wie ein krankes Huhn?«, fragte er das Mädchen streng.

»Ich bin ganz nass, überall.«

»Das ist kein Grund zur Klage«, antwortete er ziemlich entschieden.

»Ich bin nass. Überall.« Sie schrie. »Die Priester sagen ...« Das war alles, was sie herausbrachte. Der Sachse, der ihr Haar umschlungen hielt, tauchte sie bei dem Wort *Priester* unter Wasser.

Sie fuhr schreiend hoch. »Lass mich vorher wenigstens den Mund zumachen.«

Der Sache griff abermals nach ihrem Haar. »Wenn du ihn erst gar nicht aufgemacht hättest, wäre das Wasser nicht reingekommen«, antwortete er grimmig. »Noch ein Wort über irgendwelche Priester, und ich werde dich ertränken.«

Gilas stieß ein gurgelndes Geräusch aus, dann klappte sie den Mund zu.

»Was hat sie gesagt?«, fragte er Matrona.

»Keine Ahnung. Irgendetwas über Sünde«, meinte Matrona. »Mädchen, du verkaufst auf einem schmutzigen Wagen deinen Körper. Was scherst du dich um das Geschwafel der Priester?«

»Das ist mein Geschäft, mein Gewerbe«, antwortete Gilas mit einem Tonfall, aus dem ebenso viel Trotz wie Bekümmerung sprach. »Ich habe keinen Spaß daran, deshalb ist es keine Sünde.«

»Was ist Sünde?«, wollte der Sachse wissen.

»Dieser Gedankengang ist mir ebenfalls unklar«, sagte Matrona. »Obwohl – als die christliche Religion in der Welt zum ersten Mal von sich reden machte, habe ich mich zu einer christlichen Gemeinde begeben und die Philosophie studiert. Bei einigen ihrer Vorstellungen bin ich allerdings nie weitergekommen. Die Sünde ist einer dieser Fälle.«

Der Sachse brummte etwas Unverständliches und zog Gilas aus dem Badezuber. Matrona hüllte sie in saubere Leinentücher.

Der Sachse schürte das Feuer im Kohleofen, und Matrona machte sich daran, Gilas' Haar mit einem fein gezackten Kamm durchzukämmen.

»Weißt du was«, sagte Gilas, als hätte sie soeben eine bemerkenswerte Entdeckung gemacht, »ich glaube, das fühlt sich gut an. Wenn ich Othos Dienerin würde, wie oft müsste ich das dann tun?«

»Nur ungefähr einmal im Monat«, erklärte Matrona. »Aber vielleicht findest du ja Gefallen daran. Otho ist reich. Er hat eine Villa mit eigenen Bädern, wie die Römer früher.

Sie ist in der Welt ein Stückchen nach oben gekommen, da Otho ihr für ihre Treue dankbar ist und möchte, dass sie ein anderes Gewerbe findet«, erklärte Matrona Regeane. »Er hat das Gefühl, dass er ohne ihre Hilfe bald tot gewesen wäre.«

»Womit er wahrscheinlich Recht hat«, sagte der Sachse. »Bis seine Augen sich bewegten, hielt ich ihn jedenfalls für tot.«

»Gilas?«, fragte Regeane. »Hast du noch einen anderen Namen? Außer Gilas, meine ich.«

»Nein«, antwortete Gilas. »Meine Mutter folgte dem Heer, und ihre Mutter hat dasselbe getan. Und weiter zurück kann sich niemand erinnern. Während der Feldzüge verdienen wir im Allgemeinen genug, um uns durch den Winter zu bringen. Manchmal finden wir auch einen Offizier, der uns dafür bezahlt, dass wir seine Sachen waschen und uns um seinen Hausstand kümmern, aber die wollen alle harte Arbeit für ein paar lumpige Kupfermünzen. Meine Mutter hat auf dem Wagen immer besser verdient. Genauso wie ich. Otho verspricht gute Löhne. Ich werde einfach abwarten«, sagte sie düster. »Ich werde einfach abwarten«, wiederholte sie, während Matrona sie aus dem Zimmer brachte.

Der Sachse kippte das Wasser aus dem Badezuber draußen vor dem Zelt ins Gras. »Kann ich irgendetwas für dich tun, Herrin?«, wandte er sich höflich an Regeane.

»Nein. Ich wollte eigentlich mit Matrona reden.«

Er nickte, während er mit einem Schwamm das restliche Wasser aus dem Badezuber aufnahm und ihn trocken rieb. Der Zuber war aus gekochtem Leder und hatte seinen Platz auf einem der Wagen.

Der Sachse hatte sich auf dem Weg aus den Bergen hierher nahtlos in ihrer aller Leben eingefügt. Er war still, niemals aufdringlich, immer bereit, sich jeder Arbeit anzunehmen, die anfiel. Er machte sich überall nützlich und war aufgrund seiner enormen Kraft bei allen Schwierigkeiten ungeheuer nützlich; er war imstande gewesen, Othos Peiniger zu vertreiben, und zog mit der gleichen Selbstverständlichkeit einen Wagen aus dem Schlamm.

»Warum bleibst du bei uns?«, fragte sie.

»Deinetwegen.«

»Das hat keine Zukunft.«

»Heißt das, du bittest mich zu gehen?«

»Nein, nein. Ich liebe dich auch, aber nicht ... nicht auf ...«

»Ja«, sagte er. »Ich weiß. Ich empfinde ganz ähnlich wie du. Wahrscheinlich fühle ich mich körperlich stärker zu dir hingezogen als du zu mir, aber vielleicht ist das nur der Mann in mir. Ich gleiche das eine mit dem anderen aus.«

»Er geht fort«, sagte Regeane. Sie musterte die Spitze eines ihrer Reitstiefel, als sei sie plötzlich sehr wichtig geworden. »Ich möchte nicht, dass er allein geht.«

»Dann geh mit ihm.«

»Ich weiß nicht, ob er mich mitnehmen wird.«

»Dann frag nicht.«

»Ich bin seine Ehefrau.«

»Mach keine Witze. Du bist ebenso wenig eine normale Ehefrau, wie er ein normaler Ehemann ist.«

»Es gibt da ein Problem.«

»Was?« Er hob den Zuber vom Boden auf und lehnte ihn an eine der Zeltstangen. Ohne Wasser darin war der Zuber sehr leicht.

»Maeniel ist ein Wolf, der manchmal zum Mann wird. Ich bin eine Frau, die manchmal zur Wölfin wird. Tagsüber fällt es mir viel schwerer als ihm, meine andere Gestalt beizubehalten.«

Der Sachse nickte. »Dann werde ich dir mit einem Packpferd folgen und Kleidung für euch beide mitnehmen.«

»Es gefällt mir nicht, eine Ehefrau zu sein. Der König hat mir das Gefühl gegeben, vollkommen überflüssig zu sein.«

Matrona trat hinter Regeane in den Raum. »Frauen sind schwach«, erklärte sie salbungsvoll.

»Du solltest dich schämen«, sagte der Sachse.

»Geld«, sagte Hugo. »Was ist Geld? Gold, Silber, Edelsteine, Samt und Seide und andere kostbare Kleidung. Geld.«

Die Kreatur zog sich zurück. Gimp saß mit offenem Mund da, einen leeren Ausdruck in den Augen. Schließlich blinzelte er und schien das Bewusstsein wiederzufinden, denn er sagte: »Gib mir etwas Käse.«

Hugo suchte hektisch die Ruine ab. War die Kreatur fort? Er reichte Gimp den Krug und sah zu, wie Gimp mit den Fingern zu essen begann.

Als er fertig war, stopfte er sich noch ein paar übrig gebliebene Brotkrümel in den Mund. Dann seufzte er, legte sich auf die Seite und machte ganz den Eindruck, als werde er im nächsten Augenblick einschlafen.

Hugo beobachtete ihn und überlegte, ob es ihm wohl etwas nutzen würde, sich im Dunkeln davonzustehlen.

Plötzlich fuhr Gimp hoch, setzte sich aufrecht hin und sagte: »Geh in die linke Ecke dieses Kellerlochs und grab an der Stelle, die ich dir anweise.«

»Ich werde Licht brauchen.«

Gimp griff nach einem der brennenden Zweige und ging zu der hinteren Ecke des Kellers. Hugo folgte ihm.

Hugo, der widerwillig einräumen musste, dass seine Neugier geweckt war, begann zu graben.

Er war erst ungefähr fünfzehn Zentimeter tief in die Erde eingedrungen, als er ermüdete. Keuchend hielt er inne.

»Grab«, befahl das Ding in Gimp.

»Ich arbeite so schnell ich kann.«

»Ich weiß«, sagte das Ding in Gimp. »Ihr sterblichen Geschöpfe missbraucht eure eigenen Körper schlimmer als jedes andere Lebewesen, das mir je unter die Augen gekommen ist. Er ist ein Trunkenbold und faul und dumm, und du bist ein Trunkenbold und faul. Aber er ist stärker beschädigt als du, deshalb ziehe ich dich vor.«

»Beschädigt? Du meinst, weil ich ihm mein Messer in den Hals gebohrt habe?«

»Nein. Seine Mutter war zu lange krank, bevor er geboren wurde. Grab!«, brüllte er.

Hugo nahm seine ganze Kraft zusammen und scharrte noch ein paar Zentimeter Erdreich weg, bis er auf ein kleines Terrakotta-Kästchen traf. Mit einem Schlag war seine Müdigkeit vergessen. Er kratzte die Erde um das Kästchen herum weg, zog es aus dem Loch und brach es auf. Goldmünzen bedeckten den Boden um ihn herum.

Mit zitternden Händen begann Hugo sie zu zählen. Es waren goldene Aurei, die Währung des alten Reiches und ein geradezu sagenhafter Schatz – eine Art von Münzen, wie sie seit hunderten von Jahren nicht mehr im Umlauf waren.

Hugo wusste, dass er reich war, als er in eine der Münzen hineinbiss und sie sich biegen ließ. Reines, schweres Gold. Er hatte keine Ahnung, was die Münzen wert waren, aber das interessierte ihn im Augenblick nicht, denn neben dem Gold gab es reichlich Silber – in Form von Münzen und entzweigebrochenem Schmuck.

»Ich darf also davon ausgehen, dass unsere Partnerschaft damit bezahlt ist?«

Diese Worte holten Hugo mit einem Schlag auf die Erde zurück.

Der Wind vom Meer frischte langsam auf. Er fachte Hugos Feuer an, das in der Nähe des zerstörten Forums brannte. Die Flammen loderten auf und tauchten das alte Kellerloch in ein gelbes, flackerndes Licht.

Hugo ballte die Fäuste und öffnete sie wieder, um einen Blick auf das Metall in seinen Händen zu werfen. »Ich habe, was ich will«, sagte er mit bebender Stimme. »Aber gibt es noch mehr davon?«

»Wofür hältst du mich?«, fragte das Ding in Gimp. »Für einen billigen Zauberer? Für einen Quacksalber, einen Scharlatan, der gegen Bezahlung seine Kunststückchen zeigt? Du hast nicht ein Zehntel von dem gesehen, wozu ich imstande bin.«

Gimp schrie auf, als seine Kleidung Feuer fing, und die Flammen zeichneten seine Umrisse nach. Dann, so schnell wie es gekommen war, war das Feuer wieder erloschen. Hugo kauerte sich zitternd auf den Boden, die Münzen achtlos um sich herum verstreut. Als Gimp sich auf die Knie niederließ – verkohlte Lumpen hingen ihm am Leib –, schluchzte Hugo nur noch leise. Dann begann Gimp zu sprechen.

»Rede. Ich bin es müde, mit dir zu feilschen, Narr. Sag ja oder nein und lass es dabei bewenden.«

»Ja.« Hugo wimmerte, seine Zähne klapperten, sein ganzer Körper bebte. »Ja, ja.«

Etwas Dunkles wie eine Sturmwolke schien über Hugo zu schweben und kam dann herab wie ein Sturzregen oder eine über ihm zusammenschlagende Welle. Einen Moment lang hatte Hugo Angst, zerquetscht zu werden. Aber dann ging das Gewicht, der Schatten, durch ihn hindurch, in ihn hinein, so wie Wasser in trockenes Erdreich eindringt und verschwindet.

Hugo stand auf. Er hatte weiche Knie und war sowohl körperlich als auch seelisch unendlich geschwächt. Sein Umhang lag am Feuer. Er taumelte darauf zu, legte sich hin und versank auf der Stelle in tiefe Bewusstlosigkeit.

In den folgenden Wochen legte Hugo eine Energie an den Tag, die jemand, der ihn von früher kannte, äußerst untypisch gefunden hätte. In Wahrheit hatte er Angst, seinem »Gast« den Gehorsam zu verweigern.

Er erwachte, oder vielmehr sein Gehirn erwachte, als die Sonne sich gerade über dem Meer erhob. Die Brandung flüsterte nur, und der Wind auf seinem Gesicht war kühl. »Was ist?«

»Sei still, du Narr. Ich sehe mir den Sonnenaufgang an.«

»Die Sonne geht noch jeden Tag auf«, jammerte Hugo.

»Ja, ein Wunder, das du und deinesgleichen nicht begreifen könnt.«

Es gelang Hugo, wieder einzudösen, während das Ding seinen Körper benutzte – was seinen Gast mit Erheiterung erfüllte, mit einer ganz geheimen Erheiterung.

Als er das nächste Mal aufwachte, führte sein Gast ihn zu weiteren versteckten Schätzen. Sie fanden noch an zwei weiteren Stellen

Münzen – wenn auch nicht so viele wie beim ersten Mal, so doch genug, um ihm einen guten Anfang in der ersten Stadt zu ermöglichen, die er nach seinem Marsch die Küste entlang erreichte.

Gimp folgte ihm schweigend. Er konnte sprechen, aber anscheinend beeinträchtigte die Wunde an seiner Kehle seine Stimme, und außerdem befahl ihm der Geist, den Mund zu halten.

Das Geld ermöglichte es Hugo, Pferde und Kleidung zu kaufen und im besten Quartier abzusteigen, das Reisenden zur Verfügung stand. Aber selbst das Beste taugte nicht allzu viel. In der dritten Nacht schliefen sie in einem Gasthaus in einem winzigen Örtchen namens Corvo. Zum ersten Mal seit ihrer Übereinkunft hatte sein Gast ihm gestattet, sich bis zur Besinnungslosigkeit zu betrinken, und er und Gimp gingen taumelnd zu Bett. Er wurde jedoch in den frühen Morgenstunden von seinem Gast wieder geweckt und musste feststellen, dass ihn dumpfe, pulsierende Kopfschmerzen und ein verzehrender Durst quälten.

Hugo wollte aufstöhnen, aber sein Gast befahl ihm, still zu sein. In dem verdunkelten Zimmer konnte man ein Geräusch und eine Bewegung wahrnehmen, die beide nicht hätten da sein dürfen. Hugo war nicht so betrunken gewesen, dass er vergessen hätte, die Tür zu verriegeln, und die Fenster waren nicht nur schmal, sondern auch mit Eisengittern ausgestattet. »Setz dich hin«, befahl sein Gast ihm. »Zünde ein Licht an.«

Hugo gehorchte. Beim ersten Aufflackern des Wachslichtes sah er den Gastwirt durch den Raum auf sich zukommen, eine Axt in der Hand. Hugo wollte schreien, konnte es aber nicht, weil sein Gast in brüllendes Gelächter ausbrach.

Der Nachttopf erhob sich in die Luft und schüttete seinen recht beträchtlichen Inhalt dem Gastwirt mitten ins Gesicht. Pisse brennt, wenn man sie in die Augen bekommt, und der Wirt war blind und außer sich vor Zorn. Er ging mit der Axt auf Hugo los – oder vielmehr auf das Bett, auf dem Hugo saß.

Diesmal schrie Hugo tatsächlich, und er sprang unter wilden Flüchen auf. Sein Gast lachte abermals und warf dem Gastwirt Gimps Körper in die Kniekehlen. Der Gastwirt stolperte über

Gimp, aber die Schwungkraft der Axt war nicht zu bremsen. Statt sich in das Bett aus Stroh zu graben, glitt sie dem Wirt aus der Hand und schoss hinab, um zwei seiner Zehen abzutrennen.

Der Gastwirt stieß einen lauten Schmerzensschrei aus und stürzte zu Boden, wo er sich in Qualen wand.

Das Wachslicht flog Hugo aus der Hand und landete auf der Matratze. Es dauerte einige Sekunden, bis der Stoffbezug versengt war, aber dann stand das Bett in Flammen.

»Lauf«, befahl Hugos Gast. »Der Wirt hat mit Sicherheit Freunde. Dies ist seine Stadt.«

Hugo raffte die geringe Habe zusammen, die nicht ohnehin in seinen Satteltaschen verstaut war, und folgte Gimp in den Stallhof. Sie fanden die Pferde gesattelt und zur Abreise vorbereitet vor – eine Tatsache, die Hugo stutzig machte. Er hatte nicht gewusst, dass sein Gast ohne ihn so viel zustande bringen konnte. Aber er dachte nicht länger als den Bruchteil einer Sekunde über diese Frage nach, denn mit einem Mal summte die ganze Stadt wie ein Hornissennest. Männer riefen, Frauen schrien; und die Flammen hatten sich bereits durch das Fenster seines Schlafzimmers zu dem trockenen Strohdach vorgearbeitet. Hugo gab seinem Pferd die Sporen und ritt wie der Wind davon, Kopfschmerzen hin, Kopfschmerzen her.

Als der Morgen dämmerte, waren sie bereits viele Meilen von dem Gasthaus entfernt und hatten auch die Küste hinter sich gelassen, um der Via Aurelia landeinwärts nach Florenz zu folgen. Hugo durfte an einem Bergflüsschen Pause machen, um etwas Wasser zu trinken und sich das Gesicht zu waschen.

»Du solltest nicht so viel trinken«, sagte sein Gast. »Vor allem nicht von dem Fusel, den man in Tavernen wie dieser Letzten serviert. Du Narr, er hat versucht, dich zu betäuben.«

»Ein schöner Zeitpunkt, um mir das zu erzählen«, murrte Hugo.

Ein kräftiger Tritt in den Hintern ließ Hugo mit dem Gesicht nach unten in den Bach fallen. »Das wird dir einen klaren Kopf verschaffen«, sagte sein Gast.

Hugo stand spuckend und prustend auf. Das Wasser war eiskalt.

Niemand konnte ihn getreten haben. Gimp stand gut drei Meter entfernt mit großen Augen bei den Pferden.

»Wie machst du solche Sachen?«, fragte Hugo verwirrt.

»Keine Ahnung. Wie siehst du die Farbe blau?«

»Du meinst, du kannst das nicht?«

»Nur wenn ich mir deine Augen leihe.«

Hugo taumelte zu den Pferden hinüber und lehnte sich an seinen Sattel. »Wie finde ich ein wenig Frieden?«

»Mach mich zu einem Gott, Hugo. Mach mich zu einem Gott«, sagte sein Gast. »Ich war nämlich einer.«

»Ein Gott?«, murmelte Hugo. »Du bist kein Gott, du bist ein Geist.«

Der darauf folgende Tritt hob Hugo mehrere Zentimeter vom Boden hoch. »Bist du je einem Geist begegnet, der so etwas tun konnte?«

»Nein.« Hugo hievte sich mühsam in den Sattel, wo er zumindest das Gefühl hatte, dass sein Hintern geschützt war. »Wenn du ein Gott wärst«, greinte er, »wüsstest du, wie ich die Farbe blau sehe, und du hättest es nicht nötig, jemanden zu treten.«

»Womit du wahrscheinlich Recht hast. Ich gebe es nur ungern zu, aber ja, du hast wahrscheinlich Recht.«

Und genau in dem Augenblick schlug irgendetwas – sein Gast, davon war Hugo überzeugt – dem Pferd auf das Hinterteil, und es stürmte im Galopp davon.

Regeane saß neben dem schmalen Pfad im nebligen Halblicht der Morgendämmerung, als Maeniel vorbeikam. Er war vor Sonnenaufgang aus seinem Bett geschlüpft und davon überzeugt, Regeane schlafend zurückgelassen zu haben.

Zurückgelassen hatte er sie in der Tat, aber nicht schlafend.

Maeniel hielt inne und warf ihr einen langen, nachdenklichen Blick zu – einen Blick, den sie schon einmal bei ihm gesehen hatte. Damals hatte sein Blick Gavin gegolten, als sein verdienter Hauptmann dabei ertappt wurde, wie er auf einem von Maeniels kostbaren Perserteppichen einen großen, fleischigen Oberschenkelknochen eines erlegten Elchs abnagte. Diesem Blick war eine wilde Jagd gefolgt, die erst endete, als Gavin hinter Regeane Zuflucht suchte und Mitleid erregend zu heulen begann.

Regeane, die zu dem Zeitpunkt ihre menschliche Gestalt getragen hatte, hatte gesagt: »Bitte, mein Lieber …« Und Maeniel hatte sich in einen Menschen verwandelt.

»Raus«, hatte er Gavin befohlen. »Raus mit dir, bevor ich meine Pferdepeitsche hole.«

»Du besitzt eine Peitsche?«, hatte sie gefragt.

Gavin war wie der Blitz davongeschossen.

Maeniel hatte seine Robe übergezogen, gegrinst und erwidert: »Nein, aber das weiß Gavin nicht.«

Ich, dachte Regeane jetzt, *bin aber nicht Gavin.* Sie sah Maeniel hochmütig in die Augen und blieb neben dem Pfad sitzen, die Nase leicht vorgereckt.

Eine ziemlich lange Zeit sahen sie einander stumm an.

Regeane weigerte sich, sich einschüchtern zu lassen.

Schließlich verfiel Maeniel wieder in die gleichmäßige Gangart, mit der ein Wolf längere Strecken bewältigt, und erhob keine Einwände, als Regeane sich ihm anschloss.

Die Sonne machte ihnen keine Probleme, und Regeane war überrascht; als junge, unerfahrene Gestaltwechslerin in Rom hatte sie geglaubt, dass Tag und Nacht darüber bestimmten, wann sie Zugang zu der Wölfin hatte und wann nicht. Ja, das Licht wollte die Frau hervorlocken, und manchmal war Regeane ein wenig schwindlig, als wollte ihre menschliche Hälfte das Kommando übernehmen, aber in solchen Momenten suchte sie Zuflucht im Dunkel dichten Unterholzes und hoher Bäume und mied freie Flächen, wo sie der Sonne ungeschützt ausgesetzt war, und schon bald war die Wölfin wieder imstande, sich durchzusetzen.

Maeniel bahnte ihnen einen Weg. Er führte Regeane über Pfade, die gewiss nie der Fuß eines Menschen beschritten hatte. Weiter ging es über römische Straßen und vorbei an ihren Vorposten; in den Höhen wich der Winter gerade erst dem Frühling, daher hielt Maeniel sich an die Täler. Sie waren wärmer, und die ersten Blumen blühten schon, gelbe und weiße Gänseblümchen, und die Bäume schlugen grün und golden aus. In den höheren Lagen parfümierten die immergrünen Tannen, Fichten und Kiefern und selbst einige der wenigen verbliebenen Zedern die Luft. Das Gras, frisch und von smaragdenem Grün, war übersät von purpurnen und weißen Veilchen, und hier und da gab es sogar einige gelbe Pflanzen zu sehen.

Am späten Nachmittag erreichten sie schließlich den See. Maeniels erster Eindruck war merkwürdig: Der See schien kleiner geworden zu sein. War er wirklich so lange nicht mehr hier gewesen? Er durchforstete die Tiefen seiner Erinnerung und stellte fest, dass es stimmte. Ja, so lange war er nicht mehr hier gewesen.

Der Felsen, auf dem sie nach ihrem Bad zu ruhen pflegten, lag jetzt auf trockenem Land, obwohl er vor langer Zeit ins Wasser hinein geragt hatte. Den Wasserfall gab es noch immer, aber jetzt hatte es den Anschein, als liefe viel weniger Wasser über die schwarzen Basaltstufen hinab als früher, und selbst von seinem jetzigen Standort aus konnte er erkennen, dass der See oberhalb des Wasserfalls viel kleiner geworden und von Schößlingen aus dem immer näher heranrückenden Wald umringt war. Der See unter dem Wasserfall verschlammte langsam. Die Pflanzen an seinen flachen Ufern reichten weit ins Wasser hinein. Maeniel entdeckte Schierling mit seinen unschuldigen weißen Blüten; Laichkraut mit indigoblauen Ähren; hohe Rohrkolben über größeren Beständen von süßer, scharfer, gelbblütiger Kresse. Hinter der Kresse wuchs eine stark duftende Pflanze mit weißen Blüten und schlanken, lanzenförmigen Blättern; und weiter zur Mitte hin öffneten wilder Lotus und Wasserlilien makellose Blütenkelche in den verschiedensten Farben – weiß, gelb, malvenfarben und rosa – und runde, olivgrüne Blätter trieben auf der Oberfläche.

Beide Wölfe ließen sich in den See gleiten. Das Sonnenlicht schimmerte auf den winzigen Wellen, die ihre Körper in dem stillen Wasser hervorriefen. Plötzlich waren sie beide Menschen.

»Wie schön es hier ist«, flüsterte Regeane, die die nachmittägliche Stille nicht durchbrechen wollte.

»Ja«, antwortete er. »Selbst nach all diesen Jahren und so viel Kummer.«

»Du warst schon einmal hier?«

»O ja, viele, viele Male – aber das ist lange her.«

»Ich habe es gesehen.«

»Wann?«

»An dem Abend, an dem wir geheiratet haben. Du hast mich geliebt, glaube ich, genau an diesem Ort.«

Er hielt inne und lauschte.

»Kannst du etwas hören? Ist jemand in der Nähe?«

»Nein. Ich höre nur den Wind im Wald, die Melodie des Wasserfalls und den Klang deines Herzschlags.«

»Das kannst du nicht«, sagte sie leise.

»Ich kann es. Ich tue es.« Dann umarmte er sie und küsste sie.

Als sie sich voneinander trennten, um Atem zu holen, sagte Maeniel: »Dann wollen wir deine prophetische Vision jetzt Wahrheit werden lassen.«

»Ja.« Es war mehr ein Seufzen als ein Wort.

Hugo war während der nächsten Tage sehr still. So sehr es seinen Gast und Gimp auch überraschte, er betrank sich nicht mehr in den Tavernen und Gasthäusern, in denen sie Halt machten. Er wässerte seinen Wein und aß gut, ging gesättigt und mit vollem Magen zu Bett und erwachte am Morgen ohne Kopfschmerzen.

Er sprach kaum einmal mit seinem Gast und stellte nur eine einzige Frage. Es war der zweite Abend, und er machte sich für die Nacht bereit.

Gimp war weggegangen, um sich in einem Gebüsch hinter dem Gasthaus zu erleichtern.

»Welche Rolle spielt eigentlich Gimp in deinen Plänen?«, fragte Hugo mit ziemlich schneidendem Tonfall.

»Ich habe ihm das Leben versprochen. Ich halte meine Versprechen, selbst wenn meine Priester Wahnsinnige sind und meine Jünger vom Galgen kommen.«

Hugo nickte.

»Du wirst ihn nicht im Stich lassen.«

Es war ein Befehl, daran hatte Hugo keinen Zweifel.

Hugo hatte den größten Teil seines Lebens als Erwachsener in einem Alkoholnebel zugebracht – wenn man davon ausging, dass er im Alter von zwölf Jahren erwachsen geworden war. Aber er besaß durchaus Gehirn, und wenn dieses Gehirn trocken war, funktionierte es ziemlich gut. Er erinnerte sich an Gundabalds Leben vor ihrem Abstieg in tiefe Armut: gutes Essen, warme, weiche und bequeme Kleider, die feinsten Weine, Dienstboten, die hinter ihm herräumten, und zumindest halbwegs attraktive Frauen, die seinem Vater jeden Wunsch von den Lippen ablasen. Und als Hugo alt genug war, tanzten sie auch nach seiner Pfeife. Er und sein Vater waren von Kaufleuten und sogar von niederem Adel mit Respekt behandelt worden. Aber Gundabald hatte das Unheil herausgefordert, indem er versuchte, sich mit Bestechungen einen Weg in den innersten Kreis der großen Würdenträger zu bahnen, die den König umringten. Er war übermäßig ehrgeizig. Seine Ländereien waren einfach nicht groß genug, und was er an Grundbesitz und Geld besaß, von dem sie behaglich hätten leben können, verschwand in den gierigen Schlünden der weiter außen stehenden Höflinge, jener mittellosen Anhängsel, die sich an jedem Königshof finden. Aber am Ende seines Lebens glaubte Gundabald, den goldenen Hauptgewinn königlicher Gunst fast in Reichweite zu haben. Der Löwenanteil der Beute aus den Eroberungszügen des Frankenkönigs wanderte in die Schatzkammern seiner wichtigsten Höflinge. Wenn Gundabald es geschafft hätte, sich in diesen engsten Kreis um den König einzuschmuggeln, hätte das einen Reichtum bedeutet, der selbst Gundabalds habgierigste Träume übertroffen hätte.

Mit Gewalt ernüchtert und schließlich freiwillig nüchtern, sann Hugo über all diese Dinge nach. Als Mann hatte er seinen Vater nie gemocht. Und als er nun über dessen ehrgeizige Pläne nachdachte, ging ihm auf, dass Gundabald ein Narr gewesen war. Der Mann hatte Regeane missbraucht und schikaniert, um ihre Einwilligung in seine Pläne zu erzwingen, ihren Ehemann zu ermorden. Gundabald hatte sie schließlich in die Rebellion getrieben, und das alles nur, damit er noch mehr Geld zusammenbringen konnte, um es den Nimmersatten an des Königs Hof in den Rachen zu werfen.

Nein, dachte Hugo. Dieser Weg war nicht der seine. Dank seines Vaters war er ein Gejagter und für immer aus der Welt der fränkischen Aristokratie, in der er aufgewachsen war, ausgeschlossen. Aber jetzt, jetzt bekam er eine Chance, doch noch sein Glück zu machen. In seinem nüchternen Zustand begann er, insgeheim Pläne zu schmieden, die ihm dazu verhelfen würden.

Die Chance, auf die er gewartet hatte, bot sich ihm auf der Straße nach Florenz.

Sein Gast hatte ihn zu einer leer stehenden Villa geführt. Vielleicht war es einst eine ganze Stadt gewesen; die Anlage war so zerstört, dass man das unmöglich sagen konnte. Dieser neue Fund bescherte ihm einen wahren Reichtum an Silber. Sein Gast gab ihm Weisung, einen Ziegelstein aus einer der Mauern zu brechen. Die kleine Truhe dahinter war besonders kostbar gewesen. Der Schmuck darin war sorgfältig in Seidentücher eingewickelt und, wenn auch stark angelaufen, immer noch in gutem Zustand, genau wie die Silbermünzen auf dem Boden der Truhe – Münzen, die wahrscheinlich im Laufe eines langen Lebens angesammelt worden waren.

Auf dem Rückweg zur Straße sah er die Räuber. Er blickte auf sie hinab, weil sie sich in einem mit wilden Rosen überwucherten Graben versteckt hielten. Das Versteck war gut gewählt, denn die Rosenstöcke waren so dicht, dass man sogar den Graben selbst leicht übersehen konnte.

»Warum?«, fragte er seinen Gast.

»Eine Handelskarawane kommt hier vorbei.«

»Das ist unsere Chance.«

»Eine Chance wozu?«

»Dich deinem Ziel näher zu bringen, ein Gott zu werden«, sagte Hugo und fühlte sich ausnahmsweise einmal überlegen. »Erklär diesem Narren Gimp, dass er von jetzt an den Mund zu halten hat.«

Der Plan der Räuber war sehr einfach: Sie wollten aus den Rosenbüschen hervorbrechen, den Kaufleuten ein beladenes Packtier entreißen und damit in das felsige Dickicht von Krüppeleichen und Dornbüschen flüchten. Die Karawane wurde von einem Söldnertrupp begleitet. Die Söldner sowie die Kaufleute selbst würden reiten und konnten den Räubern mit ihren Pferden nicht zwischen die Felsen auf dem Hang folgen, zumindest nicht schnell genug, um die Diebe daran zu hindern, das Packtier abzuladen und spurlos in einem Landstrich zu verschwinden, der nur noch eine Wildnis aus eingebrochenem Grund, Zwergbäumen und Dornsträuchern war.

Die Räuber waren schlecht oder gar nicht bewaffnet. Als die Räuber den Packesel aus der Karawane fortrissen, brauchte Hugo nur herbeigeritten zu kommen und zu schreien. Einer der Räuber, der halsstarriger war als die Übrigen, hielt den Packesel am Zaumzeug fest. Die anderen ergriffen Hals über Kopf die Flucht.

Hugo zog sein Schwert, aber ein gut gezielter Stein traf den Räuber an der Schläfe, bevor Hugo ihm etwas antun konnte.

Der Maulesel wieherte, bäumte sich auf und trat aus. Die Entschlossenheit des letzten Räubers geriet ins Wanken, und er stürzte in panischer Angst den anderen nach. Hugo ergriff den herunterbaumelnden Zügel des Maultiers und führte es zurück auf die Straße.

In diesem Augenblick kam der Söldnertrupp herangeritten. Hugo musste einige unbehagliche Sekunden überstehen, in denen es so aussah, als würden die Männer ihn vielleicht für den Dieb halten. Aber dieses Missverständnis konnte er ausräumen, indem er auf die fliehenden Räuber zeigte. Die Söldner nahmen die Verfolgung auf.

»Ich fürchte, es hat keinen Sinn«, sagte Hugo zu dem Kaufmann.

Die Söldner hatten ihre Pferde bereits gezügelt. Der Boden war trügerisch, und niemand wollte ein kostbares Tier verlieren.

»Ja«, antwortete der Kaufmann. »Aber ich danke dir, dass du unser Eigentum gerettet hast. Ich bin Armine, Edelmann aus Florenz.«

»Hugo von Bayonne.« Hugo verbeugte sich. Er war nie im Leben auch nur in der Nähe von Bayonne gewesen, aber es hörte sich gut an.

»Du weißt gar nicht, was für einen großen Dienst du mir erwiesen hast. Jedes Tier hier ist sehr kostbar. Wir transportieren auf dieser Reise nichts als Seide, Gaze, Damast, Wandteppiche, gewebte Tuche aus dem Osten, alle bestimmt für den Königshof in Pavia. Wenn ich auch nur eines dieser Maultiere verloren hätte, hätte das mein Ruin sein können.«

»Aber nicht doch«, sagte Hugo und verbeugte sich aufs Neue. »Es freut mich, dass ich zu Diensten sein konnte. Wenn du in der Stadt der Blumen zu Hause bist, kannst du mir vielleicht sagen, wo ich ein sicheres Quartier für die Nacht finde.«

Hugo spürte, wie der Blick des Kaufmanns auf ihm ruhte, während er ihn mit großer Erfahrung musterte. Hugos Kleidung war zerdrückt und schmutzig von der Reise, aber er trug an der einen Hand einen schweren Silberring und an der anderen einen aus Gold. Er und der schweigende Gimp ritten beide sehr gute Pferde.

»Nun, in meinem Haus natürlich«, sagte Armine. »Du hast mir einen großen Dienst erwiesen. Selbst das beste Quartier in der Stadt ist, wie ich leider sagen muss, schmutzig und ohne die Annehmlichkeit, die ein vornehmer Herr wie du gewiss als selbstverständlich erachtet.«

Hugo brachte ein scheinheiliges Lächeln zustande. »Ich habe viele Härten auf dieser Reise ertragen, aber wenn ich meine Ziele erreichen kann, wird mir das Lohn genug sein.«

»Meine Güte«, sagte Armine. »Was für Ziele verfolgt ihr denn?«

»Ich habe«, sagte Hugo, »ebenso traurige wie unerfreuliche Familienangelegenheiten zu regeln.«

Armines Nase zuckte leicht. »Ach herrje«, rief er. »In Florenz?«

»Nein, nicht in dieser schönen Stadt, sondern weiter entfernt, in Pavia.«

»Armine«, rief jemand. »Komm schon, wir müssen es vor Einbruch der Dunkelheit in die Stadt schaffen, es sei denn, du willst wirklich eins deiner kostbaren Tiere verlieren. Lass uns weiterreiten.«

Hugo und Gimp schlossen sich der Handelskarawane an und machten sich auf den Weg. Wenige Stunden später überquerten sie den Arno und ritten in Florenz ein.

Hugo fand Florenz bedrückend, eine Stadt mit hohen Mauern, engen Straßen und einer beinahe mit Händen zu greifenden Furcht bei den niederen, machtlosen Klassen. Die Stadt befand sich jetzt in den Händen von etwa einem Dutzend mächtiger Familien, von denen jede ihre eigene befestigte Residenz besaß und einen Teil der Bevölkerung als Gefolgsleute für sich beanspruchte.

Mit dem Niedergang der römischen Regierung waren die kleinen Grundbesitzer und die unabhängigen Unternehmer verschwunden. Jetzt konnten kleine Kaufleute und Bauern hier nur noch überleben, wenn sie die Schirmherrschaft einer der wenigen führenden Familien akzeptierten. Durch den Wettstreit dieser rivalisierenden Familien gab es auf den Straßen fast ständig gewaltsame Auseinandersetzungen, und keine Nacht verging ohne eine wilde Schlägerei zwischen den Gefolgsleuten verschiedener Familien.

Armines Residenz war komfortabel, aber erschreckend gut befestigt, mit doppelten Toren – einem aus Holz und einem aus Eisen – und hohen, mit Eisendornen bewehrten Mauern zur Straße hin. Bezahlte Wachen patrouillierten bei Tag und Nacht an sämtlichen Mauern.

Hinter den Mauern lag ein hübscher, von Säulen eingefasster Garten. Dieser war, wie Hugo bald herausfand, für die Damen gedacht, die kaum je einmal das Grundstück verließen. Tatsächlich waren Armines Töchter noch nie außerhalb des Hauses gewesen, und dabei waren beide bereits Mädchen von über zehn Jahren.

Nach ihrer Ankunft stattete Hugo zuerst dem Badehaus einen Besuch ab, dann wurde er sauber und nach frischen Kräutern riechend in eine Ehrfurcht gebietende Zimmerflucht geführt. Vor allen Fenstern befanden sich Eisengitter, und die Mauern sowie der Fußboden waren aus Stein.

Gimp sagte nur: »Sieht aus wie ein Gefängnis.«

»Du bist stumm«, rief Hugo ihm ins Gedächtnis.

»Sieht trotzdem aus wie ein Gefängnis.«

Hugo wollte ihn schlagen, aber sein Gast hinderte ihn daran. »Er wird stumm bleiben, wenn die Situation es erfordert. Lass ihn in Ruhe. Und jetzt zu etwas anderem. Wie soll dieser Unfug hier mich zu einem Gott machen?«

»Wart's nur ab«, sagte Hugo aufsässig.

Sein Gast stieß ein tiefes Knurren aus. »Du machst mich wütend.«

Hugo streckte sich auf dem Bett aus. »Was willst du denn?«, murrte er.

»Eine Erklärung.«

»Ich habe keine Erklärung«, sagte Hugo. »Ich werde improvisieren müssen.«

In diesem Augenblick klopfte es an der Tür. Eine Dienerin trat ein. Sie hielt ein Tablett mit einem silbernen Weinkrug, einem Becher und anderen Dingen in Händen.

»Mein Herr hat mir aufgetragen, dir mitzuteilen, dass das Abendessen erst sehr spät serviert wird«, sagte die Dienerin. »Damit du keinen Hunger leiden musst, lässt er dir einige Erfrischungen schicken.«

Hugo interessierte sich nicht für die anderen Dinge auf dem Tablett. Ein paar Tage ohne Alkohol waren genug für ihn. Mit unübersehbarem Eifer stand er auf, packte den Weinkrug und schenkte sich den Becher bis zum Rand voll, während Gimp sich über die Früchte, das Brot und den Käse auf dem Tablett hermachte. Hugo konnte jedoch nur einen Becher leeren, der Zweite wurde ihm aus der Hand geschlagen. »Ich habe nicht viel Vertrauen in deine Improvisationen, wenn du nüchtern bist; was glaubst du, was ich davon halte, wenn du betrunken bist?«, fragte sein Gast mit schnarrender Stimme.

Aber der eine Becher Wein auf leeren Magen hatte sein Ziel erfüllt, und Hugo ließ sich auf das Bett sinken und schlief sofort ein.

Stunden später wurde er von einem Diener geweckt. Er hatte einen Albtraum von Gundabald gehabt. Hugos Albträume drehten sich immer um Gundabald. Er hatte das Gefühl, überhaupt nicht geschlafen zu haben, aber eingedenk dessen, was er vorhatte, war es wohl nur gut, wenn er ein wenig mitgenommen aussah. Seine eingefallenen Wangen waren daher nur von Vorteil. Er zog sich mit großer Sorgfalt an, wählte seine dunkelsten Kleidungsstücke aus und beschloss, den bleichen, interessanten Fremden zu geben.

Als Nächstes suchte er von dem Schatz, zu dem sein Gast ihm verholfen hatte, Geschenke für die Mädchen und eine exquisite Kette für ihren Vater aus.

Gimp saß in der Ecke auf dem Fußboden und starrte ihn an.

»Also, was meint ihr?«, fragte er seinen Gast und Gimp.

»Du siehst so aus, als hättest du ungefähr eine Woche lang Durchfall gehabt«, sagte Gimp.

»Woher zum Teufel soll ich das wissen?«, fragte sein Gast. »Für mich sieht ein menschliches Wesen so ziemlich aus wie das andere. Ihr seid alle mager und hässlich. Geh endlich nach unten und setz diesen wunderbaren Plan, den du so sorgsam geheim hältst, in die Tat um. Und hör auf, mir lästig zu fallen. Wenn du es unbedingt wissen willst, du siehst aus wie jemand, der die Schwindsucht hat. So, bist du jetzt zufrieden?«

Im nächsten Augenblick wurde Hugo herumgewirbelt, die Tür wurde geöffnet und Hugo in den Korridor hinausgestoßen.

Das Abendessen war königlich, und die Speisen waren vorzüglich. Hugo konnte sich indes kaum daran erinnern, je an einem derart düsteren Mahl teilgenommen zu haben. Madonna Helen und ihre beiden Töchter waren anwesend. Sie erinnerten alle stark an Gefangene, deren Willen man auf der Streckbank gebrochen hatte, um ihnen dann zu erlauben, den Rest ihrer Tage in der Obhut ihrer Familie zu verbringen.

Die Mädchen waren beide blond und übertrafen selbst Hugos Blässe, ein Umstand, der dadurch nicht besser wurde, dass die gegenwärtige Mode in Florenz die reichliche Benutzung von weißem Blei vorschrieb, um den Teint selbst vor den dürftigsten Sonnenstrahlen zu schützen. Da die beiden jungen Mädchen während des ganzen Essens förmlich an Hugos Lippen hingen, mussten beide sich von Herzen nach Gesellschaft sehnen.

Drei Knaben, jünger als ihre Schwestern, versuchten, den Abend mit einem Streit um irgendwelche Leckerbissen zu beleben, und wurden in Gesellschaft von zwölf Dienern frühzeitig zu Bett geschickt.

Für Hugo, der keineswegs über eine besonders lebhafte Phantasie verfügte, sahen die Kinder aus wie Gefangene, die zum Galgen geführt wurden.

Madonna Helen – ihre Mutter, eine schlanke, blonde Frau – litt unter dem, was man höflicherweise als Siechtum bezeichnete. Die Ärzte hatten sie ausgiebig zur Ader gelassen und alle möglichen Geheimmittel verschrieben, die Gifte wie Quecksilber, Alaun und Opium enthielten. Kompliziert wurde das Ganze noch durch die Tatsache, dass sie eine spezielle Diät einhalten musste, die nichts als gekochtes Gemüse vorsah. Diese Behandlung hatte sie mehrfach bis an den Rand des Todes gebracht und dazu geführt, dass sie ausgemergelt und wie ein Gespenst aussah. Hugo hatte Mühe, zu glauben, dass er wirklich eine lebendige Frau vor sich sah.

Nachdem die Jungen gegangen waren, schleppte das Tischgespräch sich mühsam dahin, bis der Kaufmann Hugo bat, von seinen Reisen zu erzählen.

»Wie war es in Rom?«

»Ich habe dort nur ein paar Tage verbracht«, antwortete Hugo.

»Wohl eher ein paar Stunden«, bemerkte Hugos Gast für die anderen unhörbar.

Hugo ließ es sich jedoch nicht verdrießen und fuhr fort: »Der gegenwärtige Papst ist ein Feind der Lombarden, und obwohl ich ihn um Hilfe bei meinen familiären Problemen gebeten habe, hat er mir angedroht, mich aus der Stadt zu jagen, falls ich nicht sofort abreisen würde. Ich bin jetzt allein – abgesehen von meinem armen, stummen Diener –, daher habe ich die Flucht ergriffen.«

»Wie schrecklich«, sagte die Ältere von Armines Töchtern. Ihr Name war Chiara; ihre Schwester hieß Phyllis.

»Mein Leben war sehr traurig, seit mein Vater getötet wurde«, sagte Hugo.

»Wie schrecklich für dich«, erwiderte Phyllis mit einem Seufzen.

»Schrecklich ist das richtige Wort«, sagte Hugo, »und schrecklich war auch die Tat selbst, aber ich fürchte, das ist eine Geschichte, die für die Ohren vornehmer Damen nicht geeignet ist.«

»Oh, ich ziehe meine Töchter recht freizügig groß«, sagte Armine.

»Das gefällt mir«, erwiderte Hugo. »Denn diese Geschichte ist im Grunde dazu angetan, die Herzen der Frauen zu veredeln und sie zu lehren, die größere Weisheit ihrer männlichen Verwandten zu achten und zu begreifen, zu welcher Torheit es führen kann, wenn sie sich von den Wünschen des Herzens leiten lassen statt von der Vernunft. Eine gute moralische Lektion.«

»Ihr habt es gehört«, sagte Armine zu seinen Töchtern. »Lauscht und lernt.«

»Es begann«, erzählte Hugo, »als meine Tante Gisela einem wilden, heidnischen Sachsen namens Wolfstan anverlobt wurde. Mein Vater ...«, Hugo hob den Blick gen Himmel, »Gott sei seiner Seele gnädig, er war ein frommer Mann, wenn es nur je einen gab ... Wie dem auch sei, mein Vater, Gundabald, erhob Einwände gegen die Verbindung, da besagter Sachse sich weigerte, Christ zu werden, sich dem süßen Joch Jesu zu unterwerfen und sich mit dem Wasser von Wiedergeburt und Ewigkeit taufen zu lassen.

Aber Gisela wollte nichts wissen von den Warnungen und Mahnungen ihres Bruders oder den Einwänden der vielen Priester, die er herbeirief; sie bekräftigten seine Auffassung, dass christliches und heidnisches Fleisch sich nicht im Ehebett vereinigen sollten. Aber dieser Sachse sah gut aus und war reich, und Gisela war bis über beide Ohren in ihn verliebt. Damals hatte sich das Glück bereits von unserer Familie abgewandt, und Gisela war zwar nicht arm, aber auch nicht annähernd so reich, wie sie es gern gewesen wäre, und ich halte es für möglich, dass sie vielleicht einfach in das gute Leben verliebt war, das Wolfstan ihr bieten konnte.

Und wahrhaftig, sie schienen im ersten Jahr ihrer Ehe sehr glücklich miteinander zu sein, und die Verbindung konnte als günstig angesehen werden. Wolfstan erlaubte Gisela, ihren eigenen Kaplan einzustellen und die Sakramente zu empfangen, aber Wolfstan verstieß, wie wir von ihr selbst wissen, gegen zumindest ein Gebot der Kirche: Er weigerte sich, an den Tagen, an denen die Kirche es gebot, im Ehebett Keuschheit zu wahren.«

Sowohl Armine als auch seine Frau schienen sich ein wenig unbehaglich zu fühlen, als Hugo sodann die ganze Liste aufführte. »Ein guter Christ wahrt Keuschheit an allen Sonntagen, allen heiligen Tagen, während der gesamten Dauer von Advent und Fastenzeit und bei einigen anderen Gelegenheiten.«

»Das scheinen mir ziemlich viele Gelegenheiten zu sein«, sagte Armine mit einem Seitenblick auf seine Frau. »Nicht alle Männer der Kirche sind so streng ...«

»Aber mein Vater fand, dass Gisela sich mehr bemühen sollte, um ihrem Gemahl das Christentum näher zu bringen, statt sich von seinen Sitten verderben zu lassen. Deshalb ermahnte er sie eines Tages recht heftig und ließ sie in Tränen aufgelöst zurück, was diesen Wolfstan zutiefst verärgerte.

Einige Tage später ging mein Vater mit einigen von Wolfstans Sachsen auf die Jagd. Irgendwie gelang es ihnen, meinen armen Vater tief in den Wald hineinzuführen und ihn dort seinem Schicksal zu überlassen. Woraufhin ein riesiger Wolf auf ihn zugestürzt kam. An dieser Stelle wähnte mein Vater sich dem Tode nahe, fiel vor der rasenden Bestie auf die Knie und ergriff das Kreuz Christi, das er stets um den Hals trug. Zu seinem maßlosen Erstaunen schreckte das bösartige Tier vor dem heiligen Kreuz zurück.

Mein Vater nutzte die Gelegenheit, packte eine Armbrust, befahl den Bolzen Gottes Segen an und schoss auf den Wolf. Das Tier fiel zu Boden und holte in seiner letzten Qual noch einmal Atem. Zum Entsetzen meines Vaters fuhr in diesem Augenblick ein gewaltiger Wind durch den Wald, und der Himmel verdunkelte sich wie vor einem schrecklichen Sturm. Das Ganze dauerte nur wenige Sekunden, aber ... aber ...«

Alle Anwesenden saßen mit offenem Mund da und lauschten wie gebannt Hugos Erzählung.

»Aber als der Wind sich legte, der Himmel aufklarte und die Vögel wieder zu singen begannen, da sah mein Vater – an der Stelle, an der der Wolf gelegen hatte – den Leichnam von Wolfstan, dem Gemahl meiner Schwester.«

Diese Enthüllung hatte zur Folge, dass die Diener für die Männer einen Krug Wein und Honigkuchen und süßen Wein für die Frauen bringen mussten. Hugo konnte sehen, dass er sich mit seiner Erzählung bei Armines Familie sehr beliebt gemacht hatte.

»Wie schrecklich!« Phyllis drückte sich eine Hand auf die Brust. »Ich kann mir nicht vorstellen, wie er einen solchen Schock überlebt hat.«

»Mein Vater war ein starker Mann«, sagte Hugo. »Aber leider war das nicht alles, sondern nur der Anfang.«

»Wirklich?«, sagte Chiara.

Hugo glaubte in ihrem Tonfall einen Hauch von Spott wahrnehmen zu können, aber die anderen sahen ihn mit vertrauensvollem Staunen an. Also ignorierte er das junge Mädchen und fuhr fort.

»Wie du so passend bemerkt hast, war der Schock meines Vaters groß. Aber das hinderte ihn nicht daran, Gisela zu holen und mit ihr nach Hause zurückzukehren. Und er ruhte nicht, ehe sie mit einem guten – christlichen – Mann mit Namen Firminius verheiratet war.

Aber er vergaß dabei die Widerspenstigkeit und Sturheit mancher Frauen. Bei ihrer Rückkehr nach Hause, kurz nach ihrer zweiten Heirat, stellte sich heraus, dass sie schwanger war. Wir drängten sie ... das Kind loszuwerden, das den Makel des Bösen tragen musste, aber Gisela weigerte sich.«

»Sie weigerte sich, ihr Kind zu töten«, sagte Chiara.

Armine warf ihr einen tadelnden Blick zu, und ihr Gesicht verwandelte sich in eine ausdruckslose Maske. *Dieses Mädchen werde ich nicht auf meine Seite ziehen,* dachte Hugo. *Aber schließlich ist es der Vater, den ich will.*

»Wir wollten dem Kind nichts Böses«, erwiderte Hugo, »aber wir dachten, dass es am besten in einem Kloster untergebracht wäre, das heißt, wir wollten es in der Obhut fremder Nonnen und, sagen wir, ein wenig abgeschieden aufwachsen lassen. Aber Gisela verteidigte ihr Kind mit großer Heftigkeit, und Firminius unterstützte sie auch noch in ihrer halsstarrigen, irregeleiteten Zuneigung zu Regeane.«

»Die Kleine hieß also Regeane?«, fragte Chiara.

»Ja. Aber schon in sehr, sehr jungen Jahren zeigte Regeane eine Neigung für die schwarzen Künste, genauso wie ihr Vater. Bedauerlicherweise starb Firminius, als Gisela noch eine junge Frau war, und die starke männliche Leitung durch meinen Vater Gundabald wollte sie nicht länger annehmen. Gisela brachte das Kind von einem Schrein zum Nächsten, in Kirchen, die Christus huldigten, seiner heiligen Mutter und vielen anderen Heiligen; sie versuchte mit allen Mitteln, Regeanes aufrührerischen Geist zu unterdrücken und ihre rebellische Seele zu unterwerfen.

Aber ihr war kein Erfolg beschieden, und wir hielten uns gerade in Rom auf, um den Segen des Papstes persönlich zu erbitten, als Gisela, ausgezehrt von all dem Leid und der Drangsal, sich zur ewigen Ruhe legte. Nicht lange nach ihrem Tod erreichte uns die Neuigkeit, dass Karl, der König der Franken, eine Ehe für Regeane arrangiert hatte. Wir waren natürlich entsetzt.«

»Natürlich.« Chiara hob die Augenbraue und ahmte ironisch Hugos Tonfall nach.

Hugo beachtete sie nicht. »Aber der Papst, der neue Papst Hadrian, vereitelte alle unsere Bemühungen, diese Ehe zu verhindern. Er entzog Regeane unserer Obhut und sorgte dafür, dass sie genau wie die arme Gisela mit einem Mann verheiratet wurde, der ein Barbar reinsten Wassers und ein Schurke war. Unnötig zu sagen, dass dieser Schurke von Regeane entzückt war.«

»Darf ich das so verstehen, dass seine Zuneigung zu Regeane einen sehr schlechten Geschmack verrät?«, fragte Chiara.

Auch diesmal überging Hugo ihren Einwurf. »Wir sind eine große Familie, obwohl wir im Augenblick schlechte Zeiten durchmachen, und wir sind mit dem Haus der Arnulfinger verwandt, dem der fränkischen Könige. Ein niedrig geborener Mann aus dem einfachen Volk wie dieser Maeniel musste Regeane als eine glänzende Partie ansehen, selbst wenn sie eine geistesgestörte Bucklige mit nur mehr einem einzigen Zahn im Mund gewesen wäre. Aber die Warnungen meines Vaters trafen beim Papst auf taube Ohren.

Daher haben Gundabald und ich Verbindung zu der lombardischen Partei in Rom aufgenommen. Der Papst selbst wurde für sein Verhalten zur Rechenschaft gezogen, und Regeane wurde als Hexe verurteilt.«

Chiara runzelte die Stirn, aber alle anderen am Tisch hielten den Atem an.

»Sie entschied sich für ein Gottesurteil, und dieser Maeniel war ihr Kämpfer. Es war ein langer, erbitterter Kampf, aber – ich kann es kaum glauben, denn der lombardische Kämpfer war ein Hüne von einem Mann, unerschrocken, von einnehmendem Aussehen und ehrlich als Krieger – dieser Maeniel trug dennoch den Sieg über ihn davon.

Ich vermute, dass er und Regeane einen Pakt geschlossen hatten, um mit Hilfe der schwarzen Künste den Kämpfer Gottes zu töten.«

»Trag nicht zu dick auf«, warnte Hugos Gast ihn, »aber sprich nur weiter, bisher machst du deine Sache sehr gut.«

Das tat er, und er wusste es. Alle bis auf Chiara sahen ihn mit unverhohlener Bewunderung an. »Aber das ist noch nicht das Schlimmste.«

»Nein?«, stieß Armine hervor.

»Nein. Mein Vater hoffte, dass dieser Maeniel Regeane noch nicht so sehr verfallen war, dass er sich gegen jeden guten Rat sperren würde, daher wollte er es noch einmal versuchen. Er ging zu dem Hochzeitsfest der beiden. Ich weiß es; ich bin ihm gefolgt. Ich machte mir große Sorgen um seine Sicherheit, und wie sich herausstellte, mit gutem Grund. Denn als er begann, Maeniel Vorhaltungen zu machen, streiften er und Regeane ihre geborgten menschlichen Gestalten ab. In Gestalt eines Wolfs, so wie ihr Vater einer gewesen war, fiel sie über meinen rechtschaffenen Vater her, und zusammen mit ihrem betörten Geliebten, der ebenfalls Wolfsgestalt trug, zerfetzte sie meinen Vater, riss ihm Arme und Beine vom Leib.

Es geschah alles so schnell! Ich konnte nichts tun. Als ich sah, dass mein eigenes Leben ein baldiges Ende finden würde, wenn ich diese beiden für ihr grauenvolles Verbrechen zur Verantwortung zöge, floh ich, fest entschlossen, meinen Vater zu rächen und mich anschließend in ein Kloster zurückzuziehen, um den Rest meines

Lebens in Gebet, Selbstkasteiung und heiliger Reue sowie mit guten Taten zu verbringen. Aber bevor ich gehe, muss ich den lombardischen Herzog vor diesem Maeniel und Regeane warnen, die jetzt dem fränkischen König dienen und hoffen, ihm in seinem Krieg gegen den rechtmäßigen Herrscher der Lombardei von Nutzen sein zu können, den Herzog Desiderius.«

»Das ist aber eine interessante Geschichte«, bemerkte Chiara.

»Oh, welch schrecklicher Tag, an dem Jesu gesalbter Fürst, Seine Exzellenz, der Herrscher der Lombarden, von schwarzer Zauberei angegriffen werden sollte«, sagte Armine. »Aber was kann er gegen diese beiden ausrichten, bitte, sag es mir?«

Hugo lächelte. Die ihm noch verbliebenen Zähne waren beeindruckend, ein wenig grün angelaufen, aber immer noch recht gesund. »Sagt ihm, er soll Wolfshunde in seine Meute aufnehmen, denn, verlasst euch darauf, Maeniel und Regeane werden versuchen, dem Frankenkönig Karl Nachrichten über alle Bewegungen und Pläne des Lombardenkönigs zu überbringen. Wenn der Lombarde sie vernichten kann, wird er die Franken ihrer nützlichsten Waffen berauben.«

Armine runzelte die Stirn. »Ich wollte heute Abend ohnehin einige Briefe an König Desiderius schicken. Diese Geschichte ist so fantastisch ... ich kann sie kaum glauben. Aber jeder weiß, dass die Bollwerke des Heidentums beständig jene bedrohen, die den Glauben Christi in sich tragen, daher werde ich ihn warnen, dass dieses abscheuliche Paar seine Bosheit auf ihn konzentrieren wird – und ich werde ihm dringend empfehlen, die besten Wolfshunde in seine Meute aufzunehmen.«

6

Als sie ihr Liebesspiel beendet hatten, schwammen sie zu den Wasserfällen in der Mitte des Sees hinüber und ruhten sich auf der Plattform aus schwarzem Basalt aus, die das Wasser im Laufe von Jahrhunderten aus den Felsen gemeißelt hatte. Die Nächte in den Bergen waren immer noch kalt – selbst im Hochsommer waren sie manchmal noch kalt –, aber die Nachmittagssonne schien warm auf ihre Körper, und das Wasser war zu Regeanes Überraschung beinahe heiß.

»Es gibt eine warme Quelle hier in der Nähe«, erklärte Maeniel. »Sie füllt den Teich über uns. Einst nannten wir diesen Teich den Spiegel der Dame.«

»Der Dame?«, fragte Regeane.

»Ja«, sagte Maeniel. »Sie heißt nur die Dame. Matrona sagte, so wurde sie vor zweitausend Jahren in Griechenland genannt.«

Regeane lächelte. »Matrona erinnert sich daran?«

»Ja.« Maeniel lächelte nicht. »Matrona erinnert sich.«

Regeane lag mit dem Rücken auf dem Stein, den Kopf in Maeniels Schoß geborgen, so dass das warme Wasser über sie hinwegfloss. Es war, so wie die Luft um sie herum, in der immer noch ein wenig winterliche Kühle lag, ein sinnliches Vergnügen. Regeane hob die Hand und berührte Maeniels Gesicht.

»Wir haben uns oft als Mann und Frau geliebt, aber wir haben uns nie in unserer anderen Gestalt geliebt.«

Sie blickte ein wenig ängstlich drein.

Er beugte sich über sie und küsste sie auf die Nasenspitze. »Du warst nicht alt genug. Als Frau warst du voll ausgewachsen, aber eine Wölfin geht dem Begehren aus dem Weg, bis sie auf dem Höhepunkt ihrer Kräfte angelangt ist. Du hast diesen Punkt noch nicht erreicht, aber wenn du glaubst, es sei wie bei den Hunden, dann sollst du wissen, dass das nicht der Fall ist.«

»Nein?«

»Nein. Wenn die Zeit kommt und du bereit bist, werde ich dein Führer sein. Bis dahin fasse dich in Geduld.«

Sie streckte die Hand aus, wickelte sein Haar um ihre Finger und zog sein Gesicht hinab zu ihrem, um ihn zu küssen. Die Sonne war warm, sein Körper war warm. Das Sonnenlicht flirrte auf dem Wasser, und selbst die Luft um sie herum roch nach Frühling. Als sie sich nach dem Kuss voneinander lösten, bemerkte Regeane, dass sie nicht länger an seinem Körper ruhte. Er lag über ihr und hielt sie in seinen Armen.

»Noch einmal?«, fragte sie mit gespielter Verärgerung.

»Ja.«

»Nun«, sagte sie. »Ich habe nichts dagegen. Das heißt, ich habe nichts dagegen, wenn du es tust.«

»Das werde ich«, sagte er.

Sie zuckte ein wenig zusammen. »Ich glaube, du hast es schon getan.«

»Ich fange gerade erst an.«

»Wenn das der Anfang ist, wie sieht dann das Ende aus?«

»Konzentrier dich – dann sorge ich schon dafür, dass du es erfährst.«

Danach interessierte sich keiner von ihnen noch für Worte.

Als sie fertig waren, schlief Regeane in Maeniels Armen ein. Er dagegen war zu sehr Wolf, um zu schlafen. Er lag einfach nur da und hielt sie in seinen Armen. Die Sonne sank dem Horizont entgegen. Maeniel hörte nur noch Vogelgezwitscher und das süße Plätschern des herabstürzenden Wassers. Manchmal murmelte der Wind etwas, wenn er durch die Baumwipfel raschelte und die grünen Espen entlang des Sees mit seinem Atemhauch silbern färbte. In weiter Ferne heulte ein Wolf. Maeniel fragte sich, ob das Rudel sich noch immer vor der Jagd an dem Teich über ihnen zusammenfand; aber dann verwandelte der Wolfsruf sich von angenehmer Trägheit in Unbehagen.

Regeane erwachte und schlug die Augen auf. Maeniel ließ sich in der Nähe des Wasserfalls in den See gleiten, und sie folgte ihm.

»Es ist ein Rudel hier in der Nähe, und wir sollten besser gehen. Für sie sind wir lediglich fremde Wölfe. Sie wollen uns nicht auf ihrem Territorium haben.«

Regeane nickte und wollte bereits dem Ufer entgegenschwimmen, aber Maeniel hielt sie am Arm fest. »Still.« Er legte einen Finger auf die Lippen. Wieder erklang der Wolfsgesang, und Maeniel wollte zuhören. »Sie sprechen von einem menschlichen Wesen, das nicht weit entfernt sein Lager aufgeschlagen hat.«

Sie lagen zusammen im Wasser und stützten ihre Arme auf die Basaltplatte in der Nähe des Wasserfalls. Maeniel sah Regeane an.

»Oh«, sagte Regeane. »Der Sachse. Ich habe ganz vergessen, ihn zu erwähnen. Er hat mich begleitet, nur für den Fall der Fälle.«

»Was soll das sein?«, fragte Maeniel. »Eine prunkvolle Prozession? Wer wird als Nächstes aus irgendeinem Gebüsch auftauchen? Matrona? Gavin? Antonius? Barbara?«

»Gavin«, sagte sie. »Er hat sich kaum sehen lassen, seit wir beim König unser Lager aufgeschlagen haben.«

»Natürlich«, erwiderte Maeniel. »Hier in den Bergen kann er seine Neigung zu einem ausschweifenden Lebenswandel kaum ausleben. Als er die Erfrischungswagen im Gefolge des Königs entdeckte, ist er wahrscheinlich einfach durchgedreht.«

Regeane tauchte, drehte sich um und schwamm an Land.

Maeniel folgte ihr.

Wenige Stunden später erreichten sie das Lager des Sachsen. Er saß in düsterer Stimmung und mit hängenden Schultern an einem Feuer. Die beiden Wölfe kamen aus dem Unterholz und schlichen lautlos zu einem Zelt hinüber, das er nahe dem Wald aufgebaut hatte. Als sie eintraten und es leer vorfanden, wechselten sie ihre Gestalt und zogen sich an, wie es sich für Menschen geziemte, dann traten sie hinaus, um den Sachsen zu begrüßen.

Der Sachse hatte Fallen aufgestellt, und sie alle taten sich an einem schmackhaften Kanincheneintopf gütlich, zu dem es Brot gab, ein Fladenbrot, das der Sachse auf denkbar einfache Weise hergestellt hatte: Er hatte einen Stein erhitzt und den Teig daraufgeworfen. Es war lange her, seit Maeniel das letzte Mal jemanden gesehen hatte, der auf solche Weise Brot buk.

Sie verbrachten die Nacht überaus behaglich. Regeane und Maeniel schliefen im Zelt, während der Sachse sich in sein Bärenfell einrollte und unter den Sternen schlief.

Der Streit brach vor der Morgendämmerung aus.

»Du hast einen schönen Tag im Wald verlebt«, sagte Maeniel zu Regeane. »Jetzt zwingst du mich zu einer langsameren Gangart, und du hältst mich von meiner eigentlichen Arbeit ab.«

Noch vor dem Morgengrauen war ein silberner Nebel durch den Wald geflossen und hatte sich mit langen, dünnen Armen durch die Bäume getastet. Der Nebel war gleich nach Sonnenuntergang von den Gipfeln zu Tal gefallen, bis er alle tiefer gelegenen Gebiete ausfüllte und im funkelnden Mondlicht wie Perlmutt glitzerte.

Dann, bei Tagesanbruch, noch bevor die Sonne in der Kerbe des Gebirgskamms über dem Pass wieder erwachte, schien er die ganze Welt mit seinem sanften Zauber zu umfangen.

Er war so vorsichtig und lautlos in das Zelt eingedrungen, dass nicht einmal Maeniel, der graue Wolf, etwas spürte. Aber Regeane erwachte und tauchte aus den Tiefen des dunklen Wassers auf, das am Grund des Bewusstseins ruht. Vielleicht suchte es die Silberwölfin heim – so wie es uns alle heimsucht –, weil das der Ort ist, an dem der erste Urahn, der weder Pflanze noch Tier war, sich aus dem Nichts verdichtete und die unendliche, unerfahrbare Schranke zwischen Belebtem und Unbelebtem durchbrach. Das Leben war geboren. Und das Leben kennt vor allen anderen Dingen Wasser. Wasser füllt unsere Lungen im Mutterschoß, als Erinnerung an unsere Ursprünge, daran, wer wir sind; es ruht wie ein Teich unter dem Bewusstsein und noch weiter in der Tiefe, unter den Träumen; und in unserem tiefsten Schlaf ruht unser geistiges Sein in diesem Wasser und wird erneuert, auf dass es wieder Bewusstsein erlangt, wenn es erwacht.

Und aus jenem tiefsten Teich, dem Brunnen jenseits der Welt, aus dem Nebel hatte die Stimme Regeane zugerufen: *Wenn du ihn liebst, lass ihn nicht allein gehen.* Dann hatten die Winde der Zeit die Stimme in Fetzen gerissen, während der Nebel sich in der Morgendämmerung auflöste, und Regeane versank in tiefen Schlaf und konnte sich an nichts mehr erinnern.

Jetzt küsste Maeniel sie auf die Stirn und schob sie auf den Sachsen zu. »Geht nach Hause«, befahl er. »Von jetzt an muss ich sehr schnell reisen – tagsüber im Schatten und des Nachts in der Dunkelheit. Ich möchte mir keine Sorgen machen müssen, ob du deine Gestalt beibehalten kannst, und ich möchte dich nicht vor anderen Wolfsrudeln schützen oder dich lehren müssen, wie man in der Wildnis lebt, wie man herunterschlingt, was man gerade fangen kann, und wie man es vermeidet, Spuren für andere Wölfe oder Menschen zu hinterlassen. Du weißt nicht genug, um mir zu folgen, und es werden noch viele Jahre vergehen, bevor sich daran etwas ändert. Dies ist kein Tagesausflug auf meinen Ländereien, keine Jagd, die ich zu deiner Unterhaltung veranstalte, und ich habe keine Zeit, dich in all den Fähigkeiten zu unterweisen, die du zum Überleben brauchen wirst. Ein Fehler deinerseits würde bestenfalls mich das Leben kosten, schlimmstenfalls uns beide. Dies ist jetzt Krieg – und der Krieg ist kein Platz für Narren.

Und was dich betrifft«, er wandte sich an den Sachsen, »ich betraue dich mit der Aufgabe, Regeane sicher nach Hause zurückzubringen. In all der Zeit, die du bei uns gewesen bist, hast du mich niemals wirklich wütend gesehen, aber wenn ich feststellen sollte, dass du ihrer Narrheit noch länger Vorschub leistest, wirst du meinen Zorn zu spüren bekommen. Das ist ein Versprechen. Und du wirst unter diesem Zorn lange zu leiden haben, sehr lange.

Vielleicht denkst du, dass deine lombardischen Herren hart waren, aber was sie dir angetan haben, ist nichts im Vergleich zu dem, wozu ich fähig bin. Ich werde dich aufspüren, wo immer du dich verkrochen haben magst, und mir meine Rache nehmen, und sollte Regeane irgendetwas zustoßen …« Er brach ab.

»Regeane«, sagte er. »Sein Leben liegt in deinen Händen. Hast du mich verstanden?« Heiße Tränen strömten ihr über die Wangen. »Es gibt keine Macht auf Erden, die mich dazu bringen könnte, dir jemals auch nur ein Haar zu krümmen, aber das gilt nicht für ihn. Hast du mich verstanden?«

»J-J-Ja«, stammelte sie.

»Gut.«

Einen Moment lang war im Morgennebel noch ein dahinfliegender grauer Schatten zu sehen, dann war er fort.

Lucilla und Dulcinia kamen wenige Tage, nachdem Silvie ihre große Neuigkeit bekannt gemacht hatte, wieder zusammen.

»Wie zur Hölle konnte Silvie schwanger werden?«, fragte Dulcinia.

Beide Frauen waren in Lucillas Garten und ruhten sich nach dem Essen ein wenig aus. Keine der beiden hatte Lust, sich viel zu bewegen. Lucilla verdrehte die Augen und sah Dulcinia an.

»Entweder habe ich deine Erziehung sträflich vernachlässigt, oder …«

»Ich weiß, ich weiß, aber halb Rom ist über Silvies Körper hinwegmarschiert. Wenn sie damals nicht schwanger geworden ist, warum dann in Gottes Namen jetzt?«

»Vielleicht ist sie damals ja schwanger geworden«, sagte Lucilla, »und hat einen Trank eingenommen oder das Kind verloren. Vergiss nicht, sie hat schlimme Entbehrungen gelitten, bevor Regeane sie unter ihre Fittiche nahm. Jetzt hat sie reichlich und regelmäßig zu essen, und sie hat aufgehört, dieses entsetzliche Zeug zu trinken, das sie früher getrunken hat.«

»Jetzt setzt sie es nur noch ihren Kunden vor«, sagte Dulcinia.

Lucilla schüttelte den Kopf. »Was in den schäbigsten Tavernen serviert wird, ist erheblich schlimmer als das Zeug, das Silvie verkauft. Ich behaupte nicht, die Weine, die bei ihr über die Theke gehen, seien der Gesundheit sehr zuträglich, aber in diesem Punkt ist Silvie merkwürdig ehrlich. Die ganze Nachbarschaft geht zum Trinken zu ihr, und sie behandelt mit ihren Mixturen alle möglichen Krankheiten.«

Dulcinia schien überrascht zu sein.

»Die Armen gehen oft in die Taverne, wenn sie krank sind. Silvie hat Tränke gegen Wechselfieber und für schwächliche Kinder, sogar für Säuglinge mit Koliken. Gegen die Fallsucht hilft nicht viel, aber einige mit Wein gemischte Kräuter können die Begleiterscheinungen ein wenig mildern. Und dann sind da natürlich noch die Frauen, deren Periode ausgeblieben ist und deren Ehemänner gerade außerhalb der Stadt weilen …«

»Ah, ja«, sagte Dulcinia.

»Und dann wären da noch Kunden mit Lungenschwindsucht, ganz zu schweigen von anderen, die einfach alt sind und allerlei Wehwehchen haben.«

»Und was sie selbst nicht weiß«, meinte Dulcinia, »kann sie wahrscheinlich Simona fragen. Simona berät Silvie ziemlich oft.«

»Simona?«, fragte Lucilla.

»Posthumus' Mutter«, erklärte Dulcinia. »Sie war es, bei der Silvie Zuflucht suchte, nachdem sie Hugo davongelaufen war. Simona hat sie dann zu mir geschickt und …«

»Und du hast sie mir ins Haus gebracht«, beendete Lucilla den Satz.

»Was ist mit dem Kind?«

Lucilla atmete tief durch die Nase ein. »Nun, sie will es haben, sonst würde sie es bei ihren Fähigkeiten nicht austragen. Also habe ich sie mit Susana, meinem Dienstmädchen, heimgeschickt und ihr die strenge Anweisung gegeben, alles zu tun, was Susana sagt.«

»Der Vater?«

»Sie hat nicht die geringste Ahnung.«

»Was wahrscheinlich nur gut ist. Wenn man bedenkt, wer Silvies Freunde sind, würde es vielleicht nur Ärger geben, wenn sie den Namen des Vaters wüsste.«

Lucilla nickte. »Wenn man ihr die Schwangerschaft ansieht, werden ihre Gäste wahrscheinlich so manchen argwöhnischen Blick untereinander tauschen.«

»Ja, und wahrscheinlich werden sie alle guten Grund dazu haben.«

»Zweifellos.«

Einige Tage, nachdem Hugo seine Geschichte Armine erzählt hatte, war Chiara töricht genug, sich allein im Garten von ihm erwischen zu lassen. Sie war ihm seit jenem Abend nach Kräften aus dem Weg gegangen und hatte sich sogar ein Tablett auf ihr Zimmer schicken lassen, wenn die Familie mit Hugo speiste, aber der Garten musste gepflegt werden. Dies war eine rein praktische Angelegenheit. Nun gut, der Garten war einer der Orte, an denen man frische Luft schnappen oder Besucher empfangen konnte, aber er erstreckte sich bis auf die Rückseite des stark befestigten Hauses und umfasste einen kleinen Obstgarten mit Quitten, Pfirsichen, Birnen und Granatäpfeln. Ein großer Kräutergarten versorgte den Haushalt mit Gewürzen und Gemüse, ganz zu schweigen von den Heilkräutern für Madonna, der es – sehr zu Chiaras Kummer – überhaupt nicht gut ging. Der Wundarzt hatte sie wieder einmal zur Ader gelassen, aber ihre vornehme Mutter war so gebrechlich, dass Chiara über die Grausamkeit dieser Prozedur entsetzt gewesen war.

An jenem Tag hatte der Wundarzt stark nach Wein gestunken und ihrer Mutter ein halbes Dutzend Schnitte zugefügt, bevor er eine Vene nach seinem Geschmack fand. Als der Arm ihrer Mutter endlich über dem Becken hing, verklumpte das Blut immer wieder, und der Arzt musste die Wunde etliche Male aufs Neue öffnen, bis Chiara ihn schließlich wütend aus dem Zimmer jagte und ihre Mutter tröstete. Während Madonna Helen weinend in Chiaras Armen lag, versprach Chiara ihr, den Mann nicht mehr ins Haus zu lassen, ganz gleich, was ihr Vater dazu sagte.

Und nun war Chiara im Garten, um Kräuter für das Medizinschränkchen ihrer Mutter zu sammeln. Nachdenklich betrachtete sie das Beet. Sie wusste, dass genau an dieser Stelle verschiedene Kräuter wuchsen …

Im nächsten Augenblick hielt Hugo sie in den Armen und pustete ihr ins Gesicht. Sein Atem stank wie Sumpfwasser. Chiara wich angeekelt zurück und ging mit den Fingernägeln auf seine Augen los; so groß war ihre Wut, dass es ihr um ein Haar gelungen wäre, ihm tatsächlich die Augen auszukratzen. Der Aufruhr weckte Hugos Gast, der Hugo mit einem harten Schlag in eine eiserne Laube schleuderte, die benutzt wurde, um Trauben für den Verzehr bei Tisch anzupflanzen.

»Lass sie in Ruhe, sonst schlage ich dich zu Brei.«

Chiara wich mit schneeweißem Gesicht vor dem taumelnden Hugo zurück. Sowohl ihr Gast als auch Hugo wussten, dass sie ihn hatte sprechen hören.

»Du Idiot«, brüllte der Gast. Er versetzte Hugo einen Hieb, der ihn zu Boden stürzen ließ. »Du wirst noch alles verderben, du hirnloser Wüstling. In einer Stadt voller Kurtisanen musst du dir ausgerechnet ein anständiges Mädchen aussuchen. Wie dämlich bist du eigentlich?«

»Nein«, ging Chiara dazwischen. »Schlag ihn nicht noch einmal. Du könntest ihn töten.«

»Würde dich das bekümmern?«, fragte Hugos Gast.

»Nicht im Mindesten«, antwortete sie, »aber ich würde das unmöglich meinem Vater erklären können.«

»Stimmt.« Hugos Gast lachte, ein unangenehmes, dröhnendes Lachen.

Chiara bekam eine Gänsehaut. »Was bist du? Ein Dämon?«

»Wahrscheinlich. Und ich bin überrascht.«

»Worüber?«

»Dass du mich überhaupt hören kannst. Die meisten Menschen können es nicht.«

»Ja, es ist eine Gabe«, erwiderte Chiara. »Als Tante Stelle starb, sah ich sie die Treppe zum Zimmer meiner Mutter hinaufsteigen. Ich wusste nicht, dass sie gestorben war. Ich dachte, sie sei lediglich zu Besuch gekommen, aber als ich meine Mutter darauf ansprach, brach sie in Tränen aus und erzählte mir, Stelle sei tot. Aber mach dir keine Sorgen, dass ich etwas verraten könnte. Ich werde es nicht tun. Ich … ich … ich denke, ich verstehe jetzt besser, was eigentlich los ist – diese merkwürdige Geschichte. Hat er dir seine Seele verkauft?«

»Was sollte ich mit seiner erbärmlichen, schmutzigen kleinen Seele anfangen? Sein Körper ist schlimm genug. Nein, ich möchte ihn lediglich für eine Weile benutzen.«

Hugo richtete sich auf und hielt sich den Kopf.

»Ich frage mich, ob du mir vielleicht bei einem Problem helfen könntest?«, bat der Gast.

Hugo machte Anstalten aufzustehen.

»Bleib sitzen«, sagte sein Gast. »Bleib, wo du bist.«

Hugo setzte sich wieder hin.

»Was willst du denn von mir?«, fragte sie mit zitternder Stimme.

»Deinen Einfluss auf deinen Vater. Er hat an den König geschrieben?«

»Ja. Sobald er die Geschichte gehört hat, die …« Sie zeigte auf Hugo. »Die er erzählt hat. Aber ich habe ihn überredet, nicht allzu leichtgläubig zu sein.«

»Versuch ihn dazu zu bringen, noch einmal zu schreiben und ein Loblied auf den guten Hugo zu singen.«

»Ja«, sagte sie und nickte, wie um ihre Worte zu bekräftigen. »Ja, das werde ich tun.«

»Und nun, wo liegt *dein* Problem?«

»Ich möchte den Wundarzt loswerden, der Mutter behandelt. Ich glaube, er bringt sie um.«

»Das tut er tatsächlich«, sagte Hugos Gast abfällig. »Schütte seine Medizinen weg und ersetze sie durch Stärkungsmittel. Es ist alles Gift, was er ihr gibt.« Dann schrie er beinahe: »Und um Gottes willen, gib der Frau zu essen!«

Chiara wich blinzelnd zurück. »Das werde ich tun, ja, gewiss. Ich wollte ihr gerade ein wenig Kapaun und Suppe bringen.«

»Das reicht für den Anfang. Und jetzt fort mit dir.«

Chiara suchte das Weite.

Regeane marschierte mit erhobenem Kopf und geballten Fäusten ins Zelt zurück. Sobald sie die Zeltlasche hinter sich zugezogen hatte, brach sie in Tränen aus. Aber es war nicht nur Kummer, der sie weinen ließ, sondern ebenso sehr Zorn. Es gab nicht viel im Zelt, was man zerbrechen konnte – ein oder zwei Kochtöpfe waren alles –, aber Regeane ließ sie mit Wonne auf den Boden krachen. Dann attackierte sie mit ihrem Messer die schweren Zeltwände.

»Ich werde ihn verlassen. Das werde ich. Er kann mich nicht aufhalten. Zumindest sagt das Matrona. Ich werde gehen. Nein, ich werde bleiben – ich bleibe, nur um ihn zu strafen. Ich werde nie wieder ein Wort mit ihm sprechen.«

Der Sachse zuckte mit den Achseln und ging zum Rasieren zum Bach hinunter, ein kurzer Spaziergang hügelabwärts. Als er zurückkam, setzte er sich auf einen Felsen und wartete. Nachdem der Lärm im Zelt sich gelegt hatte, stand der Sachse auf und machte sich daran, Brotteig fürs Frühstück zu mischen. Nach einer Weile tauchte Regeane wieder auf. Sie war gefasster, aber ihre Augen und ihre Nase waren rot. Sie setzte sich auf einen Baumstamm vor dem Feuer.

Der Sachse buk Brot auf einem heißen Stein, bestrich es mit Käse und reichte es ihr.

»Er kennt mich sehr gut«, sagte sie. »Mich selbst würde ich vielleicht in Gefahr bringen, aber ich könnte es nicht ertragen, wenn dir etwas zustieße.« Sie riss mit den Zähnen ein großes Stück Brot ab.

»Wenn ein Mann«, sagte der Sachse, »und das gilt für jeden Mann, etwas findet, das er bis zum Wahnsinn liebt, dann wird er diese Person oder diesen Gegenstand schützen. Wenn nötig, wird er es zu Tode schützen.«

»Ja, aber was soll ich jetzt tun?« Wieder rannen ihr Tränen über die Wangen.

»Iss dein Frühstück«, sagte der Sachse. »Wir werden uns etwas ausdenken.«

Sie spielten stundenlang mit verschiedenen Ideen, aber es fiel ihnen nichts ein, das funktionieren würde. Schließlich gingen sie entmutigt zu dem einige Meilen entfernt gelegenen See.

»Er hat mich gestern hierher geführt. Und er hat sich so benommen, als kenne er diese Stelle«, sagte Regeane, während sie über das Wasser blickte, »aber der See ist weit von der Festung entfernt.«

Der Sachse erschauderte, und die feinen Härchen auf seinen Armen stellten sich auf.

»Es ist nicht kalt.«

»Dieser Ort«, sagte er und rieb sich die Arme. »Spürst du es nicht auch?«

»Ja, ich denke schon.«

»Bei dem ... bei dem Baum war es ähnlich.«

»Ein Baum?«, fragte sie.

»Hast du noch nie von Irminsul gehört? Dem heiligen Baum, dem Baum, den Karl gefällt hat?«

»Ich kenne diese Geschichte nicht.«

»Karl kam in unser Land; es ist noch gar nicht lange her. Als ich gefangen genommen wurde, waren wir – meine Familie – die Hüter des Baums. Ich ritt hinaus und warnte die Menschen, aber dieser Karl ist ein sehr tüchtiger Soldat. Er hat uns überrascht, und meine Mutter und ich waren die einzigen Mitglieder unserer Familie, die zu dem Zeitpunkt zugegen waren.«

Der Sachse stand vollkommen reglos neben Regeane, anscheinend verloren in seinen Erinnerungen. »Karl kam wegen des Goldes zu dem Sanktuarium, Beute, die wir auf dem Feld vergraben hatten. Aber deswegen hätte er den Baum nicht zu fällen brauchen.

Meine Mutter war im Sanktuarium. Es war von drei Kreisen umgeben, Böschungen aus Erdreich, und der Baum stand ganz allein auf einer Erhebung in der Mitte. Dort kamen wir viermal im Jahr zu unseren Versammlungen zusammen. Meine Mutter trat den Franken allein gegenüber. Sie haben sie getötet.

Es heißt, bevor sie starb, hätte sie Karl gesagt, dass alles, was er tut, am Ende zu Asche zerfallen werde. Sie sagte, er würde ein Imperium erobern, aber seine Söhne würden nicht lange herrschen, sie würden alles verlieren; und der Mensch, den er am meisten liebte, würde ihn verraten, und andere würden ernten, was er gesät hat.«

»Ich denke«, sagte Regeane, »dass er davon träumt, die Welt neu zu erschaffen, so wie die Römer es getan haben. Er möchte seine Herrschaft noch weiter ausdehnen, als es den Römern gelungen ist, aber er glaubt, dass er das nur mit dem Segen Gottes zuwege bringen kann. Es sieht so aus, als sei der heilige Baum seine erste Opfergabe an den Christengott gewesen.

Er hat meinen Gemahl beschuldigt, das Kloster in Brand gesteckt zu haben. Maeniel sagte, dass Karl sich weniger über Gundabald, meinen Onkel, den Kopf zerbrochen habe als über die Schmähungen der Kirche.«

»Ah, gut«, sagte der Sachse. »Das Kloster haben wir niedergebrannt. Und das war wahrhaftig eine gute Sache.«

»Ich bereue es nicht«, bekräftigte Regeane. »Und Karl würde es nicht anders ergehen, wenn er die ganze Wahrheit wüsste.«

»Was ist denn diesem Gundabald zugestoßen?«

»Er war kein besonders angenehmes Individuum.«

»Nein, so viel habe ich mir bereits zusammengereimt.«

»Er hat meinen Vater ermordet.«

»Wolfstan?«

»Ja. Sein Tod wurde als Jagdunfall hingestellt, aber Gundabald hat ihn ermordet. Mein Vater war …«

»Wie du. Ich weiß. Viele Menschen haben deinen Vater geliebt. Wir sind miteinander verwandt – nur sehr entfernt, aber wir sind in der Tat Blutsverwandte. Deshalb ist es mir auch eine Ehre, dir zu dienen.«

»Oh«, sagte Regeane leise. »Jetzt verstehe ich. Das war mir nicht klar. Aber du musst die Leute meines Vaters gekannt haben?«

»Nicht besonders gut«, sagte der Sachse. »Vergiss nicht, ich wurde als Sklave an die Lombarden verkauft. Ich war lange nicht mehr zu Hause. Außerdem hast du hier Verpflichtungen.«

»Ja, und …« Sie brach ab und zeigte auf den oberen Rand des Wasserfalls. »Er nannte diesen Ort den Spiegel der Dame.«

»Dann lass uns hinaufgehen und einen Blick in diesen Spiegel werfen.«

Und so stiegen sie zum Gipfel auf.

Ja, der Teich war ein stilles Wasser. Wie es aussah, ging niemand mehr dorthin, nicht einmal das Wolfsrudel, das in diesem Gebiet heimisch war. Der Teich lag inmitten eines dichten Ebereschenwaldes, und die Zweige wilder Rosen hingen schwer von Blüten bis in den Teich. Die Blüten dieser Rose waren größer als alle anderen

Rosenblüten, die der Sachse je gesehen hatte, und ihre Farben waren leuchtender. Ein dunkles Rosa, beinahe ein Malventon an den Rändern, wurde zur Mitte hin immer fahler und um den goldenen Kranz von Staubfäden herum schließlich weiß. Der Duft der Blumen schwängerte die Luft, aber die langen, dornigen Triebe, die sich um die schlanken Ebereschen wanden, schienen eine beinahe undurchdringliche Barriere zu bilden. Wer einen Blick in den Teich werfen wollte, musste zuvor dieses Gestrüpp durchdringen.

»Ich weiß nicht, ob wir da durchkommen«, sagte der Sachse zweifelnd. »Jedenfalls nicht ohne uns den Weg freizuhacken.« Er wollte das Schwert ziehen, das er auf altmodische Weise trug, über den Rücken geschlungen.

»Nein«, sagte Regeane. »Nicht hier.« Sie streckte die Hand aus, und wieder bekam der Sachse eine Gänsehaut, als die wilden Rosen sich unter Regeanes Berührung teilten und ihnen beiden den Weg freigaben.

Eine Sekunde später standen sie am Rand des Teichs. Die Felsen waren mit einem Moos bedeckt, das unter ihren Füßen nachgab wie ein weicher Teppich.

»Nichts kommt hierher, nicht einmal die Tiere«, sagte Regeane.

»Du meinst, nichts darf hierher kommen, nicht wahr?«

Regeane blickte ins Wasser, und der Sachse tat es ihr gleich.

»Nur ein Wald«, sagte er.

»Ja, aber nicht dieser Wald.«

Und ihre Worte waren die Wahrheit, denn der Wald war ein anderer, und wenn sie den Kopf hoben, sahen sie einen wolkenumhüllten Berg, dessen Flanken steile Kämme und tiefe Schluchten bildeten. Die Bäume waren Riesen, größer als jeder Baum, den Regeane oder der Sachse je gesehen hatten.

Vor ihren Augen verdüsterte sich der Himmel, und der gewaltige Wald hüllte sich in ein grünliches Licht, und ein wunderschöner Blitz schlug in einen Baum ein. Der Baum geriet in Flammen und warf ein leuchtend goldenes Licht auf die niedrigen Wolken, und dann brach der Regen los und hüllte die Landschaft mit seinen wogenden Vorhängen ein. Der Teich verschwamm, und der Wald löste sich in Dutzenden konzentrischer Kreise auf, so wie sich durchsichtiges Glas umwölkt, wenn Regen darauf fällt.

Einem Impuls folgend, hielt Regeane eine Hand ins Wasser. Ihre Hand verschwand, löste sich einfach in nichts auf. Sie hätte ihre Finger direkt unterhalb der Oberfläche sehen können müssen, aber sie sah nichts.

Der Sachse packte sie am Arm und zog sie weg. »Nein«, rief er.

»Wie es aussieht«, sagte Regeane, »steht mir mehr als eine Art des Reisens offen.«

Sie saßen gerade beim Abendessen, als Hugos Gast den Wundarzt vertrieb.

Als der Arzt zum Essen kam, war er bereits unsicher auf den Beinen. Chiara warf ihm einen Blick voller unverhohlener Feindseligkeit zu. Der Mann hatte sich bei Chiaras Vater über ihre Einmischung beschwert. Gleichzeitig hatte er die Gelegenheit genutzt, Armine darauf vorzubereiten, dass Madonna Helen, seine Gemahlin, vielleicht nicht mehr lange zu leben haben würde.

Die Nachricht hatte Armine schwer getroffen. Er war ein viel versprechender junger Kaufmann gewesen, als er Madonna heiratete. Er hatte sie vor dem Hochzeitstag nie zu sehen bekommen, und dann war sie eine Enttäuschung für ihn gewesen. Viel zu dünn, still, zurückhaltend und schüchtern, und mit ihrem blassblonden Haar und ihrem fast farblosen Aussehen sprach sie ihn nicht besonders an. Nach der Hochzeit hatte er sie nie richtig kennen gelernt. Sie wurde schwanger, bevor noch der erste Monat ihrer Ehe verstrich, und er verließ ihr Bett, bis die Zeit kam, wieder bei ihr zu liegen. Abermals wurde sie sofort schwanger. Nach der Geburt ihrer zweiten Tochter kränkelte seine Frau eine Weile, und geschäftliche Angelegenheiten machten es erforderlich, dass er auf Reisen ging. Als er zurückkam, erfreute sie sich blühender Gesundheit, und sie nahmen ihre Beziehung wieder auf. Armine war ein wenig besorgt darüber, dass seine beiden ältesten Kinder Mädchen waren.

Obwohl Chiara das Geschäft erlernte und ihm eine große Hilfe war, verließ er sich doch stets auf seine Frau, die ihm sowohl bei der Buchhaltung als auch bei der Investition seiner beträchtlichen Gewinne half. Es war zumindest teilweise seiner Frau zu verdanken, dass er heute zu den reichsten und bedeutendsten Männern der Stadt gehörte.

Er war außer sich vor Angst; er wusste nicht, was er ohne seine Frau tun sollte. Außerdem machte sein Gewissen ihm zu schaffen, weil er sich nie die Mühe gemacht hatte, einen Menschen, der in seinem Leben eine so große Rolle spielte, kennen zu lernen.

Der Ausdruck blasierter Selbstgefälligkeit auf dem Gesicht des Wundarztes erzürnte Chiara, die, wenn sie nur einen Weg gesehen hätte, den Mann an Ort und Stelle hätte ermorden können. Sie fragte sich gerade, ob Hugos Freund sein Versprechen halten würde, als er genau das tat.

Der Wundarzt löffelte seine Suppe, eine Bohnensuppe mit gesalzenem Schweinefleisch und Reis. Er schlürfte lautstark, bis er plötzlich innehielt, einen schrillen Schrei ausstieß und etwa drei Handbreit in die Höhe sprang.

»Was ficht dich an, Mann?«, fragte Armine.

»Ni-ni-nichts«, stammelte der Arzt.

»Nichts? Was soll das sein? Nichts?«, hörte Chiara Hugos Gast sagen. Sie hörte die Worte so deutlich, dass sie davon überzeugt war, alle anderen bei Tisch müssten sie ebenfalls gehört haben. Als sie sich jedoch in der Runde umsah, sah sie nur ausdruckslose Gesichter.

Diesmal stieß der unglückselige Mann ein Geräusch aus, das an ein ganzes Rudel Jagdhunde erinnerte, wenn es die Fährte aufnahm. Der Schrei begann mit einem Basston und schwoll immer höher und höher an, bis er mit einem beinahe femininen Kreischen endete. Im gleichen Augenblick presste der Mann sich beide Hände in die Lendengegend und sprang auf seinen Stuhl.

»Ah, so ist es schon besser«, sagte Hugos Gast und kippte den Stuhl um.

Der Arzt stieß ein schreckliches Heulen aus und landete hart auf dem Boden. Etwa eine Minute lang vollführte der Mann sodann die außerordentlichsten akrobatischen Kunststückchen, die Chiara je gesehen hatte. Er wälzte sich kreuz und quer durch den Raum, als versuche er, einem Paar unsichtbarer Hände zu entrinnen, die ihn stießen und boxten und sich sogar an seinem Unterleib zu schaffen machten. Er lag auf dem Rücken, trat um sich und drehte sich immer wieder im Kreis um sich selbst, während er die ganze Zeit über aus Leibeskräften schrie.

Während alledem war, zumindest für Chiaras Ohren, schallendes Gelächter zu hören. Schließlich sprang Armine auf.

»Gütiger Gott, Mann. Bist du von einem Dämon besessen?«

Der Arzt hielt nicht einmal inne mit seinen Mätzchen. »Oh. Au. Nein! Nein! Nein!« Er war inzwischen auf den Knien und kroch auf die Tür zu.

Das Gelächter brach ab. Stattdessen hörte sie Hugos Gast rufen: »Schneller, schneller. Schneller, Maultier«, und Chiara begriff, dass der unglückliche Mann geritten wurde.

Sie stand auf, lief zur Tür und öffnete sie.

»Vielen Dank«, sagte jemand.

Der Wundarzt verließ das Speisezimmer ziemlich überstürzt. Zu beiden Seiten der Tür stand eine Öllampe aus Messing. Jetzt spritzte aus beiden Lampen das Öl auf, schoss hoch in die Luft und fing im Fallen Feuer. Der Wundarzt ergriff schreiend die Flucht.

Chiara folgte ihm bis zur Tür. Feuer hin, Feuer her, sie wollte sich davon überzeugen, dass er das Haus verließ.

Als der Mann den Eingang erreichte, öffnete die Tür sich von selbst – oder zumindest ohne das Zutun menschlicher Hände –, und der Wundarzt verließ das Haus, als hätte ein heftiger Tritt ihn hinausbefördert. Er rollte die Stufen hinunter und landete mit der Nase nach unten auf der Straße; dann ergoss sich ein wahrer Regen von Goldmünzen über ihn. Der Mann zog sich auf die Knie hoch und raffte die Münzen so schnell wie möglich zusammen.

»Was ist denn das?«, fragte Chiara.

»Sein Honorar«, antwortete Hugos Gast. »Gold ist bei euch Menschen eine mächtige Antriebskraft. Seine Arbeit für deine Familie war ein einträgliches Geschäft. Ich dachte, ich gebe ihm sein

Geld am besten gleich mit auf den Weg. Du möchtest ihn doch sicher nicht wiedersehen.«

»Ja«, sagte Chiara. »Ich meine, nein.«

Der Mann hörte ihre Stimme und blickte zu ihr auf. Chiara sah ihm fest in die Augen. Ihr Blick brannte sich in sein Gehirn. »Geh«, befahl sie. »Geh. Und lass dich nie wieder hier blicken.«

Der Mann hatte alle Goldmünzen aufgehoben, war aufgesprungen und rannte bereits wie ein Wahnsinniger die Straße hinunter, bevor Chiara die Tür geschlossen hatte. Sie legte den Riegel vor und drehte sich um. »Ich danke dir«, sagte sie.

»Keine Ursache«, war die Antwort.

Als sie ins Speisezimmer zurückkehrte, wischten gerade einige Dienstboten das vergossene Öl auf. Ihre Schwester, Phyllis, und die Jungen hatten das Spektakel sichtlich genossen. Ihr Vater war erschüttert, ihre Mutter wirkte erleichtert.

Chiara kehrte zu ihrem Platz zurück.

»Was ist passiert?«, fragte ihr Vater.

»Er trinkt zu viel. Er sieht weiße Mäuse«, erklärte ihm Chiara. »Es heißt, so etwas schlage auf die Dauer aufs Gehirn.«

»So ein Pech«, sagte ihr Vater. »Jetzt werde ich einen neuen Arzt suchen ...«

»Nein, das wirst du nicht«, sagte seine Frau.

Armine sah sie schockiert an. In all der Zeit, seit sie geheiratet hatten, hatte Madonna Helen ihm niemals widersprochen.

»Ich werde nie wieder jemandem erlauben, mich gegen irgendeine Krankheit zu behandeln. Ich kann nicht mit Worten beschreiben, welche Folterqualen ich unter den Händen dieses erbärmlichen, betrunkenen Narren erlitten habe. Ich mag leben oder sterben, aber was ich auch tue, ich werde es auf meine Art tun. Chiara ist absolut imstande, für mich zu sorgen, und sie ist die einzige Heilerin, die ich in meiner Nähe dulden werde.

Wenn ich diesen Narren auch nur einen einzigen weiteren Tag hätte ertragen müssen, hätte ich einen Meuchelmörder gedungen. Ist das klar?«

»Vollkommen, meine Liebe«, sagte Armine.

Wenige Tage später verließ Hugo Florenz, um in Begleitung von Chiara und Armine nach Pavia zu reisen, wo er sich dem Herrscher der Lombarden, Desiderius, vorstellen wollte.

Armines Gemahlin ging es bereits viel besser, und ihre Genesung machte gute Fortschritte.

Maeniel wanderte weiter durch das Gebirge, so wie er es Regeane gesagt hatte. Er setzte seinen Weg überwiegend bei Nacht fort und jagte bei Sonnenaufgang und in der Abenddämmerung, um sich mit einem Mindestmaß an Nahrung zu versorgen. Schließlich erreichte er den letzten Pass und blickte von den Ausläufern des Gebirges auf die in die ferne Ebene führenden, wasserreichen Flusstäler hinab.

Diese Flusstäler waren die Pforte nach Italien. Die Römer hatten die beiden Städte am Fluss, durch die die besten Wege verliefen, mit Garnisonen belegt. Für viele Zwecke waren die Routen durch beide Flusstäler nicht nur die besten, sondern auch die einzig möglichen. In den Schluchten von Ivrea und Susa waren Verteidigungsposten errichtet und Befestigungen angelegt worden. Der König der Langobarden hatte genug Truppen dorthin verlegt, um beide zu halten.

Von seinem Platz auf dem Berghang betrachtete Maeniel die Erdwälle, die sich durch den schmalen Hals der Schlucht zogen, und dachte, dass dieser Desiderius kein Narr war. Dies war von sämtlichen Stellen im Gebirge wahrscheinlich die beste, um Karl aufzuhalten.

Der graue Wolf legte sich hin, bettete den Kopf auf die Pfoten und wartete darauf, dass die Dunkelheit kam. In Ivrea hatte er sich bereits umgesehen, und er war zu dem Schluss gekommen, dass dieser Ort die ungünstigste Stelle wäre, um Desiderius zum Kampf zu fordern. Selbst wenn Karl die Schanzen quer zur Schlucht überwand, verfügten Desiderius' Streitkräfte noch über zwei oder drei hervorragende Auffangpositionen. Ein Angriff an dieser Stelle wäre das reinste Spießrutenlaufen. *Aber hier, hier*, dachte der Wolf, *boten sich allerlei Möglichkeiten.*

Er war unvorsichtig in jener Nacht. Er hatte es mit Menschen zu tun, und er war es gewohnt, seinen Willen durchzusetzen. Der Wind stand ihm im Rücken, und es war noch immer ziemlich hell, als er sich auf den Weg ins Tal machte. Genau genommen war die Sonne noch nicht einmal untergegangen, sondern verbarg sich hinter den Felsen, die über dem Tal aufragten. Der Fluss und die Straße lagen in tiefem Schatten, und der Wind von den Bergen wurde langsam kalt.

Ja, dort waren die alten römischen Festungswälle mit Blick auf den Fluss und der markierte Weg, der nicht mehr war als ein steiniger Pfad, der zum Flussufer hinunter- und dann unterhalb der steinernen Türme am Wasser entlangführte. Ein dort durchziehendes Heer würde – ein Mann hinter dem anderen – zwischen hohen Felsen am Fluss vorbeidefilieren müssen – an einem Fluss, der sich jetzt, auf dem Höhepunkt der Schneeschmelze, in einen reißenden Strom verwandelt hatte. Aber die Straße war nur auf einer kurzen Strecke so schmal und wurde danach wieder breiter. Der Fluss jagte unterhalb der römischen Festung über Stromschnellen dahin; flussabwärts, unterhalb der Befestigungsanlagen, lag eine Stadt. Keine besonders große Stadt, sondern eine, wie man sie bei vielen militärischen Stützpunkten findet: im Laufe der Zeit aus den Ansiedlungen derjenigen entstanden, die Dienstleistungen und Waren für die Soldaten bereitstellen.

Die Stadt war ebenfalls befestigt. Sie thronte auf einem Felssporn, der in den Fluss hineinragte. Eine massive Mauer zog sich um eine Anzahl Häuser aus weißem Kalkstein mit roten Ziegeldächern; an der flussabgewandten Seite war ein schweres Tor in die Mauer eingelassen und schützte die Stadt vor Plünderern. Die Lage der von dem wilden, eiskalten Fluss umtosten Gebäude tat ein Übriges, um jeden abzuschrecken, der kühn oder dumm genug sein mochte, dort eindringen zu wollen.

Jenseits der Stadt weitetete sich das Tal und ging weiter unten in eine freundliche, fruchtbare Ebene über. Wie unvorsichtig der Wolf auch sein mochte, er war nicht dumm genug, die Straße zu benutzen. Er schob sich durch das dichte Unterholz an ihrem Rand, durch hohe Gräser und zwischen Bäumen hindurch, bis er so nahe an die Festung herankam, dass ihm klar wurde, wie groß die Gefahr für ihn war, gesehen zu werden. Daher machte er kehrt und begann, den Hügel hinter den Mauern hochzulaufen.

Ja, dachte er. *Diese Anlage kann man umgehen*. Der Engpass musste in den Zeiten der Römer unangreifbar gewesen sein. Die Festung beherrschte die wichtigste Stelle des Tals, die Stadt die zweitwichtigste. Aber im Laufe der Jahre waren die hohen Mauern zwischen der Festung und der Stadt verfallen.

Ein Bergrutsch hatte mitten zwischen Stadt und Feste, wo sich vordem zu beiden Seiten nur hohe Mauern erhoben hatten, eine steile Rampe geschaffen. Eine angreifende Streitmacht konnte die Festung umgehen und den Verteidigern in den Rücken fallen. Die Stadt selbst würde so, wie sie war, einer entschlossenen Schar von Kriegern wenig Kopfzerbrechen bereiten. Ja, es wäre wohl so gut wie unmöglich, hineinzugelangen, aber andererseits gab es für die Verteidiger auch keinen einfachen Weg hinaus. Man musste nur das Tor verbarrikadieren, während die Hauptmasse von Karls Heer vorbeizog, und eine kleine Garnison dort zurücklassen. Innerhalb von ein oder zwei Wochen würden sich die Leute in der Stadt – von jedem Nachschub abgeschnitten – ergeben.

Karls Truppen würden von zwei Seiten kommen, vom Mons Jovis und vom Mons Cenis. Der vom Mons Jovis, von Maeniels Bergfeste her, anmarschierende Heereszug konnte vorschützen, seine Bemühungen durch die Verteidiger bei Susa vereitelt zu sehen, während der Rest des Heeres die römische Befestigung umging und in die Zange nahm.

Etwas in der Art musste Karl vor Augen gestanden haben, als er beschloss, sein Heer zu teilen und einen Zug die Route über den Mons Jovis, den anderen die über den Cenis nehmen zu lassen. In groben Zügen stand die Strategie für Karl offensichtlich fest; jetzt würde Maeniel oder irgendjemand sonst, der mit dem Gelände vertraut war, ihm Vorschläge zu taktischen Details machen müssen.

Maeniel hielt auf dem extrem steilen Hang inne. Er befand sich jetzt hoch über der Festung, die den Engpass der Schlucht versperrte. Höher hinauf konnte er hier nicht, aber er war dennoch in der Lage, das Innere der römischen Festung auszukundschaften.

Es waren einfache Mauern, auf der Rückseite unverbaut, aber auf den zum Tal hin gelegenen Seiten zusätzlich befestigt. Hinter den Zinnen waren neue hölzerne Palisaden errichtet und vor den Mauern frische Erdwälle aufgeworfen worden. Die Wälle waren mit zugespitzten Pfählen bewehrt, um nötigenfalls einen Angriff Berittener abzuwehren.

Die Wälle zogen sich außerdem auf beiden Seiten des Flusses von den Mauern aus bis zum Ufer hinunter. Sie allein wirkten bedrohlich genug; von einer wohl organisierten Verteidigung zeugte aber auch die große Anzahl der Pferde, die Maeniel in dem offenen Tal grasen sah. Sie ließ ohne weiteres auf die Anwesenheit von Reservekräften in beträchtlicher Stärke schließen. Diese ausgeruhten Mannschaften würden sich jedem Angreifer stellen, der nicht ohnehin schon aufgegeben hatte.

Das Licht wurde langsam schwächer, und die Sonne versank hinter den Berggipfeln im Westen. Maeniel plusterte seinen Pelz auf. In dieser Höhe war es nach Sonnenuntergang immer noch kalt. Er lag mit dem Kopf auf den Vorderpfoten da, wartete auf die Dunkelheit und überlegte, was er noch zu tun hatte, bevor er zum König zurückkehren konnte: Er musste sich an die Festungsmauern schleichen und herausfinden, wie viele Soldaten die Festung hielten; er musste sich vergewissern, dass die Stadt nicht irgendwelche unangenehmen Überraschungen für den König bereithielt; und zu guter Letzt musste er eine Route finden, auf der der zweite Teil von Karls Heeresmacht diese Festung von der Seite her angreifen konnte.

Bei dem Gedanken an Regeane regte sich sein schlechtes Gewissen, aber er bezweifelte keinen Augenblick, dass seine Entscheidung die Richtige gewesen war. Es genügte, wenn er sich in Gefahr brachte; wenn ihm etwas zustieß, nun gut. Er würde damit fertig werden. Er hatte ein schönes, langes Leben gehabt und viele Freuden und Kümmernisse erfahren; aber eine so junge Frau wie Regeane in tödliche Gefahr zu bringen, wäre unverzeihlich. Tief in seinem

Herzen wusste er, dass der Wunsch, sie zu beschützen, genauso eigensüchtig war wie die Liebe selbst. Im innersten und geheimsten Winkel seiner Seele war er gewiss, dass er, nachdem er sie einmal besessen hatte, einfach nie wieder ohne sie würde leben können und, dass Regeanes Verlust genauso sicher sein Ende bedeutete wie der Tod. Daher war seine Entschlossenheit, sie nicht auf diese gefährliche Reise mitzunehmen, von vornherein unabänderlich gewesen.

Sie würde ihm verzeihen. Während all der Zeit, die sie zusammen gelebt hatten, war sie liebevoll und gütig gewesen und immer bestrebt, ihm zu gefallen. Sie war nicht die Art Frau, die lange grollen würde. Daher würde er sich so bald wie möglich mit ihr versöhnen. Dann seufzte er leise und wünschte, diese Angelegenheit, die seinem Wesen noch fremder war als ihrem, wäre schon erledigt, sodass er wieder heimkehren konnte. Er verfolgte keine anderen Ziele, als die Gesellschaft seiner schönen Frau und seiner guten Freunde zu genießen, ohne Einmischung oder Störung von außen. Schließlich schloss er die Augen und hielt, nach wahrer Wolfsart, ein Schläfchen, während er auf den Einbruch der Nacht wartete.

Hugo wurde am lombardischen Hof in Pavia sehr freundlich aufgenommen. Er hatte sich die richtige Person für seine Einführung bei Hof ausgesucht. Armine war der Bevollmächtigte des Königs im Tuchhandel. Auch Könige müssen essen. Der lombardische Herrscher sollte seine Vorräte eigentlich von seinen Ländereien beziehen, aber der Markt für Wein und Öl, die Produkte seiner Besitzungen, gab nicht viel her. Die meisten Nahrungsmittel wurden in unmittelbarer Nähe der Orte verzehrt, an denen sie angebaut wurden.

Die unruhigen Zeiten waren dem Seehandel nicht zuträglich; Massenfracht wie zum Beispiel landwirtschaftliche Erzeugnisse warf nur gelegentlich kleine Gewinne ab. Beim Tuchhandel lagen die Dinge anders. Trotz Armut, trotz der Lehren der Kirche, trotz Krieg und Aufruhr war die Gier der neuen Barbarenaristokratie nach prunkvoller Aufmachung nur gewachsen. Es gab kaum andere Mittel, auf den eigenen Erfolg hinzuweisen, als sich so prächtig wie nur möglich auszustaffieren, und jeder, der dazu irgendwie in der Lage war, tat es.

Die Seide, die von Konstantinopel aus in den bereits aufstrebenden Hafenstädten an der Adria eintraf, wurde anschließend via Pavia über die Alpen gebracht und in ganz Europa verkauft. Desiderius hatte seinen Anteil daran, und Armine verwaltete seine Handelswege.

Hugo war als ein Mann vorgestellt worden, der über altes Wissen verfügte, mit tief gehenden Kenntnissen in jenen Künsten, für die die Alten berühmt waren – eine höfliche Umschreibung der Tatsache, dass er sich auf Wahrsagerei und Hexerei verstand. Und obzwar es dem Lombardenhof nicht an so genannten weisen Männern gebrach, sorgte Hugos Gast dafür, dass seine Voraussagen zutrafen und seine kleineren Wunder hier und da echt waren; so gelang es ihm zum Beispiel, verborgene Gegenstände zu identifizieren und Nachrichten in versiegelten Umschlägen zu lesen.

Sein Gast vertraute Hugo jedoch nicht alle Informationen an, die er zusammentrug. Einige davon besprach er im Garten mit Chiara.

»Der König ist nicht treu.«

»Ich glaube nicht, dass man das von einem König erwartet«, antwortete Chiara. »Könige sind, wenn ich recht verstehe, ihr eigenes Gesetz, zumindest soweit es die Frauen angeht. Die Menschen drücken entweder beide Augen zu oder sie gratulieren, falls aus einer solchen Verbindung ein akzeptabler Nachkomme hervorgeht.«

»Ahhh«, sagte Hugos Gast.

»Wo ist eigentlich Hugo?«

Hugos Gast begann zu lachen.

Chiara erschauderte. »Ich wünschte, du würdest das nicht tun. Es macht mir Angst.«

»Warum?«

»Das weiß ich nicht genau. Ich werde meine Gefühle diesbezüglich einmal näher untersuchen müssen.«

»Hm, wie seltsam. Ich dachte bisher nicht, dass deine Spezies über analytische Fähigkeiten verfügt.«

Chiara runzelte die Stirn, beugte sich vor und tat so, als schnuppere sie an einer Rose. »Du redest, als gehörtest du einer anderen Spezies an.«

»Das tue ich auch. Du, du selbst, hast mich einen Dämon genannt.«

»Ich weiß«, flüsterte Chiara. »Aber ich dachte, Dämonen seien lediglich verdammte Seelen, die für den Teufel arbeiten.«

Wieder erklang dieses eigentümliche heisere Lachen, zumindest in Chiaras Ohren.

»Ich weiß nichts vom Teufel, von Dämonen und dergleichen, obwohl ein jüngst verstorbener, mir verschriebener Priester pausenlos von diesen Dingen plapperte. Auch er hielt mich für einen Dämon, vor allem da ich ihm erlaubte, seiner Neigung zu Grausamkeit und einem perversen Verlangen nach sexueller Vereinigung mit Toten nachzugeben.«

»Gott!«, flüsterte Chiara. »Ich wünschte, du würdest von etwas anderem sprechen.«

»Ich weiß auch nichts von Gott«, erwiderte Hugos Gast. »Und ja, du hast Recht, ich bin nach und nach zu der Einsicht gelangt, dass dieser spezielle Diener ein Wahnsinniger war. Am Ende verursachte er seinen eigenen Tod, weil er jemanden herausforderte, der stark genug war, um seinen Angriffen standzuhalten, sie gegen ihn zu wenden und ihn zu töten.

Aber wahnsinnig oder nicht, ich habe ihm die Treue gehalten, und selbst diesem Halbirren Gimp und diesem Schwein Hugo habe ich die Treue gehalten. Und auch dir gegenüber, meine schöne Dame, die du es so genau nimmst, habe ich Wort gehalten. Als du mich um Hilfe batest, habe ich dir geholfen. Als du keine andere Hilfe hattest, war ich da.«

»Still, still. Es ist wahr. Du hast mir geholfen. Und ich schulde dir mehr, als ich je wieder gutmachen kann, und ich danke dir. Und ich glaube dir, dass du deinen Freunden treu bist. Aber hast du denn noch nie über ein höheres Gut nachgedacht?«

»Nein.« Die Antwort kam laut und volltönend. »Und ich glaube auch nicht, dass es so etwas gibt. Wie hätte dann mein Volk vernichtet werden und *ihr*, ausgerechnet ihr, seine Stelle einnehmen können? Nein, das Universum ist einfach das Ergebnis zufälliger Kräfte, in Gang gesetzt durch eine dem Wissen nicht zugängliche Ursache, und ich interessiere mich nur für mein eigenes Überleben und das Wohlergehen jener, die mir dienen, und wenn du klug bist, wirst du das Gleiche tun.«

Mit diesen Worten verschwand er.

Chiara wusste nicht, woran sie erkannte, wann dieses seltsame Geschöpf verschwand, aber da sie seine Anwesenheit spürte, fühlte sie auch seine Abwesenheit und war selbst überrascht von dem Aufruhr, den sein wütender Abschied in ihrem Herzen entfachte.

Sie gestand sich ein, dass sie ihn mochte. Diese Erkenntnis erfüllte sie mit einem Anflug von Entsetzen, aber die Unterhaltung mit ihm faszinierte sie, und ihm konnte sie sagen, was immer ihr in den Sinn kam. So hatte sie ihn zum Beispiel einmal nach der Krankheit ihrer Mutter gefragt und zur Antwort bekommen: »Sie blutet zu stark, wenn sie ihre Zeiten hat.«

»Ist das alles?«, hatte Chiara gefragt.

»Wahrscheinlich. Es ist ein Phänomen, das mir schon häufiger aufgefallen ist, wenn Frauen mehrere Kinder geboren haben, und sie hat fünf zur Welt gebracht. Manchmal haben sie dann einen erhöhten Blutfluss.«

Sie fragte ihn nicht, wie er zu dieser Information gekommen war, denn seine Antworten waren fast immer wahrheitsgemäß und mitunter äußerst verwirrend. Und jetzt fragte sie sich, wo er hingegangen sein mochte.

Hugos Gast war bei Hugo und beobachtete seine fruchtlosen Bemühungen, eine der älteren Hofdamen zu überreden, ihre Tugend preiszugeben. Er beobachtete das Spektakel voller Abscheu, zumindest teilweise deshalb, weil gerade diese Dame allgemein in dem Ruf stand, eine leichte Beute für jeden Edelmann zu sein, der es darauf anlegte. Andererseits war sie auch eine Kennerin, was männliche Verführungskünste anbelangte, und Hugos absolutes Ungeschick war ihr ausgesprochen zuwider.

»Du bist«, sagte sein Gast zu Hugo, »ein ausgemachter Narr.«

Hugo brach seinen Überfall ab – denn genau das war seine Vorstellung von Verführung: eine blindlings geführte Attacke. Es war ihm gelungen, Ilease in eine Fensternische zu drängen, und sie wehrte ihn mit ausgestreckten Armen ab.

Hugo stolzierte zu einem Tisch hinüber und schenkte sich einen Becher Wein ein. »Dich möchte ich mal sehen, wie du so etwas anstellst«, murmelte er seinem Gast zu.

Sein Gast nahm seine ganze Kraft zusammen, und Hugo konnte die nächsten Ereignisse nur noch als Zuschauer mitverfolgen. Hugos Gast hatte noch nie die Theorie gehört, dass man mit Alkohol schneller zum Ziel gelangte, aber er wusste es trotzdem. Mit Alkohol und Schmeicheleien gelang es ihm, die Dame zu überreden, ihn in Hugos Quartier zu begleiten, wo er Hugo eine umfassende Lektion in Sachen Liebe erteilte – mit Ilease als Unterrichtsobjekt. Hugo hatte bisher nicht gewusst, dass man eine Frau auf so mannigfache Weise und so oft beglücken und benutzen konnte. Es war schon fast dunkel, als Ilease durch Hugos Tür in den Korridor hinaustaumelte. Sie war erschöpft, wund, entsetzt über ihr eigenes Verhalten und an einigen Stellen ihres Körpers schwarz und blau. Was übrigens nicht Hugos Gast zuzuschreiben war, sondern ihrer eigenen übermäßig enthusiastischen Akrobatik. Sie trug einen silbernen Armreif am Handgelenk und eine goldene Brosche am Ausschnitt ihres Kleides und war äußerst befriedigt.

Als sie fort war, begann Hugo – der es hasste, sich von irgendetwas Wertvollem zu trennen – über die Großzügigkeit seines Gastes zu jammern.

»Halt den Mund. Ich kann solchen Tand finden, wann immer mir der Sinn danach steht. Wenn du mehr davon brauchst, besorge ich es dir, aber jetzt halt den Mund.«

Hugo stolperte aus dem Bett. Er war nackt. »Was hast du mit mir gemacht?«, wimmerte er. »Ich kann kaum noch laufen.«

Sein Gast ließ ihn am Fenster stehen bleiben.

Hugo stöhnte. »Es ist kalt, meine Zähne klappern …«

»Halt still«, befahl sein Gast. »Du hast Glück, dass ich gut gelaunt bin.«

Von Hugos Fenster hatte man einen Blick über die halb zerstörte Römerstadt bis hin zu dem Pass bei Susa. »Hör auf zu flennen«, fauchte sein Gast ihn an, »sonst werfe ich dich am Ende noch aus dem Fenster. Willst du das riskieren?«

Hugo verstummte. Er war sich nicht sicher, ob der Geist so etwas tatsächlich konnte, aber er erinnerte sich noch gut an die Tritte nach dem Debakel in dem Gasthaus und an den überstürzten Abgang des Wundarztes aus dem Speisezimmer in Florenz. Er war sich nicht sicher, und er wollte es auch nicht unbedingt herausfinden.

»Ich gehe jetzt«, erklärte sein Gast. Dann versetzte er Hugo einen Tritt in die Kniekehlen, dass dieser kreischend und mit einem dumpfen Aufprall auf dem Boden landete.

»Trink den Wein. Nimm die Flasche mit ins Bett und bring dich nicht in Schwierigkeiten, bis ich zurück bin. Ist das klar? Ganz klar?«

»J-J-Ja.« Hugo stöhnte, aber sein Gast bemerkte, dass er bereits auf den Tisch zukroch, auf dem der Wein stand.

Der Wolf erwachte, bevor der Mond über den Gipfeln emporstieg. Wie ein Schatten glitt er zum Flussufer im Tal hinab. Auf den Wiesen zwischen den kleinen Wäldchen weideten braune Milchkühe. Obwohl er eigentlich ein Räuber und ihr Feind war, beachteten sie ihn nicht weiter, sondern hoben nur hier und da den Kopf, um ihm nachzublicken.

Auch wenn der Mond nicht ins Tal schien, versilberte sein Licht doch den Himmel, und Maeniel konnte fast so gut sehen wie am Tage. Er hielt sich im Dunklen, überquerte die am Fluss aufgeworfenen Erdwälle und lief in Richtung Stadt. Er hatte keine Schwierigkeiten, vorwärts zu kommen, obwohl der Bergrutsch die ehemals freie Weidefläche mit seinen Trümmern übersät hatte.

Er schaffte es, ohne gesehen zu werden bis dicht vor die Mauern der Stadt zu kommen. Die Stadt war größer, als man es von den Hügeln über dem Tal hätte ahnen können. Eine Mauer zog sich ganz herum, und die Tore waren verschlossen. Der Wolf hielt im

Gebüsch am Flussufer inne. Irgendetwas gab ihm das Gefühl, dass damit etwas nicht stimmte. Wäre Regeane bei ihm gewesen, hätte sie ihn vielleicht gewarnt. Sie selbst hatte einmal an der Via Appia in einer Gruft Zuflucht gesucht, die gar nicht da gewesen war … aber andererseits hatte sie damals keinen Verdacht geschöpft, und Maeniel konnte auch hier nichts entdecken, was einen Verdacht gerechtfertigt hätte.

Ein Abfluss, der sich durch die Reste des Bergrutsches schnitt, lief auf der anderen Seite der Stadt in das dichte, halb untergetauchte Gebüsch am Flussufer. Er schien die Stadtmauer an der Basis zum Fluss hin untergraben zu haben. Der Wolf glitt tiefer in das Gebüsch hinein. Ja, da war ein Spalt in der Mauer, kurz bevor sie mit dem ersten Haus verschmolz. Über dem Wasser waren die Mauern unnötig, und die Häuser selbst hatten auf der Flussseite keine Fenster. Maeniel blickte durch den Spalt und sah die Pflastersteine eines öffentlichen Platzes. Er begann zu graben, mit der Absicht, das Loch zu vergrößern.

In einer Höhle eine halbe Meile entfernt wurde Gimp von einem Triumphgeschrei geweckt. Hugos Gast rief: »Er ist mir in die Falle gegangen! Lauf zum Fluss hinunter und kümmere dich um die Netze.«

Das Graben ging mühelos vonstatten, dachte Maeniel. Fast zu mühelos. *In einer Minute bin ich auf der anderen Seite,* dachte er und stürzte kopfüber in den Fluss.

Der Wolf war ein kräftiger Schwimmer, aber der vom Schmelzwasser der Gletscher oben am Pass gespeiste Fluss war eiskalt. Die Kälte machte Maeniel vorübergehend hilflos. Die Strömung zog ihn zu den Stromschnellen, wo weiße Gischt über dem steinigen Flussbett aufspritzte.

Ein weniger zähes Geschöpf als Maeniel wäre vielleicht im Fluss umgekommen. Er wurde durch den Fluss gewirbelt und über die Felsen im Flussbett geschleift. Wo der Strom sich weiter talwärts beruhigte und plötzlich breiter wurde, strandete der Wolf an einer flachen Stelle und schaffte es für eine Sekunde, auf die Beine zu kommen. Dann wurde er wieder von der Strömung mitgerissen und in einen brodelnden Mahlstrom gesogen, der ihn über einen Wasserfall stürzte und in ein Mühlrad spie. Dann spürte er die Maschen eines stählernen Netzes, das ihn für eine Sekunde unter Wasser gefangen hielt. Er wehrte sich verzweifelt gegen das Ertrinken und wurde kurz darauf an die Oberfläche gezogen. Er nahm noch wahr, dass er seine menschliche Gestalt trug, dann spürte er, wie sich Metall in seine Haut schnitt und die Halsfessel sich um seine Kehle schloss.

In ihrem Zelt mehr als hundert Meilen von diesem Geschehen entfernt, richtete Regeane sich in ihrem Bett auf und griff sich an die Kehle. *Ein Traum*, dachte sie. *Es war ein Traum*, versuchte sie sich einzureden. Sie hatte gerade von dem Tag geträumt, als Gundabald sie in Ketten gelegt hatte, und von dem zweiten Mal, als er versuchte, sie anzuketten ... Aber ihre Angst wollte sich einfach nicht legen.

Einige Sekunden später trat der Sachse in ihr Zelt. Er hielt eine brennende Fackel in Händen, deren Licht Regeane blendete. Die sich windenden Flammen hüllten ihr Gesicht in einen unheimlichen Schein.

Regeane war durchaus züchtig gekleidet; sie trug ein wollenes Hemd und darüber ein Gewand aus weißem, mit Spitze gesäumtem Batist. »Er ... er ... ihm ist etwas zugestoßen ... ich weiß nicht ... ich kann nicht ...«

»Bist du dir sicher?«, fragte der Sachse.

»Nein! Doch, doch ... ich bin mir sicher.«

Eine Sekunde später hatte er die Wölfin vor sich. Das Hemd und das Nachtgewand lagen auf dem Boden. Ihre dicke Halskrause streifte ihn, als sie an ihm vorbeijagte. Dann war sie verschwunden. Als Wölfin lief sie durch den Wald zum Teich. Als sie dort ankam, sah sie, dass der Mond voll war und sein Licht sich auf der stillen Wasserfläche widerspiegelte.

Die Silberwölfin hielt inne, und das bleiche Licht schimmerte auf den langen Haaren ihres Fells. Wieder einmal spürte sie die seltsame Kraft, die dieses Licht ihr verlieh, so wie in jener lang vergangenen Nacht in Rom, als sie sich nach dem Tod ihrer Mutter allein auf einer dunklen, gefährlichen Straße wiederfand.

Seit damals war sie eine kühne Abenteurerin gewesen, Freundin eines Papstes und von Lucilla, seiner Geliebten, und dann war sie die Gemahlin Maeniels geworden – die verwöhnte Gemahlin des Fürsten Maeniel. Glaubte der graue Wolf, seine Fürsorge hätte den Kern ihres Wesens verändert? Wenn er tatsächlich dieser lächerlichen Vorstellung nachhing, musste er ein Narr sein. Sie war dieselbe Regeane, die durch die Campagna gestreift war und sich in Welten jenseits alles Bekannten vorgewagt hatte, um Antonius' Leben zu retten. Dieselbe Frau, die nicht gezögert hatte, den Tod auf dem Scheiterhaufen zu riskieren, um ihren Freunden zu helfen. Und auch sie war eine Närrin, dass sie sich von ihm in ihrem hart erkämpften Selbstbewusstsein hatte erschüttern lassen. Sie hatte nach und nach vergessen, wozu ihre Doppelnatur sie befähigte; so sehr hatte sie sich von Maeniel beeinflussen lassen, dass sie ihm sogar gestattete, sich ganz allein der Gefahr zu stellen: eine Dummheit, für die sie beide gleichermaßen verantwortlich waren.

Hatte man ihn gefangen? War er tot?

Regeane wusste es nicht. Was auch geschah, sie musste daran glauben, dass sie noch etwas tun konnte, um ihn zu retten.

Sie machte kehrt, trottete am Seeufer entlang und kletterte dann hinauf zum Spiegel der Dame. Wie schon einmal teilten sich die Dornen unter ihrer Berührung, aber dann erwartete sie eine Enttäuschung. Als sie den Teich erreichte, sah sie, dass sich in seinem Wasser derselbe Himmel und derselbe Mond spiegelten, wie in dem See weiter unten. Wenn es hier eine Pforte gab, so war sie geschlossen. Die Frau hatte Angst. *Was soll ich tun? Wie soll ich zu ihm finden?* Die allzeit praktisch denkende Wölfin sagte nur: *Du hast Durst, warum trinkst du nicht einfach etwas von dem Wasser hier.*

Sie tauchte die Schnauze in den Teich. Aber als ihre Nase das Wasser berührte, blickte sie plötzlich in eine mondlose Welt, wie sie sich im Augenblick des ersten Morgenlichts präsentiert, wenn der

Himmel sich wie ein Band aus feurigem Opal über den östlichen Horizont zieht und eine atemlose Stille über dem Land liegt, wenn der Garten der Welt überhaucht ist vom juwelengleichen Licht der ersten Sonnenstrahlen.

Regeane zögerte nicht. Sie setzte zum Sprung an.

Das Wasser schloss sich ohne einen Laut um ihren Körper. Ein Beobachter wäre verblüfft über das Ausbleiben des Geräusches von spritzendem Wasser gewesen. Der Teich schimmerte kurz, dann sah man wieder das Licht des Mondes auf dem Wasser, eine Scheibe, leuchtend genug, um selbst die hellsten Sterne verblassen zu lassen.

7

Der Kopf der Silberwölfin brach durch die Wasseroberfläche. Die erste Morgendämmerung hüllte die Bäume rings um diesen See in ein fahles, graues Licht. Die Wölfin schwamm an Land. Die Baumwurzeln reichten bis ins Wasser und fühlten sich schleimig und wulstig unter ihren Pfoten an, als sie sich das Ufer hinaufmühte.

Sie zog sich an Land und schüttelte sich das Wasser aus dem Fell. Die Welt dieser Bäume war neblig und düster, und das einzige Geräusch war ein weit entfernter Ruf, zu weit entfernt, um ihm einen Namen zu geben. Über ihr ragten die Baumstämme auf, bis sie in einem tief hängenden Nebel verschwanden. Sie konnte keinen einzigen Zweig erkennen.

Sie wusste, dass die Sonne aufging, weil das Licht immer heller und heller wurde. Aber solche Bäume hatte sie noch nie in ihrem Leben gesehen. Sie ließen mit ihren Wurzeln kein Fleckchen Erde zwischen sich frei und bedeckten den Boden so nahtlos, wie die Schuppen eines Panzers sich zum Kürass eines Kriegers fügten.

Allerdings gab es durchaus verschiedene Pflanzen, die in diesem Land ewigen Schattens gediehen. In dem Erdreich, das in den Winkeln und Trögen der ineinander verschlungenen Wurzeln gefangen war, wuchsen eine Vielzahl von Farnen und anderen Pflanzen, wie Regeane sie noch nie zuvor gesehen hatte. Etwas, das in der Borke der Bäume wurzelte, hing mit langen Stängeln herab, bedeckt mit haarfeinen Blättern, die wie ein Pelz aussahen und sich auch so anfühlten, wenn sie an ihnen vorbeistrich – nur, dass sie grün waren, und kühl und ein kleines bisschen feucht. Andere Pflanzen waren wie die Farne, die sie kannte, aber viele dieser Arten waren größer als gewöhnliche Farne und füllten die Löcher zwischen den Baumstämmen mit einem faszinierenden Gewirr feinster grüner Blätter.

Aber wie zauberhaft all diese Pflanzen auch sein mochten, nichts konnte die Tatsache verbergen, dass die Bäume eine unbezwingbare Barriere bildeten, die ein Wesen wie ein Wolf nicht durchdringen konnte.

Als Mensch würde es ihr vielleicht gelingen, zwischen den gewaltigen Baumstämmen hindurchzukommen, aber sie vermutete, dass ein Mensch für immer durch diesen Wald streifen konnte, bis Verzweiflung und Hunger ihm – oder ihr – ein Ende bereiteten. In dem heller werdenden Licht sah sie jetzt, dass der See in einer Art Grotte oder unter einem Felsüberhang in der Nähe seinen Ausgang nahm.

Regeane ließ die Wölfin hinter sich und verwandelte sich in eine Frau. Dann sprang sie wieder in den See und schwamm auf die Höhle zu. Als sie näher kam, sah sie, dass es keine Höhle war, sondern eine von riesenhaften Bäumen bewachsene Schlucht. Die Wurzeln der Bäume über ihr hingen ins Wasser hinunter, wo sie ein genauso undurchdringliches Hindernis bildeten wie die Gitterstäbe eines riesigen Käfigs.

Nein, dachte Regeane. Sie hatte diesen Weg angetreten, und er führte nur in eine Richtung. Sie wollte gerade umdrehen und wieder in den See hinausschwimmen, als sie es sah. Es bestand nur aus roten Federn, rubinfarbenen Schuppen und Zähnen.

Mit einem Kreischen stürzte es sich auf ihren Hals und bohrte seine Klauen in ihre Schulter. Mit einem einzigen blitzschnellen, schützenden Reflex verwandelte sie sich wieder in die Wölfin, und ihr Maul schloss sich um das Ding und fraß es. Bevor sie einen klaren Gedanken fassen konnte, war es verschwunden.

Dann drehte die Wölfin sich um und schwamm dorthin, wo der See in einen Fluss überging. Als sie die Flussmündung erreichte, war es sehr viel heller geworden. Über ihr zogen die Wolken so schnell dahin, als würden sie von Höhenstürmen gepeitscht. Der tief hängende Nebel, der den Morgen begrüßt hatte, hatte sich verzogen, aber die Bäume waren so hoch, dass die Wolken durch ihre Kronen zogen. Wie Berge fingen sie den in ständigem Wandel begriffenen Mahlstrom des Dunstes auf. Allerdings ließen sie hier und da lange Lichtstrahlen durch, die auf das Farndickicht zwischen den Bäumen fielen.

Regeane, die Silberwölfin, folgte dem Fluss. Er führte sie auf seinem gewundenen Lauf über massige Steine. Er war nicht tief und bedeckte meistens nur gerade die Pfoten der Wölfin. Regeane konnte nichts sehen oder riechen als diese feuchte Luft und einen angenehmen Duft, bei dem sie an grüne, wachsende Pflanzen denken musste. Sie bedauerte, dass sie das rote Ding gefressen hatte. Das war ein Problem. Aber das Ding hatte sie angegriffen, und die Wölfin hatte Hunger. Sie fragte sich, ob es vielleicht giftig gewesen war, aber nach einigen Stunden kam sie zu dem Schluss, dass es ihr, wenn es ihr bisher nichts geschadet hatte, wohl auch in Zukunft kein Ungemach bereiten würde. Die einzigen anderen Tiere, denen sie begegnet war, waren kleine Kreaturen gewesen, die leise, glockenähnliche Geräusche ausstießen, wenn man sie erschreckte. Dann flogen sie davon und verschwanden im Nebel des Farnwaldes, der sich vom Fluss aus bis in unermessliche Ferne zu erstrecken schien.

Es musste ihrer Schätzung nach etwa Mittag sein, als der Fluss breiter wurde und sich zu einem weiteren sumpfigen See ausdehnte. Hier traf sie auf Wasserpflanzen, von denen sie einige kannte: den großen, purpurfarbenen ägyptischen Lotus, dessen Blüten hoch über die Wasseroberfläche hinausragten; die blauen Ähren des Laichkrauts, die in der Nähe der Riesenbäume in dichten Gruppen wuchsen. Daneben gab es gelbe Kresse im Überfluss, und Regeane verwandelte sich kurz in einen Menschen, um etwas davon zu verzehren.

Ein Baum war über und über umrankt von einer Kletterpflanze mit kleinen, weichen Blättern. Regeane griff nach einer der Reben und stellte fest, dass sich am Ende eines jeden langen, pelzigen Stängels Früchte befanden. Als sie eine dieser Früchte kostete, explodierte sie förmlich in ihrem Mund. Der Geschmack war zuerst scharf und voll, dann süß, und Regeane wusste, dass sie ihn niemals irgendjemandem würde beschreiben können. Wie die meisten Dinge hatte auch diese Frucht ihren ganz eigenen Geschmack.

Während sie sich an Kresse und Obst gütlich tat – die Art Mahlzeit, für die der Magen einer Wölfin nur schlecht gerüstet war –, bemerkte sie, dass die Wolken sich drohend zusammenballten. Regeane ließ die Rebe los und glitt wieder ins Wasser. Der Wind, der über den See strich, überzog die Oberfläche mit winzigen Wellen. Ein Rascheln ging durch das Schilf. Regeane sah, dass die langen Halme gebeugt waren, wie man das bei Ufergräsern häufig beobachten kann. Die Pflanzen passten sich den vorherrschenden Winden an, was bedeutete, dass dieser Regen hier keine Seltenheit war. Hoch über ihr durchschnitt ein zickzackförmiger Blitz den Himmel.

Mit den Farnen als Trittsteinen gelang es Regeane, auf den Baum zu klettern. Die Epiphyten wuchsen überall auf der tief gefurchten Borke, und die langen, weichen Stängel der Pflanze, an der die köstlichen Früchte wuchsen, waren kräftiger, als sie aussahen.

Über der Kletterpflanze wuchs ein riesiger, fächerförmiger Farn mit großen, duftigen Blättern. Er sah so aus, als lebte er allein vom Regen. Ein breites, mit Blättern bewachsenes Haftorgan verband ihn mit dem Baum, und die Farnwedel gingen fingerförmig von einem Punkt aus.

Als Regeane zu einer Stelle zwischen den Farnen kam, blickte sie hinab und konnte durch das klare Wasser bis auf den Grund des Sees schauen. Dort zeichneten sich die gleichen gewaltigen Wurzeln ab, die auch den Waldboden bildeten. Das Leben an diesem Ort schien ein Geschenk der großen Bäume zu sein. Sie waren buchstäblich überall.

Die Wasserpflanzen, die nicht auf der Oberfläche trieben, hatten ihre Wurzeln zwischen den Bäumen, und Regeane sah die länglichen Gestalten einer unbekannten Fischart zwischen den unter Wasser liegenden Baumstämmen umherhuschen. Der Himmel war inzwischen fast schwarz; die ganze Welt schien in die grüne Düsternis gehüllt zu sein, die einem Unwetter vorangeht. Ein greller Blitz zuckte auf, und ein gewaltiger Donnerschlag erschütterte den Waldboden. Nicht weit entfernt geriet einer der Riesenbäume in Brand. Dann kam der Wind, und der Regen peitschte gegen Regeanes Körper. Als der Sturm ihr eine Mischung aus Rauch, Dampf, Glut und schwelender Borke entgegenschleuderte – die Überreste des verbrannten Baums –, war Regeane einen Moment lang blind.

Sie schloss die Augen und drückte den Kopf zum Schutz vor dem windgepeitschten Regen in den Farn. Nur wenige hundert Meter von ihr entfernt brannte der riesige Baum trotz des Regens wie eine Fackel, und das Zischen, mit dem das Feuer das harzige Kernholz verschlang, war weithin zu hören.

Regeane schien es, als brenne da ein dunkler Turm nieder, denn der Baum war hoch genug, um das Feuer bis in die dunklen, brodelnden Wolken hoch am Himmel zu treiben. Überall um sich herum hörte Regeane einen immer lauter werdenden Aufschrei des Schmerzes, ein Wehklagen, das von abgrundtiefem Kummer sprach. *Der Wind*, versuchte sie sich einzureden. *Der Wind. Es muss der Sturm sein.* Als der Wind sich legte, fiel der Regen schnurgerade zur Erde und löschte den brennenden Baum, und Regeane stellte zu ihrer Überraschung fest, dass sie die Welt durch schützende Farnwedel sah. Sie war vollkommen in die weichen Blätter der Pflanze eingehüllt, bei der sie Zuflucht gesucht hatte.

Einen Augenblick flackerte Furcht in ihr auf, aber dann begriff sie, dass die Farnwedel ihr nicht mehr Widerstand entgegensetzten als ein Kleid aus feinster Spitze. Tatsächlich bedeckten sie sie wie ein Kleidungsstück und schenkten ihr in dem kühlen Regen Wärme. Eine Weile ruhte sie sich aus und schlief in der sanften Umarmung des Farns sogar kurz ein, bis der Himmel aufklarte und an die Stelle der dichten Wolkendecke bauschige, weiße Formen traten.

Der Farn ließ sie los und breitete die Blätter aus, um das Sonnenlicht aufzufangen. Regeane sprang zu Boden. Ihr Sprung trug sie bis zum Grund des Sees hinunter, wo sie sich von den schlickbedeckten Wurzeln abstieß. Kurz bevor sie durch die Oberfläche brach, schwamm ein Fischschwarm an ihr vorbei, und die leuchtenden Schuppen der Tiere spiegelten in dem klaren Wasser das Sonnenlicht wider. Eine messerscharfe Kälte bemächtigte sich Regeanes, und als sie auftauchte, war sie wieder die Wölfin – und im seichten Wasser des Flusses, der aus dem Gebirge kam und an einer Festung und der dazugehörigen Stadt vorbeifloss. Die Luft war kalt, und die Sonne versank am Horizont.

Noch vor Sonnenaufgang wurde Hugo aus dem Bett gerissen. Er landete unsanft auf dem Boden.

»Ich habe ihn«, schrie ihm sein Gast ins Ohr.

»Wen?«, fragte Hugo.

»Den Wolf«, antwortete sein Gast, immer noch mit erhobener Stimme. »Maeniel, den grauen Wolf.«

»Nein«, sagte Hugo und hielt sich den Kopf.

»Ja!« Sein Gast war überschäumend guter Laune.

»Hast du ihn getötet?«

»Nein. Warum sollte ich eine solche Dummheit begehen?«

»Weil er gefährlich ist«, fuhr Hugo ihn an. »Groß, stark und sehr gefährlich. Die Geschichte, die ich Armine erzählt habe, enthielt zumindest einen wahren Kern. Ich weiß Bescheid. Ich habe den Wolf gesehen.«

»Mich kümmert es wenig, wen oder was er getötet hat, ich will ihn haben. Und außerdem wird er dir am Hof von Pavia zu Ruhm verhelfen. Das ist nicht zu verachten. Keine Bange. Ich werde ihn zähmen.«

»Keine Bange«, murmelte Hugo, während er sich ankleidete. »Genau das hat Gundabald auch gesagt, bevor er ihn das letzte Mal besuchte. Sie haben ihn getötet, und anschließend hat einer von ihnen ihn wahrscheinlich gefressen.«

»Ja, die beiden Frauen hätten mich auch um ein Haar erwischt«, sagte Hugos Gast. Hugos Gesichtszüge erstarrten. »Du bist ihnen begegnet?«

Sein Gast lachte.

»O ja, wir sind uns begegnet. Sie haben meinen Jünger getötet. Sie – die Wölfin – und ein Freund. Ich hätte sie wieder fast erwischt, aber damals war sie mit einer anderen Frau zusammen. Sie haben mir das kriecherische menschliche Wesen weggenommen, das ich gerade folterte. Jetzt will ich Rache. Sie wird ihn gewiss suchen kommen, aber ich werde den Fürsten Maeniel in meiner Gewalt haben – und sie obendrein. Wart's nur ab, ich werde am Ende triumphieren.«

»Nein«, sagte Hugo. »Töte ihn. Oder er wird eine Möglichkeit finden, dich zu töten.«

»Schwein.« Hugos Gast nahm abermals seine ganze Kraft zusammen, aber diesmal scheiterte er. Er hatte in der vergangenen Nacht zu viel von seiner Energie auf die Hofdame verwandt, und außerdem hatte Hugo eine Todesangst vor Maeniel. Diese Tatsache verlieh ihm eine Kraft, von der er bisher nicht einmal gewusst hatte, dass er sie besaß.

Sie begannen, das Zimmer zu demolieren.

Hugos Gast schleuderte Hugo alles entgegen, was er hochheben konnte. Hugos Beitrag zu der Schlägerei bestand darin, dass er wie wild umherrannte, die Möbel umkippte und aus Leibeskräften brüllte.

Sein Gast schnappte sich die Bettdecke und unternahm einen glaubwürdigen Versuch, Hugo damit zu ersticken. Hugo entkam diesem Schicksal, indem er unter den Tisch kroch. Daraufhin ließ sein Gast die Decke fallen, packte den Weinkrug und versuchte, Hugo den Inhalt des Krugs ins Gesicht zu schütten. Diese Mühe hätte er sich sparen können: Der Krug war leer. Was man von dem Nachttopf nicht behaupten konnte …

Hugo stand auf und stieß ein Heulen des Zorns und des Abscheus aus, bei dem die Dachsparren erbebten; dann packte er den Tisch und warf ihn ungefähr in die Richtung, aus der die Stimme seines Gasts kam. An dieser Stelle des Kampfes öffnete Chiara die Tür.

»Habt ihr denn alle beide den Verstand verloren?«, rief sie. »Mein Vater steht Todesängste aus, wie alle anderen in Hörweite. Und bestimmt hat irgendjemand schon die Wache verständigt.«

Ihren Worten folgte das Geräusch eiliger Schritte, und nur wenige Sekunden später stürzte ein halbes Dutzend bewaffneter Männer an Chiara vorbei ins Zimmer. Hugo hatte es geschafft, sich ein Quartier im Palast zu sichern, und wollte seinen Platz im Zentrum des Geschehens nicht verlieren. Daher versuchte er, den Hauptmann von Desiderius' Leibwache mit der Behauptung abzuspeisen, er sei aus dem Bett gestiegen und dabei über den Nachttopf gestolpert.

Der grimmig dreinblickende alte Soldat glaubte ihm kein Wort und erteilte ihm eine strenge Verwarnung dahingehend, dass der König ein ordentliches Haus führe und er, Hugo, in Zukunft solcherlei Störungen auf ein Minimum beschränken möge.

Chiara erzählte dem Hauptmann, sie habe den Lärm gehört und sei aus ihrem Zimmer gelaufen, um der Sache auf den Grund zu gehen. Dies glaubte der Hauptmann, da Chiara die notwendigen vier Schichten Kleidung trug, die ihr Status als Jungfrau und die bitterkalten Bergnächte erforderten. Allerdings ließ er es sich nicht nehmen, Chiara in ihre Gemächer zurückzugeleiten und sich davon zu überzeugen, dass sie auch wirklich dort ankam. Kaum, dass der Mann fort war, schlich Chiara sich jedoch wieder zu Hugos Quartier zurück.

Hugo stank nach abgestandenem Urin, und sein Gast war immer noch außer sich vor Zorn. »Du feiger Bastard. Du wimmerndes, greinendes Nichts von einem menschlichen Wesen. Du …«

»Hör auf«, flüsterte Chiara. »Wenn du ihn beschimpfst, bringt dich das auch nicht weiter. Und wenn du diesen alten Zuchtmeister von einem Soldaten noch einmal auf den Plan rufst, dann könnt ihr beide die Nacht auf der Straße verbringen.«

Das war zutreffend. Beide gaben nach.

»Mein Gott!«, flüsterte Chiara an Hugo gewandt. »Du stinkst. Nimm ein Bad und denk daran, dass du …«, sie sah sich im Raum um, »… *sein* Geld genommen und ein paar Dinge versprochen hast.« Sie stampfte mit einem ihrer kleinen Füße auf. »Und erzähl mir nicht, du wolltest deine Versprechen nicht halten.«

»Das möchte ich ihm nicht geraten haben«, sagte Hugos Gast.

»Nun«, sagte Chiara zu Hugo. »Was hast du zu deiner Verteidigung vorzubringen?«

»Er … er … er hat dieses Ding gefangen.«

»Was für ein Ding?«

»Den Wolfsmenschen«, sagte Hugo und spuckte aus. »Und er will das Ding nicht töten.«

Chiara blickte betroffen drein. »Warum nicht?«

»Weil er, der Fürst Maeniel, über ungeheure Kräfte verfügt und weil ich ihn ... und diese Kräfte beherrschen will.«

»Und seine schöne Gemahlin, die Fürstin Regeane«, ergänzte Hugo.

»Ja, das auch«, gab Hugos Gast unumwunden zu. »Ich habe mit ihr in Rom um eine dumme kleine Dirne gekämpft, und dann ist sie mir bei meinem Priester abermals in die Quere gekommen. Sie hat ihn getötet, zusammen mit einem Mann von ihrem Geblüt, einem sächsischen Fürsten. Sie weiß es nicht, aber er ist vom gleichen Blut wie sie. Und in Karls Lager hätte sie mich um ein Haar wieder bezwungen – ausgelöscht würdest du es wahrscheinlich nennen.«

»Getötet?«, fragte Chiara.

»Ja. Ich sterbe nicht, zumindest nicht auf die gleiche Weise, wie ihr es tut, aber ich kann vernichtet werden. Und sie und ihre Dienerin Matrona hätten es fast geschafft. Jetzt ... jetzt habe ich Maeniel, und sie will ich auch noch.« Er schüttelte Hugo, wie ein Hund eine Ratte schüttelt.

Chiara machte einen Schritt nach hinten, weil er ein wenig spritzte. Es war viel Urin in dem Nachttopf gewesen, und Hugos Haare und Kleider waren nass.

»Wasch dich, du Schwein.«

»Ich glaube, du tust besser, was er sagt«, meinte Chiara.

Hugo stieß einen sehr leisen, aber nichtsdestoweniger bösartigen Fluch aus.

»Halt dein dreckiges Maul«, sagte Hugos Gast.

»Ihr seid beide gegen mich«, stöhnte Hugo.

»Nein, ich nicht«, sagte Chiara. »Und ich bin sogar deiner Meinung, dass es vielleicht klüger wäre, diese Kreatur, Maeniel, wie du ihn nennst, zu töten, aber, aber ... du und ich, wir haben beide seine Hilfe angenommen und uns damit gebunden. Wie ich es sehe, haben wir keine Wahl in dieser Angelegenheit.«

Hugo bekam einen kräftigen Stoß in Richtung Bad. »Geh und wasch dich.«

Hugo verfluchte die ganze Welt und alles, was auf ihr existierte, aber er stolperte aus dem Zimmer.

Er war immer noch da. Chiara wusste, dass sie nicht allein war.

»Ist das klug?«, fragte sie. Die Antwort überraschte sie. Sie war durchdacht und sogar vernünftig.

»Ja, ich glaube es wirklich. Zunächst einmal sind Geschöpfe wie Maeniel nur schwer zu töten, und sie haben Möglichkeiten, von denen sie nicht einmal selbst wissen. Wenn ich es versuchen und scheitern würde, bekäme Maeniel vielleicht seine Freiheit zurück, und in Freiheit wäre er ein schrecklicher Feind. Wie du gesehen hast, kann ich *manches* tun, aber ich bin nicht so stark wie dieser Wolfsmann. Hugo …«

»Mach dir um den keine Gedanken«, sagte sie. »Ich würde es ihm nicht einmal zutrauen, zum Markt zu gehen und Zwiebeln zu kaufen. Ich verstehe, oder ich glaube jedenfalls zu verstehen.«

»Gut«, war die Antwort.

»Ach übrigens«, sagte sie und hob die Augenbrauen. »Hast du wirklich … Hugo hat dir vorgeworfen, du hättest es auf Maeniels schöne Frau abgesehen.«

»Geh wieder ins Bett«, sagte Hugos Gast scharf. »Und plag mich nicht mit noch mehr Fragen.«

Gimp war im Grunde kein schlechter Mensch, und auf seine Art – weil er daran gewöhnt war, Befehle auszuführen – war er besser zu gebrauchen als Hugo. Man hatte ihm gesagt, er solle diesen Fremden aus dem Fluss fischen und in Ketten legen. Und Hugos Gast hatte Gimp genau erklärt, auf welche Weise Maeniel gefesselt werden musste, und Gimp führte den Befehl aufs Genaueste aus, weil er es nicht wagte, den Gehorsam zu verweigern. Er hatte furchtbare Angst vor Hugo und seinem Gast, und seine einzige Hoffnung war es, sich irgendwie von beiden zu befreien. Der eine hatte ihn getötet, und der andere hatte ihm auf eine unverständliche Art und Weise das Leben gerettet.

Er kettete Maeniel an einen Ring an der Wand der Höhle und fesselte ihm dann mit zwei verschiedenen Ketten Hände und Füße.

Und da er seiner Natur nach nicht grausam war, gab er dem Gefangenen eine alte Tunika und deckte ihn mit einer Decke zu.

Maeniel wehrte die Verwandlung ab. Er wagte es nicht. Er brauchte nicht lange, um herauszufinden, dass Gimp nur geringfügig intelligenter war als ein durchschnittlicher Baumstumpf, und er wollte den Mann nicht beunruhigen. Männer. Genau genommen waren noch zwei oder drei andere an der Sache beteiligt, aber sie waren, sofern das überhaupt möglich war, noch schwerfälliger als Gimp.

Sie saßen wie die Hühner aufgereiht auf einem Baumstamm und beobachteten ihn; allerdings machten sie den Eindruck, als erwarteten sie nicht von ihm, dass er sich in einen Wolf verwandeln würde, sondern mindestens in einen Drachen. Er beschloss, sie zu enttäuschen. Also erbrach er sich zweimal, um das Flusswasser in seinem Magen loszuwerden; dann gelang es ihm einzuschlafen.

Kurz vor Sonnenaufgang wurde er durch Hugos Ankunft geweckt. Gimp und die anderen Männer standen auf und gingen hinaus. Es folgte ein lautstark geführter Wortwechsel, dann kam Gimp zurück, allein, wie es schien.

»Du kannst Hugo sagen, er kann reinkommen«, bemerkte Maeniel. »Ich habe ihn gehört, und ich kann ihn riechen. Ich weiß, dass er hier ist. Er hat einen ziemlich unverkennbaren Duft, selbst frisch gebadet wie jetzt.«

Draußen war es noch nicht besonders hell. Gimp schob einen weiteren Holzscheit in das Feuer am Höhleneingang, und Maeniel konnte ihn einen Augenblick lang deutlicher sehen; er wusste sofort, dass dies nicht Gimp war. Es wäre ihm schwer gefallen, das jemandem zu erklären, der nicht wie er sowohl mit wölfischen als auch mit menschlichen Sinnen ausgestattet war.

»Wer bist du?«, fragte er. Trotz seiner Ketten gelang es ihm, sich aufrecht hinzusetzen und an die Steinmauer zu lehnen.

»Der Bär«, kam die Antwort. »Ich bin der Bär.« Dann lachte Gimp-nicht-Gimp. Es war ein ausgesprochen unangenehmes Lachen.

»Wir haben miteinander gekämpft«, sagte Maeniel.

»Wahrscheinlich mehr als einmal«, antwortete der Bär. »Wenn du die gleichen Erinnerungen hast wie ich.«

»Die habe ich«, sagte Maeniel, »aber ich meine einen Kampf, der noch nicht lange zurückliegt.«

»Ja. Damals war ich der Bär, wie bei allen anderen Gelegenheiten in der Vergangenheit. Ich bin der Bär, und wir haben einst um die Welt gekämpft.«

»Ja«, sagte Maeniel. »Aber damals war ich Wolf und nicht an dem Kampf beteiligt.«

»O doch«, sagte Gimp-nicht-Gimp. »Du gehörtest schon damals zu ihren Herden, bist ihnen durch den Schnee gefolgt und hast um Überbleibsel von ihren Festessen gebettelt. Sie haben dich gebraucht und dich an ihren Feuern willkommen geheißen.«

»Ich nehme an, das ist wahr«, erwiderte Maeniel langsam. Dann sagte er: »Der Bär ... alle Bären erinnern sich deiner, obwohl sie es nicht zugeben würden; sie erinnern sich an die Zeit, da ihr Seite an Seite gejagt habt, beinahe ebenbürtig, und sie fühlten sich geehrt, als sie deinen Namen annahmen.

Selbst diese Römer«, fuhr Maeniel fort, »nannten sich Söhne des Wolfs, gesäugt an den Zitzen einer Wölfin. Sie, die Söhne des Wolfs, haben ihre Spuren überall auf der Welt hinterlassen, und diese wilden Barbaren nehmen noch immer Namen von dir und fordern dich manchmal immer noch zum Kampf heraus.

Ja«, sagte Maeniel. »Wenn du sagst, du seist der Bär, dann ist dein Volk lange ausgelöscht, lange vergessen. Die Bäume, das Gras und der weite Sternenhimmel kennen es nicht mehr.«

»Ja«, sagte Gimp-nicht-Gimp. »Und ich werde niemals aufhören, mein Volk zu betrauern. Auch wenn ich allein noch übrig bin, der sich erinnert, so werde ich doch meinem Volk bis in alle Ewigkeit den Tribut meines unendlichen Kummers zahlen. Aber dies wird schwieriger, als ich dachte, denn du scheinst es zu verstehen.«

»Ich kann nicht bestreiten, dass ich manches verstehe«, antwortete Maeniel. »Aber was ist es, das du von mir willst?«

»Dich will ich, dich selbst. Ich möchte mit dir verschmelzen, so wie ich von Hugo und anderen Besitz ergriffen habe.«

»Besitz? Man besitzt einen Sklaven. Ich bin niemandes Besitz.«

»Ich habe mich schlecht ausgedrückt«, sagte Gimp-nicht-Gimp hastig. »So viele Zeitalter sind vergangen, in denen ich diesen plappernden Halbaffen aufgelauert habe, die an die Stelle meinesgleichen getreten sind; nach all der Zeit hätte ich in dir endlich einen ebenbürtigen Partner, einen, der meine Gedanken, meinen Willen teilen könnte. Wir könnten diese streitsüchtigen Könige beiseite wischen und die Welt beherrschen. Wir könnten sie auf unsere Art beherrschen und sie wieder zu dem machen, was sie einst war: zu Wäldern ohne Ende, Savannen, durch die eine Million wilde Tiere streifen, Wüsten mit juwelengleichen Blüten, zu Ozeanen, die saubere, weiße Strände liebkosen, zu Schneefeldern, die sich in tausend verschiedenen Farben zeigen, wenn das Nordlicht am Himmel glüht.

Erinnere dich, Wolf, erinnere dich an die Zeit, da deine Vorfahren frei umherstreiften, in Rudeln, die Hunderte von Tieren umfassten und die ohne Rivalen die langen Winternächte beherrschten.«

»Ja, ich erinnere mich«, sagte Maeniel. »Und ich erinnere mich an die Zeit, da die anderen kamen, Träger des Feuers zuerst, dann Hüter von Stein und Stahl. Wir hatten damals unsere Kämpfe, wie wir sie auch heute manchmal haben, aber es gab nie einen Krieg. Nicht wie du ihn im Sinn hast.«

»Nun, sieh dich doch um. Der Krieg ist das Einzige, was sie begreifen. Sieh dir diese Könige an, die nur allzu bereit sind, ungezählte Menschenleben zu opfern – sogar einschließlich ihres eigenen. Und wozu? Ich frage dich, wozu? Eine Eisenkrone, gemacht aus einem Nagel, mit dem ein Mann gekreuzigt wurde, der für sie beide nur Verachtung übrig gehabt hätte.«

»Ja, ich denke, da könntest du Recht haben«, sagte Maeniel. »Aber es heißt auch: ›Was hülfe es dem Menschen, wenn er die ganze Welt gewänne und nähme doch Schaden an seiner Seele?‹ Ist es meine Seele, die du willst?«

»Ja. Was könnte uns aufhalten, wenn wir uns miteinander verbinden würden?«

»Ich muss darüber nachdenken.«

»Gut. Ich werde dich heute Abend wieder besuchen. Dieser …« Er zeigte auf Gimps Körper. »… mein Diener wird dir zu essen geben. Ich erwarte deine Entscheidung.«

Gimp ließ sich an der Mauer zu Boden sinken, und sein Gesicht war ohne jeden Ausdruck. Wenige Minuten später wachte er auf, kratzte sich am Kopf, erhob sich und stolperte zu dem Feuer am Eingang der Höhle hinüber.

Als Gimp aus der Höhle kam, war Hugo fort. Hugos Gast hatte Kleidung für Maeniel mitgebracht, die Gimp in die Höhle mitnahm. Es gab nicht viel, was Maeniel hätte anziehen können, nur einen Umhang, in den er sich einhüllte, bevor er das Brot und das getrocknete Fleisch verzehrte, das Gimp ihm gebracht hatte.

Hugos Gast wünschte Hugo eine ganze Anzahl unerfreulicher Schicksale an den Hals, dann machte er sich daran, den Pass bei Susa abzusuchen, wo er hoffte, Regeane zu finden.

Die Soldaten kamen gegen Mittag. Sie verhafteten Gimp, setzten Maeniel auf ein Pferd und ritten nach Pavia, der Hauptstadt der Lombarden. Jemand, den Maeniel kannte, hatte einen anderen hintergangen. Er wusste nicht, wie oder warum das geschehen war. Maeniel hatte Hugo im Verdacht. Die magere kleine Ratte war der Erste, der sich in die Hosen pinkeln würde bei dem Gedanken, Maeniel gegenübertreten zu müssen, und er war wahrscheinlich schnurstracks zu Desiderius gelaufen, sobald er hörte, dass sein Feind gefangen genommen worden war. Wie es ihm gelungen war, dies ohne seinen Gast zuwege zu bringen, wusste Maeniel nicht, aber irgendwie hatte er es geschafft, und jetzt war Maeniel in Ketten auf dem Weg nach Pavia.

Die Tatsache, dass seine Wächter andere waren als zuvor, tröstete Maeniel nicht im Geringsten. Die lombardischen Soldaten sorgten dafür, dass er genauso gründlich gefesselt wurde, wie Gimp es getan hatte, und Desiderius würde ihn mit sehr viel größerer Wahrscheinlichkeit umbringen.

Hugos Gast konnte Regeane nicht finden. Sie hatte in Wolfsgestalt Susa bereits hinter sich gelassen. Als die Silberwölfin aus dem Fluss gestiegen war, hatte sie ohne Mühe die Stelle gefunden, an der Maeniel sich in die Fluten gestürzt hatte. Als sie dann weiter flussabwärts die Gegend durchstreifte, fand sie auch die Stelle, an der Gimp und seine Männer Maeniel herausgezogen hatten.

Die Illusion war immer noch vorhanden. Der Geist schien keine Mühe zu haben, solche Dinge hervorzubringen, aber Regeane fiel auf diese List nicht herein. In einer Stadt – in jeder Stadt – bewegte sich immer irgendetwas irgendwohin. Zumindest hätte aus irgendwelchen Häusern Rauch aufsteigen müssen, und in einer echten Stadt hätten in diesen kühlen Tagen zu Beginn des Frühlings gewiss ein oder mehr Feuer gebrannt. Außerdem hätte man irgendwelche Geräusche hören müssen – Leute, die selbst spät in der Nacht noch ihren Zielen entgegenstrebten. Aber Regeane konnte nichts dieser Art sehen oder hören.

Allerdings sah sie sofort, wie er in die Falle gelockt worden war, und nachdem sie die Stelle gefunden hatte, an der seine Wächter ihn in Ketten gelegt hatten, nahm Regeane die Witterung ihrer Feinde auf. Sie fand die Höhle, aber erst nachdem Desiderius' Männer sich auf den Weg nach Pavia gemacht und Maeniel mitgenommen hatten. Eine Weile untersuchte sie die Spuren, die sie am Eingang der Höhle hinterlassen hatten, dann setzte sie sich in die dunkle Kühle am Eingang und dachte nach.

Sie konnte es nicht wagen, eine große Gruppe bewaffneter Männer bei Tag zu verfolgen. Das Land hier war flach und offen, und die Gefahr, bemerkt zu werden, war zu groß. Es wäre für ein paar Reiter ein Leichtes gewesen, sie irgendwo in die Enge zu treiben und zu töten. Außerdem würden sie immer wieder in den Dörfern entlang des Weges Halt machen, und solche Dörfer wurden stets von blutrünstigen Doggen bewacht. Was mochte das Ziel dieser Reisegruppe sein?Turin wäre eine Möglichkeit, aber Regeane hielt die lombardische Hauptstadt Pavia für wahrscheinlicher. Ja, weiter flussabwärts traf der Dora Riparia auf den Po, und Pavia lag in der Nähe des Zusammenflusses von Po und Ticino.

Die Frau nickte vor sich hin.

Auch die Wölfin war zufrieden.

Einen Augenblick lang begegneten sie einander.

Was, wenn wir im Flusstal auf andere Wölfe treffen?

Wir werden dieses Problem lösen, antwortete sie ihrer dunklen Gefährtin, *wenn es sich uns stellt.*

Sie verbrachten die Nacht in einer befestigten Villa des Königs. Maeniel bekam die Erlaubnis, ein Bad zu nehmen. Vier lombardische Soldaten bewachten ihn, und da es mit den Bädern in der Villa seit den Zeiten der Römer bergab gegangen war, gab es nur noch ein einziges, nicht allzu sauberes Tauchbecken, das von einer nahen Quelle gespeist wurde. Aber das alte Hypokaustum wurde noch immer geheizt, und das Wasser war warm. Die Villa selbst war aus dem Kalkstein der Gegend gebaut. Das Dach war aus Zement und mit großen Glassteinen versehen, die das Licht einließen. Es gab nur eine Tür als Ein- und Ausgang für die Bäder.

Die vier lombardischen Soldaten – nach ihren Waffen und ihren Amtsinsignien zu schließen, musste es sich um Palastwachen handeln – standen an der Tür und beobachteten Maeniel, wie Adler einen Hühnerhof beobachten. Maeniel hörte, wie einer von ihnen murmelte: »Er ist angeblich ein mächtiger Zauberer und kann seine Gestalt verändern.«

»Ist das dein Ernst?«, fragte einer der anderen mit einem Lächeln.

»Ja«, antwortete der Hauptmann. »Und dass mir keiner von euch irgendwelche Risiken bei ihm eingeht. Was auch immer er sonst sein mag, die Banditen hier in der Nähe machen jedenfalls einen großen Bogen um sein Fürstentum. Er steht in dem Ruf, ein großer Krieger zu sein, und als ich in Rom war, habe ich ihn beobachtet, wie er in aller Gemütsruhe den gefährlichsten Schwertkämpfer in Stücke schlug, den die lombardische Partei gegen ihn aufbieten konnte. Gebt dem Mann auch nur die geringste Gelegenheit dazu, und er wird euch wahrscheinlich die Kehle aufschlitzen – und wenn er das nicht tut und irgendwie fliehen kann, dann werde ich es tun. Haben wir uns verstanden?«

Maeniel bemerkte, dass die anderen Soldaten beeindruckt zu

sein schienen. Als er mit dem Bad fertig war, gaben sie ihm frische Kleidung, und nicht weniger als zehn Männer standen Wache, während man ihm wieder seine Fesseln anlegte. Die Soldaten wechselten sich in Schichten ab, und Maeniel wurde immer von mindestens zwei Männern bewacht und außerdem an eine Öse in der Mauer der Zelle gekettet, in der er schlief.

Sie gaben ihm einen schweren, dunklen Umhang, der ihm höchst willkommen war. In der Nähe der Berge waren die Nächte immer kalt. Aber das Kleidungsstück hatte einen seltsamen, kräftigen Geruch, der ihn in der Kehle würgte, wenn er die Nase zu dicht an den Stoff hielt, und manchmal musste er sogar niesen.

Es betrank sich auch keiner seiner Wächter – eine gewisse Überraschung für ihn, da nächtliche Trinkgelage bei Soldaten mehr als üblich waren. Angesichts der Gründlichkeit seiner Wächter beschloss Maeniel, zunächst einmal keinen Fluchtversuch zu unternehmen. Es tat ihm Leid, dass er seine Aufgabe nicht erfüllen konnte, aber er hoffte, dass ein so begabter Feldherr wie Karl mehr als ein Eisen im Feuer haben und einen anderen Kundschafter finden würde. Vielleicht war doch noch nicht alles verloren, vielleicht konnte sich Maeniel mit einem Lösegeld freikaufen. Es hing alles davon ab, wie weit Desiderius Hugos Geschichte glaubte – und Maeniel hatte Hugo nicht als eine beeindruckende Persönlichkeit in Erinnerung. Am besten, er spielte die gekränkte Unschuld und bot Desiderius oder demjenigen, der sonst die Entscheidungen am lombardischen Hof traf, ein hohes Bestechungsgeld an. Er war davon überzeugt, dass er über die finanziellen Mittel verfügte, um sich seine Freiheit zu erkaufen.

Er gähnte, machte es sich so bequem, wie das in Anbetracht der verschiedenen schweren Ketten an seinem Körper möglich war, und schlief ein.

Am frühen Morgen wurde Chiara von einem grässlichen Lärm im Korridor geweckt. Ihr Vater schlief in einem inneren Raum und hatte glücklicherweise seine Tür geschlossen. Chiara öffnete ihre Tür einen Spalt breit und sah Hugo im Korridor auf und ab laufen.

Er war splitternackt und wurde von irgendetwas oder irgendjemandem ausgepeitscht. Die grässlichen Geräusche waren seine Schreie, die seltsam gedämpft klangen: Jemand hatte ihm einen Nachttopf aus Hartzinn über den Kopf gestülpt. Zwischen den einzelnen Peitschenschlägen, die seinen Hintern und seine Oberschenkel trafen, versuchte Hugo immer wieder, sich den Nachttopf vom Kopf zu zerren. Aber das Metall war auf eine Art und Weise verbogen, die all seinen Bemühungen standhielt.

»O nein«, flüsterte Chiara. »O bitte … bitte.«

»Geh zurück in dein Zimmer«, sagte Hugos Gast. »Ich bin noch nicht fertig.«

Hugo schrie: »Blara lph'mi.«

Chiara übersetzte das für sich mit »Chiara, hilf mir.«

»Lph'mi! Lph'mi! Lph'mi«, heulte Hugo.

»Du hast mich verraten«, kreischte sein Gast. »Du hast es gewagt, mich zu verraten. Du …« Dann verfiel sein Gast in mehrere andere Sprachen, von denen Chiara nicht eine Einzige verstand.

Chiara zog die Tür hinter sich ins Schloss und blieb, mit dem Rücken gegen die Bretter gelehnt, an der Tür stehen. »Hör auf! Hör einfach auf«, sagte sie zu Hugos Gast.

Er gehorchte, aber nicht ohne Hugo noch einen letzten, vernichtenden Tritt in die Lenden zu versetzen.

Chiara brachte Hugo einen Umhang und rief nach dem Schmied. Der Schmied kam mit einer Metallsäge und einer großen, gefährlich aussehenden Metallschere.

»Dem Himmel sei gedankt, dass es nur Hartzinn ist«, sagte der Schmied zu Chiara. »Wenn wir es mit einem stärkeren Material zu tun gehabt hätten, hätten wir den Eimer niemals runterbekommen. Aber – ich bitte die Dame um Vergebung – was ich einfach nicht verstehen kann, ist, wie der Nachttopf überhaupt auf seinen Kopf gelangen konnte und dann auch noch in einer Form, die sich seinem Gesicht so genau anpasste.«

Eine Sekunde lang fehlten Chiara die Worte. Schließlich brachte sie hervor: »Es war ein Unfall.«

»Ich verstehe«, sagte der Schmied gelassen. »Männer seines Alters neigen bisweilen zu solchen Unfällen, aber eine junge Frau von deinen zarten Jahren … bei einem solchen Streich mitzuspielen …«

»Oh … Gott!«, flüsterte Chiara, deren Gesicht scharlachrot anlief und deren Ohren sich so anfühlten, als hätten sie Feuer gefangen. »Ich … ich … so war es nicht, ich meine … ich konnte nicht … ich wollte nicht. O Gott. Ich habe doch nur Lärm in der Halle gehört … und ihn gefunden …«

Sie allein konnte Hugos Gast hören, der seiner Erheiterung mit einem schallenden Lachen Luft machte. »Geschieht dir ganz recht, was musstest du dich auch in meinen kleinen Spaß einmischen.«

Chiara suchte das Weite.

An die Stelle des Bauernlandes trat nun wieder reinste Wildnis. Hier konnten sich die kleinen Gutsbesitzer nicht länger halten. Die Lombarden hatten die großen Anwesen der Römer behalten und führten sie genau wie die Römer mit Hilfe von Sklaven. Regeane konnte aus einiger Entfernung solche Güter ausmachen. Getreide wurde nur selten in der Nähe von Flüssen angebaut, obwohl natürlich etwas Wasser mit Hilfe von Kanälen zur Bewässerung des Landes abgezweigt wurde, aber die bisweilen sehr steilen, felsigen Uferböschungen und das dichte Unterholz der Bäume entmutigten jeden Siedler, der sonst vielleicht die Hoffnung gehegt hätte, sich in der Nähe des Wassers niederzulassen. Einmal traf Regeane auf Wölfe. Es war ein kleines Rudel von nicht mehr als sechs Tieren, und sie taten sich an dem Kadaver eines Ochsen gütlich, der so aussah, als sei er die Böschung hinuntergestürzt und habe sich den Hals gebrochen.

Regeane machte um die Wölfe und die Überreste des Ochsen einen großen Bogen. Sie hatte noch immer viele menschliche Vorlieben und Neigungen, und für die Frau ging von dem Fleisch ein widerwärtiger Gestank aus. Als sie in Sichtweite der Wölfe kam, hoben die Tiere die Köpfe und beobachteten sie, wie sie an ihnen vorbeilief.

Sie glaubte nicht, dass einer der Wölfe ihr größere Aufmerksamkeit schenken würde, aber sie irrte sich. Einer der Wölfe folgte ihr. Sie hörte das leise Geräusch von Pfoten in dem weichen Schlamm.

Die Frau verspürte in diesem Augenblick nichts als Angst, aber die Wölfin war wütend. Wölfe haben nämlich durchaus Gesetze. Sie übertrat keines dieser Gesetze. Sie hatte kein Mitglied des Rudels bedroht oder in ihrem Territorium gejagt. Man hätte sie unbelästigt ihrer Wege gehen lassen müssen, aber dieser Närrin hier fiel nichts Besseres ein, als ihr zu folgen. Matrona hatte ihr genau gesagt, was sie in einem solchen Fall zu tun hatte. Die Frau hoffte, dass es funktionieren würde.

In letzter Sekunde fuhr sie herum und rammte die Schulter in den Körper des Wolfs, der sie verfolgte. Die Silberwölfin war anderthalb Mal so groß wie die andere – es war eins der Weibchen. Die Verfolgerin strauchelte, fiel und rollte ins flache Wasser.

Die Silberwölfin wich keinen Zentimeter zurück und verkündete ihre Entschlossenheit mit einem lauten Fauchen.

Die andere Wölfin sprang auf und zeigte kein Verlangen, den Kampf weiterzuführen. Sie stand auf dem Ufer und schüttelte sich trocken.

Es hatte funktioniert, dachte die Silberwölfin ein wenig triumphierend, so dass sie um ein Haar die beiden anderen Wölfe nicht gesehen hätte, die jetzt aus der Deckung des Gebüsches links und rechts von ihr erschienen. Tatsächlich hätte sie später nicht sagen können, was sie aufmerksam gemacht hatte, aber im einen Augenblick waren die Wölfe noch nicht da gewesen, und im Nächsten konnte sie sie sehen.

Sie stand neben einem gefällten Baum, und die Wölfe setzten zum Sprung über den Baumstamm an, um auf ihrem Rücken zu landen, oder, das wusste sie – ihre Erinnerungen sagten es ihr – einer von ihnen würde auf ihren Rücken springen und auf ihr Rückgrat zielen, während der andere versuchen würde, ihr die Kehle herauszureißen.

Lauf nicht weg, hatte Matrona ihr erklärt. *Denk nicht einmal an Flucht. Wenn du es doch tust, bist du verloren.*

Sie tat es nicht. Sie drehte sich um und überraschte sie mitten im Sprung. Sie wich zur Seite hin aus. Der zweite Wolf stürzte direkt auf den Ersten, und Regeanes Kiefer schlossen sich um seine Kehle. Die Frau wollte sie zwingen zu zögern, aber die Wölfin bohrte ihre Zähne bis zum Gaumen in das Fleisch ihres Feindes.

Ihr Widersacher riss sich los und stieß dabei einen Laut aus, der einem Schrei näher kam als alles andere, was sie bisher von einem Wolf gehört hatte. Und als Regeane sich umdrehte, darauf gefasst, weitere Kämpfe durchstehen zu müssen, sah sie, dass die anderen allesamt die Flucht ergriffen hatten. Die Geschwindigkeit, mit der sie sich entfernten, war verblüffend. Sie schienen förmlich mit dem Unterholz am Flussufer zu verschmelzen. Alle Tiere verschwanden, bis auf den Ochsen, der noch immer von Fliegen umsummt wurde. Neben dem Baumstamm war eine Pfütze von Blut zurückgeblieben.

Regeane – die Frau hatte jetzt endgültig das Kommando übernommen – gab, zutiefst erschrocken, Fersengeld und blieb nicht eher stehen, als bis sie vollkommen atemlos mehrere Meilen weiter flussabwärts war. Sie hoffte, dass sie nicht noch auf weitere ihrer Brüder stoßen würde. Sie hatten jedenfalls ihre Erwartungen weit übertroffen, denn sie waren heimtückisch, intelligent und wild. Sie verstand jetzt besser, warum Maeniel sie nicht gern hatte mitnehmen wollen. Sie verfügte einfach nicht über die notwendigen Fähigkeiten, um unter diesen Bedingungen zu überleben. Gewiss jedenfalls reichten ihre Fähigkeiten nicht, um einen Mann wie Maeniel zu beeindrucken. Sie war fest entschlossen, an sich zu arbeiten.

Dann tauchte sie in den Fluss, um ihr Fell zu reinigen, schüttelte sich und machte sich wieder auf den Weg. Ihr war klar, dass ihre Aussichten niederschmetternd waren. Sie hatte bisher keine Möglichkeit gehabt, sich auszuruhen. Aber sie musste schlafen. Jetzt.

Wie finde ich nur eine Höhle?, fragte sie sich. *Eine Höhle, in der ich in Sicherheit bin?*

Sie hatte keine Ahnung.

Hadrian war gekommen, um Lucilla zu besuchen. Er, Lucilla und Dulcinia aßen kurz vor Einbruch der Dämmerung zu Abend. Dulcinia gab Lucilla einen Abschiedskuss und ging nach Hause. Hadrian und Lucilla machten einen Spaziergang im Garten.

»Er kommt vom Genfer See über die Alpen«, erklärte er Lucilla. »Das ist natürlich nicht für die Öffentlichkeit bestimmt. Desiderius hat einige der Pässe in die Lombardei blockiert. Wo genau und wie er seine Truppen verteilt hat, ist nicht bekannt.«

Lucilla nickte. »Du möchtest, dass ich dir helfe, es herauszufinden?«

»Nein«, sagte Hadrian. »Ich glaube, um dieses Problem hat sich schon jemand gekümmert. Wir – Karl und ich – haben ein drängenderes Problem.«

»Und was soll das sein?«, fragte Lucilla und seufzte dann. »Mein Freund, ich werde langsam alt.« Sie setzte sich auf eine Bank.

Der Garten lag im Dunkeln, aber ihre Diener hatten Fackeln an den Wänden des Trikliniums aufgestellt, wo dieses an den Garten grenzte, sowie am Springbrunnen, so dass es ziemlich hell war. Früher am Tag hatte es geregnet, und die Luft war kühl und feucht.

»Ich bin mir nicht sicher, ob ich es überhaupt hören will«, sagte Lucilla.

»Nein?«

Lucilla blickte auf ihre Hände hinab. »Du bist der Papst. Es ist das, was wir beide wollten, und ich bin erschöpft.«

Er griff nach ihrer Hand, die voller Narben war, Narben, die die Folterer der Lombarden ihr zugefügt hatten. Ihre Fingernägel waren dick und verbogen; Lucilla erinnerte sich an den Schmerz, als man sie ihr einen nach dem anderen ausgerissen hatte. Sie hatte geschrien. Sie erinnerte sich, wie sie geschrien hatte, und litt an der furchtbaren Scham, dass sie sich so sehr erniedrigt hatte. Die Hand ballte sich zu einer Faust, und sie entzog sich Hadrians Griff. »Sie haben mir die Fingernägel ausgerissen, und als das nicht funktionierte ... Es funktionierte übrigens durchaus, obwohl sie das nicht wussten. Ich hatte keine Ahnung, ob ich den Nächsten noch würde ertragen können. Aber dann haben sie die glühenden Eisen gebracht.«

»Scht.« Er küsste sie auf die Lippen und zog sich dann zurück. »Kannst du denn nicht vergessen?«

»Nein.« Sie schüttelte den Kopf. »Das kann ich nicht. Ich werde dir nie wieder erlauben, meinen Körper zu sehen.«

Sie hatte es nicht getan. Nicht seit sie gefoltert worden war. Nicht, seit er sie von den Lombarden zurückbekommen hatte.

»Du bist gerächt«, sagte er trostlos. »Basil, der lombardische Agent, ist tot. Gundabald … ich weiß es nicht. Aber dieser Maeniel, der Regeane geheiratet hat, erzählte mir vor ihrem Aufbruch aus Rom, dass ich mir wegen Gundabald keine Sorgen mehr zu machen brauche.«

»Du kannst ihm glauben«, flüsterte Lucilla. »Regeane hat mir erzählt, was geschehen ist, und du willst es nicht wissen. Ich bin in der Tat gerächt.«

»Aber«, sagte er, »dieser kleine Mistkerl Hugo hat es irgendwie nach Pavia geschafft und ist dort bei Hofe gut aufgenommen worden.«

Lucilla spie ein Zischen reinsten Zorns aus. »Sag mir, was getan werden muss«, erwiderte sie.

»Nein«, widersprach Hadrian. »Nicht heute Nacht. Ich bin hergekommen«, fügte er leise hinzu, »um die Entfremdung zwischen uns zu überwinden.«

»Nein«, wisperte Lucilla. »Nimm dir eine jüngere Geliebte. Gib mir ein paar Wochen Zeit, und ich …« Sie erhob sich beim Sprechen von ihrem Stuhl. »Ich werde dir ein sauberes, nicht allzu intelligentes Mädchen besorgen, eins von so niedriger Geburt, dass sie nicht mit einer Horde von Verwandten belastet ist …«

»Hör auf damit.« Er erhob sich ebenfalls und hielt sie an den Oberarmen fest. Lucilla schloss die Augen, und im Licht der Fackeln sah er, wie zwei Tränen sich unter ihren Lidern lösten und über ihre Wangen hinabrollten.

»Wenn ich nach Hause gehe – in das Haus, in dem ich geboren wurde –, um meine Geschwister zu besuchen, weiß ich, dass das Haus alt ist und, dass die Fresken sich von den Wänden schälen; selbst die Pflastersteine im Hof und auf der Treppe zum Dach sind abgetreten von vielen Füßen.

Aber ich weiß auch, dass dort meine Vorfahren den Laren und Penaten meiner Familie opferten und später, nachdem sie die Worte Christi gehört und ihn als das Zentrum ihres Lebens angenommen hatten, im Triklinium die Eucharistie feierten. Ich würde dieses Haus nicht gegen Neros berühmten goldenen Palast eintauschen. Ich küsse den Türsturz, wenn ich eintrete – und dabei ist mein mir so überaus teures Haus nur ein Ding aus Steinen und Mörtel. Wie viel mehr liebe ich die Frau, die die Freude meiner Jugend war, die Mutter meiner Kinder und die Gefährtin meines Lebens.

Es gibt keine andere Frau in meinem Leben, und was noch wichtiger ist, meine Liebste, meine Seele, es wird nie eine andere geben. Bei unserer Liebe ging es niemals um Fleischeslust. Erinnerst du dich noch an unsere erste Begegnung?«

Sie erinnerte sich daran, und die Sonne schien auf sie herabzubrennen, berührte heiß ihren Nacken. Sie war schwanger gewesen, im vierten Monat, und hatte einen langen Fußmarsch hinter sich; sie war von den Bergen gekommen, die sich wie ein Rückgrat durch Mittelitalien nach Rom zogen. Lucilla hatte Gold besessen, aber nicht gewagt, es auszugeben. Eine Goldmünze in den Händen einer allein reisenden Frau ohne Verwandte, die sie beschützten, war geradezu eine Einladung für jeden Strauchdieb. Sie hatte die Goldmünzen in ihr Hemd und in einen Gürtel um ihre Taille eingenäht.

Sie trug Schwarz und hatte allen, denen sie begegnet war, erzählt, sie sei Witwe. Tatsächlich hatte sie das Kleid und den Schleier im Gebirge mit Galläpfeln gefärbt. An einem Brunnen am Eingang der Stadt blieb sie stehen. Sie wusste, dass die Frauen sich vor Sonnenaufgang dort versammeln würden, um Wasser für ihre Familien zu holen, und anschließend das Frühstück bereiteten, bevor die Hitze des Tages sie lähmte.

Die Frauen hatten sie zu einer Gemeinschaft von Frauen geschickt, die ebenfalls Witwen waren und die für die vielen allein reisenden Pilgerinnen, die in die Heilige Stadt strömten, ein sicheres Quartier bereit hielten. Sie vermieteten Lucilla ein Zimmer im zweiten Stock einer Bäckerei in der Nähe der Ruinen des Forums. Sie konnte ihr Gold nicht ausgeben, aber sie musste essen, daher rieten ihr die Frauen in ihrem neuen Quartier, sich an die Kirche im Lateranpalast zu wenden, wo täglich Brot, Wein und Fleisch an die Armen verteilt wurden.

»Es gibt da einen Säulengang«, erklärte ihr eine der ältesten Witwen, »wo du dich im Schatten ausruhen kannst, und auf der anderen Seite der Straße führen ein paar Stufen zu einem Säulengang mit einem Bild Christi und seiner Jünger, die Almosen an die Armen verteilen. Sag dem Priester, der sich um die Bedürftigen kümmert, deinen Namen, und er wird dir helfen.«

»Weißt du eigentlich«, sagte Hadrian, »wann ich mich in dich verliebt habe?«

»Nein.«

»Als ich dich bei den anderen Frauen stehen sah, die um der Almosen willen gekommen waren.«

»Wie seltsam. Ich wusste gar nicht, dass du mich an jenem Tag überhaupt bemerkt hast.«

»O doch. Der Schleier fiel dir vom Kopf über die Schultern, und dein Gesicht und dein goldenes Haar waren wie eine Blume, die auf deinem schwarzen Kleid erblühte. Eine Blume, die zu mir aufblickte. Ich hätte dich schon damals gern geküsst, aber ich war so schüchtern, dass ich nur deinen Namen ausfindig machen konnte, mehr nicht. Aber ich habe jeden Tag unter Qualen auf deine Rückkehr gewartet. Ich wusste, dass du schwanger warst.«

»Du wusstest es?« Sie war überrascht. »Ich dachte, ich hätte alle getäuscht.«

»Nein«, erwiderte er. »Ich mag nicht viel über Frauen gewusst haben, aber ich hatte bei meiner Arbeit unter den Armen gewiss genug von ihnen zu sehen bekommen. Ich erkenne es, wenn die Dame ein Kind trägt. Ich könnte der Dame noch etwas sagen. Keine Narbe wird dich in meinen Augen jemals hässlich erscheinen lassen.«

Lucilla hätte an dieser Stelle protestiert, wenn sie nicht plötzlich geküsst worden wäre, und wenige Sekunden später war sie jedem Protest abgeneigt.

Später, in ihrem Schlafzimmer, zeigte sie ihm ihre Brust.

»O Gott«, flüsterte er. »Die Schmerzen.«

»Es spielt jetzt keine Rolle mehr«, sagte sie. »Aber ich habe gebeichtet«, fügte sie hinzu. »Es gibt gewisse Dinge …«

»Nein«, sagte er. »Nicht mehr – nicht heute Nacht.« Er nahm ihr die Lampe aus der Hand und blies die Flamme aus.

»Dafür wird Karl die Eisenkrone tragen; ich werde dafür sorgen. Warte, meine Liebste, warte es ab, und du wirst sehen, dass ich dazu imstande bin. Du bist meine einzige Geliebte, und wenn wir uns trennen, ganz gleich auf welche Weise, sollst du versichert sein, dass du meine letzte Geliebte sein wirst – so wie du die Erste warst. Für alle Zeit.«

Kurz vor Sonnenaufgang weckte sie ihn. »Ich werde dir helfen, Gerberga zu finden.«

»Ich hatte den Entschluss getroffen, dich nicht darum zu bitten«, sagte er.

»Nein, die Gemahlin des verstorbenen Karlmann und ihre beiden Söhne sind der springende Punkt bei der ganzen Angelegenheit. Diese Knaben sind die legitimen Erben des fränkischen Südreiches. Selbst wenn Karl Desiderius stürzen sollte, wird ihm seine ganze Kunst als Staatenlenker und Feldherr vielleicht gar nichts nützen. Die Zeit ist auf Gerbergas Seite, und das weiß sie. Wenn sie Karl ausweichen kann, wird sie nicht nur die Sache der Lombarden lebendig erhalten, sondern sie und ihre Söhne werden jeden unzufriedenen Adligen im Frankenreich für sich gewinnen. Alle, die hoffen, Karl zu stürzen oder auch nur in Schwierigkeiten zu bringen, werden sich Gerberga anschließen. Und, dass ihr Anspruch durchaus legitim ist, macht die ganze Sache auch nicht besser.«

»Ich weiß nicht«, sagte Hadrian. »Die Knaben sind noch Kinder, und diese barbarischen Königreiche werden kein Kind als Herrscher akzeptieren.«

»Warum nicht?«, fragte Lucilla. »Einmal haben sie das doch getan. Die Fürstin Fregundis konnte sich die Unterstützung der Adligen des Königs sichern und brachte die Söhne des Clovis in Franken an die Macht, und auch sie waren nur Kinder.«

»Gerberga ist aber keine zweite Fregundis«, sagte Hadrian. »Sie hat weder die Intelligenz dieser Furcht einflößenden Dame noch das Vertrauen der Edelleute, die im fränkischen Reich das Sagen haben.«

»Nein, da bin ich ganz deiner Meinung. Sie kann nur Ärger machen, und das wird sie tun, hat es bereits ausgiebig getan. Und ihre Söhne werden mit jedem Tag älter und werden in Kürze exzellente Kandidaten für den Königsthron sein. Karl selbst war erst sechzehn, als er Pippin dem Kleinen als König nachfolgte. Nein, mein Lieber, ich habe meine eigenen Nachforschungen angestellt. Sie hat sich aus Pavia fortgestohlen, und niemand weiß, wohin. Wahrscheinlich ist sie zu Desiderius' Sohn Adalgisus gegangen, der angeblich ihr Geliebter ist. Feststeht jedenfalls, dass er die Hoffnung hegt, Gerbergas Sache voranzutreiben.

Intrigantes Miststück«, flüsterte Lucilla. »Er ist blind, blind gemacht von dem Gedanken, nicht nur die eiserne Krone der Lombardei zu tragen, sondern auch der wahre Herrscher des Frankenreichs zu werden, wenn Gerberga auf dem Thron sitzt und im Namen ihrer beiden Söhne regiert. Mein Geliebter, Männer sind nicht die Einzigen, die einem falsche Versprechungen einflüstern können, um ihre Ziele zu erreichen.«

Hadrian lachte leise. »Das will ich nicht abstreiten. Du wirst meine einzige Geliebte sein.«

»Für immer?«, fragte Lucilla.

»Das ist die Wahrheit. Auch wenn ich manchmal wünschte, es sei nicht so, es ist die Wahrheit«, antwortete er traurig.

»Oh, mein Lieber, was immer mein Schicksal sein mag, lebe du dein Leben und verliebe dich noch einmal. Du hast mich zu lieben gelehrt; wenn ich nicht mehr bin, lehre es eine andere.

Denn ich werde dir nicht aus blinder Leidenschaft helfen, Gerberga zu finden, sondern weil ich zu lange in diesem Spiel um die Macht mitgespielt habe, um einfach aufzustehen und meinen Platz am Tisch einem anderen zu überlassen. Ich finde es überaus passend, dass ein Bauernmädchen im Sport der Könige mitmischt.«

Als der Abend nahte, fand Regeane sich in einer Wildnis wieder. Sie war inzwischen sehr müde, denn sie hatte fast zwei Tage und Nächte nicht mehr geschlafen und einen großen Teil ihrer körperlichen Reserven aufgezehrt – keinesfalls alle, aber doch einen großen Teil.

Die Po-Ebene war eines der reichsten Gebiete Italiens. Aber viel davon lag trotz seiner Fruchtbarkeit brach – wegen der katastrophalen Entvölkerung, die so viele Überbleibsel des einstigen Imperiums heimgesucht hatte.

Was war los mit ihnen, mit diesem Volk, das Prunk und Pracht so sehr liebte und dessen Leistungen so schnell dem Chaos anheimgefallen waren? Eine solche Analyse überstieg den Horizont einer hungrigen, müden Wölfin.

Denn sie war jetzt hungrig, sehr hungrig, und das Aas, das ihre Artgenossen stromaufwärts verzehrt hatten, schien ihr im Rückblick langsam höchst verlockend. Nicht der wählerischen Frau, sondern ihrer Mondlichtschwester.

Das Land um den Fluss herum ging bald in Sumpf und Moor über, während der Fluss selbst sich träge dahinwand. Die Silberwölfin musste genauso häufig schwimmen, wie sie laufen konnte, und erblickte dabei viele Ruinen. Sie wurden nach und nach vom Sumpf verschlungen. Bei den meisten handelte es sich nur um Steinhaufen, die von Weiden überwuchert waren, aber von Zeit zu Zeit sah sie auch Häuser ohne Dach, deren Inneres mit grünen Gräsern gefüllt war und die sie mit augenlosen Fenstern vom anderen Ufer anstarrten.

In der Ferne versank die Sonne in einer dichten Wolkenbank ein Stück über dem Horizont. Die Luft war hier am Fluss ziemlich warm, und gelegentlich plagte sogar eine Mücke Regeane. In den Seen wimmelte es von Wasservögeln, Enten und Gänsen aller Arten, aber die hungrige Wölfin hatte keine Ahnung, wie sie diese Tiere erlegen sollte.

Die Frau jedoch war imstande, die Vögel zu bewundern, die bei ihrem bloßen Anblick aufflogen. Sie fragte sich, ob sie einer weiteren hungrigen Nacht entgegensah und schüttelte im Geiste den Kopf über die Lücken in ihrer wölfischen Ausbildung, als sie plötzlich die Stadt vor sich sah.

Die Ruinen breiteten sich zu beiden Seiten des Flusses aus. Zerstörte Mauern, vereinzelte Säulen, Überreste eines Forums mit verfallenen Tempeln, aus denen längst alles gestohlen worden war, was auch nur im Entferntesten von Nutzen sein konnte – ein melancholischer Anblick in dem goldenen Licht des späten Nachmittags. Die Frau seufzte. Die Wölfin hielt die Nase in den Wind.

Falls Räuber hier sind, erklärte sie ihrer Gefährtin. Ruinen waren keine malerischen, sondern eher finstere Orte und wurden nach Einbruch der Dunkelheit von unerfreulichem Gesindel heimgesucht.

Die Wölfin, die sich immer noch im Schatten des überwucherten Flussufers hielt, schnupperte abermals. Nein, nichts, aber dennoch machte dieser Ort ihr Angst. Warum? Sie wusste es selbst nicht.

Sie drang in das Gewirr zerstörter Steinquader vor, die einst die Stadt beherbergt hatten. Nein, nichts Menschliches konnte hier leben. Was noch übrig war von der Stadt, war bereits Teil des Sumpfs. Regeane sprang von einer kleinen Steininsel zur Nächsten, bis sie auf einer davon innehielt. Diese Steininsel war breiter und dicker als die anderen, und Regeane schöpfte Atem und blickte in das Wasser unter ihr. Im Schatten der Steine ruhte ein großer Fisch, der langsam seine Flossen bewegte, um seine Position in dem trägen Wasserstrom beizubehalten. Regeane hatte von Matrona das Fischen nach Art der Wölfe gelernt. Binnen Sekunden hatte sie ihr Abendessen gefangen, getötet und verzehrt und gönnte sich eine Rast auf dem großen Steinquader, wo die Sonne des späten Nachmittags sie wärmte.

Und jetzt eine Höhle.

Die Römer hatten an dieser Stelle eine Brücke über den Fluss gebaut. Die Brückenbögen standen noch. Bei der römischen Baukunst würden diese Bögen wahrscheinlich noch gute tausend Jahre halten. Der Fluss hatte die Brücke nicht zerstört, sondern floss um sie herum und überflutete die Stadt. In der Nähe des Forums, wo die Brücke einst geendet hatte, führte sie unter einem Bogen hindurch, auf dem früher eine Art Wachposten mit Blick auf das im Wasser versunkene Forum gewesen sein musste. Einige wenige Sprünge von Quader zu Quader und ein paar Schwimmzüge brachten sie zu der Wachstation.

Es war eine schmale Steinbrücke, die jetzt ihren Anfang im Wasser nahm und in einer Freifläche endete, auf der einstmals der Posten seinen Dienst getan hatte. Die Wölfin konnte die Treppe nicht hinaufsteigen, aber die Frau konnte es – und tat es. Es war schwierig, und die Steine waren schlüpfrig und feucht, aber als sie oben angekommen war, konnte sie weit über das Land blicken. Außerdem war ihr Körper mit einem feinen Netz weißer, blühender Wassergräser bedeckt.

Nun, dachte die Frau, *so seltsam ist das nun auch wieder nicht*. Auf ihrer Reise durch die Anderwelt hatte sie ein Kleid aus Farnen getragen. Die Wassergräser rochen genauso frisch und köstlich wie jenes Farngewand.

Die Sonne berührte jetzt den Horizont und wurde von den rußgrauen Wolken halb verdeckt, aber das wurde mehr als wettgemacht durch die metallisch purpurnen, roten und goldenen Reflexe der Strahlen auf dem weiten Feuchtland, das sich vor ihr erstreckte. Teilweise war es offen, teilweise bewaldet, und bewohnt wurde es von einer Vielzahl von Vögeln, Fischen und zweifellos auch Hirschen, Wildschweinen und anderen Tieren. In weiter Ferne, flussabwärts gelegen, sah Regeane die unverkennbaren Türme einer Stadt: Pavia.

Regeane zog sich ihre Robe aus Wassergräsern über die Schultern und ließ sie in den kleinen See zurückgleiten; dann verwandelte sie sich in die Wölfin, drehte sich einmal, zweimal, dreimal und schließlich ein viertes Mal um sich selbst, legte sich nieder, zog sich ihren Schwanz über die Augen und schlief ein.

8

Pavia mit seinem Umland war der Brotkorb des lombardischen Königreichs. Auf den Ländereien, auf denen Sklaven sich abschufteten, um auf trockengelegten Sümpfen Getreide anzubauen, konzentrierte sich der größte Reichtum des wohlhabenden Königreiches. Die Römer hatten der Stadt von ihren besten Handwerkern den letzten Schliff geben lassen. Die meisten Menschen, die in diesem Kleinod inmitten prachtvollen Überflusses lebten, waren entweder vermögend oder Sklaven, die nur dazu da waren, sich um die Bedürfnisse der Gutsituierten zu kümmern oder deren Besitz zu hüten, wenn ihre Herren abwesend waren. Die Stadt war ein stolzes Ensemble prachtvoller Villen, teurer öffentlicher Verwaltungsbauten und beeindruckender Etablissements zur Entspannung.

Niemand, der das Glück hatte, Einrichtungen wie die Rennbahn, die Arena oder die ausgedehnten und behaglichen Bäder zu nutzen, zerbrach sich auch nur im Mindesten den Kopf über den Ring ordentlicher, aber armer Häuser und Läden aus Holz, Stuck und Ziegelsteinen, die die Stadt umgaben und sich zu beiden Seiten der Mauern drängten. Dort waren die Straßen schmal, die Häuser keine geräumigen Villen, und die Menschen, die darin lebten, mussten für ihren Lebensunterhalt arbeiten und waren nicht in der Position, sich an dem Theater, der Arena oder den Bädern zu erfreuen.

Die Lombarden waren natürlich keine Römer, aber als sie die Stadt einnahmen, fanden sie, dass es ihnen als Eroberer durchaus zukam, genauso zu leben, wie die vertriebenen Römer es getan hatten. Aber mittlerweile zeigte das System erste Schwachstellen. Sklaven waren teurer geworden. Die ärmeren Stadtbewohner ließen sich nicht so leicht beherrschen – sie pochten viel mehr auf ihre Rechte, als es die eingeschüchterten Plebejer zu Zeiten der Römer getan hatten. Nur die Anwesenheit des Königs und seines Hofes sorgten bis zu einem gewissen Grad dafür, dass die Ordnung aufrechterhalten wurde.

Das Hypokaustum in den Bädern wurde immer noch geheizt, in der Arena kämpften regelmäßig Gladiatoren, und der Bischof machte jedes Mal ein großes Gewese, wenn zufällig einer getötet wurde. Nicht etwa, weil er mit dem armen Mann Mitleid gehabt hätte, sondern weil man aus einem Blutbad kein Vergnügen ziehen durfte. Aber solange die Betreiber der Arena sich mit Heiden begnügten, kam der ältliche Prälat durch solcherlei Vorfälle nicht in allzu arge Bedrängnis, und wenn alles andere versagte, gab es immer noch öffentliche Hinrichtungen und entlaufene Sklaven, die bestraft werden mussten, so dass die Lombarden bisher zumindest einige Aspekte der römischen Kultur hatten bewahren können. Und da noch immer Sklaven zu haben waren, die man auf den gewaltigen Ländereien zu Tode schinden konnte, und da die Ernten immer noch einen guten Preis einbrachten, waren die Lombarden mit dem Erfolg ihrer Bemühungen, die klassische Gesellschaft zu bewahren, recht zufrieden.

Maeniel wurde, immer noch in Ketten, auf das Forum im Zentrum der Stadt gebracht. Der kaltäugige Kommandant der königlichen Wache ging keine Risiken ein. Maeniel hatte Desiderius noch nie zuvor gesehen, wusste aber sofort, dass der hoch gewachsene, langsam ergrauende Mann, der ihn von der Treppe eines umgebauten Tempels der Göttin Roma anblickte, der lombardische König sein musste.

Die Anbetung der Göttin Roma war eine spätklassische Erfindung. Damals hatte es im römischen Reich eine Vielzahl merkwürdiger Religionen gegeben, einschließlich einer nicht geringen Zahl von Kulten durchaus menschlicher, zu Göttern erklärter Kaiser. Irgendjemand – wer es war, ist uns nicht überliefert – fasste das ganze Durcheinander zusammen und befand, wenn es denn zu Meinungsverschiedenheiten bezüglich des Staatskultes komme, sei es das Beste und Unverfänglichste, von Zeit zu Zeit mit einigen Opfern und jeder Menge Weihrauch einer Personifizierung des römischen Staates zu huldigen. So konnte man immer sagen, man habe der Göttin Roma gehuldigt.

Roma war der Inbegriff aller antiken Götter, toter Kaiser, der ganzen Bande vom Olymp, für gute wie böse Lokalgottheiten, Feen, Trolle, Kobolde, Inkuben, Sukkuben, Gnome, Zwerge und alles und jedes, das nachts Lärm machte und dessen Verehrung man vielleicht schon ein Weilchen versäumt hatte. Die Tempel waren schön, die Priester darin beteten nichts oder niemanden an, der jemals hätte existiert haben können, und nur diese wirklich verrückten Christen konnten etwas dagegen haben, dass man dort ab und an eine Hand voll Weihrauch auf die Kohlen warf.

Der Tempel, vor dem Maeniel jetzt stand, war zu einer christlichen Kathedrale umgebaut worden. Die Göttin hatte dank ihrer kosmopolitischen Natur wahrscheinlich nicht einmal mit der Wimper gezuckt. Aber der neue Glockenturm wirkte ein wenig plump neben der feinen, spätrömischen Basilika aus Marmor und Backstein.

Maeniel seufzte und stieg vom Pferd. Die Ketten schleiften hinter ihm her. Zwölf ziemlich steile Marmorstufen führten zu der großen Doppeltür aus Bronze. Der Hauptmann der königlichen Wache drückte Maeniel die Spitze eines Speers ins Kreuz und sagte: »Beweg dich.«

Maeniel, der keine nähere Bekanntschaft mit dem Speer schließen wollte, gehorchte und ging die Treppe hinauf, überquerte einen schmalen Vorbau und trat durch die Bronzetüren. Der Bischof oder jemand, der beeindruckend genug gewandet war, um ein Bischof sein zu können, besprengte ihn mit Weihwasser und segnete ihn im Vorbeigehen. Da Maeniel weder Schwefeldämpfe abgab noch in Flammen aufging oder in einer Rauchwolke verschwand, fanden der Bischof und der König es offensichtlich nicht zu gefährlich, ihm den Gang entlang in die Kirche zu folgen.

Der König nahm an der einen Seite des Altars Platz und der Bischof an der anderen. Maeniel betrachtete beide Männer. Der

Blick, mit dem er sie musterte, war wölfisch, aber die beiden schienen nichts Auffälliges daran zu finden. Hinter sich hörte Maeniel weitere Menschen in die Kirche kommen.

Die lombardischen Damen und Herren hatten Vorrang. Sie und ihre Diener – die die Fächer trugen, die Stühle, Hocker, Riechsalze, Kräutersträußchen gegen ansteckende Krankheiten und nicht zu vergessen die Speisen und Getränke – bekamen die besten Plätze in der Nähe des Altars. Hinter ihnen zwängten sich die Bewohner der Stadt in die Kirche, bis kein Grashalm mehr in das Gebäude hineingepasst hätte.

Maeniel wartete. Währenddessen beugte er vor Christus das Knie, grüßte ihn als den Mächtigsten aller Götter und zollte ihm seinen Respekt. Dann erhob er sich. Das Klirren seiner Ketten war das einzige Geräusch in der ansonsten stillen Kirche.

Der König ergriff als Erster das Wort. »Fürst Maeniel, was hast du in meinem Königreich zu suchen?«

Maeniel antwortete vor allem deshalb wahrheitsgemäß, weil ihm trotz großen Aufwands an Zeit und Mühe keine überzeugende Geschichte zur Erklärung seiner Aktivitäten eingefallen war.

»Mein König, ich hatte die Absicht, die Beschaffenheit und Größe deiner Armee in Erfahrung zu bringen, um diese Information an den fränkischen König Karl weiterzugeben.«

»Das ist kein Geheimnis«, erwiderte Desiderius. »Ich habe Verstärkung nach Ivrea und Susa geschickt. Karl muss entweder den einen oder den anderen Weg wählen, und ich werde ihn erwarten.«

»Das habe ich gesehen«, sagte Maeniel.

Der König nickte. Er war einige Jahre älter als Karl und hatte graue Strähnen in seinem dunklen Haar. Seine Haltung verriet Müdigkeit und Zweifel.

Er wird verlieren, dachte Maeniel. *Ich kann es in seinem Gesicht lesen. Er hat nicht die Selbstsicherheit, die nötig ist, um den fränkischen König zu besiegen. Er hat nicht die Selbstsicherheit, die jeder König haben muss, um seine Position zu wahren. Ich habe mich für die richtige Seite entschieden. Was auch immer mein Schicksal sein mag, dieser Mann ist verloren.*

»Eine ehrliche Antwort«, bemerkte Desiderius.

»Ja«, erwiderte Maeniel. »Mir ist keine gute Lüge eingefallen.«

Ein leises Gekicher ging durch die Kirche.

»Also schön«, fuhr Desiderius fort. »Was soll ich nun von den anderen Geschichten halten, die man mir über dich erzählt hat?«

»Oh«, sagte Maeniel. »Was für Geschichten?« Er bemühte sich, möglichst arglos zu klingen – mit mäßigem Erfolg.

»Dass du ein mächtiger Zauberer sein sollst, dass du mit dem Teufel im Bunde stehst und in der Lage bist, dich, wie es dir beliebt, in ein Tier und wieder zurück in einen Menschen zu verwandeln. Und, dass du nicht hergekommen bist, um dich über meine militärischen Pläne zu informieren, sondern um mich zu töten«, sagte der König.

Maeniel holte tief Luft und antwortete so gut er es vermochte. »Erhabener König, ich habe nicht den Wunsch, deinem Leben ein Ende zu machen. Ich bin Soldat, kein bezahlter Mörder. Und über den Teufel weiß ich nichts. Ebenso wenig wie ich, falls es ein solches Wesen geben sollte, in seiner Schuld stehe.«

Jemand lachte.

Maeniel erkannte Hugo. »Oh, gut«, sagte er. »Ich dachte mir schon, dass du hier sein würdest, Hugo. Warum trittst du nicht vor, so dass ich dich sehen kann?«

Hugo lachte abermals. »Ich glaube nicht, dass ich das tun werde.«

»Wie klug von dir«, erwiderte Maeniel. »Denn falls ich dich jemals in die Hände bekommen sollte …«

»Schweig«, befahl Desiderius. »Eine scharfsinnige Antwort, Fürst Maeniel, aber nur eine halbe Antwort. Bitte beantworte mir die ganze Frage.«

»Ich bin kein Zauberer«, sagte Maeniel. »Und du magst in die Geschichte, die dieser irregeleitete Narr dir erzählt, noch so viel Vertrauen setzen, aber ich würde nicht auf den Wahrheitsgehalt irgendeiner Behauptung wetten, die über die Lippen dieses Mannes kommt.«

»Na schön«, sagte der König. »Dann leugnest du also seine Anklage?«

Maeniel spürte, wie das Blut in seinen Adern kalt wurde. Der König senkte den Blick und vermied es, ihm in die Augen zu sehen. *Eine Falle*, dachte Maeniel. *Eine Falle*. Er trug den Umhang, den man ihm gestern Abend gegeben hatte. Naphtha. Bei der flüchtigsten Berührung mit dem Wachslicht in Hugos Hand würde das Kleidungsstück in Flammen aufgehen.

Der Wolf bemächtigte sich seiner mit der vollen Wucht vernunftloser Todesangst, als seine Kleider zu brennen begannen. Maeniels Fesseln sowie der brennende Stoff landeten in einem Haufen auf dem Kirchenboden, und einzig die eiserne Halsfessel hielt den grauen Wolf im Zaum.

Die Kette riss ihn mitten im Sprung zurück, und der Hauptmann der königlichen Garde ließ das stumpfe Ende seines Speers hart auf den Schädel des Wolfs krachen. Hart genug, um zu töten, aber im Körper des Wolfs war noch genug Leben, um ihn durch die Verwandlung zurückzubringen. In seiner Menschengestalt lag er schließlich auf dem Kirchenboden, in tiefer Bewusstlosigkeit und aus Mund und Nase blutend.

Das Geräusch von Füßen auf der Brücke riss die Silberwölfin aus dem Schlaf, und im nächsten Augenblick fiel ihr wieder ein, dass es im Umkreis von fünfzig Meilen weder menschliche Füße gab noch eine Brücke, sondern nur noch Brückenbögen. *Die Toten*, dachte sie. *Diese Ruine ist ein Ort der Toten, so wie Cumae es war*. Sie erhob sich als Frau, ohne es eigentlich zu wollen, und stellte fest, dass sich vor ihren Augen die dunkle Welt entfaltete.

Sie konnte die Brücke sehen, wie sie einst gewesen war, und als sie sich umdrehte, war das Forum der Stadt mit seinem marmornen Marktplatz unversehrt, aber alles bis auf die Stadt war schwarz. Sie konnte keinen Mond und keine Sterne sehen, sondern nur die römische Kohorte auf der Brücke: ihren Kommandanten und die Männer, die ihm folgten. Das Erscheinen der Soldaten verwirrte Regeane zutiefst. Es mussten Römer sein, da die Tempel und das Forum alle auf eine römische Stadt hinwiesen, aber die Rüstung und die Waffen, die die Männer trugen, waren uralt. Brustpanzer aus drei Teilen, einschneidige Haumesser, lange, aus Schichtholz gefertigte Schilde – vorn bemalt, nur, dass es in dieser Welt keine Farben gab –, Helme mit starkem Wangenschutz und Federbüschen. Auf jedem Schild bleckte ein Wolfskopf seine Zähne. Der Zenturio, der Anführer, hielt keinen Schild in der Hand, trug aber drei Federbüsche auf dem Helm.

»Bin ich hier bei den Toten?«, fragte Regeane.

»Bei den Toten und Vergessenen«, erwiderte der Zenturio. Er schien stolz auf diese Tatsache zu sein.

»Ich bin nicht angezogen«, sagte sie.

»Ich bin nicht lebendig«, antwortete der Zenturio. »Aber ich werde dir meinen Umhang leihen.« Er zog ihn von den Schultern und warf ihn Regeane zu.

Regeane hüllte sich in das Allzweckgewand und stieg die Treppenstufen hinab. Die Männer führten sie in ein Wachzimmer – das zu Regeanes Erleichterung leer war –, und sie trat durch die Tür und hinaus auf die Brücke, die nicht da war.

Der Zenturio stand bei seinen Männern. Als Regeane ihn noch einmal ansah, konnte sie ein Schaudern nicht unterdrücken. Er war eine Mumie ohne Lippen, ohne Augen, und die ausgetrocknete Haut spannte sich über seine Knochen. Seine Männer waren keinen Deut besser. Sie trugen allesamt ihre tödlichen Verletzungen: Bei dem einen fehlte die Hälfte des Gesichts, ein anderer hatte eine schreckliche Wunde, die ihm beinahe das Bein amputierte, und eine durchgeschnittene Kehle. Regeane versuchte, sich die Übrigen nicht allzu genau anzusehen.

»Wir haben die Brücke gehalten«, erklärte der Zenturio nun, »während unser Kommandant und sein Sohn den Rückzug antraten. Sie haben für uns an den Karthagern Rache genommen. Wir sind es zufrieden und fühlen uns geehrt, dass wir die Brücke behalten dürfen. Wir haben den Keil weggehauen, mit dem der Felsblock befestigt war – der Felsblock, der unsere Feinde zerschmettert hat. Rom ist groß geworden. Wären wir nicht gefallen, hätte es im Westen für alle Zeiten anders ausgesehen. Aber man hat uns gefragt, und wir waren bereit, den Preis zu zahlen.«

»Es ist ziemlich dunkel hier.« Regeane blickte in die undurchdringliche Finsternis, die sie und die Soldaten umgab und aus der einzig die knochenweißen Bauten der Brücke und der Stadt herausragten. »Dunkel«, wiederholte sie, »und so kalt. Wo sind der Mond und die Sterne, der Wind und die mitternächtlichen Gestalten der Bäume, das leise Plätschern des Wassers und das seidenweiche Gras unter meinen Füßen? Ihr wart doch Menschen, und ihr erinnert euch an die Sonne.«

»Ja«, kam die Antwort. »Ich erinnere mich an die Sonne, als sie noch nicht grausam war.«

Regeane sah einen Weinberg, der zu einem See hinunterführte. Der See fing die Farben des Sonnenaufgangs über nebelumwogten, in Reih und Glied stehenden Rebstöcken ein. Dann änderte sich das Bild, und sie sah einen Mann auf einem x-förmigen Kreuz in der Sonne sterben: den Zenturio. Er hatte keine Augen mehr, und die flirrende Hitze spannte die Haut über seinen Knochen.

»Ich war der Letzte. Ich habe den Verwundeten die Kehle durchgeschnitten, aber der Karthager war wütend, dass der römische Kommandant entkommen war, und ich bin so gestorben, wie du es gesehen hast. Aber mein Geist lebt weiter; er ist ein Grübler, und du hast ihn heraufbeschworen. Manchmal müssen wir auf grenzenlosen Kummer bauen.«

»Das kann ich nicht glauben«, flüsterte Regeane, aber der Römer und seine Männer waren fort, und die Wölfin sank in einen tieferen Schlaf. Als sie erwachte, blickte sie im Licht der aufgehenden Sonne auf die offenen Wasserflächen der Sümpfe. Sie lag auf einem der Steinquader, mit denen das Forum der Stadt gepflastert gewesen war, und sie trug die fleckigen, zerlumpten Überreste eines scharlachroten Umhangs.

Dies musste früher einmal das gewesen sein, was sie eine Zisterne nannten, dachte Maeniel, ähnlich dem Gefängnis in Rom. Er hatte dergleichen vor langer Zeit auf einer seiner Reisen dorthin gesehen. Gesehen und gerochen: ein Loch in der Erde. Der Gefangene verschwand in der Grube, und unten wartete der Henker. Diesmal war kein Henker da, aber Maeniel glaubte nicht, dass der König Gnade zeigen würde. Er richtete sich auf. Sein Kopf schmerzte, er war nackt, und auf seinem Gesicht und seiner Brust klebte verkrustetes Blut.

Aber er war wachsam. Noch immer ein wenig benommen von dem Schlag, untersuchte er seine unmittelbare Umgebung mit allen Sinnen, wölfischen wie menschlichen. Er konnte nur mit Mühe sehen.

Das Gefängnis hatte die Form einer dickbauchigen Flasche; ein runder Deckel hoch über ihm, der ungefähr einen Meter im Durchmesser maß, war der einzige Eingang, den er ausmachen konnte. Vom Hals aus weiteten sich die Wände der Flasche, bis sie auf dem Boden eine Fläche von etwa drei Metern im Durchmesser bildeten. Der Boden war mit weichem Sand bedeckt. Aber dann sah Maeniel noch etwas anderes, und ein Schaudern überlief ihn. Auf beiden Seiten der Zelle waren schwere Gitterstäbe eingelassen.

Er zog sich auf die Knie hoch. Eine Stimme auf der anderen Seite der Gitterstäbe fragte: »Hast du es bequem da drin?«

Er erkannte die Stimme des Königs. »Wohl kaum«, erwiderte Maeniel. »Es ist kalt, ich bin nackt, und ich könnte etwas Wein vertragen und eine Mahlzeit.«

»Wirklich schade«, sagte Desiderius. »Aber du wirst ohne auskommen müssen. Es sei denn, du bringst mir dieses Kunststück bei.«

»Was für ein Kunststück?«

»Oh, um Himmels willen. Bitte, spiel hier nicht den Narren. Das Kunststück, das ich dich habe vollführen sehen – und nicht nur ich habe dich gesehen, sondern auch die halbe Stadt und der gesamte Hof. Wir alle haben gesehen, wie du dich in einen Wolf verwandelt hast.«

Maeniel antwortete nicht.

»Erstaunlich«, fuhr der König fort. »Du gibst es nicht zu.«

»Nein.«

»Mann, die Tatsache, dass du überhaupt noch am Leben bist, verdankst du einzig und allein meiner unersättlichen Neugier.«

»Tatsächlich?«

»Aber ja«, antwortete Desiderius. »Der Bischof kann es kaum erwarten, dich zu verbrennen. Der Hauptmann meiner Wache möchte dich erwürgen lassen. Dein Freund Hugo hat ebenfalls einige Vorschläge gemacht – ziemlich einfallsreiche Vorschläge, wenn ich das hinzufügen darf.«

»Das war voraussehbar.«

»Ja, und ebenso tödlich wie die anderen Vorschläge, wenn auch ein wenig schmerzhafter. Schließlich hast du seinen Vater erwürgt.«

»Ja, ja, das habe ich getan; wahrscheinlich eine meiner nützlicheren und moralischeren Taten. Ich kann es nicht bedauern.« Dann lachte er. »Und ich glaube auch nicht, dass Hugo es bedauert. Meiner Meinung nach war er sehr zufrieden darüber, dass jemand ihn von seinem übellaunigen, trunksüchtigen und intriganten Erzeuger befreit hat. Er war wahrscheinlich überglücklich, alles zusammenraffen zu können, was der abscheuliche alte Schurke an Reichtum gehortet hatte, und aus der Stadt zu fliehen. Wenn du es unbedingt wissen willst, der Papst und ich haben auf der Suche nach ihm das ganze Land durchkämmt, aber er war nirgends zu finden. Wahrscheinlich entdeckte er seinen Verlust erst, als er eines Morgens nüchtern aufwachte und feststellte, dass er kein Geld mehr hatte. Behalt ihn in deiner Nähe, unbedingt. Ich selbst würde eher eine Viper streicheln.«

Der König kicherte. »Du bist in der Tat ein Meister der Verstellung. In dieser Hinsicht hat Hugo mich bereits gewarnt. Aber ich schweife vom Thema ab, genau wie du. Was für ein Kunststück ist das? Wie machst du es, dass du plötzlich ein Wolf wirst?«

»Ich werde nicht – wie du es ausdrückst – plötzlich ein Wolf. Ich bin ein Wolf, nur, dass ich manchmal ein Mensch zu sein scheine. Und im Interesse der Wahrheit und um es kurz zu machen, werde ich dir jetzt erklären, dass ich dir nicht beibringen kann, wie man seine Gestalt wechselt, denn ich weiß selbst nicht, wie ich es mache. Ich tue es einfach, und sie, die mir meinen Namen und die Macht gab, hat keine Erklärung beigesteuert.«

»Dann ist es also eine Gabe der Dämonen? Diese Macht, über

die du gebietest?« Der König schien es darauf abgesehen zu haben, dass Maeniel sich selbst belastete.

»Ich habe keine Ahnung von Dämonen. Mir ist noch nie einer begegnet. Und ich weiß auch nicht recht, was ihr Christen unter diesem Wort versteht. Wenn ihr allerdings alles, was ihr nicht versteht, als dämonisch bezeichnet, dann wird die Welt, die ihr vor euch seht, erfüllt sein von Bösem.«

»Du bist also kein Christ?«

»Nein.«

»Würdest du dich taufen lassen, wenn man dir die Gelegenheit böte?«

Maeniel wollte mit einem zornigen Knurren antworten, als seine menschliche Seite ihn scharf zur Ordnung rief. Diese Chance durfte er sich auf keinen Fall entgehen lassen. Er hatte bereits festgestellt, dass es keinen vernünftigen Weg aus dieser Zelle gab. Wenn er den König glauben machen konnte, dass er sich vielleicht bekehren lassen würde, dann konnten der Unterricht und die Taufe ihm vielleicht die Fluchtmöglichkeit bieten, die er brauchte. Sobald er erst seine Ketten los war und sich im Freien befand …

»Warum?«, fragte er.

»Um deine Seele zu retten natürlich.«

Nein, das gefiel ihm gar nicht, und er traute dem König nicht. Er war schon einmal überlistet worden. Dies hier stank förmlich nach einer neuerlichen List. »Bring mich nicht zum Lachen«, sagte er. »Mein Kopf hämmert immer noch, und meine Nase tut weh. Das Beste, was du von mir bekommen wirst, ist ein Lösegeld, mein König. Ich habe viel Geld; begnüge dich damit. Wenn Karl über die Alpen kommt, wirst du das Geld brauchen.«

Er hörte, wie jemand auf der anderen Seite des eisernen Gitters scharf die Luft einsog.

»Du lehnst mein Angebot auf Erlösung ab? Was für ein dreister Eigensinn! Denk doch an deine ewige Seele.«

»Es ist nicht meine Seele, um die ich mir Sorgen mache«, antwortete Maeniel.

Hinter dem Gitter hörte er eine Tür zufallen, dann das Knarren eines Tors, das langsam angehoben wurde. Maeniel rief den Wolf, aber nur für einige Sekunden. Das Tier bot Kraft und Resignation an. Einen Blick in die ewige Dunkelheit, in der es keine menschlichen Ängste gab, keinen Himmel, keine Hölle. Vor langer Zeit hatte er sich selbst einfach als Teil der Welt gesehen, und seine Taten im Guten wie im Bösen waren bestimmt worden durch das, was er war, und nicht durch einen Codex, den andere ihm auferlegten, ein Wissen, aus dem er Kraft schöpfte.

Der Mann würde kämpfen, aber er wusste nicht, wie er kämpfen sollte. Der Wolf würde ihn mit dem Wissen und der Zuversicht des Nachtjägers ausstatten, würde ihm den Frieden mit der sich ständig wandelnden Welt vermitteln, das Wissen, dass er unter und zwischen den Sternen seinen Platz hatte.

Ich habe gelebt, so gut ich es vermag. Ich bin zufrieden. Dann verließ er den Wolf, weil Wasser durch das Gitter hereinströmte, Wasser so kalt wie der Tod, Wasser, das allmählich die Zelle zu füllen begann.

Regeane zog den zerlumpten Umhang aus und verwandelte sich in die Wölfin. Der Römer sagte, sie habe ihn gerufen. Sie war sich nicht sicher, was das bedeutete. Schon einmal war sie in das Land des Todes gereist, und ein anderer Mann hatte ihr ein Zeichen hinterlassen. Daher verwandelte sie sich wieder in die Frau, faltete den Mantel bedächtig zusammen und schob ihn in eine tiefe Felsspalte.

Sie blickte über das Wasser hinaus und holte tief Atem. Die Luft war frisch und kühl, zu kühl. Sie rieb sich die Arme. Sie hatte eine Gänsehaut bekommen, wollte aber dennoch ein paar Augenblicke die Gestalt der Frau bewahren und die Schönheit in sich aufnehmen, die der Traum ihr verwehrt hatte. Wie schrecklich, auf ewig in Dunkelheit eingeschlossen zu sein.

Das Wasser spiegelte den sich ständig verändernden Morgenhimmel wider, goldfarben dort, wo die Sonne in der Mitte eines Tümpels auftraf, dann grün und schließlich an den Rändern blau. Im aufflammenden Licht zeichneten sich das Ried, die Sträucher, die Rohrkolben und Weiden als schwarze Silhouetten ab.

Manchmal müssen wir auf grenzenlosen Kummer bauen.

Remingus – das war sein Name. Sie wusste es, ohne zu wissen, wie sie es erfahren hatte; das jedenfalls hatte Remingus gesagt. Dieser Satz ließ sie nicht los. Er hatte über die gewiss undurchdringlichen Barrieren von Zeit und Tod hinweg mit ihr gesprochen.

Wenn du mich rufst, werde ich kommen.

Das Flüstern war so leise, dass sie es kaum hören konnte. Wie Papier, das auf Papier raschelt, oder wie die Schuppen einer Schlange, die über einen Stein glitten. Regeane blickte in Richtung Pavia. Vor dem violettroten und purpurnen Hintergrund der Morgendämmerung glühten noch immer diese nadelfeinen Lichtstrahlen, die der herannahende Tag schon fast ausgelöscht hatte.

Dann war sie wieder Wölfin, ihr warmer Pelz leuchtete, wurde vergoldet von dem jungen Licht. Binnen Sekunden hatte sie einen Fisch gefunden, gefrühstückt und war bereits wieder auf dem Weg. Sie sprach mit Maeniel. *Bleib am Leben. Warte auf mich.* Sie versuchte, ihren ganzen Willen in die Waagschale zu werfen, während sie ihrem Ziel entgegeneilte.

In Rom frühstückte Lucilla mit Dulcinia. Es gab einen Buttermilchsahnekäse mit Obst und gekochte Eier in einer Pfeffer-und-Zwiebelsoße und dazu einen gut gewässerten Weißwein.

»Du bist sehr unfreundlich, liebe Schwester«, bemerkte Dulcinia sanft und auch erst nach ein paar Minuten der Konversation über das Wetter, das Frühlingsgemüse, das bald auf dem Markt zu haben sein würde, und die Familien, die noch in der Lage waren, sich auf ihre Landsitze zurückzuziehen, um vor den bevorstehenden heißen Monaten zu fliehen.

»Wieso?« Lucilla gelang es, überrascht dreinzuschauen.

»Komm mir nicht so!«, rief Dulcinia. »Halb Rom weiß davon. Nein, nicht nur die Hälfte – ganz Rom, soweit es nicht entweder senil ist, jünger als zwei Jahre oder ernstlich hirnkrank, weiß, dass er dich besucht hat, und weiß auch, wo er die Nacht verbracht hat. Was ist passiert?«

Lucilla rutschte auf ihrem Stuhl hin und her und wandte den

Blick von Dulcinia ab und dem frühmorgendlichen Grün der Landschaft zu. Sie saßen an den weit geöffneten Schiebetüren des Trikliniums. Plötzlich standen Tränen in ihren Augen.

Dulcinia holte tief Luft. Sie kannte Lucilla schon seit langer Zeit und liebte sie. »Nein. Erzähl mir nicht, dass er sich … schlecht benommen hat.«

»Nein. Das hat er nicht getan. Er sagte, er liebe mich, werde mich immer lieben, und durch die Leidenschaft, mit der er mich dann geliebt hat, hat er bewiesen, dass nichts von alledem, was in der Vergangenheit geschehen ist, für ihn auch nur die geringste Rolle spielt.«

»Ja, im Lateranpalast hieß es, er sei strahlend zurückgekehrt und habe sehr glücklich gewirkt.«

»Ja, meine Liebe, und das Gleiche gilt für mich. Aber er hat mir eine sehr beunruhigende Tatsache mitgeteilt. Gerberga ist verschwunden.«

»Schon wieder Politik.« Dulcinia seufzte.

»Als ich ihn kennen lernte«, sagte Lucilla, »war die Politik eine seiner wichtigsten Interessen, und ich habe schnell Feuer gefangen für das Spiel. Wenn ich das nicht getan hätte, glaube ich nicht, dass unsere Beziehung hätte gedeihen können. Schon damals machte die profränkische Partei Anstalten, ihn in ein hohes Amt zu befördern, und ich konnte sehen, dass jede Frau, die seine Liebe erringen und sie behalten wollte, dieses Spiel mitspielen musste. Wir sind zusammen groß geworden.

Und ich kann nicht sagen, dass ich meinen Ehrgeiz bedauerte, vor allem dann nicht, wenn ich mich an das Bauernhaus meines Vaters erinnere – mit der endlosen Arbeit, dem Schmutz, den schreienden Kindern und dem halb verhungerten Vieh. Meine Mutter starb an Überarbeitung und den Anstrengungen der vielen Geburten, bevor sie noch dein Alter erreichte, Dulcinia.

Sobald bei einem von uns Mädchen die Hüften breiter wurden und die Brüste sich unter dem Stoff des Kleides abzeichneten, sah mein Vater sich um, um es an den Meistbietenden zu verkaufen, selbst wenn es sich um den Sklavenhändler aus Ravenna handelte.

Meine Schwester ging diesen Weg, und … und … ja: Auch ich, meine Liebe, ging diesen Weg. Und wenn man bedenkt, was ich von diesen geilen Freunden meines Vaters gesehen habe …« Lucilla brach ab. Eine Härte war in ihre Augen getreten, die Dulcinia Angst machte. Sie hatte die Hände zu Fäusten geballt, und als ihr das auffiel, löste sie ihre Finger wieder. An einigen Stellen hatten ihre Nägel sich in ihre Handteller gebohrt und blutige Abdrücke hinterlassen. »Ich muss Gerberga finden und Adalgisus, den Sohn des Desiderius.«

»Ich sehe nur, dass du alles daran setzt, dass Karl einige äußerst schwierige Aufgaben erfolgreich bewältigt … Eine Armee über die Alpen zu bringen zum Beispiel. Selbst unter den Römern war das kein Kinderspiel«, sagte Dulcinia.

»Ja, er hat das Seine zu tun, und wir haben das Unsere. Ich ziehe es vor, mich auf das zu konzentrieren, was ich beeinflussen kann, statt mir Gedanken über die Dinge zu machen, die sich meiner Macht entziehen. Bist du noch immer so beliebt bei den Barbaren?«

Dulcinia hob die Hände. »Ja, aber …«

»Kein Aber. Ich habe bereits mit Rufus gesprochen …«

»Lucilla, man wird mich unweigerlich als deine Spionin bloßstellen. Unsere Beziehung ist so bekannt, dass die Leute sich nicht einmal mehr das Maul darüber zerreißen. Ich werde keine Neuigkeiten über Gerberga und ihren Geliebten zu hören bekommen. Niemand wird mir irgendetwas erzählen.«

»Ja, ja, ja, aber deine Kammerzofe, meine Liebe, das ist eine ganz andere Geschichte. Oh, die Frauen jeder Stadt und jedes Dorfes brennen doch darauf zu erfahren, was an den Höfen in Konstantinopel und Rom gerade der letzte Schrei ist. Sie werden in Scharen herbeikommen, um sich die Haare so machen zu lassen, wie die Kaiserin Irene ihre trägt, sie werden herausfinden wollen, welche Mischung von Veilchenöl und Myrrhe mit einem Hauch Rose gegenwärtig bei den griechischen Hetären in Mode ist; und macht man Korsetts am besten aus Eibenholz oder gehärteten Sehnen, und auf welche Weise kann man sie am besten in Seide einnähen, um mit einem Minimum an Unbequemlichkeit ein Maximum an Hebung zu erzielen. Es ist eine sehr vielschichtige Sache, eine Frau zu sein, meine Liebe, sehr vielschichtig.

Und glaube mir, dass ich eine Meisterin in Fragen des Haarputzes bin, dass ich mich bestens auf die Benutzung und bisweilen auch auf den exquisiten Missbrauch von Gesichtsschminke verstehe sowie auf die geringeren Künste der Verschönerung an Stellen, wo Farbe nicht hingehört. Und ich habe hundert Rezepte für Parfüms, Pulver und duftende Öle. Ich kann sogar Schmuck schätzen, feststellen, ob etwas aus Silber ist, aus Silber und vergoldet oder aus Gold – reinem oder mit Beimischungen – und ich habe ein hervorragendes Auge für Steine, Edelsteine wie Halbedelsteine. Ich kann eine Brosche in der Hand wiegen und sagen, ob das Material Silber, Gold oder legiertes Zinn ist oder gar der größte unter allen Heuchlern – vergoldetes Blei. Ich glaube, ich werde mich blendend amüsieren.«

»Ja«, seufzte Dulcinia. »Wieder einmal ein Abenteuer, das für dich wie geschaffen ist. Sagtest du nicht, dass Fürst Rufus uns begleiten werde?«

»O nein, Cecelia würde ihn niemals aus den Augen lassen. Weißt du, dass er ihr eine Maske mit einer Silbernase gemacht hat? Und die trägt sie jetzt ständig.

Aber er wird uns eine Eskorte von fünfundzwanzig tapferen Soldaten zur Verfügung stellen, die ihm allesamt durch einen Eid verpflichtet sind und als Gegenleistung für ihre Dienste Land pachten dürfen. Es sind etwas bessere und verlässlichere Männer als bezahlte Söldner. Ich möchte kein Risiko eingehen, was die Sicherheit deiner Person betrifft, weder auf den Straßen noch in den Städten.«

Dulcinia nickte. »Ich werde nach Hause gehen und mit meinem Sekretär darüber sprechen, welche Einladungen ich erhalten habe und welche Vergünstigungen man mir geboten hat, wenn ich in das lombardische Königreich zu reisen bereit wäre.«

Lucillas Plan war voller Gefahren für Lucilla selbst. Dulcinia mochte gar nicht daran denken, was alles passieren konnte, falls man sie wieder erkannte oder gefangen nahm, aber sie hatte Lucilla beobachtet, wie sie sich unerkannt in Rom bewegte und kaum Interesse erregte. Die Kleider der Frauen eigneten sich vorzüglich für die verschiedensten Verkleidungen.

Eine Frau, die Seide, Gold und teures Parfüm trug, wurde einer bestimmten Klasse zugerechnet, während dieselbe Frau in einem abgenutzten Kleid, einem dunklen Schleier und einem einfachen Umhang vollkommen anders eingestuft wurde.

Kleidung wurde dazu benutzt, um die soziale Position, das Ausmaß an Wohlstand und Rang auszudrücken. Wenn jemand Kleidung zu anderen als diesen Zwecken benutzte, würde man ihn für verrückt halten.

Frauen, die ihren Körper gegen Geld verkauften, trugen ihre eigenen unverkennbaren Kleider und schminkten sich das Gesicht. Sie gaben ihren Beruf deutlich zu erkennen. Genauso wie es die Kammerfrauen und die persönliche Zofe einer Künstlerin wie Dulcinia taten. Sie würde genauso gefragt sein wie ihre Herrin, und Lucilla mit ihrer Geschicklichkeit und ihrer Vertrautheit mit allen Klassen von Menschen würde keine Schwierigkeiten haben, sich als eine solche Frau auszugeben.

Sie wurde langsam grau, und Dulcinia wusste, dass Lucilla, wenn sie auf Haarfärbemittel, teures Parfüm, Schminke und Korsetts verzichtete, praktisch wie ein anderer Mensch aussehen würde.

Jede Stadt hatte ihre Schicht von höfischen Edelleuten und eine herrschende Familie, und die Frauen ihrer Haushalte dürsteten nach Klatsch, Ratschlägen in Sachen Mode und Neuigkeiten aus den barbarischen Königreichen und dem griechischen Osten; sie würden vor ihrer Kammerzofe kein Blatt vor den Mund nehmen. Sie würden ihr erzählen, was sie wussten. Und ob sie das tun würden.

Wenn Dulcinias Kammerzofe nicht herausfinden konnte, wo Gerberga war, konnte es niemand. Und das war wahrscheinlich der Grund, warum Hadrian Lucilla mit der Aufgabe betraut hatte, sie zu finden. Es war nicht das erste Mal, dass er in der Klemme saß und die rechte Hand nicht wissen lassen wollte, was die linke tat.

Lucilla unterbrach ihren Gedankenstrom. »Meine Güte, schau doch nicht so enttäuscht drein.«

»Da ist eine Sache, über die wir noch nicht gesprochen haben«, sagte Dulcinia, »nämlich was wir mit der Königin der Franken tun werden, wenn wir sie tatsächlich finden.«

»Zerbrich dir nicht unnötig den Kopf«, befahl Lucilla. »Karl muss, wie du so klug bemerkt hast, über die Alpen. Wir werden diese Entscheidung treffen, wenn es so weit ist.«

Chiara erwachte, weil jemand heftig an ihrem Bett rüttelte. »Hilf mir, zur Hölle noch mal. Du musst mir helfen. Sie bringen ihn um.«

»Wen? Was? Von wem sprichst du? Wer soll umgebracht werden?«

»Der Wolf.«

Chiara erkannte Hugos Gast, und sie war mit Hugo in der Kirche gewesen, als Maeniel mit einem Trick dazu gebracht worden war, sich zu verraten. »Ich bin mir nicht sicher, ob ich diese Kreatur retten will«, begann sie.

Und weiter kam sie auch nicht. Hugos Gast kippte das Bett um und warf sie auf den Boden. Chiara unterdrückte ein Kreischen. Ihre Zofe schlief wie gewöhnlich in einer Nische ganz in der Nähe, und ihr Vater befand sich im Nebenzimmer. Sie mühte sich auf die Füße und machte sich daran, ihre Schuhe anzuziehen. Etwas packte sie am Haar und schleifte sie zur Tür hinaus in den dunklen Korridor.

Sie bekam den Türpfosten zu fassen und zischte mit zusammengebissenen Zähnen: »Lass das sein. Hör damit auf. Sofort.«

Er gehorchte. Sie wusste, dass seine Kraft Grenzen hatte. Sie war sich nicht sicher, was passieren würde, wenn sie sich ihm widersetzte, aber sie wollte es im Grunde gar nicht herausfinden – zumindest nicht in diesem Augenblick.

»Ja«, sagte sie. »Ja, ich helfe dir, unter der Bedingung, dass du dich anständig benimmst.«

»Das werde ich, aber du beeilst dich besser, denn er wird nicht mehr lange durchhalten.«

Chiara warf sich ihren Umhang über die Schultern. »Wo ist Hugo?«

»In seinem Schlafzimmer, außer sich vor Angst und ein gebrochener Mann. Er ist davon überzeugt, dass der Wolf ihn töten wird. Deshalb hat er auch diesen schmutzigen Trick ersonnen, mit dem Maeniel sich entlarvt hat. Ich habe Neuigkeiten für dieses Stück Pferdescheiße. Wenn der Wolf ihn nicht töten wird, werde ich es tun!«, tobte Hugos Gast.

»Das wäre nicht in deinem Sinne«, wandte Chiara ein, während sie schnell die Treppe hinunterlief und dabei versuchte, möglichst wenig Lärm zu machen. »Du scheinst ihn ja aus irgendeinem Grund zu brauchen, genau wie uns andere auch, sonst würdest du dich nicht so zurückhalten. Wo ist übrigens Gimp?«

»Der hockt betrunken in einer Taverne am Fluss. Gerade dann, wenn ich ihn am meisten brauche.«

Wenige Sekunden später traten sie aus dem Haus. Chiara hielt einen Augenlick inne. Die Straße war dunkel und menschenleer.

»Meine Güte, wie spät ist es?«

»Sehr spät«, kam die Antwort. »Beeil dich. Ich begreife einfach nicht, dass ihr närrischen Menschen euch mit der Zeit immer so habt. Sie ist schließlich eher ein Fluss als ein zerstückeltes ...«

»Halt mir keine Vorträge. Wo ist er? Wohin soll ich gehen?«

»Zum Forum. Lauf!«

Und Chiara lief.

Pavia war keine große Stadt. Wenige Augenblicke später stand sie vor der Kathedrale. »Was ist, wenn wir auf die Wache treffen?«, stieß sie hervor.

»Dann hat der Mann eben Pech gehabt«, erwiderte Hugos Gast grimmig, »aber keine Bange, wir werden ihm schon nicht über den Weg laufen. Er sitzt in derselben Taverne wie Gimp und ist genauso betrunken.«

Chiara rannte die Stufen der Kathedrale hinauf. Die großen Bronzetüren waren verschlossen und verriegelt. »Was jetzt?«

»Ich gehe hinein, hebe den Riegel hoch und mache dir die Tür auf.« In weniger als einer Sekunde hatte er getan, was er angekündigt hatte. Der Riegel war um eine Angel schwenkbar. Sobald sie in der Kathedrale war, legte Chiara ihn wieder vor. Dann drehte sie sich um und blickte in die große, dunkle, leere Kirche. »Oh, ooo-ohhhh«, machte Chiara.

»Soweit ich sehen kann, sind wir allein«, sagte Hugos Gast.

»Bist du sicher?«

»Nein, aber wenn du etwas siehst, wirst du zweifellos zu jammern anfangen – wie es deine Art ist –, und ob es sich um etwas Lebendiges oder um etwas Totes handelt, ich kann es auf alle Fälle verjagen. Und jetzt beeil dich.«

Er schob sie ein Stück weiter in die Kirche hinein, und sie lief am Altar vorbei. Dort brannte nur eine einzige schwache Lampe, ein flackerndes ewiges Licht. Hugos Gast riss es an sich. Eine beeindruckende Tat, da das ewige Licht an Ketten von der gewölbten Decke herabhing. Es schien zu Chiara hinunterzufliegen, dann tanzte es vor ihr her und führte sie in die Krypta hinunter, wo die lombardischen Könige begraben lagen.

Verschiedene Tore und Türen versperrten ihr den Weg, öffneten sich dann aber alle vor ihr, bevor sie auch nur stehen bleiben musste. Sie huschte durch die Krypta, einen ziemlich trostlosen Ort. Die Menschen dieser Zeit hielten nicht viel von Skulpturen oder auch nur von verzierten Sarkophagen, wie die Römer es getan hatten. Die lombardischen Herrschaften wurden in schlichten Steinbehältnissen aufgebahrt, allesamt geschmackvoll mit der Gravur von Namen und Rang des jeweiligen Bewohners versehen.

Chiara verdrehte ein- oder zweimal die Augen, aber die Mitglieder des lombardischen Adels blieben, wo sie waren. Als sie den hinteren Teil der Krypta erreichten, führte eine weitere Treppe noch tiefer hinab. Es war feucht hier, feucht und kalt.

Das ewige Licht schwebte vor Chiara in der Luft, etwa anderthalb Meter vor ihrem Gesicht. »Halt es tiefer«, sagte sie. »Du blendest mich. Ich muss sehen, wo ich hintrete.«

»Die Pest über alle Frauen«, sagte Hugos Gast, aber die Lampe senkte sich.

Die Stufen waren sehr schmal und schienen aus dem Gestein herausgehauen zu sein, auf dem die Kathedrale stand. Chiara setzte vorsichtig einen Fuß vor den anderen und tröstete sich mit dem Gedanken, dass es heller wurde, je weiter sie nach unten kam.

Das Tor war nicht sehr groß, so dass der Raum sich nicht allzu schnell mit Wasser füllte. Der Fluss führte im Prinzip durch die Zelle hindurch und nicht in sie hinein; das andere Gitter war mit einem Korridor verbunden, der das Wasser dorthin zurückführte, woher es kam. Aber Maeniel erkannte schon bald, um was für eine Falle es sich handelte. Da das Einstiegsloch der Zelle am oberen Ende offen war, würde ihn das von Sekunde zu Sekunde steigende Wasser nach oben treiben, und wenn das Wasser den oberen Ausgang erreichte, würde es überfließen und durch ein Rohr, das in den über ihm liegenden Keller führte, abgeleitet werden. Das Wasser würde also aus der Zelle austreten, aber er würde nicht herauskommen, weil der Ausgang mit einem Eisengitter versperrt war. Das Wasser würde durch das Gitter fließen, und er würde darunter gefangen sein. Und er würde ertrinken.

Er hatte noch ein paar Augenblicke Zeit, während er von dem wirbelnden Wasser nach oben getrieben wurde. Ein paar Sekunden, um über sein Schicksal nachzudenken und sich flüchtig zu fragen, wer diese grausame Falle gebaut hatte. Sie ermöglichte es einem Beobachter, von oben die Todeskämpfe der Personen unter dem Gitter zu beobachten, ihnen dabei zuzusehen, wie sie ertranken. Maeniel rechnete sich mit verblüffender Kühle aus, dass es nicht lange dauern würde, als er plötzlich über sich das Gesicht eines Mädchens sah.

Sie kniete vor der Öffnung der Zisterne und verharrte einen Augenblick in dieser Haltung, um eine Möglichkeit zu finden, das Gitter zu entfernen, begriff aber schnell, dass sie keine Chance hatte. Das Gitter war verriegelt; der Bolzen, der es festhielt, war mit einer schweren Kette und einem Schloss gesichert. Die junge Frau zerrte mit aller Macht an dem Eisen.

»Nein«, rief Hugos Gast ihr zu. Dann drehte er ihren Kopf mit Gewalt nach rechts.

Das Tor, das den Wasserfluss regelte, wurde über einen Zug mit einem Hebel an der Wand bedient. Ihn konnte ein Kind umlegen; dann würde sich der Zulauf schließen und der Ablauf öffnen.

Was auch immer dieser Mann sein mochte, Chiara wollte nicht, dass er ein so entsetzliches Ende fand. Sie machte Anstalten, aufzustehen.

Hugos Gast drückte sie wieder nach unten. »Nein«, sagte er. Dann fügte er an Maeniel gewandt hinzu: »Kannst du mich hören?«

»Ja«, antwortete Maeniel. Er schwamm in dem anschwellenden Wasser direkt unter dem Gitter. Er streckte den Arm aus und umklammerte die Gitterstäbe. Er blickte zu Chiaras Gesicht empor.

»Ich will«, erklärte Hugos Gast, »die volle Macht über deinen Körper einschließlich der Verwandlung vom Menschen in einen Wolf. Ich möchte dich besitzen, so wie ich Hugo besitze.«

»Du hast ihm gestattet, mich zu hintergehen.«

»Das habe ich getan. Das habe ich getan«, heulte Hugos Gast. »Aber ich dachte nicht, dass sie dich so schnell töten würden. Jetzt gib mir, was ich will, und ich hole dich heraus – ich lasse dich leben.«

»Als dein Sklave …«

»Nein. Nein, wir werden Partner sein. Wir werden diese äffischen Geschöpfe vernichten, diese Kreaturen, die nichts als Narrheit und Grausamkeit kennen, und die Welt wird wieder so sein, wie sie war – im Frieden mit sich selbst. Jedes Wesen wird Frieden unter seinesgleichen haben. Und mein Volk wird zurückkehren und mich wie früher anbeten.«

»Nein«, sagte Maeniel.

»Nein?« Hugos Gast klang ungläubig. »Nein?«, wiederholte er. »Du wirst ertrinken.«

»Dann werde ich ertrinken«, sagte Maeniel. »Ich will lieber ertrinken, als einen anderen über mein Leben herrschen zu lassen. Das Leben eines Sklaven ist für mich überhaupt kein Leben.«

»Dann stirb!«, schrie Hugos Gast. »Stirb in deiner eigenen sturen Dummheit. Stirb als der Narr, der du bist, Wolf.«

Aber er hatte inzwischen nicht auf Chiara geachtet. Sie riss sich aus seinem Griff los. Hugos Gast schrie auf, ein Bär, der seinen furchtbaren Zorn herausbrüllte, aber Chiara war bereits an der Mauer. Der Hebel war mit einem Stift gesichert. Mit einer einzigen Bewegung riss Chiara diesen Stift heraus und ließ ihn klirrend auf den Boden fallen.

Der Hebel zitterte unter der Wucht, mit der das einströmende Wasser gegen das schwere Tor prallte. Einen Augenblick lang sah es so aus, als würde er in seiner Position verharren. Dann senkte sich das Tor, der Hebel legte sich ruckartig um. Maeniel schlug in ohnmächtigem Zorn auf die Gitterstäbe ein, als Chiara zu schreien begann.

Je näher Regeane der Stadt kam, umso dichter besiedelt fand sie das Flussufer. Es sah so aus, als dringe das Ackerland immer tiefer in den Wald und in die Sümpfe am Fluss vor. Regeane wanderte bei Tag weiter und hörte auf ihre Mondlichtschwester. *Sei vorsichtig, lass dich nicht unnötig sehen oder hören.* Also suchte sie sich einen Weg zwischen den Weiden und den Wassereichen dicht am Ufer und vermied es, auf weicher Erde zu gehen, wo sie Fußabdrücke hinterlassen würde – oder Pfotenabdrücke, je nachdem. Sie bewegte sich so leise, dass sie nicht einmal die Wasservögel aufschreckte, die im seichten Wasser paddelten. Einmal hielt sie, auf Wunsch der Frau, inne, um eine Entenmutter zu bewundern, die mit einer Schar kleiner Entchen dicht am Ufer durchs Wasser dümpelte. Als die Tiere sie sahen, verharrten die Kleinen auf den warnenden Ruf ihrer Mutter hin vollkommen reglos und wurden im Schilf fast unsichtbar. Regeane ging weiter. Sie wusste, dass sie den Enten in keiner ihrer beiden Gestalten willkommen gewesen wäre, hatte aber das Gefühl, dass sie die Wölfin weniger fürchteten, als sie die Frau gefürchtet hätten. *Wir Menschen kennen zu viele Tricks*, dachte sie.

Sie hatte den Wind im Rücken – etwas, das Maeniel niemals zugelassen hätte –, daher spürte sie, was vor ihr lag, erst, als sie darüber stolperte. Das Mädchen lag am Flussufer. Es war nackt, und sein Körper ragte halb ins Wasser hinein. Die Fliegen waren bereits am Werk.

Die Wölfin wollte fliehen. Als Regeane ihre dunkle Gefährtin fragte, antwortete die Wölfin, soweit das sprachlose Geschöpf dazu imstande war: *Machen wir, dass wir von hier fortkommen!*

»Nein«, widersprach die Frau.

Sie begann, das Flussufer abzusuchen.

Die Familie, zwei Männer und ein Knabe, lag nur wenige Meter entfernt in der Nähe eines Bootes, das im seichten Wasser auf Grund saß. Die Menschen waren alle tot; bis auf Messer und Stöcke schienen sie unbewaffnet gewesen zu sein.

Der Tod hat einen bestimmten Gestank. Regeane kannte diesen Geruch, und jetzt verschmutzte er die warme Frühlingsluft. Blut, Fäkalien, Urin, die widerwärtigen Gerüche von Mördern wie Opfern. Furcht, Zorn, Sex, der Gestank von vergossenem Samen und dickem, verklebtem Blut. Die Wölfin brauchte keine Erklärungen, sie nahm die Motive der Mörder wahr.

Einige Meter weiter fand Regeane die zweite Frau, älter als das Mädchen, aber immer noch hübsch. Dem Mädchen hatte man die Kehle aufgeschlitzt, und der Boden um seinen Kopf war mit Blut getränkt. Die Frau, die Regeane jetzt vor sich hatte, war wahrscheinlich die Mutter des Kindes gewesen. Die Mörder hatten sie überrascht, während sie an einer seichten Stelle im Fluss ihre Wäsche wusch. Die Dolche, mit denen die Männer ihren noch atmenden Körper aufs Flussufer genagelt hatten, bevor sie sie missbrauchten, waren jetzt verschwunden, und das klare Wasser hatte das Blut der Frau weggewaschen. Sie lag in unmittelbarer Nähe des Ufers, und das Wasser spülte über ihr gefasstes Gesicht und die geschlossenen Augen hinweg; in ihrer Brust hatte sie nicht weniger als fünf Stichwunden.

Nur ein kurzes Stück von der Frau entfernt entdeckte die Silberwölfin eine Straße. Die Familie hatte offensichtlich hier an der Furt gearbeitet und Reisende ans andere Ufer übergesetzt, wenn das Wasser tief war. Soldaten? Ja, einer der Gerüche am Ufer stammte von Eisen. Es mussten Soldaten hier gewesen sein, die ans andere Ufer wollten.

Regeane trottete zurück und untersuchte jede Leiche. Ja, es waren fünf. Fünf Signaturen von Männern, die nicht tot waren. Unverkennbare Gerüche, Abdrücke von beschlagenen Schuhen – diese Bauern hier waren alle barfuß gewesen –, und hier und da konnte Regeane die Witterung von Stoff aufnehmen, hatte sich ein Faden ihrer Kleidung in den Dornsträuchern verfangen, die überall am Waldrand blühten. Die Männer gingen in die gleiche Richtung wie sie, nach Pavia.

Die Wölfin setzte sich und dachte nach.

Sie brauchte Kleidung, aber sie wollte sie sich nicht auf diese Weise beschaffen. Trotzdem, ein Kleid war ein Kleid, und die beiden Frauen hier würden es nicht vermissen. Die ältere Frau hatte ihre Wäsche gewaschen und zum Trocknen in ein Gebüsch in der Nähe gehängt. Regeane fand ein Hemd, einen Rock und eine Bluse und machte sich notdürftige Unterwäsche aus einem zerrissenen alten Ding, das offensichtlich als Nachthemd benutzt worden war.

Den Rest der Kleidungsstücke breitete sie über den Leichen aus. Dann zog sie die beiden toten Frauen aus dem Wasser und versuchte, sie auf geziemende Art und Weise hinzulegen, aber da die Totenstarre bereits eingesetzt hatte, konnte sie nicht mehr viel tun. Schließlich begnügte sie sich damit, sämtliche Leichen zuzudecken, auch die Männer.

Sie fand das Haus, aus dem die Toten gekommen waren, auf einem höhergelegenen Grundstück mit Blick auf die Furt. Das Haus war leer. Regeane sah sich im Innern gerade lange genug um, um sich zu vergewissern, dass es keine Kinder gab, die sich vielleicht in der Nähe versteckt hielten, dann setzte sie ihren Weg nach Pavia fort.

Sie hatte sich das Haar im Rücken geflochten und mit einem Schleier verhüllt. Sie wusste, dass die Mörder über dieselbe Straße gegangen waren, und sie hatte Angst davor, ihnen zu begegnen, aber ihre Furcht erwies sich als unbegründet. Die Soldaten waren beritten und hatten es gewiss eilig gehabt, nach Pavia zu kommen, denn nachdem sie ihr mörderisches Werk an der Furt verrichtet hatten, hatten sie ihren Pferden die Sporen gegeben. Jetzt waren sie bereits über alle Berge.

Söldner. Ja. Die Frau lächelte trostlos. Natürlich hatte Desiderius Söldner in seinem Heer.

Die Sonne schien ihr heiß auf den Rücken, aber es war kein langer Fußmarsch. Als sie auf die Kuppe des Hügels kam, sah sie die Stadt auf der nächsten Anhöhe liegen. Sie schmiegte sich in die Biegung des Flusses direkt vor ihr und lag inmitten von Obstgärten, Weideland, Weinbergen und graugrünen Olivenhainen, alle vom sanften Licht der Frühlingssonne überhaucht.

Regeane überquerte eine Brücke über einen Bach, der in den Fluss mündete. Überall waren Menschen zu sehen, Frauen, die in ihren Höfen den Boden fegten, Erbsen enthülsten oder in großen Trögen vor ihren Türen Brotteig kneteten. Auch die Männer hatten alle Hände voll zu tun, sie bestellten die Felder und arbeiteten in den Gärten und auf den Weinbergen. Niemand richtete das Wort an Regeane, aber so manch einer sah ihr lange nach. Eine allein reisende Frau war ein ungewöhnlicher Anblick, aber Regeanes Schleier, ihr geflochtenes Haar und ihr langes Gewand ließen darauf schließen, dass sie ein ehrbares Mädchen war und in einer privaten Angelegenheit unterwegs.

Regeane kannte die Regeln: Sie hielt die Augen gesenkt und mied alle männlichen Blicke, die sich auf sie hefteten, als würde sie nichts davon merken, ganz wie es sich gehörte. Links und rechts der Straße tauchten die ersten Häuser auf, Häuser aus Holz und mit Lehm bepacktem Flechtwerk, die vor öffentlichen Blicken weitaus besser schützten als die Häuser, die Regeane in ländlicheren Regionen gesehen hatte. Sie hatten alle schwere Holztüren, und nur wenige Fenster gingen zur Straße hinaus. Aber sie konnte im Vorbeigehen dennoch sehen, dass der eine oder andere Vorhang zur Seite gezogen wurde. Direkt vor ihr ragten die grauen Steine eines römischen Tores auf.

Sie beeilte sich, denn diese leicht heruntergekommenen Wohnhäuser um sie herum machten ihr Angst. Sie bedauerte es bereits, dass sie den Fluss und die Wildnis des Waldes hinter sich gelassen hatte. Jetzt kam sie in eine andere Art von Wildnis – eine weitaus gefährlichere.

Vor einer Taverne direkt außerhalb des Tors lungerten fünf Männer herum. Die Wölfin bemerkte sie noch vor der Frau, und die Frau spürte, wie sich die feinen Härchen in ihrem Nacken aufrichteten. Das waren die Mörder. Einer von ihnen, ein muskulöser Soldat, hatte Kratzer im Gesicht. Die Frauen hatten sich offensichtlich gewehrt. Dann waren da noch zwei andere, nichts sagende Gestalten mit sandfarbenem Haar, aber ihre Augen jagten Regeane einen Schauer über den Rücken, denn sie waren leer und tot. Einer der Männer trug einen frischen, blutigen Verband um die Hand. Und die beiden Übrigen waren kaum mehr als Knaben, aber mit Gesichtern, die deutlich machten, dass sie ihre Kindheit lange hinter sich gelassen hatten.

Die Männer musterten Regeane mit berechnendem Interesse, während sie weiter auf das Tor zuging. Sie glaubte nicht, dass sie sie überfallen würden, dafür waren zu viele Menschen in der Nähe. Der Tavernenwirt stand in seiner Tür, einen Tonbecher in der Hand. Es war schon spät. Die Sonne stand zwar noch hoch am Himmel, aber die dicht beieinander liegenden Häuser hatten allesamt zwei oder drei Stockwerke, so dass sie lange Schatten auf die Straße warfen.

Regeane ging an den Männern vorbei, stieß einen nur gehauchten Seufzer der Erleichterung aus und trat durch das Stadttor. Die zwei eisenbeschlagenen Torflügel standen weit offen. Es waren weder Wachen zu sehen noch irgendwelche anderen Zeichen irgendeiner Obrigkeit. Die Häuser jenseits des Tors waren noch höher als die vor der Mauer und wirkten noch verschlossener; sie zeigten, wie die in Rom, ihr freundliches Gesicht nur nach hinten hinaus, zum Innenhof hin.

Regeane stellte fest, dass die Straße leicht bergauf verlief. Von Zeit zu Zeit sah sie Frauen von ihren Balkonen im ersten Stock auf sie hinabblicken, aber wenn sie direkt nach oben sah oder stehen blieb, als wolle sie sie begrüßen, verschwanden die Frauen in ihren Häusern.

Regeane ging weiter, obwohl ihre Unsicherheit von Schritt zu Schritt wuchs. Sie hatte ziemlich gründlich darüber nachgedacht, wie sie nach Pavia gelangen sollte, aber kaum darüber, was zu tun war, wenn sie erst ihr Ziel erreicht hatte. Sie kannte niemanden in der Stadt. Sie hatte kein Geld. Ein Wolf musste zwangsläufig mit leichtem Gepäck reisen. Sie hatte gehofft, einen Brunnen zu finden. Die Frauen trafen sich in der Regel dort, wenn sie Wasser holten. Sie hätte nach dem König fragen können, welche Gefangenen in die Stadt gebracht worden waren und wo man sie festhielt. Aber im Gegensatz zu Rom mit seinen ungezählten Piazzas und Brunnen schien diese Stadt keine öffentlichen Plätze zu kennen. Wenn man die Taverne nicht mitrechnete, an der sie vorbeigekommen war und die sie als allein reisende Frau lieber nicht betreten wollte. Und als sie jetzt ihren Schritt beschleunigte, sagte die Wölfin ihr, dass sie verfolgt wurde.

Die fünf Männer von der Taverne?

Der Wind wehte die Straße hinauf. Ja, die Männer waren deutlich auszumachen. Die Wölfin vermochte das, was ihre Sinne ihr vermittelten, scharf zu unterscheiden und zu sortieren, so wie ein Mensch Wechselgeld sortiert. Zwei Männer gingen nebeneinander, die beiden Jüngsten, die sich an die Spitze der Gruppe gesetzt hatten. Ja, sie hatten die meiste Energie. Sie waren nüchterner als die anderen drei, die halb betrunken waren.

Regeane raffte ihre Röcke und begann zu rennen. Die Männer dagegen beschleunigten ihre Schritte nicht einmal. Regeanes Füße waren nackt. Als sie die Kuppe des Hügels erreichte, sah sie auch, warum die Männer es nicht eilig gehabt hatten. Die Straße mündete in eine Sackgasse, eine kleine Piazza. Die Häuser, die rings um den Platz standen, hatten keine Fenster zur Straße hin, und es gab nur eine einzige kleine Kirche von der Art, wie sie die Armen besuchten, mit einem schlichten, von Säulen getragenen Vorbau und einem niedrigen Dach. An einer Mauer neben dem Vorbau befand sich ein Brunnen, ein in die Mauer eingelassenes Rohr, das sein Wasser in ein steinernes Becken fließen ließ.

Daneben stand Remingus. Er war nicht länger die Leiche, die vom Kreuz abgenommen worden war, nachdem die Karthager weitergezogen waren. Nein, er sah aus wie ein Mann. Und im nächsten Augenblick zog er den altmodischen Legionärshelm vom Kopf. Darunter trug er eine lederne Kappe, die er ebenfalls abnahm, um sich mit den Fingern durch sein schweißnasses Haar zu fahren. Er erinnerte sie ein wenig an Maeniel, untersetzt mit dunklen, feuchten Locken.

»Am Mittag«, sagte sie, »unter der Sonne.« Ja, er war ein Wesen von Ehrfurcht gebietender Macht.

»Dergleichen ist uns gestattet«, sagte er.

»Und wer hat es euch gestattet?«

Remingus lachte. »Sie kommen.« Er zeigte auf die dämmrige Straße. Der kleine Platz lag noch in vollem Sonnenlicht.

»Ich weiß«, sagte Regeane. »Ich werde sie töten müssen.«

Remingus spülte seinen Helm in dem Brunnen aus, füllte ihn unter dem Rohr und bot Regeane das Wasser zum Trinken an. Sie trank. Sie hatte nicht gewusst, wie groß ihr Durst gewesen war.

Er zeigte auf einen schmalen Durchgang neben der Kirche. Sie hatte diesen Durchgang bisher nicht gesehen, weil er tief im Schatten lag. »Wo führt er hin?«, fragte sie.

»In einen kleinen Garten auf der Rückseite der Kirche. Es ist sehr still dort. Niemand wird dich sehen können. Alle Häuser, die den Garten umgeben, haben ihre Fenster auf der anderen Seite.«

Regeane trank noch einen Schluck und nickte dann.

9

Ich bin mir nicht sicher, ob ich fünf Männer töten kann«, sagte Regeane.

Remingus lachte nur und sagte: »Nimm dir einen nach dem anderen vor, wenn sie durch die Gasse kommen. Du hast die Überraschung auf deiner Seite.«

Die beiden Ersten erreichten den Platz. Sie machten keinen Hehl aus ihren Absichten und kamen auf Regeane zugerannt. Regeane drehte sich um und lief die Gasse hinunter. Es war eine ziemlich lange Gasse, die an der Kirche vorbeiführte. Regeane kam jedoch nicht bis zum Ende der Gasse, denn plötzlich öffnete sich eine Tür; jemand ergriff sie am Arm und zog sie hinein.

Regeane fand sich zu ihrer Verwirrung in einer kleinen Küche wieder, zusammen mit einer hoch gewachsenen, hageren Frau mit grimmigem Gesichtsausdruck. Sie öffnete die Tür nur lange genug, um Regeane hineinzuziehen. Dann warf sie die Tür ins Schloss und legte einen schweren Riegel vor.

Von der anderen Seite warf sich einer der Männer mit der Schulter gegen das Holz. Die Frau ergriff eine schwere eiserne Bratpfanne und rief: »Du Sohn eines verkommenen Schweins, verschwinde hier oder ich schlage dir den Schädel ein.« Mit diesen Worten ließ sie die Bratpfanne gegen die schwere Tür krachen.

Regeane konnte hören, wie die Männer draußen aufgeregt redeten. Einer der Älteren rief sie zur Ordnung. »Macht euch nicht lächerlich. Ihr habt keine Ahnung, wie viele Leute in diesem Haus sind. Vergesst es, verdammt noch mal. Ich habe nicht die Absicht, mich hier umbringen zu lassen. Nicht wegen einer Frau.«

Jemand schlug mit der Faust gegen die verschlossene Tür, dann folgte ein Schmerzensschrei. »Ich habe dir doch gesagt, vergiss es.«

Wieder hörte Regeane einen Schmerzensschrei, dem ein Schwall heftiger Flüche folgte. »Ich blute, ich blute.«

»Mach das noch mal, und du wirst feststellen, dass das nur ein Kratzer ist, du dämlicher Bastard.«

»Ich werde dir in den Arsch treten, dass du ...« Die Stimmen verklangen, als die Männer sich entfernten.

»Hört sich so an, als würden sie wieder gehen«, flüsterte Regeane.

Die alte Frau schnaubte verächtlich. »Da wäre ich mir nicht so sicher. Wahrscheinlich sind sie bloß bis zum Platz zurückgelaufen.«

In dem Raum war es sehr warm, und Regeane schwitzte bereits. In einer Ecke der Küche brannte ein Feuer. Der Rauch entwich durch den römischen Vorläufer des Kamins, eine doppelte Wand mit einem Abzugsloch dicht bei dem Feuer, durch das Hitze und Rauch aufsteigen und aus dem Haus abziehen konnten.

An den drei anderen Wänden waren steinerne Theken angebracht. Auf einer davon war in einem hölzernen Trog Brotteig angesetzt. Es war sehr dunkel, obwohl es doch ein Fenster zu diesem Raum gab, so klein, dass Regeane es von außen übersehen hatte, nicht mehr als ein schmaler, vergitterter Schlitz neben der Tür.

»Du dummes Mädchen«, sagte die Frau. »Was hast du geglaubt, was sie mit dir machen würden, wenn sie dich allein im Garten des Priesters erwischt hätten? Warum bist du nicht in die Kirche gegangen?«

»Sie sind so plötzlich hinter mir aufgetaucht ...«

»Ja ...«, erwiderte die Frau. Ihre Stimme klang argwöhnisch. »Das ist ja alles schön und gut, aber wieso trägst du Monas Kleid?«

Wie manch andere Frau, die keine gute Erklärung für ihr Benehmen aufweisen konnte, suchte Chiara, als der Wachposten sie auf dem Forum vor der Kathedrale entdeckte, Zuflucht in einem hysterischen Anfall. Der Wachposten rief den Hauptmann der Garde. Dieser konnte mit Chiara genauso wenig anfangen wie der Wachsoldat. Er rief den König.

Desiderius kam. Er hatte bis spät in die Nacht mit seinen Kumpanen gezecht, so dass mindestens zwei Drittel der höfischen Gesellschaft herbeikam, um festzustellen, was es mit dem Aufruhr auf sich hatte.

Chiara fand sich genau dort wieder, wo sie nicht sein wollte: im Mittelpunkt der Aufmerksamkeit.

»Holt ihren Vater«, befahl Desiderius. »Sie ist Armines Tochter.«

Chiara schluchzte mittlerweile vor Angst, wobei ihre Angst keineswegs Hugos Gast galt – er hatte ihr, wie sich erwies, nur sehr wenig getan –, sondern der verzweifelten Frage, wie sie irgendjemandem plausibel machen sollte, warum sie zu dieser Stunde im Nachthemd auf dem Forum stand.

Als Armine erschien, machte er mit Chiara kurzen Prozess. »Hör sofort auf damit, Mädchen. Du warst nie eine Heulsuse; versuch nicht, mir weiszumachen, du hättest in deinem Alter deine Gewohnheiten geändert.«

Chiara fasste sich. »Ich muss eine Schlafwandlerin sein. Mutter hat immer gesagt, dass ich das als kleines Kind oft getan hätte und …«

»Eine Schlafwandlerin«, wiederholte Armine. »Und nein, ich habe deine Mutter nie etwas Derartiges sagen hören. Schlafwandeln … was bist du? Angelina, das zweite Stubenmädchen? Sie hat sich mit ihrer Schlafwandlerei Zwillinge eingehandelt.«

Chiaras Gesicht wurde flammend rot. »Ich habe nicht die mindeste Ähnlichkeit mit Angelina.«

Der Bischof war gerade rechtzeitig am Schauplatz erschienen, um Armines letzte Bemerkung und Chiaras wütendes Leugnen zu hören.

»Was hast du getan?«, schrie er den Hauptmann der Wache an. »Du hast mich aus meinem warmen Bett gerissen wegen eines einfachen Falles von Unzucht?«

Chiara wusste nicht, was Unzucht war, aber sie wollte nichts damit zu tun haben. »Ich habe keine Ahnung von … von Unzucht … was immer das heißen soll. Der Wachmann hat mich geweckt. Er stank nach Wein, er hat mir Angst gemacht. Dann hat er mich auch noch angeschrien. Alle schreien mich an und sagen, ich hätte ... Unzucht ... getrieben, was immer das heißt. Ich hab's nicht getan, ich habe es nicht getan, was immer es ist.«

Chiara war mittlerweile wirklich außer sich. Abgesehen von dem Tumult, den sie verursacht hatte, konnte sie das beinahe homerische Gelächter von Hugos Gast hören. Sein Lachen hallte über das Lärmen der Menge hinweg.

Der Bischof war ein alter Mann und trug ein wollenes Gewand und eine Schlafmütze. »Ich habe dich doch gewarnt«, sagte er gereizt zu Desiderius, »diesen Zauberer Hugo nicht in deinen Palast zu lassen. Jetzt sieh dir an, was er getan hat. Er hat die unschuldige Tochter eines deiner treuesten Männer entehrt. Vom Schmied höre ich, er habe diesen Wahnsinnigen gestern mit einem Pisspott auf dem Kopf vorgefunden. Dieses törichte, vernarrte Mädchen«, der Bischof zeigte auf Chiara, »hat ihn vor seiner eigenen Torheit gerettet. Außerdem führt er Gespräche mit der leeren Luft. Die ganze Nacht lang hat dieser Geisterbeschwörer Umgang mit Dämonen. Die Frau, die unter ihm wohnt, sagt, sie fürchte um ihr ewiges Leben, so laut seien die Geräusche von oben, das Stöhnen der verdammten Seelen, die er befehligt. Sein eigener Diener, Gimp, lebt in ständiger Todesangst vor dem Mann.«

Der Erzbischof ereiferte sich so sehr, dass ihm die Schlafmütze vom Kopf fiel. Als er sich danach bückte, verlor er das Gleichgewicht, und einzig der starke Arm des Hauptmanns der Wache bewahrte ihn davor, sich auf dem steinernen Fußboden das Genick zu brechen. Der Hauptmann bekam wenig Dank für seine Mühe. Der Erzbischof beschimpfte ihn wüst und rief nach seinem Stab und seinem Stuhl. Seine Diener schafften beides eiligst herbei.

»Ist das wahr?« Armine schien wie vom Donner gerührt. »Liebst du diesen Hugo?«, fragte er Chiara.

»Was?«, schrie Chiara. »Hugo? Du denkst, Hugo und ich seien ... Hugo? Hugo!« Sein Zorn war nichts verglichen mit dem, was Chiara empfand. »Ich würde mich lieber mit ... mit ... mit einem kranken Ziegenbock einlassen, als mit Hugo.«

Hugos Gast gab einen Laut von sich, als sei er dem Tode nahe.

»Und du«, rief Chiara und ließ ihren Blick über die Menge wandern. Niemand wusste recht, wen sie eigentlich meinte. »Du! Du hör bloß auf.« Chiara wollte noch etwas anderes sagen, aber alles, was über ihre Lippen kam, war ein heiseres Krächzen. Der Hauptmann der Wache gab ihr einen Becher Wein.

Desiderius war zutiefst verärgert; er wollte zurück zu seinem Zechgelage. Chiara hatte Durst, und außerdem war sie fest davon überzeugt, sich absolut lächerlich gemacht zu haben.

Hugos Gast bemerkte: »Ich kann mich nicht erinnern, wann ich mich das letzte Mal so gut unterhalten habe.«

»Ich wünschte, du wärst nicht tot«, murmelte sie mit zusammengebissenen Zähnen in den Weinbecher hinein. »Ich würde dich nämlich gern umbringen.«

Gestützt von zwei Männern der königlichen Wache tauchte nun auch Hugo auf. Selbst im Licht der Fackeln war deutlich zu sehen, dass irgendjemand Hugo grün und blau geschlagen hatte. Ein Auge war geschlossen, das andere konnte er kaum öffnen. Seine Oberlippe war geschwollen, die Unterlippe aufgeplatzt. Niemand hätte seine blauen Flecken zählen können, nicht einmal, wenn man die ausließ, die unter seiner Kleidung verborgen waren. Hugo schien halb bewusstlos zu sein und konnte sich kaum auf den Beinen halten.

»Habt Ihr ihn ertränkt?«, fragte Hugo Desiderius.

»Ertränkt?«, kreischte der Erzbischof. »Wen?«

Desiderius sah Hugo ungehalten an.

»Den Wolf«, erklärte Hugo und spuckte zwischen zwei abgebrochenen Zähnen einen Blutklumpen aus.

Der Erzbischof war aufgesprungen und bewegte sich plötzlich wie ein sehr viel jüngerer Mann. Er zielte mit seinem Amtsstab auf den Kopf des Königs, und der Hieb hätte Desiderius wahrscheinlich den Schädel gespalten, hätte der Hauptmann der Wache nicht die größte Wucht des Schlages mit seinem Schild abgefangen. Der Bischofsstab war mit Silber ummantelt und hatte ein Bleigewicht im Griff.

Wieder bekam der Hauptmann kaum einen Lohn für seine Anstrengungen. Der Bischof schlug mit seinem Stab nach ihm und beschimpfte ihn zum zweiten Mal in dieser Nacht. »Du elender Heide!«, brüllte der Bischof. »Meine Kirche befindet sich auf geweihtem Boden. Ich habe dir gesagt, dass ich dich exkommunizieren werde, wenn ich dich noch einmal dabei erwische, wie du jemanden im Keller meiner Kirche ertränkst ... Ich werde dir die Sakramente verweigern, ich werde dich in die Hölle bringen. In die Hölle ...« Der Erzbischof taumelte auf die Kirche zu.

Desiderius und die anderen folgten Hugo, der von der Wache gestützt wurde.

»Ich entschuldige mich«, sagte Armine zu Chiara. »Er kann unmöglich – ich meine, der Mann ist in einem solchen Zustand, dass ... Wie? Warum?«

Als die Menge den Keller erreichte, wurde klar, dass hier für eine ganze Weile niemand mehr ertränkt werden würde. Der Wachmann spähte in die Düsternis hinab, wo der Wassereinlauf fest verschlossen war. Die Kette, die den Verschluss davor mit dem Hebel verband, baumelte in der Dunkelheit von dem Tor herab.

Der Soldat bekreuzigte sich und erklärte dem Bischof: «Als wir versuchten, das Ende der Kette mit einer Stange herauszufischen, hat irgendjemand – oder irgendetwas – gelacht.«

Der Bischof rief in die Zisterne hinunter: »Ist da jemand?«

»Ja«, antwortete Maeniel. »Könnt ihr da oben wohl so freundlich sein, mir etwas zu essen und Wasser runterzuschicken?Ich habe Hunger und Durst.«

»Nein«, murmelte Hugo.

»Dämonen, Dämonen«, murmelte der Bischof.

»Monas Kleid?«, wiederholte Regeane.

»Monas Kleid«, bekräftigte die Frau.

»Ihr Name war Mona?«

»War?«, fragte die Frau.

»Sie ist tot«, antwortete Regeane.

»Tot? Sie kann nicht tot sein. Sie ist mit meinem Sohn verlobt.« Die Frau packte Regeane an der Schulter. Regeane spürte, wie ihre Nägel sich in ihre Haut bohrten. »Tot?«

»Sie sind alle tot«, sagte Regeane. »Ich habe sie am Fluss gefunden. Sie, die ältere Frau …«

»Itta.«

»Ja«, fuhr Regeane fort. »Itta hatte gerade Wäsche gewaschen. Ich glaube, ihre Tochter …«

»Mona.«

Regeane nickte. »Ich glaube, ihre Tochter war bei ihr. Die fünf Männer, die mir hierher gefolgt sind …«

»Fünf? Ich habe nur drei gesehen.«

»Ich glaube, die anderen waren hinter ihnen«, sagte Regeane, »aber diese Männer haben den Fluss überquert. Meiner Meinung nach wollten sie nur die beiden Frauen, aber die Männer – ich meine Ittas Ehemann …«

»Alberic?«

»Ja«, sagte Regeane, »und ein anderer Mann und ein Junge …«

»Avitus und Alan, sein Bruder und der Sohn seines Bruders.«

»Ja«, sagte Regeane. »Ich nehme an, es hilft, ihnen Namen geben zu können … Aber wie auch immer, als ich dort ankam, waren sie alle tot.«

»Nein!«, rief die Frau. »Du lügst. Du musst einfach lügen.«

Regeane hörte ein Knarren im hinteren Teil des Raums. Eine Treppe führte dort aus dem oberen Stockwerk nach unten; ein junger Mann lief die Stufen hinunter und kam auf Regeane zu.

»Alle tot? Frau, was sagst du da?«, rief er.

»Mein Sohn«, sagte die ältere Frau. »Mein Sohn, Robert.«

»Tot«, wiederholte Regeane. »Alle.«

Der Junge lief nach draußen.

»Nein«, schrie die Frau ihm nach, aber er schlug ihr die Tür vor der Nase zu und sagte: »Bleib hier, Mutter.«

»Nein, nein, nein«, flüsterte die Frau halsstarrig.

»Ich denke«, fuhr Regeane fort, »sie wollten die Frauen. Die Männer haben für ihre Frauen gekämpft, aber mit gut bewaffneten Söldnern konnten sie es nicht aufnehmen, und …«

»Das kann nicht sein. Ich habe erst gestern am Brunnen mit Itta über die Hochzeit gesprochen. Meinem Sohn gefiel es nicht, dass sie an der Furt lebten, da es so aussieht, als würde Karl, der Frankenkönig, den Krieg nun bald über die Berge tragen. Er hat Streit mit Desiderius.«

»Ja«, sagte Regeane.

Ein Lichtstrahl fiel durch den Fensterschlitz und zeichnete einen goldenen Streifen auf den Trog mit dem Brotteig. »Der Teig ist jetzt das erste Mal gegangen. Er muss durchgeknetet und in die Formen gelegt werden. Das Feuer im Ofen darf nicht umsonst brennen.«

»Komm, lass mich den Teig kneten«, bot Regeane an. Sie befolgte die Anweisungen der Frau und flocht den Teig, wie Matrona es sie gelehrt hatte: zu langen, schweren Zöpfen mit Oliven, Eiern und Öl. Regeane sah einige dieser Zöpfe an Drähten in der Nähe des Feuers hängen.

»Sie halten sich sehr lange«, erklärte die Frau, »und eignen sich gut als Vesperbrote. Die Männer nehmen die Brote mit aufs Feld. Ich flechte die Laibe, so dass es keinen Streit darüber gibt, wer das größte Stück bekommt. Ich bin Bäckerin; es ist mein Geschäft, Brot zu verkaufen.«

Und dann taumelte sie plötzlich zu einem Hocker in der Ecke hinüber und begann, in ihre Schürze zu weinen.

»O nein.« Regeane ging zu ihr und schlang die Arme um sie. »Ich wünschte, ich hätte dir bessere Neuigkeiten bringen können. Es tut mir so Leid. So furchtbar Leid.«

Nach nur wenigen Sekunden trocknete die Frau ihre Augen, zog sich die Schürze aus und holte sich eine saubere von einem Wäschestapel. »Itta hat sie gewaschen«, sagte sie. »Ich backe, und sie hat die Wäsche besorgt.« Und dann begann sie von neuem zu weinen, wobei sie immer wieder vor sich hin flüsterte: «Ich kann nicht aufhören. Irgendwie kann ich einfach nicht aufhören. Sie war meine beste Freundin.«

Den Anweisungen der Frau folgend, legte sich Regeane die Schürze um und schob die Formen und vier Schalen mit Eintopf in den Ofen.

»Sie bringen mir den Eintopf, um die Hitze auszunutzen, wenn ich backe«, erklärte die Frau.

Regeane nickte, dann schloss sie die Ofentür. Als sie fertig war und sich in einem Eimer die Hände wusch, begann die Frau von neuem zu sprechen.

»Du bist von hoher Geburt.«

»Woher weißt du das?«

Die Frau wirkte verärgert. »Kein Bauernmädchen hat Hände wie du.«

Regeane musterte einen Augenblick ihre Hände. »Ja«, sagte sie dann.

»Warum bist du hier?«

»Desiderius hat meinen Gemahl eingekerkert, den Fürsten Maeniel.«

»Nun, dann wirst du bald an deinem eigenen Kummer zu tragen haben. Er ist in der Flasche.«

»Der Flasche?«, wiederholte Regeane.

»Das ist die Zisterne unter der Kirche. Dort scheint man Gefangene zu ertränken.«

Regeane erhob sich, presste eine Hand auf ihre Brust und schloss die Augen. »Nein.«

»O doch.«

»Wie?«

Die Frau erklärte ihr, wie die Flasche funktionierte. »Es heißt, die Römer hätten sie gebaut, um die Stadt im Falle eines Angriffs mit reichlich Wasser bevorraten zu können, aber jetzt trinkt niemand mehr von dem Wasser dort. Zu viele Menschen, die sich dem Fürsten Desiderius in den Weg gestellt haben, sind dort gestorben. Gestern Nacht gab es einen Aufruhr auf dem Marktplatz, und es heißt, Fürst Maeniel sei noch am Leben. Aber wer weiß, wie lange?«

»Ja«, wisperte Regeane. »Ich muss ihn befreien. Würde der König auf ein Gnadengesuch hören?«

»Der Sturm, der von den Bergen übers Tal peitscht, kennt mehr Gnade als dieser Mann. Ich werde weder jetzt noch jemals wieder seinen Namen aussprechen, denn wenn das, was du sagst, wahr ist, hat er meine Freundin ermordet. Er drückt beide Augen zu, wann immer seine Soldaten ein Unrecht tun. Immer. Wir Leute aus der Stadt haben uns mehrmals vergeblich über die Plünderer beschwert. Angeblich gibt es Gesetze, die uns schützen. Als wir erobert wurden und uns in diesem Tal niederließen, haben wir darauf bestanden, unsere eigenen Gesetze zu behalten, aber er erkennt sie nicht an.«

Sie spuckte auf den Boden und verrieb den Speichel mit dem Fuß. »Ihm bedeuten wir weniger als das hier.

Mein Urgroßvater hat seinen Urgroßvater auf seinen Schild gehoben. Wir haben für ihn gekämpft. Wir haben ihn zum König gemacht. Und er – er verleugnet uns. Beningus, der Gesetzessprecher, wird heute Abend herkommen. Wir haben eine Zusammenkunft unserer … Begräbnisgesellschaft. Wir werden sehen, was er dazu zu sagen hat.

Wie ist dein Name?«

»Ich bin Regeane, die Tochter des sächsischen Fürsten Wolfstan.«

»Ja, ich habe von dir gehört. Nur Gutes, niemals Schlechtes. Ich bin Dorcas, Bäckerin aus Pavia. Ich übe das Gewerbe aus, das mein Vater und mein Ehemann vor mir ausgeübt haben. Wir sind uns nicht unter glücklichen Umständen begegnet, aber ich freue mich dennoch, dich zu kennen.«

Hugos Gast besuchte Maeniel. Maniel hatte sich mit seinem Pelz gegen die Kälte geschützt; in der unterirdischen Zelle war es feucht und kühl.

»Was willst du?«, fragte er Hugos Gast ziemlich barsch, nachdem er sich in einen Menschen verwandelt hatte, was unter diesen Bedingungen eine deutliche Verschlechterung seines Zustands zur Folge hatte. »Ich hoffe, du hast dem Mädchen nichts angetan.«

»Nein«, heulte der Bär. »Sie ist eins der wenigen menschlichen Wesen, die ich mag. Sag mir, kannst du mich sehen?«

»Ja, ich sehe eine Art Schatten, die Umrisse eines Bären, und wenn du mich jetzt entschuldigst, werde ich den Wolf rufen.« Er tat, was er gesagt hatte, und setzte sich, den Schwanz respektvoll um seinen Leib geschlungen, auf den Boden, um dem Bären weiter zuzuhören.

»Lass mich ein, ich bitte dich ein letztes Mal darum. Ich denke, dass ich dich wahrscheinlich immer noch retten kann, aber du musst mir die Benutzung deines Körpers gestatten.«

Der Wolf erhob sich und kehrte dem Bären sein Hinterteil zu, dann rollte er sich zusammen, zog sich den Schwanz über die Nase, um sie warm zu halten, und schlief ein.

»Sie werden dich töten«, rief der Bär. »Selbst wenn ich sie daran hindern kann, das Rohr wieder instand zu setzen – sie werden einen anderen Weg finden. Ich bin das Einzige, das dich vor ihnen schützen kann.«

Der Wolf schlug die Augen auf und blickte an seinem buschigen Schwanz vorbei zu dem Bären hinüber.

Der Bär stürmte hinaus und ließ dabei das Gitter über der Zelle, sämtliche Rohre und alles, was in der Kammer darüber nicht niet- und nagelfest war, erzittern.

Der Wachposten, der Soldat Sextus, saß oben auf der Kellertreppe. Er war wie gewöhnlich etwa halb betrunken, wurde aber bei dem Zornesgeheul des Bären auf der Stelle nüchtern und bekreuzigte sich. Als er gleich darauf nach dem Weinkrug greifen wollte, kam der Bär ihm zuvor, hob den Krug und schleuderte ihn mit voller Wucht neben Sextus an die Mauer. Vor den Augen des Wachsoldaten schien der Krug in die Luft zu springen und zu explodieren, und im nächsten Augenblick wurde der zu Tode erschrockene Mann mit Tonsplittern und Wein übergossen.

Der Bär riss die Kirchentüren auf und stürzte ins Freie, wobei er sich ganz so anhörte wie ein zerstörerischer Windstoß.

Sextus ergriff schreiend die Flucht.

Regeane half Dorcas bei den Vorbereitungen für die Versammlung. Das Treffen sollte in Dorcas' Laden stattfinden. Sie stellten einen Tisch auf schwere Böcke, und gemeinsam trugen sie aus dem oberen Stockwerk Bänke nach unten. Die Treppe war so angelegt, dass sie hochgezogen und so das Erdgeschoss vom Obergeschoss des Hauses abgetrennt werden konnte.

Regeane stellte fest, dass die Wohnräume im oberen Stockwerk behaglich und hübsch eingerichtet waren. Von den Fenstern im hinteren Teil des Raums hatte man einen Blick auf einen Innenhof mit einem Springbrunnen und einem Garten, in dem Kräuter und Gemüse wuchsen oder zumindest wachsen konnten, denn die Erde war umgegraben worden und wartete nur noch darauf, bepflanzt zu werden. In dem Kräuterbeet standen Rosmarin, Thymian, Borretsch, Knoblauch und andere Winterpflanzen.

An den Seitenwänden gab es keine Fenster, da sich das Haus diese Wände zu beiden Seiten mit anderen Gebäuden teilte. Zur Straße hin gab es dann wieder einige Fenster, die jedoch mit schwereren Läden versehen waren als die, die zum Innenhof hinausführten. In diesem Stockwerk standen etliche Klappstühle. Es gab sogar ein Bücherregal mit einigen Büchern darauf.

Dorcas zeigte auf eine ziemlich steile Treppe, die in ein weiteres Stockwerk hinaufführte. »Da oben sind die Schlafzimmer. Wenn es dir nichts ausmacht, heute Nacht mein Bett zu teilen, kann ich dir die Gastfreundschaft meines Hauses anbieten.«

»Ich danke dir«, sagte Regeane. An allen Wänden hingen Teppiche, die Dorcas selbst geknüpft hatte, und in der Ecke stand ein großer Webstuhl. »Ich habe leider nie weben gelernt«, sagte Regeane.

»Eine Edelfrau wie du?« Dorcas klang überrascht.

»Webstühle sind teuer, und mein Onkel und sein Sohn haben das ganze Geld verprasst«, erklärte Regeane.

»Es ist furchtbar, wenn eine gute Frau wertlosen Männern geopfert wird.«

»Ich glaube, genau das ist meiner Mutter widerfahren, aber andererseits hat sie auch auf meinen Onkel gehört und …«

»Und was?«

Regeane stellte fest, dass sie sich in ihrer eigenen Falle gefangen hatte. Sie wollte niemandem erzählen, wie ihr Vater gestorben war. »Sie hat ihren ersten Ehemann verraten. Ein Wahnsinn! Er war reich, und mein Onkel hoffte, sich etwas von seinem Geld sichern zu können. Wahrscheinlich ist ihm das auch bis zu einem gewissen Maß gelungen, aber es ist nichts Gutes daraus erwachsen.«

»So geht es mit solchen Ränken immer«, sagte Dorcas. »Geld ist am besten, wenn man es sich selbst verdient. Ich weiß Bescheid. Ich habe mein Leben lang gearbeitet.« Dann begann sie plötzlich wieder zu weinen.

Regeane versuchte sie zu trösten, aber Dorcas löste sich aus ihrer Umarmung. »Und was hat es mir eingebracht, all diese Arbeit? Ich habe ein paar Ersparnisse und wollte das Geld Itta anbieten. Sie hätte sich ein Haus in der Stadt kaufen und sich als Wäscherin niederlassen können. Sie war eine gute Wäscherin. Sie hätte mir das Geld zurückzahlen können. Oh, warum? Warum habe ich gezögert? Meine eigene gierige Selbstsucht hat meiner besten Freundin das Leben gekostet.«

Regeane weinte aus Mitleid mit und umarmte Dorcas abermals. »Sagen wir eher, du warst vorsichtig und hattest Angst. Die Welt ist ein grausamer Ort. Mach dir keine Vorwürfe. Wie konntest du wissen, dass etwas so Furchtbares passieren würde? Du hast dein Bestes getan. Sie hat die Arbeit, die du ihr gegeben hast, gewiss dringend gebraucht.«

Nichts von alledem schien Dorcas viel zu helfen. Regeane dachte an die Menschen, die sie liebte, an ihre Freundinnen Lucilla, Barbara, Matrona. Wie würde sie sich fühlen, wenn eine dieser Frauen auf eine so brutale und sinnlose Weise den Tod gefunden hätte? Sie wusste nicht, wie sie mit diesem Gedanken fertig geworden wäre.

Dann sah sie Robert die Straße heraufkommen. Er ritt auf einem Maultier. Regeane und Dorcas gingen ihm entgegen.

Chiara unternahm einen Spaziergang im Palastgarten. Jetzt, gegen Ende des Winters, war der Garten ziemlich trostlos, aber einige frühe Blumen, die Chiara nicht kannte, schoben bereits die Köpfe durch die Erde. Unter den Bäumen wuchsen büschelweise weiße und purpurfarbene Berglilien. Die Quitten und Apfelbäume waren voller Blütenknospen, die kurz davor standen, sich zu öffnen. Die Luft von den Bergen, die in der Ferne fast wie eine Fata Morgana glitzerten, war kühl und trug einen Hauch Feuchtigkeit vom Fluss herüber, den Duft wachsender Pflanzen, die sich aus der frisch gemulchten Wintererde ans Licht drängten.

»Es ist wunderschön«, flüsterte Chiara, während sie die Augen schloss und sich die Sonne aufs Gesicht scheinen ließ.

»Ja«, antwortete Hugos Gast.

Sie stieß einen verächtlichen Laut aus. »Du.«

»Ja, schon wieder.«

»Hast du Hugo diese grässlichen Dinge angetan?«, fragte sie streng.

Hugos Gast kicherte.

»Das ist nicht komisch.«

»Doch, ist es wohl. Hugo ist ein Stück Scheiße. Verschwende dein Mitleid nicht an ihn. Zum Teufel, wenn ich ihn nicht aufgehalten hätte, hätte der Hurensohn dich in deinem eigenen Garten vergewaltigt.«

Er hatte Recht. Hugo wäre zwar vielleicht nicht imstande gewesen, sein Vorhaben erfolgreich durchzuführen – Chiara hätte sich nicht nur gewehrt, sondern auch geschrien –, aber er hätte es versucht und sie dabei vielleicht verletzt. Chiara biss sich auf die Unterlippe. »Du hast Recht«, gab sie schließlich zu, »aber trotzdem, was ist eigentlich passiert?«

Der Bär knurrte.

»Lass das sein«, sagte Chiara. »Also, was ist passiert? Begreifst du nicht, dass ich mich nicht für etwas Besonderes halte? Ich mache mir Sorgen. Was würdest du mir antun, wenn du auf mich wütend wärst?«

»Nichts, und das weißt du auch. Ich hätte nicht zorniger sein können, als ich es gestern Nacht war.«

Chiara kicherte.

»Und du lass *das* sein. Ich schätze es nicht, wenn man mich auslacht. Das ist zu entwürdigend.«

»Die Versuchung war einfach zu groß.«

Der Bär wirbelte abermals herum. »Chiara, ihr Geschöpfe bezieht die Energie, von der ihr lebt, aus eurer Nahrung. Pflanzen beziehen sie irgendwie von der Sonne. Wenn sie zu lange im Dunkeln stehen, so wie es einmal mit der Erde geschehen ist, dann sterben sie.«

»Wo war denn damals die Sonne?«, fragte sie mit einem Anflug von Entsetzen.

»Bitte mich nicht ständig um Erklärungen für eine Sache, während ich dir eine andere zu erklären versuche.« Der Bär, Hugos Gast, klang gereizt.

Chiara, die inzwischen ganz Ohr war, bat ihn weiterzusprechen. Sie klang sehr gesetzt und erwachsen, und der Bär fühlte sich gegen seinen Willen erheitert und beschwichtigt. Er konnte nicht lächeln, aber sein ganzes Wesen kräuselte sich zu einem sanften Lachen, und Chiara sah den Schimmer dieses Lachens.

»Also schön«, fuhr er fort. »Ich ... ich brauche ebenfalls Energie. Und ich beziehe sie vor allem«, fügte er hinzu, weil sie immer noch ein wenig entsetzt dreinschaute, »aus meiner Beziehung zu fühlenden Wesen. Ohne sie muss ich sterben.«

»Sterben?«

»Ich bin mir nicht sicher,Chiara, ob sterben in meinem Fall das richtige Wort ist. Vielleicht würde ich einfach nur lange schlafen und dann wieder aufwachen ... unter bestimmten Bedingungen.«

»Ein Rätsel?«

»Du bist so jung, Chiara. Das ganze Leben ist ein Rätsel. Geboren in vergifteter Luft aus dem Zusammenprall von Blitz, Wind und Regen über einer tosenden See.«

»Gott hat das Leben geschaffen?«, fragte Chiara atemlos.

»Das kann ich dir nicht sagen, weil ich es nicht weiß. Falls Gott ... die Werkzeuge, die er zur Erschaffung des Universums benutzt hat, gehen über das Begreifen sterblicher Wesen hinaus. Sie sind weitaus vielschichtiger, als diese einfältigen Priester es dir einreden wollen.«

»Ich ... verstehe nicht.«

»Nein, und du wirst es auch nie verstehen. Ich verstehe es ebenso wenig, und ich bin ein ganzes Jahrtausend älter als du.«

»Ein Jahrtausend sind tausend Jahre«, sagte Chiara.

»Ja.«

Chiara blickte über den Fluss hinaus zu den Bergen. »Tausend Jahre«, flüsterte sie. »Tausend Jahre? Kein Wunder, dass du Hugo für einen Dummkopf hältst. Was musst du erst von mir halten?«

»Ich würde Hugo auch dann noch für einen Dummkopf halten, wenn er tausend mal tausend Jahre lebte. Und ob ich dich für einen Dummkopf halte? Nein – nur für sehr, sehr jung. Und ich beneide dich und deinesgleichen um eure Verbundenheit zur Erde, zu dem, was für mich eine alternative Realität ist. Obwohl diese Erdverbundenheit auch bedeutet, dass ihr sterben müsst.«

»Ja, das ist sicher richtig, aber an einem Tag wie diesem scheint der Tod sehr weit weg zu sein.«

»Ist es sehr schön?«, fragte er beinahe sehnsüchtig.

»Kannst du es nicht sehen?«

»Ich nehme es wahr, aber das ist nicht dasselbe. Lass mich … Chiara?«, fragte er. »Bitte, lass mich nur eine Sekunde lang durch deine Augen sehen, ja?«

Chiara zuckte vor der schwachen Bewegung, die sie in der Luft wahrnehmen konnte, zurück. »Nein.« Sie klang erschrocken. »Hast du so deine schreckliche Macht über Hugo erlangt? Hast du ihn dazu überredet …«

Weiter kam sie nicht, weil ein furchtbarer Windstoß ihr aus dem Nichts entgegenpeitschte, ihr das Haar aus ihrem Netz riss und an ihren Röcken zerrte, während sie sich umdrehte, um sich vor dem Angriff zu schützen. Aber so schnell es gekommen war, war es auch wieder vorbei, und Chiara blieb zerzaust, verängstigt und absolut allein im Garten zurück.

Regeane ging mit Dorcas nach unten, um Robert hereinzulassen. Er kam taumelnd näher und fiel seiner Mutter in die Arme. Er sah grau und erschüttert aus. Dorcas drückte ihn an sich. »Oh, mein Sohn.«

Er schluckte, und Regeane sah, wie seine Brust sich hob und senkte, während er nach Luft rang. »Mutter, gib mir einen Augenblick Zeit. Es ist mir fast unmöglich, von dem zu sprechen, was ich gesehen habe, aber lass mich nur eines sagen.« Er zeigte auf Regeane. »Sie hat die Wahrheit gesagt, sie sind alle tot. Aber an dich habe ich noch eine Frage.« Er starrte Regeane an. »Hattest du irgendetwas mit ihrem Tod zu tun?«

»Nein«, antwortete Regeane entschieden.

»Bist du allein unterwegs?«

»Ja. Ich bin dem Fluss gefolgt, in der Hoffnung, meinen Gemahl, Maeniel, retten zu können.«

»Dein Gewand ...«

»Ich brauchte eine Verkleidung.«

»Dann hast du dir eine ziemlich törichte Verkleidung ausgesucht.«

Regeane nickte. »Das begreife ich jetzt auch.« Sie ballte die Fäuste und öffnete sie wieder.

»Dein Gemahl ist den Leuten hier in der Gegend wohl bekannt. Er steht in dem Ruf, ein Zauberer zu sein, und es heißt, er und seine Anhänger seien keine gewöhnlichen Menschen, sondern gehörten zu der wilden Jagdgesellschaft, die die Wolken reitet, wenn die Stürme im Herbst von den Bergen fegen, um die Erde mit bitterkalten Winden zu geißeln. Und wenn die Hitze in den Sommernächten den kühlenden Donner aus den Wolken herabzieht und Blitze, so hell wie der Tag, über dem Weizen und dem Reis in den Biegungen gewaltiger Flüsse tanzen, dann reitet ihr beide, du und dein Gemahl, mit dem ersten Jäger auf den hohen Wolken, auf Rössern geboren aus Gewitterwolken, und schwelgt in den Liebkosungen des nächtlichen Regens.«

»Ja«, antwortete Regeane. »In gewisser Weise ist das wohl die Wahrheit, aber denk auch daran, dass die Erde die Früchte des Sturms trägt, der das Land mit Regen überzieht. Es kann etwas in seiner majestätischen Kraft durchaus schrecklich wirken, ohne deshalb böse zu sein. Weder mein Gemahl noch ich würden den Unschuldigen Schaden zufügen oder ihnen willentlich Ungemach bereiten. Ich habe die Toten gefunden, die du gesehen hast, und ich trauere mit dir, um der Grausamkeit und der Sinnlosigkeit solcher Taten willen.«

»Es ist wahr«, sagte er. »Keine Frau hat das getan, was Mona und Itta angetan wurde, und sie sind alle durch Stahl umgekommen.« Mit diesen Worten begann er zu weinen. Dorcas versuchte ihn zu trösten, brach aber dann selbst in ihrem Kummer zusammen, und eine Weile weinten sie miteinander.

Schließlich fand Robert seine Fassung wieder und begann mit leiser Stimme zu erzählen. »Als ich zum Fluss ritt, habe ich zwei andere Männer mitgenommen, Gannon und Sheiel. Wir haben die Leichen gefunden. Jemand hatte sie zugedeckt und versucht, ihre Gliedmaßen auf geziemende Weise zurechtzulegen.«

Regeane nickte.

»Ja, wir haben deine Fußabdrücke gesehen. Als wir alles getan hatten, was wir tun konnten, haben wir sie im Fluss gewaschen und ihr Fleisch von den Spuren von Frevel und Mord gereinigt. Dann haben wir sie in saubere Leinentücher gehüllt, die Itta im Haus hatte. Wir haben uns beraten und sind zu dem Schluss gekommen, dass es das Beste wäre, sie nicht vor den Augen aller in die Stadt zu bringen, denn die Männer, die für dieses brutale Verbrechen verantwortlich sind, könnten leicht fliehen. Deshalb liegen die Leichen behütet in ihrem Haus. Gannon hat nach seiner Ehefrau geschickt, und sie ist mit einigen der anderen Frauen und Sheiel am Fluss zurückgeblieben.

Dann haben Gannon und ich mit Johns gesprochen. Ihm gehört die Taverne, in der die Soldaten Quartier genommen haben. Er und die anderen Männer sind der Meinung, dass diese Soldaten mit ziemlicher Sicherheit die Schuldigen sind. Sie haben die Taverne beim ersten Tageslicht verlassen. Als Johns sie nach ihrem Ziel fragte, erzählten sie ihm unter großem Gelächter, dass sie auf die Jagd gehen wollten. Wir glauben, dass sie den Überfall auf die beiden Frauen genau geplant hatten; sie wussten, dass Itta und Mona in der Kühle des Morgens die Wäsche zu waschen pflegten, um sie in der Sonne zu trocknen, wenn diese am höchsten stand. Mutter, wir haben in einem Bündel neben Itta ein Dutzend von unseren Schürzen gefunden. Sie scheinen Itta und Mona als Erste überfallen zu haben, aber Mona hat sich gewehrt; tatsächlich hat einer der Männer Kratzer im Gesicht, und ein anderer ist verletzt. Wir glauben, dass diese Kratzer von Mona stammen. Sie hatte Blut unter den Fingernägeln. Sie muss es geschafft haben, zu ihrem Vater zu kommen, zu Alberic. Er und sein Bruder haben gekämpft. Wir glauben, dass sie einen der Angreifer verletzt haben, aber sie wurden überrascht und hatten keine Waffen. Alle drei haben im Kampf ihr Leben gelassen.

Dann haben sie ... diese menschlichen Hunde ... Mona weggeschleppt.« Robert schwieg einen Moment. »Sie trug meinen Ring, und die Soldaten haben ihr den Finger abgehackt, um den Ring zu stehlen. Deshalb bin ich mir so sicher, dass sie es waren. Johns sagte, als sie von der ›Jagd‹ zurückkamen, hätten sie für eine weitere Nacht ihr Quartier bezahlt. Als einer der Männer in seinem Bündel nach dem Geld kramte, hat Johns den Ring gesehen. In dem Augenblick dachte er sich nichts dabei. Er glaubte, es müsse ein ähnlicher Ring sein, aber als wir ihm von der Tragödie erzählten, berichtete er uns, was er gesehen hatte.«

Regeane flüsterte: »Ihr Finger. Ich habe nichts bemerkt ... aber es war auch überall Blut, so viel Blut.«

»Mutter, ich möchte, dass diese Männer sterben«, fuhr Robert beinahe gelassen fort. »Ich möchte sie alle tot sehen. Es schert mich nicht, ob der König sie hängt oder ob ich ihnen eigenhändig die Kehle durchschneide, aber ich will sie tot sehen. Und ich will sie in der Hölle wissen, bevor ein weiterer Tag vergeht.

Wir werden nach dem Gesetz verfahren. Das lombardische Gesetz gibt uns gewisse Rechte. Wir werden von Desiderius Gerechtigkeit verlangen. Seine Männer werden den Menschen seines Volkes kein Leid zufügen, ohne dafür zu bezahlen.«

»Bisher«, wandte Dorcas ein, »hat er nicht die geringste Bereitschaft gezeigt, seinem Volk Gehör zu schenken. Mona ist nicht die Erste, mein Sohn. Lillas wurde vor einigen Wochen auf dem Weg zum Brunnen überfallen. Sie ist ganz jung verheiratet und wollte natürlich nicht sagen, was passiert ist. Gott sei mein Zeuge, ich hätte es auch nicht getan. Sie wollte weder über ihre eigene Familie noch über die ihres Mannes Schande bringen, aber sie hat das Kind, das sie unterm Herzen trug, verloren. Als ihr Vater und ihr

Schwiegervater den König zur Rede stellten, lachte er ihnen ins Gesicht, und zwei Tage später wurde Lillas' Ehemann fast auf der Schwelle zu seinem eigenen Haus auf der Straße getötet. Und niemand hat den Mut, die Mörder beim Namen zu nennen, obwohl mindestens zehn Leute gesehen haben, wer sie waren.

Jetzt sitzt Lillas in ihrem Haus und betrauert ihren Mann und ihr Kind. Mein Sohn, ich will nicht in meinem Haus sitzen und um das letzte und beste meiner Kinder trauern – um dich.«

»Mutter, ich wäre kein Mann«, sagte Robert leise, »wenn ich so etwas dulde, ohne Rache zu verlangen.«

»Erlaubt mir, euch zu helfen«, sagte Regeane leise.

»Wie könntest du uns von Nutzen sein?«, fragte Robert. »Du bist eine zierliche Frau und ohne Waffen.«

»Ich habe Waffen, die du nicht sehen kannst, ich und auch mein Gemahl. Nehmt mich mit, wenn ihr den König zur Rede stellt.«

»Wir müssen die Angelegenheit noch heute Abend bereinigen«, sagte Robert. »Aber ich wüsste nicht, was dagegen spräche, dich mitzunehmen.

Wir haben nach Beningus geschickt. Er wird sich unseren Fall anhören und uns das Gesetz erklären.«

Jemand klopfte an die Tür, und Dorcas eilte durch den Raum, um zu sehen, wer draußen stand, und ihn hereinzulassen. Regeane legte indessen ein schweres Tischtuch auf den Tisch und stellte die Schalen für die Suppe zurecht, mit der die Mahlzeit beginnen würde. Robert half Dorcas, die Bänke aufzustellen. Langsam füllte sich der Raum mit Menschen, die sich leise mit Robert und Dorcas unterhielten und sie dann umarmten.

Man setzte sich gemeinsam zum Essen. Regeane und Dorcas brachten das Brot und die vier Suppentöpfe auf den Tisch. Es gab dicke Bohnen mit gesalzenem Schweinefleisch, gedämpftes Huhn mit Safran und Frühlingsgemüse, Schweineschulter mit Nelken, Äpfeln und Wein und schließlich gekochte Linsen mit Schinken und Eierstich.

Als Beningus ankam, nahm er am einen Ende der Tafel Platz. Robert saß am anderen Ende. Er hatte wenig Appetit, und während immer mehr Menschen herbeiströmten, schaffte er zusätzliche Bänke in den Raum und bediente seine Gäste aus den Töpfen auf dem Tisch.

Inzwischen wurde es draußen dunkel, und einige Leute holten Kerzen, Fackeln und Binsenlichter. Robert hatte mehrere Fackeln in die Wandhalter gesteckt. Ihr Licht erhellte den Raum. Als alle mit dem Essen fertig waren, wurden die Tische abgebaut und zusätzliche Bänke und Stühle aus den Nachbarhäusern herbeigeschafft. Inzwischen wurden sie dringend benötigt. Regeane schätzte, dass sich über hundert Menschen in dem Raum drängten. Die meisten waren Männer, aber es gab auch einige Frauen unter ihnen.

»Witwen«, erklärte Dorcas, »wie ich selbst; sie sind die Familienvorstände. Viele von ihnen heiraten kein zweites Mal, genauso wie ich. Sie haben Angst, die Zukunft ihrer Kinder zu gefährden. Ein zweiter Ehemann könnte den Wohlstand, den der Erste zusammengetragen hat, leicht vergeuden.«

Dann spähte Dorcas durch den Fensterschlitz. »Es ist dunkel«, erklärte sie.

Robert stellte sich neben sie. »Es ist dunkel, und wir haben keinen Mond. Holt sie jetzt her«, sagte sie zu ihm.

Er nickte und ging. Einige andere Männer begleiteten ihn, um die Toten zu holen. Sie waren allesamt in Leintücher gehüllt, und nur ihre Gesichter waren zu sehen, Gesichter, die jene letzte unirdische Ruhe zeigten, wie sie selbst den Opfern gewaltsamer Morde eigen ist, wenn sie die Reise angetreten haben, an deren Ende sie nur noch Staub sind.

Dorcas stand weinend bei Itta und den Männern. Andere stimmten in ihre Trauerklage ein, aber Robert blieb still. Er stand schweigend neben Monas verhüllter Gestalt. Von Zeit zu Zeit seufzte er, und einmal berührte er mit dem Rücken seiner schwieligen, rauen Hand ihre Wange.

Regeane stand wortlos zwischen den trauernden Menschen. Nach einer Weile hob Robert den Kopf, und als er Regeanes Blick auffing, winkte er sie zu sich. Die Fackeln waren inzwischen heruntergebrannt. Die Wachslichter schmolzen, und das einzige Licht kam jetzt von den Kerzen, die am Kopf und zu den Füßen einer jeden der fünf Leichen brannten. Die Toten lagen zusammen auf einem Weidengeflecht, das über dieselben Böcke gezogen worden war, auf denen zuvor der Essenstisch geruht hatte.

»Erzähl uns, was passiert ist«, bat er Regeane. »Und sag uns, wenn du kannst, wer die Schuldigen sind.« Dann entblößte er Monas Hand. Regeane sah jetzt, dass ein Finger fehlte. Robert legte Monas Hand in die ihre.

Ohne zu zögern, umfasste Regeane die reglosen, kalten Finger mit beiden Händen. Ihr wurde bewusst, dass sich eine tiefe Stille über den Raum gesenkt hatte. Sie versuchte, Roberts Blick einzufangen, aber er sah konzentriert in eine andere Richtung.

»Was glaubst du, was sie jetzt tun wird? Bluten?«, fragte Regeane. Sie sprach von dem Aberglauben, dass eine Leiche zu bluten beginne, wenn der Mörder sein Opfer berührt, selbst wenn die betreffende Person schon viele Stunden tot ist.

Der Fingerstummel blieb, was er war: rohes Fleisch. Auf Regeanes Fingern war kein Tropfen Blut zu sehen. »Ich musste es wissen«, sagte Robert.

Regeane legte Mona die Hand wieder auf die Brust und trat zurück. Sie sah weder Robert noch die Menschen um sich herum an, sondern blickte nur in Monas regloses Gesicht.

»Die fünf Soldaten, die in dem Gasthaus am römischen Tor in der Nähe des Flusses Quartier genommen haben, sind die Schuldigen. Sie haben das Verbrechen zusammen geplant. Sie haben alle an der Vergewaltigung und an den Morden Anteil gehabt. Sie haben die Stadt ganz früh am Morgen verlassen, um nicht gesehen zu werden, und sie haben am Fluss auf den Sonnenaufgang gewartet. Wenn ihr euch dort umseht, werdet ihr eine Lichtung finden, auf der sie ihre Pferde angebunden haben.

Als die Sonne aufging, kamen Itta und Mona zum Fluss, um ein großes Bündel Wäsche zu waschen. Die Männer blieben im Haus, alle bis auf einen, der sich einer Gruppe von Köhlern angeschlossen hatte und Holz fällen ging.«

»Wie kannst du das wissen?«, fragte Robert.

Regeane krallte die Hände in den Stoff ihres Rockes und sagte mit Nachdruck: »Ich weiß es.«

Dorcas sagte: »Avitus' Bruder ist Köhler. Robert, sei still. Sie ist nicht dazu verpflichtet, uns zu sagen, wie sie zu ihrem Wissen kommt. Sprich weiter, Regeane.«

»Itta hat sich gewehrt. Sie hatte ein Messer. Sie hat einen der Soldaten verletzt und einen anderen mit ihren Nägeln zerkratzt. Die junge Frau rannte fort, um Hilfe zu holen. Ihr Vater und sein Bruder und sein Neffe waren in der Nähe des Bootes und schürten ein Feuer. Sie hatten keine Chance. Die Soldaten fielen über sie her, bevor sie die armseligen Waffen ergreifen konnten, die sie bei sich hatten. Sie wurden an Ort und Stelle getötet, sogar der Junge.

Die Soldaten schleppten Mona dann zum Fluss hinunter.« Regeane hielt inne. Sie wusste, was dann passiert war, aber sie wollte es nicht sagen. Nicht dem Mann, der die junge Frau geliebt hatte. Ihr Tod war zu furchtbar gewesen.

»Die anderen waren bereits tot«, sagte Robert. »Also konnte ihr niemand mehr helfen.«

»Nein.« Regeane schwieg.

»Ich wünschte, ich wäre da gewesen«, sagte Robert.

»Dann hätten sie dich ebenfalls getötet«, erwiderte Regeane. Ihre Stimme klang rau. »Der Tod klebt an diesen Männern, wie Nebel an Wasser haftet.«

»Ja«, sagte Robert und griff nach Monas Hand. »Ich weiß.« Dann verfiel auch er in Schweigen.

Regeane stand mit gesenktem Kopf neben ihm. Als sie aufsah, fiel das Kerzenlicht in ihre Augen. Sie blitzten wie gespiegelte Monde in dem dunklen Raum auf.

»Sie haben mich verfolgt«, sagte sie. »Du hättest mich nicht aufhalten sollen. Die Männer allein hätten mich nicht überwältigt. Ich hatte die Absicht, *sie* zu überwältigen.« Sie hob eine Hand; ihre langen Nägel sahen aus wie Krallen.

Die Menge keuchte, aber Robert ging zur Wand und entzündete an einer verlöschenden Fackel eine neue, und es wurde wieder hell im Raum. »Beningus, erzähl uns, was das Gesetz sagt.«

Ein hochgewachsener, ziemlich magerer Mann trat aus der Menge hervor und begann zu der Versammlung zu sprechen. »Ihr habt mich gewählt«, sagte er. »Vor langer Zeit, als auf Papier geschriebene Worte für uns nur ein fremdländisches Wunder waren, haben sich die Männer und Frauen unserer Familie die Gesetze eingeprägt, und wenn bei unseren Zusammenkünften jemand mit einem Streit kam, der die Aufmerksamkeit unserer größten Männer lohnte, konnten wir dem Betreffenden sagen, was die Gesetze unter diesen Umständen verlangten. Wir standen Seite an Seite mit unseren Anführern und sprachen davon, wie man in der Vergangenheit Zwistigkeiten und Meinungsverschiedenheiten begegnet war. Und wir gaben eine Empfehlung für das an uns herangetragene Problem, auf dass der Frieden unter uns bewahrt werden könne.

Aus diesem Grund habe ich niemals lesen und schreiben gelernt. Denn jetzt wenden die Könige sich an modrige Bücher voller Symbole, die nur wenige Menschen verstehen, und sie deuten das Gesetz zu ihrem eigenen Vorteil. Aber ich und meinesgleichen, wir sind lebende Gefäße für das, was gewesen ist und was sein sollte, und es ist uns verboten, die Lehren, die wir empfangen haben, zu unserem eigenen Vorteil zu verbiegen. Wir dürfen keine Bezahlung für unsere Dienste annehmen. Unser Gewerbe – wir sind Händler und Gerber – ernährt uns. Und es ernährt uns gut. Im letzten Jahr habe ich recht ordentlich verdient.«

Leises Lachen ging durch den Raum.

Robert seufzte und flüsterte Regeane zu: »Beningus' Familie ist weithin für ihre Ehrlichkeit bekannt.«

»Sag uns, was wir tun müssen, Beningus«, verlangte Dorcas.

»Ich habe darüber nachgedacht«, erwiderte er. »In diesem Falle kommen die Gesetze gegen Bandenwesen und Frevel zur Anwendung.«

»Begehren war auch mit im Spiel«, bemerkte ein Mann aus der Menge.

»Ja, aber die Gesetze gegen Begehren sind auf Ehe und Besitzfragen anwendbar, nicht auf Mord, und dies war Mord. Das Gesetz schützt Frauen vor Frevel und Männer vor heimlichem Mord. Den

Frauen wurde nicht nur Frevel angetan, sie wurden auch ermordet. Die Männer wurden heimlich und lautlos ermordet. Das Gesetz gegen Bandenwesen findet deshalb Anwendung, weil diese Männer Außenseiter sind und nicht aus unserer Mitte stammen. Aber das Gesetz verlangt, dass der König oder Häuptling einer Stadt die Menschen vor Diebstahl und körperlicher Versehrung schützt. Also darf er sie, ob sie nun seine Soldaten sind oder nicht, nicht vor der gegen sie erhobenen Anklage schützen. Und sollten sie sich als schuldig erweisen – nun, dann muss er sie hängen.

Ein König, der nicht für Gerechtigkeit sorgt, taugt nicht zum König. Ein König, der den Frieden nicht bewahren kann, ist überhaupt kein König.«

Es lag eine ungeheure Stille über dem Raum, eine Stille, die laut und lang anhaltend war. Regeane wusste, dass hier etwas Gewaltiges geschah. Sie wusste, dass sie die Geburtsstunde eines Wandels miterlebt hatte, der eines Tages die Welt erschüttern würde.

Dies war eine bescheidene Zusammenkunft einiger weniger mitleidiger Seelen, die um eine Hand voll unwichtiger, durch ein Unglück zu Tode gekommener Männer und Frauen trauerte. Regeane konnte sich nicht vorstellen, inwiefern dieses unbedeutende Ereignis die Geschichte kommender Jahrhunderte beeinflussen oder warum sie dem ungeheuer mächtigen Desiderius Unbehagen bereiten sollte, aber genau das würde geschehen. Sie wusste es, weil Remingus und seine Männer unter den Menschen in diesem Raum anwesend waren.

Sie konnte sie überall sehen, einige als Schatten, die die Gesichter und Körper lebendiger Männer und Frauen überlagerten; andere brachten die absolute Dunkelheit des Grabes mit sich und höhlten Nischen in den Schatten aus, die die Lebenden instinktiv mieden, weil sie sie als die Domäne der Toten erkannten. All diese Männer waren gezeichnet von dem Grauen ihrer Sterblichkeit und von ihrem Eintritt in die Ewigkeit, angefangen von Remingus, der an einem karthagischen Kreuz dahingesiecht war, bis zu den übrigen, die ihre tödlichen Wunden trugen.

Ehre, dachte Regeane. *Ehre und Verhängnis. Diese Männer ha-*

ben ihr Leben im Antlitz der Sonne der Ehre und der Zerstörung anheim gegeben, auf dass ihre jeweilige Welt weiterlebte. Sie wussten, dass es im Leben nicht um persönlichen Gewinn und Verlust geht und man nicht beides wie in der Rechnung eines Kaufmanns am Ende vergleichen kann. Wir sind alle mehr und zugleich weniger als das Fleisch, das wir von der Geburt bis zum Tod tragen, aber wir wissen niemals genau, warum das so ist.

Chiara erwachte, als sie die Anwesenheit von Hugos Gast im Raum spürte. Insgeheim war sie vor allem erleichtert. Sie hatte sich seinetwegen Sorgen gemacht, da sie sich nach ihrer letzten Begegnung nicht als Freunde getrennt hatten. Sie fürchtete, dass er vielleicht nicht länger zu ihr sprechen würde, und sie stellte – zu ihrer großen Überraschung – fest, dass sie ihn vermissen würde. Verglichen mit dem vagabundierenden Geist waren die meisten Menschen, mit denen ihr der Umgang erlaubt war, todlangweilig. Wie die meisten Mädchen ihres Alters lebte sie buchstäblich in einem Gefängnis; die Erhaltung dessen, was ihre Familie als ihre Unschuld ansah, nahm langsam übermächtige Bedeutung an, während sie sich dem heiratsfähigen Alter näherte. Die Begegnung mit anderen Menschen war in den letzten Jahren für sie immer schwieriger geworden.

Ihr nächtliches Abenteuer hatte ihrem Vater große Angst gemacht, obwohl sie mit unversehrtem Ruf daraus hervorgegangen war. Dies war angesichts der Umstände ein Wunder, aber Armine hatte daraus dennoch den Schluss gezogen, dass seine Tochter unbedingt vor den Gefahren und Versuchungen der Welt geschützt werden müsse. Zu diesem Zweck wurde Chiara in ein im tiefsten Hausinneren gelegenes Zimmer mit Blick auf einen hübschen Garten umquartiert.

Ihre neue Zofe, eine mürrische und grimmige alte Frau, entstammte der Gemeinschaft der Einsiedler, die sich dem Dienst an Gottes heiliger Kirche geweiht hatten; diese Frau schlief jetzt in dem Zimmer von Chiara. Da das Gebäude vier Stockwerke hoch war und der einzige Eingang zu Chiaras Schlafgemach durch das Zimmer von Bibo führte – so hieß die Nonne aus dem Kloster –, war Chiara klar, dass sie ohne elterliche Erlaubnis und Überwachung nirgendwo mehr würde hingehen können.

»Sehr schön. Du hast mir alle möglichen Scherereien mit meinem Vater eingebrockt, ganz zu schweigen vom Bischof und vom König, und dann entschuldigst du dich nicht einmal bei mir. Und schlimmer noch, du kommst nicht einmal vorbei, um mit mir zu reden. Ein schöner Freund bist du.«

»Dein Vater ist ein Unschuldslamm und weiß alles über Tuch und seine Herstellung und den schwierigen Transport ganzer Stoffballen von einem Ort zum anderen, ganz zu schweigen von der Frage, wie er die besten Preise für seine Waren erzielen kann, sobald er sie nach Hause bringt. Aber er ist Wachs in den Händen eines jeden hohen Herrn, der ihm eine Brücke über den Tiber bei Rom verkaufen möchte.«

Chiara dachte einen Augenblick über diese Bemerkung nach. »Womit du den Papst meinst.«

»Genau.«

»Oh.«

»Ja. Und jetzt steh auf. Diese alte Hexe im Nebenzimmer ist bereits wach und versucht auf den Knien Buße für irgendwelche Sünden zu tun, die wahrscheinlich selbst Gott lange vergessen hat. Wenn sie auch nicht die eine Seite dieser Unterhaltung hören kann, so doch gewiss die andere. Sie wird dich bestenfalls für verrückt halten und schlimmstenfalls für besessen, wenn sie dich Selbstgespräche führen hört, und sie erstattet deinem Vater wahrscheinlich regelmäßig Bericht. Falls du Zweifel an ihrer Wahrheitsliebe deinem hingebungsvollen Erzeuger gegenüber hegen solltest, so sei versichert, dass er eher ihrer Version der Dinge Glauben schenken wird als deiner.«

»Ich bin nicht angezogen«, wandte Chiara ein.

»Du trägst Unterwäsche, ein Leinenhemd und ein wollenes Nachthemd. Nicht einmal eine Nonne könnte dich im Augenblick an Keuschheit übertreffen. Und jetzt sieh zu, dass du auf den Balkon hinauskommst.«

»Du bist reichlich anmaßend«, sagte sie, gehorchte aber dennoch.

»Und du sitzt im Augenblick gewaltig in der Patsche«, erwiderte der Geist. »Aber du wirst dir anhören, was ich zu sagen habe.«

Chiara drückte die Balkontüren auf, wobei sie sich größte Mühe gab, möglichst leise zu sein. Die Nacht war klar. In der Luft lag noch eine scharfe winterliche Kühle, und der Himmel war übersät mit Millionen von Sternen. Aber es war vollkommen windstill, und Chiaras Nachthemd und die wollenen Socken waren warm. Um ein Haar hätte sie gerufen: «Wie wunderschön!« Aber dann fiel ihr gerade noch rechtzeitig der Grund für ihren letzten Streit mit dem Geist ein, und sie wollte keinen neuen Streit, zumindest nicht schon so bald.

Aber er antwortete dennoch auf ihre unausgesprochene Bemerkung. »Ja, es ist schön.«

Chiara traute sich gerade eben ein Nicken zu, mehr nicht. Der Geist fuhr fort. »Ich bin heute Nacht nicht hergekommen, um mit dir über die Wunder der Schöpfung zu debattieren, sondern um dir eine weitaus wichtigere Nachricht zu überbringen. Sowohl deinem Vater als auch dem König stehen gewaltige Schwierigkeiten ins Haus.«

»Was ist passiert?«

»Das erste und unwichtigste Ereignis im Augenblick ist, dass Karl, der Frankenkönig, über die Alpen anrückt. Ehrlich, ich bewundere die Weitsicht des Wolfs, der sich ausgerechnet diesem Herrscher angeschlossen hat. Karl zeigt für ein menschliches Wesen, noch dazu eins von edler Geburt, ein ungewöhnlich hohes Maß an Tüchtigkeit und Intelligenz. Gerade diese Unterart menschlicher Wesen – die Hochwohlgeborenen meine ich – verfügen im Allgemeinen etwa über die geistige Kapazität von Läusen; dieser Karl dagegen scheint mir ein äußerst fähiges Individuum zu sein. Was übrigens Böses für den feigen und hinterhältigen Lombardenherrscher ahnen lässt.«

Chiara sagte: »Hä?«

»Karl ist klug und mutig. Desiderius ist dumm, feige und unfähig. Was glaubst du, was passieren wird?«

»Oh«, sagte Chiara, »man soll den Tag nicht vor dem Abend loben.«

»Das stimmt«, antwortete der Geist schneidend. »Wichtiger als dies ist jedoch der Umstand, dass die Menschen in Pavia und den umliegenden Gebieten genug haben von den Verbrechen der Söldnertruppen, die euer nutzloser König zur Verteidigung seines Territoriums angeheuert hat. Er vertraut weder seinem Volk noch seinem Adel, und das mit gutem Grund. Er hat sich auch niemals um die Loyalität von Volk und Adel bemüht.

Stattdessen hat er Intrigen, Hinterlist und Mord zu seiner Politik gemacht, und diese Politik wird bald die unangenehmsten Früchte tragen. Um es einmal ganz deutlich auszudrücken, morgen wird man ein Hühnchen mit ihm rupfen, und er wird feststellen, dass es sich um ein außerordentlich hässliches Federvieh handelt. Du musst deinen Vater davor warnen, morgen auf den Marktplatz zu gehen, weil es dort nicht sicher sein wird. Und du selbst darfst auf keinen Fall ohne Schutz dort hingehen, ganz gleich was geschieht. Rühr dich nicht aus diesem Zimmer fort, das kann ich gar nicht genug betonen. Leg dir eine Migräne zu, leg dir irgendeine besonders grässliche Krankheit zu, bekomme meinetwegen Krämpfe, aber bleib zu Hause.«

»Ich hatte ohnehin die Absicht, mit schrecklichen Krämpfen aufzuwachen. Sie wollen morgen den Mann verbrennen, den du den Wolf nennst.«

»Der Bischof und der König werden eine Versammlung einberufen und Maeniel wegen Hexerei verurteilen«, sagte Hugos Gast. »Aber die Einberufung dieser Versammlung ist ein Fehler.«

»Warum?«

»Weil das Volk bei einer solchen Versammlung das Recht hat, andere Fragen anzuschneiden, und sei gewiss, die Leute werden den Irrtum dieses hinterhältigen Monarchen ausnutzen und genau das tun. Was die Verbrennung des Wolfs angeht … nun, seine Gemahlin ist hier. Normalerweise würde man sie auf der Stelle als Hexe steinigen, aber die Bürger dieser Stadt sind im Augenblick so ungehalten, dass sie ihr gegen alle Wahrscheinlichkeit zuhören werden –

obwohl sie ein hochmütiges Miststück ist – und sie hat Pläne, die die Verbrennung ihres Ehemannes auf keinen Fall mit einschließen.«

»Das freut mich für sie«, flüsterte Chiara aufsässig.

»Bei allen Göttern, ihr Frauen haltet wirklich zusammen.«

»Ha! Das wäre schön. Sieh dir nur diese stumpfsinnige Bibo an. Ich kann nichts mehr tun, ohne dass sie es erfährt. Diese alte Hexe und mein Vater haben mich vollkommen in die Enge getrieben.«

»Du wirst auf den Marktplatz gehen, ganz egal, was ich sage, nicht wahr?«

»Ja«, antwortete Chiara und stampfte mit dem Fuß auf. »Dieses Spektakel lasse ich mir um nichts auf der Welt entgehen.«

Der Geist stieß einen zischenden Zorneslaut aus, der sich dann in einen Seufzer des Abscheus verwandelte. »Du wirst noch dafür sorgen, dass wir alle ums Leben kommen«, fuhr der Geist sie an.

»Wir alle? Dir kann doch niemand etwas anhaben – du bist bereits tot.«

»Da irrst du dich«, gestand ihr der Geist. »Wenn ich meine ganze Energie in einem einzigen Gewaltakt verausgabe, kann diese Tat mich zerstören. Deshalb habe ich diese kleine Laus, Hugo, auch nicht wie einen Glasbecher zerschmettert.«

»Woher hat er dann all diese blauen Flecken?«

»Er ist ein versoffenes Stinktier. Er hat sich betrunken, damit ich ihn nicht zwingen konnte, dem Wolf zu helfen. Er ist auf den Flur hinausgegangen – ich glaube, er hatte irgendwie die Absicht, sich mit Gewalt Zutritt zu deinem Zimmer zu verschaffen. Ich habe ihn die Treppe hinuntergeworfen.«

»Ich kann mir nicht vorstellen, dass man sich auf diese Weise solche Verletzungen zuziehen kann.«

»Kann man auch nicht. Dieses kleine Stück Hundescheiße schien nicht weiter beeindruckt zu sein, deshalb habe ich ihn, als er es bis auf die oberste Stufe zurück geschafft hatte, noch einmal hinuntergeworfen.«

»Du bist schrecklich.«

»Nicht so schrecklich wie das, was er mit dir vorhatte, mein Mädchen. Ich weiß das, weil er den ganzen Weg zurück die Treppe hinauf davon gebrabbelt hat. Du bist ein unschuldiges Kind, und es gibt Grausamkeiten, von deren Existenz du nicht einmal weißt. Grausamkeiten, die ein Mann wie Hugo ohne jedes Zögern begehen würde.«

»Oh«, flüsterte Chiara.

Der Geist war zufrieden, dass sie erheblich kleinlauter klang als zuvor.

»Ich verstehe …«

»Nein, nein, du verstehst nichts. Und ich möchte auch gar nicht, dass du es verstehst. Also, wirst du zu Hause bleiben? Wie es sich für eine vernünftige Frau gehört?«

»Nein«, erklärte Chiara unumwunden. »Begreifst du nicht, dass ich wissen muss, was vorgeht? Ich muss zumindest versuchen, meinen Vater zu schützen, denn selbst wenn ich mich hier verstecke – er wird hingehen. Insbesondere wenn der König eine Versammlung einberuft. Er wird es für unumgänglich halten, an dieser Versammlung teilzunehmen, und ich werde ihn nicht allein gehen lassen.«

»Hölle und Verdammnis!«, brüllte Hugos Gast.

Genau in dem Augenblick öffnete sich mit einem Knarren die Tür zu der Kammer, in der Bibo schlief. »Meine Dame, meine Dame«, rief die alte Frau. »Die Gefahr … die Nachtluft trägt in sich die unreine Kühle des Grabes – der Tod reitet auf dem Nachtwind.« Sie ergriff Chiara am Ausschnitt des Nachthemds und an einem Arm und versuchte, sie in den Raum zurückzuzerren.

»Hör auf.« Chiara hob die Arme, um den Griff der alten Frau an ihrem Ausschnitt zu lockern. »Hör sofort damit auf. Du erstickst mich ja«, rief Chiara verzweifelt. »Ich wollte doch nur etwas frische Luft.«

»Ein Liebhaber«, rief die Alte. »Das ist es, du hast einen Liebhaber – ein Mann hat dich besucht. Er ist im Garten.« Sie zog den engen Halsausschnitt an Chiaras Kehle noch weiter zu.

Chiara ächzte und würgte. Das Nachthemd schnürte ihr nun wirklich die Luft ab. Eine Faust explodierte in Bibos Gesicht und traf sie ungefähr an ihrem rechten Auge. Mit einem ohrenbetäubenden Kreischen fiel sie auf ihr Hinterteil. Fast im selben Augenblick kam Armine durch die äußere Tür des Raums gestürzt, zusammen mit zwei Mitgliedern der königlichen Wache, die beide bis an die Zähne bewaffnet waren.

»Er hat mich geschlagen. Ihr Liebhaber hat mich geschlagen!«, rief Bibo.

»Ich will ihn lebend!«, donnerte Armine. »Wenn er sie entehrt hat, muss er sie heiraten. Wenn er sich weigert, will ich seinen Kopf auf einer Pike sehen! Auf einer Pike, sage ich, auf einer Pike.«

»Mein Gott«, flüsterte Chiara und brachte sich mit einem Sprung in Sicherheit.

Der Erste der Männer des Königs hatte inzwischen den Balkon erreicht und konnte seinen Schritt nicht schnell genug abbremsen, um einen Zusammenstoß mit der Balustrade zu vermeiden. Dann stieß er einen wahrhaft schauerlichen Schrei aus, als Armine, der ihm dicht gefolgt war, von hinten mit ihm zusammenprallte und ihn beinahe – beinahe, aber doch nicht ganz – über das Geländer gestoßen hätte; dem Mann blieb ein Sturz von ungefähr fünfzig römischen Fuß auf einen teilweise gepflasterten Innenhof erspart.

Bibo heulte abermals auf; diesmal jedoch klang ihre Stimme deutlich halbherziger. »Ihr Liebhaber …«

Armine und die beiden Wachposten standen nicht länger in Gefahr, in die Tiefe zu stürzen, aber da sie alle ihre Schwerter kampfbereit in Händen hielten, hätten sie einander versehentlich durchaus schwere Verletzungen zufügen können. Chiara stand in einer Nische, die auf der einen Seite durch das Bett geschützt wurde und auf der anderen durch eine hohe, äußerst kunstvoll geschnitzte Truhe aus massiver Eiche.

»Ihr Liebhaber …«, stöhnte Bibo.

»Im Namen Gottes, hat denn keiner von euch einen Funken Verstand im Kopf?«, schrie Chiara. »Was ist los? Seid ihr alle Wahnsinnige, denen die Maden das Hirn zerfressen haben? Wie sollte ich hier einen Liebhaber verstecken? Wir befinden uns im vierten Stockwerk dieses Hauses. Der Mann müsste Flügel haben.«

»Es ist«, sagte Armine mit erstaunter Stimme, »wirklich niemand hier. Wie kann das sein?«

»Ihr Liebhaber«, wimmerte Bibo.

Einer der Soldaten bückte sich, half Bibo auf die Füße und wich dann abrupt zurück, als er ihren Atem roch. »Pfui Teufel, die Frau riecht wie eine ganze Taverne.«

Armine trat einen Schritt vor und schnupperte. »Betrunken, bei Gott.« Dann wandte er sich an Chiara und drohte ihr mit dem Zeigefinger. »Das ist alles dein Werk, mein Mädchen. Ohne deine mitternächtlichen Ausflüge würden wir …«

Chiara ballte die Fäuste und sah ihren Vater mit wachsendem Zorn an, aber dann passierten drei Dinge gleichzeitig.

Armine wurden die Füße unter dem Leib weggetreten, und er landete, genau wie zuvor Bibo, auf dem Fußboden. Die Balkontüren schlugen mit einem lauten Krachen zu und hüllten den Raum jäh in absolute Dunkelheit. Und …

Chiara wurde ebenso plötzlich wie gründlich geküsst.

Als einer der Soldaten in den Flur taumelte und mit einer Fackel zurückkam, stieß Armine einen überraschten Schrei aus. Chiara keuchte heftig und presste sich beide Hände auf die Wangen; ihr Gesicht schien zu glühen. Dann folgte sie der Blickrichtung ihres Vaters und sah, dass ihr Bett über und über mit weißen Rosen bedeckt war.

Für mich sieht das aus wie neun Meilen schlechte Straße, dachte Lucilla. Das heutige Rom stand ganz im Schatten seiner strahlenden Vergangenheit, aber hier und da blinkten selbst durch die Ruinen noch Bruchstücke seiner ehemaligen Pracht hindurch. Hier jedoch war nichts übrig geblieben. Auf ihrem Weg kamen sie an zerstörten Villen und einer verfallenen römischen Stadt im unterhalb ihres Weges gelegenen Talgrund vorbei. Nur ein paar verstreute Säulen und Steine erinnerten an das Forum und das einstmals große Amphitheater. In einigen der Häuser wohnten Bauern, die auf dem saftigen Gras Schafe und Ziegen weideten, dort, wo einst Läden, Straßen und Wohnhäuser gestanden hatten. Auch auf dem steinigen Vorgebirge, das über dem Tal aufragte, lebten Bauern und pflügten die Felder jenseits der Ruinen der Stadt.

Dulcinia machte Lucilla auf die Überreste der Stadt und die Trümmer mehrerer Villen aufmerksam, während sie die menschenleere Küstenebene hinter sich ließen. »Der hiesige Fürst«, erklärte sie Lucilla, »sagt, die Stadt sei verlassen worden, weil sie während der Regengüsse im Frühjahr immer wieder überflutet wurde. Er sagte auch, die Dorfbewohner kämen manchmal her, um nach Schätzen zu graben, und bisweilen fände sogar jemand etwas, aber meistens finden die Leute nur Glas oder Tonscherben und von Zeit zu Zeit ein paar Stückchen Marmor. Die Hirten weiden ihre Herden hier oben, weil der Boden so steinig ist, dass man ihn nicht pflügen kann.«

Frisch gepflanzte Olivenbäume und Weinstöcke wuchsen auf einem nahen Hügel, auf dessen Gipfel irgendetwas Steinernes zu sehen war. Lucilla deutete auf die umgestürzten Steine. »Was das wohl gewesen sein mag?«

Dulcinia zuckte mit den Achseln. »Keine Ahnung, aber jetzt ist es jedenfalls ein Dorf.«

Lucilla sah genauer hin und erkannte die Umrisse von Hütten und Scheunen, die sich unter der feuergeschwärzten Kuppel eines sehr alten Bauwerks zusammenkauerten. »Könnte ein Bad gewesen sein oder sogar eine Kirche«, meinte sie.

Dulcinia zuckte abermals mit den Achseln. »Wahrscheinlich, ja. Warum soll das wichtig sein? Was nutzt es dir, meine Liebste, wenn du versuchst, das alles zurückzuholen? Nicht einmal du könntest das wollen.«

Lucilla seufzte und kicherte dann leise. »Überflutungen, wahrhaftig. Was für eine freundliche, höfliche Art zu sagen: Passt auf, die Gegend hier ist nicht sicher.«

Dulcinia lachte und sah sich dann nach ihrer Eskorte um, die ein ganzes Stück hinter ihnen zurückgeblieben war. Die Männer waren unterwegs immer nachlässiger geworden. Nur wenige trugen noch ihre Helme und ihre Kettenhemden, aber die meisten waren durchaus schlagkräftig bewaffnet: mit Schwertern, Messern und einem kräftigen Streitkolben, der am Sattel eines jeden Mannes baumelte. Selbst die beiden Frauen trugen Messer bei sich, und zwar jeweils zwei, ein langes – den hässlichen und gefährlichen einschneidigen Sachs – und eine kürzere, zweischneidige Mehrzweckklinge. Lucilla hatte außerdem in einem Lederbeutel unter ihrer Satteltasche eine halbmondförmige Axt versteckt.

Der Tag war warm und klar, der Himmel blau; es wehte eine kühle Brise, und Vogelgezwitscher erfüllte die Luft, als sie an einem kleinen Wäldchen vorbeiritten. Die beiden Frauen ritten wie Männer und trugen eine Tunika, Beinkleider und Reitröcke.

»Ich befürchtete schon, dass wir bei der letzten Überquerung des Flusses hätten kämpfen müssen«, sagte Dulcinia. »Ein Glück, dass du bei mir bist. Ich weiß nicht, was ich getan hätte, wenn ich allein gewesen wäre.«

Lucillas Miene verhärtete sich. »Vielleicht hätten wir es tun sollen. Er war ein mieser kleiner Bastard, und seine Drohungen waren vielleicht nichts als leeres Gerede. Aber ich wollte lieber kein Risiko eingehen.

Wahrscheinlich hätten wir gesiegt; mit ziemlicher Sicherheit hätten wir diesen Abschaum niedermetzeln können, der an der Furt herumlungerte. Aber da der elende Kerl beteuerte, dass er der hiesigen Obrigkeit Steuern zahle – wer auch immer für diesen gottverlassenen Ort zuständig sein mag –, fand ich die Androhung eines Kleinkriegs gelinde gesagt beunruhigend. Außerdem ist er ja wirklich schnell mit dem Preis runtergegangen, als er Rufus' Männer sah. Das war letztlich der Grund, warum ich dachte, es sei das Risiko nicht wert, nicht für ein paar Kupfermünzen.

Aber ich wette, sein Herr, falls er überhaupt einen hat, bekommt verdammt wenig von den Zöllen zu sehen, die er eintreibt.«

»Da hast du's«, erwiderte Dulcinia. »Ich hätte den ersten Preis gezahlt, den er mir nannte. Ich bin nicht besonders mutig, meine Liebe. Diese Gesetzlosen, mit denen er zusammen war, haben mir einen furchtbaren Schrecken eingejagt.«

»Bah«, sagte Lucilla. »Alles Parasiten und Galgenstricke. Er wirft ihnen wahrscheinlich seine Abfälle hin. Keiner von denen hatte eine Rüstung, nicht einmal ein vernünftiges Schwert. Es ist nicht meine Aufgabe, dieses Vipernest auszuheben, aber ich werde weiß

Gott dafür sorgen, dass sowohl Hadrian als auch Rufus von diesen Männern erfahren. Einer von ihnen wird vielleicht dafür sorgen, dass der Anführer eines Tages ein Kreuz schmückt.«

In diesem Augenblick kamen sie zu der steilen Straße, über die man zu der neuen Stadt auf dem felsigen Gipfel gelangte. Es war ein mühsamer Aufstieg, aber am Ende wurden Lucilla und Dulcinia für ihre Mühen belohnt. An der Stadt wurde immer noch gebaut. Der Marktplatz war gepflastert, und es gab auf der einen Seite eine Art Palast und auf der anderen eine Kirche, an der noch gearbeitet wurde. Am Ende des Marktplatzes befand sich eine steinerne Balustrade, auf der man stehen und frische Luft schnappen konnte. Der Frühlingswind sorgte für eine angenehme Kühle, und man hatte einen wunderbaren Blick auf das fruchtbare, schöne Land ringsum.

Es war Markttag, und alle möglichen Leute kauften und verkauften Waren, deren Vielfalt angesichts der Bedeutungslosigkeit der Stadt erstaunte. Kaninchen, Hühner, Gänse, Kräuter, Bohnenkraut, Knoblauch, Thymian, Pfefferminze und kleine Mengen exotischer Gewürze wie Zimt, Nelken, Safran und Pfeffer. Es gab Pilze in Hülle und Fülle, Zwiebeln, Lauch, Kohl, Artischocken und anderes frisches, wild wachsendes Gemüse, das die Frauen vor Tagesanbruch gesammelt hatten und zum Schutz vor der Hitze des Tages mit Stielen und Wurzeln in Wasser hielten.

Die Menge auf dem Marktplatz begrüßte Lucilla und Dulcinia mit beinahe ausgelassener Begeisterung und eskortierte die beiden Frauen und sogar ihre wenig vertrauenserweckend aussehenden männlichen Beschützer bis an die Stufen des Palastes. Der dort ansässige Lombardenfürst kam nicht herausgestürzt, um Lucilla zu begrüßen. Er und seine Männer waren bereits losgezogen, um eine neue Fuhre Bier zu testen – nur zu testen, versteht sich. Die lachenden Städter holten ihre Fürsten mit Respekt, aber ohne Angst herbei, und einzig das Gedränge der Menschen um den Palast bewahrte den Mann davor, sich den Hals zu brechen, denn er konnte nichts sehen, weil er so sehr damit beschäftigt war, sich eine prachtvolle Tunika aus rotem Samt über ein reichlich abgetragenes weißes Hemd zu ziehen.

Lucilla ging flüchtig der Gedanke durch den Kopf, dass der Mann vielleicht gut daran getan hätte, sein Gesicht verborgen zu halten. Die eine Wange war stark vernarbt, er hatte eine vielfach gebrochene Nase, und ein Teil seines Ohrs fehlte. Aber seine Untertanen jubelten ihm zu, und er beugte sich wie ein vornehmer Herr über Dulcinias Hand.

Lucilla knickste vor ihm, und er antwortete gemessen: »Meine Damen, ihr seid ein wahrer Augenschmaus. Ich hoffe, ihr hattet eine sichere Reise.«

»Erträglich«, sagte Dulcinia, »bis auf den Fluss.«

Das Gesicht des Fürsten verdüsterte sich. »Was ist denn am Fluss passiert?«

Dulcinia erzählte, dass man sie angehalten und einen Zoll verlangt habe.

»Das ist mein Land, und ... und so etwas hätte nicht passieren dürfen. Dieser schmutzige kleine Lump ist also wieder da. Ich würde ja sofort zum Fluss hinunterreiten, aber ...«

»Er ist sicher schon weg, Vater.«

Der Sprecher war ein junger Mann, der gerade so hübsch war wie sein Vater hässlich. »Ich heiße Ansgar«, sagte der Krieger, »und dies«, er zeigte auf den jüngeren Mann, »ist mein Sohn Ludolf. Als wir hierher kamen, hatte dieser dreckige Räuber, dem Ihr begegnet seid, hier sein Nest. Das ganze Land lag brach, weil die Menschen große Angst vor diesem Kerl hatten.«

Der junge Mann lachte. »Vater, du warst damals noch nicht verheiratet, und ich war nicht einmal geboren.«

Ansgar wirkte ein wenig verdrossen. »Tut mir Leid. Ich vergesse immer wieder, dass das alles so lange her ist. Als mein Vater starb, haben meine Brüder und ich seine Ländereien unter uns aufgeteilt. Der Älteste hat den besten Teil bekommen. Mein anderer Bruder und ich mussten uns mit den Resten begnügen.« Er zeigte mit einer weit ausholenden Geste auf den Marktplatz, von dem aus man einen guten Blick auf das Tal hatte. »Aber trotzdem glaube ich, dass ich den besten Teil des Kuchens bekommen habe.«

Ein Jubeln aus der Menge auf dem Marktplatz antwortete ihm.

»Aber tretet doch ein, meine Damen. Tretet ein. Es tut mir Leid, dass mein Haushalt heute ein wenig aus den Fugen geraten ist, aber meine Gemahlin leidet an einer Krankheit, die sie jedes Frühjahr niederwirft, und …«

»Ein Lied!«, rief jemand aus der Menge. Die anderen stimmten ihm lauthals zu. »Ein Lied! Ein Lied!«, erklang es aus allen Richtungen.

Das Gesicht des Fürsten verdunkelte sich, aber Lucilla sah, wie Dulcinia vor Freude errötete; ein Lächeln spielte um ihre Mundwinkel. Ansgar wollte protestieren, aber Dulcinia sagte: »Nein, nein. Bitte, ich würde sehr gern für die Leute singen. Wo?«

»Auf dem Vorbau der Kirche.« Ludolf zeigte auf die andere Seite des Marktplatzes.

Ja, die Kirche hatte einen Säulengang und Mauern, aber noch kein Dach, allerdings stand bereits ein Gerüst, und oben waren Zimmerleute damit beschäftigt, die Dachbalken zu verlegen. Wie durch Magie lösten sich aus der Menge einige Musikanten: eine Frau mit einer Harfe, zwei Männer mit Flöten und etliche andere, die verschiedene Trommeln spielten.

Dulcinia schlenderte gemächlich über den Marktplatz, lächelte, grüßte und wurde ihrerseits von den Einheimischen gegrüßt. Die Aussicht, vor den Städtern auftreten zu können, munterte sie sichtlich auf. *Ja*, dachte Lucilla, und sie musste an den Tag draußen vor der Taverne denken, als sie das achtjährige Kind angesprochen hatte, das Töpfe schrubbte, die fast so groß waren wie das Kind selbst. Das kleine Mädchen war traurig, schmutzig und unterernährt gewesen, aber als Lucilla die Kleine bat zu singen, war das Strahlen auf ihrem Gesicht wunderschön, und noch bevor sie den Mund öffnete, hatte Lucilla beschlossen, dass sie die Kleine vor ihrem grausamen Schicksal retten musste. Ganz gleich, wie ihre Stimme klang. Aber nachdem sie zu singen begonnen hatte … oh, diese von Gott geschenkte, himmlische Stimme … Inzwischen war Dulcinia an der Kirchentreppe angelangt und besprach sich kurz mit den Musikanten.

Ein anderer Mann eilte herbei. Er hielt eine große Viole in der

Hand. Sie steckten ziemlich lange die Köpfe zusammen, und hier und da erklang das typische Geräusch von Instrumenten, die gestimmt wurden. Dann traten Dulcinia und die anderen auf den Vorbau der Kirche. Zwei der Trommler zogen sich zurück, aber der eine von ihnen beschaffte sich ein Horn und der andere einen Lederriemen mit Glocken. Dulcinia hob die Hand, und alle Stimmen auf dem Marktplatz verstummten, als sie zu singen begann.

Es war ein sehr schlichtes Lied über einen Mann, der seine Liebste mit einer Rose vergleicht, oder eher mit einer Vielzahl verschiedener Rosen, mit weißen, roten und rosafarbenen. Es war ein munteres Liedchen und sogar ein wenig komisch. Der Vergleich mit der Rose wurde zu stark betont, um ganz ernst genommen werden zu können, und am Ende kam ein stimmlicher Schnörkel, der wirklich hübsch war. Die Menge jubelte und verlangte lärmend nach einem weiteren Lied, aber Ansgar klatschte in die Hände und sagte: »Genug ist genug. Die Damen haben eine lange Reise hinter sich und brauchen eine Erfrischung.«

Einer der Zimmerleute schwang sich vom Kirchendach herunter, warf sich einen schwarzen Samtmantel über und begrüßte sie. Er war, wie sich herausstellte, Gerald, Ansgars Bruder und der erste Bischof der neu geschaffenen Diözese. Ansgar und sein Sohn geleiteten Lucilla und Dulcinia in den Palast. Hinter den Türen befand sich eine große Empfangshalle, die ihr Licht durch ins Dach eingelassene Glasblöcke bezog. Draußen in der Sonne war es warm, beinahe heiß gewesen; hier war es kühl, selbst dort, wo die Sonnenstrahlen durch die durchscheinenden, aber nicht durchsichtigen Oberlichter fielen.

»Hier speisen wir«, sagte Ansgar, »und hier empfangen wir auch unsere Besucher.«

»Staatsbesucher?«, fragte Dulcinia.

Ansgar kicherte. »Ich glaube, da seid ihr vielleicht die Ersten.«

Die Halle endete an einer Doppeltreppe, die zu beiden Seiten des Gewölbes in den Palast hinaufführte. Eine Frau kam gerade die Stufen herab und wandte sich an Ansgar.

»Warum hast du mir nicht erzählt, dass sie hier sind, mein Liebster? Du weißt doch ...«, in ihren Worten schwang ein deutlicher Tadel mit, »... du weißt doch, wie gern ich die größte Sängerin von ganz Rom kennen lernen wollte und ...«

»Meine Gemahlin«, erklärte Ansgar. »Sie leidet an einer jahreszeitlich bedingten Krankheit, die ...«

»Was er sagen will, ist, dass ich jedes Frühjahr und jeden Herbst ein Opfer meiner Nase werde. Meine Augen tränen und brennen, und diese elende Nase läuft wie ein Springbrunnen, und ich muss ...«

Genau in diesem Augenblick traten Dulcinia und Lucilla in einen Teich nebligen Sonnenscheins, der durch das Oberlicht in der Decke fiel. Die Frau, die inzwischen den Fuß der Treppe erreicht hatte, hielt inne, unterzog ihre beiden Besucherinnen einer langen und ausgiebigen Musterung und kreischte dann.

»Lucilla, so wahr ich lebe und atme. Lucilla! Was um alles in der Welt tust du denn hier?«

Ansgars Faust schloss sich wie ein Schraubstock um Ludolfs Arm. »Mach die Tür zu, schnell«, fuhr er seinen Sohn an. »Sofort! Und schieb den Riegel vor. Hast du nicht gehört? Sofort«, wiederholte er.

Ludolf hatte sich bereits in Bewegung gesetzt, aber nicht ohne vorher sein Schwert zu ziehen.

Lucilla kniff die Augen zusammen, um die Frau in dem trüben Licht vor der Treppe besser sehen zu können. »Stella«, stieß sie hervor. »Wie ...? Was?«

»Ah, na schön«, murmelte Dulcinia. »So viel zum Thema Verkleidung.«

In der Nacht nach der Zusammenkunft blieb Regeane bei Dorcas. Die beiden Frauen zogen sich ins Obergeschoss zurück. Dorcas lieh Regeane ein wollenes Nachtgewand und ein Paar Socken. Der Schlafraum hatte vier Fenster, von denen eines verglast war und den Blick auf den Innenhof freigab. Vor den anderen Fenstern hingen Vorhänge aus bestickter weißer Gaze; außerdem waren sie sowohl mit Jalousieblenden als auch mit schweren eichenen Läden versehen, die von innen verriegelt werden konnten.

Zwei Kerzen, eine auf jeder Seite des Bettes, erhellten den Raum. Das große Bett bildete den Mittelpunkt des Schlafgemachs, aber unter den Fenstern standen mehrere große Truhen für Kleidung und Wäsche. Diese Truhen dienten gleichzeitig auch als Bänke, da sie mit weichen, wohl duftenden Kissen belegt waren und bequeme Sitzmöglichkeiten boten.

Dorcas schüttelte eines der Kissen für Regeane auf. »Itta hat mir geholfen, diese Kissen zu machen. Sie hat die Gänsedaunen beigesteuert«, sagte Dorcas und verfiel dann in Schweigen, gedankenverloren, als hätte sie sowohl Regeane als auch das Zimmer, in dem sie stand, vergessen.

Nach einer Weile kam sie jäh wieder zu sich. »Entschuldige«, sagte sie und legte das Kissen für Regeane auf eine Bank. »Ich kann mir nur einfach nicht vorstellen, dass ich sie niemals wiedersehen werde. Und jetzt sag mir«, bat sie, »ob du zu den Menschen gehörst, die sich vor der Nachtluft fürchten?«

»Nein«, antwortete Regeane und musste trotz ihrer düsteren Stimmung ein wenig lachen. »Wie könnte ich?«

Dorcas nickte mit einem grimmigen Lächeln. »Ja. Und was ist mit deinem … seltsamen … Gemahl? Hast du keine Angst vor ihm?«

»Nein«, erwiderte Regeane. »Ebenso wenig wie er sich vor mir fürchtet. Und wirklich, wenn du ihn kennen würdest, würdest du feststellen, dass er umgänglicher und sanfter ist als die Mehrheit der Männer.«

»Gott, das kann gut sein. Ich erinnere mich, dass die Ungehaltenheit meines Mannes zu Beginn unserer Ehe ein – oder zweimal deutliche Spuren hinterließ.«

»Er hat dich geschlagen?«

»Ja. Und ich habe mich bei meinem Vater und meiner Mutter darüber beklagt, aber sie haben mich nur ausgelacht.«

»Was hast du gemacht?«

»Als er mich das zweite Mal schlug, habe ich ihm erklärt, dass er besser nicht in diesem Haus schlafen solle. Also ging er. Es gab einen schrecklichen Wirbel.« Dorcas lachte. »Erst waren meine Eltern bei mir, dann der Priester, der die Schrift zitierte. Ich habe ihm erklärt, dass ich nirgendwo in der Bibel gelesen hätte, dass ein Mann das Recht habe, seiner Frau ein blaues Auge zu schlagen.

Die Stadt war ohne Brot, aber mein Mann kam zurück und sagte, er würde mir nie wieder ein Haar krümmen, und er gab mir sein Wort darauf. Ich habe mich einverstanden erklärt, und wir haben glücklich und in Frieden gelebt, bis er starb. Verstehst du, mir war vollkommen unbegreiflich, womit ich seinen Unwillen erregt haben könnte. Ich tat mein Bestes und arbeitete hart. Ihm schmeckte einfach das Abendessen nicht. Ich hatte das Fleisch nicht lange genug gekocht. Ich habe ihm, meinen Eltern und dem Priester erklärt, dass ich nicht mit einem grausamen Tyrannen leben wolle. Lieber würde ich sterben oder auf die Straße gehen und mir mein Brot als Bettlerin an Kirchentüren oder als Straßendirne verdienen.«

Regeane nickte. »Du hast einen Sieg errungen. Mit solchen Siegen machen die Frauen sich das Leben erträglich.«

»Itta hat das nie so gesehen«, erwiderte Dorcas. »Sie ließ sich in allen Dingen von ihrem Mann beherrschen. Deshalb habe ich ihr auch nicht das Geld geliehen, um hier in der Stadt einen Laden aufzumachen. Ich wollte mein hart verdientes Erspartes nicht in seine Hände geben. Möglich, dass er es nur für Unsinn verplempert hätte, dass er in den Tavernen gezecht und gespielt hätte, um seine Freunde zu beeindrucken. Also bleibt mir jetzt nur meine Trauer um das, was ich verloren habe: meine liebste Freundin und Roberts zukünftige Frau.«

Sie begann wieder zu weinen, und Regeane tat ihr Bestes, um sie zu trösten. »Mach dir keine Vorwürfe«, flüsterte Regeane. »Wie ... oh, wie hättest du das ahnen sollen? Außerdem sind diese Männer für das Verbrechen verantwortlich.«

Dorcas trocknete sich die Tränen. »Diese Männer sind bereits so gut wie tot.«

»Bist du dir sicher?«

»Ja«, antwortete Dorcas leise.

»Wie werden sie es anfangen?«

»Heute Abend wird der Tavernenwirt ihnen ein Schlafmittel in den Wein geben, dann werden Robert und einige der anderen Männer sie fesseln und in die Kirche dort bringen.« Sie zeigte auf die Kirche auf der anderen Seite der Gasse.

Regeane drehte sich um und blickte durch eine Ritze in den Fensterläden. Dir Kirche schien dunkel und leer zu sein, aber die Ohren der Wölfin fingen Bewegungen in der Gasse und in dem Gebäude selbst auf.

»Sie werden dort bleiben, bis der König die Versammlung einberuft, um deinen Gemahl, den Wolf, zu verurteilen. Dann werden wir Desiderius noch eine letzte Chance geben, uns ein König zu sein. Aber so oder so, diese Männer werden sterben. Wenn sie nicht die Gerechtigkeit des Königs trifft, werden sie das Opfer eines privaten Racheaktes. Robert und die anderen Männer werden sich nicht davon abbringen lassen.«

»Was ist mit meinem Gemahl?«, fragte Regeane.

Dorcas wandte den Kopf ab und mied Regeanes Blick. »Er wird Gelegenheit haben, sich zu verteidigen. Das zumindest garantiert ihm das Gesetz. Mehr kann ich nicht versprechen.«

Durch den Fensterladen wehte ein kalter Nachtwind, der über Regeanes Wange strich. »Ich verstehe«, sagte sie.

»O nein, das tust du nicht«, widersprach Dorcas. »Ich habe eine ruhige Nacht für dich herausgeholt, damit du schlafen kannst, aber das ist auch schon alles.« Diesmal sah sie Regeane direkt in die Augen. »Solltest du versuchen, aus diesem Zimmer zu entkommen, nun, Robert und einige der anderen Männer werden direkt unter uns sein. Auch jetzt steht einer von ihnen Wache.

Du und dein Gemahl, ihr seid hier, um unseren Feinden zu helfen. Ja, den Männern hier widerstrebt es, eine Frau zu töten, noch dazu eine, die nur versucht, ihrem Eheherrn gegenüber ihre Pflicht zu tun – ganz gleich, was für ein Mann er sein mag. Aber solltest du für Unruhe sorgen oder zu fliehen versuchen, werden sie tun, was sie tun müssen. Ist das klar?«

»Klar«, erwiderte Regeane.

»Dann lass uns jetzt schlafen«, sagte Dorcas. »Wenn wir können. Wenn ich kann. Blas die Kerze aus.«

Regeane löschte die Kerze auf ihrer Seite des Bettes, dann ließ sie sich auf die Daunenmatratze nieder und deckte sich zu. Die Decken waren weich, weicher noch als in ihrem Gemach in den Bergen. Sie war schon fast eingeschlafen, als ihr Kopf auf das Kissen sank.

Aber Remingus und seine toten Legionäre begleiteten sie durch ihre Träume, und sie sprachen miteinander über viele, viele Dinge – über Leben, Tod, verzweifelten Kummer, über den Aufstieg und Fall großer Reiche, Städte und Männer. Regeane behielt die Nacht als ein einziges langes Gespräch in Erinnerung, aber als sie von dem kalten, grauen Morgenlicht der ersten Dämmerung geweckt wurde, hätte sie nichts von dem wiederholen können, was gesagt worden war.

»Meine Gedanken sind bei dir«, flüsterte sie. *Mein einziger Geliebter. Ich muss es versuchen. Vergib mir, aber ich muss es versuchen.* Dann stand sie auf, schlüpfte in Monas Kleid, flocht sich das Haar und machte sich für diesen wichtigen Tag bereit.

Dorcas war bereits auf und hatte das Zimmer verlassen. Als Regeane in die Bäckerei hinunterstieg, wartete Dorcas bereits auf sie. Es war noch Zeit, um zu frühstücken.

Regeane hatte keinen Appetit, aber Matrona hatte sie neben vielen anderen Dingen darüber belehrt, dass sie mehr Nahrung brauchte als die meisten Menschen, um die Verwandlung von einer Wölfin in eine Frau und wieder zurück überstehen zu können. Und sie würde heute vielleicht ihre ganze Kraft benötigen. Also widmete sie sich dem bereitstehenden Mahl, das aus Brot und Wein und einem Eintopf aus Bohnen, Schnecken und Knoblauch bestand.

Dann lieh Dorcas ihr einen schweren braunen Umhang. »Mit ein wenig Glück werden sie dich nicht erkennen«, sagte sie, als Regeane sich das Kleidungsstück um Kopf und Schultern schlang. »Jetzt muss ich den Männern in der Kirche etwas zu essen bringen.« Sie griff nach einem Korb in der Ecke und machte sich auf den Weg durch die Gasse, zur Hintertür der Kirche.

Regeane blieb allein zurück. Dorcas hatte die Tür nicht hinter sich geschlossen – eine offene Einladung zu fliehen, dachte Regeane. *Ich werde ihn nicht seinem Schicksal überlassen. So wenig wie er mich dem meinen überlassen würde.* Sie drehte sich um und sah

Remingus in einer Ecke stehen, wo er den letzten Rest Eintopf verzehrte. »Du bist hier«, sagte sie.

»Ich bin hier«, antwortete er. »Um deinetwillen.«

Er war nicht länger der Geist mit den leeren Augenhöhlen, als den sie ihn das erste Mal kennen gelernt hatte, sondern der Mann, dem sie gestern begegnet war. Sie hatte aus seinem Helm getrunken. »Du bist Staub«, sagte sie.

»Was aber niemand bemerken wird«, erwiderte er. »Wir werden zusammen auf den Marktplatz gehen. Ich werde dich und Dorcas begleiten – sie wird mich sehen.«

»Was wird geschehen?«

»Das weiß ich nicht.« Er führte den Topf an die Lippen und trank den letzten Rest Suppe. »Sehr gut. Dorcas ist eine hervorragende Köchin; die Schnecken passen wunderbar zu den Bohnen. Versteh mich nicht falsch, meine schöne Jägerin, der Tod verleiht den Menschen keine Allwissenheit.« Remingus war von Kopf bis Fuß in einen rotbraunen Umhang gehüllt.

Als Dorcas zurückkam, war sie überrascht, ihn zu sehen. »Wer ist das?«, fragte sie.

»Ein Freund«, sagte Regeane.

Dorcas musterte Remingus misstrauisch. »Ich wusste gar nicht, dass du Freunde in der Stadt hast.«

»Habe ich auch nicht«, antwortete Regeane. »Remingus stammt aus einem etwas weiter entfernten Ort. Er lebte an einem See in den Weinbergen nahe Rom.«

»Ja«, schaltete Remingus sich in die Unterhaltung ein. »Das habe ich getan. Ja, vor sehr langer Zeit. Aber lasst uns aufbrechen. Die Sonne ist bereits aufgegangen und vertreibt den Morgennebel. Der König wird in Kürze auf dem Forum erscheinen.«

Remingus hatte Recht. Als die drei auf dem uralten Forum ankamen, drängten sich dort bereits viele Menschen zusammen, und die Menge wurde mit jedem Augenblick größer. Die Händler, die geröstetes Brot, Gemüse, Weinschläuche und Bier feilboten, machten bereits gute Geschäfte. Das Einzige, was man brauchte, waren ein Becher und ein paar Kupfermünzen.

Das helle Sonnenlicht wärmte die kühle Luft, und die Menschen sprachen den Erfrischungen, die die Kaufleute ihnen anboten, reichlich zu. Regeane fühlte sich unwohl. Dies war trotz der festlichen Stimmung keine glückliche Zusammenkunft. Zu viele Männer tranken zu viel und zu früh. Eine beträchtliche Anzahl von Männern in schweren Umhängen trank überhaupt nicht.

Regeane spürte, wie die feinen Härchen in ihrem Nacken sich aufrichteten, als die Wölfin ihr mitteilte, dass praktisch jeder erwachsene Mann hier bewaffnet war – und nicht nur die Männer, sondern auch einige der Frauen. Dorcas trug zwei schwere, lange Tranchiermesser in ihrem Gürtel, die sie wie die meisten anderen unter ihrem Umhang verborgen hielt. Die Leute schlenderten über den Marktplatz, begrüßten alte Bekannte und vertrieben sich die Zeit. Regeane kannte praktisch niemanden hier, daher zog sie sich mit Remingus ein wenig von der Menge zurück. Säulengänge säumten das Forum zu allen vier Seiten. Zwei der Kolonnaden waren die Vorbauten von Läden und Lagerhäusern, in denen die üppigen Erzeugnisse der Landwirtschaft aufbewahrt und verkauft wurden. Die dritte Kolonnade gehörte zum königlichen Palast, und die Vierte war der Eingang zu dem einstigen Tempel Romas, der jetzt eine christliche Kathedrale beherbergte. Seine hohen Stufen und der gewaltige Säulengang überragten alles andere.

»Er ist hier«, sagte Regeane.

Remingus brauchte ihr nicht zu antworten. Die Wölfin konnte Maeniels Spuren auf den Steinen, auf der Treppe und in einem unerklärlichen Windstoß ausmachen, der ihren Schleier bauschte und an ihrem geflochtenen Haar zerrte. Ein schrecklicher, bodenloser Kummer wogte durch ihr ganzes Sein, während der Wind den Staub unter ihren Füßen aufwirbelte und an den Umhängen der Männer und Frauen um sie herum zerrte.

»Es wird einen Aufstand geben«, flüsterte sie.

»Ja, wahrscheinlich«, antwortete Remingus. Er führte Regeane zwischen den Läden hindurch zum Rand des Forums. Der Wind legte sich, und die Luft war mit einem Mal seltsam reglos.

Als sie das Ende der Gasse zwischen den Lagerhäusern erreichten, konnte Regeane über die Dächer der Stadt und das umliegende Land hinabsehen. Sie hielt die Nase in den Wind und schnupperte. In der Dunkelheit ihres tiefsten Wesens erhob sich die Wölfin.

Geh, flüsterte ihre Albtraumschwester. *Geh. Es war ein Wahnsinn, dass er sich in das Wirken dieser törichten Könige hat hineinziehen lassen. Er wird für seine Dummheit bezahlen. Lauf! Riechst du nicht den Regen, den der Wind herbeiträgt? Hier wird heute nichts verbrannt werden. Verwandle dich. Lauf fort. Die Ziegeldächer und Steinmauern werden dein Gewicht schon tragen.*

Regeanes Haar löste sich aus dem Zopf und fiel ihr ungehindert über die Schultern. In diesem Augenblick erklang auf dem Forum ein lauter Ruf.

»Der König! Der König kommt!«

Der Schleier rutschte Regeane vom Gesicht und fiel ihr auf die Schultern. »Nein«, wisperte die Frau. »Was auch geschieht, was auch das Schicksal für ihn vorgesehen haben mag, er wird diesen Weg nicht allein antreten. Ich schwöre, dass ich an seiner Seite sein werde, im Leben wie im Tod.«

»Der Horizont verdunkelt sich«, sagte Remingus.

»Es ist plötzlich so windstill«, erwiderte Regeane.

Es folgte ein weiterer Aufschrei: »Der König!«

In der Kirche warfen der Bischof, einige Diener und der Hauptmann von Desiderius' Leibwache eine Strickleiter in die Grube hinab.

Maeniel kletterte herauf.

Sie hielten zehn Armbrüste auf ihn gerichtet. Ein falscher Schritt, und er würde durchlöchert werden wie ein Sieb. Er berechnete die Überlebenschancen des Wolfs unter diesen Umständen und kam zu dem Schluss, dass sie bei Null lagen. Im nächsten Augenblick befahl man ihm, sich hinzuknien, und jemand legte ihm Fesseln um Hand- und Fußgelenke und um den Hals. Er war immer noch nackt, aber der Hauptmann der Wache erbarmte sich seiner so weit, dass er ein Loch in eine abgenutzte Decke schnitt und ihm diese über den Kopf warf. Dann wurde er mit vorgehaltenem Speer durch die Kirche geführt, bis er in den Säulengang kam.

Auf dem Marktplatz herrschte jetzt dichtes Gedränge. Die meisten Menschen standen vor der Kirche, da die Ausrufer die Verhandlung bereits angekündigt hatten. Maeniel war der bekannteste Gefangene, den der lombardische König je in seinem Gewahrsam gehabt hatte. Um seine Erfolge als Krieger rankten sich noch mehr Legenden als um seinen Ruf als Hexer.

Maeniel starrte die Menschen, die ihn angafften, mit dem wilden Blick eines Wolfs an. In seinem Gesicht stand jene Art von Trotz, die sich mit Gleichgültigkeit mischt, als wolle er sagen: Ihr habt Glück, dass ich gefesselt bin, aber es spielt keine Rolle, denn ihr könnt mir keine Angst machen, weder mit Feuer noch mit Schwert. Ich weiß, wer und was ich bin, und im Leben wie im Tod bin ich frei. Aus seinem ganzen Wesen sprach die absolute Selbstsicherheit des Tieres, das absolut unschuldig ist und sich weder zu Scham noch zu Bedauern zwingen ließ, wie es geringeren menschlichen Geschöpfen auferlegt ist.

Er sah ihnen in die Augen und wandte den Blick dann dem dunstigen Horizont zu. Er sah den aufkommenden Sturm, spürte die Hitze und roch den Staub über den frisch gepflügten Feldern der königlichen Ländereien in der Nähe der Stadt. Dann stießen seine Wächter ihn die Stufen hinunter und über den Marktplatz, wo der König neben den Bischöfen und anderen lombardischen Würdenträgern im Schatten des Palastes saß, wo er sowohl den Gefangenen als auch die Menschenmenge sehen konnte.

Regeane drängte mit den anderen auf Maeniel zu. Sie hatte noch nicht darüber nachgedacht, welche Wirkung sein Anblick auf sie haben würde, so nah und doch eine ganze Welt von ihr entfernt. Aber in dieser Situation würde Maeniel seine ganze Kraft und Zuversicht brauchen, um sein Leben zu retten. Also durfte sie ihn nicht entmutigen. Er durfte auf keinen Fall auch nur ahnen, dass sie auf diesem Marktplatz war.

In einem vereisten Wald in den höheren Regionen seines wilden Herrschaftsgebietes hätte er ihre Anwesenheit in einem Umkreis von einem Dutzend Meilen gespürt, aber hier, inmitten einer Woge schwitzender Menschen, würde ihr Geruch von den Ausdünstungen ungezählter Männer und Frauen überlagert werden; und es waren nicht nur menschliche Gerüche, sondern auch die der Waren in den Läden und den Lagerhäusern um das Forum herum.

Für den Wolf waren aber auch der Zorn und die Aggressivität gerade der anwesenden Männer ein erstickender Gestank. Wäre er in dieser Atmosphäre in seinem Handeln frei gewesen, hätte der Wolf den Schwanz eingezogen und wäre weggelaufen, so schnell er nur konnte. Der Mann Maeniel dachte finster, dass irgendjemandem heute böse Stunden bevorstanden. War er selbst derjenige?

Nein. Nein. Seine Wachen konnten die Menschenmenge mühelos beiseite drängen, und als die Männer, die gefährlichsten unter den Anwesenden, Maeniel musterten, sah der Wolf in ihren Gesichtern nur eine gelinde Neugier. Man hatte ihn, wie es sich für einen Gefangenen gehörte, gedemütigt, er war barfuß, und er trug eine alte Decke als Tunika. Sein Haar war vollkommen verfilzt, sein Körper mit dem Schmutz aus seiner feuchten Zelle bedeckt, er trug eine stählerne Halsfessel, und an seinen Armen und Beinen baumelten Ketten.

Wenn er in den Herzen der Frauen überhaupt eine Regung entfachte, so schien es eher Mitleid zu sein; den Männern war er gleichgültig. Er spürte, dass sie andere, wichtigere Dinge zu erledigen hatten.

Direkt vor sich sah er den König bequem im Schatten des Palastes sitzen. Diesmal gestattete es Desiderius dem Bischof nicht, sich als einen Mann von beinahe gleichem Rang zu präsentieren, wie der Prälat es in der Kirche getan hatte. Der König saß in der Ecke des Säulengangs, umringt von seinem Gefolge. Der Bischof hatte, aus Respekt vor seinem hohen Alter, ebenfalls einen Sitzplatz bekommen, aber sein Stuhl war niedriger als der des Königs, dessen Thron auf einem Podest stand.

Maeniel musste ein Lächeln unterdrücken, als seine Wächter an die unterste der drei Stufen kamen, die zu dem Säulengang hinaufführten. Der Hauptmann der Wache zwang ihn in die Knie, während die Söldner ihnen mit beträchtlicher Brutalität den Weg zum König freimachten.

Chiara stand auf der einen Seite des Throns, neben ihrem Vater und Hugo. Maeniels Blick verweilte für eine Sekunde auf der jungen Frau, was Chiara einen gehörigen Schrecken versetzte, aber er ließ sich nicht anmerken, dass er sie kannte. Nun, die Kirche war nur schwach erhellt gewesen, und vielleicht hatte er nicht gut sehen können. *Mach dir nichts vor*, dachte sie. *Er weiß, wer du bist, aber er ist nicht dumm genug, ausgerechnet hier viel Aufhebens zu machen.* Sie stieß einen Seufzer der Erleichterung aus.

Auch der Bär war zugegen. Er hatte von Gimp Besitz ergriffen; Hugo und der Bär waren im Augenblick nicht gut aufeinander zu sprechen. Nachdem der Bär Chiara besucht hatte, hatten die beiden einander mit allem beworfen, was ihnen in die Finger kam, und der Aufruhr hatte die Palastwache auf den Plan gerufen; Hugo wäre um ein Haar aus dem Haus geworfen worden. Wieder einmal war Chiara eingeschritten und hatte den Bären zum Gehen bewogen. Der Bär hatte sich auf den Weg in die Taverne gemacht, in der Gimp sich gerade einen Rausch antrank, und abermals Quartier in seinem umgänglicheren Jünger genommen. Gimp war gegenwärtig durchaus der angenehmere Gastgeber, denn Hugo war wieder einmal stark betrunken. Wie immer, wenn er sich eine beträchtliche Menge Wein einverleibt hatte, war er eingeschlafen; tatsächlich döste er auch jetzt nur vor sich hin. Der Bär hatte von Gimps Körper so weitgehend Besitz ergriffen, dass er Gimp sogar vorschrieb, wann er sich zu kratzen und wann er zu pissen und zu scheißen hatte. Gimp nahm keinen Anstoß daran. Er war glücklich. Die meiste Zeit war er ohnehin betrunken, und er hatte mehr als genug zu essen. Sein Gast konnte ihn nie dazu bewegen, sich besonders sauber zu halten, und er besaß nicht einmal die Intelligenz und Geschicklichkeit, hier und da einen Schatz auszugraben, wie Hugo es tat. Obwohl Gimp dem Bären nicht besonders nützlich war, war er zumindest friedlich und fügsam – mehr als man jemals von Hugo hätte behaupten können.

Es gab jedoch eines, was dem Bären nicht bewusst war. Man konnte es Gimp am Gesicht ablesen, dass der Bär von ihm Besitz ergriffen hatte. Chiara war sich seiner Anwesenheit schmerzlich bewusst, und auch Maeniel brauchte nur einen einzigen Blick auf Gimp zu werfen, um Bescheid zu wissen.

Der Bär konnte sich, als er Maeniel dort im Staub knien sah, eine gewisse Häme nicht verkneifen. »Du hättest von Anfang an auf mich hören sollen«, sagte der Bär zu Maeniel. »Du weißt doch, was sie mit dir machen werden, nicht wahr? Antworte mir. Du weißt es, oder?«, fragte er schadenfroh.

Maeniel blickte zu Desiderius, Gimp und Chiara auf.

»Sie werden dich verbrennen, bei lebendigem Leib!«

Chiara stieß einen Entsetzenslaut aus und schlug sich dann, nicht minder entsetzt über ihre eigene Reaktion, auf den Mund.

Der Bär brach in brüllendes Gelächter aus. »Ich glaube, ich werde mich gut unterhalten.«

Auch Regeane, die neben Remingus in der Menge stand, konnte ihn hören. »Diese abscheuliche Kreatur ist hier«, wisperte sie.

»Ja«, erwiderte Remingus leise. »Sei vorsichtig. Ich glaube nicht, dass er deine Anwesenheit schon bemerkt hat. Ich habe ihn in der Nacht, als wir uns das erste Mal begegneten, von ferne gesehen. Er hat mich aus Dunkelheit und Stille zurückgerufen, zurück aus dem Frieden der Wasser von Lethe, in denen ich umherschweifen und die Träume von Glück und Leid träumen konnte, die die Lebenden an jenen nebligen Ufern zurückgelassen hatten. Er hat mich in das gleißende Licht des Seins zurückgerufen, zurück zu Liebe, Hass und Schmerz. Ich bin zu dir gekommen. Ich lebe.«

Regeane erschauderte, als sie seine Hand auf ihrem Arm spürte. Dann erstarrte sie, denn der König begann zu sprechen.

»Dieser Mann«, sagte er, und zeigte auf den knieenden Maeniel, »ist ein Feind unseres Volkes und ein Diener des fränkischen Königs Karl. Er hat seine Schuld offen eingestanden. Ich denke, es gibt nicht mehr zu sagen, bevor ...«

»Darf ich sprechen?«, fragte Maeniel.

»Nein«, antwortete Desiderius. »Bring ihn zum Schweigen«, befahl er dem Hauptmann der Wache, der daraufhin den Knüppel hob und Maeniel einen Hieb auf die Schläfe versetzte.

Maeniels Ohren klingelten unter dem Schlag, und er trug eine klaffende Wunde über dem Wangenknochen davon; scharlachrotes Blut rann ihm übers Gesicht.

Regeane schrie auf. Tatsächlich empörten sich etliche Frauen in der Menge: »Nein. Dass du dich nicht schämst. Er ist gefesselt.«

Der König sah die Menschenmenge über die Köpfe seiner Söldner hinweg wütend an. »Seid still«, brüllte er. »Den Nächsten, der die Versammlung stört, werde ich auspeitschen lassen, und jeder, der sich an dem Aufruhr beteiligt, wird hängen. Ich dulde keine Aufstände in dieser meiner Stadt. Was den Gefangenen betrifft ...« Desiderius erhob sich und zeigte auf Maeniel. »Schafft mir diesen Abschaum aus den Augen und hängt ihn, und dann verbrennt seine Leiche, damit er nicht des Nachts umherstreifen kann, dieser schändliche Zauberer.«

Das Heulen, das die Menge ausstieß, erschreckte selbst Maeniel.

Desiderius prallte zurück.

Die Söldner mochten den Einheimischen, die sie zuvor so selbstgefällig herumkommandiert hatten, plötzlich nicht mehr den Rücken zukehren, und sie eilten die Palasttreppe hinauf, um sich mit gezückten Speeren und Armbrüsten bereitzuhalten.

Maeniel war aufgestanden, aber der Hauptmann war ein eisenharter Mann und hielt Maeniel weiterhin mit seinem Speer in Schach – wobei die einzige kleine Veränderung darin bestand, dass der Gefangene ihn jetzt direkt ansah.

Zum ersten Mal wurde Regeane das ganze Ausmaß des Zorns bewusst, mit dem die Städter hergekommen waren. Sie begriff genauso wie Maeniel, dass die Menschen drauf und dran waren, die Wachen zu überrennen und jeden zu töten, der ihnen in die Hände fiel, und selbst Desiderius sah ein, dass er zu weit gegangen war. Plötzlich erhob jemand, der neben Maeniel stand, die Stimme.

»Majestät«, sagte der Mann zu dem König. »Ich glaube, es ist bei uns Sitte, dem Beklagten eine Gelegenheit zur Verteidigung zu geben, bevor ein Urteil gesprochen wird.«

Regeane erkannte die Stimme. Es war Robert.

»J-Ja«, stammelte Desiderius und zeigte dann auf Maeniel. »Sprich ... sprich.«

»Ich habe nicht viel zu sagen«, erwiderte Maeniel. »Ja, ich stehe im Dienste Karls. Ja, ich bin hergekommen, um eure Verteidigungsmaßnahmen auszuspionieren, aber ich wurde gefangen genommen, bevor ich meine Mission erfüllen konnte, so dass ich außerstande war, dir, der Stadt oder ihren Bewohnern Schaden zuzufügen. Ich denke, dass mein Verhalten durchaus ehrenhaft war. Ich habe nie vorgegeben, dein Freund zu sein, und ich glaube, dass es bei euch Sitte ist, einem Gefangenen zu gestatten, sich loszukaufen.«

Eine Ablenkung war genau das, was Desiderius brauchte, und er ergriff seine Chance, ohne zu zögern. »Was hast du denn zu bieten?«, fragte er unumwunden.

»Für dich zwei Pfund Gold.«

»Das ist eine hohe Summe.«

Maeniel konnte sehen, wie die Räder im Kopf des Königs ineinander griffen. »Und außerdem ein halbes Pfund für den Bischof. Zehn Goldstücke für jeden Edelmann deines Gefolges und eins für jedes Familienoberhaupt in deiner Stadt.«

Das Lösegeld, von dem Maeniel sprach, war wahrhaft atemberaubend, aber Regeane hatte Maeniels Schatzkammern gesehen und zweifelte nicht daran, dass er diese Summe problemlos aufbringen konnte. Sein Herzogtum war mehr als wohlhabend, und seine Leute gelüstete es nicht nach Besitztümern. Einen Augenblick lang verflüchtigte sich der Unmut der Menschen auf dem Marktplatz. Die Höflinge tuschelten miteinander, und selbst die Söldner wurden nachdenklich, da einige von ihnen noch Lohn zu bekommen hatten. Für kurze Zeit gaben sich alle Anwesenden der angenehmen Aufgabe hin, im Geiste Geld auszugeben.

Nur Hugo erwies sich als Spielverderber. »Was?«, kreischte er. »Was? Willst du ihn etwa gehen lassen? Und woraufhin? Nur auf sein Wort? Wer? Wer? Das frage ich dich, wer wird seine Sicherheit sein?«

»Hugo«, entgegnete Maeniel prompt. »Hugo, man hat schon vieles über mich gesagt, Gutes wie Schlechtes, aber noch niemals ist jemand so weit gegangen, meine Ehrlichkeit zu bezweifeln. Was ich verspreche, das halte ich. Ich habe sogar dir und deinem schändlichen Vater gegenüber mein Wort gehalten.«

»Du hast ihn getötet.« Hugo schäumte vor Wut. »Ich habe gesehen, wie du ihn getötet hast.«

»Dann warst du also dabei? Nun, wenn du alles mit angesehen hast, dann weißt du auch, dass er versucht hat, meine Gemahlin zu ermorden, Regeane. Regeane, die für euch beide um Gnade gebeten hatte. Aber genug jetzt.« Die Ketten an Maeniels Hand- und Fußgelenken klirrten. »Oh, du hast Glück, du erbärmliches Stück Dreck, dass ich gefesselt bin. Jeder Mann, der das Recht hat, ein Mann genannt zu werden, würde die Frau verteidigen, die aufgrund von Gesetz und Gefühl die seine ist.«

Die Antwort der Menge war ohrenbetäubend.

»Sie wissen, was am Fluss passiert ist«, flüsterte Regeane.

»Hast du daran vielleicht gezweifelt?«, fragte Remingus.

Desiderius wirkte verärgert. Hugo trat vor. Er wirkte nicht nur verärgert, sondern maßlos wütend. Er schrie den König an: »Was? Willst du es diesem Hexer, diesem stinkenden Mörder, etwa erlauben, sich mit bloßen Versprechungen seine Freiheit zu erkaufen?«

»Ja.« Desiderius runzelte die Stirn. »Es wäre dann nur noch die Frage von Sicherheiten zu klären. Welche Garantie gibst du mir, dass du dein Wort halten wirst?«

Regeane trat vor und schob im gleichen Augenblick ihren Schleier zurück. »Mein König«, erklärte sie mit lauter, klarer Stimme, die bis in den letzten Winkel des Forums drang. »Ich werde als Sicherheit für meinen Gemahl bürgen.«

Trotz seiner Ketten wirbelte Maeniel herum. »Regeane? Du? Hier? Wie ist das möglich?«

Alle Farbe wich aus seinem Gesicht. Er streckte den Arm nach ihr aus, und Regeane nahm seine Hand und trat neben ihn.

»Ich werde als Sicherheit für meinen Gemahl dienen«, wiederholte sie. »Er ist kein Lügner, das weiß ich genau. Er wird das Lösegeld bis auf die letzte Kupfermünze bezahlen, also lass ihn frei, und ich werde hierbleiben – als deine Gefangene oder als dein Gast, die Wahl liegt bei dir –, bis er mit dem Geld zurückkommt.«

»Nein«, sagte Maeniel.

»O doch«, sagte Regeane und sah ihm direkt in die Augen. »Du kannst mich nicht daran hindern.« Sie drückte ihm die Hand. »Mein Liebster«, flüsterte sie. »Verweigere mir nicht die einzige Möglichkeit, dich zu retten.«

Ungeachtet der Menge und der Höflinge, die von dem Säulengang auf sie hinabblickten, hatten die beiden das Gefühl, allein zu sein. Maeniel streckte seine andere Hand aus und strich Regeane über die Wange; dann küsste er sie sanft auf den Mund.

»Wie soll ich einer so schönen Siegerin nicht unterliegen? Es soll so geschehen, wie du es wünschst, meine Liebste«, sagte er.

Viele Frauen in der Menge weinten; auch Chiara liefen Tränen übers Gesicht.

Der Bischof musterte die beiden und sagte dann zu Desiderius: »Es ist immer besser, Streitigkeiten mit Geld zu bereinigen als mit Blut. Lass ihn gehen.«

»So soll es sein«, sagte der König.

Die Menge jubelte ihm zu, aber ihm schien dennoch nicht wohl in seiner Haut zu sein. Desiderius war nicht daran gewöhnt, dass das Volk ihn liebte. Maeniel war sich dessen wohl bewusst und flüsterte Regeane zu: »Der König ist es nicht gewohnt, die Zuneigung seines Volkes zu haben.«

»Mach dir keine Sorgen«, erwiderte sie leise. »Es wird nicht lange so bleiben.«

Maeniel zog sie fester an sich, dann blickte er zum Himmel empor. Es war Mittag oder jedenfalls nicht lange danach. Die Sonne brannte auf die Menge herab. Nur der Säulengang, wo der König seine Söldner, die Höflinge und die übrigen Würdenträger untergebracht hatte, lag im Schatten. Kein Lufthauch regte sich.

»Kannst du es spüren?«, flüsterte sie Maeniel zu.

»Ja – seit heute Morgen schon. Selbst in diesem schrecklichen Loch, das man hier die Flasche nennt. Schon vor Sonnenaufgang wusste ich es.«

»Also schön«, sagte Desiderius und klatschte in die Hände. »Diese Angelegenheit wäre also bereinigt.« Er warf einen Seitenblick auf Maeniel, bevor er weitersprach. »Und ich hoffe, zur Zufriedenheit aller.«

Regeane spürte, dass Maeniels Hand sich fester um die ihre schloss.

Er lügt, dachte sie. *Maeniel weiß es; ich weiß es; er hat nicht die Absicht, seinen Teil des Handels einzuhalten.*

»Er lügt«, erklang die Stimme des Bären aus dem Munde Gimps. »Er hat nicht die Absicht, dich gehen zu lassen.« Nicht nur Regeane und Maeniel hörten die Worte des Bären, sondern auch Chiara und Hugo. »Ich wette«, fuhr der Bär fort, »dass ihr beide noch vor Einbruch der Nacht tot sein werdet.«

»Ja«, antwortete Maeniel tonlos. »Diese Wette würde ich nicht halten. Du würdest deinen Gewinn vielleicht niemals einfordern können, aber der Sieg wäre dir sicher.«

»Ich will einen von euch beiden haben. Ich besitze die notwendige Macht. Der wütende Pöbel ist für mich wie ein Quell des Lebens. Entscheidet euch. Überlasst mir einen von euch beiden. Gib mir die Wölfin, Maeniel, und ich bringe dich aus der Stadt und in den Wald. Oder wenn dir das lieber ist, unterwirf dich selbst, und ich werde Regeane von hier fortbringen. Anderenfalls werdet ihr beide sterben.«

Maeniel zog Regeane noch enger an sich. Sie spürte die tröstliche Wärme seines Körpers und die Kraft seiner Muskeln, aber keiner von ihnen bekam die Chance zu antworten. Roberts Stimme erklang abermals.

»Unsere Angelegenheiten sind keineswegs bereinigt«, sagte er laut.

Desiderius hatte sich bereits zum Gehen gewandt. »Ich werde mir heute keine weiteren Fälle mehr anhören«, entgegnete er gereizt.

»O doch, das wirst du«, brüllte Robert. »Diesen Fall wirst du dir anhören.«

Robert stand bei einigen anderen Männern, die, wie Regeane zuvor aufgefallen war, nicht getrunken hatten. Sie trugen schwerere Kleidung als die meisten anderen und schienen auch nicht so sehr unter der Hitze zu leiden, wie die übrigen Städter.

Der Bischof warf einen Blick auf diese Männer. Er hatte sich noch nicht erhoben. »Mein König«, sagte er zu Desiderius. »Mein König, ich glaube, die Angelegenheit ist dringend und sollte Gehör finden.«

Etwas, das wie das Knurren eines gewaltigen Tieres klang, erhob sich über dem Marktplatz. Der Pöbel war aufgebracht.

Der König blieb stehen.

Seine Höflinge und selbst die Söldner seiner Wache wirkten verängstigt.

Roberts Augen waren von der langen Wache in der Kirche gerötet, und sein Gesicht war von Trauer zerfurcht. Für Regeane sah er zwanzig Jahre älter aus als der Junge, der mit erschrockener Miene im Haus seiner Mutter die Treppe heruntergekommen war. Mit der Zeit, das wusste Regeane, würde er seine Trauer zu bewältigen lernen, aber er würde nie wieder so jung sein.

Am Rand des Marktplatzes entstand ein Tumult, und Regeane erblickte einige von Roberts Freunden, die die fünf Soldaten durch das Gedränge geleiteten. Sie hatten die Männer entwaffnet, aber ansonsten schienen sie unversehrt zu sein. Die drei älteren Söldner hatten unverkennbar Angst, aber sie hatten zu viel Gewalt mit angesehen, um sich vollkommen von den Menschen einschüchtern zu lassen, die in ihren Augen wahrscheinlich nur eine Hand voll Bauern waren. Die beiden Jüngeren jedoch, die noch nicht so abgehärtet waren wie ihre älteren Gefährten, schienen wahre Todesängste auszustehen. Hinter den Soldaten wurden die Leichen des Fährmanns und seiner Familie herbeigebracht, immer noch in Tücher gehüllt wie in der Nacht zuvor. Regeane bemerkte, dass einer der Männer, die die Gefangenen eskortierten, Beningus war, der Hüter der Gesetze.

Eine Wolke schob sich vor die Sonne, und ein schwacher Luftzug fuhr in die Kleider der Menschen auf dem Marktplatz. In der Luft lag der starke, erdige Geruch von Regen. In den schmalen Gassen zwischen den Lagerhäusern verdüsterte sich der Himmel, so dass es aussah, als zöge sich ein dunkler Striemen über den ganzen Horizont. Aus den Bergen im Norden nahte ein gewaltiger Sturm.

Die Männer stellten die fünf Leichen auf ihren Bahren vor dem König ab.

»Und wer sind diese Leute?«, fragte Desiderius arrogant.

Robert antwortete ihm; er nannte zuerst die Namen der beiden Männer und des Jungen und endete mit den beiden Frauen. »Keiner von ihnen starb eines natürlichen Todes«, fügte er hinzu. »Ihre Wunden bezeugen, dass sie durch Stahl ums Leben kamen.«

Nachdem er gesprochen hatte, wurden die Leichentücher entfernt und die Verletzungen der Toten enthüllt. Die Leichen waren von einer wächsernen, gelblichen weißen Blässe, und der Geruch von vergossenem Blut schwängerte die Luft.

»Ich stimme dir zu«, sagte Desiderius mit angewiderter Miene, »sie sind tatsächlich tot, und sie sind so gestorben, wie du es gesagt hast. Aber was hat das alles mit mir zu tun? Oder ...« Er zeigte auf die Männer neben seinem Thron. »Oder mit denen, die meine Person und meinen Frieden bewachen?«

»Sie sind die Mörder«, erklärte Robert schroff und zeigte auf die fünf Söldner.

»Und hast du einen Beweis für diese ungeheuerliche Anklage?«

»Ja. Der Tavernenwirt sah sie gestern am frühen Morgen wegreiten und später mit Verletzungen zurückkehren. Und als wir ihre Habe durchsuchten, fanden wir einen Ring, der meiner Verlobten gehörte. Ferner fanden wir einen Anhänger, der ihrer Mutter Itta gehörte, sowie zwei Messer, die wir ebenfalls kannten; sie gehörten den Männern jener Familie. Darüber hinaus«, sagte er und zeigte auf den ältesten der Söldner, »kann der Tavernenwirt bezeugen, dass das Gesicht dieses Mannes unversehrt war, als er – wie er es ausdrückte – auf die Jagd ging, und der Junge dort hatte zu diesem Zeitpunkt auch noch keine Wunde am Arm. Aber als sie zurückkehrten, waren sie verletzt, so wie jetzt.«

»Aha«, sagte Desiderius wütend. »Dann soll ich also Männer, die mir treulich dienen, auf das Wort eines betrunkenen Tavernenwirts und des halbwüchsigen Sohnes einer Witwe hin verurteilen, die ein verrufenes Haus führt?«

Diese letzte Bemerkung war eine vollkommen unbegründete Beleidigung. Alle Umstehenden hörten sie. Dorcas war der Inbegriff der Schicklichkeit.

Robert wurde weiß vor Zorn, aber Beningus legte ihm eine Hand auf die Schulter und sagte: »Johns ist ein maßvoller und anständiger Kaufmann, und Dorcas verdient sich ihren Lebensunterhalt als Bäckerin. Mit Brot, das, wie ich vielleicht hinzufügen sollte, auch an deinem Tisch verzehrt wird. Du magst die Anklage leugnen, mein König, aber es gibt keinen Grund, die Menschen zu beleidigen, die dir dieses Anliegen vortragen.«

Die Menge schwieg.

Regeane bemerkte, dass der Wind an Kraft zunahm.

»Also schön«, antwortete der König ungehalten. Dann zeigte er auf den arrogantesten der Söldner, den Mann mit dem zerkratzten Gesicht. »Berichte uns«, befahl Desiderius. »Was ist geschehen?«

Der Mann warf Robert einen höhnischen, unverschämten Blick zu. »Wir sind, wie hier bereits erwähnt wurde, auf die Jagd gegangen, und diese Leute haben uns an der Furt angegriffen. Es war ein Hinterhalt. Sie waren nicht allein. Wir haben diesem feigen Angriff von Dieben tapfer Widerstand geleistet, und diese Männer dort fanden den Tod, während die anderen fliehen konnten. Was die Frauen betrifft ...« Er lachte hämisch und stieß dem Mann, der ihm am nächsten stand, seinen Ellbogen in die Seite. »Man kann uns keinen Vorwurf daraus machen, dass wir sie verfolgt und eine kleine Belohnung eingefordert haben. Die beiden waren keine Jungfrauen mehr und auch nicht allzu abgeneigt.«

»Dann frage ich mich doch«, bemerkte Beningus, »warum es notwendig war, sie zu töten?«

Der massige Mann blickte unbehaglich drein. »Das waren wir nicht. Müssen wohl ihre Männer gewesen sein, als sie zurückkamen und sahen, dass die Damen zu entgegenkommend gewesen waren.« Er stieß ein zittriges Lachen aus, in das jedoch niemand einfiel, nicht einmal seine Kameraden.

Desiderius schnippte mit den Fingern und zeigte auf die Soldaten. »Lasst sie unverzüglich frei.«

Regeane wurde übel. Sie konnte den zerkratzten Söldner auf eine

Weise riechen, wie kein Mensch es vermochte. Sie wusste, was er getan hatte, und wusste auch, dass Itta ihm diese hässlichen Kratzer vor ihrem Tod mit ihren Fingernägeln zugefügt hatte.

Niemand rührte sich.

Die Stille war nun förmlich mit Händen zu greifen. Die Sonne am Himmel verdüsterte sich, und es wehte jetzt ein unerbittlicher Wind. Trotz der geschützten Lage des Marktplatzes peitschten vereinzelte Windstöße den Staub auf und ließen ihn gelben Geistern gleich über den Pflastersteinen tanzen. Die Umhänge der Männer flatterten, und die Frauen zogen ihre Schleier fester um sich.

Regeane wusste ebenso gut wie alle anderen Anwesenden, dass sie sich in einer Sackgasse befanden. Die bewaffneten Söldner würden sich nicht in die Menge stürzen und Kopf und Kragen riskieren, und die Männer, die die Verbrecher gefangen hielten, hatten weder jetzt noch in Zukunft die Absicht, sie freizulassen.

Beningus versuchte, eine Lösung herbeizuführen. »Mein König«, sagte er, an Desiderius gewandt. »Bevor du so übereilt deine Entscheidung triffst, solltest du dir vielleicht auch Johns anhören, den Tavernenwirt, und die Männer, die Robert begleitet haben, um die Leichen zu holen. Sie werden dir sagen, dass diese Familie vollkommen unvorbereitet von dem Angriff getroffen wurde. Dass es keine Spuren eines Hinterhalts an der Furt gegeben hat. Außerdem sollte das junge Mädchen, Mona, von der Hebamme untersucht werden, um festzustellen, ob sie noch Jungfrau war, bevor man ihr Gewalt antat. Mein König, höchstwahrscheinlich haben alle hier Versammelten diese Familie gekannt, und diese Menschen hatten einen guten Namen. Niemand hier glaubt, dass sie sich einer solchen Missetat, wie diese Soldaten sie beschrieben haben, schuldig gemacht haben können.«

Desiderius' Gesicht war gerötet, und seine Hände zitterten. Alle wussten, dass er am Rand eines Abgrunds stand. Robert war inzwischen neben Maeniel getreten, der ihm leise etwas ins Ohr flüsterte. Niemand außer Regeane konnte seine Worte hören.

»Nein, ihr dürft sie jetzt nicht einfach gehen lassen. Sie sind zu fünft, zu viele, um ein solches Verbrechen auf die Dauer geheim zu halten. Übt etwas Druck auf einen der jüngeren Burschen aus. Er wird zusammenbrechen.«

Ja, dachte Regeane.

Die beiden Jüngsten standen etwas abseits von den drei Älteren. Einer der jungen Soldaten hatte den Kopf gesenkt und schien sich in sich selbst zurückgezogen zu haben. Er starrte voller Angst und mit geweiteten Augen ins Leere. Robert entschied sich daher für ihn, ging auf ihn zu und zog ihn von den anderen weg. Dann packte er den Jungen am Hemdkragen und brüllte: »Also schön, sag mir ins Gesicht, dass das Mädchen, das ich geliebt habe, keine Jungfrau mehr war. Sag mir ins Gesicht, dass sie eine Schlampe war. Sieh mir in die Augen und sag es mir – sag mir, dass sie wollte, was man ihr antat.«

Der Junge versuchte, sich von ihm abzuwenden.

»Nein, du stinkender Lügner. Sieh mich an. Sieh mir in die Augen und sag es …«

»Nein.« Der Junge brach zusammen, genau wie Maeniel es prophezeit hatte. »Nein, sie wollte uns nicht. Sie schrie und schrie. O Gott, ich kann sie in meinem Kopf noch immer schreien hören, selbst nachdem ich …« Er hielt inne, und ein Ausdruck des Grauens ließ seine Züge erstarren.

»Selbst nachdem du ihr die Kehle durchgeschnitten hattest?«, fügte Robert mit unvorstellbarer Gelassenheit hinzu.

»Ja«, antwortete der Junge mit erstickter Stimme. »Ja, selbst dann noch konnte ich sie … konnte ich sie schreien hören.«

Robert trat einen Schritt zurück und ließ den Jungen los; dann wischte er sich die Hand an seiner Tunika ab, als sei sie von etwas besonders Widerwärtigem verseucht – was Regeane durchaus für möglich hielt. Der Junge sank schluchzend auf die Knie und stöhnte, dass er zu ewiger Hölle verdammt sei.

Robert wandte sich wieder Desiderius zu. »Du bist kein König. Ein König, der seine eigenen Gesetze missachtet und sein Volk nicht in Schutz nimmt, ist kein König.«

In der Ferne zuckte ein Blitz über den Himmel, und man hörte das erste Grollen des Donners.

Desiderius zeigte seinerseits mit dem Finger auf Robert. »Ergreift diese unverschämte kleine Gossenratte und hängt den Kerl«, schrie er die Soldaten an, die unter dem Säulengang standen. »Tut es, und tut es sofort.«

Robert blieb stehen und sah den König mit zornigem Trotz an.

Die Söldner wagten es nicht, sich zu bewegen. Der Pöbel war ein gewaltiges Tier, das niemand angreifen wollte. Ja, sie waren ungefähr vierzig gut bewaffnete Männer, die in Kampfpose über der Menge auf dem Marktplatz standen, aber selbst ohne die Frauen und Kinder brachte ihr Gegner es auf mehrere hundert kräftige Männer. Allerdings hatten all diese Männer Familie und würden vielleicht die Flucht ergreifen, falls der König und seine Söldner Entschlossenheit zeigten … Aber wenn sie nicht wegliefen, wenn sie sich stattdessen zur Wehr setzten, konnte das Ergebnis sich durchaus als Katastrophe für den König, seine Höflinge und seine Soldaten erweisen.

Der Bischof versuchte trotz seines hohen Alters, die Situation zu retten. »Mein König«, durchbrach er mit lauter Stimme das angespannte Schweigen. »Mein König, das Geständnis des Jungen straft den ersten Bericht, den wir gehört haben, Lügen. Es ist deine Aufgabe, die Wahrheit ans Licht zu bringen, und wenn diese Schurken es verdient haben zu hängen, nun, dann sollen sie hängen.

Und was dich betrifft, junger Mann«, wandte er sich an Robert, »dein Gram und deine Wut sind verständlich, aber fordere deinen Herrscher nicht mit weiteren Dreistigkeiten heraus. Du hast bewiesen, dass diese …« Er zeigte auf die Söldner. »… diese Mietlinge die Unwahrheit gesagt haben. Ich bitte dich, gib dich damit zufrieden.«

Der Junge rannte auf den Bischof zu und warf sich vor ihm auf die Knie. Der Bischof hob die Hand zur Absolution und schlug das Kreuzzeichen über ihm.

»Bin ich verdammt?«, fragte der Junge.

»Nein«, erwiderte der Bischof. »Ich habe, so gut ich es vermag, um Vergebung für deine Sünden gebeten, aber du musst eine Beichte ablegen.«

Der Junge zeigte auf Robert. »Er sagt die Wahrheit. Meine Freunde und ich haben uns des Mordes schuldig gemacht. Niemand hat uns angegriffen. Wir haben die Frauen gesehen, sie begehrt und den Plan gefasst, sie allein am Fluss zu überfallen und ihnen unseren Willen aufzudrängen, aber die Frauen haben sich zur Wehr gesetzt. Die Jüngere hat es geschafft, zu fliehen und ihren Vater und dessen Verwandte herbeizuholen, und dann …«

»Aha«, sagte der Bischof. »Ich weiß, es gab keine andere Lösung. Ihr musstet sie alle töten.«

Der Bischof warf Desiderius einen düsteren Blick zu. »Du bist der König. Tue, was recht ist.« Dann sah er zu den hohen Balken zwischen dem Säulengang und dem angrenzenden Gebäude hinauf. »Sie werden als Galgen genügen.«

Die ersten Regentropfen fielen auf den Marktplatz. Regeane spürte die Feuchtigkeit auf ihren Wangen. Überall um sie herum seufzten die Menschen erleichtert auf. Einige der Zuschauer, die sich weniger für das Geschehen interessierten, machten sich eilig auf den Heimweg. Regeane ergriff Maeniels Arm und zog ihn auf den Bischof zu. Sie hoffte, dass sie ihn irgendwie um Schutz für sie beide bitten konnte. Desiderius war ein unehrenhafter Mann. Maeniel trug noch immer seine Fesseln. Irgendwie musste sie es schaffen, ihn von dieser Halsfessel zu befreien.

Sie sah den Zorn in der Miene des Königs und die Angst in Hugos Augen, als sie mit Maeniel auf den Bischof zutrat. Inzwischen hüllte ein feuchter, windgepeitschter Nieselregen den Marktplatz ein, und die Menge zerstreute sich rasch. Regeanes Kleider waren durchnässt, bevor sie recht begriff, was geschah. Hugo beugte sich vor und wandte sich mit leiser Stimme an den König. Desiderius hob die Hand.

Nein, dachte sie. *Nein*.

Remingus, der Geist, der Gräuel, die mumifizierte Leiche, stand neben ihr. Seine leeren Augenhöhlen waren auf Hugo gerichtet.

Der Hauptmann der Wache hielt einen Speer in der Hand. Hugo riss ihn ihm weg und schleuderte ihn in Regeanes Richtung. Der Speer traf sie mit voller Wucht oberhalb ihrer linken Hüfte. Der Schmerz des Todes durchzuckte sie, und sie stürzte rücklings auf die Straße. Die Verwandlung wollte sich ihrer bemächtigen, wie ein Habicht sich ein Kaninchen nimmt, mit einem einzigen jähen Stoß. Regeane wehrte die Wölfin ab. Ihr graute noch immer vor dem, was der Pöbel vielleicht tun würde, falls sie sich vor aller Augen verwandelte.

»Ruf die Wölfin!«, brüllte Maeniel. »Ruf die Wölfin, Regeane. Nur die Wölfin kann dich retten.«

In diesem Augenblick schlug das Unwetter mit voller Macht zu. Es schüttete wie aus Kübeln, und die Frauen flüchteten sich in die Kirche, aber die Männer ließen sich nicht vertreiben. Die Welt verblasste langsam. Als der Blitz einschlug, verwandelte sich Maeniel in den Wolf. Seine Fesseln fielen von ihm ab.

Die Kette, dachte Regeane, die immer noch auf der Straße lag und sich unter Schmerzen wand, *die Kette*.

Maeniel trug noch immer die Fessel um seinen Hals, aber Desiderius' Hauptmann hatte die daran befestigte Kette nicht mehr unter Kontrolle. Eine Sekunde später war Maeniel wieder ein Mann, und die Kette war eine Waffe.

Der erste Söldner, der Maeniel zu überwältigen versuchte, fand ein grausames Ende. Die Kette legte sich mit einem einzigen Ruck um den Hals des Mannes, und sein Gesicht verfärbte sich erst scharlachrot, dann blau. Maeniel zog; die Kette riss dem Mann den Kopf ab. Die Söldner auf der Veranda feuerten in die Menge. Angeführt von Maeniel, stürmten Robert und seine Freunde die Veranda.

Regeanes Sinne wurden von dunkler Macht überflutet, als die Wölfin die Macht ergriff, und im nächsten Augenblick hockte auf den Pflastersteinen ihre silberne Albtraumgefährtin. Die Würdenträger und Edelleute des lombardischen Hofes verstopften in Panik den Eingang zum Palast. Der Hauptmann der Wache, der nichts im Sinn hatte als die Sicherheit des Königs, schickte seine Leute in ihre Mitte, ließ sie einen Keil bilden und bahnte so dem König über die Leiber der Höflinge hinweg einen Weg in den Palast. Die Silberwölfin sah Hugo unter den letzten Nachzüglern, wie er sich in den Rücken des Hauptmanns verkrallte. Der Hauptmann drehte sich um, bedachte Hugo mit einem gehässigen Blick und warf ihn Maeniel vor die Füße, der an der Spitze der Angreifer in den Palast gestürmt kam.

Maeniel stieß ihn lediglich mit dem Ellbogen zur Seite, um an den König heranzukommen. Aber wiederum trug der Hauptmann der Wache den Sieg davon. Seine Keule traf Maeniel an der Schulter, so dass er in die Knie ging. Der Hauptmann konnte dem Wolf zwar nicht wirklichen Schaden zufügen, aber die beiden Kämpfenden versperrten den Eingang und gaben so dem Rest der Wache, den jetzt eine tödliche Angst vor dem Pöbel beherrschte, die Zeit, um die großen Türen in Bewegung zu setzen.

»Zurück«, befahl der Hauptmann Maeniel. »Wir werden jeden töten, der diesen Weg nimmt. Zurück.«

Maeniel und Robert wussten beide, dass es so kommen würde. Der enge Durchgang führte direkt in den Innenhof des Palastes und war so gebaut, dass er mühelos von wenigen Männern gehalten werden konnte. Die Tür fiel ins Schloss, aber das Geräusch ging in dem stetigen Grollen des Donners unter.

Der Bischof blieb auf seinem Stuhl sitzen. Die wenigen Nachzügler, die es nicht geschafft hatten, zusammen mit dem König in den Palast zu fliehen, umringten ihn. Unter ihnen waren Chiara, Armine – der seine Tochter schützend in den Armen hielt –, einige ältere Männer und Frauen sowie Hugo, dem es gelungen war, die Schwächeren beiseite zu drängen und sich einen Platz in unmittelbarer Nähe des Bischofs zu sichern.

Regeane sah, dass der Pöbel nur noch von schierem Wahnsinn getrieben wurde; für vernünftigere Erwägungen war kein Platz mehr.

Maeniel trat entschlossen zwischen den Bischof und die wütenden Männer und schlang sich die Kette um den Arm. Er sagte: »Nein. Diese Menschen sind hilflos und unschuldig. Robert, wo sind die Mörder?«

In diesem Augenblick stellte der Bischof noch einmal seine Scharfsinnigkeit unter Beweis. »Sie sind geflohen«, sagte er. »Sie haben es nicht geschafft, in den Palast hineinzukommen, und die übrigen Männer des Königs waren nicht bereit, für sie zu kämpfen.« Er zeigte auf die Straße, die zur Kathedrale führte, den einzig wirklich guten Weg zum und vom Marktplatz.

»Nein«, rief Robert. Der Regen peitschte in dichten Schwaden über den Platz. »Bei diesem Wetter werden wir sie niemals einholen.«

»Du sprichst nur für dich«, rief Maeniel zurück. »Und wenn ich zu langsam bin, wird meine Frau es schaffen.«

Regeane wirbelte herum und jagte über den Marktplatz. Robert und die anderen folgten ihr hinaus in den Regen. In der Nähe der Veranda schlug ein Blitz ein, und eines der Lagerhäuser ging in Flammen auf. Der scharfe Geruch von brennenden Haaren und Federn erfüllte die Luft, aber kurz darauf hatte der Regen das Feuer gelöscht.

Regeane, die den Verbrechern hart auf den Fersen war, stockte einen Augenblick, dann lief sie weiter. Der Wind in ihrem Gesicht sagte ihr, dass die Männer vor ihr waren und außer sich vor Furcht.

Maeniel erübrigte einen Augenblick für den Bischof. »Schaff die Leute in die Kirche.«

Der Bischof war bereits aufgestanden und scharte seine kleine Herde um sich, als Maeniel sich in den Wolf verwandelte. Der Wolf richtete seine wilden, gelben Augen kurz auf Hugo. Dieser stieß daraufhin Armine und Chiara beiseite, um sich hinter dem Bischof zu verstecken. Armine setzte sich zur Wehr, und sein Schlag traf Hugo an der Brust und schleuderte ihn in den Regen hinaus.

Der Bischof erwiderte Maeniels Blick. Der Wolf öffnete das Maul und ließ seine Zunge heraushängen, und einen Moment hätte der Bischof geschworen, dass das Tier lachte. Dann sprang der Wolf von der Veranda und folgte den anderen; die Kette, die er hinter sich her zog, schleifte über die Pflastersteine, dass die Funken sprühten.

Feuer im Regen.

10

Der Sachse hörte nichts und sah nichts, aber obwohl sie noch im Augenblick zuvor nicht da gewesen war, saß sie plötzlich neben ihm. Er schürte mit einem Stock sein kleines Feuer und fragte sich gerade, ob er überhaupt noch Brennholz nachlegen sollte, da er sich in Kürze ohnehin in seinem Bärenfell zusammenrollen und schlafen würde, als er plötzlich einen Blick auf sich spürte, aufsah und die schwarze Wölfin entdeckte. Sie saß auf ihren Hinterläufen und starrte ihn über das Feuer hinweg an.

»Matrona?«

Eine Sekunde später war sie eine Frau, und der Schein des Feuers beleuchtete ihr üppiges Fleisch. Der Sachse wandte den Blick ab und zog seinen Umhang aus.

Matrona lachte. »Ihr macht so viel Aufhebens um ein bisschen Haut, ihr Menschen. Warum siehst du mich nicht an? Was ist denn? Bin ich so abstoßend?«

»Nein«, antwortete er knapp. »Ganz im Gegenteil, aber ich will mich nicht beschämen lassen oder ohne jeden Sinn und Zweck meine Männlichkeit zur Schau stellen.«

Matrona lachte. »Woher weißt du, dass es keinen Sinn hätte?«

Diesmal errötete er. »Ich möchte mich lieber nicht mit der Mätresse des Königs erwischen lassen.«

Die Frau – die schwarze Wölfin – trug eine Kette, einen prachtvollen Emailledrachen mit Schuppen aus Rubin, Bernstein, Topas und Saphir. Matrona lachte abermals leise auf. Sie hatte sich inzwischen in den besten bestickten Wollumhang des Sachsen gehüllt, so dass er sie wieder ansehen konnte. Sie ging um das Feuer herum und strich ihm mit ihren schmalen, langen Fingern über seine ziemlich stoppelige Wange.

»Hör mir zu, du schöner Rohling – und schön bist du wirklich –, ich bin keines Mannes Mätresse und keines Mannes Besitz, nicht einmal, wenn es sich um einen König handelt. Ich tue, was mir gefällt, mit wem es mir gefällt und wann immer es mir gefällt. Das habe ich immer getan und werde es immer tun. Ja, ich habe mit Karl das Lager geteilt; Fürst Maeniel hat es so verfügt. Der König hatte seinen Spaß und hat mir seine Gunst bezeugt. Und er hat mir seinen Geist geöffnet. Deshalb bin ich hier. Wo sind sie? Karl ist auf dem Weg durch die Berge, aber er hat Fürst Maeniel eine wichtige Aufgabe anvertraut. Wenn Maeniel gescheitert ist, soll ich diese Aufgabe übernehmen, und wenn ich scheitere, wirst du das Werk zu Ende führen.«

»Was?«

Matrona hob einen Stock vom Boden auf und zeichnete eine grobe Karte. »Karl kommt über diesen Weg«, sagte sie und zog einen Strich, der einen Pass durch die Berge andeutete. »Sein Onkel Bernard nimmt mit seinen Männern einen anderen Weg. Hier!«

»Er hat seine Streitmacht geteilt?«

»Ja, aber dasselbe hat auch Desiderius getan. Die eine Hälfte seiner Männer steht in Ivera, die andere in Susa. Wenn Karl an einem der beiden Orte angreift, wird Desiderius seiner Meinung nach die Streitkräfte von der zweiten Festung abziehen und zur Verstärkung herbeiholen. Sag mir das Ergebnis. Du hast in der Vergangenheit schon Männer befehligt. Du wirst Karls Plan verstehen.«

»Ja, das tue ich«, antwortete der Sachse. »Wenn es zum Angriff kommt, wird Desiderius glauben, Karl sei mit dem Hauptteil seiner Armee gekommen. Wenn Karl zum Beispiel bei Susa angreift – dort würde ich hingehen, wenn ich Karl wäre –, wird Desiderius seine besten Krieger aus Ivera abziehen. Dann kann Karls Onkel, der die Streitmacht bei Ivera befehligt, die geschwächte Garnison angreifen, dort durchbrechen und einen Flankenangriff auf Susa unternehmen. Wenn Desiderius' Streitmacht von vorn und hinten gleichzeitig angegriffen wird, muss er nach Pavia zurückkehren. Er wird das Risiko nicht eingehen wollen, seine Armee an Karl zu verlieren, sondern eher darauf setzen, dass er einer Belagerung standhalten kann.«

Matrona nickte. »Aber«, sagte sie, »es gibt keine Karten von dem Land zwischen Ivera und Susa. Wenn Karls Onkel die Garnison erreicht, muss die Streitmacht in Ivera in größter Eile nach Susa marschieren. Das Land dort ist dicht bewaldet und wild, ohne klare Wege oder Straßen. Der Wolf sollte herausfinden, über welche Route man am schnellsten von Ivera zu einer guten Positon in Desiderius' Flanke bei Susa gelangt. Jetzt frage ich dich noch einmal, wo sind die beiden? Sie müssten inzwischen längst zurück sein.«

»Ich weiß es nicht. Sie haben sich gestritten.«

Matrona stieß einen tiefen Seufzer aus. »Er hatte Angst um sie.«

»Ja. Aber sie ist ihm gefolgt, und sie wollte auf einem Weg reisen, der mir unverständlich ist.«

»Du sprichst vom Spiegel der Dame?«

»Ja. Ich habe ihr versprochen, auf sie zu warten. Und wie du siehst, bin ich hier.«

»Ja«, sagte Matrona. »Ich weiß, wo das ist. Ich bin mit meinem Volk vor langer Zeit hier durchgezogen, aber das wird mir nicht weiterhelfen, zumindest nicht vor Morgengrauen. Dieser Ort ist im Sternenlicht zu gefährlich.«

Der Sachse wandte den Blick von Matrona ab und spähte in den dunklen Wald. Seine Fantasie gaukelte ihm immer wieder das Bild von Matrona vor, wie er sie gesehen hatte, bevor sie sich in seinen Umhang hüllte. Ganz plötzlich stellte er fest, dass er nicht im Mindesten müde war. Aber er verspürte das Bedürfnis, von Matrona fortzukommen, bevor er sich vollends zum Narren machte.

»Ich werde dich morgen früh dorthin führen«, sagte er. »Das Land hier hat sich im Laufe der Zeit verändert, und ich werde …«

Matrona strich ihm abermals über die Wange. »Bist du es nicht leid, zu warten? Wie lange ist es her?«

»Dass ich das letzte Mal hier war?«

»Nein«, sagte Matrona und küsste ihn.

Lucilla war ertappt worden, und sie wusste es. Eine Sekunde später hatte Ansgars Sohn die Türen geschlossen und sich mit dem Rücken dagegen gelehnt.

»Du bleibst dort, Ludolf«, ordnete Ansgar an, »bis ich herausgefunden habe, was das zu bedeuten hat. Lucilla?«, fragte er seine Frau.

Sie musste abermals niesen. »O Gott, ja, das ist Lucilla. Papst Hadrians … Freundin. Verdammt, Lucilla, erzähl mir endlich, was du hier zu suchen hast, und versuch um Himmels willen nicht so auszusehen, als könntest du kein Wässerchen trüben. Ich kenne dich. Und du wärst nicht hier, wenn du nicht irgendetwas im Schilde führtest.«

»Lucilla?«, wiederholte Ansgar. »Der Name ist weithin bekannt. Und nein, erzähl mir nicht, was du im Schilde führst. Ich will es gar nicht wissen. Stella«, wandte er sich dann an seine Frau, »keine Fragen mehr.«

Stella sah krank aus, aber dieser Umstand tat ihrer Empörung keinen Abbruch. »Trotzdem … Ehemann, ich erkläre dir …«

»Nein, du hast mir schon genug erklärt. Kein Wort mehr. Ich möchte nichts mit irgendwelchen Verschwörungen zu tun haben. Ich will nichts wissen, das mich zwingen würde, drastische Maßnahmen zu ergreifen. Verehrte Dulcinia, wie konntest du dich auf eine solche Weise benutzen lassen? Wie konntest du eine so peinliche Situation heraufbeschwören? Ich bin ein Lehnsmann von Desiderius, dem König der Lombarden. Ich habe mein Land von ihm zu Lehen, so wie es mein Vater vor mir hatte, und ich schulde meinem Herrn Treue und Gehorsam.

Und nun zu dir, Lucilla«, fuhr er mit strenger Miene fort. »Sind die Männer, die dich begleiten, dir zur Treue verpflichtet?«

Lucilla fasste sich. »Nein«, erwiderte sie. »Nein, es sind Männer des Grafen Rufus von Nepi. Bitte, bitte, Ansgar, kein Blutvergießen. Erlaube mir, die Männer für ihre Dienste zu bezahlen und sie eilends zu entlassen.«

»Also gut, aber keine Tricks. Deine Freundin Dulcinia wird als Sicherheit für dein gutes Benehmen hier bleiben, während du die Männer entlässt. Sohn, du begleitest sie und verständigst deinen Onkel, aber unternimm nichts, was die Stadt in Aufruhr bringen könnte.«

Lucilla verließ an Ludolfs Arm den Raum.

»Dulcinia, erklär du mir, was hier vorgeht«, verlangte Stella.

»Nein, Dulcinia, tu es nicht, und du, Stella, du bist still.«

Stella nieste dreimal und putzte sich die Nase. »O Gott, ich fühle mich grässlich, und jetzt dies hier. Ehemann, sie führt irgendetwas im Schilde, und du solltest herausfinden, was …«

»Scht, Liebes«, sagte er und umarmte Stella. »Geh wieder nach oben. Wir werden beim Abendessen darüber reden. Du bist krank und brauchst jetzt deine Ruhe.«

»Mein Liebster«, sagte sie, »du solltest mich nicht küssen. Du wirst dich am Ende noch anstecken.«

Er schüttelte den Kopf. »Nein, das glaub ich nicht. Jedes Jahr im Frühling – und manchmal auch im Herbst – kommt dieses Ungemach über dich, pünktlich wie die Sonne. Nur Ludolf scheint manchmal an dem gleichen Gebrechen zu leiden, wenn auch, dem Himmel sei Dank, nicht so heftig. Jetzt tu, was du immer tust, und sei eine gehorsame und vernünftige Ehefrau. Ruh dich aus, und wir werden uns später beim Essen darüber unterhalten.«

Stella stieg die Treppe hinauf und murmelte vor sich hin: »Gehorsam und vernünftig, dass ich nicht lache.« Ansgar trieb sie manchmal schier in den Wahnsinn. Lucillas Erscheinen erschreckte sie, und ihr geliebter Mann schien nicht die leiseste Ahnung zu haben, wie beunruhigend das Ganze war. *Um die Wahrheit zu sagen*, dachte Stella, *ich habe Angst*. Statt in ihr eigenes Zimmer zu gehen, betrat sie das Schlafgemach ihres Mannes, von dem aus man einen Blick auf den Marktplatz hatte.

Als sie eintrat, fand sie einige Dienstboten dort vor, die sich um das Fenster scharten. Alle bis auf ihre Zofe Avernia stürzten eilends aus dem Raum. Avernia hatte gewisse Vorrechte. Sie war bei Stella, seit diese sich in Rom auf Lucillas Veranlassung hin ihren ersten Liebhaber genommen hatte. Stella trat neben sie ans Fenster.

»Ist das die Frau, für die ich sie halte?«, fragte Avernia.

»Ja«, erwiderte Stella.

»So wahr ich lebe und atme. Lucilla. Nun, du hast nichts zu befürchten. Er weiß alles über dich.«

Stella warf ihrer Zofe einen vernichtenden Blick zu. »Jede Frau, die zulässt, dass ihr Mann alles über sie weiß, ist eine Närrin.

Als wir uns kennen lernten, habe ich ihm erzählt, ich sei praktisch Jungfrau – dass Aldric mein erster Liebhaber gewesen sei.«

Avernia verdrehte die Augen. »Nein! Das hast du unmöglich gesagt.«

»Ich war die Hauptattraktion in einem Bordell, und ob ich nun schwanger gewesen wäre oder nicht, er hätte mich niemals geheiratet, hätte er nicht geglaubt, dass mir Unrecht getan worden war.«

»Was willst du jetzt machen?« Avernia sah sie erschrocken an.

Stella fuhr sich mit der Zunge über die Lippen. »Ich weiß es nicht, aber Lucilla kann auf keinen Fall hier bleiben. Früher oder später wird sie es mir heimzahlen, dass ich sie an Ansgar verraten habe, und dann wird sie ihm von meinen kleinen Abenteuern in Rom erzählen.«

»Er würde dich trotzdem nicht verstoßen«, erwiderte Avernia. »Du bist die Mutter seiner Kinder. So etwas könnte er nicht tun. Nein, das wäre ganz und gar unmöglich ...«

»Mach die Tür zu«, zischte Stella mit zusammengebissenen Zähnen. »Was ist los mit dir, willst du, dass das ganze Haus davon erfährt?«

Avernia eilte durchs Zimmer, zog die massive Eichentür zu und warf einen schweren eisernen Riegel vor.

Stella setzte sich aufs Bett und krallte die Finger in die Seide ihres Gewandes. »Zum Teufel mit Lucilla«, flüsterte sie. »Zum Teufel mit dieser ränkeschmiedenden Hure. Was tut sie hier? Wie kann sie es wagen, sich abermals in mein Leben einzumischen! Wie kann sie es wagen, Ansgar Scherereien zu machen!«

Avernia zuckte mit den Achseln. »Ich kann mir nicht vorstellen, dass es wichtig ist, was sie hier tut. Das Problem ist vielmehr, wie wir sie loswerden.«

»O Gott«, flüsterte Stella. »Mein Gott. Ansgar ist das Beste, was mir je passiert ist. Warum muss sie jetzt herkommen und alles zerstören? Ich bringe sie um, wenn sie mich vor ihm wie eine gewöhnliche Dirne dastehen lässt.«

»Nun, genau das warst du aber.«

Die klatschende Ohrfeige hallte im ganzen Zimmer wider. Avernia kreischte so laut, dass Stella davon überzeugt war, man habe sie bis auf die Straße hören können. Avernia brach in Tränen aus und rannte zur Tür. Stella sprang auf und schlang die Arme um ihre Zofe. »Nein, nein, lauf nicht weg. Lauf nicht aus dem Haus, um eine Szene zu machen. Du hast genauso viel zu verlieren wie ich. Du musst hier bleiben und mir helfen, einen Ausweg zu finden.«

Avernia hätte sich mit Freuden einem hysterischen Anfall hingegeben, aber in Stellas Worten lag so viel Wahrheit, dass sie ihren Zorn und ihre Gekränktheit sofort niederkämpfte. Auch sie hatte einen Ehemann, sie war mit dem Schmied aus der Stadt verheiratet. Sie hatte ihm fünf Kinder geboren, die alle überlebt hatten und in der neuen Stadt ein gutes Leben führten. Auch sie konnte sich keinen Skandal leisten, der ihre Vergangenheit bloßlegte. »Na schön, aber gewöhn es dir ab, jemanden zu schlagen, nur weil er dir die Wahrheit sagt. Kümmere dich lieber um eine Lösung dieses Problems. Es wird dir nicht weiterhelfen, wenn du deine Wut an mir auslässt.«

»Ja, ja. Jetzt sei still und lass mich nachdenken.« Stella begann, im Raum auf und ab zu gehen. Ihre zweite Runde durch das Zimmer führte sie zum Fenster. Sie blickte auf Lucilla hinab, die unten auf dem Marktplatz stand. Sie zögerte kurz, dann trat sie entschlossen an das Schreibpult ihres Mannes an der Wand gegenüber dem Bett, setzte sich hin, suchte nach einer Wachstafel und begann mühsam zu schreiben.

»Was tust du da?«

»Ich glaube nicht, dass Lucilla Lust verspüren wird, sich in mein Leben einzumischen, wenn ich dafür sorge, dass sie ein paar eigene Probleme zu lösen bekommt.«

»Wie willst du das anfangen?«

Stella antwortete nicht, sondern fragte stattdessen: »Wollen deine Söhne immer noch nach Florenz reiten, um Alteisen zu kaufen?«

»Ja.«

»Dann können sie einen Brief für mich mitnehmen.«

»Wenn ich es ihnen sage, werden sie es gewiss tun.«

»Dann geh am besten gleich zu ihnen. Und kein Wort zu Ansgar. Hast du mich gehört? Kein Wort.«

»Ich glaube nicht …«

»Aber ich glaube es.« Stella blickte auf. »Du hältst am besten den Mund. Tu es um unser beider willen. Oder dein großer, starker, übellauniger Ehemann wird erfahren, womit du dir deine Mitgift verdient hast.«

Avernia bekreuzigte sich mit einem leisen Stöhnen. »Nein. Ich schweige wie ein Grab, und meine Söhne werden dasselbe tun. Ich schwöre es.«

Irgendwann kurz vor Morgengrauen fragte der Sachse Matrona: »Woher wusstest du, dass ich kein Bauer war?«

Sie lachte. »Welcher Bauer weiß schon, wie man den Rost von einer Rüstung bekommt, wie man ein gutes Streitross auswählt und es für die Schlacht ausbildet oder wie man ein Schwert so sachkundig schärft, dass es einem Wildschwein die Stacheln abrasieren würde und dabei so blank bleibt, dass man sich in der Klinge spiegeln kann? Was das Schwert betrifft, so habe ich dich mit der Waffe gesehen, die du in diesem grässlichen Haus aufgelesen hast … du weißt schon, das Kloster, in dem du mit Regeane Zuflucht gesucht hast. Das Ding sah aus wie ein Schüreisen, und ich schätze, dass jemand es irgendwann einmal tatsächlich zu diesem Zweck benutzt hat, aber innerhalb einer Woche hattest du die Klinge sauber und scharf, und sie glänzte wie das Mondlicht.«

»Eine schöne Waffe, trotz der schlechten Behandlung, die man ihr hat angedeihen lassen«, pflichtete der Sachse Matrona bei. »Ich musste etwas Stahl opfern, um den Rost von der Klinge zu bekommen, aber da sie von einem guten Schmied gefertigt worden war, hat ihr die Behandlung nicht geschadet. Wenn man eine Klinge schärft, kostet es immer ein wenig Stahl, und ein ordentlicher Schmied weiß das.«

»Wie ein wahrer Bauer gesprochen«, sagte Matrona. »Diese Leute machen sich immer Sorgen um ihre scharfkantigen Spielzeuge.«

»In meinem Land tun sie das tatsächlich bisweilen«, antwortete der Sachse. »Ich habe nichts dagegen, wenn man mich für einen Sohn der Scholle hält.«

»Ja! Ist das der Grund, warum du dich als Maultier hast missbrauchen lassen, als man dich auf die andere Seite der Berge verkaufte?«

»Woher wusstest du das?«

Er musste errötet sein, denn Matrona konnte die Wärme seiner Haut spüren. »Dein Körper trägt die Zeichen von Geschirr und Peitsche«, sagte sie. »Warum hast du dich nicht von deiner Familie auslösen lassen?«

Er schwieg.

»Warum?«, hakte Matrona nach.

»Teile ich dein Bett oder teilst du meins?«

»Wir liegen im Wald, da gibt es keine Betten«, erwiderte Matrona.

Er dachte einen Augenblick über ihren Einwand nach. »Es gibt keine Versprechen zwischen uns beiden.«

»Das ist richtig. Nur beiderseitiges Vergnügen, mehr nicht.«

»Ich war zu stolz. Meine hochgeborene Mutter war tot. Ich wollte nicht, dass die Leute auf mich zeigten und sagten, da geht ein Mann, dessen Preis jeder kennt. Und die Frauen hätten mich ausgelacht … da wollte ich lieber die Arbeit eines Maultiers tun.«

Matrona seufzte. »Männer! Was für Dinge diese Geschöpfe doch im Namen der Ehre auf sich nehmen.«

»Ich glaube nicht, dass du davon viel weißt. Ich gestehe, dass ich so manche Nacht weinend in dem erbärmlichen Kuhstall lag, in dem wir angekettet waren, und mich verzweifelt nach meinem Zuhause, meinen Pferden, meinen Falken und meinen Hunden gesehnt habe. Hätte man mich wieder eingefangen, wäre ich langsam zu Tode gefoltert worden. Ich habe bei meiner Flucht zwei Männer getötet, aber besser der Tod als ewige Sklaverei, ewiges Exil.«

»Ja«, antwortete Matrona.

»Du auch? Selbst dich hat es getroffen?«

»Ja. Ein- oder zweimal musste ich diese Entscheidung treffen; aber mir fallen langsam die Augen zu.«

Statt einer Antwort zog er sie noch enger an sich. Er wusste nicht, ob er sich an sie klammerte oder sie sich an ihn, aber nach so langer Zeit allein tat es gut, den Körper einer Frau an seiner Seite zu spüren.

Er schuldete Regeane und ihren Leuten alles. Er träumte in dieser Nacht von ihnen, von Wölfen im Nebel. Von anmutigen, selbstsicheren Geschöpfen, die sich bei Einbruch der Nacht Geistern gleich zwischen den Bäumen bewegten. Am Himmel versank die Sonne langsam in Dunkelheit, während die Wolken aus den Bergen herunterkamen. Der Sachse war auf dem Weg in sein Lager. Außerdem trug er einen ausgeweideten Hirschkadaver über den Schultern. Er fragte sich, ob sie ihn angreifen würden, ob sie versuchen würden, ihm den Hirsch zu nehmen. Aber sie taten es nicht.

Einer nach dem anderen tauchten sie aus dem Dämmerlicht auf und ähnelten dabei so sehr den Schneeflecken auf dem Waldboden – mit ihrem grauweißen Fell und den glühenden Augen –, dass er ihre Anwesenheit erst bemerkte, als sie sich mit einer Bewegung verrieten. Er grüßte sie und sah ihnen nach, als sie weiterzogen, wobei der massige Rudelführer und sein Weibchen das Schlusslicht bildeten. Und er wusste, ohne zu ahnen, woher, dass sie ihn beobachtet hatten, dass sie ihn ohne weiteres hätten angreifen und töten können, hätte er sie bedroht, aber sie respektierten die geballte Kraft, die sie in ihm sahen, so wie er sie respektierte. Sie hatten also einen Waffenstillstand, ein gefährlicher Räuber mit dem anderen.

Und als er in höchster Lebensgefahr schwebte, waren sie gekommen, um ihm Schutz und Trost anzubieten, und sie hatten ihn bei sich aufgenommen und ihn freigelassen.

Als Matrona erwachte, fielen die ersten Sonnenstrahlen durch das Blätterwerk der Kiefern. Der Sachse war bereits auf; sie konnte frisches Brot riechen. Sie erhob sich und schob die Decken beiseite. Der Sachse wandte den Blick ab und hielt ihr seinen Umhang hin. Matrona lachte leise auf.

»Was? Bist du immer noch nicht geheilt?«

»Wenn ich dich ansehe, möchte ich gleich noch einmal von vorne beginnen.«

»Pass nur auf, dass du einmal eine warmherzige Frau heiratest, sonst kann ich die Arme nur bedauern. Es gibt nichts Besseres oder Schlimmeres, als ständig von einem hechelnden Ehemann durchs Haus gejagt zu werden.«

»Nichts Besseres oder Schlimmeres?« Er bekam keine Antwort, und als er sich umdrehte, war Matrona verschwunden.

Der goldene Drache lag in den Falten seines Umhangs auf dem Waldboden.

Die jungfräuliche Wölfin ist die schnellste von allen, die gefährlichste von allen. Der Wind und der peitschende Regen schlugen Regeane ins Gesicht, aber das kümmerte sie nicht. Die Wölfin ist wie geschaffen für schlechtes Wetter, und der Wind sagte ihr, in welche Richtung die Mörder flohen, in welche der engen, sich windenden Straßen der Stadt sie laufen musste.

Die Verfolgungsjagd wurde durch die Tatsache erschwert, dass die Flüchtlinge in ihrem panischen Schrecken Mauern und Zäune und selbst Wohnhäuser ignorierten, die ihnen den Weg in die Freiheit versperrten. Angeführt von dem Krieger mit dem zerkratzten Gesicht traten sie die Tür eines Hauses ein, sprangen in einen eingezäunten Garten und weiter über die mit Dornen bewehrte Mauer, als Regeane ihnen nachsetzte. Sie hatte genau zwei Sekunden Zeit, um sich zu entscheiden, ob sie ihnen folgen sollte oder nicht. Da sie bisher noch keine Gelegenheit gehabt hatte, herauszufinden, wie hoch sie als Wölfin springen konnte, war sie sehr dankbar für die Feststellung, dass sie eine Höhe von zwei Metern zu bewältigen vermochte – aber als einer der Dornen auf der Mauerkrone ihren Bauch berührte, jagte es ihr einen Schauer der Angst durch den Körper. Kaum war sie auf der gepflasterten Straße dahinter gelandet, begriff sie, warum dieMänner diesen Schritt gewagt hatten, der selbst für einen Menschen gefährlich gewesen war. Das Entsetzen auf ihren Gesichtern war beinahe komisch. Aber nur beinahe. Regeane hätte sich leicht einen dieser Dornen in den Leib rammen und getötet werden können.

Der Anführer hob einen Stein auf, der, wenn ein Mann ihn als

Wurfgeschoss benutzte, beinahe so gefährlich sein konnte wie ein Armbrustbolzen. Regeane wirbelte herum und sprang mit der geschmeidigen Anmut einer Schlange nach links. Aber der Stein traf sie dennoch an der Brust und lähmte ihr Vorderbein von der Schulter an abwärts. Sie stieß einen Laut der Qual aus, der halb Heulen, halb Schrei war, als sie heftig auf das Pflaster schlug. Aber ihre Beine bewegten sich bereits wieder, und ihre Krallen kratzten über die Risse im Pflaster. Der Schmerz verebbte, und Regeane begriff, dass dieser scharfe Schmerz die einzige Verletzung war, die sie davongetragen hatte. Im nächsten Augenblick stand sie bereits wieder.

Der Mann mit dem zerkratzten Gesicht hatte sie fast erreicht. Sie wog die verschiedenen Möglichkeiten ab. Kehle: zu nahe. Lenden: Der Mann war Soldat und das Risiko zu groß, dass er einen Sackschutz trug. Die empfindliche Innenseite des Oberschenkels: genau das Richtige. Jetzt war es an ihm, aufzuschreien. Aber er hatte einen noch größeren Stein in der Hand. Der Stein zerkratzte Regeane das Gesicht, und sie verlor um ein Haar eines ihrer Ohren. Sie musste notgedrungen zurückweichen, und der Soldat ergriff seinerseits die Flucht, aber jetzt zog er eine Blutspur hinter sich her.

Für einen Wolf hätte es ebenso gut eine Spur aus brennendem Pech sein können. Regeane stieß einen Laut aus, der in der Wolfssprache bedeutete: *Die Beute ist direkt vor mir;* dann spürte sie, dass Maeniel und die anderen am Ende der Straße angelangt waren. Die Kette, die auf die Steine schlug, war weithin zu hören. Regeane zögerte kaum, dann nahm sie die Verfolgung wieder auf.

Die Straße stieg steil an und machte eine Biegung, hinter der eine Treppe lag. Als Regeane an der Biegung war, sah sie den Mann, den sie im Kampf markiert hatte, in einer Blutlache liegen. Sie hatte offensichtlich die große Arterie in seinem Schenkel aufgerissen. Um ein Haar hätte sie den Soldaten bemitleidet, aber dann fiel ihr wieder der Ausdruck in Ittas Augen ein, die ihr offen und leer durch das klare Wasser entgegengeblickt hatten, und sie wusste, dass dieser Mann derjenige gewesen sein musste, der Itta ins Wasser getrieben hatte; er hatte ihr sein Messer in den Leib gerammt und sie in das seichte Wasser gedrückt, bis sie ertrank.

Ihr Mitleid löste sich in nichts auf. Sie setzte zum Sprung an, ließ den sich windenden Soldaten hinter sich zurück und rannte hinter den anderen her. Ihre Nase sagte ihr, dass Maeniel, Robert und seine Freunde ihr folgten. Diese verdammte Kette, was für einen elenden Lärm sie doch machte. Wie sollten sie diese verfluchte Kette nur wieder loswerden?

Die Straße war nach einer Kehre zu einer steilen Rampe hoch über der Stadt geworden. Der Speer wirkte beinahe träge, als er über sie hinwegflog. Eine Sekunde verlangsamte sie ihren Lauf, und all ihre Muskeln zuckten. Zielte der Speer auf sie? Nein, er flog weit über sie hinweg.

Ein prächtiger Wurf. Prächtig. Sie und Maeniel waren nach Art der Menschen miteinander auf die Jagd gegangen, und sie wusste, wie ein Speer gehandhabt wurde. Die beiden Älteren der vier verbliebenen Verbrecher fielen jetzt langsam zurück. Die Jüngeren waren schneller als sie.

Der Speer hatte den höchsten Punkt seiner Bahn hinter sich und senkte sich nun immer schneller, bis er den langsamsten der vier genau da traf, wo der Nacken sich aus den Schultern erhebt. Der Mann stürzte zu Boden und war tot, noch bevor er die Erde berührte. Drei Männer waren noch übrig. Wölfe töten, Katzen töten, aber sie töten beide auf verschiedene Weise. Der Wolf hetzt seine Beute, bis sie am Ende ist. Die Katze ist reaktionsschneller und beweglicher, ihr Biss ein todbringender Blitz, der das Opfer auf der Stelle tötet. Aber der Kreatur des unbeständigen Fleisches unter den Strahlen des Mondlichts standen beide Möglichkeiten offen.

Nach Art des Wolfes töten, dachte Regeane und spannte all ihre Kräfte an. Tödlich, fast so schnell wie ein Gepard, schneller als die meisten Huftiere laufen können, kam sie näher und schloss die Lücke zwischen sich und dem zweiten Nachzügler. Er hatte den Jungen getötet und seinen Spaß dabei gehabt. Der Junge war sehr schmächtig gewesen, ein Kind noch und so gut wie wehrlos, eine leichte Beute.

Die breite, mit flachen Stufen versehene Straße wand sich über der Stadt in die Höhe; zwischen der Straße und dem Gewirr der mit roten Ziegeln bedeckten Dächer unter ihnen lag nur ein niedriges Mäuerchen. Hinter ihnen schlug Maeniel, der so schnell lief, wie er konnte, das Herz bis zum Hals. Er ließ sich zurückfallen, bereit, jeden von Roberts Freunden unschädlich zu machen, der auf die Idee käme, jetzt einen Speer zu werfen; aber keiner von ihnen schien es auch nur zu versuchen. Sie hatten, genauso wie der Wolf, Blut gerochen und wollten die noch lebenden Mörder mit eigenen Händen umbringen.

Vorne kam Regeane ihrer Beute immer näher. Der Mann erspähte sie aus den Augenwinkeln. Er lief am äußeren Rand der Straße; die kleine Mauer dort reichte ihm nur bis zum Knie. Er versuchte, dorthin auszuweichen, und sein Knie prallte schmerzhaft auf die Steine. Er hätte sich vielleicht noch retten können, wenn sie nicht mit der Schulter und den zuschnappenden Kiefern seiner linken Körperhälfte einen Stoß versetzt hätte. Er verlor das Gleichgewicht und stürzte über die Mauer. Sein Schrei war so furchtbar, dass einem das Blut in den Adern gerann. Sein Kopf schlug auf einem der Ziegeldächer auf. Der Aufprall brach ihm das Genick. Regeane verlangsamte ihr Tempo. Die Straße hatte inzwischen den Gipfel des Hügels erreicht, und die beiden Flüchtigen vertrauten darauf, dass sie nun bergab schneller vorwärts kommen würden als die Wölfe oder Robert und dessen Freunde, die den Gipfel noch nicht erreicht hatten. Der Regen hatte aufgehört, aber der Wolf warnte Regeane, dass das Unwetter noch nicht vorüber war, da es mit jedem Augenblick dunkler wurde. Das Licht schien zu verlöschen, während sich ein grünlicher, albtraumhafter Dämmer über die Stadt legte. Blitze zuckten, schlugen in der Nähe ein, und das beinahe gleichzeitige Krachen des Donners versetzte den Wolf in Angst und Schrecken. Er hätte sich beinahe der Kontrolle durch die Frau entzogen. Sie verlangsamte ihr Tempo drastisch. Die Haare standen ihr zu Berge, und die elektrische Aufladung ließ ein Feuerwerk aus Funken über ihren Pelz tanzen, aber die Frau bemächtigte sich doch wieder des Wolfes. Unerbittlich schüttelte sie ihre Furcht ab, und ihr Blick, der von dem Blitz geblendet worden war, wurde wieder klar. Aber als sie wieder nach vorn schauen konnte, waren die zwei letzten Männer verschwunden.

Chiara, die auf dem Marktplatz zurückgeblieben war, sah mit vor Entsetzen geweiteten Augen zu, wie der Pöbel die Verfolgung aufnahm.

»Ich habe dich gewarnt, verflucht, ich habe dich gewarnt«, brüllte Hugos Gast.

Einen Augenblick lang antwortete Chiara nicht, dann sagte sie: »Dann danke jetzt wenigstens Gott, dass sie fort sind.«

»Mach dir nicht die Mühe, Gott zu danken. Bedank dich bei dem Bischof. Wenn er nicht eingegriffen hätte …«

»Würden wir jetzt vielleicht alle an dem Dachbalken baumeln. Der Pöbel brannte darauf, irgendjemanden zu hängen, und die Leute hätten sich vielleicht an uns schadlos gehalten.«

Der Bischof erhob sich. »Nein«, sagte er zu Chiara. »Sie sind nicht alle fort.«

Die Waffen von Desiderius' Wache hatten einige Opfer gefunden. Auf den Pflastersteinen lagen fünf blutdurchweichte Bündel. Mindestens drei davon regten sich noch. Obwohl der Himmel sich weiter verdunkelte, ließ der Regen langsam nach; der Bischof streifte seinen goldenen Umhang und die Robe ab. Darunter trug er eine abgenutzte Leinentunika und eine Hose.

Er sprang ein wenig unbeholfen von der Veranda und ging zu den Verwundeten hinunter. Nachdem er den Lebenden wie den Toten nach bestem Vermögen ihre Sünden vergeben hatte, erteilte er seine Befehle.

»Ihr Männer geht und holt Sänften. In der Kirche werdet ihr welche finden. Die Verletzten müssen an einen sichereren Ort gebracht werden. Und kümmert euch auch um die Toten …« Die Leichen lagen noch immer dort, wo man sie kurz zuvor dem König gezeigt hatte. »Bringt sie auf den Vorbau, wo sie vor dem Regen sicher sind, bis man ihnen ein christliches Begräbnis geben kann.«

Gimp, der seine Anweisungen von Hugos Gast bekam, sowie einige andere Männer kümmerten sich um die Leichen, während andere, darunter auch einige Frauen, in die Kirche liefen.

Armine hielt immer noch die zitternde Chiara in den Armen.

»Kind«, sagte er. »Du hast heute Dinge gesehen, die selbst die Seelen erwachsener Männer erschüttern. Wahrhaftig, auch ich werde dies hier niemals vergessen.«

Der Bischof kam zur Veranda des Palastes zurück. Armine half ihm hinauf. Seine Kleider waren durchnässt, und sein spärliches Haar klebte ihm am Schädel, aber er wirkte auf seltsame Art jünger als zuvor unter der Last seiner Amtsroben.

»Zwei der Leute sind nicht mehr zu retten. Bei einem weiß ich es nicht genau. Er ist schwer verwundet. Die beiden anderen werden wahrscheinlich überleben, wenn man sie von hier fortbringt und unverzüglich versorgt.«

Genau in diesem Augenblick kamen zwei Männer mit einer Sänfte. Der Bischof gab ihnen die Anweisung, die Verletzten in die Kirche zu bringen.

Chiara löste sich aus Armines Umklammerung und lief zum anderen Ende des Vorbaus, wo jetzt die Leichen lagen. Chiara blickte auf Mona und ihren Vetter hinab. Die Schädelwunde des Jungen war vom Regen und von den Tränen der Trauernden sauber gewaschen worden. Zurückgeblieben war ein roter, klaffender Spalt in dem bleichen Gesicht. Monas durchschnittene Kehle hatte jemand zusammengenäht, aber an ihrer Hand fehlte deutlich sichtbar ein Finger, wo man ihr den Ring abgeschnitten hatte.

»Sie sind nicht mehr als Kinder«, flüsterte Chiara, als sie die Hand ausstreckte, um Monas Gesicht zu berühren.

»Sie war vierzehn, er zwölf«, antwortete ihr Hugos Gast.

»Woher weißt du das?«

»Ich habe die Leute darüber reden hören. Ich höre viele Dinge. Jetzt komm fort von hier. Ich habe dich gewarnt.«

Chiara knirschte mit den Zähnen. »Du halt den Mund, du … du … du …«

»Was muss ich jetzt als Nächstes tun?«, sagte der Geist und lachte. »Dir ein paar saftige Flüche beibringen?«

»Ich wünschte, du hättest ein Gesicht, damit ich dich schlagen könnte«, stieß Chiara hervor. »Und übrigens, was sollte eigentlich diese Scharade gestern Nacht in meinem Schlafzimmer?«

Bevor er antworten konnte, erschien Armine. »Liebste Tochter, mit wem sprichst du da?«

Chiara sah sich hektisch um. »Mit Gimp«, erwiderte sie mehr oder weniger wahllos.

»Er ist nicht hier«, sagte ihr Vater streng.

»Hugo?«, sagte Chiara hoffnungsvoll.

»Er windet sich in Angstkrämpfen und klammert sich an den Stuhl des Bischofs.«

Am anderen Ende des Säulengangs versuchte der Bischof gerade, Hugo von seinem Stuhl wegzubekommen, aber ohne großen Erfolg. Einige Männer und Frauen gingen über den Marktplatz zur Kathedrale. Der Regen hatte nachgelassen, aber der Himmel war so schwarz wie die Nacht.

»Komm, das Wetter verschlimmert sich. Komm«, sagte Armine in einem Ton, der keinen Widerspruch duldete. Er griff nach Chiaras Hand und zog sie zum Rand des Vorbaus hinüber.

»Nein«, sagte der Geist. »Geh nicht.«

Chiara riss sich von ihrem Vater los und führte abermals eines jener Selbstgespräche, die Armine mehr ängstigten als der Sturm oder der Pöbel.

»Nein«, wiederholte sie. »Was wird als Nächstes geschehen?«

»Sei still«, sagte Hugos Gast. »Ich lausche. Eins.«

Chiara sah sich um, die Augen vor Furcht geweitet.

»Zwei«, sagte Hugos Gast. »Und ... drei.«

Ein Blitz schlug ein. Das ganze Forum wurde in ein unirdisches, bläuliches Licht getaucht. Der Kirchturm, das höchste Gebäude auf dem Marktplatz, stürzte ein; seine schweren Steine durchlöcherten das Bleidach der Kathedrale wie Geschosse. Das hölzerne Gerüst stürzte ein und ging in Flammen auf.

Chiara sah, wie der Bischof von Hugo weggeschleudert wurde, als hätte ihn die Hand eines Riesen ergriffen. Hugo blickte mit offenem Mund zum Himmel auf, und einen Sekundenbruchteil später wurde Chiara klar, dass Hugo nichts sehen konnte. Man konnte nur noch das Weiße seiner Augen erkennen, dann fiel er wie eine Stoffpuppe zu Boden.

Armine gelang es irgendwie, sich aufrecht zu halten, indem er sich an seiner Tochter festklammerte. Der Bischof wurde durch die Luft gewirbelt, bis auch er plötzlich in Armines Armen lag. Der Donner war ohrenbetäubend, das schlimmste Geräusch, das Armine gehört hatte, seit er vor einigen Jahren mit knapper Not in den Alpen einer Lawine entronnen war. Tatsächlich war dieser Donner noch schlimmer als selbst das Grollen der Schneemassen damals.

Der Regen kam direkt nach dem Blitz, ein wogender, wabernder, wilder Regen, der blind machte. Ein Regen, so dicht, dass es nunmehr unmöglich war, bis zur anderen Seite des Platzes zu sehen. Ein Regen, der das Feuer im Glockenstuhl löschte. Armine war ein großer, kräftiger Mann. Er barg sowohl Chiara als auch den Bischof in seinen Armen und schützte sie vor dem Sturm, bis Wind und Regen sich so weit gelegt hatten, dass sie in die Kathedrale fliehen konnten. Es war eine Kirche römischer Bauart, aus Stein und Mörtel, und bis auf einige Löcher auf der einen Seite des Daches war sie immer noch warm und trocken.

Eine Sekunde später erreichte Regeane den Gipfel des Hügels. Die beiden Männer, die sie verfolgt hatte, waren nirgends zu sehen. Sie hatte damit gerechnet, sie auf der anderen Seite des Hügels auf dem Hang zu finden, der zum Tor hinunterführte. Der gleiche, alle Sicht auslöschende Regen, der auf den Marktplatz niedergegangen war, zwang die Wölfin abermals, ihr Tempo zu verlangsamen.

Wo? Wo waren die beiden? Die Straße wurde hier links von einer Mauer begrenzt, jenseits derer sich auf dem Hang oberhalb der Straße eine Villa erhob, während es auf der rechten Seite nicht mehr wie zuvor fast senkrecht hinabging, sondern etwas gemäßigter über einen baumbestandenen Abhang. Steil war es dort durchaus, aber nicht so sehr, dass sich ein Abstieg auf jeden Fall verboten hätte. Unten ging der Hang in eine feuchte Niederung über, die der Fluss jedes Frühjahr überflutete.

Regeane wurde noch langsamer, Wind und Regen peitschten ihr ins Gesicht und durchnässten ihr das Fell, bis sie zu frieren begann. Aber sie hatte Blut geleckt und würde ihre Beute nicht aus den Augen lassen. Die uralten Träume von Wölfinnen lange vergangener Zeiten trieben sie an, sprachen direkt zu ihrem Herzen. *O kleine Wölfin, Wölfin einer neuen Zeit, dafür wurdest du geboren. Als es noch keine Menschen gab, als wir die schwierigsten und entbehrungsreichsten Orte auf Erden beherrschten und durchwanderten, Gletscher, Wüsten aus Schnee und Eis, weite Ebenen, in denen das Gras in sengender Sommerhitze stirbt und Brände entfacht, die den Himmel verdüstern, grüne Wälder, in denen es niemals zu regnen aufhört, da waren wir stark und ohne Furcht. O du gefährlichste aller sterblichen Wesen, treibe deine Beute vor dir her und erlege sie, wenn die Zeit gekommen ist.*

Ja, da drüben waren sie! Sie bahnten sich einen Weg durch das Unterholz, den Hügel hinunter. Hohe Gräser, Brombeeren, wildes Rosengesträuch, Kiefern, Birken und niedrige Eichen erschwerten das Fortkommen. Aber wenn sie es bis zum Fluss schafften … Regeane erblickte mehrere kleine Boote, die im seichten Wasser lagen; wenn die Männer es bis zu einem dieser Boote schafften, würden sie vielleicht entkommen. Waren sie erst weiter flussabwärts, konnten sie in den gewaltigen Sümpfen der Po-Ebene untertauchen – Sümpfen, die selbst zu Zeiten der Römer halb wild gewesen waren.

Nicht einmal die Wölfe würden sie in dem endlosen Gewirr aus Schilf, Rohrkolben, vereinzelten Inselchen und zahllosen Flussarmen verfolgen können. Dahinter lagen die Küste und Schiffe, die sie vor jedem Jäger in Sicherheit bringen würden.

Nein, dachte Regeane. *Nein*.

Sie sprang über den niedrigen Steinwall, der die Straße von dem Hang trennte. Halb laufend, halb rutschend ging es über den vom Regen durchweichten, schlammigen Hang. Schließlich flachte der Hang etwas ab, und sie konnte auf einer Gras- und Krautschicht besser Fuß fassen.

Der Schlag traf sie völlig überraschend. Einer der beiden Flüchtlinge hatte sich von einer Eiche einen schweren Ast abgebrochen. Regeane geriet ins Taumeln, und der Mann ging abermals mit dem Ast auf sie zu; diesmal zielte er auf ihre Augen. Voller Zorn sprang sie ihn an, wollte seine Kehle packen, verfehlte ihn jedoch und stürzte, als einer der spitzen Zweige sich in ihre Schulter bohrte. Sie schrie vor Schmerz auf und versuchte, sich wieder aufzurichten, als sie erneut von einem Schlag getroffen wurde.

Maeniel stürmte herbei, unerbittlich, schnell und tödlich. Er durchbiss seinem Gegner die Achillessehne und riss ihm dann die Kehle heraus.

Robert war Maeniel dicht auf den Fersen. Er warf nur einen kurzen Blick auf den zuckenden Körper des am Boden liegenden Widersachers und nahm sich den Letzten der Mörder vor, den Jungen, der auf dem Marktplatz das Geständnis abgelegt hatte.

Er hatte seine Beute in die Enge getrieben; der Junge stand mit dem Rücken an einem dicken, gewundenen Weidenstamm. Robert ging auf ihn los.

Die beiden Wölfe sahen einfach nur zu. Der Söldner hatte noch eine letzte List, bei der er Zuflucht nehmen konnte. Er riss die Hände hoch und sagte: »Nein!«, als wolle er sich bedingungslos ergeben. Dann griff er Robert an, zielte mit zwei Fingern auf seine Augen und hatte plötzlich von irgendwoher ein Messer, das er Robert von unten in den Bauch zu rammen versuchte.

Robert ließ sich keine Sekunde lang täuschen. Er fuhr mit dem Kopf zurück und drehte ihn leicht zur Seite, und gleichzeitig trieb er dem Jungen sein Messer durch Zwerchfell und Lunge bis in den Herzbeutel. Dafür erhielt er selbst einen bösen Schnitt durch die Muskeln seiner linken Seite, unterhalb der Rippen. Sein Ellenbogen fuhr zurück, und er riss dem Söldner das Messer aus der Hand. Der Junge starrte auf Roberts Dolch, der ihm unterhalb der Rippen aus dem Leib ragte. Robert wich zurück.

Die beiden Männer sahen sich in die Augen.

»Die Wunde ist tödlich«, sagte der Junge und umklammerte mit beiden Händen Roberts Messer.

»Du wirst so lange leben, bis ich es herausziehe«, entgegnete Robert.

»Habe ich dich ebenfalls tödlich getroffen?«, fragte der Junge.

Zum ersten Mal wurde Robert bewusst, dass er verletzt war. Mit den Fingern seiner rechten Hand ertastete er die Wunde. »Nein, deine Klinge ist ins Fleisch gegangen«, sagte er.

»Das ist gut«, sagte der Junge. »Es ist genug Unheil geschehen. Ich war der Auslöser. Ich habe das Mädchen gesehen, als wir den Fluss überquerten, um uns unseren Lohn von Desiderius zu holen. Ich habe die anderen bearbeitet. Sie hat mich angelächelt. Sie war so schön. Ich habe dich gehasst. Ich wusste, dass ich eine solche Frau niemals für mich haben würde. Ich kenne dich nicht; aber ich habe dich gehasst.«

Roberts Hand schnellte vor und legte sich um den Griff seines Messers.

»Vorsicht!«

Regeane hörte den Aufschrei hinter sich und sah, dass Roberts Freunde auf der Straße standen und auf sie hinabblickten.

»Kein Anlass«, sagte Maeniel. Er hatte seine menschliche Gestalt angenommen und versuchte, seine Kette aus einem Busch zu befreien, wo sie sich verheddert hatte.

Robert legte seinen linken Arm wie einen Riegel auf die Brust seines Widersachers.

»Verzeihst du mir?«, fragte der Junge.

»Nein«, sagte Robert. »Aber ich werde dir erlauben, Gott um Vergebung zu bitten. Ich möchte nicht, dass du in der Hölle brennst. Du hast nur noch einen Augenblick Zeit.«

»Ich weiß«, sagte der Junge. »Mein Herz stottert. Meine Brust hat sich mit Blut gefüllt. Warte.« Er schloss die Augen.

Sie warteten alle, Robert, die Männer auf der Straße, Regeane und Maeniel. Maeniel war inzwischen wieder Wolf. Dann öffnete der Junge die Augen, packte Robert am Arm und riss sich selbst das Messer aus dem Leib. Das Blut schoss aus der Wunde, eine schaurige rote Fontäne.

Die Augen des Jungen weiteten sich. Ein Ausdruck der Überraschung legte sich auf seine Züge. »Es tut gar nicht so weh, wie ich gedacht hätte«, sagte er; dann sank er in sich zusammen und starb.

Robert taumelte ein paar Schritte zurück, setzte sich in dem schlammigen Wasser ins Schilf und legte den Kopf auf die Knie.

Regeane und Maeniel liefen weiter den Hügel hinunter. Regeane hatte Angst um Maeniel. Wenn er versuchte, mit seiner Halsfessel durch den Fluss zu schwimmen, würde er vielleicht ertrinken. Aber als sie am Fuß des Hügels ankamen, griff Robert nach der Kette um Maeniels Hals und versuchte, sie mit bloßen Händen aufzubiegen. Zuerst hatte er keinen Erfolg, aber dann gab die Fessel merkwürdigerweise schließlich doch nach. Robert wusste nicht, woher er solche Kräfte genommen hatte, aber Regeane und Maeniel konnten beide die Stimme des Bären hören.

»Flieht, lauft weg, ich kann euch nicht aufhalten. Und ganz gewiss wünsche ich mir nicht, dass ihr ertrinkt. Ich möchte, dass eure schönen Körper unversehrt bleiben – deiner und der deiner Frau. Denn sie werde ich mir ebenfalls holen. Wart's nur ab, ob mir das nicht gelingt.«

Maeniel verschwand im Schilf am Flussufer. Robert umarmte Regeane. Einen Augenblick legte sie ihre Schnauze auf seine Schulter, dann trennte auch sie sich von dem jungen Mann und war spurlos verschwunden.

In der Kathedrale war der Bischof mit den Verletzten vollauf beschäftigt. Er war unwirsch, reizbar und insgesamt abscheulicher Laune. Armine half ihm. Der Mann, um den sie sich soeben kümmerten, wimmerte und stöhnte, weil ihm ein Pfeil im Oberarm steckte.

»Die Wunde wird brandig werden, und ich werde sterben. Die Bogenschützen schmieren Gift auf die Pfeilspitzen«, heulte der Mann. »Bitte, bitte, sag mir, dass ich nicht sterben werde.«

»Halt den Mund, Avold«, fuhr der Bischof ihn an. »Auf diesen Pfeilen war kein Gift. Die Bogenschützen, die der König in seinen Dienst nimmt, haben selbst zu viel Angst vor dem Zeug und sind obendrein schlicht zu faul, um sich solche Mühe zu machen.«

»Du weißt aber gut Bescheid über diese Dinge«, sagte Armine.

»Ja«, erklärte ihm der Bischof. »In meiner Jugend war ich ein beachtlicher Krieger, bis der letzte König – der, der dem gegenwärtigen hinterhältigen Betrüger auf dem Thron vorangegangen war –

fand, dass er einen Bischof brauche, und zwar einen, bei dem er sich sicher sein konnte, dass er nicht nur ein Diener des Papstes sein würde.«

In eben diesem Augenblick stieß der Mann, den der Bischof untersucht hatte, einen Schrei aus, bei dem den Umstehenden das Blut in den Adern gerann. Dies war nicht sonderlich überraschend, da der Bischof die Pfeilspitze durch die Schulter des Verletzten gebohrt hatte, so dass sie auf der anderen Seite wieder herauskam; dann hatte der Bischof den Schaft abgebrochen und somit den Pfeil komplett entfernen können.

Der Bischof warf den zerbrochenen Pfeil weg und sagte: »Jetzt bist du geheilt. Halt den Mund.«

Als Armine versuchte, den Blutfluss an der Schulter des Patienten einzudämmen, fuhr der Bischof ihn an: »Nein, nein. Warte, bis die Blutung von selbst nachlässt. Das Blut wird alles Gift, das sich möglicherweise noch in der Wunde befindet, fortspülen. Dann legst du ihm einen sauberen Verband an und schickst ihn nach Hause.« Der Bischof wandte sich bereits dem nächsten Opfer zu.

Dieser Patient war still, bleich und vollkommen reglos. Er schien in tiefe Bewusstlosigkeit versunken zu sein. »O Gott«, flüsterte der Bischof. »Das Einzige, was mich in den Jahren als Bischof des Königs entschädigte, war die Tatsache, dass ich mir solche Dinge nicht allzu oft ansehen musste. Er hat einen Bauchschuss und wird fast mit Sicherheit sterben. Ich kann nur etwas Opium vorbereiten und es seiner Frau geben.« Der Bischof schüttelte den Kopf und erhob sich.

Er wollte sich bereits dem nächsten Verletzten zuwenden, aber Armine nahm ihn noch einmal beiseite. »Mein Herr«, flüsterte Armine. »Ich habe Grund zu der Annahme, dass meine Tochter …«

»Was ist los mit deiner Tochter?«, fuhr der Bischof Armine an. »Heraus damit, Mann, was ist es? Ist sie schwanger?« Seine Stimme war sehr laut.

»Nein. Nein. Scht. Nein, ich glaube nicht, dass sie schwanger ist.«

»Nun, was ist es dann? Im Namen des Himmels, Mann, was?«

»Sie ist besessen.«

»Besessen? In Gottes Namen …« Der Bischof spuckte aus. »In Gottes dreifach heiligem Namen, was faselst du da? Besessen, dass ich nicht lache – bei meinem Arsch, dem Arsch meines Pferdes, dem Arsch meiner Ziege! Besessen? Beim Arsch eines Schweins!

Natürlich ist sie besessen. Sie sind alle besessen in diesem Alter. Die Knaben auch. Die sind sogar noch schlimmer als die Mädchen. Die Mädchen gehen wenigstens still zu Werke. Sie sind Gefangene in einem Morast heißer Begierden und schmachten nach Erfüllung. Ja, den Jungen geht es natürlich nicht anders. Sie haben allesamt nichts als ihre Lust im Kopf. Verheirate sie, du Idiot, und sorg dafür, dass er ein Mann ist, hörst du? Ein Mann, kein gezierter Narr. Dann wird es ihr gut gehen, du wirst Enkelkinder bekommen, und ihr werdet beide glücklich sein. Narr, geistloser Idiot. Ich bin umgeben von einer Heerschar von Narren. Ganz zu schweigen von dieser verräterischen königlichen Schlange, die auf dem Thron sitzt. Ah, was würde ich dafür geben, wenn wir seinen Vater zurückbekommen könnten … Ja, verheirate deine Tochter, aber verheirate sie nicht mit dieser abscheulichen kleinen Spinne von einem Hexer, mit diesem Hugo.«

»Nein«, sagte Armine. »Aber ich glaube, wegen Hugo brauche ich mir nicht mehr den Kopf zu zerbrechen. Ich habe einen Blick auf sein Gesicht werfen können, bevor wir zur Kathedrale liefen. Ich glaube, er ist tot.«

»Ja«, sagte der Bischof. »Da stimme ich dir zu. Ein passendes Ende für einen Trunkenbold und Schurken. Auch ich nehme an, dass der Blitz seine Arbeit zufrieden stellend erledigt hat.«

»Nicht gut genug«, sagte jemand.

Armine, der dem Bischof gegenüberstand, sah, wie dessen Unterkiefer nach unten klappte. Er wirbelte herum und erblickte Hugo, der aus dem Bogengang ins Kerzenlicht trat.

»Ich bedauere sagen zu müssen«, erklärte Hugo dem Bischof mit einem triumphierenden Grinsen, »dass ich noch immer am Leben bin und nicht einmal allzu schlimm verletzt.«

Chiara, die auf der anderen Seite des Gangs den Frauen half, ein

Leinenhemd zu zerreißen, um daraus Verbände zu machen, bl te auf und schlug sich die Hand vor den Mund. Dann erhob sich, scheinbar wie gebannt, und bewegte sich langsam auf Hugo zu. Er lächelte sie an. Seine Augen sprühten vor Bosheit und Intelligenz, und er richtete mit leiser Stimme das Wort an Chiara, die mittlerweile nur noch ein oder zwei Meter von ihm entfernt stand.

Armine spürte, wie sein Mund trocken wurde. Er schluckte einen Kloß in seiner Kehle herunter. Nein! Gegen alle Vernunft, gegen die Beweise, die seine Sinne ihm brachten, wusste er, dass das, was er da vor sich sah – was immer es sein mochte –, auf keinen Fall Hugo war.

Nur Chiara hörte, was der Geist zu ihr sagte, hörte die Worte gesprochen von Hugos Mund, seiner Zunge und seiner Kehle. »Die Dinge haben sich ganz wunderbar entwickelt. Jetzt habe ich endlich einen eigenen Körper.«

Chiara sank ohnmächtig zu Boden, verletzte sich dabei jedoch nicht, denn Hugo fing sie mit einem Blick voller tiefer Sehnsucht und Verehrung rechtzeitig auf und bettete sie auf die Marmorfliesen; dann strich er ihr mit größter Zärtlichkeit und Sanftheit die Haare aus dem Gesicht.

»Ich würde dieser läufigen Hündin alles zutrauen«, sagte Lucilla zu Dulcinia. »Was für ein erbärmliches Pech, gleich bei unserem ersten Aufenthalt erkannt zu werden.«

»Schlechte Planung, würde ich sagen«, meinte Dulcinia. »Du hättest wissen müssen, wo du zu bekannt bist, um vor solchen Enthüllungen sicher zu sein.«

»Nun, wir hätten es schlechter treffen können«, sagte Lucilla.

Das immerhin entsprach der Wahrheit. Ansgar war weder grausam noch gewalttätig. Lucilla schickte die Männer, die Rufus ihr mitgegeben hatte, zurück nach Nepi; sie wurden reichlich für ihre Mühen entschädigt und trugen in ihrem Gepäck einen reuigen Brief an den Papst, in dem Lucilla zugab, dass Ansgar ihre Absichten durchschaut hatte und ihr nicht bei weiteren Nachforschungen bezüglich des Aufenthaltsortes der Frankenkönigin behilflich sein würde. Ansonsten war Ansgar der perfekte Gastgeber. Es war Frühling. Das Land um die Stadt herum war ruhig. Ansgars Bruder, Bischof Gerald, war ein leidenschaftlicher Falkner. Seine Falken teilten sich am Sonntag die Kirche mit seiner Gemeinde, und nach der Messe ritt er in die kühle, frische Morgenluft hinaus. Lucilla hatte den Eindruck, dass ihn fast die halbe Stadt zu Pferde oder zu Fuß begleitete, wenn er mit Falken und Hunden auf die Jagd ging.

Was er tat, war ein notwendiger Dienst an seiner Gemeinde. Zugvögel konnten die Frühlingssaat vernichten und taten dies auch regelmäßig. Gerald und seine Jagdgefährten reduzierten ihre Schwärme und verscheuchten die gewaltigsten Ansammlungen, sodass das Getreide die kritische Zeit, da es noch zart und leicht zu schädigen war, einigermaßen unversehrt überstand.

Dulcinia sang bei den Banketten und, da es allenthalben von ihr erbeten wurde, bei jeder anderen Zeremonie, die auch nur den leisesten Vorwand für Festlichkeiten irgendeiner Art lieferte: auf Geburtstagen, Hochzeiten, bei Taufen, Namenstagen, allen religiösen Festen, bei den Messen, dem Tedeum und den Dankgottesdiensten, aber auch auf den bescheidenen Beerdigungen, bei denen die Witwe sich häufig von einem herrlich gesungenen »Stabat mater« oder »Panis angelicus« getröstet fand.

Tatsächlich konvertierten sogar einige eingefleischte Heiden zum christlichen Glauben, nur um Dulcinias Stimme während ihrer Taufe hören zu können. Gerald, der Bischof, war es zufrieden, wenn er sie vor, während und nach der Messe singen hören durfte. Nach seinen Falken war Dulcinias Kunst seine größte Freude. Er saß ganz still da, während sie sang, und lehnte sich auf seinem schweren hölzernen Thron neben dem Altar zurück, die Augen geschlossen, ein tief zufriedenes Lächeln auf dem Gesicht.

An einem wunderschönen Frühlingsmorgen saß Lucilla in der neuen Kathedrale und lauschte der Stimme ihrer Freundin, die dem Himmel entgegenstrebte und den beinahe ekstatischen Frieden teilte, den der Bischof und seine Gemeinde verströmten, während ihre Freundin sang. Lucilla fragte sich, wie es dazu hatte kommen können. Obwohl unvollendet, war die Kathedrale dennoch sehr schön. Die Mauern waren mit den wichtigen Szenen aus dem Leben Christi bemalt, von einem Maler, der – ausgerechnet – in Athen studiert hatte. Die Hochzeit von Kana wurde mit Christus als einem bartlosen jungen Mann mit dunklem Lockenhaar gefeiert, der mit einem Lorbeerkranz auf dem Kopf zusammen mit seiner Mutter unter den Hochzeitsgästen saß. Auf der anderen Seite der Kirche besuchte er den Tempel, lächelte und unterwies seine sichtlich erstaunten und entzückten älteren Anhänger. Hinter dem Altar war er der auferstandene Christus, und seine Wunden waren nicht Zeugnisse von sterblichem Schmerz und Gram, sondern der Schmuck eines großen Eroberers, der sich als Sieger über das Böse und den Tod erhoben hatte.

Lucilla war eine gebildete Frau, und sie hatte auch die alten Historiker und Philosophen gelesen. Diese Schriften sprachen von einem Volk, das hart gegen sich selbst war, grausam, beutegierig, bis zum Wahnwitz militaristisch, von wilder Eroberungslust beherrscht, und das seinen Fuß jedem anderen Volk in Reichweite seiner Heere auf den Nacken setzte. Dieses Volk löschte alle aus, die sich seinen unmäßigen Forderungen widersetzten, und verdammte die Unterwürfigen zu elender Sklaverei, erzwungen durch die grausamsten und drastischsten Strafen. Es war ein Volk, das sich am besten unterhielt, wenn es auf einfallsreiche und unbarmherzige Weise andere menschliche Wesen abschlachten konnte; ein Volk, das sich ebenso sehr an Flüssen von Gold ergötzte wie an Flüssen von Blut.

Und so weit war es mit ihm gekommen: Hier saß es an einem schönen, kühlen Frühlingsmorgen in einer Kirche und huldigte einem Gott, der Unschuld, Vergebung und Liebe predigte. Es lauschte der Stimme eines Mädchens, das ein ausgesetztes Kind gewesen war, das aber mit seinem Gesang selbst die Lerche übertraf, die sich immer höher und höher dem Sonnenaufgang entgegenhob. *Selbst die einfachsten Dinge sind ein Rätsel*, dachte Lucilla. *Und die größte aller Gaben liegt darin, zu wissen, wie unwissend wir sind. Die gewaltigen, verschwommenen Umrisse dessen zu erken-*

nen, was wir nicht zu tun vermögen, was wir unmöglich wissen können.

Dann war Dulcinias Lied zu Ende. Sie stieg die Stufen vom Altar herab und beugte vor dem ewigen Licht die Knie. Gerald segnete sie und sagte, die Schönheit ihrer Kunst trage zum größeren Ruhme Gottes bei. Lucilla selbst betete, soweit sie dies überhaupt vermochte – und das war nur gut so, denn der nächste Tag beendete die freundliche Idylle und brachte Schwierigkeiten über die Stadt.

Ansgar ritt bei Sonnenaufgang fort. Der Räuber Trudo, der Lucilla und Dulcinia an der Furt ein Bestechungsgeld abgezwungen hatte, belästigte die Kaufleute, die mit fremdländischen Waren in die Stadt kamen. Ansgar kam widerwillig zu dem Schluss, dass er Trudos Missetaten nicht länger dulden könne. Zu den Waren, die die Kaufleute in die Stadt brachten, gehörte auch Salz, und Trudo bestand darauf, in dieser wertvollen Währung bezahlt zu werden. In Ansgars landumschlossenem Fürstentum gab es keine andere Einnahmequelle, und wenn Trudo sie weiter bestahl, würden die Bürger eines Tages in tiefe Armut versinken.

»Er muss ein und für alle Mal aus dem Weg geschafft werden«, sagte Ansgar in den frühen Stunden vor dem Morgengrauen zu Lucilla, bevor er sich zum Aufbruch bereit machte.

Stella machte eine große Szene. Sie weinte, zerkratzte sich das Gesicht, zerriss ihre Kleider und streute sich Asche aufs Haupt.

Gerald, der seinen Hirtenstab ohne sichtliches Unbehagen gegen Schwert und Kettenhemd eingetauscht hatte, stand mit ungläubiger Miene da, während Stella sich ihrem hysterischen Anfall überließ.

»Was ich auch sonst je von ihr gehalten haben mag«, bemerkte Lucilla düster, »war ich doch immer der Meinung, Stella sei eine vernünftige Person, aber dies hier …«

Gerald zuckte mit den Achseln. »So hat sie sich nicht mehr aufgeführt, seit die beiden sich in Ravenna kennen gelernt haben. Wahrscheinlich glaubt sie, er werde an ihrer Liebe zweifeln, wenn sie keine Krämpfe kriegt, wenn er in den Kampf zieht.«

»So wird es wohl sein … ja«, meinte Dulcinia zweifelnd. »Aber trotzdem … meine Güte …«

Ludolf, den der Tumult aus dem Krankenbett aufschrecken ließ – er hatte Stellas Neigung zu diesem seltsamen Frühlingsleiden geerbt –, kam herunter, um seine Mutter zu beschwichtigen. Stella ließ sich halb ohnmächtig in einen bequemen Sessel sinken, in dem reichlich dicke Kissen bereitlagen. Ludolf hielt ihr die eine Hand, Dulcinia die andere.

Schließlich rief Stella laut: »Gott sei gedankt, dass mein Sohn hier bleibt! Wenn also du, mein Liebster, die Stärke meiner Seele, das Licht meiner Augen, dein Leben lassen solltest, so habe ich wenigstens noch ihn, der mir in der kurzen Zeit Trost spenden kann, die ich in diesem Tal der Tränen noch wie ein unruhiger Geist im Zwielicht verweilen werde. O weh! O weh! O weh!«

Auf Geralds Drängen hin beschleunigte Ansgar seinen Abschied. »Lass uns gehen, dann wird sie sich schon wieder beruhigen. Je länger du den Aufbruch hinauszögerst, um so schlimmer wird sie es treiben. Komm jetzt«, befahl Gerald.

Ansgar verließ das Haus mit dem Wehklagen seiner Frau in den Ohren.

Als er die Tür durchschritten hatte, fuhr Lucilla Stella barsch an: »Oh, halt den Mund. Spar dir dein Mitleid für diese Laus Trudo und seine Horde feiger, schlecht bewaffneter Plünderer. Dein Gemahl und seine Männer werden mit dieser Bande wahrscheinlich kurzen Prozess machen, so wie ein loderndes Feuer ein Reisigbündel dahinrafft. Dein Gemahl ist ein tüchtiger und kluger Soldat, und Trudo ist ein fauler Halunke, der seinen Lebensunterhalt aus der harten Arbeit anderer beziehen möchte. Wahrscheinlich wird er überhaupt nicht mitkriegen, was über ihn gekommen ist.«

Stella warf Lucilla etwas an den Kopf, das dem römischen Dialekt entsprang und Ludolf unverständlich war, dann richtete sie sich auf und verlangte nach etwas zu essen. Ludolf und Dulcinia liefen eilig in die große Küche im hinteren Teil des Hauses, um etwas für sie zu holen.

Stella starrte Lucilla gehässig an. Sie saßen in einem kleinen Raum des ziemlich gewaltigen Palastes, in der Nähe eines Kräutergartens. Die teuren Gewürze, mit denen die wenigen Staatsbankette angereichert wurden, die Ansgar geben musste, wurden hier gelagert. Daneben gab es noch andere Kräuter, sowohl medizinische als auch solche für die Küche, die hier vorbereitet und vorrätig gehalten wurden. Einige wenige Treppenstufen führten in den Weinkeller hinunter, einen privaten Raum, in dem Stella als Dame des Hauses ihre Bücher führte und die mannigfaltigen und vielschichtigen Arbeiten überwachte, die zur Führung eines großen Haushalts nötig waren.

»Was hast du ihm über mich erzählt?«, fragte Stella Lucilla.

»Nichts.«

Stella rümpfte die Nase. »Das glaube ich nicht.«

»Stella, ich bin keine Närrin, also halte mich auch nicht für eine. Er ist dein Ehemann. Du bist die Mutter seines Sohnes. Ich kann mir nicht vorstellen, dass er dem Dummkopf dankbar wäre, der ihm irgendwelche schändlichen Einzelheiten aus deiner Vergangenheit zu Gehör bringt. Ich glaube, du unterschätzt Ansgar. Ja, er lässt sich nicht leicht einen Streit aufzwingen, aber ich halte ihn für äußerst gefährlich, wenn man ihn erst einmal genügend gereizt hat. Ich verspüre nicht den Wunsch, mir seine Feindschaft einzuhandeln. Erst recht nicht, indem ich seine Gattin in Verruf bringe, und ganz bestimmt nicht, so lange ich Gast in seinem Haus bin und sowohl seine Großzügigkeit als auch seine Gastfreundschaft genieße.«

»Als du hier aufgetaucht bist, hatte ich Angst vor dir«, sagte Stella unvermittelt.

»Du hast von mir nichts zu befürchten.«

Stella runzelte die Stirn. »Ich wünschte, ich hätte das gewusst, als du kamst«, sagte sie und mied dabei Lucillas Blick.

Ein schrecklicher Verdacht keimte in Lucilla auf. »Stella, was hast du getan?«

»Ich mache mir Sorgen.«

»Stella! Sag mir jetzt sofort …«

»Ich glaube nicht, dass er viel darauf gegeben hat …«

»Wer?«

»Adalgisus«, sagte Stella.

Lucillas schriller Zornesschrei ließ Dulcinia und Ludolf herbeieilen. Sie kamen gerade rechtzeitig um zu sehen, wie Stella vergeblich versuchte, den Sessel zwischen sich und der wutschnaubenden Lucilla zu halten, aber sobald die beiden Frauen sie entdeckten, hielten sie inne, richteten ihre Kleidung und lächelten.

»Wir haben nur ein wenig geplaudert«, sagte Stella und warf Lucilla einen honigsüßen Blick zu.

»Es ist wirklich alles in Ordnung«, sagte Lucilla. »Achtet gar nicht auf uns. Unser kleines Gespräch mag ein wenig lebhaft gewesen sein, war im Grunde aber ganz freundschaftlich.«

Weder Ludolf noch Dulcinia schienen ihnen das zu glauben, aber sie gingen trotzdem wieder zurück in die Küche.

»Lucilla, würdest du dich bitte beruhigen?«

»Ja, ja«, flüsterte Lucilla. »Wir müssen Ruhe bewahren. Du wusstest das, bevor du Ansgar hast weggehen lassen?«

Stella nickte. »Ich wusste es, aber nach all den Wochen, die du jetzt hier bist, hab ich nicht mehr geglaubt, dass Adalgisus meinen Brief groß beachten würde. Schließlich versteckt er sich mit seiner Geliebten irgendwo in einer der befestigten Städte im Norden.«

»Wie weit ist die nächste Stadt entfernt?«

»Nicht weit. Du kannst an einem klaren Tag von den Stufen der Kathedrale aus die Mauern sehen.«

»Heute ist ein klarer Tag«, bemerkte Lucilla. »Gehört die Stadt, von der du sprichst, den Lombarden?«

»Ja, alles hier in der Gegend gehört zum lombardischen Königreich.«

»Ja«, antwortete Lucilla ernst.

»Ich bin diesen ganzen Unfug leid. Ich bin müde und habe Hunger«, fuhr Stella auf.

»Ein hysterischer Anfall wirkt immer appetitanregend.«

Stella öffnete den Mund, aber es kam kein Laut über ihre Lippen. Dann holte sie tief Luft. »Sei dankbar, dass ich eine Dame bin«, sagte sie zu Lucilla, »und keine Schimpfwörter benutzen mag.«

»Schwebte dir vielleicht eine Bemerkung über einen weiblichen Hund vor? War es das, was dir auf der Zunge lag?«, fragte Lucilla.

»Wie überaus scharfsichtig von dir.« Mit diesen Worten rauschte Stella aus dem Raum.

Sie aßen in der Küche. Ja, Ansgar gab bisweilen Bankette und speiste jeden Abend mit den hohen Herren der Stadt, und zu diesem Zweck benutzte er den großen, prunkvoll ausgestatteten Speisesaal. Aber die Mahlzeiten im Familienkreis wurden in der Küche eingenommen, einem länglichen Raum mit direktem Zugang zum Garten an der Ostseite des Hauses. Der Tisch bestand aus einem schlichten Holzbrett auf Böcken, mit Bänken zu beiden Seiten. Da am einen Ende des Raums das Herdfeuer brannte, war es hier immer warm. Eine doppelte Mauer mit einem eingesetzten Gitter führte den Rauch ab. Die Falttüren auf der Gartenseite wurden bei gutem Wetter geöffnet, um Licht und Luft hereinzulassen. Davor schützte ein erhöhter Vorbau mit Säulengang den Raum im Sommer vor der schlimmsten Tageshitze, im Winter vor den starken Regenfällen.

Alles in allem, dachte Lucilla, war dies der schönste Raum im Haus. Sie hatte einen guten Blick auf den Küchengarten, in dem Frühlingsgemüse wuchs, Chicoree, Rüben und Karotten, die ihr Blattwerk keck aus den Furchen streckten. Die letzten Zwiebeln standen in Blüte, und der Knoblauch spross bereits. Der Rosmarin trug blaue Blüten, und Thymian verbreitete seinen Duft entlang der Wege durch die Gemüsebeete.

Stella saß am einen Ende des langen Tisches und beriet sich eingehend mit der Köchin, um das Menü für den Abend festzulegen. Dulcinia saß bei Lucilla. Sie aßen frischen Käse, Brot, Zwiebeln und Schinken.

»Ich muss mit dir reden, Lucilla«, flüsterte Dulcinia. »Allein.«

»Wir sind so allein, wie wir es nur sein könnten«, erwiderte Lucilla gereizt. »Stella kümmert sich nicht im Mindesten um uns. Was ist los?«

»Es geht um Ludolf«, flüsterte Dulcinia.

»Mir ist nicht entgangen, dass er dir wie ein Mühlstein am Hals hängt. Geht er dir auf die Nerven?«

»Nein«, sagte Dulcinia, die immer noch leise, aber mit hörbarer

Anspannung sprach. »Ganz im Gegenteil. Ja, das Gegenteil ist der Fall.«

Lucilla zuckte mit den Schultern. »Du bist eine ernst zu nehmende Künstlerin. Er ist ein gut aussehender junger Mann. Amüsier dich mit ihm. Denn, dass du da keinem Irrtum aufsitzt, mehr würde es nicht sein – eine amüsante Affäre.«

Dulcinia schüttelte den Kopf. »Das dachte ich am Anfang ja auch, aber ...« Sie klang immer noch angespannt. »Also, hm, verstehst du, ich bin spät dran ... und ... aber ...«

»Bitte, bitte drück dich klar aus«, sagte Lucilla mit zusammengebissenen Zähnen. »Du weißt, dass ich ein hartes Leben hinter mir habe. Was ist los mit dir? Hast du Angst, mich zu schockieren? Wenn du schwanger bist, Mädchen, gibt es eine Medizin dafür. Wenn du das Kind bekommen willst, auch gut. Ansgar wird sich zweifellos selbst über einen kleinen Bastard freuen. Er kann es sich leisten, ein Kind finanziell zu unterstützen, und im Laufe der Zeit wirst du das ebenfalls können. Crispus ist sehr großzügig, und es wird ihn nicht kümmern, wer der Vater ist.«

Mit Crispus war Kardinal Crispen Mantleck gemeint, ein Sammler von Musikinstrumenten und bisweilen auch von Musikanten, zu denen im Augenblick Dulcinia gehörte. »Übrigens, weiß Ludolf eigentlich von Crispus? Ich hoffe, du hast daraus nicht auch ein Geheimnis gemacht«, fügte sie leise hinzu.

»O ja, er weiß Bescheid. Er weiß alles über meine Geburt und Herkunft oder vielmehr über meine Unwissenheit, was meine Herkunft betrifft, und er weiß auch über meine frühe Kindheit Bescheid, bevor du mich gerettet hast. Ich habe keine Geheimnisse vor ihm. Ich glaube, dass ich schwanger bin, aber das ist nicht das Problem.«

»Na wunderbar.« Lucilla breitete hilflos die Hände aus. »Was ist es dann?«

»Er spricht von Heirat«, antwortete Dulcinia kaum hörbar.

»Mein Gott, das ist wirklich ein Problem. Er kann nicht ...«

Dulcinia nickte. »Ich weiß.«

»Du wirst doch nicht.«

»O doch, ich würde«, sagte Dulcinia inbrünstig.

»Oh, verdammt, du bist …«

»Verliebt«, sagte Dulcinia leise. »Irrsinnig, wahnsinnig verliebt und so entsetzlich hoffnungslos. Ja, ich liebe ihn.«

»Mein Gott, was für ein Durcheinander.«

Dann fiel ihr auf, dass Dulcinia weinte, lautlos und mit weit geöffneten Augen; die Tränen liefen ihr über die Wangen. Und wie aus dem Nichts wurde Lucilla plötzlich klar, dass Dulcinia genauso sehr ihr Kind war wie die beiden, die sie in ihrem Schoß getragen hatte, und, dass sie die Sängerin vielleicht noch mehr liebte als diese Kinder, die ihr eigen Fleisch und Blut waren. Und, dass sie bereit war, auch Ludolf zu lieben. Sie wusste wenig über den Jungen, nur, dass er ein hübsches Gesicht hatte und dass er, als Dulcinia ihm ihre Schwangerschaft gebeichtet hatte, so viel Stil besaß, von Heirat zu sprechen. Er schien ein ehrlicher junger Mann zu sein.

»Wo ist er jetzt?«, fragte Lucilla.

»Es geht ihm wirklich schlecht«, antwortete Dulcinia. »Er hat Schnupfen, so wie seine Mutter, als wir hierher kamen. Ich glaube, er hat auch Fieber. Er ist in sein Zimmer gegangen, aber er möchte, dass ich zu ihm hinaufkomme und ihm ein wenig vorlese.«

Lucilla stand auf. »Komm mit.«

Sie kehrten in die Räume im oberen Stockwerk zurück. Jetzt hatte Lucilla es plötzlich eilig. Sie zog ihren Reitrock und die Stiefel aus dem Schrank.

»Was ist los?«, fragte Dulcinia. »Was hast du denn mit einem Mal? Du benimmst dich, als würde gleich etwas Schreckliches passieren. Was machst du da?«

»Es wird auch etwas Schreckliches passieren, aber es muss für dich nicht schrecklich sein.« Lucilla war bereits in den Reitrock geschlüpft und schob ihre Füße in die Stiefel. »Wo ist Ludolfs Zimmer?«

»In dem anderen Flügel. Über dem Garten. Es ist sehr still dort.«

Lucilla fasste Dulcinia am Arm. »Geh zu ihm.« Sie hielt zwei kleine Flaschen in der Hand, von denen eine mit einem Golddraht umhüllt war. Als sie Dulcinia diese beiden Flaschen aufnötigte, sagte sie: »Die mit dem Golddraht enthält Opium, die andere Baldrian. Geh in sein Zimmer, schließ die Tür ab und bleib dort. Sieh zu, dass du ihn für den Rest des Tages beschäftigst.«

»Aber was …«

Lucillas Fingernägel gruben sich in Dulcinias Fleisch. »Liebst du ihn?«

»Ja. Ja, aber …«

»Dann tu, was ich dir sage.«

»Lucilla, du machst mir Angst.«

»Das ist gut so; du solltest auch Angst haben. Manchmal ist es sehr klug, sich zu fürchten. Dies ist eine solche Gelegenheit. Verstehst du?«

»J-J-Ja.«

»Selbst wenn du ihn betäuben musst, sorg dafür, dass er für den Rest des Tages in seinem Zimmer bleibt. Und jetzt geh.«

Dulcinia ergriff die Flucht.

Lucilla war fertig angekleidet. Sie warf sich eine Ledertasche über die Schulter und hastete zur Treppe hinüber. Am Fuß der Treppe stand Stella und blickte zu ihr auf. Draußen auf der Straße tat sich etwas; sie konnte den Lärm hören.

Regen. Der Regen machte die beiden Wölfe noch immer fast blind, als sie zusammen durch den Fluss hinter Pavia schwammen. Der Fluss führte jetzt, nach der Schneeschmelze, Hochwasser. *Die Stelle, an der Mona und ihre Familie ermordet wurden, muss jetzt überspült sein,* dachte Regeane. Sie hoffte, dass das Wasser die Erde dort von dem Grauen reinwaschen würde und dass die Geister der Toten Frieden fanden. Die Geister aller Toten, nicht nur der Opfer.

Der Himmel über ihnen hellte sich auf, da das Unwetter langsam weiterzog. Lange Sonnenstrahlen fielen durch das Gewebe der Sturmwolken und ließen das Sumpfland, das sie durchschwammen, hell erstrahlen. Sie waren frei. Die Stadt mit ihren klaustrophobischen Schrecknissen lag hinter ihnen, Einkerkerung und Tod waren nur noch eine Erinnerung, und das frische, klare Wasser wusch Kummer, Angst, die Spuren der Eisenketten, den Gestank und selbst die bereits schwächer werdenden Erinnerungen an den Schmerz fort.

Maeniel führte; Regeane folgte. Das alte Muster stellte sich wieder ein, etwas, das sie beide auf seltsame Weise tröstete.

Er schien es eilig zu haben, fortzukommen. Er hasste die Enge der Städte. Sie hatte sich ein wenig vor ihm gefürchtet, nachdem sie Rom verlassen hatten. Jede Nacht, wenn sie unaussprechlich müde gewesen war, hatte er sich in den Wolf verwandelt und war durch die bisweilen gefährliche Dunkelheit gewandert. Zu Anfang hatte sie ihn auf diesen Ausflügen begleitet, aber dann forderte die Anstrengung der langen Reisetage ihren Tribut, Tage, die sie auf dem Rücken eines Pferdes oder in holprigen Karren verbracht hatte, auf Straßen, die seit etlichen hundert Jahren nicht mehr gewartet wurden. Die angsterfüllte, von Kämpfen mit dem Lombarden und ihrer habgierigen Verwandtschaft beherrschte Zeit, die hinter ihr lag, tat ein Übriges. Eine tiefe Erschöpfung ergriff von ihr Besitz, und Maeniels Eile, zu seiner Feste zurückzukommen, schien ihr immer sinnloser.

Die Krise erreichte ihren Höhepunkt, als sie eines Abends nach einem langen, stürmischen Ritt durch klatschenden Regen neben Maeniel in den Wagen gestiegen war. Sie war vollkommen durchgefroren und so müde, dass sie fast keinen Appetit aufs Abendessen hatte. Den ganzen Tag über hatte sie sich auf die Zunge gebissen, um ihre Klagen zurückzuhalten. Sie sehnte sich beinahe verzweifelt nach der Wärme seiner Arme und seines muskulösen Körpers, die ihr das Gefühl gab, sicher und geborgen zu sein und vor allem geliebt zu werden. Er schenkte ihr eine Sicherheit, die ihr einen tiefen, geruhsamen und traumlosen Schlaf bescherte.

Aber statt des Mannes spürte sie den Wolf an ihrer Seite, und der Wolf schlüpfte aus dem Bett und glitt so lautlos wie Sternenlicht durch den Eingang des Zelts und in die Nacht hinaus. Regeane richtete sich empört in ihrem Bett auf – ihre Empörung war so groß, dass sie es mit der Angst bekam. Sie begann zu schreien und ihm Dinge nachzuwerfen. Als er sich dann wieder in einen Menschen verwandelte, voller Erstaunen und Angst, seine bis dahin so fügsame Gattin als kreischenden Drachen vor sich zu sehen, da war Regeane in einen Weinkrampf ausgebrochen.

Drei Sekunden später war das Zelt voller Wölfe. Sie alle machten Maeniel Vorwürfe, dass er Regeane etwas Schreckliches angetan haben müsse, oder versuchten, Regeane zu trösten und sie in ihrer Hysterie zu beschwichtigen. Dann kam Matrona mit einer Tonflasche ins Zelt. Sie überredete Regeane, ein paar Schlucke davon zu trinken. Das Gebräu schmeckte grässlich, aber es wärmte und besänftigte Regeane auf ungeahnte Weise.

»Was ist das?«, fragte Regeane, als sie wieder sprechen konnte.

»Eine Kleinigkeit, die ich von den Inseln über dem Nordwind mitgebracht habe.«

Niemand sagte etwas. Niemand wusste, wo das war.

»Der Trank vertreibt die Kälte«, sagte Matrona. »Die Menschen dort brauchen so etwas, weil es immer kalt ist.«

»Was hast du mit ihr gemacht?«, fragte Gavin Maeniel mit anklagender Miene.

Die meisten von ihnen waren jetzt Menschen, weil sie reden wollten, und die Wolfssprache war viel zu lakonisch, um die ganze Reichweite der Gefühle zu erfassen, die den Raum beherrschten. Gavin hatte sich taktvoll in eine Decke gehüllt, Gordo trug seinen Umhang wie einen Sarong, und Matrona hatte sich in eines von Maeniels Hemden gehüllt. Einzig Silvia trug nur ihre Haut.

»Er muss ihr etwas getan haben«, sagte Silvia, »denn wir haben sie noch nie so schreien hören. Also, was hast du getan?« Sie funkelte den leicht amüsiert dreinblickenden Maeniel an, der sich wieder in einen Wolf verwandelt hatte.

»Ja, was hast du getan, mein Anführer?«, fragte Gordo mit leisem Entsetzen in der Stimme.

»Es muss etwas Schreckliches gewesen sein«, sagte Silvia. »Matrona, bring sie in dein Zelt. Ich werde bei dir bleiben. Hab keine Angst, Kleine, wir werden dich beschützen.«

»Also, jetzt warte doch mal eine Minute«, sagte Gavin. »Ich kenne ihn, seit ich dreizehn war und wir uns in diesem irischen Wald begegnet sind, und ich habe nie erlebt …«

Maeniel nahm seine menschliche Gestalt an, und Matrona warf ihm eine Tunika über den Kopf. »Seid still«, befahl er, und die anderen gehorchten.

Stille kehrte ein.

»Regeane, was ist los?«

Regeane, die sich mittlerweile ihres Verhaltens schämte, öffnete den Mund, um zu sagen: »Nichts«, aber Matrona fing ihren Blick auf. »Erzähl es ihm«, verlangte sie.

»Ich bin so müde …«, flüsterte sie.

»Ah, ich verstehe«, sagte Matrona. »Raus. Raus mit euch allen. Sollen die beiden Jungverheirateten diese Angelegenheit unter sich ausmachen.«

Maeniel setzte sich neben Regeane auf das Feldbett und nahm sie in die Arme. Mit einem erschöpften Seufzer bettete sie den Kopf an seine Schulter.

»Das nächste Mal«, sagte er, als seine Lippen über ihr Haar strichen, »das nächste Mal versuch nicht so sehr, mir zu gefallen.« Sie nickte, und als sie sich beide hinlegten, fügte er hinzu: »Versprichst du es mir?«

Sie war schon fast eingeschlafen, als sie antwortete: »Ich verspreche es.«

Ja, sie hatte es versprochen, und sie hatte ihm in jener Nacht so vertraut, wie sie es jetzt wieder tun musste. Sag ihm die Wahrheit.

Sie nahm Menschengestalt an, um festzustellen, wie tief das Wasser um sie herum war, dann stand sie auf. Das Wasser war seicht und reichte ihr nur bis zur Taille. Die Schilfwälder um sie herum raunten und wisperten in den letzten schwachen Ausläufern des Sturmwindes. Seltsamerweise stand sie nicht im Schlamm, sondern auf Steinen.

Maeniel hielt inne. Er verwandelte sich ebenfalls in einen Menschen, kam aber in tiefem Schlamm zu stehen und kämpfte sich mühsam auf Regeane zu, bis er schließlich die gleiche Steinfläche erreichte, auf der Regeane stand.

»Wo sind wir?«, fragte sie.

»Mach dir keine Sorgen«, erwiderte er. »Irgendwo in der Po-Ebene.«

»Ich soll mir keine Sorgen machen? Ich sehe nirgendwo trockenes Land, so weit das Auge reicht. Nichts, nicht einmal einen Baum, nur Wasserpflanzen, Schilf und lange Gräser mit scharfen Halmen«, sagte sie und blickte dabei auf einen flachen Schnitt in ihrer Handfläche hinab, die sie sich gerade an einem dieser Gräser verletzt hatte.

»Pst«, sagte er und legte die Arme um sie.

Sie ließ sich von ihm küssen. Gleichzeitig erfasste sie ein besonders heftiger Windstoß und ließ sie frösteln. Im nächsten Augenblick war ihr ganzer Körper mit einer Gänsehaut überzogen. Sie schob Maeniel von sich weg.

»Mir ist kalt. Es wird Nacht. Wir wissen nicht, wo wir sind. Wir haben uns verirrt, und du willst …«

Er küsste sie abermals.

»Du könntest dich wenigstens entschuldigen.«

»Ja«, sagte er. »Ich entschuldige mich.«

»Ich meine eine ernsthafte Entschuldigung.«

»Nein«, erwiderte er und küsste sie von neuem. »Ich glaube immer noch, dass ich Recht hatte. Aber wir hatten beide Glück, ich genauso wie du. Wäre dieser hinterhältige Lombardenkönig nicht so ein halsstarriger Narr gewesen, hätten wir vielleicht beide den Tod gefunden, aber wir leben noch, deshalb will ich keine Sorgen mehr an Dinge vergeuden, die beinahe geschehen wären. Ich gebe allerdings zu, dass ich dich unterschätzt habe. Und du musst dich mit diesem Eingeständnis zufrieden geben und darfst nicht mehr verlangen.«

Regeane stieß einen leisen, ärgerlichen Schrei aus.

Aber dann küsste er sie abermals, und sie stellte fest, dass sie nicht mehr fror. »Oh«, sagte sie. »Es kommt mir so vor, als seien Jahre vergangen, seit ich dich das letzte Mal gesehen habe, aber das Wasser ist wirklich zu tief hier.«

»Zu tief wofür?«, fragte er.

»Lass das. Hör auf, mich aufzuziehen.«

»Scht. Sieh doch.«

Eine Wolke schob sich vor die Sonne, und in westlicher Richtung sahen sie eine verlassene Villa über dem Wasser aufragen.

»Siehst du«, sagte er. »Ich habe doch gewusst, dass sich irgendetwas ergeben würde. Man findet immer etwas, wenn man sich nur entspannt.«

»Mir gefällt das nicht«, sagte sie. »Denk an den Bären.«

»Was? Wirst du etwa das Vertrauen in deine Sinne verlieren, nur weil sie dich einmal getrogen haben?«

»Dich haben sie getrogen«, fuhr sie ihn an, »nicht mich.«

»Ja«, gestand er mit kläglicher Miene. »Und in Rom gibt es eine gewisse Gruft …«

»Also schön, wir sind quitt«, sagte sie.

»Lass uns zu der Villa hinüberschwimmen.«

Sie wateten durch Rohrkolben und Schilf, bis sie zu einer langgezogenen, offenen Wasserfläche kamen, die von Mauern eingefasst war, ein alter Kanal zur Bewässerung der Felder. Jenseits davon lag die Villa, zu der sie hinüberschwammen.

Das ganze Erdgeschoss lag unter Wasser. Hier und da blinkten prachtvolle Mosaike unter dem Wasser auf, wo sie nicht vollkommen von Schlick verdeckt wurden. Auf einem davon kämpften zwei Gladiatoren, deren Namen neben ihren Bildnissen eingeritzt waren, auf Leben und Tod. Ein Mirmillo kämpfte gegen einen Retiarius, und das Porträt zeigte den Mirmillo gefangen im Netz des Retiarius, während sein Schwert sich tief in den Leib seines Gegners bohrte.

Regeane verharrte, um sich dieses Bild anzusehen, was ihr einen angewiderten Blick von Maeniel eintrug. Dahinter sah man einen Säulengarten mit einem blauen Teich voller Fische. Die echten Bäume und Blumen des Gartens waren von den Fluten zerstört worden, aber ihre Nachbildungen auf dem überspülten Pflaster glänzten und funkelten noch immer. Weiter hinten legte das Bildnis eines Küchengartens – Auberginen, Zwiebeln, Sellerie, Petersilie, Kohl, Salbei und Thymian – beredtes Zeugnis von einem glücklichen

Wohlstand ab, der vor langer Zeit in den Fluten des Flusses untergegangen war; Fische knabberten an den Mosaiktäfelchen, aus denen die Bilder zusammengesetzt waren.

Einige Räume im ersten Stock, überwiegend ohne Dach und mit freistehenden, niedrigen Mauern, waren die einzige Zuflucht, die die Villa ihnen bisher zu bieten hatte. Vor langer Zeit musste sich jemand anderer schon einmal hier versteckt haben, denn auf dem Boden lag eine beträchtliche Menge trockenen Strohs.

Regeane verwandelte sich in eine Frau, und eine Sekunde später stand Maeniel neben ihr. »Du hast also den Bären kennen gelernt«, sagte Regeane nun. »Was wollte er von dir?«

»Dasselbe, was er wahrscheinlich von dir wollte. Mich beherrschen.«

»Nein«, sagte Regeane.

»Er träumte davon, die Welt wieder zu dem zu machen, was sie vor den Menschen, den Städten und den Bauernhöfen war, bevor Königreiche untereinander zu kämpfen begannen und das Land verwüsteten. Er möchte eine Welt wiederhaben, in der nur Tiere leben.«

Regeane runzelte die Stirn. »Wirklich?«

»Ja. Er glaubt, wenn wir unsere Kräfte zusammenlegen, könnte er die Menschheit vielleicht auslöschen. Ich denke, dass er, wenn nicht gar verblendet, so doch zumindest übertrieben ehrgeizig ist. Soweit es mich betrifft: Bitte schön, wenn es doch nur möglich wäre. Aber ich kenne die Menschen hier schon ziemlich lange, und ich habe festgestellt, dass sie erheblich zäher sind, als der Bär glaubt.«

»Es wäre schrecklich, eines der großen Reiche zu zerstören.«

»Der großen Reiche?«, wiederholte Maeniel.

»So nennt Matrona sie«, antwortete Regeane. »Die Vögel sind das Reich der Luft, die Fische das Reich der Seen und des Meeres. Die Pflanzen sind das Reich der Stille.«

Maeniel stand hinter ihr; die Sonne des späten Nachmittags hatte sie gewärmt, und Maeniel schlang die Arme um sie und knabberte an ihrem Hals. »Würdest du das bitte sein lassen?«, fragte sie halb lachend.

»Es ist in Ordnung. Wir sind verheiratet. Selbst die Kirche würde unser Tun billigen.«

»Ich bezweifle stark, dass die Kirche irgendetwas an uns billigen würde.«

»Trotzdem«, sagte er. »Der Bischof ist der lebende Beweis für die Unfähigkeit selbst der unsinnigsten Einrichtungen, die Wohlmeinenden zum Schweigen zu bringen. Du kannst ihn nur deshalb gut leiden, weil er in der Frage des Lösegelds auf meiner Seite stand. Aber, meine Geliebte, der schlimmste Augenblick meiner ganzen Gefangenschaft war der, als du deinen Schleier zurückschobst und deine Identität enthülltest.

Desiderius versuchte mich zu ertränken, Hugo hat mich mit einer List dazu gebracht, mich vor dem hohen Altar der Kathedrale zu offenbaren, und der Bär hat mir den Tod angedroht, falls ich mich ihm nicht unterwerfen sollte. Aber nicht eine dieser hässlichen Erfahrungen hat mich so erschreckt wie die Enthüllung deiner Verletzlichkeit. Ich liebe dich. Wenn dir irgendetwas zustoßen sollte, würde es mich umbringen. Ja, das ist die Wahrheit. Ich habe deine Fähigkeiten unterschätzt, aber wenn du irgendwelche Risiken eingehst, darfst du niemals die Gefühle des Mannes vergessen, der dich bis zum Wahnsinn liebt.«

»Gundabald wollte mich mit einer Halsfessel in einen Käfig sperren«, erwiderte Regeane. »Ist deine Liebe ein Käfig, eine Kette?«

Sie drehte sich in seinen Armen um, sah ihm in die Augen und bedachte ihn mit jenem direkten Blick, den er selbst so oft bei anderen benutzte. Es war der Wolfsblick, die Musterung eines Geschöpfs, das unfähig ist zu lügen. Maeniel sah sich gezwungen, den Blick abzuwenden; er musste an die Mutter des Rudels denken, die aus eigenem Recht Anführerin ist, nicht nur die Gefährtin des Führers. Dann verwandelte Regeane sich in die Wölfin. Sie setzte zum Sprung an und verließ ihre Zuflucht. Ganz in der Nähe ragten wie kleine Inseln einige Säulen aus dem Wasser, auf denen einst die Veranda geruht hatte. Regeane entschied sich für eine dieser Säulen und verharrte reglos darauf, in der Bewegungslosigkeit eines Wolfs, der auf Beute lauert. *Fische*, dachte sie.

Von ihrem Ausguck unterzog sie das Wasser einer lautlosen Musterung. Als es endlich so weit war, geschah es blitzschnell. Der Fisch konnte, wenn überhaupt, nur noch schwach zucken. Regeane brach ihm mit ihren Reißzähnen das Rückgrat. Dann ließ sie sich auf ihrer Säule auf die Hinterläufe nieder und lud ihn mit einem Blick ein, sich zu ihr zu gesellen.

Er kam.

Später kehrten sie in ihre Zuflucht, ihr Nest, zurück und liebten sich, als Mann und Frau. Maeniel erzählte ihr von seiner Gefangenschaft; sie erstattete Bericht über ihre Reise.

»Ich bin Wölfen begegnet, echten Wölfen«, sagte sie. »Aber nach dem, was Matrona mir erzählt hat, hätten sie mich nicht angreifen dürfen. Ich war erstaunt und wütend. Ich dachte, es gäbe gewisse Regeln.«

Er nickte. »Die gibt es auch, aber wahrscheinlich hat die Rudelmutter dich gesehen und eine Absonderlichkeit in dir gespürt. Sie wird wohl befürchtet haben, du könntest eine Rivalin sein. Wie alle Regeln sind auch die Regeln der Wölfe nicht unumstößlich, und es gibt immer jemanden, der sie durchbricht, so wie es ihm gerade gefällt.«

Regeane verdaute diese Bemerkung und sagte dann: »Irgendwie kann ich mich nicht als Mutter eines Tieflandrudels sehen, die jedes Jahr Junge wirft.«

»Aber du könntest es sein, wenn du es wolltest«, entgegnete er.

Sie lagen da, behaglich aneinander geschmiegt. Maeniel sah, wie Regeanes Augen sich im rötlichen Widerschein der untergehenden Sonne weiteten. »Wirklich?«

»Ja, beide Existenzen stehen dir offen, falls du dich dafür entscheiden solltest, deine besondere Gabe auf diese Weise zu nutzen.«

»Ich kann mir einfach nicht vorstellen, dass ich ... Der Gedanke ist erschreckend – und hat doch gleichzeitig etwas beinahe Anziehendes. Aber was das Leben als Wölfin und nur als Wölfin betrifft, empfinde ich genauso wie damals, als meine Mutter mir erklärte, was die körperliche Liebe ist: Ich war davon überzeugt, dass ich *das* bestimmt nicht wollen würde! Aber sieh mich jetzt an – und übrigens, warum werde ich eigentlich nicht schwanger? Wie lange sind wir jetzt verheiratet? Fast acht Monate und … zuerst mochte ich mich dir nicht anvertrauen …«

»Ich weiß«, sagte er. »Aber du hast dir deswegen Sorgen gemacht. Matrona hat es mir erzählt.«

»Oh …«, erwiderte Regeane. »Sie sagte nur, dass wir selten Nachkommen aus einer Liebe untereinander haben. Die meisten unserer Nachkommen sind das Ergebnis von Mischehen, so wie ich, aber du bist … ein Wolf.«

»Ja, und nur ein Wolf.«

Sie nickte. »Also, was für eine Art Kind könntest du zeugen?«

»Ich weiß nicht. Soweit ich das sagen kann, habe ich nie ein Kind gehabt, und ich habe – im fleischlichen Sinne – viele Menschenfrauen gekannt.«

Regeane schüttelte den Kopf. Ihr Haar war noch feucht, und sie besprühte Maeniel mit feinen Tröpfchen. »Oh, verflixt«, sagte sie, »so viel elendes Wasser … und es wird langsam wieder kalt.«

»Verwandle dich«, sagte er, »und lass uns schlafen.«

»Es gefällt dir bloß nicht, in welche Richtung sich unser Gespräch entwickelt.«

»Ich will nicht leugnen, dass mir das Thema nicht besonders angenehm ist. Es geht hier um Dinge, über die ich lieber nicht sprechen möchte. Zumindest jetzt nicht.« Er zog sie fester an sich, und wieder spürte sie die Wärme seines Körpers.

Sie stieß ein leises Schnurren aus, das so gar nicht wölfisch war.

»Ah, so ist es brav, meine Schöne. So ist es brav, meine honigsüße Geliebte, köstlich wie eine reife Frucht frisch vom Baum oder die Beeren im Herbst. Mach dir keine Gedanken um Dinge, die sich nicht ändern lassen. Und jetzt schlaf.«

Regeane dämmerte bereits sanft vor sich hin, dann schlug sie jedoch noch einmal die Augen auf. »Kommt denn nie jemand hierher?«, fragte sie.

»Nein«, versicherte er ihr. »Wenn doch, so würde ich es wissen.«

Dann sank Regeane friedlich in das dunkle Wasser hinab, den See des Schweigens.

Als die letzten Sonnenstrahlen sich zu einem leuchtenden Fächer am westlichen Horizont zusammenfügten, verwandelte Regeane sich. Danach suchte auch Maeniel den Wolf, seinen geduldigen Bruder, auf und schlief ein.

Lucilla wusste Bescheid, sobald sie Stellas Gesicht sah. Sie hatte sich an die Kehle gegriffen, und in ihren Augen stand blankes Entsetzen. »Ich hasse es, Recht zu haben«, flüsterte Lucilla. *Er ist hier,* dachte sie, *und jetzt hat Stella Angst vor dem, was sie selbst heraufbeschworen hat.*

Lucilla versuchte sich darauf zu besinnen, was sie über Desiderius' Sohn gehört hatte. Hart, unbeständig, aggressiv und feige zugleich. Aber vor allem ein Narr, ein selbstsüchtiger Narr, geschlagen von der schlimmsten Krankheit der Macht, dem Glauben, dass seine Geburt allein ihm größere Vorrechte einräume als jedem anderen Menschen. Und da stand er.

Lucilla verbeugte sich anmutig. »Mein Fürst.«

Er grinste. »Ah, endlich lernen wir uns einmal kennen. Du bist, wenn ich mich nicht irre, die berühmte – oder sollte ich sagen, die berüchtigte? – Lucilla.«

Lucilla hätte ihm das Grinsen am liebsten mit einer Ohrfeige vom Gesicht gewischt, aber sie zwang sich zu einem betörenden Lächeln und erwiderte: »Ganz wie es dir gefällt, mein Fürst. Ich glaube, beide Worte weisen auf eine Karriere von einiger Bedeutung hin.«

Das Grinsen wurde breiter. »Wir werden deine, wie ich höre, recht erstaunlichen Talente noch näher erkunden müssen.«

Ein Schauer der Furcht überlief Lucilla. *Ich werde die Geisel dieses Mannes sein, und er ist nicht schlecht. Er ist etwas Schlimmeres als schlecht, er ist dumm.*

»Wie ich sehe, bist du bereits zum Reiten gekleidet«, bemerkte er. »Gut. Wir müssen nämlich schnell aufbrechen. Ich habe«, erklärte er an Stella gewandt, »nur wenige Männer in meinem Gefolge, und ich glaube nicht, dass ich bleiben möchte, bis dein Gemahl zurückkehrt.«

Ja, dachte Lucilla, *weil du weißt, dass er Einwände gegen diesen Frevel erheben würde, gegen die Entführung einer hilflosen Frau, die unter seinem Schutz steht.* Lucilla gab sich geziert. »Ich möchte dich nicht länger aufhalten, mein Fürst. Wollen wir gehen?«

Er musterte sie kurz mit einem undurchdringlichen Blick. Lucilla konnte den Schweiß unter ihren Achseln und auf ihren Handflächen spüren. *Verdammt, verdammt,* dachte sie. *Diese Dummheit habe ich selbst verschuldet.*

»Es ist zu einfach«, sagte er. »Du planst doch irgendetwas, oder du verbirgst etwas. Was ist es?«

Stella flüsterte: »Nun, nichts natürlich.«

Zum Teufel mit Stella. Sie war eine lausige Lügnerin, aber schließlich war sie nie etwas anderes gewesen.

Bei Tage war die große Empfangshalle düster, da das einzige Licht von den schweren Glasblöcken in dem römischen Kuppelbau kam, und Lucilla vermutete, dass Adalgisus die Wahrheit gesagt hatte und wirklich nur mit zehn Männern als Gefolge hier war. Aber da Ansgar alle wehrfähigen Männer aus der Stadt mitgenommen hatte, genügten diese wenigen Soldaten vollauf, und wenn sie auf Widerstand trafen, konnte es durchaus zu einem Massaker kommen. Sie konnten den unbewaffneten Stadtbewohnern die Kehle durchschneiden, so wie Feuer sich einen Weg durch trockenen Zunder bahnt. Wenn Ludolf und Dulcinia auch nur die geringste Ahnung hätten, was hier im Gange war, würden sie womöglich beide versuchen, Adalgisus aufzuhalten, und dann würden sie die Ersten sein, die den Tod fanden. Deshalb hatte Stella solche Angst.

Lucilla brachte ein Lächeln voller sanfter Resignation zustande. »Mein Fürst, du bist zu argwöhnisch. Was könnten zwei Frauen allein vor einem Mann von deiner überlegenen Intelligenz verbergen? Du bist gewiss über das nahe Kloster von Temi angereist und hast dort gewartet, bis Ansgar die Stadt verließ. Worauf du eilends hierher kamst. Habe ich Recht?«

Adalgisus lächelte selbstgefällig. »Du bist eine scharfsichtige Frau, eine sehr scharfsichtige Frau.«

Lucilla fuhr fort: »Erst heute Morgen hat Stella mir gestanden, dass sie dir nach meiner Ankunft vor einigen Wochen geschrieben hat. Ja, ich wollte fliehen, allein wenn nötig, aber du bist mir zuvorgekommen. Also muss ich mich geschlagen geben und mich als deine Gefangene betrachten. Die Lösung ist die Einfachheit selbst, mein Fürst, und es besteht kein Grund zu Argwohn. Ich bin dir auf Gedeih und Verderb ausgeliefert.«

Schmeichle ihnen, schmeichle den Bastarden. Sie schnappen so begierig danach wie ein Hund nach einem saftigen Fleischbrocken, dachte Lucilla. *Wenn ich ihn nur hier wegbringen kann, bevor es ein blutiges Chaos gibt.*

»Trotzdem, ich würde es vorziehen, wenn Fürstin Stella de Imola uns auf unserer Reise begleitete, bis wir die Grenzen von Ansgars Land überquert haben. Ich werde dich in der Villa Jovis zurücklassen, wo dein Gemahl dich abholen kann. Ich möchte es nicht riskieren, von Ansgar verfolgt zu werden.«

»Dann lass ich nur noch meine Zofe rufen«, sagte Stella. »Ich muss mich für die Reise ankleiden.«

»Nein! Wir werden nicht lange unterwegs sein.«

Einer von Adalgisus' Männern trat neben Stella und griff nach ihrem Arm. Stella versuchte, sich von ihm loszureißen.

»Nun, nun, meine Dame«, sagte Adalgisus. »Eberhardt ist ein alter Freund. Von ihm weiß ich auch, dass ihr euch während deiner Tage in Ravenna vor einiger Zeit begegnet seid.«

Das wird ja immer schlimmer, dachte Lucilla. Sie spürte, wie ihre Beine unter ihrem Reitrock zu zittern begannen. »Na schön. Dann lasst uns jetzt gehen«, sagte Lucilla.

Stella sah so erschrocken aus wie eine Maus in den Krallen eines Falken. Ausgerechnet in diesem Augenblick kam Stellas Zofe Avernia die Treppe heruntergelaufen. Adalgisus schob Lucilla in Richtung Tür, und Eberhardt tat dasselbe mit Stella.

»Herrin! Fürstin Stella …«

Beide Männer blieben stehen, und Avernia stürzte auf sie zu. Lucilla bemerkte, dass Eberhardt die Treppe hinaufblickte, um zu sehen, ob Avernia allein war.

»Avernia, geh weg«, zischte Stella. »Mach kein Theater. Hörst du? Mach kein Theater, oder du wirst meinen Stock zu spüren bekommen.«

»Nein«, rief Avernia. »Was hat das zu bedeuten?« Ihre Stimme wurde mit jedem Wort lauter.

Eberhardt warf Adalgisus einen Blick voller wütender Verzweiflung zu. Er zog Stella zur Tür hinüber. Avernia packte Stellas anderen Arm und zwang Eberhardt, stehen zu bleiben.

»Nein! Nein!«, schrie Avernia. »Nein! Zu den Waffen! Zu den Waffen! Meine Herrin wird ...«

Lucilla spürte, dass Adalgisus sie losließ. Sein Schwert blitzte in dem fahlen Licht der Halle auf, so wie ein Blitz an einem wütenden Himmel aufleuchtet. Er bohrte seine Klinge durch Avernias Brust, von der linken Seite bis zur rechten. Avernias nächster Schrei endete mit einem grauenvollen Gurgeln. Sie taumelte einen Schritt zurück, und der Ausdruck der Überraschung auf ihrem Gesicht wäre beinahe komisch gewesen, wäre da nicht die überaus hässliche und ganz und gar nicht komische Wunde gewesen. Sie setzte sich auf den Boden, versuchte zu atmen, und ein blutiger Schaum ergoss sich aus ihrem Mund und befleckte Stellas Röcke. Dann umklammerte sie Stellas ausgestreckte Hand.

Eberhardt zog Stella weg. Stella war eine zierliche Frau und vollkommen hilflos unter dem Griff des großen, kräftigen Mannes.

»Nein«, wisperte Stella, als sie durch die Tür und hinaus auf den Marktplatz gestoßen wurde.

Lucilla sah, wie Avernia umfiel und ihr Körper zu zucken begann, während sie zu atmen versuchte, obwohl ihre Lungen sich bereits mit Blut füllten. Dann quoll eine blutige Flüssigkeit über Avernias Lippen und rann ihr das Kinn hinunter.

Adalgisus wischte sein Schwert an Lucillas Röcken ab und schob es wieder in die Scheide. »Beweg dich«, sagte er und zeigte auf die Tür. »Sofort.«

Lucilla gehorchte.

Dulcinia lief den Korridor hinunter zu Ludolfs Zimmer. Auf dem Weg dorthin traf sie eine Entscheidung, eine wichtige Entscheidung. *Ihn betäuben? Ist Lucilla wahnsinnig?* Nein, sie würde, sie würde ihrem Geliebten die Wahrheit sagen. Das Problem war nur, dass sie ihn nicht in seinem Schlafzimmer fand. Verärgert begann sie zu suchen und entdeckte ihn einige Türen weiter, in der Bibliothek.

Ansgar war zwar selbst ein ungebildeter Mann, aber dennoch ein großer Anhänger der Kultur, und er besaß vierzig Bücher, was für damalige Zeiten viel war. Ludolf suchte eine Kopie von Ovids *Liebeskunst* für Dulcinia, die das Werk nie ganz gelesen hatte. Er war sich sicher, dass sein Vater eine Ausgabe besaß, aber die Bücher waren nicht geordnet und befanden sich inmitten von diplomatischen Schreiben und Haushaltsrechnungen von Stella. Bei Dulcinias Erscheinen blickte Ludolf von dem Stapel Schriftrollen auf, die er gerade sortierte, und sah sofort, dass etwas sie ängstigte.

»Es ist etwas passiert, aber ich weiß nicht was. Lucilla hat sich für die Reise angekleidet, und sie hat mir befohlen, dich in deinem Zimmer festzuhalten.«

Ludolfs Miene verhärtete sich. »Hat sie vor, wegzulaufen?«

»Ich weiß es nicht. Ich glaube nicht. Lucilla ist keine Närrin, und es wäre zu gefährlich für eine Frau, allein zu reisen. Es ist einfach unmöglich, undenkbar. Außerdem kenne ich Lucilla. Wenn sie fliehen wollte, würde sie zu Fuß gehen. Sie könnte sich als Bauersfrau ausgeben; ich habe schon erlebt, wie sie in diese Rolle schlüpfte. Nein, nein, sie sah so aus, als hätte sie Angst, nicht um sich selbst, sondern um mich und … ja … um dich.«

Ludolf ließ die Schriftrolle in seiner Hand fallen. »Schnell, hilf mir bei dem Kettenhemd.«

Dulcinia brauchte nur einen Augenblick, um ihm sein Kettenhemd über den Kopf zu werfen. Er legte seinen Schwertgürtel um und lief gerade den Korridor hinunter – Dulcinia musste beinahe rennen, um mit ihm Schritt zu halten –, als sie Avernias Schreie hörten.

Ludolf beschleunigte seine Schritte.

Aber als er die Treppe erreichte, ritten Lucilla und Stella bereits in hartem Galopp die Straße hinunter, die aus der Stadt führte. Als

Ludolf und Dulcinia am Fuß der Treppe ankamen, sah Dulcinia Avernia dort liegen und schrie. Sie machte ihre Sache weitaus besser als die arme Avernia zuvor.

»Ist sie tot?« Ludolf klang verblüfft. »Warum? Wie? Was ist passiert? Dulcinia, wenn du irgendetwas weißt, das du mir verheimlichst …«

»Nein, o Gott, nein, ich weiß nichts«, stieß sie hervor und schüttelte den Kopf.

Genau in diesem Augenblick trat der Schmied ein. Er stürzte auf Avernia zu, blieb aber stehen, als ihm deutlich wurde, dass seine Frau nur mehr eine Leiche war. Dulcinias Schrei hatte die Dienstboten auf den Plan gerufen. Sie scharten sich in der Halle zusammen, einige von ihnen bekreuzigten sich, und alle starrten die tote Avernia an.

»Was …?«, fragte der Schmied. »Nein, nicht du!« Er zeigte auf Ludolfs Schwert.

»Nein«, sagte Dulcinia. »Wir waren oben im Korridor, als wir sie schreien hörten. Wir sind sofort herbeigekommen, so schnell wie …«

»Nein«, sagte einer von Avernias Söhnen. »Wir haben in der Kathedrale auf der anderen Seite der Straße gearbeitet. Wir haben einen Trupp bewaffneter Männer herbeireiten sehen, es waren nicht viele, nur …« Er zuckte mit den Achseln und sah seine Brüder an. »… vielleicht acht, zehn? Ich weiß nicht, jedenfalls nicht viele. Wir haben darüber geredet und beschlossen, später herzukommen, weil die Männer bewaffnet waren und wir sie nicht kannten. Zumindest kannten wir sie nicht alle. Einen haben wir allerdings schon mal gesehen.«

»Wer war das?«, fragte Ludolf.

»Er sah so aus wie … nun …« Der junge Mann schien sich nicht sicher zu sein.

»Sag es«, verlangte der Schmied.

»Er sah so aus wie Adalgisus, der Sohn des Königs, aber wir konnten nicht glauben, dass er hierher kommen würde … noch dazu mit einer so kleinen Eskorte. Also zweifelten wir an unseren

Augen, aber wir fanden doch, dass wir unserem Vater Bescheid sagen sollten, was wir auch taten.

Ihr dürft sie nicht einfach so hier liegen lassen.« Er zeigte auf Avernia.

»Nein, nein«, flüsterte Dulcinia und zog ihren Umhang aus.

Avernia lag auf dem Rücken, den Kopf so gedreht, als blicke sie zur Treppe hinüber, und ihre Wange ruhte in einer Blutlache. Dulcinia schloss ihr die Augen, wischte das Blut von ihrem Mund und bettete Avernias Kopf auf ihren zusammengefalteten Umhang.

»Wo ist Lucilla?«, fragte sie angstvoll.

Es hatten sich inzwischen mindestens ein Dutzend Menschen um die Leiche geschart, und mit jedem Augenblick kamen weitere Neugierige vom Marktplatz hinzu.

»Ja«, sagte Ludolf. »Wo ist Lucilla, und wo in Gottes Namen ist meine Mutter?«

Es dauerte eine Weile, bis sie die Lösung fanden. Avernias Söhne erinnerten sich, dass sie einen Brief von Stella nach Florenz mitgenommen hatten, aber sonst wussten sie nichts über diese Angelegenheit. Ihre Mutter hatte kein Wort über den Inhalt des Schreibens verlauten lassen.

»Sie muss ihn noch an dem Tag geschrieben haben, als Lucilla hier ankam«, sagte Ludolf. »Er hat gewartet, bis Vater die Stadt verließ, und ist dann hergekommen. Aber um Himmels willen, warum hat er Mutter mitgenommen? Bei allem schuldigen Respekt vor deiner Freundin, sie ist eine offene Anhängerin des Papstes und vertritt seine Interessen. Aber Mutter – was mag Mutter bloß getan haben, das ihr seinen Unwillen eingetragen haben kann?«

»Lucilla wusste, dass er kam, und sie wusste, dass du sie nicht ohne Gegenwehr herausgegeben hättest, wärest du in die Sache verwickelt worden«, sagte Dulcinia. »Sie – und wahrscheinlich auch deine Mutter – wollte uns schützen. Was hätte dein Vater getan, wenn er hier gewesen wäre?«

Ludolf stieß ein leises Schnauben aus. »Ich glaube nicht, dass er irgendjemandem gestattet hätte, einen Gast seines Hauses zu entführen, nicht einmal dem Sohn seines Lehnsherrn.«

»Ja«, sagte Dulcinia. »Das habe ich mir auch schon gedacht, und Lucilla muss es gewusst haben. Er hat nicht viele Männer, da die meisten wahrscheinlich bei seinem Vater sind, um den Frankenkönig zu erwarten. Er hat deine Mutter als Geisel mitgenommen, um seine eigene Sicherheit zu gewährleisten.«

Avernias Leichnam lag in der Küche auf dem Tisch, an dem sie erst vor wenigen Stunden das Frühstück eingenommen hatten. Ihre Töchter wuschen sie und machten sie für das Begräbnis fertig.

»Dulcinia, wirst du mich begleiten?«, fragte Ludolf. »Wir reiten noch in dieser Stunde los.«

»Ja, von Herzen gern.«

Er ging in die Küche, um die weinenden Frauen zu trösten und Avernia die letzte Ehre zu erweisen. Dulcinia lief nach oben, um sich anzukleiden.

Wie Ludolf es gesagt hatte, ritten sie noch vor Mittag los. Obwohl die meisten kräftigen Männer seinen Vater begleiteten, konnte Ludolf zwanzig recht Ehrfurcht gebietende Graubärte zusammentrommeln, die es jüngeren Männern überlassen hatten, mit Ansgar in die Schlacht zu ziehen.

Dulcinia fand, dass sie insgesamt einen gefährlichen Eindruck machten; mochten sie auch nicht so beweglich und überschäumend sein, wie die jüngeren Männer, so verfügten sie doch über lange Erfahrung und die Kraft, die aus grimmigem Zorn erwuchs. Adalgisus hatte eine der ihren ermordet und die Gemahlin ihres Fürsten entführt. Wenn sie ihn einholten, stand ihm eine unerfreuliche Abrechnung bevor.

Sie machten am Kloster von Temi Halt. Ludolf redete nicht lange um den heißen Brei herum, als er mit dem Abt sprach. »Es schert mich nicht, wer er ist«, erklärte er. »Er ist ohne meine Erlaubnis in mein Haus eingedrungen, hat meine Mutter und einen Gast unserer Familie mitgenommen, und als eine meiner Dienstbotinnen versuchte, ihn aufzuhalten, hat er sie ermordet. Ich will meine Mutter zurückhaben. Sie hat ihm kein Unrecht getan, und er muss für seine Verbrechen zur Rechenschaft gezogen werden.«

Der Abt konnte nicht mehr für sie tun, als ihnen die ungefähre Richtung zu sagen, in die Adalgisus geritten war. Dann fügte er verbittert hinzu: »Er hat hier nichts anderes getan, als viel zu essen, noch mehr zu trinken – das heißt, wenn er nicht gerade schlief. Und die ganze Zeit wollte er von vorn und hinten bedient werden. Er hat mir nicht anvertraut, woher er kam und was er hier wollte oder wohin es ihn zog. Und wenn ich gewusst hätte, dass er einen Frevel an deiner Familie beabsichtigte, hätte ich euch gewarnt, denn soweit es mich betrifft, bedeutet ein unzufriedener Nachbar mehr Ärger als ein ferner König, und dein Vater kennt meine Einstellung ganz genau. Du solltest es gleichfalls wissen. Wenn du Adalgisus verfolgen willst, leihe ich dir ausgeruhte Pferde.«

Ludolf nickte, nahm die Pferde und verabschiedete sich. Glücklicherweise wurde die Straße, die Adalgisus genommen hatte, bald schmaler. Sie wurde selten bereist, und die frischen Spuren einer Gruppe von Reitern mussten die sein, die Ludolf suchte. Die Straße führte in eine bergige Wildnis voller Eichen, Weiden, goldener Ginsterbüsche und wilder Rosen. Die Landschaft besaß eine eigene, seltsame Schönheit.

Dulcinia war eine gute Reiterin, aber dieser Weg stellte selbst an ihre Fähigkeiten hohe Anforderungen. Einmal trat eins der Pferde in ein Loch und warf seinen Reiter in ein Rosengebüsch. Das Pferd war nur leicht verletzt, der Reiter hatte eher Ungemach als Schmerzen davongetragen, aber sie mussten den Wallach absatteln und allein nach Hause zurückschicken, während sein Reiter eins der ausgeruhten Pferde bekam, die man ihnen im Kloster zur Verfügung gestellt hatte.

»Ein Gutes hat das alles wenigstens«, sagte der Schmied zu Ludolf. »Sie können die Straße nicht verlassen haben. Zumindest müssen wir nicht die Wildnis nach ihnen absuchen.«

Die Straße gewann schnell an Höhe, aber als sie an die Stelle kamen, an der sie wieder nach unten führte, sah Dulcinia, dass sich ein Fluss durch das enge Tal schlängelte.

»Wenn ihr mich fragt«, sagte der Schmied, »ich schätze, er ist dicht am Wasser entlang geritten.«

Ludolf nickte. »Wollen wir wetten, dass seine Spuren am Fluss verschwinden?«

»Nein«, sagte der Schmied. »Da gibt es nichts zu wetten. Es ist eine sichere Sache.«

Er hatte Recht.

Stella war eine gute Reiterin, und dafür zumindest war Lucilla dankbar. Sie konnte mit den anderen Schritt halten. Adalgisus war unverkennbar nervös. Lucilla verfluchte ihr Pech und nahm sich fest vor, alles in ihrer Macht Stehende zu tun, um ihn bei Laune zu halten. Er war ein Narr und daher gefährlich, aber ein Narr, der obendrein noch Angst hatte, wäre eine Katastrophe gewesen. Sie ritten viel zu schnell. Das Tempo, das Adalgisus vorgab, würde die Pferde noch vor Einbruch der Dunkelheit erschöpfen. Wenn er keine günstig gelegene Stelle kannte, an der sie frische Pferde bekamen, würde er irgendwohin reiten müssen, wo seine Tiere zu trinken und zu fressen bekamen und sich ausruhen konnten, sonst würden sie bald zu Fuß weiterreisen müssen.

Und nicht nur zu Fuß, sondern obendrein durch vollkommene Wildnis, dachte Lucilla mit Blick auf die überwucherte Landschaft um sie herum. Dieses zum Gebirge hin gelegene Land war nicht einmal zu Zeiten der Römer dicht besiedelt gewesen; jetzt war es praktisch verlassen. Nicht einmal Räuber würden hier ihr Glück machen können – es sei denn, sie raubten einander aus.

Nicht lange nach Mittag kamen sie an den Fluss und zügelten die Pferde.

»Halt«, sagte Eberhardt zu Adalgisus. »Unsere Tiere waren von Anfang an nicht die besten, und jetzt sind sie kaum noch zu gebrauchen.«

Die Pferde, die Stella und Lucilla ritten, waren noch in guter Verfassung. Die Frauen waren leichter als die Männer, aber selbst ihre Pferde schwitzten heftig. Mindestens fünf von Adalgisus' Männern waren mehrere Meilen zurückgefallen, da ihre Pferde immer wieder stolperten und auf dem felsigen Boden nur langsam vorankamen.

»Außerdem«, fügte Eberhardt hinzu, »können wir das Wasser benutzen, um unsere Spuren zu verwischen.«

Adalgisus und Eberhardt zogen sich von den Übrigen zurück und unterhielten sich mit leiser Stimme. Lucilla saß ab, lockerte ihren Sattelgurt und führte ihr Pferd im Kreis herum, damit es sich abkühlen konnte. Stella bat Lucilla, ihr beim Absitzen zu helfen. Stella war sehr klein und zierlich, aber sobald sie festen Boden unter den Füßen hatte, folgte sie Lucillas Beispiel.

Lucilla bemerkte, dass einige von Adalgisus' Männern ihre Tiere einfach trinken ließen, ohne sie vorher abzukühlen. »O ja«, flüsterte Lucilla. »Die werden bald zu Fuß gehen dürfen.«

»Ich bin wund geritten«, sagte Stella. »Früher bin ich mit Ansgar fast jede Woche auf die Jagd gegangen, und wir haben mit Gerald zusammen so manche Beizjagd unternommen, aber das ist alles eine Weile her. Dieser elende Hurensohn!«

Dann bedachte sie Adalgisus mit etlichen Schimpfnamen, die dem römischen Straßenjargon entstammten. »Tut mir Leid, Lucilla. Es tut mir wirklich Leid, dass ich ihm von dir geschrieben habe, aber als ich dich sah, bin ich einfach in Panik geraten. Verstehst du, als Ansgar mich aus diesem Bordell in Ravenna wegbrachte, da war das das Wunderbarste, was mir je widerfahren war. Ich konnte mein Glück einfach nicht fassen, und ich war davon überzeugt, dass du ihm von meinen früheren Missetaten erzählen würdest.«

»Ich würde nicht von Missetaten sprechen«, sagte Lucilla. »Die Männer tun so, als bräuchten wir Frauen nichts zu essen. Was zur Hölle haben wir denn zu verkaufen, wenn nicht unseren Körper?«

»Nun, das wusste ich nicht«, sagte Stella. »Ich glaubte, die Männer würden denken, wir sollten selbst um den Preis unseres Lebens unsere Keuschheit bewahren, aber ich muss sagen, dass wir beide, du und ich, erheblich mehr zuwege gebracht haben, als uns nur recht und schlecht zu ernähren. Du hast Hadrians Gesellschaft und seinen Schutz gewonnen, und ich hatte es als Mätresse mehrerer hoher Würdenträger der Kirche auch nicht schlecht.«

»Ich habe dir doch gesagt, dass du diesem Bastard Aldric nicht trauen sollst. Was ist in Ravenna passiert?«, fragte Lucilla.

»Er hat mich an ein Bordell verkauft. Seine, ähm, Angelegenheiten entwickelten sich nicht so vorteilhaft, wie er es sich wünschte. Der Erzbischof beschimpfte ihn als Abtrünnigen und stellte sich auf den Standpunkt, dass ein Mann, der einen Herrn betrog, auch den Nächsten betrügen würde. Wie wahr! Nur, dass Aldric sich in diesem Augenblick an mich erinnerte. Mein Verkauf brachte ihm das Geld für die Reise nach Konstantinopel. Ich wurde verkauft! Das war die entsetzlichste und demütigendste Erfahrung meines ganzen Lebens.«

»Ganz zu schweigen davon, dass es unbequem war und verdammt gefährlich«, sagte Lucilla. »Aber eine Pechsträhne geht wahrscheinlich meist einer Wendung der Geschicke voraus. Das Rad dreht sich«, fuhr sie fort. »*Hecuba regina*. Wir alle drehen uns mit ihm.«

»Wer ist Hecuba?«, brummte Stella. »Ich glaube nicht, dass es eine gute Idee von Hadrian war, dir das Lesen beizubringen. Seither gehst du deinen Freunden mit rätselhaften Zitaten und Brocken von mysteriösem Wissen auf die Nerven.«

»Hecuba war eine Königin, die ihr Leben als Sklavin beendete«, fuhr Lucilla Stella an. »Ich wollte damit nur sagen, dass nichts so beständig ist wie die Veränderung.«

»Siehst du?« Stella war hörbar verärgert. »Genau davon rede ich.«

»Wolltest du mir nicht von Ansgar erzählen?«, erinnerte Lucilla sie.

»Ja, hm, ich war kaum am Boden, da kam ich auch schon wieder nach oben, weil Ansgar das Bordell besuchte. Wir haben uns ein paar Mal ›gesehen‹«, sagte Stella geziert. »Dann hat er diesem begriffsstutzigen Kuppler Milo, dem Besitzer des Bordells, erklärt, dass er nicht damit einverstanden sei, wenn ich noch andere Kunden bediente. Er wollte der einzige Mann in meinem Leben sein. Natürlich wollte dieses stinkende Schwein Milo, dass ich ihn betrüge, aber ich war nicht dazu bereit.«

»Das muss ein beachtlicher Kampf gewesen sein«, sagte Lucilla.

»Das war es auch, aber ich habe gewonnen. Ich weiß, dass Absprachen dieser Art im Allgemeinen unehrenhaft sind, aber ein wohlhabender Fürst wie Ansgar – ich wollte ihn nicht verlieren. O nein, das Risiko wäre ich nicht eingegangen.«

Lucilla nahm Stella die Zügel aus der Hand und führte die Pferde zum Wasser hinunter. Stella kniete am Ufer nieder, legte die Hände zusammen, um zu trinken, und spritzte sich dann etwas Wasser auf die Wangen.

»War er denn schon damals wohlhabend?«

»Ja«, sagte Stella, während sie sich aufrichtete. »Er hatte diese habgierige Laus Trudo aus der Stadt geworfen, um alles, was dieser Bandit auf unehrliche Weise erworben hatte, für seine eigenen Zwecke zu verwenden.«

»Deren einer es war, dich aus dem Bordell zu befreien.«

»Ja, und es ist eine gute Sache, dass ich ihn nicht betrogen habe, denn nur einen Monat nach unserer ersten Begegnung fand ich heraus, dass ich schwanger war.«

»Ludolf?«

»Ja. Oh, Gott sei gedankt, dass wir Adalgisus aus der Stadt bekommen haben; ich hatte solche Angst um meinen Sohn! Denk nur, wie furchtbar einfach es für ihn war, Avernia niederzustechen. Lucilla, glaubst du, dass sie tot ist?«

Stella blickte zu Lucilla auf, und Lucilla wandte sich ab, um sich am Zaumzeug des Pferdes zu schaffen zu machen. Das Flehen in Stellas Augen war fast unerträglich. Sie und Avernia waren so lange zusammen gewesen.

»Ich weiß es nicht«, antwortete Lucilla. »Meines Wissens nach könnte sie durchaus nur leicht verletzt worden sein. Hör mir zu, Stella. Wenn das Quarkhirn und sein Freund, der das Denken für ihn übernimmt, zurückkommen, soll ich dann versuchen, sie zu überreden, dich hier zurückzulassen?«

Stella sah sich um. Sie hatten die letzte menschliche Behausung, ein in Trümmern liegendes Bauernhaus, vor etlichen Meilen passiert. Zu beiden Seiten des Flusses wuchsen nur Büsche und kleine Bäume.

»O Gott, nein. Nicht in dieser schrecklichen Wildnis.«

»Möglich, dass dein Sohn uns folgt«, sagte Lucilla.

»Oh, um Himmels willen, und wenn er uns nicht folgt? Wenn

Adalgisus mich hier zurücklässt, werde ich sterben. Ich werde auf der Stelle sterben. Tu es nicht, bitte. Komm ihm nicht mit einem so schrecklichen Vorschlag.«

Lucilla seufzte. »Stella, ich werde nichts tun oder sagen, was die Dinge für dich verschlimmern könnte, aber ich selbst würde meine Chancen lieber in dieser Wildnis suchen, als bei Herrn Dummdreist und seinem widerwärtigen Freund. Übrigens, kennt dieser Vollidiot dich wirklich aus Ravenna? Oder blufft er nur?«

»O Gott, Lucilla, ich weiß es nicht. Sie … sie waren alle gleich für mich. Es heißt, es sei keine Sünde, wenn man keinen Spaß daran hat. Nun, wenn das die Wahrheit ist, habe ich in Ravenna nicht gesündigt, außer mit Ansgar.« Sie lächelte versonnen, und dieses Lächeln verwandelte ihr Gesicht, wie ein Sonnenstrahl eine Blume aufleuchten lässt.

Lucillas Herz krampfte sich vor Kummer zusammen. *O Gott, ich bin eine schreckliche Frau,* dachte sie. *Eine rachsüchtige Frau, dass ich das Ganze überhaupt begonnen habe.* Und dann kam sie zu dem Schluss, dass ihre Selbsteinschätzung vermutlich zutreffend war und Bedauern das nutzloseste aller denkbaren Gefühle.

In diesem Augenblick kamen Adalgisus und Eberhardt zurück, und sie machte sich wieder auf den Weg. Wie Lucilla vermutet hatte, ritten sie in das Flussbett hinein. Das Wasser war seicht, aber der Boden war so steinig, dass sie nur mit quälender Langsamkeit vorankamen. Lucilla hoffte, dass sie dem Fluss noch einige Meilen folgen würden, damit Ludolf Zeit hatte, sie einzuholen, aber diesen Gefallen taten sie ihr nicht. Trotzdem, eines zumindest war ermutigend. Zwei der Pferde machten schlapp, und vier von Adalgisus' Freunden mussten zurückbleiben. Das war nicht genug, aber immerhin etwas. Sie sah, wie Stellas Gesicht aufleuchtete. *Ich hoffe*, dachte sie, als sie die Angst in Adalgisus' Augen sah, *ich hoffe nur, dass er eines Tages bekommt, was er verdient. Wenn ich es einrichten kann, dann gnade ihm Gott.*

Chiara wurde wach, weil jemand sie heftig schüttelte. »He, lass das«, befahl sie dem Geist. »Es ist nicht einmal Morgen, und außerdem«, fuhr sie empört fort, während sie versuchte, sich noch tiefer unter den Decken zu verkriechen, »was hast du mit Hugo gemacht? Du hattest gestern Abend in der Kirche seinen Körper.«

»Hugo ist tot!«, sagte der Geist.

Diese Eröffnung veranlasste Chiara, mit dem Kopf unter ihren Decken hervorzukommen. »Du hast ihn umgebracht«, warf sie dem Geist mit anklagender Miene vor.

»Habe ich nicht«, kam die entrüstete Antwort. »Der Blitz hat ihn getötet. Und er hätte auch deinen Vater und dich getötet, wenn ich dich nicht gewarnt hätte, nur ja auf der Veranda zu bleiben.«

»Ich glaube dir nicht«, rief Chiara.

Darauf folgte ein Geräusch, das so anfing, wie das Knistern eines Feuers, wenn der Regen darauf fällt; dann schwoll es an und nahm einen immer tieferen Klang an, bis es mit dem explosiven Brüllen eines wütenden Bären endete.

Einen Moment später wurde Chiara die Decke weggerissen, und ein eiserner Griff um ihren Oberarm zerrte sie aus dem Bett.

»Steh auf! Sofort! Und zieh dich an. Mach schon! Du und dein Vater, ihr müsst aus der Stadt fliehen.«

Chiara antwortete mit einem zornigen Kreischen. »Meine Keuschheit, mein Ruf!«

»Zum Teufel mit deiner Keuschheit und deinem Ruf! Weder das eine noch das andere wird dir etwas nützen, wenn du tot bist. Steh auf!«

Sie stand bereits und taumelte auf die Kleidertruhe in der Ecke zu. »Hu-u-u-uh!« Chiara stieß einen weiteren schrillen Schrei aus.

»Hölle und Teufel!«, brüllte der Geist. »Ich habe dich nicht angefasst. Was ist jetzt schon wieder los?«

»Der Boden ist kalt, und ich habe nackte Füße. Ich werde mir den Tod holen.«

»Halt den Mund und hör auf zu kreischen. Zieh dich an.«

Chiara fand sich am Ausschnitt ihres Nachthemdes hochgehoben und auf der anderen Seite des Zimmers vor der Kleidertruhe wieder abgesetzt.

»Zieh dich sofort an!«

»Würdest du dann bitte das Zimmer verlassen und versuchen, nicht zu mogeln? Ich spüre es nämlich, wenn du im Raum bist, und ich werde mein Nachthemd erst ausziehen, wenn du weg bist«, rief Chiara.

Genau in diesem Augenblick wurde die Tür aufgerissen. Armine stand dort, eine Kerze in der Hand. Die Kerze warf ein ziemlich helles Licht, und Armine konnte in ihrem Schein das ganze Zimmer sehen. Da war ein Bett, die Kleidertruhe und sonst gar nichts. Man konnte niemanden hier verstecken, aber seine Tochter hatte unleugbar mit jemandem gesprochen – und zwar ziemlich laut.

Chiara hielt mit einem Keuchen mitten in der Bewegung inne, und ihre Kleider waren vergessen. »Was machst du denn hier?«

»Vergiss es«, sagte Armine. »Mit wem hast du gesprochen?«

»Oh«, antwortete Chiara. »S-Siehst du jetzt, was du getan hast?« Sie führte offenkundig abermals Selbstgespräche.

Armine bekreuzigte sich.

»Zum Teufel mit dir, du abergläubischer Tropf«, brüllte der Geist und versetzte ihm eine heftige Maulschelle.

Armine ließ sich jäh auf den Boden fallen.

»Steh auf, du Idiot!«, rief der Geist. Er riss Armine hoch, so dass er wieder zu stehen kam.

Armine stieß einen gurgelnden Schrei aus.

»Du! Hör auf! Hör sofort auf! Du lässt meinen Vater in Ruhe, hörst du mich? Ich kann mir nicht vorstellen, was du dir von einem so arroganten Vorgehen erhoffst. Das Einzige, was du damit erreichst, ist, dass er Angst bekommt.«

Der Geist hielt inne. »In eben diesem Augenblick entscheidet der König über dein Schicksal, Chiara. Er ist wütend. Hugo hat ihm erzählt, dass du den Wolf gerettet hast. Er ist ein ungezügelter Mann.«

»Wer?«, fragte Chiara vollkommen verwirrt.

»Der König, verdammt noch mal. Der König«, rief der Geist.

»Wer? Was? Wie? Chiara, sprichst du mit jemandem? Mit jemandem, den ich nicht sehen kann?«, begehrte Armine zu wissen.

»Hört auf damit, alle beide.« Chiara stampfte mit ihrem nackten Fuß auf den kalten Boden und tat sich dabei weh. Sie flitzte zurück zum Bett, setzte sich auf die Bettkante, verschränkte die Arme vor der Brust und schloss die Augen, dann reckte sie ihr kleines, entschlossenes Kinn vor. »Wenn ihr beide nicht sofort aufhört, mir so zuzusetzen, werde ich nie wieder mit einem von euch sprechen.«

Armine schob sich vorsichtig weiter ins Zimmer hinein und sah sich hektisch um. »Chiara«, fragte er, »ist jemand hier drin, den ich nicht sehen kann?«

Chiara riss die Augen auf. »Ja, er ist Hugos Freund.«

Armine nickte. Er ging vorsichtig zur Kleidertruhe hinüber, seine Kerze immer noch fest in der Hand, und fragte: »Sitzt hier jemand?«

»Nein«, antwortete Chiara. »Zumindest ...« Auch sie sah sich jetzt im Raum um. »Zumindest glaube ich nicht, dass er irgendwo sitzt.«

»Tu ich nicht.«

»Tut er nicht.«

»Hm, also, ich setze mich jetzt jedenfalls«, sagte Armine und ließ sich auf der Truhe nieder. »Also, Chiara, erzähl mir jetzt, was hier los ist. Zunächst einmal, ich weiß, dass das nicht Hugo war, der gestern Abend in die Kirche kam. Ich bin mir nicht sicher, wer oder sogar ...«, er blickte sich nervös um, »... was er war, aber es war jedenfalls nicht Hugo. Der Mann war ein Wurm. Er hätte diesen Ausdruck arroganter Selbstsicherheit auf dem Gesicht dieses Geschöpfs niemals hinbekommen. Und die Sanftheit, mit der er mir half, dich gestern Nacht nach oben in dein Schlafgemach zu tragen, sah Hugo keineswegs ähnlich. Ebenso wenig wie die Tatsache, dass er stocknüchtern war und dem Bischof den größten Teil des Abends bei der Versorgung der Verletzten geholfen hat. Er hat nur ein wenig Brot und Käse gegessen, den Wein abgelehnt und ist zu Bett gegangen. Hugo? Nein. Das ist unvorstellbar.«

Der Geist begann zu lachen.

»Er lacht«, informierte Chiara ihren Vater übellaunig. »Er lacht viel, vor allem über mich.«

»Wie nett, dass er Sinn für Humor hat«, erwiderte Armine. »Jetzt sag mir, was er im Schilde führt.«

»Er meint, der König würde uns verhaften … nein, nicht uns …«

»Dich«, sagte der Geist.

»Mich«, erklärte Chiara ihrem Vater. »Es sieht so aus …«

»Wir haben keine Zeit für Erklärungen«, fuhr der Geist dazwischen. »Wir müssen weg von hier. Der König unterschreibt in diesem Augenblick den Arrestbefehl. Seine Ratgeber versuchen ihn davon abzuhalten, ein Blutbad anzurichten, aber er will nicht auf sie hören. Dieser Narr! Der einzige Grund, warum die Palastwachen nicht bereits in diesem Zimmer stehen, ist der, dass die Soldaten noch nicht aus Susa eingetroffen sind. Sobald sie erscheinen, wird er mit allen kurzen Prozess machen, die er für seine Feinde hält. Der Bischof liegt bereits in Ketten, der arme alte Mann. Wenn ihr nicht sofort flieht, werdet ihr beide am Ende noch selbst diese Flasche im Keller der Kirche kennen lernen, das Gefängnis, in dem der Wolf eingekerkert war. Jetzt sag es ihm, Chiara; wenn du ihn liebst, musst du ihn jetzt warnen.«

»Vater«, sagte Chiara atemlos und wiederholte dann Wort für Wort, was der Geist ihr enthüllt hatte.

Armine hörte zu. Wachstropfen rannen die Kerze hinab auf seine Hand und spritzten auf seine Finger. »Autsch«, war alles, was er sagte, dann hielt er die Kerze ein wenig schräg, so dass das Wachs auf den Boden tropfte. Ohne ein weiteres Wort hörte er aufmerksam dem Bericht seiner Tochter zu.

Als sie zum Ende kam, lief Armine zum Fenster. Der Palast war voller Lichter, fast in jedem Fenster brannte eine Kerze.

Als er sich wieder umdrehte, sagte er: »Zieh dich an. Sofort. Beeil dich. Wo ist Gimp?«, fragte er in die Luft hinein.

Eine Sekunde später sagte Chiara: »Er ist fort, und …« Sie fuchtelte mit den Händen. »Der Bär – so nenne ich ihn – der Bär sagt, er habe, was von Hugo übrig war, mitgenommen.« Sie blickte abermals auf und lauschte. »Er sagt, dass sie wahrscheinlich gerade in diesem Moment den Fluss überqueren. Er will, dass wir uns beeilen. Er wird die Pferde satteln.«

»Kann er das denn?«

»Er kann mein ganzes Bett mit Rosen überschütten, dir eins hinter die Ohren geben, Bibo verprügeln und Hugo treten. Ich zweifle nicht daran, dass er auch Pferde satteln kann.«

Ludolf war seines Vaters Sohn. Es ärgerte ihn zwar, dass er Adalgisus' Spur am Fluss verloren hatte, aber er wusste, wie man mit einer solchen Situation fertig wurde. Der Schmied und einige seiner Freunde ritten flussabwärts, aber Ludolf selbst ritt mit Dulcinia und den übrigen Männern flussaufwärts.

Die Sängerin glaubte, ihr Pferd sei im seichten Wasser gestolpert, bis sie den Armbrustbolzen aus der Flanke des Tiers ragen sah. Sie schrie nicht laut auf, sondern keuchte nur, und eine Sekunde später riss Ludolf sie aus dem Sattel und galoppierte im nächsten Augenblick bereits das Ufer hinauf, um in Deckung zu gehen. In einem kleinen Wäldchen saßen sie ab. Es waren Eichen, die dort wuchsen, dicht umschlungen von Dorngestrüpp.

Dulcinia blickte zurück. Ihr Pferd war in sich zusammengesunken und trat in dem seichten Wasser, das sich inzwischen rot gefärbt hatte, wild um sich.

»Ich denke, wir haben sie gefunden«, sagte Ludolf.

Ohne seinen Befehl abzuwarten, ritt einer der Männer zurück, wobei er sich im Schutz der Sträucher am Flussufer hielt.

»Er wird den Schmied holen«, erklärte Ludolf.

»Das Pferd«, sagte sie.

Ludolf schüttelte den Kopf. »Es ist wahrscheinlich schon tot.«

Ja, dachte Dulcinia und spähte durch eine Wand aus dornenbewehrten Kletterpflanzen. Das Tier lag jetzt vollkommen reglos da. Plötzlich begann sie am ganzen Leib zu zittern. *Das – das hätte ich sein können.*

Ludolf zog seinen Umhang aus und legte ihn ihr über die Schultern. »Ich schicke dich mit einem der Männer zurück. Du hättest nicht mitkommen dürfen …«

»Nein«, entgegnete Dulcinia. Sie stellte fest, dass sie im Flüsterton sprach. »Nein, sowohl deine Mutter als auch Lucilla werden vielleicht die Dienste einer Frau benötigen, wenn wir sie einholen.«

Ludolf nickte geistesabwesend. Er blickte durch das Gewirr von

Kletterpflanzen zur anderen Seite des Flusses. »Was glaubst du, wie viele es sind?«, fragte er einen der älteren Männer, die mit ihm geritten waren.

»Nicht viele, aber wir sind nur eine kleine Truppe, und es gehört nicht viel dazu, hier den Weg zu versperren.«

In diesem Augenblick kam der Schmied in sichtlicher Eile herbeigeritten und ging bei den übrigen Männern in Deckung. Im Schutz der dicken Eichen und Kletterpflanzen hielten sie Kriegsrat.

»Wie viele?«, fragte der Schmied.

»Nur eine Hand voll«, antwortete Ludolf, »aber selbst zwei würden genügen.«

Als Dulcinia über den Fluss blickte, konnte sie sehen, warum. Er war breit, aber sehr seicht an dieser Stelle; am gegenüberliegenden Ufer führte ein steiler Fußweg zu einem Hügel hinauf. Wenn Adalgisus versuchte, seine Bogenschützen hinter dem Hügel in Position zu bringen, könnten diese sie allesamt niedermetzeln, während sie den Fluss überquerten oder den Hang hinaufstiegen.

»Sie wollen unser Fortkommen behindern«, sagte Ludolf. »Wahrscheinlich werden sie sich bei Einbruch der Dunkelheit davonstehlen.«

»Nein«, flüsterte der Schmied, »das war meine Frau, die sie getötet haben. Etwa eine halbe Meile weiter gibt es noch eine Furt. Meine Söhne und ich können zu Fuß gehen. Wir schleichen uns von hinten an sie heran. Du täuschst einen Ausfall vor, Herr, und lässt dich von ihnen zurücktreiben. In einer Stunde werden meine Söhne und ich dir ihre Köpfe bringen.«

Ludolf drehte sich zu Dulcinia um. »Bleib hier. Und bleib in Deckung.«

Ludolf und seine Männer liefen zusammen das Flussufer hinab ins Wasser. Über den Hügel auf der gegenüberliegenden Seite flogen Pfeile hinweg. Diesmal waren es keine Armbrustbolzen. Der Ausfalltrupp rannte zurück und ging in Deckung.

Dulcinia konnte einige der Männer kichern hören. Die anderen schnauften und keuchten. Ludolf lachte.

»Wir könnten es schaffen, Herr«, sagte einer der Männer.

»Ja«, antwortete Ludolf. »Aber sie würden die Flucht ergreifen, und wir würden nie erfahren, wohin sie gegangen sind. So ist es besser. Er wird sie lebendig bekommen.«

»Wie meinst du das?«, fragte Dulcinia flüsternd.

»Wir werden in Erfahrung bringen, wohin sie gehen«, erklärte Ludolf ihr.

»Und wenn sie es nicht verraten wollen?«, fragte sie.

Ludolf und die Männer fanden diese Bemerkung ausgesprochen komisch. Und einige Zeit später konnte Dulcinia auch sehen, warum.

Stella und Lucilla erreichten das Kloster in der Abenddämmerung. Adalgisus und Eberhard zerrten sie buchstäblich von ihren Pferden und trieben sie vor sich her in den Klosterhof. Die Mönche saßen in der Halle beim Abendessen und erhoben sich vom Refektoriumstisch, erstaunt, zwei Frauen in den Speisesaal eintreten zu sehen. Der Prior verließ seinen Platz und protestierte.

»Meine Herren!«

Adalgisus zog sein Schwert. »Wo ist der Abt? Schickt sofort den Abt her.«

»Er speist allein mit einigen Freunden«, erwiderte der Prior.

»Dann führ mich zu ihm. Eberhardt, du bleibst hier. Behalte die Frauen im Auge.«

»Ich wüsste nicht, wo wir hingehen sollten«, stammelte Stella und warf ihren Schleier zurück.

Alle Männer im Raum starrten sie erstaunt an.

»O Himmel«, wisperte Lucilla und zog ihren eigenen Schleier fester um ihr Gesicht.

Stella war immer noch sehr schön. Selbst müde, mit vom Wind geröteten Wangen und zerzaustem Haar, hätte sie gut ein Pfau sein können, der durch eine Schar von Krähen flanierte. Sie war eine zierliche Blondine mit heller Haut, blauen Augen und wohlgeformten Gesichtszügen. Lucilla war davon überzeugt, dass keiner der Männer in diesem Raum je in seinem Leben etwas wie sie gesehen hatte. Lucilla zog Stella wieder den Schleier übers Gesicht, strich ihr das Haar zurück und wickelte ihr den Umhang fester um die Schultern.

»Bitte«, wandte Lucilla sich an Eberhardt. »Such uns einen Platz, wo wir …« Sie wollte gerade sagen *nicht zu sehen sind*, entschied sich aber dann dafür, fortzufahren: »Wo wir uns ausruhen und erfrischen können.«

Auch er schien nervös zu sein. »Sobald ich kann«, versprach er.

»Ich bin wund«, klagte Stella und hörte sich dabei an wie ein Kind. »Und so müde, dass ich kaum mehr stehen kann.«

Lucilla nahm Stella in die Arme. »Pst, Stella. Es wird alles wieder gut.«

»Oh, was für eine liebe Lügnerin du doch bist«, sagte Stella. »Aber nein, nichts wird wieder gut. Trotzdem würde ich mich jetzt gern hinlegen, wenn ich darf.«

Adalgisus kam zurück. Er brachte einen Mann mit, offensichtlich einen Soldaten. Der Fremde war groß, hatte harte Augen und trug eine Tunika und ein Schwert. Als er die beiden Frauen sah, begann er zu lachen.

»Geschenke für mich?«, fragte er. »Wie sieht es aus, meine Damen? Hm?«

Stella schrak vor ihm zurück.

Der Mann zuckte mit den Achseln. »Ansgars Gemahlin. Warum zum Teufel habt ihr sie hergebracht?«

»Ich wollte sichergehen, dass er uns nicht folgt«, erklärte Adalgisus.

»Das wird er wahrscheinlich tun, aber ich werde schon mit ihm fertig.« Er wandte sich an den Prior. »Bring die Damen ins Gästehaus. Sorg dafür, dass sie zu essen bekommen und etwas Wein. Kommt mit«, sagte er dann zu Adalgisus und Eberhardt. »Das Schwein ist schon so weit, dass es vom Spieß fällt.«

Anschließend richtete er das Wort an die Mönche, die immer noch dasaßen und die Frauen mit offenem Mund anstarrten. »Eine zusätzliche Runde Wein für alle, zu Ehren von Adalgisus, dem Sohn unseres Königs.« Dann ging er Arm in Arm mit Adalgisus und Eberhardt davon.

Der Prior, ein älterer Mann mit starrem, missbilligendem Gesichtsausdruck, führte sie ins Gästehaus.

»Wer war denn das?«, fragte Lucilla.

»Dagobert, einer der Freunde meines Mannes. Ich nehme an, er ist harmlos«, flüsterte Stella. »Aber er ist so groß und so laut.«

Die Anlage des Klosters war quadratisch, die Kirche lag auf der einen Seite, die Quartiere der Mönche lagen auf der anderen; dazwischen befand sich ein Garten. Vorn und hinten wurde das Kloster von der Innenseite durch hohe Mauern geschützt; das Gästehaus lag an der einen Mauer, die Ställe an der anderen.

Der Raum, in den sie geführt wurden, hätte auch ein Teil der Ställe sein können. Bei näherem Nachdenken befand Lucilla jedoch, dass es in den Ställen vielleicht wärmer gewesen wäre. Zumindest hätten sie dort Heu gehabt, um sich darauf niederzulegen. Im Gästehaus dienten zwei eiskalte steinerne Bänke als Betten, und eine kleine Herdstelle in der einen Ecke sollte den Raum wärmen. Oder hätte es jedenfalls getan, wenn ein Feuer gebrannt hätte, aber da die Herdstelle dunkel und kalt war, sorgte sie nur für einen unangenehmen Luftzug, da die frostige Bergluft durch den Rauchabzug im Dach hereingeweht kam.

»Hier könnt ihr euch ausruhen«, erklärte der Prior und wandte sich zum Gehen. Es war jetzt dunkel, und das einzige Licht kam von der Laterne in seiner Hand.

»Warte«, sagte Lucilla. »Wir brauchen ein Feuer, Decken und etwas zu essen.«

Der Prior schob sich rücksichtslos an ihr vorbei. Lucilla versperrte ihm jedoch den Weg.

»Lass uns wenigstens etwas Licht da«, sagte sie und riss ihm die Laterne aus der Hand.

Er stieß sie mit der Schulter beiseite. »Keine Frau hat hier irgendwelche Rechte. Ich habe euch in euer Quartier geführt; ich sehe keinen Grund, euch etwas anderes anzubieten.«

Er ließ sie allein und warf die Tür hinter sich ins Schloss.

Stella weinte leise vor sich hin. Lucilla hielt immer noch die Laterne in der Hand. Sie setzte sie auf der Feuerstelle ab und machte sich auf die Suche nach Holz, das sie zusammen mit etwas trockenem Zunder neben der Tür fand. Binnen weniger Minuten schaffte sie es, auf der Herdstelle ein Feuer zu entzünden. Als Stella das Feuer sah, trocknete sie ihre Tränen und kniete sich neben Lucilla vor die Flammen.

»Das tut gut«, sagte sie.

Lucilla blies die Laterne aus und meinte: »Das Feuer wird uns als Licht genügen. Stella, ich fürchte sehr, dass wir heute Abend nichts zu essen bekommen werden. Dieser Dagobert – kann man sich darauf verlassen, dass er sich um dich kümmern wird, bis dein Mann oder dein Sohn dich findet?«

»Nein«, antwortete Stella. »Wie so viele von diesen Kerlen, ich meine die Soldaten, ist er ein Trunkenbold. Deshalb ist auch der Prior so aufgebracht, denn er und seine Männer trinken den ganzen Wein, den die Mönche für das kommende Jahr eingekellert haben. Offiziell ist er der Abt hier, aber er kommt immer nur her, um die Keller zu leeren. Die nächste Ernte ist noch Monate entfernt, und bis dahin wird kein Tropfen Wein mehr da sein. Dagobert und seine Soldaten werden den ganzen nächsten Monat in der Küche sitzen und essen und trinken – vor allem trinken. Danach werden die Mönche vollkommen mittellos dastehen. Es ist nicht unsere Schuld, aber der Prior weiß das nicht, und wenn er es wüsste, würde es ihn wahrscheinlich nicht kümmern.«

»Desiderius lässt seine Soldaten tun, was ihnen gefällt?«, fragte Lucilla.

»O ja«, antwortete Stella. »Genau so ist es.«

Lucilla konzentrierte sich darauf, das Feuer zu schüren. In dem Raum wurde es langsam wärmer. »Es gibt nicht einmal ein Schloss an der Tür«, sagte sie. »Ich glaube, wir schlafen am besten vor der Herdstelle. Dort werden wir es bequemer haben.«

Sie hatte sich für die Reise angekleidet und trug ihren schweren Umhang. Jetzt breitete sie ihn für Stella vor dem Feuer aus, die sich dicht vor die Flammen legte und ihren Schleier zu einer Art Kissen zusammenfaltete.

»Oje«, flüsterte sie. »Was bin ich nur für eine Närrin gewesen.«

Aber dann fielen ihr die Augen zu, und es sah so aus, als sei sie eingeschlafen. Lucilla blieb wach und voller Sorge neben ihr sitzen.

Eine Weile versuchte sie, eine Möglichkeit zu finden, um die Tür zu versperren. Zu guter Letzt hatte sie sich dafür entschieden, sie mit einem Stück Feuerholz zu verkeilen. Von Zeit zu Zeit konnte sie die Geräusche einer wilden Zecherei aus der Klosterküche hören. Einmal klang es so, als hätte eine Frau geschrien. Frauen? Hier? Ja, Dagobert und seine Männer reisten sicher nicht ohne Frauen. Das taten Soldaten fast nie. Und es würde sie wenig kümmern, wenn sie die Gefühle des Priors verletzten. Lucilla vermutete, dass die Meinung von Männern, die ihr Leben der Arbeit und dem Gebet widmeten, Dagobert und seinen Gefolgsleuten weniger als nichts bedeutete. Daher versuchte sie, ebenfalls ein wenig zu schlafen, aber der Fußboden war kalt und vor allem hart, und Stella hatte den größten Teil des Wollumhangs für sich beansprucht. Außerdem lag sie direkt vor dem Feuer, so dass für Lucilla nur Kälte und Dunkelheit übrig blieben. Zu guter Letzt döste auch Lucilla ein, aber sie schlief nur sehr leicht, so dass sie diejenige war, die es als Erste hörte. Jemand versuchte, die Tür zu öffnen.

Es war bereits spät, und die Sonne berührte die Hügel jenseits des Flusses, als der Schmied und seine Söhne mit ihrem Gefangenen zurückkamen. Am anderen Ufer hatten sie vier Bogenschützen angetroffen, aber die anderen drei waren tot.

Wie Ludolf prophezeit hatte, brachten sie den Gefangenen zu guter Letzt zum Reden. Aber selbst Dulcinia staunte, dass es so lange dauerte. Sie sah sich das Verhör nicht an, bekam aber genug zu hören, um ziemlich genau zu wissen, was geschah. Der Schmied und seine Söhne spielten eine aktive Rolle bei der Befragung, aber Avernia war ihre Mutter gewesen, und man mochte es ihnen nachsehen, wenn sie ein wenig zu leidenschaftlich vorgingen.

Als der Gefangene schließlich zusammenbrach, sprach er über alles. Aber er wusste nicht, wo Adalgisus Gerberga versteckt hatte. Sie setzten dem Mann heftig genug zu, um sicherzugehen, dass er die Wahrheit sagte und wirklich nicht wusste, wo Gerberga und ihre beiden Söhne sich aufhielten, dann rammte Ludolf dem Söldner sein Schwert ins Herz.

Mittlerweile war es dunkel. Dulcinia suchte abermals Ludolfs Nähe, während einige seiner Männer den Leichnam des Bogenschützen all seiner Habe beraubten und ihn wegbrachten, um ihn in eine Felsschlucht zu werfen.

Es gab einiges Gemurre unter Ludolfs Gefolgsleuten, weil der Schmied und seine Söhne die Leichen der drei anderen Söldner geplündert und die Beute für sich behalten hatten. Ludolf erklärte, sie hätten die Arbeit getan und sollten auch den Lohn dafür erhalten.

»Es tut mir Leid, dass du das miterleben musstest«, sagte Ludolf zu Dulcinia.

»Das meiste davon habe ich gar nicht erst gesehen.«

Er nickte. »Ich glaube nicht, dass irgendeine Frau ihren Mann gern in der Schlacht beobachtet, aber Stella ist meine Mutter. Ich werde nicht zulassen, dass sie missbraucht wird. Nicht ohne Vergeltung. Wie könnte ich eines Tages mein Erbe antreten wollen, wenn ich ihre Ehre nicht verteidigt hätte? Willst du mich immer noch heiraten?«

»Ja.«

»Ich sehe es schon kommen, wie mich dieser Unsinn eines Tages zu einem großen Fürsten macht.«

»Scht«, flüsterte Dulcinia. »Nicht, dass man dich noch hört.«

»Nein, wir sind jetzt allein, aber wenn König Desiderius den Krieg mit Karl verliert, gibt es eine Menge freies Land zwischen dem Territorium meines Vaters und Rufus' Ländereien. Wir könnten dieses Land unter uns aufteilen. Rufus und mein Vater, meine ich. Und dem Papst und dem fränkischen König die Treue schwören. Früher einmal gab es dort eine große Stadt und ungefähr ein Dutzend kleiner Orte. Und sie können sich wieder erheben und ihre Oberherren reich machen.«

Dulcinia griff nach seiner Hand. »Aber dann wirst du kein Singmädchen als Gemahlin haben wollen.«

Er führte Dulcinias Hand an die Lippen. »O doch, das werde ich. Stella ist mir eine gute Mutter, und sie ist meinem Vater eine gute Frau, was immer man sich über sie erzählen mag. Ja, ich habe die Geschichten gehört. Aber es ist mir egal. Außerdem hast du Lucillas Vertrauen und Hadrians Gunst als Mitgift mitgebracht.«

»Ja, Hadrian kann mich in der Tat gut leiden und wird vielleicht sogar etwas zu meiner Morgengabe beitragen. Ja, ich denke, das würde er tatsächlich. Vor allem wenn es dir gelingt, Lucilla zu retten und die verschwundene Königin der Franken zu finden. Ich denke, er würde deinen Wunsch billigen, das Land von Räubern zu befreien und es wieder zu kultivieren. Ich denke, sogar mit einem solchen Angebot würdest du bei ihm offene Türen einrennen.«

»Und nun keine Angst. Ich werde mich noch um einige Dinge kümmern müssen. Wir werden angreifen, wenn wir heute Abend das Kloster erreichen. Ich kenne es sehr gut. Ein gewisser Dagobert wird mit seinen Männern dort sein. Wenn meine Mutter wohlauf ist, werde ich mich gnädig zeigen. Wenn nicht …«

Dulcinia sah denselben Ausdruck auf seinem Gesicht, mit dem er den Schmied und seine Söhne empfangen hatte, als sie den Gefangenen vom Fluss heraufbrachten. Es hatte ihm nicht gefallen, was er getan hatte, aber solcherlei Erwägungen hätten ihn nicht eine Sekunde aufhalten können. Dulcinia hatte den gleichen Gesichtsausdruck bei Lucilla und genauso oft bei Papst Hadrian gesehen. Sie taten, was sie tun mussten. Und wenn sie deswegen schlaflose Nächte gehabt hatten, so hatte Dulcinia jedenfalls nie etwas davon mitbekommen. Ja, sie wollte Ludolf immer noch. Sie wollte ihn mehr, weit mehr, als jeden Mann, den sie jemals gekannt hatte. Und wenn diese Augen eines Tages mit der gleichen kalten Entschlossenheit auf ihr ruhen würden, nun, das musste sie riskieren.

Lucilla erwachte vollends, frierend und voller Angst. Sie wusste, dass sie einige Zeit geschlafen haben musste, ganz gleich wie steif ihre Glieder sich anfühlten, denn Stella hatte sich zu ihr umgedreht, und ihr Kopf lag auf Lucillas ausgestrecktem Arm. Das Feuer war heruntergebrannt, und es tanzten nur noch einige bläulich gelbe Flammen über den geschwärzten Kohlen auf der Herdstelle. Der Raum um sie herum war fast pechschwarz.

Dann hörte sie es wieder, dieses scharrende Geräusch. Lucilla schloss die Augen und zwang sich, es zu ignorieren. Etwas drückte von außen gegen die Tür. Lucilla sah, wie die Bretter sich verschoben. Sie zog Stella fester an sich. Das war es, wovor sie sich gefürchtet hatte. Einer oder mehrere von den betrunkenen Schurken aus der Kirche schlichen draußen herum; es musste inzwischen früher Morgen sein.

Sie verfluchte den Prior und Dagobert, beide nicht besser als schmutzige Kröten. Warum hatten sie ihr und Stella kein sicheres Quartier gegeben? Oder es wenigstens für nötig befunden, eine Art Wache vor dem Gästehaus zu postieren? Sie löste den Blick von der Tür und sah Stella an. Stella lag mit weit aufgerissenen Augen und zu Tode erschrockenem Gesicht neben ihr.

»Was auch immer passiert, Stella, du darfst dich auf keinen Fall wehren«, flüsterte Lucilla. »Du bist zu klein, und diese Männer sind zu stark. Bitte, bitte, versprich es mir.«

Stella nickte.

Jemand klopfte leise an.

»Sie sind wahrscheinlich sehr betrunken. Vielleicht gehen sie wieder weg.«

»Hört auf, miteinander zu tuscheln, und öffnet die Tür. Ihr zwei Huren habt Kundschaft. Macht auf und bedient uns. Sonst werden wir das ganze Haus wecken.«

Lucilla erhob sich taumelnd.

»Na kommt schon«, sagte Adalgisus von draußen. »Es braucht ja niemand zu erfahren. Nur wir drei. Lasst uns herein.«

Drei. Lucilla hätte darauf gewettet, dass der Dritte Dagobert war.

»Macht doch auf«, sagte Eberhardt schmeichelnd. »Es braucht ja niemand zu wissen. Lasst uns herein. Wir vergnügen uns ein wenig miteinander, und dann seid ihr uns los. Nun kommt schon.«

Lucilla ging zur Tür und drückte mit der Schulter gegen die Bretter. »Geh weg, Adalgisus. Ich bin eine enge Freundin des Papstes. Du willst ihn sicher nicht erzürnen, und Stella ist mit einem Lehnsmann deines Vaters verheiratet … Wir haben Familien … und sind nicht frei, zu tun …«

Jemand trat die Tür auf.

Stella schrie.

Lucilla wurde umgeworfen und prallte mit den Waden gegen eins der niedrigen Steinbetten, so dass sie rücklings darauf fiel. Als ihr Kopf aufschlug, war sie eine Sekunde lang betäubt. Im nächsten Augenblick versuchte sie bereits, Adalgisus abzuwehren.

Er bekam eine ihrer Brüste zu fassen und drückte schmerzhaft zu. Lucilla schrie und ging mit den Fingernägeln auf seine Augen und sein Gesicht los. Er stank nach Wein, und der Geruch war so intensiv, dass Lucilla sich würgend von ihm abwandte.

Stella schrie abermals.

Lucilla konnte ihr Flehen hören.

»Oh, bitte, hört auf. Bitte, ich bin eine verheiratete Frau. Bitte, versucht nicht, mich zu zwingen, meinem Mann Schande zu machen.« Dann kreischte sie: »Nein! Nein, o Gott, nein. Hört auf.«

Lucilla konnte sie im schwachen Licht des ersterbenden Feuers sehen. Eberhardt hatte mit einer Hand ihre Haare gepackt und drückte ihr mit der anderen die Luft ab, während Dagobert ihr Kleid hochzog.

Adalgisus hatte ebenfalls eine Hand um Lucillas Haar geschlungen und versuchte, ihren Rock hochzuschieben. Keine leichte Aufgabe, da sie einen Reitrock trug.

Wieder begann Stella zu schreien. Sie wehrte sich wild gegen den Arm um ihren Hals.

Lucilla bekam ein Knie hoch und befreite sich von Adalgisus' Gewicht, dann drehte sie sich um. Adalgisus rollte zur Seite, und da die Pritschen schmal waren, fiel er über den Rand und landete unsanft auf dem Steinfußboden. Er stieß ein zorniges Gebrüll aus, aber Lucilla war bereits aufgesprungen und rannte zu dem Holzstapel neben der Herdstelle. Genau in diesem Augenblick rutschte Stellas Kopf durch Eberhardts Armbeuge, und für Dagobert sah es so aus, als würde sie ihnen vielleicht entwischen. Als ihm auch noch ihr Rock aus der Hand glitt, trat er einen Schritt zurück und rammte Stella die Faust in den Magen, direkt unterhalb der Rippen.

»So, ich habe sie zum Schweigen gebracht«, sagte er.

Stella schrie nicht mehr. Sie konnte es nicht. Lucilla beobachtete entsetzt, wie sie sich vor Schmerz zusammenkrümmte und alle Farbe aus ihrem Gesicht wich, während ihre Lippen, ihre Ohren und ihre Nase blau anliefen. Dann kippte sie zur Seite weg und rollte sich zu einem kleinen Ball der Pein zusammen.

Lucilla hatte den Holzstapel erreicht. Sie griff nach einem Eichenscheit und ließ es mit aller Kraft auf Dagoberts Kopf herunterkrachen. Dagobert setzte sich auf den Boden; Blut sickerte aus einer Wunde auf seiner Stirn. Adalgisus, der noch immer neben dem Bett auf den Steinen lag, versuchte aufzustehen. Sein Bemühen wurde jedoch dadurch kompliziert, dass sein überladener Bauch ausgerechnet diesen Augenblick wählte, um seinen Inhalt über den ganzen Boden zu verteilen.

Dagobert war blind von seinem eigenen Blut und benommen von zu viel Alkohol. Er versuchte noch immer, wieder auf die Beine zu kommen, aber da er vielleicht ein wenig klüger oder auch ein wenig beweglicher war als Eberhardt oder Adalgisus, ergriff er die Flucht. Lucilla sah, dass er bereits die Tür erreicht hatte.

Adalgisus kniete noch auf dem Boden und übergab sich heftig, als Lucilla Eberhardt mit ihrem notdürftigen Knüppel eins über den Kopf gab. Dann schlug sie ihm ins Gesicht, brach ihm die Nase und stach ihm eins seiner Augen aus. Dann ließ sie einen Hieb folgen, der ihm die meisten seiner Zähne ausschlug, und brachte es schließlich fertig, ihm eine Kniescheibe zu brechen. Sie musste ihren Angriff jedoch abbrechen, da Adalgisus aufgestanden war und mit seinem Schwert auf sie zukam.

Er wollte sie mit dem gleichen einfachen Stoß töten, mit dem er auch Avernia getötet hatte, aber der Unterschied bestand darin, dass Lucilla eben nicht Avernia und Adalgisus nicht mehr nüchtern war. Lucilla wich dem Stoß aus und traf Adalgisus mit ihrem Knüppel am Handgelenk. Er schrie vor Schmerz.

Lucilla schrie ihn ihrerseits an und warf ihm die abscheulichsten Obszönitäten an den Kopf, die sie kannte. Dann sagte sie: »Sieh es dir an, du Schwein, sieh dir an, was ihr getan habt, du und deine Freunde. Ihr habt Stella getötet.«

Er starrte die zierliche, einstmals schöne blonde Frau an, die vor der Feuerstelle auf dem Boden lag. Stellas Haut war grau. Sie war kalt und fühlte sich feucht an. Lucilla wusste das, weil sie neben Stella kniete. Ein Blutrinnsal sickerte aus ihrem Mund auf die Steine. Sie hatte noch immer beide Arme um den Bauch geschlungen, und als Lucilla versuchte, sie dort zu berühren, stieß sie den schrecklichsten Schrei aus, den Lucilla je gehört hatte.

»Nein, fass mich nicht an. Tu es nicht. Ich sterbe. Er hat etwas in mir zerbrochen. Ich habe noch nie so einen entsetzlichen Schmerz verspürt. Hilf mir, Lucilla. Hilf mir. Ich sterbe.«

Sie klang nicht verängstigt, sondern schien nur erstaunt über ihren Zustand zu sein. Lucilla sah Adalgisus an.

»Nun, jetzt reicht es mit diesen Narreteien, nicht wahr?«

Er wich vor Lucilla zurück und hielt das Schwert mit der linken Hand fest, während er versuchte, sich mit der rechten zu bekreuzigen. Und dann hörten sie beide die Schreie, die aus der Kirche der Abtei kamen.

Matrona näherte sich dem Teich in Wolfsgestalt. Wie immer konnte sie Stimmen hören. Einige davon erkannte sie; andere waren ihr fremd, und manchmal war sie davon überzeugt, dass es sich nicht einfach um Sprache handelte, sondern um andere Formen der Übermittlung von Informationen, benutzt von Geschöpfen, die keine Menschen sein konnten. Auch die verschiedenen Sprachen selbst waren ein Rätsel. Sie kannte sehr viele Sprachen und hatte deren Entwicklung im Laufe der Zeiten verfolgt.

Die Sprache ihres eigenen Volkes wurde noch heute von vielen verschiedenen Völkern gesprochen, aber sie hatte sich im Laufe von Jahrhunderten und Jahrtausenden so sehr verändert, dass sie in den Ohren ihrer Urheber keinen Sinn mehr ergeben hätte. Matrona selbst sprach manchmal sehr langsam, weil sie im Geiste müßig der Straße durch die Zeit folgte, die ein Begriff genommen hatte – sie hörte, wie er jungfräulich von denjenigen Geschöpfen in Worte gefasst wurde, die als Erste mit Eindrücken und Wahrnehmungen eine Ordnung, ein Denken geschaffen hatten.

Eine machtvolle Sache, die Sprache. Weitaus machtvoller, als es die Männer und Frauen, die sie so beiläufig benutzten, jemals begreifen würden. Matrona lauschte auf das, was die Stimmen sagten. Manchmal sprachen sie Warnungen aus oder wiesen sie auf einen bestimmten Weg hin, den sie wählen sollte. Aber die meiste Zeit redeten sie einfach über die Probleme ihrer eigenen Welt oder verliehen einem Gefühl der Trauer oder des Triumphs Ausdruck.

Gerade jetzt sang eine Frau ein Wiegenlied für ein kleines Kind, begleitet von dem wispernden Trällern einer Holzflöte. Matrona erkannte die Stimme; es war die ihrer Mutter. Einstmals hatten die Stimmen sie verfolgt, als sie sich noch dem allgegenwärtigen Fluss der Veränderung um sie herum widersetzt hatte, aber mittlerweile nahm sie ihr Los an; sie war die auserwählte Beobachterin der menschlichen Entwicklung und litt nicht mehr unter der Trauer, die sie gekannt hatte, als ihr offenbar geworden war, dass sie durch den unausweichlichen Fluss der Ereignisse von all ihren Lieben getrennt werden sollte. Sie hatte genau wie Maeniel einen Platz außerhalb der Zeit eingenommen, aber anders als er oder Regeane akzeptierte sie ihr Schicksal. Nach Matronas Maßstäben waren sie beide noch ... nun, jung.

Dann hörte sie Gu! Er sang. Vor langer Zeit hatte er sie den Kalender gelehrt und ihr beigebracht, wie man die Jahre zählte. Sie formte das Geräusch, das in der Wolfssprache seinen Namen ausdrückte.

Alle Sprachen seit damals hatten diesen Laut verloren, aber es war auffällig, dass ein Wolf ihn noch zu formen vermochte, während die Menschen ihn vergessen hatten. Andererseits war Gu ein Meister der Wölfe, und während des trostlosen, wilden Winters der Welt war er mit den Rudeln gelaufen, um zu überleben.

»Gu!«, rief sie abermals, aber sie bekam keine Antwort. Nein, er war mit den anderen fortgezogen.

Matrona, die Mutter. Wir erinnern uns an Zeiten, da Mensch und Tier eins waren. Ich bin der Talisman. Ich war ihr Talisman. Die Berge brüllten, und Rauch verhüllte das Auge der Sonne, und der endlose Winter stieg auf die Erde hinab.

Es war unser Untergang. Wir waren so sorglos damals. Gu hat mir davon erzählt. Wir lebten in der Sonne. Wir pflückten Früchte von den Bäumen, Seen und Meere waren erfüllt von Leben. In den trockenen Jahren folgten wir den Flüssen und Bächen. Dann, wenn der Regen kam, war die ganze Erde unser, und wir freuten uns über ihren Reichtum. Wir brauchten keine Kleidung, denn der Pelz an unseren Lenden, unserem Kopf und unserem Hals genügte uns. Wir waren so schön mit diesem Fell, wie Katzen es sind. Es war alles, was wir uns wünschen konnten, und wir liebkosten einander ohne Furcht, um um Nahrung zu bitten oder um Liebe, oder auch um Vergebung und Trost.

Die weiten Savannen waren ein endloser Quell von Schönheit und Nahrung, nicht nur für den Leib, sondern auch für den Geist. Vogelschwärme verdunkelten die Sonne. Umherziehende Herden von Tieren mit Hörnern und Hufen nahmen es noch mit dem Donner der schwersten Stürme auf. Die Bäume beugten sich unter der Last von Früchten und Blüten, die sie unseren willigen Händen darboten.

Bis die Berge sprachen.

Und die langen Winter kamen. Die langen, kalten Winter.

Matrona konnte sich nicht mehr an das lächelnde Licht, die ewige Wärme erinnern. Sie glaubte nicht einmal, dass Gu es konnte. Viele kannten die Geschichten von ewigem Licht und von der unendlichen Freigebigkeit der Mutter allen Lebens, aber mehr waren diese Erzählungen nicht – einfach Erzählungen. Ein verlorenes Paradies. Matrona selbst war im tiefsten Süden zur Welt gekommen, nachdem ihr Volk den Herden aus dem Norden auf ihrer alljährlichen Wanderung gefolgt war, um sie in den Schluchten und Tiefen des dichten Waldes am Meer zu jagen. Dieser Streifen Land jenseits der gefrorenen Erde war ihnen geblieben; das Eis, das die Hügel und Berge und selbst die Ebenen in seiner Umklammerung hielt, wurde durch das Wasser zurückgehalten, durch das einzige Wasser, das ihres Wissens nach niemals gefror, das Meer.

In dem schmalen, von Gletschern bedrängten Streifen konnten sie den Winter bis zu ihrer nächsten harten Probe überleben, der langen Reise, wenn sie den Herden zu Beginn des Frühlings nach Norden folgten. Und so hatte man Matrona eines schönen Frühjahrs, als sie sich für die anstrengende Reise nach Norden rüsteten, den Wölfen geschenkt.

Gu hatte die Gestalten im Feuer gesehen, und das Los war auf Matrona gefallen.

Sie ging zu den Wölfen, und sie akzeptierten sie, so wie sie einst Gu akzeptiert und ihm einen Namen gegeben hatten. Also akzeptierten sie nun Matrona und gaben auch ihr einen Namen. Und sie lief mit dem Rudel nach Norden, so wie ihr eigenes Volk es tat. In die Steppe, wo sie die schwarze Wölfin traf. Sie kämpften miteinander.

Mittlerweile kämpfte Matrona, hart gemacht durch lange Märsche mit dem Rudel, mit den anderen um ihren Anteil an der Beute; und abgehärtet gegen Kälte und Müdigkeit durch die ständigen eisigen Tage und Nächte mit dem Rudel, das den Herden folgte, nur bekleidet mit ihrer Haut, war sie mindestens genauso stark wie jeder andere der Wölfe. Sie ließ nicht mit sich spaßen, auch wenn es der Leitwolf des Rudels versuchte; sie war eine gefährliche Gegnerin für jeden Wolf, der jemals das Licht der Welt erblickt hatte.

Aber diese schwarze Wölfin war etwas Besonderes gewesen, anders als die anderen. Eine letzte, einsame Überlebende des herrschenden Rudels, des Stammes der Riesenwölfe, die geherrscht hatten, bevor an Matronas Volk auch nur zu denken gewesen wäre. Sie kam, um ihr alljährliches Opfer zu fordern, um Matrona in die endgültige Dunkelheit und allewige Kälte zu rufen. Und jetzt trug Matrona ihre Haut, und ihre Seele blickte durch Matronas Augen auf den Teich. Es war schon fast Morgen.

Matrona schüttelte sich, als wolle sie sich der Erinnerungen entledigen, die sich wie Spinnweben über ihren Geist gelegt hatten, und starrte ins Wasser. Es gab keine Warnungen – diesmal. Manchmal waren die Stimmen, die sie hörte, erregt und beunruhigt. Sie sagten ihr, die Straße sei zu gefährlich oder dass etwas anderes geschehen könne. Sie fragte sich, welchen Weg Regeane wohl gewählt haben mochte, und dann hörte sie ihre Stimme.

»Ist deine Liebe ein Käfig, eine Kette?«

Matrona lächelte und ließ sich ins Wasser gleiten. Auch sie kam zu dem seltsamen Wald, in den schon Regeane gelangt war, aber jetzt stand die Sonne am Himmel, und die Luft war warm.

In Menschengestalt schwamm sie durch den See, zwischen den Bäumen hindurch zu den Wasserfällen, und betrachtete die gleiche Schlucht, die die Monsterbäume, die die ganze Welt zu bedecken schienen, mit ihren Wurzeln erstickten. Matrona war schon einmal hier gewesen. Einige scharlachrote Geschöpfe suchten das Wasser unter den Wasserfällen ab und schnappten nach – was? Insekten? Matrona hatte das nie erfahren.

Immer höher und höher ragten die riesigen Bäume in den Himmel hinauf, und ihre Kronen verloren sich in den Wolken, bevor auch nur ein einziger Zweig zu sehen war. Genau wie Regeane verwandelte Matrona sich im seichten Wasser in die Wölfin und machte sich auf den Weg flussabwärts, ließ die Stille tief in sich eindringen. Anders als die meisten Menschen dachte sie normalerweise nicht in Worten. In ihrer Welt, in windgepeitschten Wäldern am Rand des Meeres, wo sie geboren worden war, wurden Worte benutzt, um die ständigen Verflechtungen des Tanzes des Lebens durch den Körper zu verstärken. Sie hatte Worte weder gekannt noch gebraucht, als sie unter den Wölfen lebte, ja nicht einmal, nachdem sie mit dem wahren Wolf gekämpft und ihn getötet hatte. Nachdem Gu kam, musste sie weder mit ihnen sprechen noch mit ihm. Also respektierte sie die Stille, und die Stille war es, die ihr Neuigkeiten brachte.

Der Morgenwind riss den hohen Nebel, der die Baumwipfel verbarg, in kleine Fetzen. Der Wald wisperte, dann wurde seine Stimme lauter in der sich wandelnden Luft. Die Bäume mit der silbernen Borke bewegten sich, raschelten ein wenig, während ihre ineinander verwobenen Zweige auf den schirmartigen Kronen leicht aufeinander schlugen, der Klang des Lebens und Entzückens.

Eine weitere Nacht ist vorüber.

Es ist Morgen.

Sie war hier.

Aber sie ist nicht mehr da.

Sie hat einen … Schimmer gegessen.

Aber ihr ist nichts passiert.

Zwischen den nebligen Inseln der Bäume tropfte der Nachtnebel, der sich in der Höhe niedergeschlagen hatte, wie Regen herunter.

An dem Tag, an dem sie kam, starb ein Baum.

Wir … trauern.

Ein gewaltiger Seufzer.

Wir … trauern.

Sie hat uns am See verlassen.

Schimmer. Und die scharlachroten Vögel tanzten über das Wasser. Waren es überhaupt Vögel?

Schimmer. Der Wald sprach. *Vier Füße. Zwei Füße.*

Matrona erkannte ihren eigenen Namen.

Zwei Füße. Vier Füße.

Unsere geliebte Tochter der Stille.

Ich werde über den See gehen. Ich muss sie finden.

Merkwürdiger Gedanke … Geschwindigkeit. Eile … wunderten sich die Bäume.

Matrona beschleunigte ihren Schritt.

Sie ist im Wasser. Wir hören sie. Schritte. Sie hat den Schimmer gegessen … Früchte, Kresse … Sie hat einen Teil von uns in sich hineingenommen. Sie wird zurückkehren.

Maeniel folgte nicht dem Fluss, so wie Regeane es getan hatte. Er kannte eine Römerstraße. Sie führte, wie die meisten Römerstraßen, auf geradem Weg durch den Sumpf und machte ein Fortkommen sehr einfach.

Angewidert von sich selbst, weil er seine Gefangenschaft und Einkerkerung nicht verhindert hatte, gab Maeniel ein sehr schnelles Tempo vor, weil er so rasch wie möglich zum König zurückkehren wollte. Regeane hatte alle Mühe, mit ihm Schritt zu halten, und sie wusste, dass er wegen ihres Streits in der letzten Nacht noch immer wütend auf sie war. Obwohl sie sich wieder versöhnt zu haben

schienen, spürte sie, dass der Streit nicht wirklich beigelegt w
Maeniel würde ihr nicht einen Zentimeter entgegenkommen, u
sie hatte immer noch das Gefühl, dass er ihr Unrecht tat.

Als er einige Wasservögel entdeckte, Enten mit dunklen Federn und leuchtend grünen Köpfen, die in Familiengruppen mit ihren flauschig weichen Jungen im Schlepptau schwammen, erstarrte er sofort zu absoluter Reglosigkeit und schickte sich an, sich sowohl die Ente als auch die Küken einzuverleiben.

Regeane empfand Abscheu, und selbst die Wölfin war verärgert. Daher durchbrach sie ihre Deckung und schreckte die Vögel auf, so dass sie davonflogen. In einem Flattern von Flügeln und unter lauten Alarmrufen explodierten die Enten förmlich vor Maeniels Gesicht. Als sie die Flucht ergriffen, wirbelte Maeniel herum, und seine Kiefer schnappten weniger als einen Zoll von ihrem Gesicht entfernt zusammen.

Sie wusste genau, was das war, eine Art Einschüchterungsmanöver, und daher wich sie nicht vor ihm zurück, als er sie mit einem wütenden Blick durchbohrte. Sie war ihm nicht gewachsen und hatte im Laufe der kurzen Zeit ihrer Ehe festgestellt, dass ihm auch sonst fast niemand gewachsen war. Gewiss konnte nicht einer aus dem Rudel, das er um sich geschart hatte, es mit ihm aufnehmen, was die pure, tödliche Wildheit als Mann oder Wolf betraf, aber seltsamerweise war er nicht annähernd so bestrebt, wie es ein menschlicher Mann vielleicht gewesen wäre, Regeane durch schiere Körperkraft übermäßig zu beeindrucken.

Die Weibchen des Rudels hatten ihre eigene Hierarchie. Regeane stand keinesfalls an der Spitze dieser Hierarchie; dort stand Matrona. Aber Regeane hielt einen starken zweiten Platz und lernte von Matrona sehr schnell alles, was sie wissen musste. Und in einer dieser Lektionen hatte Matrona ihr beigebracht, den Respekt zu verlangen, der ihr zukam. Selbst von Maeniel.

Daher endete dieser grimmige Blickwechsel damit, dass Maeniel sich abwandte.

Und wieder heftete sie sich an seine Fersen.

Während der nächsten Meilen war die Straße von den Fluten des

Frühlingsregens überspült. Niemand war zurückgeblieben, um die Gräben in Ordnung zu halten, die das Wasser in früheren Zeiten hatten abfließen lassen. Also schwammen die beiden Wölfe und wateten bisweilen durch tiefen Schlamm. Es gab Schlangen. Regeane machte sich nichts aus ihnen, aber um Maeniel seinen Angriff auf die Enten heimzuzahlen, tat sie so, als wolle sie eine der Schlangen fressen – ein Benehmen, bei dem Maeniel die Haare zu Berge standen; er konnte sich eines wilden Knurrens, das seinen ganzen Abscheu ausdrückte, nicht enthalten.

Regeane blickte von dem zappelnden Reptil auf und warf Maeniel einen Blick unschuldigen Staunens zu, einen so herzerwärmend zärtlichen Blick, dass Maeniel ihr Vorhaben sofort durchschaute und mit in die Luft gereckter Nase und steifen Beinen davonstolzierte. Die Schlange, die einigermaßen erregt war und ihre Angst im schnellen Schlangendialekt vermittelte, der Sprache der Bewegung, glitt hastig davon und ließ ein letztes Mal ihre Zunge vorschnellen, bevor sie indigniert den Hals wölbte – *das war aber gar nicht nett von dir* – und in einem Dickicht aus Laichkraut verschwand.

Einigkeit zeigten sie jedoch in ihren Gefühlen bezüglich Fröschen. Sie fanden sie beide absolut köstlich, daher schlenderten sie am Wasser entlang und speisten im Gehen.

Zu guter Letzt kam die Straße wieder aus dem Wasser zum Vorschein, und die Fortbewegung wurde leichter, obwohl sich auf diese Weise immer weniger saftige Frösche fanden. Der Grund stieg langsam an. Das war die Stelle, an der sie die Spur von Armine, Chiara, Hugo und Gimp fanden. Sie hatten nur zwei Männer bei sich und wurden von einem halben Dutzend Soldaten und drei Hunden verfolgt.

Regeane dachte voller Schrecken: *Das sind zu viele für uns.* Aber Maeniel drehte sich auf dem Pfad um, anscheinend ohne lange nachdenken zu müssen.

Ja, Regeane erinnerte sich. Das Mädchen hatte ihm das Leben gerettet. Sie mussten versuchen, Chiara zu helfen. Maeniel begann zu rennen. Regeane folgte ihm.

Der Bär wusste, dass er ein Rückzugsgefecht austrug. Als Armine und Chiara den Fluss überquerten, war dem Bären klar geworden, dass sie verfolgt wurden. Gimp wartete an der Furt, über der ein böses Omen schwebte, dort, wo die Familie getötet worden war.

Regeane hatte überlegt, dass das Wasser dort jetzt alles überflutet haben musste. Das war tatsächlich der Fall.

Hugos Körper wurde mit dem Bauch nach unten auf einen Sattel geworfen.

Der Bär fluchte.

Chiara hörte ihn, enthielt sich aber ausnahmsweise jeder Bemerkung. Sowohl sie als auch Armine hatten Angst. Gimp döste wie gewöhnlich vor sich hin. Er konnte sogar im Sattel schlafen.

Der Bär weckte ihn mit einem lauten Brüllen. Dann nahm er Hugos Körper wieder in Besitz. Er rutschte von dem Pferd herunter, taumelte und musste das Tier dreimal umkreisen, um seine Gliedmaßen unter Kontrolle zu bekommen. Aber dann sprang er wieder in den Sattel.

Armines Eskorte bekam so gut wie nichts davon mit. Die Männer litten unter einem grässlichen Kater, und Chiara, Armine und der Bär waren sich ziemlich sicher, dass sie in einem Kampf nutzlos sein würden. Sie konnten nur hoffen, dass der König zu viel damit zu tun hatte, seine anderen Feinde zu massakrieren, um allzu viele Gedanken an sie zu verschwenden.

Eine vergebliche Hoffnung.

Der Bär nahm die Verfolger vor allen anderen wahr. Er verließ den ausgetretenen Pfad und brachte sie zu der Römerstraße, die durch den Sumpf führte. Armine wollte protestieren und gab seinem Pferd die Sporen, bis er zu dem Bären kam, der – in Hugos Gestalt – die Gruppe anführte.

»Wohin …«

»Sie sind uns auf den Fersen«, antwortete der Bär.

»Oh, nein, ich mache mir keine Sorgen um mich selbst, aber Chiara … wenn ich mir vorstelle, was ihr alles zustoßen könnte …«

»Ich werde es nicht zulassen«, sagte der Bär. »Ich werde nicht zulassen, dass sie deine Tochter mitnehmen.«

»Versprichst du mir das?«

»Ich gebe dir mein Wort«, antwortete der Bär. Dann trat ein grimmiger Ausdruck auf sein Gesicht, ein Ausdruck, zu dem Hugo niemals in der Lage gewesen wäre. »Ich werde jeden töten, der ihr auch nur ein einziges Haar krümmt. Ich verspreche es. Ich schwöre es.

Und nun zu dir, Armine. Pass auf, dass dieser Kadaver auf dem Pferd bleibt, während ich unseren Verfolgern einen Besuch abstatte.«

Hugos toter Leib sank in sich zusammen. Armine umklammerte seinen Arm und hielt ihn fest.

Der Bär wusste nicht, wie er sich eigentlich bewegte, aber er kam jedenfalls mit großer Geschwindigkeit voran. Binnen weniger Augenblicke entdeckte er Desiderius' Männer. Auch sie ritten über die römische Straße. Ein Soldat zu Fuß führte die drei Hunde, die an ihren Leinen zerrten. Es waren Kampfhunde. Tödlich, riesig, gefährlich und bösartig. Der Hundeführer hielt eine Peitsche in der Hand. Die Tiere schienen sowohl die Peitsche als auch den Mann zu respektieren, aber nichts anderes war vor ihrem mörderischen Zorn sicher, nicht einmal die berittenen Soldaten, wenn sie ihnen zu nahe kamen.

Der Bär beachtete die Hunde nicht weiter. Er hatte sich zwar inzwischen von seinem Kampf mit Regeane und Matrona erholt, aber er hatte dazu mehrere Wochen gebraucht. Als er erst Gimp und dann Hugo fand, war er vollkommen entkräftet gewesen und dem Tod oder dem Schlaf nahe. Die Wächter der Gruft hatten ihn davor bewahrt, obwohl er selbst nicht wusste, was genau das war. Der Tod? Ein tiefer Schlaf? Jedenfalls irgendeine Form des Nichtseins. Ein erbitterter Kampf mit den Hunden gerade jetzt würde ihn vielleicht so sehr entkräften, dass er Chiara und ihren Vater nicht mehr beschützen konnte. Und seltsamerweise war es das, was ihn am meisten beschäftigte. Die Angst, dass Chiara Desiderius und seiner Söldnerarmee zum Opfer fallen könnte.

Am Ende würde der König Chiara töten lassen, aber bevor sie starb, würde man ihren leuchtenden, tapferen kleinen Geist auf die grausamste Weise brechen. Zum ersten Mal empfand er jetzt Schuldgefühle, als er an das Leiden der Gefangenen unter den Händen dieses grausamen Abts dachte. Jetzt bekam er die Quittung für seine skrupellose Unterstützung dieses Wahnsinnigen, aber die Kreatur hatte ihn geliebt, hatte ihm gehuldigt. Das war seine Verbindung mit dem Reich des Lichtes: die Gefühle der Kreaturen, die er sich unterwerfen konnte. Kreaturen wie der Abt, wie Hugo, wie Gimp und andere, die ihm im Laufe von Jahrhunderten, ja von Jahrtausenden zum Opfer gefallen waren. Er brauchte ihre Liebe zum Leben, ihre Ehrfurcht, ihren Hass, ihre Furcht, ihren Schmerz, und, ja, sogar ihr Glück.

Tiere wie diese irrsinnigen, zerstörten Hunde – denn sie waren durch menschliche Grausamkeit systematisch zerstört worden – konnten ihm niemals die Energie liefern, die sein bewusstes, lebendiges menschliches Sein nährten. Ohne Menschen musste er dahinsiechen, musste in brabbelnde Dummheit versinken wie Gimp, und dann ... Er schob den Gedanken weit von sich. Wie sollte er diese Männer aufhalten? Ein weitaus einfacheres Ziel boten die Pferde. Die Männer konnten ihn nicht sehen, aber für die Pferde galt das nicht.

Er zeigte sich ihnen. Er nahm die Gestalt des Bären an und brüllte.

Das Ergebnis war mehr als befriedigend.

Wenige Sekunden später war er wieder in Hugos Körper und kicherte leise vor sich hin. Das Geräusch ließ Armines Blut erstarren.

»Versucht, so schnell wie möglich von hier fortzukommen«, befahl er Armine. »Ich habe euren Verfolgern etwas zum Nachdenken gegeben. Bis sie ihre Pferde eingefangen und wieder beruhigt haben, müssten wir einen guten Vorsprung haben.«

Armine musterte den Mann, der neben ihm ritt. Er trug Hugos älteste Kleidungsstücke, ein Hemd, eine Dalmatika und Reithosen, die am Gesäß, an den Knien und Knöcheln mit Leder verstärkt waren. Aber das Gesicht war so verändert, dass er nichts mehr von Hugo darin wiederfand. Es war das Gesicht eines Kriegers: gefährlich, stark, tollkühn, furchtlos und von einem seltsamen Reiz. Er lehnte sich im Sattel zurück und drückte dem Pferd die Knie in die Flanken. Ohne sichtbare Mühe hielt er mit der einen Hand die Zügel, während die andere auf dem Messer in seinem Gürtel lag.

Sie bewegten sich sehr schnell und ritten mitten auf der Römerstraße. Als sie zu Stellen kamen, wo Schlamm die Straße überflutet hatte oder gewaltige, mit Wasser voll gelaufene Löcher sie unterbrachen, trieb er sein Pferd mühelos zum Galopp an und überwand jede Schwierigkeit ohne Probleme.

»Was hast du mit Hugo gemacht?«, wollte Armine wissen.

Das Ding in Hugos Körper grinste auf eine durch und durch boshafte Art und Weise. »Ich habe ihn gefressen.«

Armine warf ihm einen müden Blick zu. »Mein Herr, spiel nicht mit mir. Hast du Hugos Seele zerstört, als du seinen Körper übernahmst?«

»Nein, aber du bist sehr ... es gibt viele Dinge diese Welt betreffend, die du nicht verstehst. Ich habe versucht, es deiner Tochter zu erklären. Der Blitz hat Hugo getötet. Als ich zurückkam, nachdem ich den Wolf aus der Stadt begleitet hatte, fand ich, was noch von Hugo übrig war, auf der Veranda. Er atmete noch, aber nur noch mit knapper Not, und sein Gehirn, der Teil von ihm, der sich im Schädel befindet, war ... Brei.«

Armine nickte. Er hatte mehr Lebenserfahrung als Chiara. Er wusste, dass schwere Kopfverletzungen häufig zum Tod führten.

»Ich habe die Leiche mitgenommen. Sie kann mir noch von Nutzen sein.« Die Kreatur zuckte mit den Achseln. »Aber Hugo ist tot. Der Mann, den du kanntest, lebte in seinem Gehirn; als dieses Gehirn zerstört wurde, ging er an den Ort, an den euer Gott ihn schickt, was das auch für ein Ort sein mag. Der Himmel, die Hölle, ich weiß es nicht. Er ist nicht mein Gott und erklärt mir diese Dinge nicht. Aber glaub mir, Hugo wird nicht zurückkommen.«

»Ich kann nicht behaupten, dass ich das allzu sehr bedaure«, erwiderte Armine.

Der Bär lachte. Das hohle Echo dieses Geräuschs verursachte Armine Zahnschmerzen.

»Tu das nicht«, sagte Armine.

»Chiara gefällt es auch nicht«, erwiderte der Bär. »Aber ...« Er brach ab und schien mit seinen Gedanken anderswo zu sein. »Verdammt. Da kommen sie schon wieder, und unser Vorsprung schmilzt dahin.«

Man stelle sich vor, eine Welt ohne Grenzen, eine Welt ohne Nationen, Städte, Bauernhöfe oder auch nur Gesetze und Vorschriften. Die Eiskappe bedeckte die Pole. Im Sommer wich sie zurück. Im Winter dehnte sie sich bis zum Rand vieler Meere hin aus. Im Sommer breiteten sich die gewaltigen Tiere, die die begrenzte Wildnis zwischen Meer und Eis beherrschten, über die weiten Ebenen und die grünen Täler zwischen den namenlosen Bergzügen und den Gestaden unendlicher, wilder Meere aus.

Diese Welt war voll von unglaublichen Reichtümern und brutaler Grausamkeit. Hirsche und Elche mit Geweihen von drei Metern Breite, Wölfe, die in Rudeln umherschweiften und die Größe kleiner Pferde hatten, Mammuts mit riesigen, geschwungenen Stoßzähnen und behaarter Haut beherrschten diese Welt.

Matrona und ihr Volk jagten, lebten, liebten und siegten in einem Tierreich, wie die Welt es seit dem Untergang der Dinosaurier nicht mehr gesehen hatte. Am Ende eines jeden Sommers weinten sie, schnitten sich zum Zeichen ihrer Trauer Finger ab und zerkratzten sich das Gesicht. Sie handelten aus Furcht und in der Hoffnung, dass die Götter, die ihr Universum beherrschten, ihren Gram sehen und ihnen mit der Zeit einen neuen Frühling schenken würden. Dann folgten sie den großen Herden der Beutetiere auf dem langen und gefährlichen Weg aus den Hochebenen, den Bergen, Hügeln und Wäldern in einen Winter an der Küste oder auf Inseln inmitten des klein gewordenen, von Eis erstickten Meeres.

In dieser Welt musste eine Frau vier Kinder zur Welt bringen, um eines groß zu ziehen; ein Mann musste sieben Kinder zeugen, um einen Ersatz für sich selbst zu schaffen. Aber auch sie liebten und entrissen dem klaffenden Maul des Todes ein wenig Freude und erfuhren im Schatten des Schwertes tiefes Glück.

Matrona erhob sich aus dem Sumpfwasser wie eine Zikade, die

ihren Panzer abstreifte, und stellte sich den beiden Wölfen. Regeane und Maeniel warfen einander schuldbewusste Blicke zu.

»Du hast Karl dein Wort gegeben«, sagte Matrona zu Maeniel.

Er neigte den Kopf zur Seite. In der Wolfssprache bedeutete das: *Na und?*

»Das Ganze war von Anfang an deine Idee«, erinnerte sie ihn.

Er ließ den Kopf hängen und blickte wie ein gescholtener Hund drein.

»Ich will keine Entschuldigungen von dir hören«, fuhr Matrona fort. »Sprich mit deiner Frau.«

Maeniel sah sie aufsässig an, aber nur einen kurzen Augenblick, dann drehte er sich zu Regeane um und berührte ihre Nase mit seiner. *Kannst du es schaffen?*

Sie stieß ein leises, kehliges Knurren aus.

Matrona verstand diese Antwort genauso gut wie Maeniel. Sie bedeutete: *Ich werde es versuchen.*

Der Fruchtstand eines Rohrkolbens fiel Regeane vor die Füße. Jemand hatte mit dem Schwert den Stängel durchtrennt. Regeane blickte auf. Die Wölfin konnte die Gestalt von Remingus zwischen sich und der Sonne ausmachen. Er war so körperlich greifbar wie an dem Tag in Pavia, als er sie auf den Marktplatz begleitet hatte.

»Der Bär ist nicht weit von hier«, berichtete er Regeane.

Die Wölfin zuckte mit den Ohren. Sie war verärgert.

Remingus fuhr fort: »Chiara und ihr Vater – der Bär versucht, sie zu schützen. Er wird es nicht schaffen. Das Mädchen, Chiara, hat deinen Mann gerettet. Ihr habt eine Blutschuld an ihr zu begleichen.«

Regeane rannte los.

Maeniel versuchte, ihr zu folgen. Er sprang hoch in die Luft, stockte und wurde zurückgerissen wie ein Hund, wenn er das Ende einer Kette erreicht. Seine Vorderpfoten ragten in die Luft, und er stand auf den Hinterbeinen. Matrona hatte ihn an seiner Halskrause gepackt und hielt ihn zurück. Heißer Zorn wogte in Maeniel auf. Mit den Bewegungen eines riesenhaften Drachen krümmte und wandte er sich, dann riss er sich los. Er drehte sich zu Matrona um.

Sie stand in ihrer Frauengestalt keine drei Meter von ihm entfernt, ein prachtvoller Anblick in ihrer absoluten Nacktheit. Ihr Haar war ein wildes Gewirr ebenholzschwarzer Seide, das ihr bis zur Taille herabhing. Sie hatte große Brüste mit dunklen, kräftig gezeichneten Brustwarzen und einen breiten Brustkorb, der in eine schmale Taille überging und darunter in kräftige, anmutige Hüften. Das Haar in ihren Lenden war dicht, schwarz und gelockt, ein dunkler, seidiger Zobelpelz, der ihr Geschlecht verbarg, nicht um es zu schützen, sondern um es zu betonen; das Haar zog sich in einem Keil beinahe bis zum Nabel. Zum ersten Mal während ihrer langen Freundschaft traf Matronas Weiblichkeit Maeniel wie eine Keule. Sie lächelte, und in ihren schwarzen Augen funkelte ein Wissen auf, das selbst Eva als ein einfältiges, unschuldiges Mädchen erscheinen ließ. Ihre weißen Zähne waren eine Spur länger und spitzer als die anderer Frauen, und jetzt blitzten sie in einem wilden, triumphierenden Lachen auf.

»Lass sie gehen«, befahl Matrona. »Es wird Zeit. Komm. Du hast aus freiem Willen einem Menschen gedient. Einem menschlichen König. Es war töricht von dir, aber du hast deine Entscheidung getroffen. Also soll es so sein. Jetzt muss Regeane allein weitermachen.«

Menschlich, ging es Maeniel durch den Kopf. Nein, Matrona war nicht ganz und gar menschlich. Sie war ... eine von den anderen. Er musterte sie, noch immer mit rot glühendem Zorn in sich. Die anderen. Sie hatten nicht immer Feuer gehabt. Sie hatten es von den Menschen bekommen. Aber Matronas Volk hatte es auch nicht benötigt. Das Muster von Matronas Körperbehaarung war das eines Geschöpfes, dessen direkte Vorfahren sich in ihren eigenen Pelzen durchaus wohl gefühlt hatten – so wie die Wölfe.

Matronas Vorfahren hatten sich gerade rechtzeitig aus ihrer tierischen Gestalt erhoben, um sich der grausamen und schönen, aber auch tödlichen und quälend schmerzhaften Kälte zu erwehren. Eine Kälte und Dunkelheit, die drohte, alles auszulöschen, was ihr in den Weg kam, und dem Leben aller Landgeschöpfe und dem größten Teil der Pflanzen, von denen diese sich ernährten, ein Ende zu machen.

Und in dieser letzten und scheinbar ewigen Dunkelheit und bitteren Kälte konnten nur die Jäger überleben, während die anderen, beinahe menschlichen Geschöpfe, die Sammler, Hungers starben, als die Kälte die Bäume erst ihrer Früchte, dann ihrer Blüten und schließlich ihrer Blätter beraubte. Als die Dürre den Dschungel in Wüsten verwandelte und weite Ebenen mit ihrer glühenden Hitze geißelte.

Der Regen, das fruchtbare Wasser des Himmels, blieb dem Land vorenthalten, und alles, was noch nicht wild genug war, um zu töten, starb. Die Sammler hatten einen anderen Pfad gewählt als die Jäger, einen sanfteren, scheinbar weiseren Weg als Matronas Volk, aber dieser Weg führte nur in eine ewige Nacht.

Einzig die Jäger, die Meister des Feuers und der hölzernen Speere, überlebten. Sie konnten triumphieren, konnten sich von den Kadavern ernähren, die Gemetzel und Chaos zurückgelassen hatten, und so dem Tod entrinnen. Die Schwachen, die Liebevollen, die Gütigen, die Barmherzigen, die Schönen und die Intelligenten dienten den Jägern, die die Sitten von Wölfen und Riesenwölfen nachahmten, wenn sie nicht sterben wollten.

Und die Welt hielt den Atem an und wartete auf die Rückkehr der Sonne.

Matronas Volk streifte derweil durch die weite Ödnis und läutete die Geburtsstunde der Menschheit ein, und eine Zeit lang verharrten die Menschen im Schatten der Stärke von Matronas Volk. Dieses Volk nahm das Feuer aus den Händen der Menschen entgegen.

All das erkannte Maeniel, der Wolf, im Bruchteil einer Sekunde. Während er zum tödlichen Sprung auf Matrona ansetzte.

Matrona warf den Kopf in den Nacken, ihre weißen Zähne glitzerten, und sie lachte. Lachte, während Maeniel – zu spät – begriff, dass er die Welt der Menschen verlassen hatte und Matrona in eine andere Welt folgte.

Die Kampfgeräusche wurden immer lauter und lauter. Lucilla, die Adalgisus immer noch fest ins Gesicht sah, bleckte die Zähne. »Hört sich so an, als wären Ansgar oder sein Sohn eingetroffen.«

»Sein Sohn?«, fragte Adalgisus.

»Ja«, flüsterte Lucilla. »Er war im Hause, als du Stella mitgenommen hast. Sie hatte Angst um ihn.«

»Mein Sohn?«, wisperte Stella. »Oh, Lucilla, glaubst du, es könnte mein Sohn sein?«

Adalgisus wollte sich auf Stella stürzen.

Lucilla hob den Knüppel in ihren Händen hoch über ihren Kopf. »Nur zu, fass sie an, fass sie noch einmal an!«, schrie sie. »Ich werde dich töten.«

Adalgisus wich vor ihr zurück und ging rückwärts auf die Tür zu.

Genau in diesem Augenblick erschien Dagobert hinter ihm. Er warf nur einen einzigen Blick auf das, was von Eberhardt übrig geblieben war, und richtete dann das Wort an Adalgisus. »Komm. Das war kein Kampf, das war ein Gemetzel. Wie konnten sie nur so mühelos hereinkommen?« Er schien ebenso bekümmert wie verwirrt zu sein. Hinter ihm war der scharlachrote Schein eines Feuers zu sehen.

Lucilla hörte einen langen, qualvollen, tierischen Schrei.

Dagobert sah sich voller panischer Angst um. »Sie bringen sie um, sie bringen sie um und brennen die Kirche nieder.«

Lucilla hörte das explosive Geräusch von berstendem Glas.

»Wenn wir nicht sofort verschwinden, werden wir die Nächsten sein. Ich begreife es nicht. Der Langobardenkönig ist Ludolfs Oberherr. Wie kann er es wagen, die Soldaten des Königs zu ermorden?«

»Möglicherweise hatte die Entführung seiner Mutter etwas damit zu tun«, sagte Lucilla mit einem hässlichen Lachen.

Adalgisus machte noch einen Schritt auf Stella zu. Lucilla stieß einen lauten Zornesschrei aus.

»Bist du wahnsinnig?«, rief Dagobert. »Sieh dir doch an, was von Eberhardt übrig geblieben ist und was sie bereits mit dir gemacht hat. Wir müssen weg hier, und zwar sofort. Ansgars Sohn ist im Blutrausch. Was glaubst du, wie er sich benehmen wird, wenn er seine Mutter in diesem Zustand vorfindet?«

»Und wessen Schuld ist das?«, kreischte Adalgisus. »Du hast sie geschlagen. Ich habe dir nicht befohlen, sie zu schlagen.«

Das Licht des Feuers war inzwischen sehr hell geworden, und der Garten füllte sich mit Rauch. Lucilla ließ ihre Waffe sinken.

»So ist es recht. Streitet euch nur weiter. Macht so weiter, bis Ludolf euch findet. Jetzt hört mir einmal zu, ihr beiden. Ich werde kampflos mit euch kommen, wenn ihr Stella hierlasst und ihr kein Leid mehr zufügt, aber wir müssen sofort von hier weg, hört ihr mich? Sofort. Adalgisus, dein Vater wird außer sich vor Zorn sein, wenn du aus dieser Katastrophe nicht irgendetwas rettest, und dieses Etwas werde ich sein, aber dafür werdet ihr die arme Stella in Ruhe lassen.«

Lucilla ließ das Holzscheit, das sie als Waffe benutzt hatte, auf den Boden fallen und trat zur Tür. Adalgisus packte sie am Arm, und gemeinsam ergriffen sie die Flucht. Als sie durch den Garten liefen, hörten sie abermals das Splittern von Glas. Lucilla sah sich nach der Kirche um. Das Feuer hatte die Tragebalken über dem Altar und den gesamten Glockenturm erfasst. Die Geräusche aus dem anderen Teil der Kathedrale legten die Vermutung nahe, dass einige von Dagoberts Männern inzwischen nüchtern genug waren, um sich zur Wehr zu setzen, aber es war ein Kampf, den sie verloren. Immer häufiger hörte Lucilla sie um Gnade flehen und dann die Schreie derer, die niedergemetzelt wurden.

Als Lucilla und die beiden Männer zum Stall kamen, breiteten sich auch dort die Flammen bereits mit großer Geschwindigkeit über das Strohdach aus. Lucilla wusste, dass sie keine Zeit verlieren durften. Trotzdem musste sie für die beiden Männer das Denken übernehmen. Sie waren immer noch vom Alkohol umnebelt, so dass es Lucilla überlassen blieb, drei Pferde zu satteln. Dann griff sie nach den Zügeln und führte die Tiere zu einer Tür im hinteren Teil des inzwischen vollkommen von Rauch erfüllten Stalls.

Lucilla umklammerte Adalgisus' Arm. »Hoch mit dir. Komm schon. Steig auf!«, befahl sie.

Adalgisus zitterte am ganzen Leib. »Woher … woher weißt du, dass sie nicht da draußen auf uns warten?«

»Wahrscheinlich tun sie das«, fuhr Lucilla ihn an. »Aber du reitest trotzdem als Erster. Du, Dagobert, bildest das Schlusslicht.«

Gehorsam saß er hinter ihr auf. *O Gott*, dachte sie, als sie in ihren eigenen Sattel stieg. Der Rauch war so dicht, dass sie kaum mehr atmen konnte. Sie beugte sich tief über den Hals des Pferdes, in der Hoffnung, dort saubere Luft zu finden. Es war sehr dunkel im Stall, aber hinter sich sah sie, wie Dagobert in seinem Sattel taumelte. Er war immer noch halb betrunken, zu betrunken jedenfalls, um sich vor dem dichten, erstickenden Rauch zu schützen.

»Gut«, flüsterte sie vor sich hin. »Gut.«

Sie ließ ihr Pferd zur Tür traben, die sie mit einem einzigen, kräftigen Tritt ihres Reitstiefels öffnete. Und dann geschah genau das, was Lucilla vorhergesehen hatte. Der Stall verwandelte sich in einen Tunnel aus Flammen, als die eisige Luft von draußen durch die offene Tür hineinpeitschte. Das Pferd, das Adalgisus ritt, schoss wie ein Armbrustbolzen hinaus. Ihr eigenes Reittier scheute, aber Lucilla wusste, dass es den sicheren Tod bedeutete, wenn sie jetzt abgeworfen wurde. Sie ließ die Zügel los und klammerte sich mit aller Kraft an den Sattelknauf, und als die Hinterbeine des Tieres den Boden berührten, preschte es mit der gleichen Schnelligkeit davon wie zuvor Adalgisus' Pferd.

Dann kehrte der Luftstrom sich um und wälzte sich mit sengender Glut von hinten über Dagobert hinweg. Pferd und Reiter schrien vor Entsetzen. Lucillas eigenes Pferd war unbeirrbar; seine Hufe flogen in einem wilden Galopp. Sie hielt ihren Kopf dicht am Hals des Pferdes.

Dagobert schlug mit dem Kopf gegen den Sturz der Stalltür. Lucilla sah ihn sterben. Sie sah, wie die Wucht desAufpralls seinen Kopf bis zum Kinn bersten ließ. Dann fiel der Rest seines Körpers in die lodernden Flammen. Dagoberts Pferd jagte mit leerem Sattel an ihr vorbei, und Lucilla, eine meisterliche Reiterin, fing den Zügel auf und führte das Tier hinter sich her. Kurz darauf hatten sie die Bäume, die das Kloster umgaben, hinter sich und ritten über grünes Weideland. Adalgisus drehte sich kurz um und sah Lucilla mit dem anderen Pferd im Galopp hinter sich herreiten. Lucilla schüttelte den Kopf, und Adalgisus gab seinem Tier die Sporen, um so schnell wie möglich von diesem Ort des Grauens weg zu kommen.

Sobald sie allein war, lag Stella lautlos auf Lucillas Umhang und lauschte auf die langsam ersterbenden Geräusche des Gemetzels in der Kirche. Sie war benommen, und der Schmerz fiel in der Stille nach und nach von ihr ab. So groß war ihre Angst, dass sie nichts mehr spürte. Plötzlich beugte Ludolf sich über sie.

»Mutter«, sagte er und strich ihr übers Gesicht.

»Oh, mein Lieber.« Sie hielt seine Hand fest. Dulcinia sah sich in dem Raum um. »Es ist ein Schweinestall«, flüsterte Stella. »Kalt, leer und ohne ein Schloss an der Tür. Man hat uns keinerlei Annehmlichkeiten angeboten.«

Ludolf nickte und versuchte, Stella vom Boden aufzuheben. Sie stieß den schrecklichsten Laut aus, den er je gehört hatte.

»O Gott«, flüsterte Ludolf.

»Es tut mir Leid, Lieber«, wisperte Stella. »Bitte, fass mich nicht an. Bitte, bitte, gib mir nur ein paar Augenblicke Zeit. Es geht mir bestimmt gleich besser, aber bitte, fass mich jetzt nicht an.«

Dulcinia ließ sich neben Stella auf ein Knie nieder. Sie zog ihren eigenen Schleier aus und faltete ihn zu einem Kissen zusammen, um ihn Stella unter den Kopf zu schieben. Dann deckte Ludolf sie mit seinem Umhang zu.

Dulcinia tastete ganz vorsichtig mit den Fingern Stellas Unterleib ab. Er war hart und geschwollen.

»Lucilla?«, fragte sie leise.

»Lucilla hat sie gezwungen, mit ihr wegzugehen, Gott sei gedankt«, stieß Stella hervor. »Ich hatte Angst, Angst, dass sie mich noch einmal anfassen würden. Sie wollten mich mitnehmen. Es tut mir Leid, mein Sohn. Wenn ich mich bewege, habe ich solche Schmerzen. Bitte, gib mir etwas Zeit, mich zu fassen.«

Stella versuchte sich an einem Lächeln. »Bestimmt kann ich bald wieder reiten.«

Ludolf strich ihr übers Haar. »Ja, Mutter. Nimm dir so viel Zeit, wie du brauchst. Ich habe hier das Sagen. Dir kann nichts mehr passieren. Aber was ist eigentlich geschehen?«

Stella wirkte zutiefst bekümmert. »Adalgisus kam in unser Haus. Es war meine Schuld, ich habe ihm geschrieben. Er wollte eigentlich Lucilla, aber er hat auch mich als Geisel genommen. Was er vorhatte, weiß ich nicht. Ich weiß nicht einmal, ob er überhaupt einen Plan hatte – so viele dieser Krieger sind einfach Narren und Trunkenbolde ...«

Stella schloss die Augen. Sie schien erschöpft zu sein.

Dulcinia hatte nie einen schrecklicheren Ausdruck gesehen als den, der sich jetzt auf Ludolfs Zügen abzeichnete. Er hielt den Kopf und die Schultern seiner Mutter in den Armen, um sie vor dem kalten Fußboden zu schützen. Einen Moment später schlug Stella die Augen wieder auf.

»In der Nacht ... sie sind in der Nacht hierher gekommen ...«

»Wer, Mutter?«, flüsterte Ludolf.

»Adalgisus, Eberhardt und Dagobert ...« Stella schien schreckliche Qualen zu leiden.

»Du brauchst nicht weiterzusprechen, Mutter«, sagte Ludolf gepresst. »Ich weiß, was sie wollten. Bekümmere dich nicht, indem du es aussprichst.«

»Sie nannten uns Huren ...«

Für Dulcinia war der Schmerz in Stellas Stimme einfach unvorstellbar. Sie wisperte: »Nein«, und wandte sich ab. Ihre Hand lag auf Ludolfs Arm, und sie spürte, wie er leicht zusammenzuckte, als ihre Fingernägel sich in sein Fleisch gruben. Sie knieten beide vor Stella.

»Lucilla sagte, ich solle mich nicht wehren. Ich sei zu klein, sie würden mir wehtun. Aber ich habe mich gewehrt. Du wirst doch deinem Vater sagen, dass ich mich gewehrt habe, nicht wahr? Bitte. Sag ihm, ich hätte mich gewehrt. Ich liebe dich ... mein Sohn.«

Die letzten Worte kamen so leise, dass sie nicht einmal ein Flüstern waren, nur ein Atemhauch. Und es waren die letzten Worte, die Stella jemals sagte.

Dulcinia hatte noch das Opium und den Baldrian von Lucilla. Sie mischte die beiden Flüssigkeiten mit etwas gutem Wein und wärmte das Gebräu dann leicht an. Stella konnte eine kleine Menge zu sich nehmen, und danach schien sie ein wenig Linderung von ihren Schmerzen zu finden. Ludolf und Dulcinia schafften es mit vereinten Kräften, sie sacht auf eine der Steinpritschen zu heben, die sie zuvor mit Federbetten und Decken aus Dagoberts Vorräten weich gepolstert hatten. Tatsächlich bekam Ludolf so viele Decken, dass er die Letzten schließlich ablehnen musste.

Viele Menschen hatten Stella geliebt, nicht nur ihr Ehemann und ihr Sohn. Sie war niemals boshaft oder geizig gewesen und hatte den Gefolgsleuten ihres Gemahls in tausenderlei Dingen Gutes getan. Hätte Ludolf seine Männer nicht zurückgehalten, hätten sie jede Menschenseele im Kloster niedergemetzelt, aber Ludolf legte eine fast unmenschliche Zurückhaltung an den Tag. Einer der Schuldigen, Dagobert, war bereits tot. Man hatte ihn anhand seines Schmucks und seiner Waffen erkannt. Den Prior, der versucht hatte, ihnen den Eingang ins Kloster zu versperren, hatten Ludolfs Männer gehängt, ohne groß um Erlaubnis zu fragen. Eberhardt war von Lucilla bereits schwer verletzt zurückgelassen worden. Irgendjemand hatte ihm dann die Kehle durchgeschnitten, ohne sich darum zu kümmern, wer er war. Dies war mit großer Beiläufigkeit geschehen, einfach eine notwendige Pflicht, die es zu erledigen galt, nachdem Ludolfs Männer den Verletzten in der Kirche den Garaus gemacht hatten.

Die Kirche brannte lichterloh, und das tosende Feuer griff schnell auf alle anderen Gebäude über; einzig das Gästehaus blieb verschont. Als die Mönche sahen, welches Schicksal der Prior erlitten hatte, ergriffen sie die Flucht. Nicht einer versuchte, die Gebäude zu retten. Ludolfs Männer taten gerade genug, um sicherzustellen, dass sie alles aus dem Kloster schaffen konnten, was auch nur den geringsten Wert hatte. Sobald die einzelnen Gebäude geplündert waren, schürte die ungemein rachsüchtige Gesellschaft die Flammen sogar und ergötzte sich an dem prasselnden Feuer.

Dulcinia stand neben Ludolf in der Tür und sah zu, wie das Kloster verbrannte.

»Ja«, sagte er leise. »Ich habe nach meinem Vater geschickt. Ich hoffe, er kommt bald. Sie hat nicht mehr lange zu leben!«

»Was jetzt?«

»Wir werden dich brauchen, damit du beim Papst und bei Rufus ein gutes Wort für uns einlegst. Weder mein Vater noch ich sind Verräter, aber wir können unser Bündnis mit dem lombardischen König nicht länger aufrechterhalten. Er hat uns auf eine zu ungeheuerliche Weise beleidigt, hat uns zu tief gekränkt; außerdem werde ich Adalgisus töten, wenn ich ihn in die Hände bekomme. Es gibt jetzt kein Zurück mehr.«

Ansgar kam kurz vor Sonnenaufgang herbeigeritten. Stella sprach zwar kein Wort mehr, aber sie schien zu lächeln, als sie ihn sah. Nicht lange nach seiner Ankunft starb sie – in den Armen ihres Mannes.

Der Bär ließ sich ein Stück zurückfallen und verfluchte Hugos gedankenlosen Missbrauch seines Körpers. Er war nicht annähernd so stark, wie es der Bär gern gesehen hätte. Außerdem machten ihm organisatorische Probleme zusätzlich zu schaffen. Wenn er in Menschengestalt kämpfte, lief er Gefahr, dass Hugos Körper getötet wurde. Wenn er als Bär kämpfte, war er in einer sehr viel besseren Position, aber nicht einmal er konnte es mit sechs Männern und drei Hunden gleichzeitig aufnehmen. So oder so bestand die Gefahr, dass Hugos Körper sterben würde.

Sie kamen immer näher. Der Bär nahm Armine beiseite. »Es sind zu viele, selbst für mich.«

»Wenn es zum Schlimmsten kommt, musst du uns andere zurücklassen und Chiara von hier fortbringen. Ich vertraue dir mehr als diesen Narren.« Armine zeigte auf die beiden Männer, die ihn begleiteten.

Nach dem, was Armine über ihn wusste, erachtete der Bär diese Meinung als ein großes Kompliment. Genau in diesem Augenblick kamen sie auf eine Anhöhe, und der Bär sah, dass sie in eins der vielen kleinen Flusstäler hinuntersteigen mussten, die sich durch die Landschaft schlängelten. Es lag noch immer dichter Nebel über dem sumpfigen Boden und dem Wasser. Die Sonne hüllte zwar die Hügel in ein strahlendes Licht, war aber noch nicht in die Täler unter ihnen vorgedrungen.

»Ich werde versuchen, unseren Verfolgern da unten aufzulauern.« Er zeigte auf den Nebel. »Wenn nötig, werde ich den Kadaver, den ich benutze, opfern. Selbst wenn dieser Körper scheinbar getötet wird, kann ich noch kämpfen. Dann kann ich sogar mehr ausrichten.«

Der Bär stieß ein hohles Lachen aus, wie er es so gerne tat, ein Lachen, bei dem seinen Zuhörern das Blut in den Adern gefror.

»Lass das«, sagte Armine. »Spar dir das für unsere Verfolger. Ich habe schon genug Angst vor dir.«

Der Bär lachte abermals, und diesmal klang das Lachen weitaus menschlicher. Chiara ließ sich etwas zurückfallen, bis sie neben ihnen ritt.

»Wir werden verfolgt, nicht wahr?« Sie klang verängstigt.

»Ja«, sagte ihr Vater.

»Ihr habt darüber gesprochen, was zu tun ist, nicht wahr?«

»Ja«, sagte er abermals.

»Nun, so redet doch«, rief sie. »Ich kann an eurem Gesichtsausdruck sehen, dass wir in einer schlimmen Lage sind, hab ich Recht? Werden wir sterben?«

Armine wandte den Kopf ab und weigerte sich, seiner Tochter in die Augen zu sehen. Sein Gesicht war ausgezehrt und grau.

»Hör mir zu«, sagte der Bär zu Chiara. »Wir sitzen in der Klemme, aber was auch geschieht, ich werde bei dir sein. Denk dran, ich kann nicht sterben, und wenn du mich brauchst, werde ich da sein. Also, was auch passieren mag, reite weiter. Bleib nicht stehen, um dich zu wehren. Ich werde dir folgen und dir helfen. Immer.«

Er streckte die Hand aus und strich über ihre zierlichen Finger, mit denen sie die Zügel ihres Pferdes umklammert hielt. »Versprich mir, dass du weiterreiten wirst, was auch geschieht. Sieh nicht zurück. Reite einfach weiter.«

Chiara nickte.

»Ganz gleich, was geschieht. Ganz gleich, was du siehst oder hörst.«

»Ja«, sagte sie.

Sie waren inzwischen fast bei dem Sumpfland am Fluss angekommen. Der Bär zog Hugos Schwert.

»Ich kämpfe mit dir«, sagte Armine. »Ich kann ein Schwert führen. Ich habe ein- oder zweimal gegen Räuber gekämpft.«

»Dann lass dich von nichts beirren, was du vielleicht zu sehen bekommst«, sagte der Bär.

Vor ihnen ragte eine kleine, in Trümmern liegende Befestigungsanlage auf; die abgebröckelten Steine waren durch den weißen Nebel über dem Wasser deutlich zu sehen. Der Bär und Armine lenkten ihre Pferde in die Ruinen und suchten sich zwischen den Steinquadern einen Weg.

Chiara und die beiden Männer in ihrer Begleitung setzten den Weg über die Straße fort, zur Brücke hinüber.

Regeane holte die sechs Männer und die Hunde ein, die Chiara und ihrem Vater folgten. Die Wölfin legte die Ohren an und versuchte, die Frau zur Flucht zu überreden. Sie wollte nichts zu tun haben mit sechs bewaffneten Männern, aber was ihr wirklich Angst machte, waren die drei Hunde. Für die Wölfin waren die Tiere einfach wahnsinnig. Ihre Instinkte waren durch menschliche Grausamkeit derart verkrüppelt worden, dass sie in ihrem Hass auf jedwede Kreatur alles töten würden, was in ihre Reichweite kam.

Die Wölfin wurde zwar von ihrer menschlichen Gefährtin weitergedrängt, aber ihr war übel vor Angst.

Die Söldner im Dienst des Königs waren nicht besser als die Hunde. Sie vergifteten die Luft um sich herum mit einer Wolke des Grauens. Von ihren Kleidern ging der Gestank nach kaltem Eisen, schmutziger, erhitzter Haut und Männlichkeit aus.

Der männliche Duft als solcher war ihr durchaus nicht zuwider. Schon wenige Wochen nach ihrer Heirat hatte sie gewusst, in welcher Stimmung ihr Gemahl war, wann immer er sich ihr näherte. Warmes Begehren liebkoste ihre Sinne, bevor er sie berührte, aber dies war die Art männlicher Erregung, deren Geruch Gefahr bedeutete. Diese Männer wollten morden, und die Tatsache, dass eins ihrer Opfer ein junges Mädchen war, gab ihrem Ingrimm zusätzliche Würze. Sie wurden im Grunde nur dafür bezahlt, das zu tun, was sie am meisten liebten.

Eisen, Holz, Rauch, Begehren, Zorn und ein ferner Hauch von vergangener Verzweiflung vermischten sich miteinander und weckten in der Wölfin nur einen einzigen Wunsch: zu fliehen. Aber die Frau schüttelte das Ungemach ihrer mitternächtlichen Gefährtin ab. Sie verließ die Straße und verbarg sich im Unterholz. Der Boden dort war schlammig, aber so lange sie auf dem Gras blieb, konnte sie ohne allzu große Mühe weiterlaufen. Während der Verfolgungsjagd in der Stadt hatte sie herausgefunden, wie schnell eine jungfräuliche Wölfin sein konnte. Sie reckte sich und schlich sich an die Jäger heran. Das war einfach, aber was jetzt? Sechs Männer, alle gut bewaffnet, der Hundeführer sowie drei Wolfshunde. Nein, das waren keine Wolfshunde, sondern die ältere Rasse – Kampfhunde.

Zum Töten geboren und gezüchtet. Es hieß, Caesar habe große Bewunderung für eine Dogge der Gallier gehabt; das Tier, das ein Kettenhemd trug, bewachte den Wagen seines Herrn noch zwei Tage nach dessen Tod in der Schlacht. Caesar versuchte, den Hund lebendig zu fangen, aber das Tier rannte in die Speere von Caesars Legionären hinein, weil es den Tod einer Niederlage vorzog. Wie die Hunde, so die Menschen. Viele starben lieber, als dass sie sich unterwarfen.

Diese Hunde waren Nachfahren jener gefährlichen Kampfrasse. Die Wölfin ist den Wölfen heilig, aber diese Hunde würden keine Zugeständnisse machen, nicht einmal an einen weiblichen Wolf.

Das Land fiel an dieser Stelle sanft ab. Vom Gipfel des Hügels hörte Regeane die Schreie der Söldner, als sie ihre Beute sichteten: Armine, seine Tochter, die beiden Soldaten seiner Eskorte … und Hugo.

Hugo?, dachte Regeane. *Ich werde doch nicht den Hals riskieren, um Hugo zu retten.* Trotzdem setzte sie ihre Verfolgung der Soldaten fort und sah zu, wie die Beute der Söldner in dem Nebel verschwand, der noch über dem Fluss lag.

»Ihr müsst auf einen Hinterhalt gefasst sein«, sagte der Hundeführer zu den anderen. »Ich denke, dass sie jetzt vielleicht ihre Chance ergreifen werden. Wenn sie es jetzt nicht tun, werden sie vielleicht keine neue Chance bekommen.«

»Lass die Hunde los«, rief der Hauptmann der Soldaten.

Der Hundeführer hielt inne, dann ließ er seine Peitsche knallen.

Die drei Mastiffs zerrten an ihren Halsbändern. Zwei bellten und knurrten, und sie hatten Schaum vor dem Maul; der Dritte war stiller und sah so aus, als hätte die lange Jagd an der Seite der Pferde vielleicht bereits ihren Tribut von ihm gefordert.

Die Peitsche knallte abermals. Dann ließ der Hundeführer die Leinen fallen.

Regeane stürzte zur gleichen Zeit wie die Hunde los. Zu ihrem Erstaunen stellte sie fest, dass sie schneller laufen konnte als die Doggen, dass sie sie wahrscheinlich sogar einholen konnte. Sie überquerte die Straße vor den Söldnern, ein grauer, schwer fassbarer Schatten. Einer der Soldaten warf einen Speer nach ihr, der sein Ziel jedoch um Längen verfehlte. Dann war die Wölfin mitten im Unterholz und dem letzten Hund dicht auf den Fersen.

Der Hund vor ihr sprang über einen Baumstamm.

Ihre Angst hielt sie davon ab, ihm nachzusetzen. Die Wölfin nahm einen Abgrund wahr, das Gefühl, dass sie irgendwie am Rand eines steilen Kliffs entlang lief und dass die Folgen im Falle eines Sturzes … was würde dann geschehen?

Der Hund war direkt vor ihr. Sie brauchte nur ganz leicht ihr Tempo zu beschleunigen. Sie hatte viel aus der Beobachtung Maeniels gelernt. Er war mit dem Wissen geboren worden, wie er seine Reißzähne einsetzen musste.

Der Mörderhund trug das dornenbewehrte Halsband, das ihn vor Wölfen schützen sollte, aber es würde Regeanes Zwecken vollauf genügen, eins seiner Beine zu verstümmeln. Sie holte den Hund ein und bohrte ihm ihre Reißzähne in den Lauf. Ihr Ziel war der Oberschenkelknochen.

Der Hund schrie. Das Geräusch erschütterte Regeane. Sie hatte nicht gewusst, dass der Schrei eines Tieres dem eines Menschen so ähnlich sein konnte. Der Hund lag jetzt am Boden und schnappte mit der Schnauze nach seinem fast vom Leib abgetrennten Hinterbein, so dass er einen Kreis von Blutspritzern um sich herum auf der Erde zurückließ.

Plötzlich war Remingus wieder bei ihr. Er hielt das schreckliche Schwert der frühen Legionäre in der Hand. Die schwere, einschneidige Klinge schnitt durch Haut und Knochen. In der Hand eines starken Mannes konnte diese Waffe mit einem einzigen Hieb buchstäblich den Körper eines Menschen in zwei Teile hacken. Die grauenvollen Wunden, die dieses Schwert schlug, waren legendär. Remingus köpfte den Hund so schnell, dass die Wölfin nicht einmal Zeit hatte zu blinzeln.

»Lauf«, sagte Remingus zu Regeane. »Die Schlacht wartet auf dich.«

Das Geräusch von Hufen auf der Straße übertönte seine Stimme; die Söldner waren den Hunden dicht auf den Fersen. Der Bär hatte sich nicht gerade die günstigste Stelle für seinen Hinterhalt ausgesucht. Die Ruinen waren mit einem dichten Gestrüpp aus wilden Rosen, Efeu und anderen Kletterpflanzen überwuchert. Die Nähe des Flusses und der daraus folgende stetige Wasserzustrom garantierten üppiges Wachstum.

Der Boden war übersät von Fallgruben für Pferde und Menschen gleichermaßen. Die beiden Hunde und vier der Söldner tauchten aus dem Nebel auf, um es gleichzeitig mit Armine und dem Bären aufzunehmen. Das Pferd, das der Bär ritt, scheute heftig, als die beiden Mörderhunde angriffen.

Der Bär schwang Hugos Schwert in einem Bogen silbernen Lichtes und tötete den ersten Hund, aber sein Pferd ging zu Boden, und der zweite Hund sprang über den Leib des Tieres direkt auf Hugos Kehle zu und schaffte es, ihm etliche scharfe Zähne in den Arm zu bohren. Was immer Hugos Körper fühlte, konnte auch der Bär fühlen, und er stieß ein unmenschliches Schmerzgeheul aus.

Regeane setzte zum Sprung an. *Rette ich jetzt Hugo?*, ging es ihr voller Staunen durch den Kopf, aber die Wucht ihres Sprungs trug sie weiter. Sie zielte auf das Rückgrat im Nacken des Hundes, aber das dornenbewehrte Halsband vereitelte ihren Angriff, und ihre Wolfszähne glitten auf dem Schädel des Hundes ab. Sie rollte über das Pferd hinweg. Der Hund, den ihr Angriff abgelenkt hatte, ließ Hugo los und stürzte sich auf die am Boden liegende Wölfin.

Die Frau konnte sich später nicht daran erinnern, aufgestanden zu sein; sie wusste auch nicht, warum ihre Albtraumschwester auf das Manöver verfiel, das ihr das Leben rettete, aber sie schnellte unter dem Kinn des Hundes in die Höhe. Der Hund erstickte, bevor der Blutverlust ihm seinen Tribut abverlangen konnte.

Armine durchbohrte den ersten Soldaten mit einem Stoß in den Leib. Aber noch bevor er sein Schwert herausziehen konnte, stürzten sich zwei weitere Männer auf ihn. Statt sein Pferd zurückzutreiben, nahm er es seitwärts, so dass sie mit ihm zusammenprallten. Alle drei gingen zu Boden, eine schreiende Masse fliegender Hufe und kämpfender Männer. Armine war trotz seines Alters als Erster auf den Beinen und nutzte die Gelegenheit, um einen weiteren seiner Angreifer mit einem gut geführten Hieb zu töten, diesmal mitten durch die Kehle. Er wandte sich dem Dritten zu und wusste, dass dies seinen Untergang bedeutete. Der Mann hatte ein Schwert, einen Schild und eine Rüstung.

Armine besaß nur sein Schwert. Seine nächsten Hiebe wurden mühelos abgewehrt, dann krachte der Schild in seinen Körper. Er taumelte zurück und wusste, dass er sterben würde. Er konnte nicht einmal weglaufen. Die ineinander verschlungenen Kletterpflanzen, die die Ruinen bedeckten, reichten ihm bis an die Knie und machten jedes Fortkommen unmöglich.

Der Söldner machte einen Sprung nach vorn, um ihn mit seinem Schwert aufzuspießen. Armine sah die Augen hinter den Beinen des Mannes aufblitzen, und ihr Anblick war so erschreckend, dass er um ein Haar eine Warnung ausgestoßen hätte. Dann schloss sich das Maul der Wölfin um das Bein des Söldners. Er trug Beinschienen, die zwar die Reißzähne der Wölfin stumpf machten, aber das Schienbein des Soldaten brach mit einem Knacken wie ein trockener Ast. Er drehte sich halb um, um mit dem Schwert auf die Wölfin loszugehen, und Armine, dessen Blut noch immer kochte, enthauptete ihn.

Aber eine Sekunde später ragte plötzlich der Hauptmann der Söldner über ihm auf. Er saß auf der schrecklichsten Waffe von allen, einem für den Krieg ausgebildeten Schlachtross. Ein Vorderhuf traf Armines Schwertarm, und beide Knochen brachen. Seltsamerweise verspürte er keinen Schmerz, aber das Schwert entfiel seinen schlaffen Fingern. Der zweite Huf krachte gegen seine Schulter und ließ sein Brustbein und den Oberarmknochen bersten. Armine stürzte zu Boden. Die Wölfin versuchte, die Achillessehne des Hauptmanns zu durchtrennen. Aber mehr war es auch nicht – ein Versuch. Das Schlachtross schlug mit den Hinterläufen aus.

Die Wölfin wurde durch die Luft geschleudert. Nach einem harten Aufprall auf dem Boden rutschte sie auf dem Gewirr der Kletterpflanzen zwischen zwei Steinblöcke. Sie schmeckte Blut und wusste, dass eine ihrer Rippen gebrochen war und sich in die Lunge bohrte. Aber die Wölfin überspülte die erschrockene Frau mit einer Flut rot glühenden Zorns, und Regeane erhob sich taumelnd wieder auf die Füße.

Der andere Söldner war jetzt neben seinem Hauptmann, aber der Bär hatte Hugos zerstörten Leib verlassen. Als Bär richtete er sich vor dem Schlachtross auf und beging dann einen fatalen Fehler. Er schlug auf den Mann ein, aber der Söldner hatte seinen Schild erhoben. Die Tatze des Bären zerfetzte die stählerne Oberfläche mitsamt dem Leder und dem Holz darunter. Das Schlachtross war jedoch zum Angriff ausgebildet. Als der Mann auf seinem Rücken den unbrauchbar gewordenen Schild wegwarf und mit beiden Händen sein Schwert umklammerte, bäumte sich das große Pferd auf. Ein Schlag des Bären traf es an der Brust, aber das Pferd war genauso gepanzert wie der Krieger; die Flanken und die Brust des Tieres wurden von einem Schuppenpanzer geschützt. Die gewaltigen Krallen des Bären konnten ihm nichts anhaben.

Dann krachte einer der stahlbeschlagenen Vorderhufe gegen den Schädel des Bären. Der andere Huf zerschmetterte seine Schulter. Eine Sekunde später rammte der Söldner dem Bären seinen Speer in den Leib.

Der Bär spürte, dass er, wenn er nicht seine körperliche Gestalt aufgab, vernichtet werden würde, aber er weigerte sich, loszulassen. Besser, viel besser, kämpfend in die Vernichtung getrieben zu werden.

Es war ein ungeheurer Schock für den Bären, als das Schwert des Söldners ihm die linke Pfote abtrennte.

Das war sein Untergang. Der Bär brüllte, und sein schauerlicher Schrei hallte durch Reiche, die niemals einen Menschen gesehen hatten; dann ließ er dem Pferd die rechte Pfote ins Gesicht krachen. Das Tier erblindete; ein Teil seines Schädels war zerstört.

Das Pferd geriet in der Masse von Kletterpflanzen und zerbrochenen Steinen ins Wanken, immer noch zum Kampf bereit, aber dem Tode nahe.

Es konnte zumindest noch beißen, und das tat es auch, es machte die rechte Schulter des Bären bewegungsunfähig, und der Söldner, der seine Chance witterte, rammte dem Geschöpf sein Schwert mitten ins Herz.

Chiara und die beiden übrigen Männer hatten die Brücke erreicht. Plötzlich waren hinter ihnen Kampfgeräusche zu hören. Sie zügelte ihr Pferd, denn sie hatte Angst um ihren Vater und den Bären. Sie hatte ihr Versprechen gegeben, war aber der Meinung, dass sie es unter solchen Umständen nicht zu halten brauchte. Einer der beiden Männer, Gefolgsleute ihres Vaters, schlug ihrem Pferd kräftig aufs Hinterteil, um sie zum Weiterreiten zu zwingen. Die Erinnerung an das tote Mädchen auf der Kirchenveranda blitzte kurz in ihren Gedanken auf, als wolle sie sie darauf hinweisen, welches Schicksal jede Frau erwartete, die ihre Freunde und Verwandten verlor.

»Nein«, flüsterte Chiara. Sie zügelte ihr Pferd und drehte es um.

Der Gefolgsmann ihres Vaters streckte die Hand nach ihr aus, aber seine Finger glitten an ihrem Ärmel ab, und eine Sekunde später ritt sie über die Brücke zurück, zu dem Kampf, der in den Ruinen tobte.

Der Bär bäumte sich abermals auf, als das Schwert sein Herz durchbohrte, aber die Silberwölfin war jetzt direkt hinter dem Hautmann. Sie hatte nur eine Sekunde Zeit, um sich ein Ziel zu wählen. Der Mann trug eine Rüstung.

Der Bär stürzte zu Boden. Es würde ihr nichts nutzen, wenn sie dem Soldaten einen Arm abbiss. Sie stürzte sich auf die Kehle, auf die Stelle zwischen Schulter und Hals. Ihr linker Eckzahn rutschte über den Kettenpanzer und brach ab, und ein scharfer, hässlicher Schmerz fuhr durch den Schädel der Wölfin, aber der rechte Eckzahn bohrte sich in die Kehle des Mannes und durchtrennte seine Halsschlagader. Mit einem letzten Kraftakt ließ er die Faust gegen ihren Schädel krachen.

Die Wölfin fiel zu Boden.

Aber sie hatte den Mann lange genug abgelenkt. Der Bär konnte immer noch beißen. Sein Maul schloss sich um den Schwertarm des Söldnerhauptmanns, dann riss er den Mann von dem sterbenden Pferd und warf ihn zwischen die Trümmer und die Kletterpflanzen, wo er ihm den Garaus machte, indem er ihm den Arm abbiss.

Genau in diesem Augenblick erschien Chiara aus dem Nebel. Es war noch immer ein Soldat übrig.

Chiara sprang mit einem einzigen Satz aus dem Sattel, hob einen Stein auf und schleuderte ihn nach dem Mann. Mit einem dumpfen Aufprall traf der Stein sein Ziel.

Regeane sah, wie Remingus, ein Geist und ein Wesen des Grauens, das tote Ding von einem karthagischen Kreuz, hinter der jungen Frau durch den Nebel schritt.

Auch der Soldat sah ihn. Das genügte. Er war unverletzt und lebte noch, aber er war der Einzige. Er ließ Speer, Schwert und Schild fallen und ritt wie der Teufel durch den verfluchten Nebel zurück in Richtung Pavia.

Armine lag reglos da.

Der Söldnerhauptmann war tot. Das Pferd schlug noch immer mit den Beinen aus.

Die Wölfin mühte sich inmitten des Efeus, der ein zerstörtes Fenster bedeckte, wieder auf die Beine zu kommen. Dann beschwor sie die Verwandlung herauf.

Chiara keuchte. Vor den Ruinen des Kellers wurde die Silhouette einer schönen jungen Frau sichtbar. Chiara vergaß sie bis ans Ende ihrer Tage nicht, denn sie konnte den Wald hinter ihr sehen, konnte durch den Körper der Frau hindurchsehen.

Regeane streckte die Hand aus, um den Efeu beiseite zu schieben, und stellte fest, dass sie durch die Pflanzen hindurch griff.

Der Bär brüllte abermals; die Gestalt, die er trug, löste sich zu einem dunklen Fleck zwischen den grünen Kletterpflanzen und den verwitterten Steinen auf.

Er ist fort, dachte Regeane und fragte sich gleichzeitig, was mit ihr geschah. Dann geriet sie ins Taumeln. Ein Sonnenstrahl durchdrang den dichten, bleichen Nebel, und sie war plötzlich wieder eine Frau. Real und körperlich wie nur je, sank sie voller Dankbarkeit auf die Knie. Die Efeuranken, die von der überwucherten Tür fielen, erstickten sie beinahe unter ihrem Gewicht. Die Wölfin kehrte zurück und schüttelte das dichte Blätterwerk ab.

Chiara starrte voller Entsetzen das gestaltlose Ding an, das verzweifelt um seine Existenz kämpfte, das sich wie ein von Wahnsinn geschlagener Schlangenkörper in dem lebendigen Grün der Pflanzen wand und krümmte.

Wieder spürte die Wölfin die Traurigkeit, die sie in dem Zelt wahrgenommen hatte, bei ihrem ersten Kampf mit ihm. Es war Trauer um das, was verloren gehen würde, ein Gefühl des Zorns, dass es ein Ende fand, noch dazu auf diese Art und Weise.

Chiara kämpfte sich auf den Schatten zu. »Du nimmst dein Leben von uns. Nimm meins. Ich liebe dich. Ich lasse dich herein. Komm zu mir. Du darfst nicht sterben, du darfst es nicht. Ich liebe dich.«

Nicht genug, dachte Regeane. Und der Bär gewann. Was Gewalt nicht vermochte, was mit List nicht zu erreichen war und was Drohungen nicht bewerkstelligen konnten, wurde durch Mitleid wahr.

Und Regeane und Chiara nahmen ihn beide bei sich auf.

Der Wolf und Matrona standen sich im seichten Wasser am Rand des Sees zwischen den Bäumen gegenüber. An dieser Stelle traten die Knochen des Planeten zutage, aber die Schroffheit der Felsen wurde durch Moos ein wenig gedämpft, oder jedenfalls durch etwas, das aussah wie Moos. Es wuchs in dichten Matten zwischen den vereinzelt stehenden Bäumen.

Matrona verwandelte sich in eine Frau, um die beerenähnlichen Früchte des Mooses zu essen. Sie setzte sich in den Schatten auf ein grünes Samtkissen der moosähnlichenPflanzen und begann, deren süße Früchte aus ihrer Hülle zu schälen. Sie sahen ein wenig wie Trauben aus und schimmerten rot, purpurn, grün und sogar fast schwarz, aber sie schmeckten nicht wie Trauben. Sie waren gleichzeitig süßer und würziger.

»Möchtest du streiten?«, fragte sie Maeniel.

»Nein. Wie komme ich zurück? Sie wird vielleicht Hilfe brauchen.«

»Die Antwort ist, dass du nicht zurückkannst«, erwiderte Matrona. »Nicht, bevor die Reise beendet ist. Außerdem hat sie Hilfe. Die Toten haben sich Regeane auf ihrer Reise zu deiner Rettung zugesellt, und sie werden ihr das Geleit geben, bis sie entweder Erfolg hat oder scheitert. Lass sie gehen, Adlerwolf. Ihre Zeit ist gekommen. Sie muss herausfinden, wer und was sie ist.«

Maeniel setzte sich neben Matrona und sah zu, wie das Wasser über die moosbewachsenen Felsen plätscherte. Dann wandte er seinen Blick dem See zu. Er war wunderschön in dem teilweise von Wolken verdeckten Sonnenlicht, eine offene Wasserfläche, auf deren Oberfläche sich die stets in Veränderung begriffenen Wolkenberge widerspiegelten.

»Ich möchte sie behalten«, sagte Maeniel. »Ich liebe sie.«

»Geht es dir um ihre Sicherheit, oder willst du sie nur dumm halten?«, fragte Matrona lachend.

»Beides, wenn nötig«, entgegnete Maeniel wütend.

»Nun, zu guter Letzt wird dir weder das eine noch das andere gelingen, und Regeane wird dir deine Mühen nicht danken.«

»Das behauptest du«, antwortete er und war im nächsten Augenblick wieder ein Wolf.

»Fordere mich nicht heraus«, sagte Matrona.

Maeniel, der massiger war als selbst Matrona, stolzierte mit steifen Beinen auf sie zu.

»Fordere mich nicht heraus. Nicht nur, weil du vielleicht verlieren würdest – und diese Möglichkeit besteht durchaus –, sondern weil du dich irrst. Du hast dich für diesen Weg entschieden, den Weg einer menschlichen Laufbahn unter diesem König. Ich habe dich gewarnt. Du hattest alles, was ein Mann sich wünschen konnte. Gute Freunde, eine schöne Frau, die du verwöhnen durftest, Wohlstand und sogar ein gewisses Maß an Macht und Sicherheit. Mehr als die meisten Sterblichen je erreichen werden. Aber es war nicht genug. Du musstest dich den Meistern des Krieges anschließen. Nun, jetzt hast du also auch dieses Ziel erreicht. Der König erwartet dich. Du hast einen Eid geleistet. Halte ihn. Ich würde in die Berge gehen, die Feste verlassen und zusehen, wie dieser König scheitert, aber du – du bist mein Führer – du musstest dich diesem Mann anschließen. Steh zu deinem Eid, Wolf, sonst wirst du es noch bedauern, ihn geleistet zu haben.«

Maeniel nahm wieder menschliche Gestalt an. Er griff nach einem der von Früchten schweren Stängel und verbog ihn.

»Lass das«, sagte Matrona, als sie die Woge des Unbehagens überall um sich herum wahrnahm. »Das Moos steckt viel Mühe in seine Fruchtstände. Zerstöre sie nicht. Nimm, was du magst, soweit es die Früchte selbst betrifft, das Moos schert es nicht. Im Gegenteil, es hilft ihm, sich auszubreiten.«

Er warf Matrona einen seiner typischen langen Blicke zu. »Du sprichst mit dem Moos.«

»Du sprichst mit Audovald. Du führst lange Gespräche mit ihm, die sich um alle möglichen bäuerlichen Themen drehen. Wer schwanger ist, wer die meiste Milch gibt und wer eine besonders geeignete Milch für die Herstellung von Käse gibt. Ganz zu schweigen davon, dass du dich in die persönlichen Angelegenheiten deines Viehs einmischst. Welche Hengste die Stuten als Anführer der Gruppe und als Beschützer auf den hohen Weiden bevorzugen, welches der weiblichen Tiere – Ziegen, Kühe, Schafe, ja sogar die Stallkatze – unter Reizbarkeit leidet und in diesem Jahr vielleicht eine schwierige Schwangerschaft haben wird und was weiß ich noch alles. Also, warum sollte ich nicht mit dem Moos sprechen? Untersteh dich, es zu kränken. Die Geschöpfe dieses Ortes bieten uns Gastfreundschaft, Schutz und Leitung. Sie beraten uns, wenn wir wissen wollen, welches die besten Reisewege sind. Geh du zu deinem König. Du hast dich gegen meinen Rat für ihn entschieden. Ich werde ihm dienen, ihm zu Gefallen sein und ihn schützen – aus Treue zu dir.«

»Ich werde gedemütigt«, sagte Maeniel.

»Das stimmt nicht, du wirst Regeane, sobald sie zurückkehrt, schikanieren, wie du es nur vermagst. Du hast zu viel Zeit als Mensch zugebracht und lernst von ihnen Heuchelei – von Gier ganz zu schweigen.«

Der Sachse, der an der Stelle wartete, wo er Regeane zu warten versprochen hatte, erwachte mitten in der Nacht. Zuerst wusste er nicht warum, dann sah er die drei Pferde. Sie grasten in der Nähe der Bäume am Rand der Lichtung. Eines davon, ein dunkles, langbeiniges Tier, erkannte er; es war Maeniels Audovald.

Er richtete sich in seinen Decken auf. »Pferd, was tust du hier?«, fragte der Sachse.

Audovald hob den Kopf und stieß das Pferd direkt neben sich an.

Ein kleines Tier, dachte der Sachse. Aber als er sich das Pferd näher ansah, stellte er fest, dass es keineswegs klein war. Es war einfach so gut proportioniert, dass es klein wirkte, obwohl es in Wirklichkeit größer war als Audovald. Seine Umrisse zeichneten sich vor dem leuchtenden Sternenhimmel deutlich ab.

Das Tier musterte ihn ziemlich lange, wie es ihm schien, während der Sachse gähnte und sich erhob. Als er schließlich stand, kam das Tier hügelabwärts auf ihn zugaloppiert. Einen Moment lang hatte der Sachse das ungute Gefühl, dass es ihn niedertrampeln wolle, aber dann stieg es unmittelbar vor ihm auf. Wenn das Geschöpf ihm etwas antun wollte, so konnte der Sachse sich jedenfalls keinen Grund dafür vorstellen. Aber es schien dann doch andere Absichten zu hegen, denn es ließ die Hufe auf den Boden sinken und tänzelte vor ihm einher wie ein Hund, wenn die Zeit für die Jagd gekommen ist, wenn er seinen Herrn begrüßt oder einfach nur spielen möchte.

»Freunde?«, fragte der Sachse.

Das Pferd liebkoste ihm mit dem Maul das Gesicht, und er spürte die weiche Nase auf seiner Wange. Der Sachse tätschelte den glatten, langen Hals, und das Pferd ließ sich anmutig auf ein Knie nieder.

»Was?«, fragte der Sachse erstaunt.

Das Pferd blähte die Nüstern. Es klang ungeduldig. Als der Sachse noch immer nicht reagierte, biss es ihm sanft, aber entschieden in den Fuß. Der Sachse war ein ordentlicher Reiter, obwohl er das Reiten nicht besonders liebte. Er warf ein Bein über das Pferd, und es erhob sich mit ihm auf dem Rücken. Dann ging das Tier um sein Feuer herum und schlenderte zum Bach hinunter, um etwas Wasser zu trinken. Es trank, bis es seinen Durst gelöscht hatte. Der Sachse grub seine Finger in die Mähne des Pferdes.

Wie würde er es am besten unter Kontrolle bekommen?

Als das Pferd genug getrunken hatte, stand es nur erwartungsvoll da. Der Sachse drückte mit dem rechten Knie leicht zu. Das Pferd bewegte sich nach links. Auf einen sanften Druck mit dem linken Knie ging das Pferd nach rechts. *Wie wunderbar*, dachte der Sachse. Er klopfte mit den Fersen gegen die Flanken des Tieres, und das Pferd trabte los. Der Sachse beugte sich vor. Das Pferd beschleunigte seinen Schritt. Und dann flogen sie dahin wie der Wind. Sie überquerten eine offene Wiese, und als sie danach in den Wald kamen, verlangsamte das Pferd seine Gangart, nur um sogleich wieder schneller zu werden, sobald sie einen Viehweg erreichten. Bald hatten sie die Bäume hinter sich und kamen wieder in offenes Gelände. Er konnte das Gras auf der Wiese unter den Hufen desTieres knistern hören; obwohl der Winter vorbei war, war es noch immer so kalt, dass der Tau zu Eis gefror. Das Pferd galoppierte machtvoll über die hohe Bergwiese und blieb dann, direkt an deren Rand, stehen und blickte über die Welt hinaus.

Überall um den Sachsen herum erhoben sich Berge. Die schneebedeckten Gipfel schienen in einem eigenen Licht zu erstrahlen, einem Licht, das von innen heraus kam. Über ihnen zog sich der weite Bogen der Milchstraße dahin, einem Fluss aus Licht gleich. Die tiefen Täler unter ihm hüllten sich in schattenhafte Dunkelheit.

Kein menschliches Licht drang an die Augen des Sachsen. Abgesehen von dem Wind und der Stille waren er und das Pferd allein.

Der Sachse hätte später nicht zu sagen vermocht, wie lange er und das Pferd diesen Hauch der Ewigkeit miterlebten, aber schließlich begann er zu frieren, und der endlose Wind schien alle Wärme aus seinem Körper zu saugen. Er war steif und durchgefroren, als er den sanften Druck ausübte, bei dem das Pferd sich umdrehte, die hohe Wiese verließ und in sein Lager zurückkehrte.

Dort angekommen, stellte er fest, dass das Feuer geschürt worden war. Maeniel und Matrona saßen davor. Sie waren beide angekleidet.

Der Sachse sah, dass das andere Pferd Matronas Stute war. Er saß ab und rieb sein Reittier mit seinem eigenen Umhang trocken. Als sie sich dem Feuer näherten, sah er, dass sein Pferd rötlich war, dunkler an Beinen, Nase und Schweif. Zu seinem Erstaunen brauchte er weder Halfter noch Seil, um es hinter sich her zu führen. Es genügte, ihm eine Hand auf den Hals zu legen und die Richtung zu weisen. Als Maeniel auf ihn zutrat, rieb er dem Tier gerade die Beine ab.

»Hast du mir etwas zu sagen, mein Fürst?«, fragte der Sachse.

Sie wussten beide, was er meinte. Regeane war Maeniel mit Hilfe des Sachsen gegen dessen Verbot gefolgt.

Maeniel seufzte. Welche Motive der Sachse auch gehabt haben mochte, er war treu und ehrenhaft. Nein, dies war eine Angelegenheit, die nur ihn und Regeane anging. »Ich habe eine Nachricht von Audovald«, sagte Maeniel.

»Audovald?« Der Sachse zog die Augenbrauen hoch. »Audovald ist ein Pferd.«

»Das ist richtig.«

Das Pferd senkte abermals den Kopf und strich dem Sachsen mit der Nase über die Wange, als wolle es sagen: »Hör zu.« Der Sachse erhob sich. Er war ein hoch gewachsener Mann, aber das Pferd überragte ihn am Widerrist um zwei volle Handspannen.

»Audovald«, fuhr Maeniel fort, »hat mir erzählt, das Pferd komme von einem Ort in weiter Ferne, an dem die Krieger ihren Reittieren Freunde und Gefährten sind und ihnen kein Leid antun. Aber sein menschlicher Kamerad wurde getötet, und die Familie hat ihn verkauft. Er wollte weder Zügel noch Sattel tragen und niemals ein Gebiss. Deshalb wurde er gequält, man ließ ihn nicht schlafen, gab ihm nur schlecht zu essen und schlug ihn, um seinen Geist zu brechen. Er floh und konnte nicht eingefangen werden, aber es war hart für ihn, allein zu überleben. Bis dahin hatten immer Menschen für ihn gesorgt.

Audovald ist ihm auf den hohen Weiden begegnet. Er erzählte ihm, dass er von einem Menschen wisse, der ihn verstehen würde. Dieser Mann bist du«, sagte Maeniel. »Oder sollte ich fragen: Bist du dieser Mann?«

»Der bin ich«, antwortete der Sachse. Dann wandte er sich dem Pferd zu. »Es wird nur Vertrauen zwischen uns geben.«

»Eine Satteldecke wäre vielleicht trotzdem ratsam«, machte Matrona sich bemerkbar. »Um deinen Hintern zu schonen.«

Das Pferd blähte leise die Nüstern.

Audovald wandte sich an Maeniel.

»Es akzeptiert dich«, sagte Maeniel.

Das Pferd stieß einen Schrei aus, bäumte sich auf und tanzte um das Feuer herum.

»Er ist glücklich«, sagte der Sachse. »Er ist nicht mehr allein.«

»Und du bist es auch nicht«, sagte Matrona.

»Frag ihn nach seinem Namen«, bat der Sachse Matrona.

»Er überlässt es dir, ihm einen Namen zu geben, wenn du bereit dazu bist«, antwortete sie. »In der Zwischenzeit wirst du zu dem zweiten Heer hinüberreiten, demjenigen, das von Bernard befehligt wird, Karls Onkel. Der graue Wolf wird dich führen. Morgen muss er bei Susa angreifen. Der Wolf kann euch beiden zeigen, welchen Weg ihr wählen müsst.«

Bernard, Karls Onkel, befand sich noch in Ivrea. In diesem Augenblick saß er vor einem Feuer im Freien unter einem hohen Berggipfel. Trotz des Feuers fror er noch immer, fror so sehr, dass er einen schweren Umhang trug, das Allzweckkleidungsstück des ganzen

Volkes, angefangen vom Sklaven bis zum Kaiser. Ein Mann ohne diese Mischung aus Decke, Mantel, Regenschutz, Waffenversteck und allem, was sonst noch zum Überleben notwendig war, war in der Tat arm dran. Und wirklich, der allgemeine Ausdruck der Franken für das Phänomen der Armut war *nackt*, womit insbesondere der nackte Rücken gemeint war. Bernards Umhang war unauffällig und ähnelte den Mänteln aller Soldaten um ihn herum. Er hatte vor langer Zeit begriffen, was für eine Torheit es war, sich in der Schlacht besonders prächtig herauszuputzen.

Du fällst auf.

Der Feind überrennt dich und tötet dich.

Der zusätzliche Anreiz, um dich zu töten, ist neben dem Sieg in der Schlacht der Besitz deiner kostbaren Kleidung. Ein getöteter Aristokrat konnte den durchschnittlichen Fußsoldaten – der im Allgemeinen nicht einmal ein gutes Schwert besaß – zu einem wohlhabenden Mann machen.

Das hatte er von Karls Vater gelernt, von Pippin dem Kurzen, einem Mann, der wegen seines Minderwuchses einen dauerhaften Groll gegen die ganze Welt hegte. Jeder übertrieben elegant gekleidete Soldat wurde, wie hoch sein Rang auch sein mochte, automatisch durch Sümpfe, Flüsse, Seen und sogar Ententeiche gejagt oder – im Falle einer Dürre – zum Ausheben von Latrinen für das Heer abgestellt. Pippins Feindseligkeit praktisch seiner ganzen Umgebung gegenüber machte den alltäglichen Umgang schon schwer genug – aufzufallen war da keine besonders gute Idee. Bernard hatte früh gelernt, wie wichtig eine gute Tarnung war.

Bernard machte sich Sorgen um Karl, das heißt, im Grunde machte ihm die Frage Sorgen, was Karl ihm antun würde, wenn er bei Morgengrauen nicht die lombardische Armee angriff, wie es ihm aufgetragen worden war. Karl, so erzählte man sich, war zwar von weniger heftigem Temperament als sein Vater, aber dafür um so skrupelloser. Weder Bernard noch einer seiner Offiziere mochte sich ausdenken, was Karl tun würde, wenn sie ihre Verabredung für den morgigen Tag nicht einhielten.

Die Offiziere, allesamt junge Männer, zeigten die Neigung, ihre

Kümmernisse beim Abendessen zu ertränken, so dass sie bereits schliefen. Aber Bernard, der weder den Kopf noch den Magen für schwere Zecherei hatte, saß wach am Feuer und machte sich Sorgen. Als Karl bei Susa angegriffen hatte, hatte Desiderius, wie vorhergesehen, seine Streitmacht von Ivrea abgezogen.

Als Bernard dort eingetroffen war, war die spärliche Garnison, die Desiderius dort zurückgelassen hatte, in keiner Weise auf ihn vorbereitet gewesen. Das Folgende war dann auch eher ein Gemetzel als eine Schlacht gewesen. Irgendetwas, irgendjemand hatte es fertig gebracht, die Pferde der Garnison völlig wild zu machen. Bernard und seine Männer hatten daraufhin die vom Zahn der Zeit schon ziemlich angenagte römische Festung im Sturm genommen. Die Verteidiger hätten sich vielleicht ergeben, hätte man sie gefragt, aber Bernard sparte sich die Mühe. Er tötete sie bis auf den letzten Mann.

Seither hatten die Dinge eine Wendung zum Schlechteren genommen. Bernard war mit seinem Heer nach Susa aufgebrochen. Er hatte sechs Offiziere; sie waren allesamt Trunkenbolde. Er hatte geglaubt, dass er ortskundige Führer finden würde. Zur Vergeltung für das Gemetzel in der Festung brachen beim Herannahen seines Heeres alle Menschen in der näheren Umgebung der Festung ihre Zelte ab, wie Bernard hatte feststellen müssen. Dann kam der Nebel, eine typische Erscheinung hier im Tiefland in der Nähe kalter Berge. Jedes Heer neigt zur Panik, und seines steuerte einem Zustand entgegen, der es vollkommen unbeherrschbar machen würde. Bernard hatte Angst, die Männer zu weit zu treiben, daher saß er einfach nur da, fror sich vor diesem erbärmlichen Feuer den Hintern ab, umringt von betrunkenen und erschöpften Soldaten, und fragte sich, was zum Teufel er am nächsten Morgen tun sollte.

Da er großes Vertrauen in seine Tarnung setzte, überraschte es ihn, als ein Mann aus der Dunkelheit auftauchte und ihn beim Namen nannte. Bernards Hand schloss sich instinktiv um seinen Schwertgriff. Er war allein, obwohl rings um ihn der Boden von schlafenden Männern bedeckt war. Eine Sekunde lang fragte er sich, ob er inmitten seiner Armee ermordet werden würde, ohne dass irgendjemand etwas davon merkte, aber dann erkannte er den Sachsen.

Das jedoch war nur ein schwacher Trost. Der Sachse war groß und ein gefährliches Individuum obendrein, und ihm schien nicht allzu viel an den Franken zu liegen.

»Fürst Maeniel lässt dich grüßen«, sagte der Sachse. »Wir sind hier, um dich zu Karl zu bringen.«

»Wir?«, fragte Bernard und versuchte, sich nicht anmerken zu lassen, wie unendlich tief seine Erleichterung bei diesen Worten gewesen war.

Der größte Wolf, den Bernard je gesehen hatte, trat jetzt aus der Dunkelheit neben dem Sachsen hervor. »Wir?«, fragte Bernard noch einmal.

»Ja, wecke deine Männer. Es ist fast Morgengrauen. Wir werden vor dem ersten Licht aufbrechen.«

»Ich darf doch darauf vertrauen, dass du uns nicht in einen Hinterhalt führen wirst?«

Die Augen des Sachsen wurden eine Spur schmaler. »Ich werde Knie an Knie mit dir reiten. Wenn ich euch in einen Hinterhalt führe, darfst du mich als Ersten töten.«

»Dein Vertrauen in die Diener deines Herrn ist wahrhaft groß.«

»Mein Vertrauen«, antwortete der Sachse klar und deutlich, »in meinen Fürsten ist groß.« Dann wandte er sich ab und überließ es Bernard, sich einen Reim auf diese Feststellung zu machen.

Bernard wollte gar nicht weiter darüber nachdenken. Es kursierten Geschichten über Maeniel ... und seine Gemahlin ... und seine Freunde ...

Ein Holzeimer an seinem Knie war mit reichlich gewässertem Wein gefüllt. Der Wein war kalt. Bernard trank einen großen Schluck. Dann hob er den Eimer am Griff hoch und machte sich daran, seine Männer zu wecken.

Bernard war kein Narr. Karl war sein Neffe. Das Glück der ganzen Familie stand und fiel mit Karl. So wie sie die langhaarigen Merowingerkönige zu Fall gebracht hatten, so konnte einer der großen

Prinzipale jetzt ihr Reich zu Fall bringen. Sein König brauchte ihn dringend. Wenn der Teufel selbst vor ihm erschiene und verspräche, ihn um den Preis seiner Seele zum König zu bringen, hätte Bernard dieses Angebot nicht abgeschlagen. Bernard setzte so viele Männer wie nur möglich auf Pferde und ließ seine Fußsoldaten hinterhermarschieren. Wenn die Scarae es nicht schafften, schaffte es niemand. Wenn sie siegten, konnte die Infanterie die restlichen Truppen erledigen. Wenn sie unterlagen, waren die Männer auf sich gestellt und würden versuchen müssen zu überleben, so gut sie eben konnten.

Als die Welt um ihn herum heller zu werden begann, sah Bernard, dass der Nebel mit Macht zurückgekehrt war. Der Sachse erschien vor ihm auf einem prächtigen, graurötlichen Ross, aber Bernard war sich beklommen des Umstands bewusst, dass das Pferd weder Zaumzeug noch Sattel auf seinem Rücken trug. Der Sachse ritt ohne Bissstück und Zügel, und das Pferd war ein Hengst. Aber Bernard stellte keine Fragen mehr.

»Der Weg ist schmal«, sagte der Sachse. »Sag jedem Mann, er soll seinem Vordermann folgen, das Tempo halten und sich nicht verirren.«

»Ihr habt es gehört«, rief Bernard.

Dann, auf irgendein Zeichen des Sachsen hin, das ihm verborgen blieb, kehrte der Graurote um und führte sie in den Nebel hinein. Bernard bekreuzigte sich und folgte ihnen.

»Das müssen Wahnsinnige sein oder Hexer«, sagte einer seiner Offiziere.

Bevor jemand auch nur mit der Wimper zucken konnte, hatte Bernard das Schwert aus der Scheide gezogen und den Mann enthauptet.

»Möchte sonst noch jemand etwas dazu bemerken?« Bernard bleckte die Zähne und sah seine Männer an.

Dann drehte er sich um. Der Hengst, den der Sachse ritt, war stehen geblieben, hatte sich halb umgewendet und musterte ihn mit einem Pferdeauge. Der Sachse warf einen Blick auf die enthauptete Leiche, die noch immer im Sattel saß. Bernard schlug dem Kadaver mit der Handkante gegen die Brust, und der Tote fiel zu Boden. Der Nebel war so dicht, dass er nicht einmal sehen konnte, wie er auf dem Boden aufschlug. Die schimmernden Wolken machten den Sachsen beinahe unsichtbar.

»Lasst uns reiten«, sagte Bernard. »Und falls ihr noch immer nicht verstanden habt, ich kann euch das eine oder andere über den Teufel beibringen. Also, stellt mich nicht auf die Probe. Und jetzt, Bewegung!«

Und die Männer bewegten sich.

Lucilla folgte Adalgisus durch die Nacht. Sie hoffte, dass er wusste, wo er hinritt; sie hatte nämlich keine Ahnung. Gegen Morgen wurde ihr klar, dass Stella gestorben war. Sie wusste das, weil Stellas Geist ihr einen Besuch abgestattet hatte, um ihr dafür zu danken, dass sie die beiden Männer, die ihr Verhängnis verschuldet hatten, von ihr fortgelockt hatte, und sie erzählte ihr auch, dass sie jetzt entspannt und gelassen in Ansgars Armen lag, den Armen des Mannes, der alles in allem ihr einziger Geliebter gewesen war.

Sie trieben ihre verschwitzten Pferde an, um den müden Tieren auch noch die letzten paar Meilen abzupressen. Die Bäume neben dem gefurchten Pfad waren nur Schatten vor dem Hintergrund der Sterne. Jedes Mal, wenn ihr Reittier auch nur ein wenig langsamer wurde, beschimpfte Adalgisus Lucilla und schlug mit seiner Reitpeitsche nach ihrem Pferd. Sie stellte jedoch fest, dass er nicht sie schlug. Es war ihr gelungen, Eberhardt zu verkrüppeln und möglicherweise sogar zu töten, und der gute Dagobert hatte nicht mehr lange gelebt, nachdem sie ihn mit einem kalten, rachsüchtigen Blick gemustert hatte, daher vermutete sie, dass Adalgisus sich vielleicht ein klein wenig vor ihr fürchtete. Außerdem traf sie der Kummer wegen Stella an einer tieferen Stelle ihres Seins, einer Stelle, die sich nicht für Tränen interessierte, weil sie in ihnen nur ein Zeichen von Schwäche sah. Sie versprach Stellas Geist, dass das Schwein, das vor ihr herritt, und seine ganze Familie für alle Ewigkeit bedauern würden, was sie Stella angetan hatten. Ihre zerbrechliche Schönheit würde nicht ungerächt zu Staub zerfallen. Stellas Geist enthielt sich einer Stellungnahme zu Lucillas Entschlossenheit und schien nur zu sagen: *Friede sei mit dir. Ich habe meinen Frieden gefunden, Lucilla. Möge Gott dich segnen und bewahren.* Und dann war sie fort.

Lucilla ritt weiter durch die Nacht. Sie hatte ihren Umhang im Kloster unter Stellas zerschundenem Leib liegen lassen, aber der kalte Hass, den sie in ihrem Herzen spürte, wärmte sie. Sie und Adalgisus erreichten die Villa Jovis kurz vor Tagesanbruch. Schon zu dieser frühen Stunde war man im Haus auf und ging verschiedenen Tätigkeiten nach. Der Verwalter der Villa stellte Adalgisus das Haus sofort zur Verfügung.

Lucilla, die ihre Jahre spürte, wurde zu den Bädern geführt. Das Wasser war warm. Die Badegehilfinnen waren zwei Bauernmädchen, die so aussahen, als hätten sie gute Ringerinnen abgegeben. Lucilla dachte nicht einmal daran, zu fliehen. Man hatte ihr ihre Kleidung weggenommen, um sie zu reinigen, und stattdessen bekam sie nun ein besticktes Leinenhemd und ein Überkleid aus dunkler Wolle. Beide Kleidungsstücke waren weit geschnitten, und das Überkleid war mit gelber Seide bestickt, in einem Muster, bei dem Lucilla überrascht die Augen zusammenkniff. Akanthus? Nein, Artischockenblätter. Die beiden Mädchen führten sie alsbald in ein Zimmer, das auf den Innenhof der Villa hinausging. Es wurde durch vier Fenster hoch in den Wänden erhellt. Die Fenster waren von außen verriegelt, ebenso wie die Tür. Aber neben der Tür entdeckte Lucilla ein Tablett mit Brot, frischem Käse, Wein, Rosinen und einer Schale Zwiebelsuppe.

Lucilla hatte keinen Appetit, aber als sie den Wein kostete und einen Bissen von dem Brot nahm, stellte sie fest, dass sie absolut ausgehungert war. Sie konnte einfach nicht aufhören, bevor sie die Mahlzeit bis auf den letzten Krümel verzehrt hatte. Als sie versuchte, aufzustehen, schwankte sie jedoch. Sie taumelte zum Bett und schlief, schon bevor ihr Kopf das Kissen berührte.

Ein Schrei weckte sie.

Lucilla war auf den Beinen, bevor sie ganz wach war. Sie lief zur Tür und öffnete sie, ohne nachzudenken. Warum war die Tür nicht abgeschlossen?

Adalgisus stand im Flur und rang mit einem Mädchen, das ihm offensichtlich sein Abendessen auf einem Tablett heraufgebracht hatte – das Tablett stand auf einem Tisch direkt vor der Tür zu seinem Zimmer.

Oh, um Himmels willen, dachte Lucilla. *Kannst du nicht irgendwann mal Ruhe geben?* Dann schrie das Mädchen abermals laut auf, ließ sich an der Wand zu Boden sinken und begann zu schluchzen. Das Tageslicht im Innenhof war blau, und Lucilla schloss daraus, dass sie den ganzen Tag geschlafen haben musste. Adalgisus stand nur wenige Schritte von ihr entfernt und untersuchte seine Hand.

»Du Schlampe!«, schrie er. »Deine Nägel sind scharf. Ich lasse dich auspeitschen, du kleine …« Er verschluckte das Wort, als er plötzlich Lucilla vor sich stehen sah. »Sie hat mich gekratzt. Dabei wollte ich doch bloß ein wenig Gesellschaft.« Er zuckte zusammen. »Hure!«, rief er abermals. »Ich wette, ich bin nicht der Erste, der seine Hand in deinem Rock hat.«

Das Mädchen sah ihn an, erschrocken und wütend, und antwortete mit einer sich überschlagenden Stimme in einem Dialekt, den Adalgisus offensichtlich nicht verstand. Aber Lucilla verstand sie. Die junge Frau klang so, als sei sie in der Nähe der Bergstadt aufgewachsen, in der Lucilla geboren worden war. Sie jammerte, dass sie wund sei und außerdem blute.

»Das kleine Miststück ist so zurückgeblieben, dass es nicht mal ordentliches Latein spricht«, knurrte Adalgisus.

»Warte«, sagte Lucilla gelassen. »Ich verstehe sie. Ich werde fragen, was los ist. Wie heißt du?«

Das Mädchen wischte sich mit dem Handrücken über die Augen. »Lavinia.«

»Was ist los?«

»Er möchte, dass ich bei ihm liege, aber ich kann nicht … ich kann nicht … ich blute … Vor zwei Wochen ist meine Monatsblutung ausgeblieben … Ich war spät dran, deshalb habe ich Angst gehabt. Ich habe einen Trank eingenommen. Letzte Nacht kam meine Periode mit heftigen Blutungen und Krämpfen. Ich habe solche

Bauchschmerzen, dass ich das Gefühl habe, ich würde sterben, wenn er mich anfasst. Die Köchin hat mich nur raufgeschickt, damit ich ihm sein Abendessen bringe. Ich bin schmutzig und verschwitzt. Letzte Woche hatten mich mindestens ein Dutzend Männer. Sie halten sich hier an die Haussklaven, um die Feldarbeiter bei Laune zu halten. Ich war die ganze letzte Woche mit den anderen Frauen im Stall. Ich weiß nicht, wie viele mich hatten ... Als ich den Trank nahm ... Ich glaube, ich war schwanger ... Ich möchte nicht zusehen, wie man dem Kind den Schädel einschlägt. Das machen sie hier nämlich so: Sie schlagen dem Neugeborenen den Schädel ein und werfen es in den alten Brunnen.«

»Ja«, sagte Lucilla. »Jetzt trockne deine Tränen und sei still und geh wieder in die Küche. Ich werde dem Herrn alles erklären.«

Das Mädchen ging nicht weg, sie kroch, eine Schulter an die Wand gestützt, bis sie sowohl für Lucilla als auch für Adalgisus außer Reichweite war; dann stand sie auf und rannte davon.

»Was hatte dieses Frauenzimmer zu jaulen?«, fragte Adalgisus.

»Sie hat ihre Frauentage. Sie hat Krämpfe und blutet.«

Es war fast dunkel. Die letzte Röte der Sonne schwand vom Himmel. Libellen tanzten über den Gartenbeeten im Hof. Auf dem Tisch neben Adalgisus' Tablett brannte ein Wachslicht. In diesem Licht musterte Adalgisus Lucilla mit unverhohlener Aufmerksamkeit. Das Hemd, das sie unter dem Wollgewand trug, war halb durchsichtig. Das dicke, wollene Gewand darüber war für einen großen Mann gemacht worden, und der Halsausschnitt an der Vorderseite reichte ihr bis zur Taille hinunter. Zu beiden Seiten des Schlitzes erhoben sich ihre Brüste, bleiche Wölbungen, die nur von der dünnen Leinengaze verhüllt wurden. Adalgisus konnte den Blick nicht von ihnen abwenden.

»Sie sind ungleichmäßig«, sagte er.

»Ja«, antwortete Lucilla. »Von der einen fehlt ein Stück.« Sie schob das Wollgewand beiseite und zeigte ihm ihre vernarbte Brust. Die Brustwarze war zerstört worden.

»Das muss geschmerzt haben.« Er leckte sich die Lippen.

»Das hat es auch.«

Eine Sekunde später beugte er sich über sie und saugte an ihrer vernarbten Brust, während er gleichzeitig mit den Zähnen an dem Narbengewebe knabberte. Als er sich wieder aufrichtete, war sein Gesicht gerötet, und die Adern an seinem Hals und seinen Schläfen traten wie Seile unter der Haut hervor.

»Was haben sie benutzt?«

»Für die Brustwarze eine rot glühende Zange.«

Er gab ein Stöhnen von sich.

Lucilla beugte sich vor und griff nach seiner Erektion.

»Ohhhh. Nicht.« Aber ihr Benehmen schien ihn nicht wirklich zu beunruhigen. »Wenn du so weitermachst«, flüsterte er, »werde ich kommen.«

»Das wäre eine Schande«, sagte sie. »Ein Werkzeug wie das deine sollte benutzt, gekostet und genossen werden, bevor es zu guter Letzt, leider, seine Ruhe haben darf.«

Sie drängte ihn rückwärts in sein Zimmer und verriegelte die Tür. Eine Sekunde später landeten das Hemd und das Wollgewand auf dem Fußboden. Dann schob sie Adalgisus zum Bett hinüber. *Warum hat er das nicht getan, bevor dieser Narr, Dagobert, Stella angriff?*, dachte Lucilla wütend. *Warum musste dieses blöde Stück Schweinescheiße den großen Mann markieren?* Aber warum sollte sie auch etwas anderes von ihm erwarten? Er hatte nichts in seinem Charakter, das auch nur im Entferntesten auf Takt oder Urteilsfähigkeit schließen ließ. Dass ein Narr den Narren spielte, war kaum überraschend.

Lucilla manövrierte ihn aufs Bett. Dann stieg sie auf ihn. »Lass mich die Dinge regeln«, sagte sie zu ihm.

»Na schön, aber du musst mir alles erzählen, was sie mit dir gemacht haben. Alles. Ich möchte es hören, während wir …«

»Ficken?«, flüsterte Lucilla.

»Ja, ja, während wir ficken – dieses herrliche Wort, *ficken.*« Er lachte.

Lucilla spannte einige Muskeln an strategischer Stelle. Er schrie auf, und sein Körper wölbte sich ihrem entgegen.

»Ich bin fertig«, sagte er und klang beinahe erstaunt.

»O nein, mein Lieber, du hast gerade erst angefangen.«

Er schrie abermals auf, und klang überrascht, als sie diese geübten Muskeln anspannte, und er spürte, wie sein Körper reagierte.

»O Gott«, ächzte er. »Wenn wir nach Verona kommen, muss ich ein Haus finden, in dem ich dich verstecken kann. Wenn sie es herausfände … sie würde dich töten.«

Irgendwo in ihren Gedanken hörte Lucilla ein Aufschreien schieren Triumphs, und dieser Schrei war so laut, dass es sie erstaunte, dass Adalgisus ihn nicht ebenfalls hören konnte. Sie wusste es. Wenn sie jetzt eine Nachricht zu Hadrian senden könnte! Und sie schickte sich an, Adalgisus die wunderbarste Nacht seines Lebens zu bescheren.

Als sie mit ihm fertig war, stand sie auf und kehrte in ihr Zimmer zurück. Sie ließ ihn wie eine Leiche schlafend auf seinem Bett liegen. Sie hatte ihn skrupellos mit Essen, Trinken und genug Beischlaf versorgt, bis er schlaff wie eine gekochte Nudel dalag. Sie glaubte nicht, dass er vor dem Morgen erwachen würde, aber sie verriegelte die Tür hinter sich und verbarg trotz der aufmerksamen Blicke der Badegehilfen drei Dinge an ihrem Körper.

Also, wen sollte sie bestechen? Sie dachte gerade über diese Frage nach, als ein furchtsames Klopfen an der Tür ertönte. Lucilla fluchte leise, brachte aber dennoch ein Lächeln zustande, für den Fall, dass es Adalgisus sein sollte. Aber es war das Dienstmädchen, Lavinia. Sie brachte ein Tablett mit kaltem Huhn, Suppe, Brot und etwas Käse herein.

»Es ist schon spät«, sagte Lucilla überrascht. »Ist die Köchin denn noch auf?«

»Nein, aber ich war so dankbar für das, was du für mich getan hast, und habe gefragt, ob ich dir noch etwas bringen dürfe, wenn du und … der Fürst fertig seid. Die Köchin – sie ist sehr nett zu mir – hat dies hier zurechtgemacht, und als ich dich vorhin aus seinem Zimmer kommen sah …«

Das Gesicht des Mädchens sah im Lampenlicht rot und angeschwollen aus. Ganz als hätte sie sehr lange geweint.

»Was ist los mit dir? Hast du solche Schmerzen?« Die Badegehilfen hatten es nicht geschafft, Lucilla ihres kleinen Vorrats an Arzneien zu berauben. Tatsächlich hatten sie sich sogar geweigert, diese kleinen Fläschchen zu berühren, weil sie Lucilla für eine Hexe hielten. Vielleicht konnte sie diesem armen Kind einen Trank zusammenbrauen, ein wenig Laudanum zum Beispiel, das würde ihr zumindest eine Nacht behaglichen Schlaf schenken.

Eine freundliche Stimme war zu viel für das Kind. Die junge Frau brach in Tränen aus. »Ich hasse es. Ich hasse das Leben hier einfach. Gestern Nacht hab ich versucht, mich zu erhängen, aber … ich konnte mich nicht dazu überwinden, mich in das Seil fallen zu lassen. Ich konnte nicht. Ich konnte es nicht, aber Mira sagt, wenn ich in der Scheune nur genug trinken würde … Einige der Mädchen bringen die Männer dazu, zu bezahlen, so dass sie eine Menge Kupfermünzen bekommen und sich einen großen Krug Wein kaufen können. Aber ich kann nicht genug trinken, um den Mut aufzubringen, mir das Seil um den Hals zu legen und mich dann vorzubeugen.«

Lucilla legte die Arme um das Kind, das nun endgültig zusammenbrach und auf eine Art und Weise weinte, die sein ganzes Sein zu zerreißen schien. Lucilla wusste, wovon das Kind sprach. Dieses Erlebnis brachte ihre eigene Vergangenheit lebhafter zurück, als es ihr lieb war. Sie hatte in den Elendsvierteln von Ravenna Mädchen gesehen, die sich genau so getötet hatten, wie Lavinia es beschrieb, die ein Seil oder auch nur ein Stück Stoff an etwas Niedrigem festbanden und sei es nur die Lehne eines Stuhls; dann schlangen sie es sich um den Hals und beugten sich schließlich vor. Einmal hatte sie mit einem Mädchen gesprochen, das es getan hatte und wiederbelebt worden war. Für die erste Minute brauchte es etwas Mut, aber danach schnürt der Druck die Blutzufuhr zum Kopf ab und führt zur Bewusstlosigkeit. Kurz darauf kommt dann der Tod. Und nur um zu beweisen, wie einfach es war, tötete das Mädchen sich nur wenige Tage später genau auf diese Art und Weise. Diesmal wurde es erst gefunden, als es viel, viel zu spät war.

»Die Leute sagen, du seist eine Hexe«, stieß das Kind hervor.

»Nach dem, was ich dich mit dem Fürsten habe tun sehen, glaube ich jetzt auch, dass du eine Hexe bist. Gib mir etwas. Irgendetwas, damit ich einfach einschlafen kann und nie mehr aufwachen muss. Ich war ein braves Mädchen, als ich noch zu Hause lebte. Ein gutes Mädchen. Jetzt fühle ich mich schmutzig. Sie sind ständig an mir dran. Ich habe ein Baby gemacht. Ich weiß es, aber ich habe es getötet, weil ich nicht zusehen wollte, wie sie es töten. Ich kann diesen Ort nicht länger ertragen. Lieber möchte ich sterben.«

Lucilla legte einen Arm um das Mädchen, und führte es zum Bett. »Warum läufst du nicht fort?«, fragte sie.

»Das hab ich getan. Das hab ich getan.« Das Mädchen begann heftig zu zittern. »Sie haben mich erwischt. Ich bin nach Hause gegangen, aber es war niemand da. Das Haus, in dem wir lebten ... es war leer. Selbst die Villa in der Nähe war fort. Nur der Wind, die Kiefern und die Stille waren noch da. Ich wusste nicht, was ich tun sollte. Ich bin dort geblieben und habe an der kalten Herdstelle geschlafen, bis sie kamen. Sieh dir meinen Rücken an.«

Lucilla tat es und zuckte zusammen. Ihr Rücken war bedeckt mit Narbengewebe. Es sah fast so aus, als hätte man sie verbrannt.

»Es hat mich gezeichnet. Ich werde nicht noch einmal fortlaufen. Ich kann nirgendwohin.«

»Ich könnte dir ein Zuhause geben«, sagte Lucilla.

Früher, als sie in ihre Villa in Rom eingezogen war, hatte sie in ihrem Garten eine halb verhungerte Katze gefunden. Als sie dem Tier etwas zu essen hinstellte, wagte es nicht, sich der Schale zu nähern, aber als sie wegging, stürzte es sich darauf. Der Ausdruck auf dem Gesicht des hungernden Tieres war dem sehr ähnlich, den sie jetzt auf dem Gesicht des Mädchens sah, erschreckend in seiner abgrundtiefen Verzweiflung.

»Du kannst ... ich würde alles tun.« Sie fiel auf die Knie. »Alles.«

»Bring eine Nachricht nach Rom.« Lucilla hatte einen Ring, den all ihre Vertrauten kannten, mit einer Kamee von Hadrian. Dieses Schmuckstück reichte sie jetzt dem Mädchen und dazu ein paar Silberstücke, die sie in ein Tuch wickelte. »Hör mir genau zu«, sagte sie. »Wenn du in die Stadt kommst, musst du frühmorgens zu den Frauen gehen, die Wasser aus den Brunnen hochziehen. Frag nach Lucillas Villa. Du wirst vielleicht beleidigende Bemerkungen über mich hören, vielleicht auch nicht. Wer weiß? Aber wenn du so etwas hörst, achte nicht darauf. Geh zu der Villa; dieser Ring wird dafür sorgen, dass man dich einlässt. Sprich mit Susana, meiner Zofe. Sie ist die Hüterin der Villa, und du kannst ihr voll und ganz vertrauen.«

»Ja«, sagte das Mädchen eifrig.

»Wiederhole mir das noch einmal ...«

Das Kind wiederholte Lucillas Worte ohne einen Fehler.

»Die Nachricht selbst ist nur ein einziges Wort. Nur eins, aber das musst du dir einprägen. Ganz fest. Haben wir uns verstanden?«

»Ja. Ich verstehe. Was für ein Wort ist es denn?«

»Verona.«

»Verona. Ist das alles?«

»Es genügt. Sag nur Verona. Wenn du Susana nicht findest, geh zu Dulcinia.«

»Dulcinia, der Sängerin?«

»Du hast von ihr gehört?«

»Ja. Jeder kennt Dulcinia, sie ist eine berühmte Dame. Wird man mich dort empfangen?«

»Zeig den Leuten den Ring, dann werden sie es tun. Wenn alles andere fehlschlägt, geh zu Simona, der Mutter von Postumus. Sie ist weder reich noch berühmt, aber sie wird dir eine gute Freundin sein.«

11

Als sie und Chiara zusammen in die Welt des Bären traten, hörte Regeane seinen Aufschrei, einen Schrei, der von Zorn und Entsetzen kündete. Zu ihrer Erheiterung begriff sie, dass ihr Eintritt in seine Welt ihm das gleiche Gefühl vermittelte, das Menschen verspürten, wenn er versuchte, die Herrschaft über sie zu erlangen: Es war das Gefühl, dass ihm Gewalt angetan wurde. Als Nächstes bewegte sich Regeane mit großer Schnelligkeit über eine Ebene, wurde ein Teil davon; ihre Wahrnehmung der Dimensionen verschwamm. Denn sie war ein Licht, das durch ein Labyrinth glitt, das sich sehr schnell auf etwas zubewegte ... aber worauf?

Sie wusste es nicht, und dann bekam sie plötzlich Angst und versuchte, ihre Vorwärtsbewegung zu verlangsamen, aber erfolglos. Immer schneller und schneller entfernte sie sich von ihrem eigenen Leben, ihrer eigenen Welt, und die Bilder jagten in einem verschwommenen Nebel an ihr vorbei. Da war das Gesicht ihrer Mutter und da Gundabald, der sie auf dem Fußboden ihres Quartiers in Rom auspeitschte, da waren der Papst, Lucilla und Maeniel, und dann waren sie auch schon wieder fort – die Menschen, die sie geliebt, gehasst oder gefürchtet hatte –, während sie selbst sich immer schneller bewegte, oder aber gezogen wurde. Sie spürte die Einheit von Frau und Wölfin, von Wölfin und Frau. Sie versuchte zu schreien. Galle stieg in ihrer Kehle auf, sie erbrach sich, und die Übelkeit vereinte sie für eine Sekunde wieder mit ihrem Körper. Dann war sie wieder die Wolfsfrau – und stellte zu ihrer Überraschung fest, dass sie beides war, nicht nur das eine oder das andere. Im nächsten Augenblick spannten ihre Muskeln sich an. Sie streifte ihren Körper ab, wie eine Zikade ihren Panzer abstreift, wie ein Schmetterling aus seiner Puppe schlüpft, wie ein Vogel sich durch eine Eierschale pickt.

Und sie sah den Baum. Niemand kann die Eiche in einer Eichel sehen oder den Pfirsich in dem dickschaligen, giftigen Kern, es sei denn, er träte in deren Leben ein, in deren Wesen. Selbst wenn man die Gestalt kennt, die Form, die etwas annimmt, kennt man es noch nicht wirklich. Ebenso wenig wie es genügt, den einzelnen Teilen Namen zu geben und sich ihrer zu erinnern. Die Wurzel, der Stamm, die Ringe, die Blätter, die Früchte, der nackte Körper im Winter, das grüne Gewand im Frühling – es genügt nicht einmal, die Zahl der Blätter zu kennen, die der Baum im bitterkalten Herbstwind abwirft. Durch nichts von alledem wird man den Baum kennen lernen, denn der Baum ist das ganze Universum, und deshalb wurde auch der Irminsul der Sachsen gepflanzt, auf dass wir nie vergessen, dass wir ein Teil des Baums des Lebens sind, der wiederum ein Teil der Erde ist, und die Erde ist ein Teil des Universums, und wenn man nicht alles andere versteht, bleibt der Baum ein Rätsel.

Das Universum erwachte um Regeane herum explosionsartig zum Leben. Sie sah es als Teil der Einzigartigkeit, die sein Herz und sein Anfang ist. Es brach hervor. Nicht wie ein Vulkan, sondern wie eine Blume, die sich um sie herum entfaltete, in eine Welt um die andere, und die Daseinsformen, die zu einer jeden Welt gehörten, wussten nichts und konnten nichts voneinander wissen. Aber sie gehörten alle zu dem Baum, zu der Einzigartigkeit, dem Ereignis, das seine Wurzeln waren. Manche Dinge bewegten sich zwischen den Welten, und, sie, Regeane … war eines … von ihnen. Der Bär war ein anderes. Er konnte Regeane ebenso wenig besitzen, wie ein Mann die Fixsterne besitzen konnte. Sie war ihm ebenbürtig und in gewisser Weise sogar überlegen.

So unerträglich wie der Höhepunkt der Lust dem Fleisch war dies dem Geist. Nicht aushaltbar, blendend, ein Licht so hell, dass es das Auge des Geistes mit seiner schieren, rohen Pracht blind machte.

»Ich kann nicht … ich kann nicht«, schrie Regeane.

Und dann war sie wieder in ihrem Körper – als Frau – heil und gesund zwischen den Ranken des seltsamen Efeus mit den gelappten Blättern, der die eingestürzten Steine der Ruine bedeckte. Sie konnte, als sei ein zweites Bild über die Kletterpflanzen gelegt worden, erkennen, was das Gebäude einst für die Römer bedeutet hatte, und sie sah, dass hier vordem die Brücke über einen wilden Fluss geführt hatte, sah in eine noch fernere Vergangenheit, in der nicht einmal der Fluss da gewesen war und das Meer ganz in der Nähe ein bleiches, sandiges Ufer umspült hatte.

»Aufhören«, schrie Regeane. »Aufhören!« Und es hörte tatsächlich auf. Regeane lehnte an einem Steinquader und blickte auf Armine hinab, der mit dem Gesicht nach unten in dem Gewirr von grünen Pflanzen lag, und sie sah auch den Bären in Chiaras Armen. Er hatte von Hugo Besitz ergriffen.

Die Toten, die Männer die sie getötet hatten, lagen um sie herum.

»Was ist passiert?«, fragte Chiara. »Wo waren wir?«

»Ich glaube«, sagte der Bär, »ich habe gerade eine Lektion bezüglich meiner eigenen Inkonsequenz erteilt bekommen.«

»Das glaube ich nicht«, widersprach Regeane. »Nein, das glaube ich ganz und gar nicht. Aber ich bin – gib mir etwas zum Anziehen.«

Chiara reichte Regeane ihren Umhang.

»Was tust du eigentlich hier?«, brüllte der Bär Chiara an.

»Oh, halt den Mund«, entgegnete sie, dann warf sie einen Blick auf ihren Vater, der sich gerade aufrichtete. Der Energiestoß, den Regeane freigesetzt hatte, um mit dem Bären zu verschmelzen, hatte auch Armine geholfen. Seine Arme schmerzten stark, waren aber nicht mehr gebrochen. Trotzdem war er noch immer benommen und blass und litt an einer Vielzahl kleinerer Verletzungen.

»Und du bist auch still«, befahl Chiara. Sie stemmte die Hände in die Hüften. »Wenn ihr beide tot wärt, wäre ich nur noch eine Sache gewesen, die von diesen Männern benutzt oder verkauft wird, und das Geld des Königs hätte mit der lautesten Stimme gesprochen. Also, seid einfach ... einfach ... still. Außerdem möchte ich wissen, was mir gerade zugestoßen ist.«

»Das weiß ich selbst nicht«, erwiderte der Bär. »Ich glaube, man hat uns eine Art ... eine Art Vision gewährt. Du hast in gewisser Weise meine Welt gesehen.«

Regeane schwieg. Was sie gesehen hatte, erschütterte sie bis in den Kern ihres Wesens. Sie war weiter gegangen als Chiara, weiter selbst als der Bär.

»Ich begreife«, sagte der Bär zu Regeane, »dass jeder weitere Versuch, dich oder den grauen Wolf zu unterwerfen, sinnlos wäre. Ich bin mir nicht einmal sicher, ob ein solcher Versuch bei Chiara angebracht wäre. Sie ...« Er sah zu ihr auf. »Sie ist irgendwie besonders begabt.« Dann wandte er sich an Chiara. »Du hast gesagt, dass du mich liebst.«

»Das ist richtig. Das tue ich.« Sie sah gleichzeitig rebellisch und verstockt aus. »Aber komm deswegen nicht auf irgendwelche merkwürdigen Gedanken. Ich bin meines Vaters Tochter, und ich werde mich nicht einfach an irgendeinen umhervagabundierenden bösen Geist wegwerfen. Ich erwarte Sicherheiten, etwas Bindendes, nicht nur einen Haufen leerer Versprechungen.«

»Jetzt bist du einmal still«, sagte Armine. »Der Bär und ich werden deine Zukunft untereinander aushandeln.«

Chiara funkelte sie beide wütend an, dann stapfte sie in Richtung Straße davon.

Als sie Gimp fanden, lehnte er an einem Meilenpfosten, tief und fest schlafend.

»Hölle und Teufel, sie haben die Pferde mitgenommen«, sagte Armine. »Man kann ihm nicht einmal ein paar Pferde anvertrauen.«

»Man kann ihm überhaupt nichts anvertrauen«, knurrte der Bär.

Dann setzte er Hugo ab. Hugos Augen wurden leer, und sein Körper sank in sich zusammen.

Regeane sah Hugo neugierig ins Gesicht. »Jetzt sieht er wieder aus wie Hugo«, sagte sie. »Wenn der Bär ihn bewohnt, scheint er ein anderer zu sein.«

»Das ist er auch«, sagte Armine grimmig. »Die Kreatur ... der Dämon ... was immer er sein mag, hat mir erzählt, dass Hugos Gehirn nur noch Brei ist. Er wurde während des Unwetters vom Blitz getroffen. Was auch geschehen mag, Hugo ist tot. Ich bin mir nicht ganz sicher, ob ich alles glaube, was diese Kreatur mir einreden will, aber wenn sie nicht da ist, zeigt das Ding da drüben«, er deutete auf Hugos Körper, »keinerlei Anzeichen von Bewusstsein.«

Chiara kam zurück und reichte Regeane ein Unterhemd und ein Kleid. Regeane ging noch einmal in die Ruine, um sich umzuziehen. Sie hoffte, dass sie für eine Weile mit Chiara und ihrem Vater würde reiten können, aber bevor sie das tat, lächelte sie. Es war ein langes, behagliches Lächeln, und es galt Hugo. Sie war zufrieden damit, wie die Dinge sich entwickelt hatten. *Es sieht so aus, als stünde Hugo ein langes, gesundes Leben in Wohlstand bevor – etwas, das ich vor einigen Jahren nicht unbedingt erwartet hätte.*

Als sie zurückkam, unterhielten sich Armine und Chiara mit dem Bären.

»Kannst du auch in Florenz tun, was ich dich gerade habe tun sehen?«

»Was meinst du?«, fragte der Bär.

»Kannst du Hugos Körper verlassen und … sagen wir … dich im Kontor eines Konkurrenten aufhalten, während er dort seinen Geschäften nachgeht?«

»Natürlich.«

»Hm. Also, Hugo, ja? Hugo?«

»Warum nicht? Der eine Name ist gerade so gut wie der andere«, erwiderte der Bär.

»Ich hoffe, du hast sie nicht auch umgebracht. Ich meine die Männer, die uns begleitet haben.«

»Nein«, sagte der Bär knapp. Er hielt die Zügel von vier Pferden in der Hand. »Sie sind zu Fuß unterwegs und …« Das Lächeln des Bären war, gelinde gesagt, schadenfroh. »Und ich glaube, dass sie noch immer rennen, was das Zeug hält.«

Chiara rümpfte die Nase, schien aber durchaus zufrieden zu sein.

»Mein lieber Hugo«, sagte Armine. »Ich glaube, dies könnte der Beginn einer wunderbaren Freundschaft sein.«

Wenige Stunden später erschien Matrona vor Karls Zelt. Sie trug eine lange, fließende Robe aus weißem Leinen, die am Hals, am Saum und an den Ärmeln mit Goldfäden bestickt war.

Der Mann aus der berittenen Garde des Königs am Eingang hörte sie. Es war Arbeo, der Maeniel bewacht hatte, als sie das erste Mal mit dem König zusammengetroffen waren. »Er will niemanden sehen, aber ich habe Anweisung, dich hereinzulassen, falls du kommen solltest. Es war ein schrecklicher Abend. Die Ratgeber des Königs waren hier und haben alle durcheinander geschrien, dass wir den Rückzug antreten sollten; sie meinten, der Plan des Königs sei gescheitert. Wir würden verlieren. Wir müssen entweder den Rückzug antreten oder morgen mit unserer gesamten Streitmacht angreifen. Der König aber will weder das eine noch das andere. Er sagt, er würde nicht jetzt schon seine besten Soldaten opfern ...« Arbeo brach ab, weil Karl hinter ihm auftauchte.

»Sei still!«, sagte Karl. Dann bedeutete er Matrona, in sein Zelt zu kommen.

Sie trat ein, und setzte sich auf einen Klappstuhl. Das Modell, das Antonius angefertigt hatte, füllte die eine Hälfte des Zelts vollkommen aus. Neben dem Modell stand ein Tisch mit Wein und etwas kaltem Fleisch.

Karl zeigte auf den Tisch. »Wein? Etwas zu essen?«

»Nein«, sagte Matrona.

»Nun?«, fragte er.

»Die Garnison bei Ivrea existiert nicht mehr. Ich habe die Pferde freigelassen. Bernard hat den Männern den Rest gegeben. Die Soldaten wurden bis auf den letzten Mann niedergemacht. Nicht einer ist entkommen, um Desiderius zu warnen.«

Karl nickte.

»Fürst Maeniel ist bei Bernard. Er wird bei Morgengrauen angreifen. Seine Armee ist noch unterwegs. Die Soldaten werden aus dem Morgennebel auftauchen und Desiderius' Flanke angreifen.

Dein Plan hat funktioniert, mein König. In kürzester Zeit wirst du der Herr des Königreichs der Langobarden sein.«

»Ich wünschte, ich könnte mir da so sicher sein wie du«, antwortete Karl. Er ging zu dem Weinkrug auf dem Tisch und hob ihn hoch. Es war ein alter römischer Krug mit dem Hochrelief einer

Prozession von Nymphen und Satyrn, die sich in bacchantischem Taumel miteinander vergnügten.

»Ich bin mir sicher«, bekräftigte Matrona. »Ich habe in meinen Spiegel geblickt und gesehen, was geschehen wird.«

Der Griff des Krugs bildete den Blütenkolben des Akanthus nach. Karls Hand lag auf dem Griff. »Ein schöner Krug, aber heidnisch, zutiefst heidnisch. So wie du und dein Fürst es seid, meine liebe Matrona. Wenn ich siege, werde ich diesen schönen römischen Krug einschmelzen und ihn zu einem Reliquiar für die Knochen irgendeines Heiligen umarbeiten lassen. Weißt du, wo ich dieses Ding herhabe?«

»Wahrscheinlich hast du es von den Sachsen, die – und da bin ich mir ohne jeden Zweifel sicher – es jemand anderem gestohlen haben«, sagte Matrona.

»Ja, es lag bei der Beute vergraben, die ich gemacht habe, als ich Irminsul zerstört habe, ihren heiligen Baum. Ich habe den Krug verschont, so lange er meinen Zwecken diente, aber ich habe die Absicht, die Welt für Jesus Christus zu erobern, und heidnische Dinge haben hier keinen Platz mehr.«

»Ja.«

»Also musst du Christus annehmen und deinen Fürst und seine schöne Frau zum Taufbecken führen, und dann werde ich in meinem Reich eine hohe Stellung für dich finden.«

Matrona lächelte. »Glaubst du, dass ein Bad in einem kühlen Becken und ein paar Worte in holprigem Latein, die ein Bischof über unsere Köpfe hinweg murmelt, an unserem Wesen viel ändern werden?«

Karl blickte unbehaglich drein.

»Mein König, ich will ganz offen sein. In diesem Stadium deiner Karriere kannst du es dir nicht leisten zu versagen. Einem König, der versagt, steht nur noch der Weg in sein Grab offen. Mein Fürst hat dir zu diesem Sieg verholfen, und das nicht ohne selbst einen hohen Preis dafür zu bezahlen. Gib ihm als Gegenleistung dafür ein wenig Frieden. Das ist alles, worum er bittet.

Du hast die Sachsen angegriffen, und den heiligen Baum zerstört, weil du Geld brauchtest, um deine Edelleute zu besänftigen, die vielleicht zu der Gattin deines Bruders übergelaufen wären, hättest du dich bei seinem Tod allzu knausrig gezeigt. Die Langobarden hast du angegriffen, weil du einen Sieg brauchtest, und zwar einen großen, um die mächtigsten Würdenträger des Frankenreichs zu beeindrucken. Männer, die, wie ich vielleicht hinzufügen sollte, selbst dein Leben in ihren Händen halten, falls sie einmütig handeln. Nach dem morgigen Tag wird dir deine Stellung gewiss sein. Nutze deine Stärke, um barmherzig zu sein und meinem Fürsten den Frieden zu gewähren, um den er bittet.«

Eine Woge des Zorns schlug über Karl zusammen, ein Zorn von solchen Ausmaßen, dass Matrona ihn spüren und riechen konnte. Hätte er eine Waffe in der Hand gehalten, davon war sie überzeugt, hätte er versucht, sie zu töten. Dann aber verebbte sein Zorn, und so etwas wie widerwillige Bewunderung trat an seine Stelle.

»Bist du immer so schroff im Umgang mit Königen?«

Matronas Lippen zuckten. Sie war zu klug, um sich ein Lächeln zu erlauben. Er stand noch immer am Rand der Mordlust. »Ich lüge niemals«, sagte sie. »Ich mag nicht immer die ganze Wahrheit offenbaren, aber ich lüge nie.«

Er streckte die Hand nach ihr aus. »Komm her zu mir. Wir haben noch ein wenig Zeit bis Sonnenaufgang, wenn ich mit meinen Soldaten reiten muss. Was trägst du unter diesem prächtigen Gewand?«

»Nichts.«

Als sie Maeniel am nächsten Tag im Schatten der Festung bei Susa traf, sagte sie: »Er weiß Bescheid.«

Antonius, der neben Maeniel ritt, erwiderte: »Es spielt keine Rolle, was er weiß. Das Problem ist, ob er sich um das schert, was er weiß.«

»Wie immer gelingt es dir, die Sache sofort auf den Punkt zu bringen«, bemerkte Maeniel.

»Religion und Eigennutz liegen in seinem Herzen in Widerstreit«, sagte Matrona. »Wir sind ihm sehr nützlich.«

Karl hatte Bogenschützen und Fußsoldaten zum Angriff auf die alte römische Festung vorrücken lassen. Sie mussten Verluste hinnehmen bei ihrem vergeblichen Versuch, am Fluss den Durchbruch zu erzielen. Desiderius' Männer setzten von ihrer erhöhten Position leistungsfähige Bögen ein und veranstalteten praktisch ein Zielschießen auf Karls Truppen.

»Das ist es, was mir am Krieg nicht gefällt«, sagte Matrona. »Sie mögen nur ein Ablenkungsmanöver durchführen, aber sie werden dennoch sterben.«

»Eins muss ich Karl lassen: Er ist an der Spitze der Männer geritten und hat den Angriff angeführt.«

Matrona und die anderen beobachteten, wie Karl zum Rückzug blies und Desiderius' Söldner auf diese Weise in Versuchung führte, sich aus dem Schutz der Festung hervorzuwagen, um den Fliehenden nachzusetzen.

Es war kurz nach Tagesanbruch, aber noch vor Sonnenaufgang; der Nebel, der in den Flusstälern gelegen hatte, wogte noch immer hier und da über die bewaldeten Hänge und in der Nähe des Wassers. An manchen Stellen war die Sicht sehr gut. An anderen prallten die beiden Heere im Zwielicht aufeinander. Bernard und seine Armee griffen genau in dem Augenblick an, als die ersten Sonnenstrahlen durch den Pass fielen und lange Lichtkorridore durch den Nebel bohrten, bis das ganze Tal sich erhellte. Der Fluss war ein bleicher, gewundener Mahlstrom, das Gras ein smaragdgrüner Teppich. Über den äußeren Bereichen des Waldes lagen noch immer Nebel und nachtschwarze Dunkelheit. Das goldene Licht ließ die Steine der uralten Festung in einem fast alabasterähnlichen Leuchten erstrahlen.

Karl ließ seine Falle zuschnappen.

Bernards Männer warfen sich unter lautem Kampfgeheul in die Flanke von Desiderius' Heeresmacht. Der Langobardenkönig war unter seinen Männern und trug die Fahne. Er war der Erste, der floh. Maeniel ritt auf Audovald; das Pferd bäumte sich halb auf und tänzelte vor Erregung. Maeniel stieß ein lautes Schnauben aus, das in der Sprache der Pferde *lauf* bedeutete. Und Audovald lief.

Die dichten Reihen der Scarae schlugen eine Bresche in den kleinen Teil des Langobardenheeres, der standzuhalten versuchte.

Maeniel wurde von dem köstlichen Rausch mitgerissen, mit dem sich lange zurückgehaltene Anspannung auflöste. Er führte seine Männer in die Schlacht, genauso wie die anderen großen Würdenträger des Frankenreichs.

Der ehemalige Hauptmann der königlichen Wache versuchte – in blinder Ergebenheit seinem Herrscher gegenüber – seine Soldaten zusammenzuhalten und den Angriff abzuwehren. Tatsächlich hätten sie vielleicht sogar den Sieg davongetragen, hätte Desiderius nur Mut oder Entschlossenheit gezeigt. Karl hatte den größten Teil seines Heeres über die Berge gebracht, aber sie waren den erfahrenen Soldaten des Langobardenkönigs dennoch zahlenmäßig unterlegen.

Es war ein großes Söldnerheer, und Desiderius hatte intrigiert, gemordet, betrogen und jedem Winkel seines Königreichs Wohlstand abgepresst, um diese massive, gepanzerte Faust zu schmieden, um damit ganz Italien seinen Willen aufzuzwingen. Aber wenn der Augenblick kam, loszuschlagen und seine Feinde zu vernichten, war Desiderius stets zurückgewichen.

Beide Streitmächte kamen ein gutes Stück hinter dem Pass von Susa auf flachem, offenem Land zum Stillstand. Die glitzernden, dicht gedrängten Reihen von Desiderius' Heer waren zu sechst hintereinander in Schlachtordnung aufgestellt. Karl hatte die Sonne im Rücken. Die fränkischen Kommandanten saßen auf ihren Pferden und warteten auf das Signal des Königs.

Maeniel beobachtete das langobardische Heer. Mittlerweile war sein ganzer Haushalt zugegen; alle saßen auf ihren Pferden und warteten nur darauf, zu kämpfen und zu siegen. Silvia war ebenfalls da. Sie trug Männerkleidung, vielleicht aber verlieh ihr auch nur die Rüstung ein androgynes Aussehen.

»Sollen wir kämpfen?«, fragte sie Maeniel. Ihre Stimme verriet Eifer.

»Wartet noch«, befahl er dem Rest seines Rudels. »Ich weiß es nicht.«

»Alles in allem«, sagte Antonius, »denke ich, dass er fliehen wird. Und dann muss der König entscheiden, ob er Pavia belagern will oder nicht.«

»Er hat ein prächtiges Heer«, sagte Maeniel. »Er könnte durchaus siegen, obwohl er sich jetzt in der schwierigeren Lage befindet. Außerdem ist sein Kommandant ein tüchtiger Mann.«

»So schlecht ist seine Position gar nicht«, bemerkte Antonius. »Er hat einen Nebenfluss des Ticino vor sich. Seine Bogenschützen können die fränkischen Fußsoldaten auf deren Weg durch die sumpfige Niederung leicht ausmachen und vernichten. Sein Kommandant hat seine schwerste Reiterei auf beide Flügel verteilt. Er ist kein Narr. Genau das hat Hannibal bei Cannae getan. Sein Zentrum wird einbrechen, aber nicht sehr tief – seht ihr die kleinen Hügel hinter den Soldaten? Sie werden einem Rückzug nicht im Wege stehen, geben ihnen aber vielleicht Gelegenheit, die Scarae zu umzingeln oder sogar zu vernichten. Die Fußsoldaten werden schnell erledigt sein, aber Karls Garde ist besser bewaffnet als alles, was Desiderius zur Verfügung steht. Und besser motiviert. Kein General geht gern in die Schlacht, wenn die Chancen etwa gleich stehen. Deshalb halten Desiderius und Karl sich beide zurück.

Ich wette, dass er auf Nummer sicher geht und flieht. Er kann einen Teil seiner Streitmacht in Turin postieren und den Rest in Pavia lassen. Dann kann er abwarten, während Karl sich an Pavias Mauern die Zähne ausbeißt. Aber sein Kommandant brennt darauf zu kämpfen. Er weiß, dass sie nie mehr eine bessere Chance bekommen werden, und sein Rat könnte den Ausschlag geben, aber sein König ist eine miese kleine Ratte. Mein Rat, mein Fürst, lautet: Halte die Position und weiche nicht zurück.«

Antonius lächelte. Er verlagerte sein Gewicht auf dem Rücken seines Pferdes. »Ich verbringe nicht genug Zeit im Sattel.«

Matronas Stute, Cloris, tänzelte und warf den Kopf zurück.

Audovald brachte sie mit einem scharfen Befehl wieder zur Ruhe.

Langsam brannte die Sonne heiß genug, um Maeniels Kettenhemd zu durchdringen.

Antonius behielt Recht.

Desiderius floh.

Es war ein schöner, wohl geordneter Rückzug, dirigiert vom Hauptmann seiner Wache. Die Bogenschützen behielten ihre Position, während die Berittenen sich in Zweierreihen zurückzogen. Der Hauptmann der Wache verließ den Schauplatz, wie schon an dem Tag, als er den König vor dem rebellischen Volk auf dem Marktplatz in Sicherheit gebracht hatte, als Letzter und befehligte die Nachhut.

»Nivardd ist ein tüchtiger Mann«, bemerkte Antonius.

»Nivardd«, wiederholte Maeniel. »Ich höre seinen Namen heute zum ersten Mal.«

Regeane und die anderen verbrachten die Nacht in den Ruinen eines Dorfs im Sumpfland des Flusstals. Sie saßen noch lange um das offene Feuer herum, eine seltsam unbeschwerte Gesellschaft.

»Wie merkwürdig, dass niemand hier lebt«, sagte Chiara. »Es gibt nicht einmal Spuren von Räubern.«

»Hier war schon lange niemand mehr«, erwiderte der Bär. Er grinste Regeane an. »Da stimmst du mir doch sicher zu, meine Dame, nicht wahr?«

»Ja«, sagte sie. »Ich spüre es. Ich spüre es immer.« Die Häuser mochten keine Dächer mehr haben, aber die Mauern standen noch, und sie hatten ihr Lager an einer windgeschützten Stelle aufgeschlagen.

»Die Steuern haben dieses Dorf zerstört«, sagte der Bär. »Ich weiß es. Ich bin vor langer Zeit mit einem mir bekannten Zauberer hier durchgekommen. Die Menschen sind geflohen, um den Steuern zu entkommen, kurz bevor das alte Reich unterging. Diejenigen, die hier blieben, wussten nicht, wie sie der Schätzung entgehen sollten, da die Steuereintreiber nach wie vor die gleiche Summe forderten, wie viele Dorfbewohner auch geflohen waren.«

»Es blieben also immer weniger Menschen zurück, die die Steuern aufbringen mussten«, sagte Armine.

Der Bär nickte. Er sah überhaupt nicht mehr aus wie Hugo. Er trug das Haar kurz geschnitten, während Hugo es hatte wachsen lassen. Er trank nie, während Hugo ein Säufer gewesen war.

Der Bär hatte Regeane unumwunden Antwort gegeben, als sie

ihn danach gefragt hatte. »Alkohol hat keine Wirkung auf mich, jedenfalls nicht auf mein eigentliches Ich. Ich habe kein Gehirn, das umnebelt werden könnte. Zumindest nicht so, wie es bei Hugo war.« Er hatte einen Entenknochen abgenagt. »Das Essen dagegen genieße ich durchaus. Den Geschmack meine ich. Dieser Körper würde verhungern, wenn ich ihn nicht versorgte. Wenn ich also schon essen muss, kann ich es auch mit Genuss tun.

Und du? Was wirst du jetzt anfangen, Wölfin?«, fragte er Regeane.

»Das weiß ich nicht.« Sie brach die Tonschale auf, in der sie einen Fisch gegart hatten. Es lagen noch etliche weitere im Feuer. Regeane hatte bei ihrem schnellen Fischzug im seichten Wasser zwar keine großen Tiere gefangen, aber immerhin acht mittlere.

»Gib mir etwas davon ab«, sagte Chiara und hielt ihr ein Stück Fladenbrot hin.

Regeane entgrätete mit geschickten Fingern den Fisch und legte eine Hälfte davon auf Chiaras Fladen, zusammen mit etwas von dem Gemüse, mit dem sie die Fische gefüllt hatte.

Chiara begann gierig zu essen. »Ich bin halb verhungert«, sagte sie kauend. »Kämpfen macht Appetit.«

»Das war wohl kaum ein Kampf«, meinte der Bär mit hochmütiger Herablassung. »Eher ein kleines Scharmützel, mehr nicht.«

»Also, ich hatte irgendwie das Gefühl, und zwar ein starkes Gefühl, dass es mehr war als das«, erwiderte Armine. »Aber wenn du es anders formulieren möchtest, mein lieber Freund Hugo, will ich dir nicht widersprechen. Obwohl ich glaube, dass ich irgendwann zwischendurch beide Arme gebrochen hatte.«

»Höchstwahrscheinlich«, stimmte Regeane ihm zu.

»Ich weiß es«, sagte Armine und sah ihr über das Feuer hinweg in die Augen. »Was ist passiert?«

»Keine Ahnung«, antwortete Regeane.

Armine gab sich alle Mühe, einem gerösteten Kaninchen den Garaus zu machen.

»Ich glaube«, fuhr Regeane fort, »es hing damit zusammen, was Chiara und ich für den Bären tun wollten.«

Chiara begann zu zittern und zu weinen. Gimp bekam die Überreste ihres Fisches. Er saß bei ihnen, aß, was die anderen übrig ließen, und da keiner seiner Begleiter für den essigsauren Wein viel übrig hatte, spülte er reichlich mit diesem Gebräu nach.

Der Bär Hugo legte einen Arm um Chiara und sprach beschwichtigend auf sie ein. »Ich bin ja da«, sagte er, »und ich werde es immer sein.«

»Du riechst nicht einmal wie Hugo«, sagte sie.

Der Bär Hugo lachte. »Frag die Wölfin, sie ist die Expertin.«

»Er riecht tatsächlich nicht wie Hugo«, sagte Regeane. »Er riecht sauber. Kein Gestank nach Schmutz, Schweiß oder Alkohol. Er hat einen trockenen, scharfen Geruch, ganz ähnlich wie Seife.«

»Kannst du alles riechen?«, fragte Chiara, die diese Frage für eine Weile von ihrem Kummer abzulenken schien.

»Alles«, antwortete Regeane. »Gerüche sind ein ständiger Hintergrund für alle alltäglichen Dinge. In diesen Ruinen zum Beispiel hat schon lange niemand mehr gelebt, jedenfalls keine Menschen. Im Nachbarhaus hatte ein Fuchs seinen Bau, und die Füchsin hat einen Wurf Junge großgezogen, aber die Tiere sind nicht mehr da. Der letzte Geruch ist einige Monate alt: Im vergangenen Winter ist ein Reisender hier vorbeigekommen. Er ist einige Tage geblieben und hat in der Erde gegraben. Wahrscheinlich hatte er es auf einen Schatz abgesehen. Ich kann einen ebenfalls mehrere Monate alten Geruch von umgegrabener Erde ausmachen und … und in einem zerstörten Tempel ganz in der Nähe haust eine Eule. Man kann das Gebäude nicht sehen, weil es im Grunde nur noch ein mit Büschen überwucherter Hügel ist, aber ich kann Ziegel, Kalkstein und Marmor riechen. Das heißt für mich, es muss ein alter Tempel sein.«

Chiara und Armine starrten sie beide mit großen Augen an.

»Kein Wunder, dass du keine Angst vor Räubern hattest«, sagte Armine. »Du würdest es wahrscheinlich wissen, wenn sich im Umkreis mehrerer Meilen irgendwelche zwielichtigen Gestalten aufhielten.«

Regeane nickte und brach dann eine weitere Lehmschale auf, um Chiara einen zweiten Fisch zu entgräten.

Der Bär Hugo gähnte. »Dieser verdammte Körper ist müde. Ich würde es übrigens auch wissen, wenn jemand hier vorbeikäme. Diese Eule hat Junge in ihrem Nest. Im Augenblick ist sie unterwegs, um für sie zu jagen. Wo das Männchen ist, weiß ich nicht. Ich habe mich schon gefragt, ob ihm vielleicht etwas zugestoßen ist. Ich rieche nichts, aber ich kann Temperaturschwankungen wahrnehmen und Bewegungen, körperliche Prozesse, den Herzschlag. Das Herz schlägt übrigens wirklich. Eure Gelehrten sind jämmerlich unwissend, was die Funktionsweise lebendiger Wesen betrifft. Wenn ich mich auf meine Wahrnehmungen konzentriere, sind eure Körper vollkommen durchsichtig für mich. Ich kann dann unter anderem sogar die Landschaft spüren. Die Gestalt des Landes und der lebenden Geschöpfe auf diesem Land.«

»Da ist er«, sagte Regeane. »Ich glaube, er hat eine Ratte gefangen.«

»Das Eulenmännchen«, erklärte Hugo der Bär. »Sie hat ihn gehört. Ich habe die Schwingungen in der Luft gespürt, die von seinen Flügeln hervorgerufen wurden. Der Mensch, der hier nach Schätzen gesucht hat, hatte Recht, hier ist tatsächlich etwas zu holen. Ein kleiner Schatz.« Er gähnte abermals. »Morgen früh zeige ich euch, wo er liegt. Ihr könnt ihn ausgraben. Habe ich Recht«, fragte er Armine, »dass du Pavia nicht mit besonders viel Bargeld in der Tasche verlassen hast?«

»So ist es«, bestätigte Armine. »Der König hatte mich nicht bezahlt, und ich hielt es nicht für besonders gesund, darauf zu warten, dass er seine Schulden begleicht. Ich wusste nicht, dass du so etwas tun kannst. Vergrabene Schätze finden, meine ich.«

»Wie zum Teufel dachtest du denn, dass ich diesen Narren Hugo bei Kasse gehalten habe? Als wir uns kennen lernten, hatte er nicht genug Geld, um eine Laus dafür zu bezahlen, ihn zu beißen.«

»Zeig mir diesen Schatz jetzt gleich.«

»Nein, du würdest nur die Eulen stören. Die Ratte ist ein Festmahl für sie. Lass sie in Frieden. In dieser Ruine wimmelt es nur so von schädlichen Nagetieren. Wenn die Eulenmama ihre Jungen erst großgezogen hat, wird die Luft hier sehr viel reiner sein.«

»Ist der Schatz sehr tief vergraben?«, fragte Regeane.

»Nein«, erwiderte der Bär.

»Dann werde ich ihn holen«, sagte sie. »Ich werde den Tieren nicht so auffallen, wie es Menschen tun würden, mit ihrem Lärm, ihren Fackeln und ihren großen Füßen, unter denen sie die Pflanzen zertreten. Gib mir nur eine Minute Zeit.« Sie stand auf und trat durch eine Öffnung des in Trümmern liegenden Hauses in die Dunkelheit hinaus.

Armine wirkte gleichzeitig abgestoßen, erstaunt, erschrocken und empört. Die Empörung galt der Tatsache, dass die Lebensumstände einer Eulenfamilie über seine eigenen Wünsche gestellt wurden.

»Deine Einstellung ist originell, gelinde gesagt. Ich hätte gedacht, unser Wohlergehen sei wichtiger als das einer Eule.«

»Warum?«, fragte der Bär. »Die Eulen haben das gleiche Recht, hier zu sein, wie wir; eigentlich noch größeres. Wir sind die Eindringlinge. Dies ist ihr Zuhause.«

»Wenn man es so betrachtet, hat er Recht«, sagte Chiara.

Regeane kam weiteren Diskussionen zuvor, indem sie mit einem Ledersack in der Hand zurückkehrte. Sie ließ den Beutel vor Armines Füßen fallen. Armine konnte das Leder ohne Mühe aufreißen, und eine Anzahl silberner und goldener Gefäße kam zum Vorschein, die einmal zum Gebrauch in Tempeln und an Hausaltären gedient hatten.

»Da drüben ist noch mehr«, sagte sie. »Aber ich konnte nicht alles tragen – als Wölfin, meine ich.«

»Gütiger Gott«, flüsterte Armine. »Das ist ein Vermögen, was ich hier vor mir liegen habe. Ein Teil davon gehört euch«, sagte er zu Regeane und dem Bären.

Regeane zuckte mit den Achseln. »Ich habe mehr als genug. Du solltest die Schatzkammer meines Gemahls sehen. Er hätte das Doppelte des Lösegelds zahlen können, das er dem König angeboten hat, und er hätte immer noch Gold übrig gehabt.«

»Mich interessiert das Zeug einen feuchten Dreck«, sagte der Bär. »Ich spüre solche Dinge ständig, und auch andere, unerfreulichere Dinge. In einem Brunnen nicht weit von hier liegen fünfzehn oder sechzehn Säuglinge. Die Zeiten waren hart für die letzten Bewohner dieses Dorfes. Sie konnten am Ende keine Kinder mehr großziehen. Das ist einer der Gründe, warum sie fortliefen. Wahrscheinlich haben sie deshalb auch das Gold vergraben. Sie glaubten, die Steuereintreiber würden diese heiligen Gegenstände beschlagnahmen und sie einschmelzen. Ihr Pech. Jetzt wirst du das Gleiche tun.«

»Nein, ich denke nicht. Zumindest nicht alle«, sagte Armine. »Man kann den Kaufleuten aus Florenz viele unerfreuliche Dinge nachsagen, aber niemand hat je behauptet, wir hätten kein Auge für Schönheit.« Er musterte eine exquisite Silberschale mit einem Muster weißer Trauben, die durch Mondsteine hervorgehoben wurden. »Ich glaube«, sagte er, »wir sollten ins Bankgeschäft einsteigen, Bär. In meiner Jugend habe ich das nicht getan, weil ich einfach nicht genug Kapital hatte. Aber dir würde das Bankwesen gefallen, Bär. Es ist viel interessanter als der Tuchhandel.«

»Du verstehst mich wirklich gut«, sagte der Bär. »Man darf mich tatsächlich nicht langweilen.«

Chiara stöhnte leise. »O Herr, aber Zinsberechnungen sind ein Albtraum.«

»Ja, nun ich überlasse euch beiden die Leitung des Kontors. Jede Frau in Florenz wird dich um deinen ungeheuren Einfluss beneiden.«

»Oh«, flüsterte Chiara, und klang dabei absolut begeistert. »Ich kann es direkt vor mir sehen, wie ich in Samt und Brokat gekleidet mit einem bebilderten Messbuch zur Kirche gehe.«

»Ja«, seufzte Armine. »Und damit gegen sämtliche Luxusgesetze verstößt …«

»Oh, Unsinn. Mutter hat mir gesagt, dass es damit nur dann Ernst werde, wenn sich die Stadt im Krieg befände. Außerdem verstößt das Bankgeschäft sowieso gegen die Kirchengesetze.«

»Oh, ja«, sagte Armine, »aber es ist leicht, um die Kirche herumzukommen. Kaum ein Bischof weigert sich, ein Auge zuzudrücken, wenn er eine große Spende bekommt.«

Regeane gähnte.

Armine sah sich beklommen um. »Bevor wir uns zur Nacht niederlegen«, wandte er sich an Regeane und den Bären, »noch einmal die Frage, ob ihr euch wirklich sicher seid, dass außer uns niemand hier ist?«

»Oh, ja«, antwortete Regeane. »Sonst würden wir es wissen.«

Sie und Chiara nahmen das Haus, das von dem Feuer gewärmt war. Regeane war eine verheiratete Frau, Chiara ein junges Mädchen. Sitte und Anstand verlangten, dass sie von den Männern getrennt schliefen.

Regeane und Chiara schlugen ihr Lager an einer der Wände auf. »Das ist eine Menge Gold«, sagte Chiara zu Regeane. »Weißt du genau, dass du nicht etwas davon haben möchtest?«

Regeane lachte. »Du hast doch gesehen, wie ich reise. Wo sollte ich mit dem Gold hin?«

Chiara errötete.

»Was wirst du wegen des Bären unternehmen, wenn ihr in die Stadt kommt?«

»Ich weiß es nicht«, antwortete Chiara. »Für den Augenblick kann er wohl einfach weiter Hugo sein. Und wenn ich mich nicht sehr irre, werden er und mein Vater schon bald Geschäftspartner sein.« Sie runzelte die Stirn. »Was meinst du? Wird er mich bitten, seine Frau zu werden?«

Regeane schob etwas Gras zusammen, um das Bett weicher zu machen. Sie konnte zwar jederzeit als Wölfin schlafen, wollte Chiara aber nicht erschrecken.

»Denn wenn er keine Ehe im Sinn hat, werde ich nichts anderes in Erwägung ziehen. Es ist so, wie meine Mutter gesagt hat: Ein Mann kann von einem Bett ins Nächste hüpfen, aber eine Frau muss an Familie und Kinder denken. Ganz zu schweigen von finanziellen Erwägungen, von ihrem Ruf und all den anderen Dingen, die mit der körperlichen Liebe verbunden sind. Außerdem ist das Hugos Körper, und ich bin mir nicht sicher, ob ich gern ...«

»Nein, wie du plappern kannst«, sagte die Stimme des Bären.

Chiara brach ab und stampfte mit dem Fuß auf. »Du entwickelst langsam einen Hang zur Heimlichtuerei. Ich habe dich nicht gespürt. Außerdem war das ein privates Gespräch, und du hast kein Recht, dich in Dinge einzumischen …«

»Genug«, sagte der Bär, »kleines Fräulein Naseweis. Wirst du je aufhören, an mir herumzumäkeln?«

»Nicht, so lange du dich wie ein Rüpel benimmst.«

»Ein Rüpel? Ich, ein Rüpel?«, brüllte der Bär.

Chiara steckte sich die Finger in die Ohren. »Ich höre dir nicht länger zu.«

»Das wird dir aber viel nutzen«, rief der Bär. »Meine Stimme ist in deinem Kopf.«

Chiara nahm die Finger aus den Ohren. »Ja, das ist richtig, aber …«

»Ach, sei still«, sagte der Bär. Dann zog er sie vom Feuer weg in die Dunkelheit und küsste sie. »Jetzt geh zu Bett. Und mach dir keine Sorgen. Ich brauche Hugos Körper nicht.«

Mit einem letzten Lachen verschwand er in die Nacht hinaus.

»Wie es aussieht, braucht er ihn wirklich nicht«, sagte Regeane.

Chiara ging zurück zum Feuer. Sie war erhitzt, und ihr langes Haar, das sie zu einer Hochfrisur getragen hatte, fiel ihr über die Schultern. Sie sah sehr zufrieden aus.

»Schau mal«, sagte sie. Sie hatte einen Ring am Finger, einen schweren Silberreif in der Form dreier ineinander verschlungener Schwanenhälse. »Er ist wunderschön«, fügte sie hinzu. »Ich habe ihn erst an meinem Finger bemerkt, als er schon wieder fort war, aber man muss sich wohl doch fragen, wo er ihn her hat. Ich meine, wird die ursprüngliche Besitzerin in den frühen Morgenstunden hier auftauchen und ihn zurückverlangen?«

»Nein, das glaube ich nicht. Der Ring kommt nicht vom Friedhof«, sagte Regeane. »Da liegt noch viel mehr als das, was ich euch mitgebracht habe. Du und dein Vater, ihr könnt euch die Sachen morgen holen.« Es freute sie, festzustellen, dass Chiara sich keine Illusionen über den Bären machte, was für ihre zukünftige Beziehung nur Gutes verhieß.

Remingus weckte Regeane mitten in der Nacht. Sie fand sich in der Stadt der Toten wieder, jener dichten Dunkelheit ohne Mond oder Sterne. Die Stadt war hier noch genau so wie in der Zeit, bevor sie zu einer Ruine wurde. Die Tempel auf dem Forum, das das Herz einer jeden römischen Stadt war, standen auf ihren Fundamenten, wie sie es getan hatten, bevor sie zu Ruinen wurden, frisch gestrichen, die Statuen mit den Einlegearbeiten unversehrt. Das Standbild eines Kaisers, der für alle Ewigkeit auf seiner Säule stand, ragte über der Stadt auf.

Das Haus, in dem Chiara schlief, war ein Laden, in dem Korbwaren verkauft wurden. Regeane konnte sie nicht sehen, wusste aber, dass die junge Frau gut schlief, denn ihr Atem dampfte in der kalten Nachtluft, und sie spürte die Dunstwölkchen.

Regeane ging quer über das leere Forum; ihre Füße kannten die Steine, ohne sie wirklich zu spüren. Sie trug das Hemd und das abgenutzte braune Kleid, die sie sich von Chiara geliehen hatte. Remingus stand neben dem Jungen, den Robert getötet hatte, dem Soldaten, der die Ermordung seiner Braut veranlasst und ausgeführt hatte.

»Er ist hier bei uns.«

»Ja«, antwortete Regeane. »Das sehe ich.«

»Sag Robert, dass seine Barmherzigkeit nicht vergeblich war«, bat der Junge. »Ich bin nicht in der Hölle.«

»Ist das nicht die Hölle?«, fragte Regeane. Die Kälte in ihrem Körper war schneidend, aber die Kälte in ihrem Herzen ging noch tiefer. Sie hatte zu weinen begonnen. Die Tränen, die ihr über die Wangen rannen, waren Eiströpfchen und gefroren auf ihrer Haut.

»Nein«, sagte Remingus. »Nein, das hier ist nicht die Hölle, und ich weiß auch nicht, was die Hölle ist. Aber es gibt keine Hoffnung hier, daher gibt es auch keinen Kummer. Und der Junge ist bei uns. Das ist alles, worum wir noch bitten konnten.«

Und Regeane konnte plötzlich mit Remingus' Augen sehen, als dieser an dem karthagischen Kreuz hing und in die Sonne blickte. Sie versuchte, ihre Augen – oder vielmehr Remingus' Augen – zu schließen, und begriff, dass sie/er keine Augenlider hatte. Sie waren abgeschnitten worden. Und selbst die hart gesottenen römischen Offiziere, die seinen Leichnam zur Beerdigung abholten, staunten über die Dinge, die man ihm angetan hatte, bevor er gekreuzigt worden war. Die Karthager hatten all ihren Ideenreichtum genutzt, um ihn leiden zu lassen, aber er trug dennoch den Sieg davon. Und eine Tür, die offen gestanden hatte, als Hannibal die Alpen überquerte, schlug zu, schloss sich mit einer Endgültigkeit, die durch die Zeitalter hallte. Und das Gleiche tat sein Schmerz.

Der Segen ihrer Tränen spülte die Szene, die sie sah, davon, und als ihre Sicht klarer wurde, stand Hildegard vor ihr – wie seinerzeit in dem Kloster, als Schwester Hildegard kam, um sich zu ihren Schwestern in der Liebe zu setzen, und Regeane nicht gemerkt hatte, dass sie tot war. Die jüngere Frau hatte die Ältere an ihren Platz geleitet und einen Teller und eine Tasse vor sie hingestellt, obwohl die anderen Nonnen nur leere Luft hatten sehen können.

Jetzt streckte Hildegard die Hand aus und strich Regeane mit Fingern, die so weich und trocken waren wie neue Seide, über das Gesicht. »Regeane, geh nach Rom. Lucilla braucht dich.«

Regeane erwachte. Die Nachtluft war kalt und klar. Die Sterne überzogen mit ihrer ganzen funkelnden Pracht den Himmel. In Gedanken zeichnete sie sich anhand ihrer Lichter eine Landkarte, und die Wölfin sagte ihr, dass es kurz vor Tagesanbruch sein musste.

Chiara hatte ihre Decken abgestreift und sich zum Schutz vor der Kälte zu einem Ball zusammengerollt. Regeane konnte beobachten, wie die Decke hochgehoben und über Chiara ausgebreitet wurde, etwa wie eine Mutter ein Kind zudeckt, das in der Nacht unruhig geworden ist.

»Bär?«, fragte Regeane.

»Ja. Armine hat mich einmal gefragt, ob ich sitzen könne; nun, ich sitze nicht, und ich schlafe auch nicht. Dieser Kadaver von Hugo muss beides tun, aber während er damit beschäftigt ist, weiß ich nicht, was ich mit mir anfangen soll. Allerdings weiß ich, dass irgendetwas hier war, um dich zu grüßen, denn vor wenigen Sekunden hast du noch nicht in deinen Decken gelegen.«

»Ich gehe nach Rom«, sagte Regeane.

»Allein? Ist das klug?«

»Wahrscheinlich nicht«, sagte Regeane, »aber ich gehe trotzdem. Entschuldige mich bitte bei den anderen.«

»Ah, ja, als hättest du den Tisch beim Abendessen vorzeitig verlassen. Eine Kleinigkeit. Nichts dabei.«

»Ich hoffe es«, sagte Regeane. »Pass gut auf sie auf.«

»Das werde ich tun. Werden wir uns je wiedersehen?«

»Ich weiß es nicht, Bär. Aber was auch geschieht, ich wünsche dir viel Glück. Und wenn ihr beide, du und Armine, ins Bankwesen geht, dann versuch, nicht allzu viele Leute zu betrügen.«

Regeane hörte ein ärgerliches Schnauben und wusste, dass der Bär noch mehr zu sagen gehabt hätte, aber sie war bereits Wölfin – die Verwandlung fiel ihr zu dieser frühen Stunde immer besonders leicht – und verschwunden.

Von ihrem Platz aus konnte Lucilla nur ein Fleckchen blauen Himmels sehen, und sie wusste, dass sie in furchtbaren Schwierigkeiten steckte.

Adalgisus hatte gleich nach ihrer Ankunft in Verona versucht, sie vor Gerberga, der fränkischen Königin, zu verstecken. Zu diesem Zweck hatte er Lucilla im obersten Stockwerk eines Hauses mit Blick auf den Marktplatz untergebracht. Es war ein Haus von schlechtem Ruf. Adalgisus glaubte, sie werde dort in Sicherheit sein, da die fränkische Königin von solchem Dünkel war, dass sie sich nur mit den höchsten Würdenträgern der Stadt abgab, obwohl es in Verona eine ganze Anzahl wohlhabender Frauen gab, die ihre Seele dafür gegeben hätten, Gerberga in ihrem Haus begrüßen zu dürfen. Gerberga jedoch reckte die Nase vor und tat so, als sei einzig der langobardische Fürst, ein gewisser Syagrius, ihrer Aufmerksamkeit würdig. Er war ein Abkömmling einer sehr alten römischen Familie, dessen Großvater die Klugheit besessen hatte, sich mit einer Dame zu vermählen, die sich mit dem Titel einer langobardischen Prinzessin anreden ließ – ihr Vater hatte bei seinen Beutezügen große Reichtümer angesammelt, und sie war seine einzige Erbin. Syagrius bezeichnete sich als Herzog. *Dux*, in der gegenwärtigen Terminologie, ein Kriegsherr. Seine Familie hatte dafür gesorgt, dass sein Bruder zum Erzbischof von Verona ernannt wurde, damit das Ganze sozusagen in der Familie blieb.

Daher waren Adalgisus, Syagrius und Bischof Karl die einzigen Personen, die zur Kenntnis zu nehmen die hochmütige Gerberga sich herabließ. Alle anderen blieben unbeachtet.

»Mit ein wenig Glück«, hatte Adalgisus hämisch zu Lucilla gesagt, »wird sie nie erfahren, dass du hier bist.«

Da die selbstherrliche Gerberga alltäglich die Messe besuchte, konnte Lucilla sie jeden Tag sehen, wenn sie sich in einer Sänfte zur Kirche tragen ließ. Sie wurde von vier Zofen und zwei Hofdamen sowie ihren beiden Söhnen begleitet, die wiederum jeweils eine Amme und einen Hauslehrer bei sich hatten.

»Bist du ihr Geliebter?«, fragte Lucilla Adalgisus am ersten Morgen, als sie vorüberkamen.

»Wieso fragst du?«, entgegnete er. Er fühlte sich sichtlich geschmeichelt. »Ich hätte nicht gedacht, dass es dir etwas ausmacht.«

Lucilla hätte am liebsten gesagt, dass Gerberga ihn mit Freuden haben konnte, aber stattdessen zierte sie sich und gurrte: »Mein Liebling, ich finde es herrlich, mich damit brüsten zu dürfen, die Rivalin einer Königin zu sein. Was für eine wunderbare Vorstellung.«

Adalgisus zog sie vom Fenster weg. »Komm, meine Süße, meine Geliebte, erzähl mir noch ein paar Geschichten von der ... Folter.«

Lucilla knirschte mit den Zähnen, aber Adalgisus war bereits vollauf damit beschäftigt, ihren Hals zu liebkosen. Sie hatte schnell herausgefunden, worauf der Sohn des Langobardenkönigs am heftigsten reagierte. Sie konnte ihn jederzeit entflammen, indem sie ihm von den Grausamkeiten erzählte, die der öffentliche Henker jedem antat, der die Mächtigen Roms verärgerte. Selbst Hadrian, der kein Freund der Folter war, machte sie sich gelegentlich zunutze, aus den gleichen Gründen wie alle anderen auch. Um ein Exempel an jemandem zu statuieren, der besonders abscheuliche Verbrechen begangen hatte, oder um hier und da Widerspenstige dazu zu bringen, Informationen herauszugeben, die sie lieber für sich behalten hätten. Lucilla vermutete, dass sie außer Gefahr war, so lange sie Adalgisus' Interesse an sich wachhalten konnte.

Das war jedoch ein Irrtum, und wenige Tage später erfuhr sie auch, warum.

Kurz vor Sonnenaufgang traten sie die Tür auf.

Zwei Männer.

Lucilla konnte sich gerade noch eine Robe überwerfen – ein schweres Wollkleid – und sie schaffte es, ein Messer und ihre Heilkräuter zu verstecken. Dann wurde sie vor den Bischof gezerrt.

Der Bischof sah Lucilla sehr lange an und klopfte dabei mit den Fingern stetig auf die Armlehne seines Sessels. »Seid ihr euch sicher, dass das die Frau ist?«, fragte er schließlich.

»Grifo und Myra, die Besitzer, sagen, der Prinz besuche sie jeden Tag in ihrem Quartier«, antwortete einer der Soldaten.

»Sie ist etwas älter, als ich erwartet hätte«, erwiderte der Bischof.

»Die Leute sagen, der Prinz sei vollkommen verrückt nach ihr. Er bleibt immer sehr lange bei ihr«, sagte der Mann, der Lucilla den Arm auf den Rücken gedreht hatte.

»Wahrscheinlich hat Erfahrung auch etwas für sich«, bemerkte der Bischof. Dann betrachtete er Lucillas Gesicht. Seine Augen machten ihr Angst. Sie waren vollkommen leer.

»Lass mich gehen«, sagte Lucilla. »Ich habe Geld.«

»Aber nicht hier«, erwiderte der Bischof.

»In Rom. Ich könnte dich reichlich entschädigen. Ich verfüge auch über einigen Einfluss.«

»Tatsächlich? Ich weiß, wer du bist. Und du hast weder genug Geld noch genug Einfluss, um mich dazu zu bringen, das Geheimnis des Königs preiszugeben.«

Ich bin so gut wie tot, ging es Lucilla durch den Kopf.

»Komm hierher.« Der Bischof machte einem der Soldaten, die sie an den Armen festhielten, ein Zeichen.

Der Soldat trat vor seinen Stuhl. Die beiden Männer begannen mit leiser Stimme zu sprechen.

Lucilla verhielt sich still. Sie hatten sie weder gefesselt noch in Ketten gelegt, vielleicht weil sie sich nicht gewehrt hatte. Sie befanden sich allein in der Empfangshalle des Bischofs. In der Ferne konnte Lucilla das geschäftige Hin und Her der Dienstboten hören.

Aber abgesehen von ihr, dem Bischof und den beiden Soldaten war niemand sonst im Raum. *Tu es*, flüsterte eine leise Stimme in ihren Gedanken ihr zu. *Wenn du zu viel nachdenkst, bist du verloren.*

Mit einer blitzschnellen Bewegung riss sie sich aus dem Griff des Soldaten los, aber sie hatte nicht gesehen, dass er in der anderen Hand einen Streitkolben hielt. Er war schnell; eine Sekunde später krachte der Kopf des Kriegsgeräts gegen ihre Schläfe. Sie spürte den Schlag deutlich. Er war so heftig, dass sie von der entsetzlichen Angst durchzuckt wurde, er könne ihr den Schädel gespalten haben; dann folgte ein Gefühl der Lähmung und schließlich Dunkelheit.

Sie erwachte an einem anderen Ort, wo sie durch ein Stahlgitter zum Himmel aufblickte. Der Knüppel hatte sie mit solcher Wucht getroffen, dass sie nicht einmal den Kopf heben konnte, ohne von heftigen Schmerzen geplagt zu werden. Daher blieb sie ganz ruhig liegen und dämmerte fast anderthalb Tage nur vor sich hin. Als Übelkeit und Schwindel so weit abgeklungen waren, dass sie sich hinsetzen konnte, wünschte sie beinahe, der Schlag hätte sie getötet.

Die Zelle befand sich irgendwo in den Ruinen der alten Römerstadt. Der größte Teil davon lag unter der Erde. Das Gitter über ihr war die einzige Verbindung zur Außenwelt. Die Steine des Fußbodens waren bemoost, die Mauern waren aus den allgegenwärtigen Terrakottaziegeln, aus denen sämtliche römischen Bauwerke bestanden, angefangen von den Aquädukten bis hin zu den Palästen. Die Zelle erstreckte sich unterirdisch ein Stück in Richtung der Ruinen, bis dort Schutt und Erdreich jedes weitere Fortkommen unmöglich machten.

Als Lucilla ans Licht zurückkroch, sah sie, dass man ihr einen Krug Wein und einen Korb mit einigen harten, kleinen Brotlaiben hingestellt hatte. Sie wollte einen Schluck von dem Wein trinken, aber bei dem Geruch riss sie augenblicklich den Kopf zurück. Der Wein war mit Opium versetzt, mit viel Opium. Dem Geruch nach war es genug, um zwei oder drei Menschen zu töten.

In der Zelle gab es einen großen, flachen Stein, der Teil einer gewaltigen Säule irgendeines Tempels sein musste. Er war rund und am Rand gerillt. Man konnte bequem darauf sitzen. Lucilla ließ sich dort nieder und gab sich ihrer Verzweiflung hin, schloss die Augen und ließ ihre Gedanken wandern. Sie wusste, was der Bischof vorhatte und auf welche Weise er ihr auf die Spur gekommen war. Wahrscheinlich gehörte Bischof Karl das Hurenhaus. Die kirchlichen Würdenträger hatten bei Bordellen nur allzu oft die Hände im Spiel. Dem Bischof von Ravenna hatte das erste Bordell gehört, in das sie mit sechzehn Jahren verkauft worden war, und dieser Bischof war stets sorgsam darauf bedacht gewesen, seinen Anteil an den Einnahmen und die Pacht für Haus und Grundstück zu kassieren. Solche Geschäfte waren sehr einträglich, so viel stand fest. Und da das Christentum zuerst in den Städten Fuß fasste, lagen dort auch die meisten Besitztümer der Kirche.

Sie hätte daran denken müssen, aber sie hatte sich auf Adalgisus' Wort verlassen, dass sie in Sicherheit sei. Sie hätte auch in diesem Punkt klüger sein müssen. Jetzt forderte Bischof Karl sie auf, Selbstmord zu begehen. Der Weinkrug war eine Art Gnade, die man ihr erwies, damit sie diesen Weg wählen konnte, statt zu verhungern und zu verdursten.

Der Fleck blauen Himmels über ihr verdüsterte sich langsam. Die Nacht brach an. Lucilla saß auf diesem Überrest des untergegangenen römischen Reichs, tief versunken in körperlichen und seelischen Schmerz und Verzweiflung. Tief in ihrem Herzen glaubte sie daran, dass sie sterben würde.

Bilder aus ihrer Vergangenheit zogen vor ihrem inneren Auge vorbei wie Wolkenschatten auf Sommerwiesen: vage, bruchstückhaft und zusammenhanglos.

Wie viele andere Menschen auch, bedauerte Lucilla, dass sie nicht imstande war, ihr Denken vollkommen auszuschalten und sich geistigen Frieden zu verschaffen. Ihr Vater war ein wohlhabender Bauer jener bergigen Region Italiens gewesen, die als die Abruzzen bekannt war. Er war ein harter Mann gewesen. Jetzt wurde Lucilla klar, dass in der Welt, in der er gelebt hatte, nur ein harter Mann hatte überleben können. Ein Bauer in den Bergen konnte es sich nicht leisten, schwach oder auch nur träge zu sein. Ihre Mutter war eine freundliche und gütige Frau gewesen, aber sie lebte in ständiger Todesangst vor ihrem Mann. Lucilla war ein glückliches, hart arbeitendes Kind gewesen, bis ihr Vater sie im Alter von sechzehn Jahren allein in der Scheune erwischte. Zuerst hatte sie sich darüber gewundert, warum er sie anfasste. Er war kein zärtlicher Mann. Aber als er sie auf einen Heuhaufen warf, begriff sie, und sie wehrte sich. Er bedrohte sie jedoch mit einer Pferdepeitsche – keine müßige Drohung, da er schwierige Tiere, Kinder und gelegentlich sogar seine Frau auf diese Weise bestrafte.

Lucilla lag still da. Es hatte wehgetan, aber er hatte sich hocherfreut darüber gezeigt, wie eng sie war. Wie so manch anderes Mädchen hatte Lucilla versucht, sich bei den anderen Menschen in ihrem Leben Hilfe zu holen, aber ihr ältester Bruder hörte sie nicht einmal an. Ihre ältere Schwester sagte nur, es werde langsam Zeit, dass sie ihren Anteil trage, um den Vater bei Laune zu halten. Ihre Mutter sagte, sie glaube ihr nicht. Später kam Lucilla zu dem Schluss, dass dies wohl nur Heuchelei gewesen sein könne, denn fortan sah sie Lucilla nie mehr in die Augen, sah ihr nie wieder direkt ins Gesicht. Daher versuchte Lucilla, sich gegen die Situation zu wappnen. Sie versuchte, sich hart zu machen.

Aber dann begann ihr Vater, sie auf die hohen Weiden zu verfolgen, um sich an ihrem straffen, jungen Leib zu befriedigen. Für sie war es eine unerträgliche Beschmutzung. Sie hütete die Schafe und die wenigen Rinder der Familie, weil sie furchtlos war. Von nichts ließ sie sich jemals aus der Ruhe bringen, auch nicht von den Wölfen, die sich durch die kalte Nacht bewegten, oder vom großen Bergadler, der es besonders auf die jungen Lämmer abgesehen hatte. Und wenn sich eines der Tiere von der Herde entfernte und verirrte, kletterte Lucilla über die steilsten Hänge und überquerte die gefährlichsten Schluchten, bis sie es wieder sicher zurück zur Herde gebracht hatte.

Dies war ihr Königreich, in dem sie allein mit dem Wind und der Stille war, mit der Schönheit der wilden Blumen im Frühling oder dem gewaltigen Ozean der Sterne in kalten Herbstnächten. Als ihr

Vater das zweite Mal kam, sah sie ihn von ihrem Ausguck. Sie hatte sich eigens zu diesem Zweck einen großen Vorrat an Steinen zurechtgelegt. Damit bombardierte sie ihren Vater, bis er den Schwanz einzog und fortlief. Als sie an diesem Abend ihre Herde in die Scheune beim Bauernhaus zurückbrachte, rechnete sie mit einer schrecklichen Tracht Prügel. Sie dachte, dass er sie vielleicht sogar umbringen würde, aber sie fand, dass es das wert sei, einfach um ihre eigene Welt für sich behalten zu dürfen. Sie wurde jedoch nicht geschlagen. Sie wurde nicht getötet. Stattdessen wurde sie an einen Sklavenhändler und in der Folge an ein Freudenhaus verkauft, da sie, als sie in die Stadt kam, noch immer stark und hübsch war – was man von vielen Kindern, die aus den Bergen verschleppt wurden, nicht mehr sagen konnte, wenn sie die Küste erreichten.

Antonius, ihr Sohn, war nicht nur ihr Sohn, er war auch ihr Halbbruder. Hätte sie ihren Vater in ihre Gewalt bekommen, hätte sie dafür gesorgt, dass er unter Qualen starb. Sie hätte es noch immer getan, wenn er morgen vor ihr gestanden hätte. Aber sie begriff, warum er so mit ihr verfahren war. Ein Tyrann liebt nichts mehr als die Herrschaft, und ihr Vater war ein Tyrann und so grausam wie jeder andere Tyrann, der jemals die Seiten der Menschheitsgeschichte beschmutzt hatte. Sie können es nicht ertragen, wenn man sich ihnen widersetzt, denn das untergräbt ihre Autorität bei jenen, die sie beherrschen. Und ihr Vater fand in Lucillas Zügen seine eigene Kraft und Entschlossenheit wieder. Daher musste er sie, wie er es sah, vernichten. Er hätte auch um ein Haar Erfolg damit gehabt – denn er wusste, dass sie sich niemals ganz unterwerfen würde.

Es war jetzt dunkel, und der Himmel hüllte sich in das Strahlen der Sterne. Nein, sie würde diesen Wein niemals trinken. Was immer ein Geschöpf tut, es kann seine wahre Natur nicht leugnen, und Lucilla konnte es ebenso wenig. Ja, sie würde wahrscheinlich sterben. Aber sie würde noch im Sterben versuchen zu leben.

Sie verschaffte sich einen Überblick über ihre Habe. Sie hatte noch immer das Messer, zusätzliches Opium und Baldrian, ihr Baumwollhemd und das wollene Kleid. Unter den Trümmern des

Steinfußbodens fand sie getrocknetes Gras und einige Stücke Holz. Sie wählte eins der Holzstücke aus und schnitt eine Kerbe hinein. Sie würde versuchen, die Tage zu zählen. Dann häufte sie das trockene Gras zu einem Bett auf. Ein Schluck von dem Wein würde sie nicht töten, und er würde wahrscheinlich ihre Kopfschmerzen lindern und ihr Schlaf schenken.

Daher trank sie ein wenig davon, stöpselte die Flasche dann wieder zu und stellte sie zusammen mit dem Brot beiseite. Ihr war ohnehin zu übel, um zu essen. Als sie alles so weit geordnet hatte, legte sie sich nieder und schlief ein.

Regeane wanderte nachts und schlief tagsüber. Sie versuchte, die Frau aus ihren Gedanken zu verdrängen und nur Wölfin zu sein. Matrona hatte ihr gesagt, dass das möglich sei, und die meiste Zeit funktionierte es auch. Aber die Dinge, die sie in der Welt des Bären erfahren hatte, ließen sie nicht los.

In der Nähe jeder menschlichen Behausung sah sie Schatten. Ein festlich geschmückter Tempel legte sich über Ruinen, die sie vor sich sah; sie konnte die leuchtend bunten Ornamente sehen, die Standbilder mit den Edelsteinaugen, Schmuck aus Blattgold und Halbedelsteinen, Elfenbein, das Fleisch nachbildete. Togen und Gewänder, über denen Bronzeschmuck getragen wurde, und die gemalten grünen Blätter von Efeu, Artischocke und Akanthus auf den roten oder blauen Sockeln und Kapitellen leuchteten vor ihren Augen wie neu geschaffen und gerade zum ersten Mal dem Sonnenlicht preisgegeben.

Manchmal erschienen ihr Menschen, die lange tot waren, aber anders als die Geister, die sie gesehen hatte, nahmen diese Toten ihre Anwesenheit nicht wahr. So streifte sie an der Küste entlang, wie Hugo es getan hatte, aber im Gegensatz zu Hugo war ihr die Einsamkeit ein Quell der Erneuerung. Sie wusste, dass sie zu sich selbst gefunden hatte. Was Maeniel an ihr auszusetzen gehabt hatte, gehörte der Vergangenheit an. Sie war jetzt eine tüchtige Jägerin und konnte immer etwas zu essen finden. Sie fischte gut und mühelos, selbst in der Brandung.

Auch andere Wolfsrudel waren dank ihrer Erfahrung in der Welt des Bären kein Problem mehr. Sie konnte ihren dort geschärften Sinn für zeitliche Abfolge benutzen, um binnen kurzem die Aktivität eines Rudels in der unmittelbaren Nähe zu erforschen, und sie war im Allgemeinen sogar in der Lage, die Bewegungen der Tiere vorherzusehen. Genauso ging es ihr mit den Beutetieren. Wenn sie einen Hirsch wahrnahm, wusste sie immer, wo er sich in den letzten Stunden aufgehalten hatte, und daher wusste sie häufig auch, wohin er gehen würde.

Ihre Sinne, die ohnehin schon übernatürlich scharf waren, weil sie sowohl Mensch als auch Wölfin war, reichten jetzt noch weiter. Als sie in der Brandung nahe der Stelle, an der Hugo sein Lager gehabt hatte, sprang und tanzte, konnte sie jedes lebendige Wesen dort spüren: einen Schwarm kleiner Fische, die durch die trübe Finsternis glitten, um einem Barrakuda auszuweichen; ein Dutzend Muscheln, die in einem flachen Gezeitentümpel an den Felsen klebten; der dunkle, kalte Verstand von etwas, das am Rand des tieferen Wassers kreuzte. Selbst die ephemeren, zarten Quallen, wogengeborenes Treibgut der Fluten, hinterließen Spuren in ihrer Wahrnehmung.

Sie nahm ihre Frauengestalt an und schwamm an einer großen Sandbank entlang, die sich weit ins Meer erstreckte, ließ sich von mondlichtbeschienenen Wellen tragen, ging schließlich an einer felsigen Landzunge ans Ufer und aß rohen Schell- und Weißfisch, bevor sie sich, wieder in Wolfsgestalt, in einer Sandgrube in der Nähe der verfallenen Stadt zum Schlafen zusammenrollte. Es war die gleiche Stadt, in der Hugo seine schicksalsträchtige Begegnung mit dem Bären gehabt hatte.

Am nächsten Tag musste sie vorsichtiger sein, da sie sich dem dicht besiedelten Umland Roms näherte. Sie fand einen Hügel und ließ den Blick über die flache, gewellte Landschaft gleiten, bis sie glaubte, einen sicheren Weg gefunden zu haben. Dann rollte sie sich bis zum Einbruch der Dunkelheit in einem leer stehenden Dachsbau ein.

Nicht lange nach Sonnenaufgang sprang sie über die Mauer von Lucillas Villa und strich durch den schönen Kräuter- und Blumengarten in der Nähe von Lucillas Triklinium. Als sie Dulcinia mit einer Tasse ihres bevorzugten Tees auf einer Bank sitzen sah, war Regeane hoch erfreut.

Dulcinia blickte auf, als sie die Wölfin auf eine freundliche, unbedrohliche Art näher kommen sah. »Ein Hund«, murmelte sie. »Ich wusste gar nicht, dass Lucilla einen Hund hat … aber das ist kein Hund, das ist ein …«

Regeane wählte genau diesen Augenlick, um ihre menschliche Gestalt anzunehmen. »Dulcinia, würdest du …«

Weiter kam sie nicht, denn Dulcinia stieß einen furchtbaren Schrei aus und sprang auf. Regeane, deren Gedanken noch immer mit denen der Wölfin eins waren, hörte aus allen Richtungen Leute herbeilaufen. Sie riss Dulcinia den Umhang weg und hüllte sich gerade noch rechtzeitig darin ein, bevor so ziemlich das gesamte Personal der Villa in den Garten gestürzt kam, wobei zumindest die Hälfte der Leute Waffen oder irgendwelche scharfen, schweren Gegenstände in Händen hielt.

Dulcinia lehnte sich taumelnd an eine Eibe, die Hand auf die Brust gepresst und keuchend vor Schreck.

»Es tut mir Leid«, sagte Regeane. »Ich dachte, Lucilla hätte dir erzählt, dass ich … so etwas … kann.«

»So etwas kann?«, kreischte Dulcinia. »So etwas? Ich wusste nicht, dass *irgendjemand* so etwas kann!«

»Du meinst, sie hat dir nicht erzählt …«

In diesem Augenblick kam noch eine ganze Schar von Dienstboten, Soldaten und Knechten herbei, die draußen gearbeitet hatten, begleitet von einigen Fremden und Passanten, die den Aufruhr mitbekommen hatten und nun feststellen wollten, was da vor sich ging.

Es waren Erklärungen angebracht. Regeane, die immer noch ein Lachen unterdrücken musste, sagte: »Ich habe Dulcinia überrascht.«

Dulcinia warf ihr einen vernichtenden Blick zu. »Überrascht? Ja, ich nehme an, so könnte man es beschreiben, wenn man jemandem zu einem Herzinfarkt verhilft … aber ich kann mir nicht vorstellen, dass Fürstin Regeane mir irgendetwas zuleide tun will.«

Sie blickte auf den zerbrochenen Glasbecher auf den Pflastersteinen. »Abgesehen von Fürstin Lucillas Becher hat nichts hier Schaden genommen. Würde irgendjemand mir bitte etwas Wein bringen? Ich habe das Gefühl, ich brauche ein kleines Stärkungsmittel.«

Dann verließ sie ihren Platz an der Eibe und stolperte zurück zu der Bank, wobei sie sorgsam darauf achtete, nicht auf die Glassplitter zu treten, und setzte sich hin. Die Schaulustigen zerstreuten sich. Ein Diener trug ein Tablett mit Wein und Gläsern heraus. Eins der Hausmädchen kehrte die Glasscherben zusammen, las sie sorgfältig auf und brachte sie ins Haus, um festzustellen, ob man den Becher vielleicht reparieren konnte. Glas war kostbar, ein Luxus für die Reichen. Wenn man etwas zerbrach, war das eine schwer wiegende Angelegenheit.

»Wo ist Lucilla?«, fragte Regeane. »Ich wollte Lucilla sprechen. Ich habe eine Botschaft bekommen, die besagte, ich solle nach Rom gehen.«

Dulcinia trank den Weinbecher bis zur Hälfte leer. »Sie ist nicht hier. Eine Botschaft? Von wem? Hattest du Verbindung zu ihr? Weißt du, wo sie ist? Wenn ja, dann musst du es mir um Himmels willen sagen. Wir machen uns alle große Sorgen; wir sind …«

»Dulcinia, immer mit der Ruhe. Nein, ich weiß nicht, wo Lucilla ist, und die Person, die mir die Nachricht überbrachte, ich solle nach Rom gehen, war … war … Nun, lass es mich einmal so ausdrücken: Wenn der Wolf dir schon Ungemach verursacht hat, würde dir diese Geschichte wirklich …«

»Ich habe gar nicht den Mut, danach zu fragen«, sagte Dulcinia. »Und du hast Recht, ich bin mir nicht sicher, ob ich wissen will, woher du deine Informationen hast. Es stimmt; ich bin davon überzeugt, es würde mich zutiefst beunruhigen.«

Regeane nahm ein Glas von dem Tablett, schenkte Wein ein und verdünnte ihn mit etwas Wasser. Sie trank einen großen Schluck und sagte dann: »Dulcinia, ich brauche etwas zu essen, Kleider und Ruhe, ich bin die ganze Nacht unterwegs gewesen. Verstehst du? Es ist ungefährlicher, wenn ich bei Nacht wandere.«

Dulcinias Lachen, mit dem sie darauf antwortete, hatte etwas leicht Hysterisches. »O ja, bestimmt, viel ungefährlicher. Wenn du irgendwelche Leute triffst, wäre es sicher einfacher, sie zu töten und zu fressen, als …«

»Dulcinia. Ich habe noch nie … das heißt, jedenfalls nur selten und dann fast immer in Notwehr, fast immer, wirklich, ein- oder zweimal hatte ich keine andere Wahl, aber … oh, um Himmels willen, Dulcinia. Ich erkläre es dir später. Aber ich fresse niemals einen Menschen, das versichere ich dir, niemals.«

»Na, das ist ja immerhin ein Trost.«

»Hör auf. Du hackst nur auf mir herum, weil ich dich erschreckt habe.«

»Mich erschreckt? O ja, erinnere mich dran, dass ich einen Blick in den Spiegel werfe, wenn wir ins Haus gehen. Ich möchte wissen, ob mein Haar weiß geworden ist.«

Regeane trank noch ein paar Schlucke von dem gewässerten Wein. »Dein Haar kann nicht weiß werden. Das ist ein Altweibermärchen.«

»Hm. Ich denke gerade im Augenblick noch einmal ganz neu über sämtliche Altweibermärchen nach, die ich je gehört habe. Diese alten Weiber müssen doch irgendetwas gewusst haben. Sieh nur dich an. Ich dachte, du wärst auch so ein Altweibermärchen.« Dulcinia klang empört.

»Dulcinia, bring mich zu den Bädern. Ich brauche Kleidung, Nahrung und ein ausgiebiges Bad.« Ihr Haar war nass von Tau, genau wie zuvor ihr Fell. Sie schüttelte den Kopf und besprühte Dulcinia mit winzigen Tröpfchen.

Dulcinia schloss die Augen und ballte die Fäuste. »Lass das. Ich verliere noch den Verstand. Du bringst mich so weit, dass ich den Verstand verliere.«

»Wie viel Wein hast du gerade auf leeren Magen getrunken?«, erkundigte sich Regeane.

»Zu viel. Ich bin keine Trinkerin. Möglich, dass ich ein wenig angesäuselt bin, aber warum macht der Wein dir nicht auch zu schaffen?«

»Ich habe ihn mit Wasser gemischt. Außerdem kann ich mich,

wenn ich zu berauscht werde, einfach verwandeln und dann wieder zurückverwandeln. Es scheint, als würde das, was den Wein zum Wein macht, sich einfach auflösen.«

»Oh, mein Gott«, sagte Dulcinia. Dann stand sie auf, nicht allzu sicher auf den Beinen, und führte Regeane zu den Bädern.

Regeane badete. Dulcinia wurde ein wenig nüchterner und fand ihre Fassung wieder. Sie war normalerweise keine streitsüchtige Person, und als beide Frauen wieder auftauchten, sauber und erfrischt, um im Garten zu frühstücken, waren sie wieder Freundinnen. Dulcinia brachte Regeane auf den neuesten Stand, indem sie ihr alles erzählte, was seit ihrem Aufbruch aus Rom geschehen war, und Regeane lieferte Dulcinia ihrerseits eine gründlich zensierte Version ihrer eigenen Aktivitäten.

Dulcinia erzählte Regeane, was nach Stellas Tod geschehen war. »Wir haben versucht, Adalgisus zu folgen, aber seine Spur verlor sich in der Wildnis. Wir hatten das Gefühl, dass er wahrscheinlich zur Villa Jovis geritten war, aber die Villa ist gut befestigt. Ansgar und Ludolf wollten es nicht wagen, sie anzugreifen. Die Villa Jovis ist praktisch eine Stadt, und es wimmelt dort nur so von bewaffneten Männern. Von dort aus würde es sich unmöglich feststellen lassen, wohin Adalgisus geritten war, daher kehrten wir zurück, und Ansgar schickte mich nach Rom voraus. Rufus und er sind Freunde. Erinnerst du dich an Cecilias Rufus?«

»Ach du meine Güte, ja«, sagte Regeane. »Und ob ich mich an ihn erinnere.«

»Er hat sicheres Geleit für Ansgar ausgehandelt, damit dieser den Papst besuchen kann. Ich denke, dass Ansgar sich einen neuen Herrn suchen wird.«

»Gibt er Lucilla die Schuld an dem, was geschehen ist?«

»Ja und nein«, sagte Dulcinia leise. »Er sagt, es wäre nichts passiert, wenn sie nicht zu Besuch gekommen wäre und Stella zu Tode erschreckt hätte, aber er ist ein gerechter Mann und sagt, es sei töricht von Stella gewesen, eine Nachricht an Adalgisus zu schicken. Sie wusste ebenso gut wie Ansgar, dass der Mann ein Dummkopf ist. So geht es eben Frauen, die sich in Männerangelegenheiten einmischen. Aber wie dem auch sei, Adalgisus hätte nicht so dumm sein dürfen, Stella mitzunehmen, als er kam, um Lucilla zu entführen.

Dann haben Eberhardt und Dagobert sich so töricht benommen, wie sie es nur konnten. Sie sind beide umgekommen, und Ansgar sagt, dass die Welt ohne sie nicht ärmer sein werde. Außerdem hätte sie ein weitaus unangenehmerer Tod erwartet, wenn sie ihm in die Hände gefallen wären.

Er macht den Männern größere Vorwürfe, weil er sagt, sie hätten mehr Verstand haben müssen. Und er meint, er müsse die Zukunft seines Sohnes absichern. Wenn er Karl Treue schwören muss, um das zu erreichen, dann wird er es tun. Und er hat nichts dagegen, wenn Ludolf mich heiratet, wenn wir das beide wollen, aber ich selbst bin mir meiner Wünsche nicht mehr ganz sicher.«

Dulcinia begann, einen kunstvollen Rubinring an ihrem Finger hin und her zu drehen. »Es ist so, ich bin schwanger, und Ludolf sagt, er sei nicht der Mann, der Bastarde in die Welt setzt. Er möchte, dass sein Kind in seiner Stadt groß wird.«

»Vielleicht wird er keine Einwände mehr erheben, wenn sich das Kind als Mädchen entpuppt. Ich meine, Einwände dagegen, das Kind in Rom zu lassen«, sagte Regeane.

Dulcinias Miene hellte sich auf. »An diese Möglichkeit hatte ich noch gar nicht gedacht – dass es ein Mädchen sein könnte. Dann wäre es Ludolf vielleicht nicht so wichtig ...«

»Und ob es mir wichtig wäre«, sagte Ludolf, als er hinter einer Säule hervortrat. Er setzte sich hin und sah Dulcinia an.

»Ludolf, das ist meine und Lucillas Freundin: Regeane. Sie ist mit der königlichen Familie der Franken verwandt, und ihr Gemahl ist der Herr eines Herzogtums in den Alpen.«

»Maeniel. Ja. Ich weiß. Ich fühle mich geehrt, dich kennen zu lernen.«

»Vielen Dank«, sagte Regeane. »Mir geht es genauso.«

Ludolf wandte sich an Dulcinia. »Vater ist jetzt bei Hadrian. Ich glaube, sie werden zu einer Übereinkunft gelangen. Rufus hat keinen Hehl aus seiner Freude über das Angebot meines Vaters gemacht, mit ihm zusammen dem fränkischen König den Lehnseid zu schwören. Mit vereinten Kräften sollten die beiden eigentlich in der Lage sein, das Ödland zwischen Rufus' Herrschaftsgebiet und unserem wieder fruchtbar zu machen.

Und ja, selbst wenn das Kind ein Mädchen wäre, würde ich es und dich immer noch haben wollen. Ich kann einige deiner Ängste und Zweifel durchaus verstehen. Du hast dir eine unabhängige Position erobert, wie es nur wenigen Frauen gelingt, und das möchte ich dir auf keinen Fall nehmen. Aber die Welt verändert sich, und unsere Stadt mag zwar noch sehr jung sein, hat aber doch deutlich gute Aussichten, einmal recht wohlhabend zu werden. Unser kleiner Hof könnte sich durchaus zu einem Zentrum von Kunst und Kultur entwickeln, und ich hoffe, dass du an meiner Seite bleibst, um mir dabei zu helfen, etwas Derartiges aufzubauen.«

»Mein Lieber«, sagte Dulcinia. »Bist du dir sicher? Ich liebe dich wirklich, aber was wird die Welt zu einer solchen Verbindung sagen?«

»Nichts. Oder jedenfalls nichts, um das wir uns scheren müssten. Sie wird die üblichen Dummheiten von sich geben, wie sie das immer tut, und wir werden zusammenleben – und ich hoffe, es wird ein glückliches Leben sein.« Er hob ihre Hand an die Lippen und küsste sie. »Wer nichts wagt, der nichts gewinnt. Hab keine Angst, wenn du versuchst zu leben.«

Regeane hatte ein seltsames Gefühl. Sie versuchte mit Macht, es aus ihren Gedanken zu verdrängen, aber stattdessen wurde es nur noch stärker. Der Garten um sie herum war voller Menschen. Sie standen im Dunkeln, aber es war, als fiele auf ein Gesicht nach dem anderen kurz ein Licht. Eine prachtvoll anzusehende, dunkelhaarige Frau in einem rosafarbenen Seidengewand und mit einer Krone auf dem Kopf; ein Mann mit dichtem, gelocktem Haar, schwarzen Augenbrauen und zornigem Stirnrunzeln; ein Papst in dem schmuckvollsten Gewand, das Regeane je gesehen hatte, mit magerem, fein geschnittenem Gesicht, in dem ein wütender Ausdruck stand; ein Krieger, der keuscher wirkte als der Papst. Und dann, bevor Regeane sich einen Reim auf das Ganze machen konnte, waren all diese Menschen plötzlich fort, und sie saß neben Dulcinia, während Ludolf noch immer ihre Hand an seine Lippen hielt.

Und Regeane wusste, dass die Zeit sich selbst wieder einmal vernichtet hatte. Was hatte sie gesehen?

Ihre Reise in die andere Welt hatte ihr gottähnliche Fähigkeiten geschenkt, aber ohne das dazugehörige Wissen eines Gottes waren diese Dinge nutzlos. Nach ihrer Vision wusste sie nur, dass diese beiden Menschen Nachfahren haben würden, konnte sich aber nicht sicher sein, ob sie sie miteinander zeugen würden oder jeder für sich.

Regeane war die Fähigkeit verliehen worden, hinter das glatte, von der Zeit getriebene Universum zu blicken, das das Leben von der Geburt bis zum Tod umspannt, aber sie war weit davon entfernt, die Bedeutung ihrer Visionen zu verstehen.

In diesem Augenblick kam Susana, Lucillas Zofe, über die Veranda gerauscht. Sie war eine schlanke, dunkelhaarige Frau und kleidete sich schwarz, wie es bei den älteren Italienerinnen Sitte war. Zuerst hatte Regeane sich gefragt, warum sie sich so unauffällig und bescheiden gab, warum sie außerhalb von Dulcinias ausgedehnten Gemächern selten ihr Gesicht zeigte – bis sie sah, dass Susana eine Hasenscharte hatte. Sie hatte sich deswegen operieren lassen, aber das Ergebnis war nur eine mäßige Verschönerung gewesen. Susana war an ihrem Hochzeitstag von einem Bewerber zurückgewiesen worden, dessen Familie glaubte, es sei genug, dem Jungen eine finanziell interessante Heirat anzubieten; die Eltern hatten nicht mit seiner Reaktion gerechnet, als er das Mädchen sah. »›Mit dieser Hündin werde ich keine Kinder zeugen‹ – das waren seine Worte«, hatte Lucilla Regeane erzählt. »Ihr Vater zog sein Schwert und erschlug den jungen Mann an Ort und Stelle. Woraufhin beide Familien übereinander herfielen … und während des Kampfes wurde Susanas Vater getötet.

Hadrian war als Gast anwesend. Er musste die Wache herbeirufen, um das Handgemenge aufzulösen, und alle Parteien gaben die Schuld dem armen Mädchen. Dem großmäuligen jungen Spund hätte man bessere Manieren beibringen sollen, und man hätte erst gar nicht so eine Entscheidung für ihn treffen dürfen. Susanas Familie war nicht viel besser. Sie hätte wissen müssen, dass man ihr kleines Problem vor dem Hochzeitstag offen hätte besprechen müssen. Aber wie dem auch sei, sie kam zu mir, was für mich ein Glücksfall war. Sie verwaltet mein ganzes Geld und meine Ländereien und hat mein Kapital im Laufe der Jahre verdoppelt.«

Regeane wusste, dass die beiden Frauen Freundinnen waren und Dulcinia großes Vertrauen in die andere setzte, aber Susana verdeckte noch immer den unteren Teil ihres Gesichts mit ihrem Schleier, selbst wenn sie sich mit Lucillas Freunden unterhielt. »Meine Damen, ihr kommt jetzt am besten mit. Simona ist mit jemandem hier, den ihr kennen lernen solltet, und was dich betrifft, Fürst Ludolf, so möchte ich dich bitten, mich ebenfalls zu begleiten.«

Sie standen auf und folgten ihr zu Lucillas Tablinum, das direkt neben dem Springbrunnen im Atrium lag. Simona erwartete sie dort mit dem Mädchen Lavinia. Als Lavinia einen hübschen jungen Krieger und drei prächtig gekleidete Frauen näher kommen sah, wich sie erschrocken zurück. Regeane entdeckte dieselbe wahnsinnige Furcht in ihrem Gesicht, die sie bei einigen Tieren gesehen hatte, auch wenn sie nicht einer tödlichen Gefahr ausgesetzt waren, sondern nur etwas vollkommen Unbekanntem. Glücklicherweise ragte hinter Lavinia eine dicke Marmorsäule auf. Sie zog sich bis zu dieser Säule zurück und erstarrte dann.

»Geht ganz langsam weiter«, befahl Regeane den anderen. »Sie hat Angst und überlegt, ob sie weglaufen soll.«

Die Wölfin brauchte das Mädchen nur anzusehen, um Schmerz und Furcht zu spüren: über eine sehr lange Zeit hinweg ertragene Furcht und erlittener Schmerz, in einem solchen Übermaß, dass sie der jungen Frau die Fähigkeit geraubt hatten, in Ruhe zu essen oder auch nur zu schlafen. Diese junge Frau hatte solche Angst und war so erschöpft, dass sie beinahe bereit war, ihr Leben preiszugeben, nur um sich irgendwo hinlegen und sterben zu können. Als die anderen nun auch spürten, dass mit diesem Kind etwas nicht stimmte, verlangsamten sie ihren Schritt; sie waren verwirrt und wollten sie nicht noch mehr verängstigen.

Regeane begrüßte Simona. »Wie geht es dir?«

»Sehr gut, meine Fürstin.« Sie trat vor und küsste Regeane auf die Wange. »Du siehst hervorragend aus. Erzähl mir, hat er dir schon ein Kind beschert?«

Regeane grinste. »Nein, aber wir geben uns wirklich alle Mühe.«

»Hm. Du meinst, er gibt sich alle Mühe.«

Beide Frauen lachten. »Und Postumus?«, fragte Regeane.

»Er und diese Heidin Elfgifa sind am Hof des englischen Königs. Ist das noch zu fassen? Mein Sohn am Hof eines Königs. Ich freue mich für ihn, obwohl ich ihn furchtbar vermisse. Aber diese kleine Hure Silvie erwartet ein Kind, daher vermute ich, dass ich in Kürze wieder ein Kleines haben werde, das ich aufziehen kann. *Sie* wird sicher nicht das sein, was ich eine hingebungsvolle Mutter nennen würde. Viel zu beschäftigt damit, die Hände unter ihrem Rock zu zählen, damit sie ihnen später die Rechnung präsentieren kann.«

»Unter Silvies Rock muss irgendwann mal etwas anderes gewesen sein als eine Hand. Ich habe noch nie gehört, dass eine Hand ein Kind machen kann«, erwiderte Regeane.

Simona lachte abermals, dann drehte sie sich um und griff nach Lavinias Hand. »Komm her. Sprich mit Fürstin Regeane. Sie wird dich nicht beißen. Jedenfalls nicht jetzt.« Simona kicherte. »Unter all diesen fantastischen Kleidern ist sie nur eine Frau wie wir anderen auch.«

Regeane streckte die Hand aus, die von Lavinia zögernd ergriffen wurde. Simonas derbes Auftreten schien das Mädchen irgendwie beruhigt zu haben. Regeane nickte Lavinia grüßend zu.

»Fürstin«, sagte Lavinia.

Regeane konnte die Anspannung der jungen Frau förmlich spüren. Allein die Hand sagte ihr, dass Lavinia wie ein gefangener Vogel zitterte. Regeane führte sie behutsam zu einer Marmorbank neben dem Atriumbecken. Dann bat sie Susana um etwas Brot und Wein.

»Also, Mädchen«, sagte Simona, »erzähl ihr, was du mir erzählt hast.«

Lavinia nickte. Ihre kleine Ansprache wirkte einstudiert, und Regeane dachte, dass sie die Worte in Gedanken wohl immer wieder vor sich hin gesprochen hatte, während sie in Gräben lag, in Ruinen auf menschenleeren Waldlichtungen oder während sie verstohlen über hundert Pfade und Seitenstraßen lief, um sich vor ihren Verfolgern zu verstecken.

»Ich habe in der Villa Jovis eine Dame kennen gelernt. Sie heißt Lucilla. Ich habe ihr erzählt, dass ich unglücklich sei und nirgendwo hin könne. Sie sagte, wenn ich für sie eine Nachricht nach Rom brächte, dann würden mir ihre Freundinnen in Rom – Simona, Dulcinia und Susana – helfen, eine Arbeit zu finden und ein Dach überm Kopf.«

»Das werden wir«, versprach Regeane. »Das da ist übrigens Susana, das ist Dulcinia – und ihr Zukünftiger, Ludolf – und das ist, wie du bereits weißt, Simona.«

»Ich sollte euch dies hier geben.« Lavinia reichte Regeane den Ring.

Regeane zeigte ihn Susana. »Der gehört ihr. Hadrian hat ihn ihr geschenkt.«

Lavinia schüttelte den Kopf. »Die Nachricht, die sie mir mit auf den Weg gegeben hat, verstehe ich nicht. Aber …« Sie sah Simona an. »Vielleicht werden sie mir nicht glauben …«

»Wir werden dir glauben«, sagte Regeane. »Wir wissen, dass es keine lange oder komplizierte Nachricht sein kann. Erzähl uns, was es ist, und wir wollen sehen, ob wir uns nicht einen Reim darauf machen können.«

Lavinia schien beruhigt zu sein. »Sie hat mir nur ein einziges Wort aufgetragen: Verona.«

»Aha«, stieß Dulcinia hervor und zischte. Sie und Ludolf sahen sich viel sagend an.

»Ja«, erwiderte er und legte die Hand auf seinen Schwertgriff.

»Hadrian muss so schnell wie möglich davon erfahren«, sagte Susana.

»Der Papst!«, rief Lavinia. Sie sah so aus, als würde sie auf der Stelle vor Angst sterben.

»Scht«, machte Simona. »Damit wirst du nichts mehr zu tun haben.«

»Das ist meine Aufgabe, und ich werde mich auf der Stelle darum kümmern.« Ludolf küsste Dulcinia noch einmal die Hand und ging mit schnellen Schritten davon.

»Lucilla hat mit diesem Manöver Erfolg gehabt«, sagte Dulcinia.

»Was ist denn nun mit einem Haus, in dem ich wohnen und arbeiten kann? Womit ich mit Arbeit nichts meine, wozu ich die Beine breit machen müsste«, sagte Lavinia.

Regeane erwiderte: »Wir sind dir alle sehr dankbar, Kleine. Du kannst dir nicht vorstellen, wie dankbar.«

»Ja«, bekräftigte Susana. Sie nahm eine goldene Kette von ihrem Hals und legte sie Lavinia um. »Das soll zunächst einmal dein Lohn sein. Und später wirst du noch mehr bekommen, wenn du gebadet und gegessen hast. Was das Haus betrifft, in dem du wohnen kannst, so wirst du einfach hier bleiben. Lucilla hätte es nicht anders gewollt.«

»Aber ich werde vielleicht eine Weile brauchen, um Arbeit zu finden.«

»Du bist Lucillas und mein Gast, so lange du magst«, sagte Susana. »Und jetzt komm. Gab es in der Villa Jovis auch Bäder?«

»Nicht für uns.«

»Nun, hier gibt es Bäder – für jeden.«

Simona schüttelte den Kopf, während Susana das Mädchen wegbrachte. »Verona. Ich nehme an, ihr wisst, was das zu bedeuten hat?«

»Wir wissen es«, antwortete Dulcinia.

Regeane rannte bereits aus dem Atrium und den Säulengang hinunter.

»Halt!«, rief Dulcinia.

Regeane achtete nicht auf sie.

Simona und Dulcinia eilten hinter ihr her.

Dann war sie im Garten. Es war die Zeit der Siesta. Niemand

war in der Nähe. Das Kleid, das sie getragen hatte, streifte sie noch im Gehen ab. Simona und Dulcinia fanden es in einem Busch weißer Rosen. Niemand sah die Wölfin, die über die Mauer der Villa sprang und in der ruhigen mittäglichen Landschaft verschwand.

Lucilla kämpfte in dem Loch, in dem man sie sich selbst überlassen hatte, mit dem Überleben. Nachdem sie das Gitter über der Zelle untersucht hatte, wusste sie, dass sie es gerade weit genug hochschieben konnte, um die Hand hinauszustrecken, aber weiter ließ es sich nicht öffnen, da es an beiden Enden mit Ketten und Vorhängeschlössern gesichert war.

Sie hätte die Schlösser öffnen können, aber wer immer sie hierher gebracht hatte, hatte diese Möglichkeit vorhergesehen. Die Schlüssellöcher beider Schlösser waren mit Holzstücken verkeilt worden. Wahrscheinlich ein Zweig oder ein Stock, den jemand in das Loch gestoßen und dann abgebrochen hatte.

Schließlich kroch sie an den Mauern entlang, um sie zu untersuchen. Die einzige Schwäche, die sie finden konnte, war die Stelle, wo die Zelle im verschütteten Erdreich endete. Sie konnte erkennen, dass der Boden dort leicht schräg abfiel; es wäre natürlich schön gewesen zu glauben, dass sich möglicherweise nicht mehr als etwa ein Meter Erde zwischen der Zelle und der Freiheit befand. Lucilla erwog ihre verschiedenen Möglichkeiten und begann dann methodisch zu graben.

Eine entmutigende Aufgabe. Der Boden war knochentrocken und fast steinhart. Darüber hinaus steckte er voller Trümmer aller Art: Holz, Tonscherben und abgebrochene Ziegelsteine. Ihr Messer wurde schnell stumpf. Als die Spitze an einem Stück Marmor abbrach, war Lucilla entsetzt.

Sie war bereits müde, und ihr Kopf schmerzte noch immer. Sie setzte sich auf die abgebrochene Säule und weinte. Als ihr jedoch der Gedanke kam, dass die Tränen den ohnehin kleinen Wasservorrat in ihrem Körper weiter schwinden ließen, trocknete sie sich eilig die Augen. Sie hatte durch bittere Erfahrung gelernt, dass man ziemlich lange ohne Nahrung überleben konnte, aber nur sehr kurze Zeit ohne Wasser. Wenn sie kein Glück bei ihrer Grabung hatte, blieben ihr nur etwa drei Tage zu leben. Schon jetzt quälte sie der Durst. Sie nahm einen Schluck von dem mit Opium versetzten Wein und zwang sich, wirklich nur einen kleinen Schluck zu nehmen. Dann setzte sie sich ruhig und mit dem Rücken zur Mauer auf den Säulensockel und schloss die Augen.

Das Opium vertrieb ihre Kopfschmerzen und beruhigte sie. Sie musterte den Müll, den sie bereits aus der Mauer gekratzt hatte. Das Stück Marmor sah so aus, als gehöre es zu einem Mörser mit Stößel. Der Stößel.

Lucilla kroch auf den Müllhaufen zu und untersuchte den Marmor. Der Stößel lag neben einem Stück Holz und verschiedenen Tonscherben. Sie schlug mit dem Holzstück gegen den Säulensockel, um die Erdbröckchen davon zu lösen; die Erde fiel zu Boden, und Lucilla sah, dass ihr Fund die Form eines Bechers hatte. Wahrscheinlich hatte es einst auf dem Ende eines Tischbeins gesteckt, aber das Ding ergab einen durchaus brauchbaren Behälter. Sie legte es vorsichtig beiseite. Es war Frühling, und in dieser Region waren heftige Regenfälle nichts Besonderes. Möglich, dass es nicht rechtzeitig regnen würde, aber es war nicht ausgeschlossen, und dann würde ein Becher ihr von großem Nutzen sein. Und nun zu diesem Marmorstück ... Lucilla runzelte die Stirn, und ihre Augen wurden schmal. Eine halbe Stunde später hatte sie mehrere Marmorstücke von dem Säulensockel gehauen. Einer davon ergab ein hervorragendes Grabewerkzeug; mehrere Marmorsplitter hatten scharfe Kanten, wie man sie sich bei einem Messer nicht besser wünschen konnte. Mit ihrer Hilfe konnte sie die harten Brote in Stückchen schneiden, die klein genug waren, um sie zu kauen.

An diesem Abend verzehrte sie bei Sonnenuntergang mehrere Brotstückchen und trank einige Schlucke Wein. Es gelang ihr, sich so weit zu fassen, dass sie auf dem Bett aus getrocknetem Gras schlafen konnte.

Der nächste Tag war wie der Erste, nur dass sie wacher war und ihr Durst schlimmer. Von dem mit Opium versetzten Wein waren nur noch wenige Schlucke da. Am späten Nachmittag stellte sie fest, dass sie nicht länger graben konnte. Sie legte sich auf das Grasbett und fragte sich, ob all ihre Anstrengungen sie nur dazu verurteilt hatten, qualvoll zu verdursten.

Zu Beginn des zweiten Tages hatte sie eine Strichliste begonnen. Sie betrachtete die Kerben und zählte: fünf. Fünf Tage war sie schon hier. Sie versuchte, sich zu erinnern, ob sie den ersten Tag mitgezählt oder ihre Zählung erst am Zweiten begonnen hatte, aber dann vermochte sie diese Frage nicht zu beantworten und ärgerte sich über ihren Mangel an Scharfsinn. Schließlich lachte sie leise über sich selbst. Was für eine Närrin sie war, zu glauben, das würde noch eine Rolle spielen. Sie konnte nicht laut lachen, weil ihre Lippen rissig waren und ihre Zunge langsam anschwoll.

An diesem Abend konnte sie ihrem ausgetrockneten Körper mit Hilfe eines Kieselsteins genug Speichel abringen, um in den Krug zu spucken und die letzten Reste Opium zu lösen. Sie schenkten ihr Schlaf, denn auf dem Boden des Gefäßes war genug konzentriertes Opium zurückgeblieben, um ein Pferd bewusstlos zu machen, und so schlief sie, aber als sie am Morgen erwachte, war der Durst eine wütende Qual, und ihre Zunge war so angeschwollen, dass sie ihr aus dem Mund hing.

Es gelang ihr schließlich, mit einem ihrer notdürftig hergestellten Messer eine Ader auf dem Rücken ihrer Hand zu öffnen und ihr eigenes Blut zu trinken. Das nutzte ihr nicht viel, dachte sie, aber es linderte doch etwas den Schmerz in ihrem Mund und ihrer Kehle.

Aus schierer Halsstarrigkeit grub sie dann eine Weile weiter, aus Halsstarrigkeit und um sich davon abzuhalten, an das unausweichliche Ende ihres Kampfes zu denken. Aber wieder war sie am Nachmittag zu schwach, um weiterzumachen. Es gab einen letzten Ausweg, um ein wenig von dem am Boden haftenden Opium zu lösen, und obwohl sie sich dafür verachtete, dass sie die Droge brauchte, um ihr Leiden auszulöschen, benutzte sie ihren eigenen Urin.

Die grässliche Mischung brannte in ihrem Mund, aber sie konnte wenigstens schlafen. Als sie das nächste Mal aufwachte, war es dunkel. Sie tastete in der Finsternis nach dem Messer, konnte es aber nicht finden. Sie hatte nicht mehr die Kraft zu suchen. In ihrem Loch herrschte pechschwarze Dunkelheit, und sie fragte sich, ob sie vielleicht blind geworden war, aber dann stellte sie fest, dass sie einige Sterne sehen konnte.

Sie schloss abermals die Augen und dachte an den Tod. Sie betete nicht. Sie hatte sich geweigert, den Bischof um ihr Leben anzubetteln, und sie würde es Gott gegenüber nicht anders machen. Sie war in ruchloser Absicht hierher gekommen. Und wenn Gott fand, dass sie seiner Hilfe nicht würdig sei, konnte er ihr das schon sehr bald selbst sagen. Wenn es keinen Gott gab … Sie erinnerte sich an das, was Sokrates über den Tod gesagt hatte, bevor er den Schierlingsbecher austrank. Vielleicht war der Tod nur ein ewiger Schlaf? Wenn ja, glaubte Sokrates, dass es keine schlechte Sache sei, da er noch nie jemanden gehört hatte, nicht einmal den großen König von Persien, der etwas gegen die Erfahrung eines langen, geruhsamen Schlafs einzuwenden gehabt hätte. Warum also sollte er sich vor einem ewigen Mittagsschläfchen fürchten?

Es gab keinen Grund. Der Mann hatte Recht gehabt. Das hatte sie gedacht, als sie die Dialoge das erste Mal gelesen hatte, und so dachte sie noch immer. Morgen früh würde sie, sobald es hell wurde, nach ihrem Messer suchen. Sie wusste, wo der Puls am dichtesten unter der Haut verlief, am Ellbogen und unter dem Daumen. Ein entschlossener Schnitt würde ein Blutgefäß dort auftrennen und wenn sie irgendetwas war, dann entschlossen. Und alles würde zu Ende sein. Mit diesem Gedanken streckte sie sich aus, entspannte sich und schlummerte wieder ein.

In dieser Nacht regnete es.

Selbst der Himmel schien um den Lombardenkönig zu weinen. Karl verfolgte Desiderius durch eine verregnete Landschaft, während die Frühlingsgüsse über dem Land südlich der Alpen niedergingen. Karl rückte mit seinem wohl geordneten Heer voran. Er ritt inmitten seiner besten Männer an der Spitze. Die Masse der berühmten Scarae folgte, um die Fußsoldaten zu schützen, während ein weiteres Kontingent zusammen mit den Vorratswagen die Nachhut bildete.

Maeniel und einige auserwählte Krieger aus seinen Reihen hatten einen Ehrenplatz bei Karls Onkel Bernard in der Vorhut zugewiesen bekommen. Die Tatsache, dass zwei der Krieger Frauen waren, missfiel zwar einigen von Karls Höflingen, aber niemand verspürte große Lust, sich mit Silvia oder Matrona anzulegen.

Gavin hatte im Lager den größten Teil seiner Zeit auf dem »Versorgungswagen« zugebracht und sich dem Beischlaf, der Völlerei und dem Alkoholgenuss hingegeben. Seine Großtaten in dieser Hinsicht waren in manchen Teilen des Hofs bereits legendär. Aber er hatte alle Hände voll damit zu tun, sich zu waschen und zwischen seiner wölfischen und seiner menschlichen Gestalt hin und her zu wechseln, um alle möglichen Flöhe und Läuse loszuwerden – sieben verschiedene Arten, um genau zu sein –, sowie einige unbequeme Geschlechtskrankheiten, die er sich im Verkehr mit den Damen der Halbwelt zugezogen hatte.

Matrona sprach gegenwärtig nicht mehr mit ihm. Ebenso wenig wie Silvia.

Der Ritt war unbequem, und es hatte den ganzen Morgen immer wieder geregnet. Der Wind peitschte ihnen ins Gesicht. Fast alle im Heer trugen Kettenhemden. Die Panzerung war unterpolstert, und die Polster sogen sich nach und nach mit Feuchtigkeit voll.

Maeniel schüttelte sich auf eine entschieden nichtmenschliche Art und Weise, um das Wasser an seinen Armen loszuwerden.

Gavin trank einen großen Schluck aus einem Krug und hielt ihn dann Maeniel hin. »Du solltest das wirklich mal versuchen, mein Fürst. Es ist wunderbar. Ich trinke seit gestern Abend davon, und ich merke überhaupt nichts.«

Maeniel schnupperte und kam zu dem Schluss, dass Gavin vielleicht deshalb nichts merkte, weil er bereits tot war. Dieses Gebräu war durchaus imstande, einen Menschen binnen kurzer Frist zu töten.

»Wir haben es von einem alten Mann auf einem Bauernhof in den Bergen gekauft. Zuerst macht er Rübenwein. Dann friert er ihn ein. Schüttet die Flüssigkeit ab, die nicht gefriert, fügt einige Kräuter hinzu und …«

»Pinkelt rein«, sagte Maeniel.

»Oh, das tut er nur, um so die Pilze zuzusetzen«, erklärte Gavin ihm. »Wenn du sie in dem Gebräu selbst ziehen lässt, wird es zu stark.«

Maeniel glaubte ihm das unbesehen, da ihm schon die Augen tränten, wenn er nur Gavins Atem roch. Der Alkoholgehalt dieses Gebräus war schlicht unvorstellbar, und der Gestank von Baldrian, Mistel, Bilsenkraut und einer Prise Opium war widerlich.

»Ich muss mir den Namen dieses Mannes merken, damit ich später noch mal zu ihm gehen und Nachschub besorgen kann«, erklärte Gavin. »Das Zeug ist genau das Richtige an einem Regentag.«

In diesem Augenblick kam Arbeo wie der Teufel herangeritten. Er zügelte sein Pferd neben Audovald und rief:«Der Gepäckzug wird angegriffen!«

Karl schien diese Neuigkeit nicht allzu sehr aus dem Gleichgewicht zu bringen. »Sie wollen sicher unser Fortkommen verzögern. Kannst du dich um diese Sache kümmern, Fürst Maeniel?«

Maeniel machte eine ruckartige Kopfbewegung und bejahte.

Silvia und Matrona folgten ihm zum Gepäckzug. Als sie dort ankamen, herrschte großer Aufruhr. Ein Mann war verletzt, und zwei der Tiere, die einen Ochsenwagen mit Vorräten zogen, waren getötet worden.

Silvia sprang von ihrem Pferd und stürzte sich ins Getümmel, half den Dienern, die toten Ochsen aus ihrem Geschirr zu schneiden und den Karren beiseite zu ziehen, damit er die schmale Straße nicht versperrte. Ein muskulöser Bursche sah so aus, als könne es ihm vielleicht missfallen, Befehle von Silvia entgegenzunehmen, aber als sie die Hinterbeine eines der toten Ochsen hochhob und den gewaltigen Kadaver zu einem Baum hinüberzog – sie wollte das Tier häuten und ausweiden, um das Fleisch zu retten, aber sie würde es zuvor ein wenig abhängen lassen, was sie ohne jede Hilfe zu tun gedachte –, da beschlossen alle Anwesenden, dass man Silvia besser mit Takt denn mit allzu großem Mut entgegentreten sollte. Maeniel glaubte nicht, dass die Männer irgendwelche Schwierigkeiten machen würden. Daher ritten er und Matrona davon, um die Angreifer zu verfolgen.

Obwohl sie die Berge hinter sich hatten, war das Land hier noch immer sehr zerklüftet, und es gab viel nackten Fels, hohe Hügel, tiefe Schluchten und kleine Flusstäler. Sie durchquerten ein enges Tal, durch das ein Bach floss, und machten auf dem Abhang eines Hügels Halt.

»Robert«, sagte Maeniel. »Und Desiderius' Hauptmann glaube ich. Antonius hat mir gesagt, wie er heißt ... Nivardd. Sie wissen, wozu ich imstande bin.«

»Hmmmm«, sagte Matrona. »Reite du zum Gipfel des Hügels hinauf.«

Maeniel tat wie geheißen.

Der Bach, den sie gerade überquert hatten, speiste einen Nebenfluss des gewaltigen Po. Er verlief durch ein dicht bewaldetes Tal unterhalb des Hügels. Aus den Tiefen des Waldes in der Nähe des Wassers beobachteten Robert und Nivardd Maeniels Tun.

»Mein Fürst«, sagte Robert.

»Du weißt, wozu er imstande ist?«, fragte Nivardd.

»O ja, er und seine Gemahlin. Aber er ist zu weit weg für einen Bogenschuss, und außerdem würde ich niemals ...«

»Nein, nein, nein«, sagte Nivardd. »Daran hatte ich auch gar nicht gedacht. Ich möchte ihn nur nicht im Nacken haben, wenn wir von hier verschwinden.«

»O Himmel, nein!«, rief Robert aus. »Wir werden durch den Fluss reiten. Nicht einmal Spürhunde können ... da! Er reitet weg.«

Auf ein Signal von Matrona, das für menschliche Ohren unhörbar war, wendete Maeniel sein Pferd und ritt den gleichen Weg zurück, den er gekommen war. Er konnte genauso gut Silvia bei den Ochsen zur Hand gehen.

Nivardd und Robert ritten weiter, ohne die schwarze Wölfin zu bemerken, die sie aus dem Schatten des Unterholzes beobachtete.

Maeniel saß noch lange beim Wein und besprach mit Antonius Staatsangelegenheiten. Der Rest des Rudels hatte sein Schlafzimmer beschlagnahmt und sich dort zur Nachtruhe niedergelegt. Sie hatten sich achtlos auf den Perserteppichen, den Seidenlaken und dem Klappbett breit gemacht. Wenn er müde wurde, würden diejenigen, die im Bett lagen, ihm Platz machen. Alle bis auf Gavin, der auf dem Fußboden unter dem Tisch schlief.

Antonius sah etwas in seinen Augenwinkeln aufflackern, drehte sich um und bemerkte, dass Gavin wieder seine Wolfsgestalt trug. »Er wird langsam unvorsichtig.«

»Ich weiß«, sagte Maeniel. »Als ich neulich mit dem König speiste, bemerkte irgendjemand, dass ich aber eine Menge Hunde im Lager hätte.«

»Ja«, erwiderte Antonius. »Und gestern erzählte Joseph mir, es sei viel zu anstrengend, sich zu verwandeln, nur um im Dunkeln zum Pinkeln nach draußen zu gehen. Außerdem sei es kalt, und Pelz wärme viel besser.« Er verdrehte die Augen. »Was hast du dem Mann gesagt, der die Bemerkung wegen der Hunde gemacht hat?«

»Dass er meine Hunde besser in Ruhe ließe. Sie seien gefährlich«, antwortete Maeniel. »Kampfhunde. Ausgebildet, um zu töten. Wie unsere Pferde, die für die Schlacht ausgebildet sind.«

Antonius kicherte.

Matrona kam ins Zelt. Antonius zuckte zusammen, obwohl er und Maeniel mit ihrem Erscheinen gerechnet hatten. Sie trug ein langes Gewand aus schwerer Rohseide. Es war rot und mit Gold- und Silberfäden bestickt, wobei die Goldfäden Veilchen und Akanthus darstellten und die Silberfäden Nesseln.

»Du bist einfach Ehrfurcht gebietend, atemberaubend schön«, bemerkte Antonius.

»Vielen Dank, ich bin hocherfreut, dass du so denkst. Ich habe mich nach einer Ablenkung umgesehen. Dieser Narr dort«, sie warf einen kurzen Blick auf Gavin, »ist es im Augenblick nicht wert, dass man seine Zeit mit ihm verschwendet. Der König ist beschäftigt, und der Sachse wandert noch immer im Wald umher. Was würdest du zu ein wenig Gesellschaft heute Nacht sagen?«

»Ich würde mich geehrt fühlen und zutiefst dankbar sein, dich in meinem Bett willkommen heißen zu dürfen.«

Matrona streckte die Hand aus.

Antonius küsste ihre Finger.

»Wollen wir's hoffen«, sagte sie.

»Ich denke, ich kann es garantieren«, antwortete er. »Ich bin seit einer ganzen Weile keusch gewesen.«

Matrona schnurrte wie eine große Katze.

»O ja«, sagte Antonius.

Dann wandte sie sich an Maeniel. »Es sind, wie du gesagt hast, Nivardd und Robert. Als ich sie verließ, schliefen sie den Schlaf der Gerechten. Sie halten sich für ungeheuer klug, und für menschliche Verhältnisse sind sie es auch. Die beiden haben zumindest etwas Rückgrat und versuchen, das Land gegen Karl aufzuwiegeln. Sie ziehen durch die Gegend, scharen einige Männer um sich und planen einen Überfall. Dann geht die Bande auseinander, und Nivardd und Robert ziehen allein weiter, damit sie nicht so leicht zu fangen sind. Wenn ihre Überfälle sich häufen, könnten sie Karl eine Menge Ärger machen.«

Maeniel sah Antonius an.

»Er hat keine Plündertrupps ausgesandt, und er lässt Deserteure hängen und Männer, die sich von der Truppe entfernen, auspeitschen. Ich glaube, er denkt ganz ähnlich wie wir.«

Maeniel nickte.

»Lass sie uns holen.«

Antonius erhob sich, sein Umhang fiel zu Boden, und man konnte sehen, dass er darunter bewaffnet war.

»Braucht ihr mich dafür?«, fragte Matrona.

»Nicht unbedingt«, sagte Maeniel. Er stieß ein leises Knurren aus, und Gavin erwachte. Er antwortete mit einem gewaltigen Gähnen, dann hob er die Schnauze gen Himmel.

»Lass das«, sagte Maeniel.

Gavin hielt inne; dann schüttelte er sich heftig.

»Ich brauche dich als Mann«, sagte Maeniel.

Wieder konnte man dieses seltsame Flackern beobachten, dann kroch ein nackter Gavin unter dem Tisch hervor.

»Er sieht gut aus«, meinte Antonius.

»Er stinkt nach Frauen, Schnaps, Drogen, Schweiß, Beischlaf und einigen absolut ekelhaften Dingen, die nur ein Mensch essen würde. Hinzu kommen noch die letzten vier oder fünf Frauen, mit denen er sich im Heu gewälzt hat, ganz zu schweigen von zwei oder drei Plumpsklos, die er aufgesucht hat. Was soll das heißen, Gavin sehe gut aus?«, fragte Matrona. »Magst du Männer?«

»Sagen wir, ich glaube, dass ich in dieser Hinsicht wie meine Mutter bin. Es ist schon vorgekommen, dass ich Angebote in dieser Richtung nicht ausgeschlagen habe«, erwiderte Antonius.

Gavin war in der Tat ein gut aussehender Bursche, dachte Maeniel. Er hatte rotes Haar und die bleiche, helle Haut der meisten Rothaarigen. Er war eher sehnig als massig, aber von anmutigem Körperbau und mit einem schlanken, sehr muskulösen Leib gesegnet, einem fein geschnittenen Gesicht und prachtvollen Augen.

Gavin saß auf einer Bank, schlang sich sein Lendentuch um und schlüpfte in seine Hose. Dann hielt er inne und blickte zu Antonius auf. »Wie ist es denn so?«, fragte er. »Ich hab's noch nie probiert.«

Antonius lächelte. Er wusste, dass die meisten menschlichen Tabus unter diesen Leuten nicht die geringste Bedeutung hatten. »Es kann sehr vergnüglich sein. Komm irgendwann mal zu mir, dann zeige ich es dir. Aber im Augenblick musst du mir meine Zurückweisung verzeihen. Ich habe ein besseres Angebot.«

Gavin funkelte Matrona wütend an. »Zweifellos«, sagte er und machte sich daran, seine Reithosen zu schnüren.

Matrona lachte. »Ich werde als Wölfin gehen.«

Einige Stunden später führte Maeniel Nivardd und Robert in sein Zelt und hieß sie, am Tisch Platz zu nehmen. Das war ein wenig schwierig, weil beiden Männern die Hände hinterm Rücken gefesselt worden waren und ihnen ein Seil vom Hals baumelte. Antonius setzte sich an das eine Ende des Tisches, und kurz danach trat Matrona ins Zelt, die noch immer das gleiche scharlachrote Kleid trug.

Ihre Gäste ließen sich jedoch nicht ohne einigen Wirbel hereinführen.

Nivardd hatte sich nach Kräften gewehrt und sein Bestes getan,

Maeniel dazu zu bringen, ihn zu töten, aber Antonius hatte ihm mit einem Totschläger eins über den Kopf gegeben, einem Stück Blei in einer biegsamen Lederhaut. Jetzt trug Nivardd einen blutigen Verband um den Kopf, der eine dicke Beule und einen Schnitt auf seiner Stirn verbarg.

Robert hatte daraufhin zu fliehen versucht, war aber von Matrona aufgehalten worden. Sie hatte sich ihm mit ihren ganzen einhundertsechzig Pfund in den Rücken geworfen. Robert war einen steilen Hügel hinuntergerollt, gegen einen Baumstamm geprallt und hatte sich zwei Rippen gebrochen. Er hatte sich noch immer gewehrt, aber mittlerweile war Maeniel auf dem Schauplatz erschienen und hatte seine Mordlust ein wenig gedämpft.

»Ich habe euch hierher gebracht, weil ich mit euch reden will«, erklärte Maeniel den beiden.

Robert stieß ein Schnauben schierer Verachtung aus, stellte dann aber fest, dass er den ganzen Mund voller Blut hatte. Auch seine Nase war gebrochen. Er drehte sich um, um auszuspucken, und sah, dass der Leinwandboden des Zelts mit einem Teppich, einem Seidenteppich, belegt war. Er war zu gut erzogen, um auf einen Seidenteppich zu spucken.

Matrona stand auf und hielt ihm ein sauberes Stück Stoff hin. Er spuckte aus, und sie legte ihm den Kopf in den Nacken, um ihm ein kühles, nasses Tuch auf die Nase zu legen. Gleichzeitig strich sie ihm mit den Fingern über die Wange.

»Ganz ruhig«, sagte sie. »Niemand will dir etwas zu Leide tun. Wir sind keine Menschen und daher nicht grausam. Hätte Fürst Maeniel euch tot sehen wollen, hätten wir euch bereits heute Nachmittag überfallen.«

Matrona wob mit ihren Fingern und ihrer Stimme den gleichen Zauber, den sie bei Otho angewandt hatte. Robert beruhigte sich. Seine Nase fühlte sich besser an und hatte zu bluten aufgehört. Matrona drehte sich um und kehrte zu ihrem Platz zurück.

»Warum habt ihr uns dann hergebracht?«, fragte Robert.

»Weil ihr eure Treue einem Mann schenkt, der sie nicht verdient: Desiderius«, sagte Maeniel.

»Er ist mein König«, sagte Nivardd.

»Er ist mein Lehnsherr«, sagte Robert.

»Kennt ihr den Bischof?«, fragte Maeniel.

»Ebroin. Das war sein Name, als er noch in der Armee diente«, erklärte Nivardd. »Ja, gewiss kenne ich ihn. Wir waren als Jungen oft zusammen.«

»Und du, Robert?«, fragte Maeniel.

»Ich habe ihn auch gekannt. Er hat mir das Schreiben beigebracht. Er hatte eine Schule für alle Knaben in der Stadt. Meine Mutter hat mich dorthin geschickt. Es war für unser Geschäft von großer Wichtigkeit, dass man lesen und schreiben konnte. Er war ein guter Freund unserer Familie. Auch wenn er einen höheren Rang bekleidete als wir, stattete er meiner Mutter in glücklicheren Zeiten häufig einen Besuch ab.«

»Desiderius hat ihn hängen lassen«, sagte Maeniel.

»Nein!«, rief Nivardd. »Das würde er nicht tun, das könnte er nicht tun. Niemals.«

»Nein«, flüsterte Robert, der so aussah, als hätte man ihn geschlagen.

Maeniel zog seinen Dolch, stand auf und durchschnitt die Fesseln der beiden Männer. Dann löste er die Schlaufen von ihren Hälsen.

»Geht.« Er zeigte auf den Zelteingang. »Kehrt nach Pavia zurück und stellt fest, ob ich lüge. Alles, was ich von euch erbitte, ist der Verzicht auf weitere Überfälle auf den fränkischen König, bis ihr Bescheid wisst. Robert, wo ist deine Mutter?«

Robert erbleichte. »Sie ist aus der Stadt geflohen; zumindest ist es das, was sie mir erzählt hat. Sie wollte nach Turin gehen und dort bei Freunden unterkommen. Warum fragst du?«

»Es hingen fünf Menschen am Galgen. Einer war der Bischof, der Zweite der Gesetzessprecher Beningus, die beiden anderen kannte ich nicht, aber der Fünfte war eine Frau.«

»Beningus ist heilig«, sagte Robert. »Wer einem Gesetzessprecher auch nur ein Haar krümmt, begeht eine unvorstellbare Freveltat. Diese Männer nehmen kein Geld, damit sie jederzeit frei sind, den Menschen wahrheitsgemäß Rat zu geben.«

»Anscheinend war der Sprecher Desiderius nicht heilig«, entgegnete Maeniel. Dann blickte er zu Nivardd hinüber und sah, dass der Mann mit offenen Augen weinte; die Tränen verdunkelten seinen grauen Bart.

»Er war einer meiner engsten Freunde«, sagte Nivardd mit gebrochener Stimme. »Ich kann mich nicht daran erinnern, dass er jemals nicht da gewesen wäre. Wenn du die Wahrheit sagst, ist mein König ein Ungeheuer.«

»Es ist wahr«, sagte Maeniel. »Ich wünschte, es wäre anders.«

»Wie kannst du so schnell von einem Ort zum anderen und wieder zurück gelangen?«, fragte Nivardd.

»Du hast gesehen, was ich in der Kirche getan habe. Für einen von uns ist die Entfernung nicht allzu groß, sobald wir erst die Berge überwunden haben. Ich bin noch einmal nach Pavia gegangen. Diesmal wurde ich nicht gefangen genommen. Ich kann mich wie Rauch oder Wind durch die Häuser der Menschen bewegen. Ich hatte mir Sorgen um deine Mutter gemacht. Soweit ich sehen konnte, war dein Haus leer. Die Mäuse hatten Hunger, konnten mir aber sonst nichts erzählen.«

»Mäuse sind nicht besonders klug«, warf Matrona ein. »Ihre Beobachtungsgabe ist begrenzt.«

»Oder sie sagen nicht alles, was sie wissen«, bemerkte Antonius.

»Wir sind halb wahnsinnig vor Kummer, und ihr reißt Witze«, sagte Robert.

»Das sind keine Witze. Ich habe wirklich nach deiner Mutter gesucht, und ich habe mir die Mühe gemacht, die Mäuse mit einem kleinen Sack Brot und Käse zu bestechen. Ich fand in der Stadt etwas zum Anziehen und habe die Gelegenheit genutzt, mich in menschlicher Gestalt durch den Ort zu bewegen«, sagte Maeniel. »Nivardd hat mich in der Kirche gesehen, und du hast erlebt, wie wir die Verbrecher zur Strecke gebracht haben. Ihr wisst beide, wozu wir in der Lage sind. Wir haben euch gestern von uns sprechen hören. Die Sonne war für eure Augen nicht deutlicher zu sehen, als ihr beide es für Matrona und mich zwischen den Bäumen wart.«

»Matrona war auch da?«, fragte Robert.

»Ich war Wölfin«, sagte sie.

»Begleitet mich zum König«, sagte Maeniel. »Wir bezahlen unsere Schulden. Du hast meiner Frau Gastfreundschaft erwiesen, und als es ums Ganze ging, hast du versucht, mir zu helfen. Ich werde dich Karl empfehlen. Ich habe ihm einen großen Dienst erwiesen, und er wird auf mich hören.

Wenn ihr nicht mit Karl sprechen wollt, werden wir euch eure Pferde zurückgeben, und ihr könnt gehen, aber wenn ihr das nächste Mal den Gepäckzug überfallt … Der König hat mich gebeten, diesen Überfällen ein Ende zu setzen.« Maeniel ließ die flache Hand auf den Tisch krachen. »Und das werde ich tun.«

Einige Stunden später gingen sie zusammen zu Karl. Er war mit Bernard und einigen Männern zusammen, die sich um die Vorräte kümmerten. Als Maeniel und die anderen eintraten, schickte er all seine Männer bis auf Bernard fort.

»Dies«, sagte Maeniel, »sind die Männer, die unsere Vorratswagen angegriffen haben.« Er zeigte auf Robert und Nivardd.

Karl nickte. »Dann wäre also die nahe liegende Frage: Warum sind sie nicht in Ketten, warum baumeln sie nicht von irgendeinem Ast, warum sind sie nicht tot?«

»Mit deiner Erlaubnis, mein König«, sagte Maeniel, »ich möchte, dass Antonius auf diese Frage antwortet.«

»In der Tat«, sagte Karl. »Seine Majestät fühlt sich geehrt. Antonius ist immer sehr beredt in seinen Lobpreisungen meiner Worte und Taten. So müssen die Redner geklungen haben, die einst vor dem römischen Senat ihre Ansprachen gehalten haben, um die Eroberer der Welt mit Lob zu überhäufen. Du gibst mir das Gefühl, bereits tot zu sein, Antonius.«

»Der Himmel möge das verhüten, Majestät«, erwiderte Antonius. »Sagen wir eher, dass ich mir anmaße, meine erbärmliche Kunst zu Ehren eines Mannes zu nutzen, dessen Taten von solcher Größe sind, dass sie jedes gewöhnliche Lob überflüssig machen.«

Bernard brach in schallendes Gelächter aus. »Neffe, du kannst nicht gewinnen. Er ist dir einfach überlegen.«

Karl lächelte. »Was ist es denn diesmal, Antonius?«

»Mein König, ich glaube, du hast das lombardische Königreich tatsächlich bereits erobert. Wir werden morgen Pavia erreichen, und obwohl Desiderius hoffen wird, einer Belagerung standhalten zu können, so wird er uns doch keinen anderen Widerstand entgegensetzen.«

Karl nickte.

»Desiderius ist gerissen. Er hofft, dass nicht nur seine Stadt, sondern auch deine Soldaten unter Hunger leiden werden«, fuhr Antonius fort.

»Ja, deshalb sitzen wir ja im Augenblick hier. Wir machen uns Sorgen wegen der Vorräte.«

»Es war einmal ein anderer großer Mann«, sagte Antonius, »der eine Armee gegen Italien führte. Sein Name war Hannibal von Karthago, und er war ein Feldherr von großer Berühmtheit.«

»Die Taten des großen Karthagers sind meiner Aufmerksamkeit nicht entgangen«, unterbrach ihn Karl. »Komm zur Sache.«

»Die Sache ist die, er hat jede Schlacht, die er schlug, gewonnen – bis auf die Letzte«, sagte Antonius.

»Die Einzige, die zu gewinnen für einen Kommandanten absolut unerlässlich ist«, bemerkte Bernard.

»Ganz recht«, sagte Antonius. »Und wisst ihr, warum er verloren hat?«

»Also schön«, sagte Karl. »Warum?«

»Weil der brillante Karthager ebenso sehr für seine Grausamkeit bekannt war wie für seine militärische Tüchtigkeit«, erklärte Antonius. »Am Ende fürchteten die Städte Italiens ihn wie den Tod, und sie wandten sich eher an den Teufel, den sie kannten, nämlich Rom, als sich dem Teufel zu stellen, den sie nicht kannten.«

Karl nickte.

»Fürst Maeniel bringt dir hier zwei tapfere Männer. Nicht weil sie dich fürchten, sondern weil der König in Pavia sie beide in einem wichtigen Punkt verraten hat.«

»Ich weiß«, sagte Karl. »Er hat seinen Bischof hängen lassen, Ebroin. Ich dachte mir schon, dass diese Tat seine Beliebtheit deutlich schmälern würde. Ebroin war mit der Hälfte des lombardischen Adels verwandt.«

»Wurde auch meine Mutter getötet?«, unterbrach ihn Robert.

»Nein«, antwortete Karl. »Und mach nicht so ein überraschtes Gesicht, Maeniel. Ich habe unabhängige Informationsquellen in Pavia.« Dann wandte er sich an Robert. »Deine Mutter ist der Aufmerksamkeit von Desiderius' Henker entgangen. Ich weiß nicht, wo sie sich jetzt aufhält, aber sie ist nicht in Pavia.

Nivardd, hast du wahrhaft den Wunsch, in meinen Dienst zu treten?«

»Ja, aber nicht allein. Ich möchte Robert mitbringen.«

Karl wandte sich an seinen Onkel Bernard.

»Ich könnte alle beide gebrauchen«, sagte Bernard. »Der größte Teil dieser vornehmen Jünglinge, die du mir geschickt hast, ist so ignorant wie der durchschnittliche Erdklumpen unter einem Pflug. Ich könnte zwei erfahrene Männer, die noch dazu lesen und schreiben können und nicht völlige Neulinge in militärischen Angelegenheiten sind, gut gebrauchen. Die großen Landbesitzer werden auf Nivardd hören, und ...« Bernard zögerte. Er war nicht der Mann, der Dinge taktvoll auszudrücken pflegte. Robert war nicht von adliger Geburt.

»Ja«, sagte Nivardd. »Aber es gibt auch solche, die auf Robert hören werden, Männer, für die wir beide, du und ich, nur faule Edelleute sind, die versuchen, ihr eigenes Nest zu polstern.«

Bernard stieß einen Laut der Zustimmung aus, der wie ein Grunzen klang.

»Dann wäre das also geklärt«, sagte Karl. »Sie werden beide zu den Scarae gehören.«

»Kommt jetzt«, sagte Bernard, während er sich erhob. »Wir werden euch ein Quartier suchen, dann stelle ich euch den anderen vor.«

»Maeniel, ich wünsche dich noch zu sprechen«, sagte Karl.

Er wartete, bis die anderen gegangen waren, dann öffnete Karl seine Schreibmappe und reichte Maeniel ein kleines Stück Papier. Maeniel trat an die Tür des Zeltes und besah sich das Schreiben im

Licht, das von draußen hereinkam. Das Blatt war erst glatt gestrichen und dann zerknittert worden.

Gerberga, die Gemahlin deines verstorbenen Bruders, hält sich in Verona auf. Regeane ist dorthin gegangen.

»Ist das Hadrians Handschrift?«, fragte Karl.

»Jawohl«, antwortete Antonius. »Die Tauben.«

»Ja«, sagte Karl. »Sie wurden in Genf gezüchtet. Ich habe vorsichtshalber zwei Dutzend zum Papst bringen lassen. Ein Sonderkurier hat mir diese Taube erst heute Morgen überbracht.«

»Brauchst du mich noch für irgendetwas anderes?«, fragte Maeniel.

»Nein.«

»Dann werde ich noch vor Einbruch der Dunkelheit nach Verona aufbrechen«, sagte Maeniel. »Sprich mit Matrona, und wenn sie nicht anwesend ist, wende dich an Antonius.«

Mit diesen Worten eilte Maeniel davon.

»Er hat nicht gefragt, ob ich ihm gestatte, mich zu verlassen«, bemerkte Karl.

»Würde es helfen, wenn ich dich um Verzeihung bäte?«, fragte Antonius.

»Nein«, antwortete Karl. »Es würde nicht im Mindesten helfen.«

12

Lucilla träumte, und in dem Traum bot ihr eine gesichtslose Frau einen Becher mit kühlem, frischem Wasser an. Der Geschmack war süßer als jeder andere, den sie je gekannt hatte. Als sie erwachte, rann ihr der Regen vom Rand des Gitters in den Mund. Lucilla trat unter das Gitter, öffnete den Mund und breitete die Arme aus, selig, bis sie sich satt getrunken hatte, dann fing sie noch mehr Wasser in dem Krug auf, der früher den mit Opium versetzten Wein enthalten hatte, und in jedem anderen Behältnis, das sie aus den Trümmern geborgen hatte.

Bei Sonnenaufgang ließ der Regen nach, und die Kaltfront, die ihn gebracht hatte, zog weiter. Lucilla brachte ihre kostbaren Behälter mit dem Wasser von dem Gitter weg, zurück dorthin, wo während des Tages Dunkelheit herrschte, und legte sich wieder auf ihr Bett aus Gras, um in einen natürlichen Schlaf zu sinken.

Als sie erwachte, war es Nachmittag. Sie blieb still liegen und hielt die Augen noch für eine Weile geschlossen, um nachzudenken. Sie hatte jetzt wieder Hoffnung, und Hoffnung kann genauso grausam sein wie Folter, wenn sie unerfüllt bleibt. Lucilla zwang sich, nicht zu optimistisch zu sein, wohl wissend, dass der Bischof und seine Untergebenen gewiss jemanden herschicken würden, der sie tötete, wenn sie erst herausfanden, dass sie noch lebte. Schließlich setzte sie sich hin und überprüfte ihre Wasservorräte. Es waren vier Behälter. Der Holzbecher, eine zerbrochene Schale, eine konkave Scherbe, die einmal ein Teil von etwas erheblich Größerem gewesen war, und der Krug, der den mit Opium versetzten Wein enthalten hatte.

An der gegenüberliegenden Seite der Zelle hatte sich in einer Vertiefung im Boden eine ziemlich große Pfütze gebildet. Sie kroch darauf zu und trank zuerst von diesem Wasser. Dann band sie sich das Haar mit einem Stoffstreifen zusammen, den sie von dem Saum ihres Wollkleids abgerissen hatte, nahm wieder ihre Werkzeuge zur Hand, kroch zurück in die Ecke und begann zu graben.

Als es zu dunkel wurde, um weiterzumachen, kroch sie wieder zu der Pfütze, um zu trinken, schnitt eine weitere Kerbe in ihre Strichliste, legte sich hin und schlief ein.

Am Morgen war die Pfütze ausgetrocknet, daher trank Lucilla aus der zerbrochenen Schale und dann aus der großen Scherbe. Ansonsten verging dieser Tag wie der vorige, nur dass es ein wenig kälter war. Lucilla konnte länger arbeiten. Mittlerweile sickerte aus den Blasen an ihren Händen Blut. Sie trank es, denn es widerstrebte ihr, irgendeine Flüssigkeit oder Nahrung ungenutzt zu lassen.

Am achten Tag war alles Wasser bis auf das im Weinkrug ausgetrunken. Sie trank nur wenig, denn sie hatte langsam echte Hoffnung geschöpft. Sie grub jetzt in sauberer Erde, und diese Erde war feucht, weich und mürbe. Zum ersten Mal traf sie auf Wurzeln. Und sie war davon überzeugt, dass sie sich nahe an die Oberfläche des Hügels herangearbeitet hatte.

In dieser Nacht kam Adalgisus.

Der Mond stand hell und voll am Himmel, als sie ihn direkt hinter dem Gitter flüstern hörte.

»Lucilla! Lucilla, lebst du noch? Der Mann, den ich bestochen habe, sagte, du müsstest mittlerweile tot sein und bereits stinken, aber ich kann nichts riechen.«

Zuerst dachte Lucilla, dass ihre Fantasie ihr einen Streich spiele, da sie gerade erst erwacht war. Aber als Adalgisus zum vierten oder fünften Mal ihren Namen rief, wusste sie, dass er wirklich da war.

»Lucilla, bitte, wenn du noch lebst, antworte mir.«

Er klang wie immer, ein elender, jammernder Tropf, und eine solche Woge heißen Zorns schlug über Lucilla zusammen, dass ihr ganzer Körper zitterte; sie wünschte sich nichts mehr, als ihn an Ort und Stelle töten zu können. Und dann flüsterte ihr der vorsichtigere Teil ihrer selbst in Gedanken zu: *Mädchen, sei keine Närrin.*

Dies könnte deine einzige Chance sein. Der Zorn verschwand unter dieser Erkenntnis, und ihre Gedanken überschlugen sich bei der Frage, wie sie diesen Trumpf am besten ausspielen sollte.

»Ja«, wisperte sie.

»Gott, ja, du lebst. Ich wusste, dass du nicht so leicht aufgeben würdest, wie sie gesagt haben.«

Wieder brachte der Zorn ihre Ruhe ins Wanken und färbte die Dunkelheit hinter ihren Lidern rot. »Ich lebe noch, aber nur mit knapper Not«, antwortete sie. »Besorg mir etwas zu essen, etwas Wasser. Wenn es vor zwei Tagen nicht geregnet hätte, wäre ich jetzt tot.«

Er zwängte etwas durch die Gitterstäbe. Einen irdenen Krug mit Wein, ein Tuch mit einigen Brotlaiben, etwas Käse und – Wonne über Wonne – eine Hartwurst. Sie ließ sich auf die Knie nieder, trank den Wein und riss mit den Zähnen einige Bissen von dem harten Brot ab.

»Lucilla, du musst mir helfen.«

Lucilla hätte um ein Haar laut aufgelacht. Mein Gott, was für ein Kindskopf er war. Sie – ihm helfen?

Du solltest besser herausfinden, worum es geht, ermahnte sie ihr beherrschter Verstand. »Warum?«, fragte sie mit vollem Mund.

»Karl ist über die Berge gekommen und belagert meinen Vater in Pavia. Es heißt, die großen Landbesitzerfamilien ergriffen Karls Partei und würden ihm helfen, seine Armee mit Vorräten zu versorgen.«

Lucilla seufzte. Zu spät für sie vielleicht, aber was sie und Hadrian gehofft hatten, war tatsächlich eingetreten. Sie hatten gesiegt. Ein schwacher Trost. Jetzt konnte sie diesen Umstand vielleicht nutzen, um mit Adalgisus einen Handel abzuschließen.

»Schaff mich hier raus«, sagte sie. »Ich helfe dir, zu einer Übereinkunft mit dem Papst zu kommen. Vielleicht kannst du noch irgendetwas retten.«

Er schwieg.

»Wenn du zulässt, dass sie mich töten«, flüsterte sie heiser, »besiegelst du damit deinen eigenen Untergang. Wenn du mir hilfst, werde ich ein gutes Wort für dich einlegen. Hadrian wird auf mich hören, und Karl hört auf Hadrian. Ich verspreche es dir. Aber um Christi willen, Adalgisus, bitte …« Die Verzweiflung in ihrer eigenen Stimme erschreckte sie. »Bitte, hol mich hier raus.«

Einen Augenblick lang glaubte sie, dass er gegangen war, aber als er ihr dann Antwort gab, entsetzte ihre Erleichterung darüber sie genauso sehr wie zuvor die Verzweiflung: Das Gefühl war so übermächtig, dass es ihren ganzen Körper erbeben ließ.

»Ich kann nicht«, jammerte er. »Der Mann, den ich bestochen habe, damit er mich hierher führt, wollte mir die Schlüssel nicht geben.«

O Jesus, lieber Gott, steh mir bei, dachte Lucilla, und es war kein Fluch, sondern das einzige Gebet, das über ihre Lippen gekommen war, seit man sie in diesem Loch eingesperrt hatte. Er hatte den Mann mit den Schlüsseln zu diesem Ort des Grauens in der Hand gehabt, und er hatte ihn gehen lassen.

Der Zorn überwältigte sie.

»Du Schwein, du Schwein mit dem Schwanz und den Eiern einer Maus! Lauf nur weg, du Bastard, lauf weg! Du … du … König? Du taugst nicht einmal, der Herrscher eines Misthaufens zu sein. Lauf nur weg, geh nach Genua, nach Venedig, du schwanzlutschender Haufen Unrat. Ergreif die Flucht und geh ins Exil, und magst du dort verrotten bis zum Tag deines Todes.«

Ihre Stimme schwoll zu einem Kreischen an. »Bis zum Tag deines Todes, hörst du mich? Bis zum Tag deines Todes!«

Der Klang ihrer eigenen Stimme ließ sie erschrocken innehalten. Was ein Glück war, da sie über sich das Geräusch von eiligen Schritten hörte; dann wurden Rufe laut, und sie sah Licht, das durch das Gitter fiel. Sie riss Brot, Käse und Wurst an sich und huschte in den hinteren Teil der Zelle zurück, weit fort von den Lichtern, um sich neben den Erdhaufen zu kauern, den sie aus dem Hügel gegraben hatte. Dort blieb sie sitzen, bis wieder Stille eingekehrt war und sie durch das Gitter nur noch das Licht der fernen Sterne sehen konnte. Das einzige Geräusch war jetzt das leise Zirpen von Insekten im Gras und das Rascheln von Blättern im Wind.

Und dann weinte sie. Wie lange sie geweint hatte, hätte sie später nicht sagen können, aber irgendwann hörte sie auf und spürte nichts mehr als eine bodenlose, endlose, hoffnungslose Verzweiflung. Sie hatte aufgehört zu weinen und lehnte schlaff an dem Erdhaufen, als sie das Wolfsgeheul hörte.

Syagrius, Gerberga und Bischof Karl saßen zusammen. Sie unterhielten sich mit Audoin, dem öffentlichen Henker. Er sprach von Adalgisus.

»Er ist weg. Und zweifellos mittlerweile auf halbem Weg nach Genua, falls er nicht schon dort ist. Ende des Monats wird er wahrscheinlich in Konstantinopel sein.

Ihr hättet hören sollen, wie sie ihn beschimpft hat und noch dazu auf eine sehr treffende Weise. Es steckt also noch immer ein Fünkchen Kraft in ihr.«

Syagrius schien entsetzt zu sein. »Sie lebt noch? Das kann ich kaum glauben. Es sind jetzt acht Tage. Bruder, ich wäre glücklicher, wenn du ihr die Kehle hättest durchschneiden lassen, so lange sie sich in deinem Gewahrsam befand. Wozu diese Scharade?«

Gerberga rümpfte die Nase. »Sie hat noch nicht genug gelitten. Ich kann sie direkt an seiner Seite sehen, wenn sie mich auf dem Weg zur Messe den Marktplatz überqueren sah, während sie sich ihrer schmutzigen Lust hingaben. Ich – ich, die ihm einen Thron angeboten hat. Auf diese Weise missbraucht er mich also. Nun, Bischof Karl hat ihn dafür bezahlen lassen.«

Der Bischof lachte leise. »Ich frage mich, wie lange sie es noch machen wird. Es wäre interessant, das herauszufinden.«

»Nein«, widersprach Syagrius. »Genug. Audoin, nimm zwei Männer und geh in die Zelle hinunter. Regle diese Angelegenheit, und zwar sofort. Man hätte sie an Ort und Stelle erdrosseln sollen, als man sie zu dir brachte.«

»Ereifere dich nicht so«, sagte sein Bruder Karl. »Es hat sich doch alles zum Besten entwickelt. Gerberga wollte Rache für Adalgisus' Untreue; du wolltest ihn aus dem Weg haben, damit wir einen Handel mit dem fränkischen König machen können. Ihr habt also beide bekommen, was ihr wolltet.«

Gerbergas Lippen zuckten. »Müssen wir mit dem Franken verhandeln?«

»Nein, noch nicht«, sagte Karl. »Wir müssen abwarten und sehen, wie diese Belagerung sich entwickelt. Ich kann mir nicht vorstellen, dass irgendein Fürst oder König mächtig genug ist, um ein Heer länger als ein paar Monate im Feld zu halten. Nicht einmal der große Karl Martell, der Hammer, konnte seine Männer länger als ein halbes Jahr unter Waffen halten. Und während er sich auf Pavia konzentriert, können wir unsere Position stärken.«

Syagrius fühlte sich sichtlich unwohl. Die Frau sollte tot sein, hätte längst tot sein müssen. Das Gleiche galt für Adalgisus. Aber Karl war ein wenig zu versessen darauf, anderen Schmerzen zuzufügen, und eines Tages würde sein lieber Bruder sich vielleicht selbst ein Bein stellen. Trotzdem konnte er keinen Fehler in Karls Argumentation entdecken. Er beugte sich seinem Bruder. Karl verließ mit Gerberga am Arm den Raum. Nun, sie verschwendete keine Zeit, sich einen neuen Favoriten zu suchen.

Syagrius wandte sich an Audoin. »Geh und mach Schluss mit ihr.«

»Morgen früh ...«

»Sofort! Ich werde besser schlafen, wenn sie tot ist.«

»Aber ich habe die Schlösser blockiert.«

»Welche Schlösser?«

»Die Vorhängeschlösser an den Ketten, mit denen das Gitter befestigt wird. Der Bischof hat mir diesen Befehl gegeben. Er sagte, sie sei vielleicht imstande, Schlösser zu öffnen. Die Kette wird durchgesägt werden müssen.«

Syagrius seufzte. »Also schön.« Er war zu müde, um zu streiten. »Aber du erledigst es morgen früh gleich als Erstes. Ganz gleich, was geschieht.«

»Ja, mein Fürst«, sagte Audoin. »Ganz gleich, was geschieht.«

Die Wölfin heulte dreimal, bevor Lucilla klar wurde, was sie da hörte. Sie kroch zum Gitter hinüber, stand auf, reckte die Arme und umfasste mit beiden Händen die Gitterstäbe; dann rief sie laut:

»Regeane, Regeane, Regeane!« *Lieber Gott, bitte, bitte, lass sie es sein.*

Die Antwort war ein leiser, ächzender Ausruf, und wenige Sekunden später berührte etwas Feuchtes Lucillas Hand, und der Kopf eines Wolfs versperrte ihr den Blick auf die Sterne.

Eine Sekunde später hockte Regeane über dem Gitter. »Ich wusste, dass du in der Nähe sein musstest. Ich wusste es einfach«, sagte Regeane.

»Lavinia ist bis nach Rom durchgekommen«, sagte Lucilla. »Ich habe es nicht gewagt, darauf zu hoffen. Die Chancen standen schlecht, dass sie es schaffen würde. O mein Gott, mein Gott, es tut so gut, zu wissen, dass ich nicht allein bin. Du wirst niemals begreifen, wie gut es tut.«

»Ach nein? Lucilla, jemand hat sich an diesen Schlössern zu schaffen gemacht. Wie bekomme ich dich da raus? Sag es mir schnell. Ich erfriere.«

»Hier.« Lucilla trug das Leinenhemd. Das wollene Gewand schob sie jetzt durch das Gitter, zu Regeane hinauf.

Regeane hüllte sich in das Kleid. »Das ist schon besser.«

»Ich wette, es stinkt.«

»Das tut es, aber es ist warm. Also, wie bekomme ich dich da raus?«

»Befindet sich dieses Gefängnis auf einem Hügel?«, fragte Lucilla.

»Ja«, sagte Regeane.

»Gut, die Zelle erstreckt sich über einige Meter zu meiner Rechten unter die Erde. Ich habe angefangen, dort zu graben. Ich glaube, dass ich schon fast durch bin.«

»Zeig es mir. Mach ein paar Geräusche. Ich kann Dinge hören, die andere nicht hören können.«

Lucilla kroch in den hinteren Teil der Zelle und schlug mit ihrem behelfsmäßigen Grabwerkzeug gegen das Erdreich.

Eine Sekunde später gab der Boden ohne Regeanes Zutun nach, und Lucilla blickte in das Gesicht ihrer Freundin hinauf.

Zuerst war die Öffnung nicht groß genug, um sich hindurchzuzwängen, aber die beiden Frauen brauchten nur ein paar Minuten, um die Öffnung hinreichend zu vergrößern.

Lucilla ergriff Regeanes Hand, und gemeinsam stolperten sie den Hügel hinunter zu einem Bach im Tal.

Das Wasser war eiskalt, aber Lucilla schien es, dass sie einfach nicht aufhören konnte, sich abzuschrubben. Sie hockte nackt im Wasser und benutzte steinigen Sand aus dem Flussbett, um sich abzureiben, Gesicht, Arme, Achseln, Brüste, den Bauch, die Hüften und Lenden, und Regeane hatte den Eindruck, als versuche sie, ihre Haut wie mit Schmirgelpapier aufzuschürfen. Zwischendurch trank sie gierig von dem süßen, Leben spendenden, kalten, klaren Wasser.

Ganz zum Schluss zog Lucilla das zerlumpte Leinenhemd in den Bach und bearbeitete es mit einem großen Stein, dann knetete sie es mit den Füßen durch, bis es mehr oder weniger sauber war. Schließlich zog sie sich das grobe Kleidungsstück wieder an, um es an ihrem Leib trocknen zu lassen. Dann warf sie sich am Bachufer auf den Boden und trank noch etwas Wasser.

»Lucilla.« Regeane schüttelte sie. »Ansgar ist nicht weit von hier. Wir müssen sein Lager erreichen. Ich bin sicher, dass du dort saubere Sachen bekommen wirst.«

Lucilla stand auf. »Zur Hölle, Regeane – weißt du eigentlich, was die Hölle ist? Es ist ein Loch im Boden ohne Essen, ohne Wasser. Ich war acht Tage lang in der Hölle. Sie haben erwartet, dass ich sterben würde. Sie wollten, dass ich sterbe. Ich kann es noch immer nicht fassen, dass ich lebe. Ich werde den Rest meines Lebens jeden Tag aufstehen und Gott dafür danken, dass ich noch am Leben bin. Was auch immer sonst mit der Welt nicht stimmen mag, das werde ich tun.«

Dann schien sie plötzlich wieder zu Verstand zu kommen. »Wie spät ist es? Gütiger Gott, was machen wir denn noch hier? Man könnte uns finden und wieder einfangen. Wo ist Ansgars Lager? Zeig es mir. Stella ist tot, nicht wahr? Gibt er mir die Schuld an ihrem Tod? Ich habe getan, was ich konnte. Bist du sicher, dass es nicht zu gefährlich ist, wenn wir zu ihm gehen?«

»Ich weiß nicht, wie spät es ist, aber die Wölfin kann dir sagen, dass es sehr spät sein muss. Nichts regt sich. Ich glaube nicht, dass man uns finden wird. Ja.« Sie stützte Lucilla, die plötzlich sehr schwach geworden war. »Ja, Stella ist tot. Nein, ich glaube nicht, dass Ansgar dir die Schuld daran gibt. Oder vielleicht sollte ich sagen, dass er anderen größere Schuld gibt. Und ja, wir können gefahrlos in sein Lager gehen. Maeniel ist dort, und morgen früh wird der Frankenkönig eintreffen.«

Eine halbe Stunde später kamen sie beide in Ansgars Lager gestolpert. Sie sorgten für einen beträchtlichen Aufruhr, weil niemand sie erwartet hatte. Ansgar hatte gehört, dass Regeane Rom verlassen habe, aber er wusste nicht, was sie tun wollte, ebenso wenig, wie er ihr wahrscheinliches Ziel kannte. Als Maeniel zu ihm gestoßen war, wusste der graue Wolf, dass Regeane ganz in der Nähe sein musste, aber da sie sich ihm nicht offenbarte, konnte er nur raten, was sie trieb.

Nachdem Regeane im Lager angekommen war und von Matrona etwas zum Anziehen bekommen hatte, stieß sie auf den Sachsen. Hatte Maeniel …

»Offensichtlich nicht«, sagte der Sachse. »Ich bin hier und unverletzt. Nein, Fürstin, er hat wohl einfach den Entschluss gefasst, seine Drohungen nicht wahrzumachen. Er weiß, dass er mich nicht für dein Tun zur Verantwortung ziehen kann. Er akzeptiert diese Tatsache inzwischen. Er hat mir sogar ein wunderbares Geschenk gemacht. Oder vielleicht sollte ich sagen, er hat mich einem wunderbaren Freund zugeführt.«

Regeane lernte das Pferd kennen, hatte aber nicht viel Zeit, um sich mit ihm bekannt zu machen. Matrona kam zu ihnen und erklärte Regeane, dass Lucilla nach ihr gerufen habe und in große Erregung geraten sei, als sie nicht schnell genug zurückkam.

Regeane eilte davon, um sich um ihre Freundin zu kümmern.

Matrona sah Regeane mit schmalen Augen nach.

»Was ist los?«, fragte der Sachse.

»Ich weiß nicht«, antwortete Matrona. »Aber Lucilla ist ein sehr selbstbewusstes, um nicht zu sagen hartes Geschöpf.«

»Hart?« Die Augenbrauen des Sachsen fuhren in die Höhe.

»Sie könnte die meisten Männer mit einem einzigen Blick aus der Fassung bringen. Dieses Benehmen ist ganz untypisch für sie. Bitte, behalte beide Frauen für mich im Auge.«

Der Sachse nickte und folgte Regeane.

Lucilla hatte noch ein Bad genommen, und während Regeanes Kleider ihr nicht passten, erfüllten Matronas Sachen diesen Zweck ohne weiteres, so dass Lucilla anständig aussah, als Karl im Lager Einzug hielt.

Der König der Franken war kein Mann, der auf großem Zeremoniell bestand. Ansgar bot ihm einen Becher Wein an, und er setzte sich hin, und im Eingang von Ansgars Zelt, vor dem Feuer, unterhielten sie sich kurz über das ungewöhnlich warme Frühlingswetter. Ansgar bemerkte, dass die gut bewaffneten jungen Männer in Karls Begleitung sehr wachsam waren, aber es geschah nichts, nur dass Ludolf erschien – er hatte die Umgebung der Stadt ausgekundschaftet – und Karl vorgestellt wurde. Er ließ sich elegant auf ein Knie sinken und beugte das Haupt. Karls Gefolgsleute schienen sich zu entspannen.

Dann kamen Maeniel und Regeane, und sie brachten das Essen und den Wein mit, die Matrona bereitgestellt hatte. Lucilla und der Sachse folgten ihnen. Matrona hatte Lucilla ein hellblaues Kleid aus einem Gewebe von Seide und Leinen geliehen, ein sehr schlichtes Gewand, das sich jedoch durch anmutige, fließende Linien und weite Ärmel auszeichnete. Sie trug es über einem Reitrock aus Leder, und Matrona hatte darauf bestanden, dass sie zwischen dem Gewand und ihrem Unterhemd ein leichtes Kettenhemd überstreifte.

Lucilla hatte sich einen schweren Leinenschleier über den Kopf gezogen, aber als Karl ihr in die Augen blickte, schien ihm etwas Furchtbares daraus entgegenzuspringen. Was es auch war, es raubte ihm sekundenlang den Atem. Diese Augen glitzerten im Feuerlicht wie Eiszapfen, graugrün und blau gleichzeitig. Dann verneigte sich die Frau vor ihm und ließ sich ebenfalls auf ein Knie nieder.

Er forderte sie auf, Platz zu nehmen. Sie setzte sich hin.

»Von Ansgar weiß ich, dass du in der Stadt warst und uns sagen kannst, was uns dort erwarten wird.«

Lucilla nickte und erzählte dann mit klarer, ruhiger, wohl modulierter Stimme, was sie wusste; sie berichtete über den Grundriss der Stadt, über ihre Verteidigungsanlagen, wie viele Männer Syagrius hatte, wo sie stationiert waren, wo die Pferde standen und wo man den Waffenvorrat untergebracht hatte. Dann zeichnete sie auf ein Stück Papier die ungefähre Lage der Kathedrale, der Häuser von Syagrius und Bischof Karl und von Gerbergas Villa, und sie zeichnete in ihren Plan auch die Räume ein, in denen Gerberga und ihre Frauen schliefen, sowie den anderen Flügel, in dem die beiden Prinzen untergebracht waren.

Karl nahm die Informationen sichtlich beeindruckt auf. »Die Römer haben die Stadt gut befestigt. Wie kommen wir hinein?«

Lucilla lachte. Regeane sah ihre Augen glitzern. Dann drehte sie sich zu Ansgar um. »Haben sie auch nur die geringste Ahnung, dass wir hier sind?«

Ansgar lächelte, und sein Lächeln war so kalt wie das eisige Funkeln in Lucillas Augen. »Nein.«

»Das dachte ich mir. Morgens öffnen sie grundsätzlich die Tore, damit die Bauern frisches Fleisch, Eier und Gemüse in die Stadt bringen können. Die Wache öffnet sie, wenn die Karren zwischen dem ersten Tageslicht und dem Aufgang der Sonne vor den Toren erscheinen. Die Straße ist nicht weit von hier entfernt. Unser Lager liegt hinter einem Weingarten und einem großen Olivenhain versteckt.

Wenn ihr das Knarren der Wagen und die Rufe der Fahrer hört, werden die Tore sich öffnen. Dann müsst ihr einfach sehr schnell an den Bauernkarren vorbeireiten, ehe die Wachen wissen, wie ihnen geschieht, und die Stadt wird euch gehören.«

»Ich habe sie beobachtet«, sagte Ludolf. »Lucillas Plan lässt sich durchführen, aber wir müssen sehr schnell sein. Bei Tag werden sie unser Lager entdecken und Alarm schlagen.«

Lucilla griff nach Regeanes Hand, und die beiden Frauen ließen das Zelt und das Lager hinter sich. Schweigend gingen sie Seite an

Seite durch den Weingarten. Regeane sah, dass das Licht mittlerweile blau geworden war. Die Weinreben begannen gerade auszutreiben; die Luft war wie immer beim ersten Licht – sehr still.

»Geht es dir jetzt besser?«, fragte sie.

»Ja, aber ich brauche dich, Regeane. Versprich mir, dass du mich nicht allein lässt. Ganz gleich, was passiert, du darfst mich nicht verlassen.«

»Ja.« Lucillas Angst erstaunte Regeane ein wenig. Was hatte sie jetzt noch zu fürchten? Die Augen der Wölfin waren besser als die der Frau, aber selbst für einen Menschen wurde das blaue Licht des hereinbrechenden Tages langsam heller. Man konnte zusehen, wie der Bodennebel sich auf dem Wein in Tau verwandelte und auf den weichen, jungen grünen Blättern winzige Tröpfchen bildete, und Regeanes Augen machten den Sachsen und Maeniel aus, die zwischen den Bäumen des Olivenhains auf ihren Pferden saßen. Kurz darauf hörte sie auch schon die ersten Karren, deren Räder über die großen Pflastersteine der alten Römerstraße holperten.

Audoin war unruhig gewesen und hatte schlecht geschlafen. Syagrius hatte es gar nicht gefallen, dass die Römerin noch lebte, daher holte Audoin zu früher Stunde zwei seiner Helfer aus dem Bett, und im ersten Licht des neuen Tages näherten sie sich nun den Stadttoren.

Er konnte zwar hören, aber nicht sehen, wie die Tore geöffnet wurden. Er beschleunigte seinen Schritt. Am Tor trat er beiseite, um einen Wagen mit Feuerholz vorbeifahren zu lassen, und er blickte gerade die Straße hinunter in das trübe Licht, das dem Sonnenaufgang voranging, als sie vor ihm auftauchte. Die Frau aus der Zelle. Sie kam mit einigen anderen aus dem Morgennebel geritten, mit einer weiteren Frau und vier Männern, und er hatte das Gefühl, dass sie nicht allein waren.

Audoin spürte, wie sich jeder Muskel seines Körpers versteifte, und die feinen Härchen an seinem Nacken stellten sich vor Schreck auf. Von allen Geschöpfen zwischen Hölle, Erde und Himmel war diese Frau die Letzte, die Allerletzte, die er hier erwartet hätte. Und plötzlich betete er, dass sie ihn nicht bemerkte.

Sie bemerkte ihn tatsächlich nicht und ritt, den Blick fest auf die Straße vor sich geheftet, weiter geradeaus. Als ihr Pferd an Audoin vorbeigaloppierte, wurde ihm klar, dass diese Leute die Spitze einer Kolonne bewaffneter Männer darstellten, die in Zweierreihen in die Stadt einritt. Sie jagten in einem Donnern von Hufen, Geschirren und klirrender Rüstung an ihm vorbei, und es schien fast, als flögen sie. Die Männer der Wache starrten sie mit offenen Mündern an, bis einer von ihnen begriff, dass er Zeuge einer militärischen Katastrophe wurde. Aber jetzt konnten er und seine Kameraden nur noch die Flucht ergreifen und sich in dem engen Labyrinth der Straßen in der Nähe des Tores verstecken, während Karls und Ansgars Männer in die Stadt hineinströmten. Als Audoin sah, dass die Wachen verschwanden, beschloss er, sich ihrer Strategie anzuschließen, und so ergriffen auch er und seine beiden Helfer die Flucht.

Ansgar, Regeane und Lucilla zügelten ihre Pferde auf dem Marktplatz vor Syagrius' Residenz. Sechs Männer der Scarae stemmten bereits die Tore auf. Die Tore öffneten sich, und Ansgar ging mit großen Schritten hinter den Soldaten her ins Haus. Regeane und Lucilla folgten ihm in Begleitung des Sachsen.

Lucilla wollte Regeanes Hand nicht loslassen. »Ich brauche dich«, wisperte sie. »Hier wird gleich die Hölle losbrechen. Bleib in meiner Nähe, hier bist du sicherer.«

Die Diener und Leibwachen der Familie bekamen nicht einmal die Chance zu einem Mindestmaß an Widerstand. Die meisten flohen, einige warfen ihre Waffen weg und ergaben sich. Wenige Sekunden später wurden Syagrius und Bischof Karl von den Männern des Königs aus dem Bett gescheucht und in die Mitte der Halle getrieben, wo sie Lucilla und Ansgar gegenüberstanden.

Regeane konnte schreckliche Schreie von draußen hören und Blut, brennendes Holz und verbranntes Fleisch riechen. Die Wölfin wollte in Panik nach Regeane greifen. Sie wollte aus dem Haus. Regeane hatte zwar große Angst, brachte die Wölfin aber mit einem scharfen Tadel zum Schweigen. Verbranntes Fleisch war verbranntes Fleisch. Dann ging Regeane plötzlich auf, was für Fleisch da wahrscheinlich gerade verkohlte, und eine heiße Woge der Übelkeit trieb ihr die Galle in die Kehle. Der Gestank kam durch die hohen Fenster zu beiden Seiten der Palasthalle herein.

Syagrius sah sich verblüfft um. »Wer seid ihr? Was wollt ihr? Was ist passiert? Meine Männer? Meine Diener?«

»Deine Diener sind fort.« Ansgar klang beinahe traurig. »Deine Männer ... ich glaube, nur das ist noch von ihnen übrig, Rauch und Gestank. Die Soldaten des Königs haben sie in ihren Betten überrascht. Die Baracken stehen bereits in Flammen. Ich habe eine Frage an dich.«

»Was für ein König?«, rief Syagrius. »Welcher König hat das getan?«

»Karl, der König der Franken«, erwiderte Ansgar gelassen. »Und jetzt beantworte mir bitte meine Frage. Wo ist Adalgisus?«

»Adalgisus? Wo Adalgisus ist?«, wiederholte Syagrius dümmlich. »Er ... er ... er ist weg. Wir haben ihn letzte Nacht so erschreckt, dass er die Flucht ergriffen hat. Wir haben ihn zu einem Besuch bei einer Freundin geschickt ...«

»Bruder, sei still«, sagte Bischof Karl. »Die Frau.« Er zeigte auf Lucilla. »Das ist die Frau.«

Syagrius wich zurück. »Ich habe dir doch gesagt, du hättest sie töten sollen.«

Karl starrte Lucilla mit einer Mischung aus Faszination und Entsetzen an.

»Adalgisus?«, wiederholte Ansgar.

Syagrius wischte sich über den Mund. »Er ist weg. Sie hat ihn beschimpft. Wir haben ihm einen Streich gespielt und so getan, als hätten wir ihn vor ihrer Zelle erwischt. Sie hat ihn beschimpft, und er ist geflohen. Er hat alles mitgenommen, was er an Reichtümern in seinem Haus hier gelagert hatte. Deshalb wissen wir, dass er ein für alle Mal fort ist. Seine Schatztruhen sind leer. Er ist Richtung Küste geflohen.«

Der Lärm draußen erstarb langsam. Regeane konnte einige Frauen weinen, andere schreien hören. Abgesehen von diesen Geräuschen menschlicher Verzweiflung konnte sie das Krachen und die Alarmrufe hören, während rings um sie herum Häuser aufgebrochen und Ladentüren eingetreten wurden. Die Plünderung Veronas schritt voran. Regeane vermutete, dass wenige Minuten nach dem Angriff bereits jeder Widerstand erlahmt war, aber die Qualen der Städter würden nicht so bald enden.

»Ich verstehe«, sagte Ansgar leise. »Lucilla?«

»Karl, hast du mir irgendetwas zu sagen?«, fragte sie.

»Meine liebe Dame«, erwiderte Karl. »Dir muss doch klar sein, dass ich reiche Verwandte habe. Sie könnten ein sehr hübsches Lösegeld für mich zahlen. Wir hatten keinen Groll gegen dich persönlich. Es war eine rein geschäftliche Angelegenheit, das versichere ich dir.«

Lucilla riss dem ihr am nächsten stehenden Krieger die Armbrust aus der Hand. Aus dieser Entfernung konnte sie ihr Ziel kaum verfehlen. Eine Sekunde später bohrte sich der Bolzen in Karls Brust.

Er schien rückwärts durch den Raum zu fliegen, bis er mit schlaffen Gliedmaßen auf dem Boden landete. *Wie ein Häufchen schmutziger Kleider, mehr nicht,* dachte Regeane.

Ansgar drehte sich zu Syagrius um, der schneeweiß geworden war und sichtbar zitterte. Er hatte sich in die Hose gemacht. Regeane konnte seine Exkremente riechen.

»Syagrius«, sagte Ansgar. »Adalgisus hat meine Gemahlin, Stella, eine Hure geschimpft. Dasselbe hat sein Freund Eberhardt getan, und später wollte Dagobert sie zwingen, ihm die Dienste einer Hure zu leisten.

Nun, sie waren allesamt junge Männer, keiner von ihnen alt genug, um meine Stella zu kennen, als sie zu Unrecht in jenem verrufenen Haus in Ravenna eingesperrt wurde. Aber ich erinnere mich, dass du dort warst. Und ich weiß, dass irgendjemand diesen Männern Geschichten über meine Stella erzählt haben muss, und ich glaube, dieser Jemand warst du. Ich erinnere mich an die Angst in ihren Augen, bevor ich sie aus diesem furchtbaren Haus rettete. Meine arme, zerbrechliche kleine Stella. Und ich erinnere mich an noch mehr Angst, als sie dich ansah, und genau diese Angst lese ich jetzt in deinen Augen. Ich rieche den Gestank dieser Angst an deinem Körper, und weißt du was? Diese Angst ist berechtigt, denn ich werde dich töten.«

Ansgar wandte sich an die Scarae. »Bringt ihn nach draußen und hängt ihn. Benutzt einen Laufknoten und lasst ihn ein Weilchen zappeln.«

Die Soldaten mussten den schreienden Syagrius mit Gewalt aus dem Raum zerren. Am Ende brach er zusammen.

Regeane rannte, dicht gefolgt von Lucilla, aus der Halle.

Sie hielten inne, weil Syagrius von einem Balkon im ersten Stock hing, und er tat genau das, was Ansgar gesagt hatte – er zappelte. Regeane taumelte auf die Straße hinaus. Sie wäre um ein Haar gestürzt, weil sie zu dem über ihr baumelnden Mann hinaufstarrte; sein Gesicht lief langsam schwarz an, und er zerrte an dem Seil um seinen Hals. Lucilla holte sie ein und packte ihren Arm. In der Nähe des Palastes stand ein weiteres Haus in Flammen, und der Rauch drang durch alle Türen und Fenster. Sie lief darauf zu. Die Türen waren eingetreten worden und lagen auf der Straße.

Der Sachse hielt Regeane an den Schultern fest und drehte sie um. »Geh nicht hinein«, sagte er.

Regeane wandte sich von ihm ab und schaute zu Lucilla. Lucilla begegnete ihrem Blick mit so kalten Augen, wie Regeane sie noch nie bei einem Menschen gesehen hatte.

»Die Königin«, stieß Regeane hervor. »Ihre Söhne! Du wusstest es. Du wusstest, was Karl tun würde.«

»Ja, und ich wusste, dass du versuchen würdest, ihn daran zu hindern, und dann hätte er dich auch noch getötet. Er wagt es nicht, sie am Leben zu lassen, diese kleinen Jungen. Sie haben genauso viel Recht auf den Thron wie er. Wenn sie nicht bereits tot sind, müssen sie sterben. Halt sie fest! Lass sie nicht los.«

Regeane stieß einen verzweifelten Schrei aus. Sie drehte und wand sich im Griff des Sachsen. Der Sachse war ein kräftiger Mann. Er wirbelte Regeane herum und drehte ihr den Arm auf den Rücken.

»Wenn sie versucht, ihn aufzuhalten, wird er sie töten und vielleicht uns andere auch.«

Der Sachse schlang einen Arm um Regeanes Hals, um sie noch fester an sich zu drücken. Sie war unglaublich stark. Er hatte noch nie eine so starke Frau wie sie erlebt.

»Brich ihr den Arm, wenn es sein muss«, befahl Lucilla. »Es ist besser, als sie von Karl und seinen Männern töten zu lassen. Halt sie …«

Den Rest hörte der Sachse nicht mehr, denn er war ausgerutscht und ging in die Knie. Regeane war verschwunden.

»Warte …«, hörte er Lucilla rufen.

Binnen einer Sekunde stand er wieder auf den Beinen.

»Sie verfügt über ein paar seltsame Fähigkeiten«, sagte Lucilla. »Du musst Maeniel finden.«

Die Welt geriet auf seltsame Weise ins Wanken, und die Zeit stand still. Regeane sah Lucilla an und entdeckte ihre Doppelgängerin neben Lucilla, die der Sachse immer noch festhielt. Der Rauch hatte sich verzogen, und die morgendliche Stille verschlang sie.

Sie sah den König und seine Männer, die im Haus Türen eintraten. Wie ein Geist glitt sie hinter Karl her und sah ihn, als er nun Auge in Auge Gerberga gegenüberstand, der Gemahlin seines Bruders, der einstigen fränkischen Königin.

Nein, dachte Regeane. *Nein.*

Aber dann spielte es keine Rolle mehr. Sie war aus der Zeit herausgetreten. Was geschehen war, war bereits vorüber. Sie konnte nur noch beobachten, wie das Stück sich seinem ihm bestimmten Ende näherte. Regeane sah, wie Gerberga aus ihren Gemächern in die Haupthalle hinauslief. Es war jetzt hell; die Speisehalle ging zu einem Garten im Innenhof hinaus, und von dort hatte man einen Blick auf den Horizont, an dem das warme, goldene Licht eines nebligen Sonnenaufgangs zu beobachten war.

»Karl«, sagte sie und stellte sich zwischen ihn und den Flügel, in dem ihre Söhne schliefen. »Karl. Bitte! Bitte! Tu meinen Kindern kein Leid.«

»Was bringt dich auf den Gedanken, dass ich das vorhabe?«, fragte er leise.

Regeane sah, dass er einen Schritt nach links machte und dass Gerberga sich langsam umdrehte, so dass sie jetzt mit dem Rücken zu dem Schlafzimmer ihrer Söhne stand. Karl sorgte dafür, dass Gerbergas ganze Aufmerksamkeit ihm galt.

»Karl, bitte, bitte. Im Namen Christi, tu ihnen nichts. Ich werde alles tun, was du willst.« Sie sank auf die Knie. »Ich werde nach Byzanz gehen. Ich werde deine Gefangene sein. Ich werde in ein Kloster gehen und mich einsperren lassen, aber bitte ...«

Und Regeane sah mit furchtbarer Gewissheit vor sich, was als Nächstes geschehen würde.

Karl lächelte und streckte die Hand nach seiner Schwägerin aus, als wolle er ihr beim Aufstehen helfen.

Bernard kam aus dem Schlafzimmer der Jungen. Er hielt die kleine Streitaxt in Händen, die Franka, von der die Franken ihren Namen hatten. Diese Waffe war eine besondere Schönheit, aus getriebenem Silber, damit der Kopf schwerer war, und mit einer Schneide aus Stahl.

Sie war blutverschmiert.

In der allerletzten Sekunde bemerkte die Königin Karls Blick, als er Bernard über ihren Kopf hinweg ansah. Und Regeane konnte beobachten, wie schreckliches Begreifen in ihrem Gesicht aufdämmerte. Dann schwang Bernard die Axt, und Regeane fiel wieder ein, dass die Franka nach wie vor das bevorzugte Instrument für Hinrichtungen war.

Die Klinge durchtrennte Gerbergas Rückenmark; dann lag sie auch schon tot dem König zu Füßen. Regeane sah, wie er vor der sich ausbreitenden Blutlache zurückwich. Sie glitt an Bernard vorbei und blickte durch die Tür. Die beiden Jungen lagen Seite an Seite im Bett. Einer lag so friedlich da, dass man beinahe den Eindruck gewinnen konnte, er schlafe. Wäre nicht die gelbliche, wächserne Blässe seiner Haut gewesen, hätte er tatsächlich schlafen können. Aber der Zweite, der ältere der Knaben, bot ein anderes Bild. Sein Kopf war halb vom Hals abgetrennt, und noch immer tropfte Blut von den Laken und sammelte sich zu einem kleinen, scharlachroten See auf dem Fußboden. Die Augen des Jungen standen offen, und ein Krampf vollkommen berechtigter Angst hatte seine kindlichen Züge erstarren lassen.

Wieder sah Regeane, wie das Drama sich entfaltete, und dann noch einmal. Und sie wusste, dass sie für immer hier stehen bleiben konnte und dieses Grauen ein ums andere Mal mit ansehen würde, wenn sie wollte, bis in alle Ewigkeit. Aber wie lange sie auch zusah, gefangen wie ein Insekt im Bernstein in einem ewigen Augenblick unaussprechlichen Grauens, sie würde niemals in der Lage sein, auch nur eine Winzigkeit an den Ereignissen zu ändern, die sich vor ihr entfalteten.

Irgendjemand schrie ihren Namen. Sie wollte, dass es aufhörte. Das Geräusch war so lästig. Und dann lag sie am Boden, lag da und wehrte sich gegen die Arme eines Mannes, und er schleifte sie durch einen schwarz verqualmten Raum. Das einzige Licht kam von dem blutroten Schimmer der brennenden Dachsparren über ihnen. Sie kämpfte gegen den Mann, noch während er sie durch die eingetretenen Türen auf die Straße hinauszerrte, sie trat um sich, schrie und ging mit den Fingernägeln auf ihn los, bis sie aufblickte und das Gesicht sah, das geschwollene Auge, das ihre Faust ihm geschlagen hatte, die von ihren Nägeln aufgekratzte Haut. Endlich erkannte sie ihn. Es war ihr Liebster, Maeniel.

»Ich hatte Anteil daran! Ich habe geholfen!«, schrie sie. »Wäre ich nicht gewesen, dann würde sie ... würden diese Kinder vielleicht noch ...«

Auf dem Marktplatz um sie herum herrschte Chaos. Häuser brannten, Menschen liefen hin und her, um Verwandte und Freunde zu suchen oder ihre Habe aus den Fenstern zu werfen, Soldaten betranken sich oder stopften sich mit Essen voll. Aber nirgendwo wurde noch gekämpft.

»Wenn du mich liebst«, flüsterte sie Maeniel zu, »bring mich weg von hier, irgendwohin, wo es sauber ist.«

Er umarmte sie und strich ihr mit den Lippen übers Haar. Die Luft war raucherfüllt, und niemand schien die beiden Wölfe zu bemerken, die den Marktplatz überquerten und auf das Tor zuzufliegen schienen. Niemand bis auf Karl, den König. Er folgte ihnen zu Pferd. Sie waren nur Schatten vor dem Hintergrund des Weizens, der grün aus den Furchen spross, der Olivenbäume, die wie Rauch vor den Rebhängen wirkten, und des langen, windgepeitschten grünen Grases der Viehweiden. Dann waren sie fort.

Karl erschauderte und dachte: *Die Schuld liegt bei Bernard. Die Blutschuld. Sie waren nicht mit ihm verwandt. Er ist der Bruder meiner Mutter. Ich bin frei von Schuld. Ich bin frei davon.*

Aber er blieb noch lange dort sitzen, die Hände um den Knauf seines Sattels gelegt, und beobachtete, wie die Schatten der hohen Wolken über das schöne, reiche, grüne Land strichen, das er jetzt sein eigen nennen konnte.